MIRA®

Der Preis dieses Bandes versteht sich einschließlich der gesetzlichen Mehrwertsteuer.

Umwelthinweis:
Dieses Buch wurde auf chlor- und säurefreiem Papier gedruckt.

Von Liebe, Ehre und Betrug

23 Jahre lang hat Claudia eine Lüge gelebt. Und dass ihre Ehe mit Garth daran zerbrach, hat sie für das Glück ihrer Tochter in Kauf genommen. Doch nun will Tara heiraten, und in Zusammenhang mit einer medizinischen Untersuchung könnte die ganze Wahrheit ans Licht kommen: Claudia hat sie adoptiert, nachdem Taras leibliche Mutter an einer Überdosis Drogen starb. In ihrer Sorge um Tara beschließt Claudia nach all den Jahren, mit Garth zu reden – und erfährt von ihm, was damals wirklich geschah. Zutiefst verletzt, erkennt sie dennoch, dass gerade seine Ehrlichkeit auch eine gemeinsame Zukunft möglich macht ...

Penny Jordan

Von Liebe, Ehre und Betrug

Roman

Aus dem Amerikanischen von
Emma Luxx

MIRA®

MIRA® TASCHENBUCH
Band 25055
Auflage: Juli 2003

MIRA® TASCHENBÜCHER
erscheinen in der Cora Verlag GmbH & Co. KG,
Axel-Springer-Platz 1, 20350 Hamburg
Deutsche Taschenbucherstausgabe

Titel der nordamerikanischen Originalausgabe:
To Love, Honor And Betray

erschienen bei: Mira Books, Toronto
Published by arrangement with
Harlequin Enterprises II B.V., Amsterdam

Konzeption/Reihengestaltung: fredeboldpartner.network, Köln
Umschlaggestaltung: pecher und soiron, Köln
Titelabbildung: GettyImages, München
Autorenfoto: © by Harlequin Enterprise S.A., Schweiz
Satz: Berger Grafikpartner, Köln
Druck und Bindearbeiten: Elsnerdruck, Berlin
Printed in Germany
ISBN 3-89941-070-X

www.mira-taschenbuch.de

1. KAPITEL

Eine Hand unterm Kinn, die langen Beine über der Bettkante baumelnd, lag Tara auf dem Bett ihrer Mutter und begann aus der von unterwegs mitgebrachten Tageszeitung vorzulesen, während ihre Mutter vor dem Spiegel ihrem Aussehen den letzten Schliff gab.

„Stadt ehrt prominente einheimische Geschäftsfrau", las sie laut vor, wobei sie unnötigerweise „das bist du" hinzufügte, ehe sie fortfuhr: „Am vergangenen Samstagabend kam die Wohltätigkeitsstiftung *Upper Charfront Beneficiary Trust* zusammen, um mit einem festlichen Dinner in der *Knights Hospitallers' Hall* ihr zehnjähriges Bestehen zu feiern und eines ihrer Gründungsmitglieder, die kürzlich ernannte Vorsitzende Mrs. Claudia Wallace, zu ehren."

„Klingt gut, Ma", sagte Tara in einem Tonfall, der der weichen, leicht heiseren Stimme ihrer Mutter so sehr ähnelte, dass Anrufer die beiden kaum auseinanderhalten konnten, wenn Tara zu Hause war und das Telefon abnahm. Sie wandte sich wieder dem Artikel zu.

„Seit einem Jahrzehnt bemüht sich Mrs. Wallace unermüdlich und erfolgreich im Namen der Stiftung um Spenden, und es ist zu einem Großteil ihrem bewundernswerten Einsatz zu verdanken, dass sich das Spendenaufkommen innerhalb dieses Zeitraums geradezu sensationell erhöht hat. Zusätzlich zu dem selbstlosen Engagement, mit dem es Mrs. Wallace gelungen ist, zahllose Privatpersonen, Firmen und Institutionen zu bewegen, für wohltätige Zwecke zu spenden, stellt sie ihre freie Zeit und ihr Fachwissen als Sozialpädagogin und Seniorpartnerin einer erfolgreichen örtlichen Beratungsfirma den Einrichtungen der Stiftung kostenlos zur Verfügung."

Tara machte eine kurze Pause und fuhr dann fort: „Angesichts ihrer großen Verdienste im Sozialbereich hat die Stadtverordnetenversammlung beschlossen, die neue Tages- und Erholungsstätte für Körperbehinderte nach ihr zu benennen ..."

Tara schaute von der Zeitung auf und musterte das Gesicht ihrer Mutter im Spiegel.

„Du siehst wirklich nicht aus wie fünfundvierzig", urteilte sie. „Tatsächlich könntest du glatt für ... sag mal, hast du eigentlich jemals daran gedacht, wieder zu heiraten, Ma?", erkundigte sie sich neugierig. „Ich meine, du bist jetzt immerhin schon seit über zehn Jahren von Dad geschieden und ..."

Sehr sorgfältig schraubte Claudia ihre Wimperntusche zu und wandte sich zu ihrer Tochter um. In den Augen der Welt mochte Tara mit ihren dreiundzwanzig Jahren sehr wohl eine erwachsene junge Frau sein, doch für sie war sie noch immer ihr kleines Mädchen, das wertvollste Geschenk, das ihr das Leben gemacht hatte, und da das so war, verspürte Claudia noch bis zum heutigen Tag den Drang einer jeden Mutter, ihre schützende Hand über ihre Tochter zu halten.

„Immerhin kenne schon allein *ich* mindestens ein Dutzend Männer, die dich mit Kusshand nehmen würden, wenn du ihnen auch nur den Hauch einer Chance gäbest."

Claudia warf ihr einen belustigten Blick zu und erwiderte: „Das ist ja wohl stark übertrieben, findest du nicht?"

„Also, da wären erst einmal Charles Weatherall und Paul Avery, und dann gibt es noch John Fellows und natürlich Luke", zählte sie auf.

„Luke ist ein Klient, mehr nicht", gab Claudia ruhig zurück, aber sie wandte dennoch den Kopf ab, für den Fall, dass dieser kleine Erregungsschauer, der ihr den Rücken hinabrieselte, sich womöglich auf ihrem Gesicht widerspiegeln könnte. Nicht, dass es da irgendeinen Grund gegeben hätte, warum die Erwähnung von Lukes Namen ihren Herzschlag beschleunigen sollte. Er war immerhin sieben Jahre jünger als sie.

„Hm ... dann hast du also noch nie daran gedacht, wieder zu heiraten", wiederholte Tara.

Claudia musterte ihre Tochter nachdenklich. Trotz all der Bemühungen Taras, munter zu klingen, konnte Claudia deren Anspannung spüren.

„Nein", räumte sie ein, dann wartete sie.

„Hm ... hast du Dad eigentlich in letzter Zeit gesehen?" Claudias Magen verknotete sich. Jetzt musste sie sich aber wirklich in Acht nehmen, um ihre Tochter nichts von dem heftigen Stich merken zu lassen, der sie bei Taras beiläufiger Erwähnung von Garth durchzuckt hatte, deshalb wandte sie sich jetzt instinktiv ab und schüttelte sich die glatten, seidig glänzenden blonden Haare vors Gesicht, ehe sie antwortete: „Nein. Nein, ich habe ihn nicht gesehen. Gibt es einen Grund, warum ich es hätte tun sollen?"

„Nein, überhaupt nicht. Es ist nur, weil ... na ja, Dad scheint öfter mit Rachel Bedlington auszugehen, das ist diese neue Geschäftsführerin, die er um Weihnachten herum eingestellt hat. Sie ist zweiunddreißig. Dad hat sie von Faversham Bayliss abgeworben. Sie ist auf frauenspezifische Werbung spezialisiert. Du kennst den Typ. Die Frau von heute sitzt mit wehender Mähne am Steuer, während der Softiefreund schlapp daneben sitzt."

„Ja, ich kenne den Typ", erwiderte Claudia ruhig, und es war nicht nur die Art von Werbung, auf die sie anspielte. Sie sah Garths neue Geschäftsführerin vor sich, stets elegant gekleidet, intelligent, geistreich und jung ... Sie würde völlig vernarrt sein in ihren Chef, natürlich. Welche junge Frau in ihrer Situation wäre es nicht? Und fairerweise musste Claudia zugeben, dass ihr Exmann trotz seiner fünfzig Jahre noch immer ein außergewöhnlich gut aussehender und sehr männlicher Mann war – wenn er nicht mit den Jahren sogar noch gewonnen hatte.

„Ich glaube nicht, dass es etwas Ernstes ist", beeilte sich Tara hinzuzufügen, aber Claudia entnahm ihrem Gesichtsausdruck und ihrem angestrengten Tonfall das genaue Gegenteil – sie hielt es offensichtlich für sehr ernst. Tief Atem holend, wandte Claudia den Kopf, um ihrer Tochter – ihrer und Garths Tochter – in die Augen zu sehen.

„Schon gut, Darling", sagte sie ruhig. „Dein Vater hat schließlich jedes Recht der Welt, mit einer anderen Frau eine Beziehung einzugehen. Wir sind immerhin seit zehn Jahren geschieden."

„Ich weiß."

Während sie beobachtete, wie sich Taras Gefühle auf ihrem Gesicht widerspiegelten, musste Claudia sich eingestehen, dass rein äußerlich betrachtet sie wohl niemals jemand für Mutter und Tochter halten würde.

Zuerst einmal war Tara mehr als einen Kopf größer als sie, aber das schien heutzutage die Regel zu sein. Claudia glaubte nicht, auch nur eine einzige Freundin zu haben, deren Tochter sie nicht um ein gutes Stück überragte.

Tara hatte auch einen völlig anderen Teint. Während Claudia eine zarte, blasse, durchscheinende Haut und das dazugehörige weiche blonde Haar hatte, war Taras Teint viel, viel wärmer, und ihr Haar, das ihr in schweren, üppigen Locken über die Schultern floss, war von einem schimmernden Dunkelbraun. Die dunkelgrünen Augen hatte sie von Garth geerbt, dessen Haar ebenfalls sehr dunkel war, aber glatt.

„Dad sagt, dass sie dich für den Geschäftsfrau-des-Jahres-Preis nominieren wollen", verkündete Tara unvermittelt.

Diesmal schaffte es Claudia nicht, ihre Reaktion zu verbergen.

Woher, um alles in der Welt, wusste *Garth* davon? Sie selbst hatte schließlich erst vor ein paar Tagen von der Nominierung erfahren.

„Er ist sehr stolz auf dich, Ma", beteuerte Tara. „Wir sind es beide. Alle finden dich wundervoll", fügte sie hinzu, „und du bist es auch."

„Als du mir das letzte Mal so geschmeichelt hast, hatte es irgendwas damit zu tun, dass du einen meiner besten Töpfe total ruiniert hast, wenn ich mich recht erinnere", erinnerte Claudia sie trocken.

„Ich habe Eier aufgesetzt und sie dann vergessen", stimmte Tara lachend zu, doch dann wurde sie plötzlich ernst. „Ryland geht Ende des Monats nach Boston zurück", erzählte sie Claudia ruhig. „Er hat mich gefragt, ob ich mitkomme."

„Für einen Urlaub?", fragte Claudia mit gespielter Munterkeit, obwohl sie bereits *wusste*, ahnte, spürte, was gleich kommen würde, sie schloss es aus der Panik, die in ihr aufstieg.

„Nein ... na ja, für den Anfang vielleicht. Ry ..."

Ryland war Taras amerikanischer Freund und sieben Jahre älter als sie. Sie hatte ihn zu Weihnachten mit nach Hause gebracht, und Claudia hatte ihn sofort sehr gemocht. Es war offensichtlich, dass die zwei bis über beide Ohren verliebt waren.

„Er hatte ohnehin vor, nur ein Jahr hier zu bleiben und ... er möchte mich seiner Familie und seinen Freunden vorstellen. Er will ..." Tara biss sich auf die Unterlippe. „Ich weiß, was du jetzt denkst", fuhr sie fort und fügte bittend hinzu: „Bitte, sei nicht traurig. Amerika ist nicht so weit weg, heute doch nicht mehr, und du ... Ich liebe ihn so sehr, Ma", gestand sie hilflos ein, sprang auf und warf sich Claudia in die Arme, während sich ihre Augen mit

Tränen füllten. „Ich weiß, wie du dich jetzt fühlst, und ich wünschte, ich hätte mich in jemand anders verliebt, in jemanden von hier ... so dass wir hier in deiner Nähe hätten wohnen können und ach ... ich werde dich so schrecklich vermissen."

Claudia schloss die Augen, nicht um ihre eigenen Tränen zu unterdrücken, sondern um gegen die Übelkeit erregende Angst anzukämpfen, die sie in sich aufsteigen fühlte.

„Hast du ... hast du es deinem Vater schon erzählt?" Sie brachte die Worte nur mühsam über ihre plötzlich ganz trocken gewordenen Lippen.

Tara schüttelte den Kopf.

„Nein. Ich wollte es zuerst dir sagen. Dad denkt, ich fahre nur in Urlaub. Na ja, offiziell ist das ja auch so, aber ... es stimmt nicht, es wird so nur leichter sein, ein Visum zu bekommen. Ich weiß nicht genau, was ich mehr fürchten soll", fügte sie mit einem zittrigen Lächeln hinzu, „die Durchleuchtung meiner Person von der US-Regierung oder die, die mir laut Rylands Worten von seiner Tante bevorsteht. Ich habe den Verdacht, die von seiner Tante ist noch schlimmer. Offensichtlich ist sie steinreich und äußerst bedacht darauf, dass Ryland nicht unter seinem Stand heiratet. Ryland sagt, sie ist eine erschreckende Mischung aus altem Neu-England-Blut und ebenso altem Neu-England-Geld."

Tara kicherte, als sie sich wieder von Claudia frei machte und einen Schritt zurücktrat. „Ich zittere schon jetzt vor der Begegnung mit ihr", verkündete sie. „Laut Ry wird sie jede kleinste Einzelheit über meinen Familienhintergrund wissen wollen. Nicht, dass mich das irgendwie beunruhigen würde. Schließlich kommt ihr ja beide, du und Dad, aus einer guten Familie, stimmt's?

Ma ... was ist ... was ist los?", fragte Tara erschrocken, als sie den Gesichtsausdruck ihrer Mutter sah.

Claudia war ganz weiß geworden, und ihr hübsches, herzförmiges Gesicht sah plötzlich so eingefallen aus, dass Tara glaubte, eine zwanzig Jahre ältere Frau vor sich zu haben. Die sich in ihren normalerweise so sanft dreinblickenden blauen Augen widerspiegelnde Verzweiflung bewirkte, dass Tara Mühe hatte, ihre eigenen Gefühle im Zaum zu halten.

„Ma, ich weiß, wie dir jetzt zu Mute ist", sagte sie heiser, „aber wir werden uns gegenseitig besuchen, im Urlaub ... und wer weiß, vielleicht hat Ryland ja auch bald genug von mir und will mich am Ende doch gar nicht heiraten", versuchte sie ihre Mutter zu trösten, aber Claudia wusste, dass sie es nicht so meinte ... dass sie es nicht so meinen *wollte*.

„Hast du dein Visum denn schon?", brachte sie mühsam heraus, während sie versuchte, sich von dem Schlag zu erholen, den ihr ihre Tochter unbewusst zugefügt hatte.

„Ich habe es beantragt, aber es ist noch nicht da", berichtete Tara in so leichtem Ton wie möglich. „Ein Besuchervisum dürfte jedoch kein Problem sein. Da wird die Beantragung der Staatsbürgerschaft schon schwieriger werden – falls wir tatsächlich heiraten sollten, natürlich nur. Aber Ryland zieht mich immer damit auf, dass er sagt, wenn mein Stammbaum der Überprüfung durch seine Tante standhält, werde ich mit der US-Regierung ganz gewiss keine Schwierigkeiten haben, dabei weiß jeder, wie pingelig sie sind und wie genau sie sich ihre Pappenheimer anschauen.

Ma ... was ist los ... was stimmt nicht?", fragte Tara besorgt, als ihrer Mutter ein erstickter Laut entfuhr, den sie hastig zu dämpfen versuchte, indem sie sich eine Hand auf den Mund legte.

„Nichts", log Claudia. „Ich habe nur ... vielleicht habe ich etwas gegessen, das mir nicht bekommen ist. Mir ist ein bisschen übel."

„Meinst du wirklich, dass du heute Abend ausgehen solltest, wenn dir nicht gut ist?", fragte Tara mit einer mütterlichen Besorgnis, die Claudia unter anderen Umständen belustigt hätte. Was ihre Fürsorglichkeit anbelangte, war Tara ganz und gar ihre Tochter, auch wenn sie ihre scharfe Intelligenz und ihre schnelle Auffassungsgabe von ihrem Vater geerbt hatte.

„Ich ... ich ... ich *muss*", gab Claudia entschieden zurück. „Ich habe zugesagt, vor dem örtlichen Frauenverband einen Vortrag zu halten, und ich kann sie unmöglich im Stich lassen."

„Du könntest schon, aber wirst es nicht tun", korrigierte Tara sie liebevoll. „Tut mir Leid, dass ich dir so einen Schock versetzen musste. Ich ..." Diesmal war es an ihr, den Kopf abzuwenden. „Ich ... Ryland wollte eigentlich, dass wir schon früher fahren ... schon vor ein paar Wochen ... aber ich hatte bis jetzt noch keine Zeit herzukommen, und ich wollte nicht ... Ich wollte es dir nicht am Telefon sagen, deshalb bin ich jetzt hier. Ich liebe ihn so sehr, Ma, ich kann ihn nicht alleine gehen lassen. Er ist mein Traummann, wirklich. Und du magst ihn doch auch, oder nicht?"

„Ja, ich mag ihn", erwiderte Claudia aufrichtig.

Ma, ich weiß, wie dir jetzt zu Mute ist, hatte Tara eben gesagt. Aber wusste sie es wirklich? Konnte überhaupt irgendjemand nachfühlen, wie ihr zu Mute war?

Vielleicht hätte sie vorbereitet sein müssen ... vielleicht hätte sie es wissen ... ahnen müssen. Immerhin war sie nicht blind, weshalb ihr zu Weihnachten natürlich nicht entgangen war, wie sehr Tara und Ryland verliebt waren, aber sie hatte irgendwie angenommen – wahrscheinlich weil sie es hatte annehmen wollen, weil sie es annehmen *musste* –, dass Ryland sich entschieden hatte, künftig in England zu leben. Und selbst wenn sie es gewusst hätte, was hätte es geändert? Wie hätte sie die Katastrophe aufhalten können, der sie sich jetzt gegenübersah?

Was hätte sie unternehmen können? Gar nichts. Sie konnte nur hoffen und Gott oder das Schicksal oder wie auch immer man das, was das Leben eines Menschen bestimmte, nennen mochte, bitten, ihr zu helfen.

„Ich bin extra hergekommen, um es dir zu sagen", hörte sie Taras weiche Stimme. „Ich wünschte, ich könnte länger bleiben, Ma, aber ich kann nicht. Ich habe morgen früh einen Termin bei einem Kunden, und anschließend werde ich Dad beibringen müssen, dass ich nicht nur ein paar Wochen Urlaub will." Tara ging auf ihre Mutter zu und nahm sie fest in die Arme.

„Bitte, sag mir, dass du dich für mich freust", bat sie heiser.

„Ich freue mich für dich", gab Claudia pflichtschuldigst zurück, und während sie es sagte, betete sie insgeheim, dass es wahr werden möge und sie sich wirklich für ihre Tochter freuen könnte, anstatt ...

„Ich sollte dich jetzt wohl besser zu deiner Veranstaltung gehen lassen", sagte Tara düster, während sie ihre Mutter noch einmal und noch fester als beim ersten Mal umarmte. „Aber wir kommen auf jeden Fall noch mal her, bevor wir fliegen, und wenn wir uns drüben ein bisschen eingerichtet haben, möchte ich, dass du uns ganz lange besuchst. Ich will dich nämlich sobald wie möglich Rylands Familie vorstellen, damit sie sehen, was für eine außergewöhnliche und wunderbare Mutter ich habe. Du *bist* eine ganz außergewöhnliche und wunderbare Mutter, und ich liebe dich sehr ... und ich weiß, wie glücklich ich mich schätzen kann, so eine Mutter wie dich und so einen Vater wie Dad zu haben."

Das Thema von Claudias Vortrag vor dem örtlichen Frauenverein gründete sich auf der Beobachtung, dass viele ihrer engsten Freundinnen sich zu Hause überflüssig vorkamen, nachdem ihre Kinder flügge geworden waren.

„Man hat plötzlich schrecklich viel Zeit, und dann stellt sich die Frage, was man damit anstellt“, hatte eine Freundin zu Claudia gesagt und selbstkritisch hinzugefügt: „Ich hätte nie gedacht, dass ich zu jenen Müttern gehöre, die es gar nicht erwarten können, dass ihre Kinder ebenfalls Kinder in die Welt setzen, damit sie endlich Großmutter werden, aber ...“

„Wir werden nicht mehr auf dieselbe Art und Weise älter wie unsere Mütter und deren Mütter, die schon lange alt waren, bevor sie es tatsächlich waren“, hatte eine andere Freundin eingeworfen. „Angesichts der erhöhten Lebenserwartung heutzutage ist fünfzig doch gar kein Alter, man hat noch eine Menge guter Jahre vor sich, die Frage ist nur, was man mit ihnen anstellen soll ... wie man sie füllen soll ... es wird tatsächlich zum Problem, sie zu füllen, weil du praktisch dein ganzes Erwachsenenleben darum gekämpft hast, dir irgendwo ein bisschen freie Zeit abzuzwacken, und jetzt musst du deine Zeit plötzlich *füllen*.“

Aber nach der Bombe, die Tara heute bei ihr deponiert hatte, wusste Claudia, dass sie ihren ursprünglichen Plan nicht weiterverfolgen konnte, ohne Gefahr zu laufen, sich selbst zu verraten. Deshalb, und wahrscheinlich zur Überraschung der anwesenden Frauen, schilderte sie die Probleme, denen sich Männer, die zum ersten Mal Vater geworden waren, bisweilen gegenübersahen.

Nachdem die Veranstaltung zu Ende war, kamen noch verschiedene Frauen auf sie zu, um ihr zu dem Artikel in der Zeitung zu gratulieren, den Tara ihr vorhin vorgelesen hatte. Allein das Zuhören beschwor das Bild von Tara, auf ihrem Bett liegend, erneut herauf, und es setzte Claudia so zu, dass sie kaum in der Lage war, auch nur einen einzigen vernünftigen Satz herauszubringen.

Nachdem sie es schließlich geschafft hatte zu entkommen, atmete sie erleichtert auf, und es war ihr eine ebensolche Erleichterung zu wissen, dass sie allein sein würde, wenn sie nach Hause kam. Zumindest war die Gewissheit, dass Tara nicht da sein würde, eine Erleichterung, weil sie so endlich ihre Wachsamkeit fallen und ihren wahren Gefühlen freien Lauf lassen konnte.

Die Befürchtung nahenden Unheils, ihre Angst und Verzweiflung hatten sie zutiefst erschüttert. Warum hatte sie nichts geahnt ... warum hatte sie sich nicht schon längst seelisch auf eine Situation wie die, mit der sie sich jetzt konfrontiert sah, vorbereitet? Warum hatte sie es zugelassen, sich in Sicherheit zu wiegen, warum hatte sie die Augen vor der Realität verschlossen, warum hatte sie sich erlaubt zu denken ...

„Claudia." Sie blieb stehen und zwang sich zu einem Lächeln, als eine ihrer besten Freundinnen auf sie zukam. „Vorhin ist Tara an mir vorbeigefahren. Ist dir eigentlich klar, was du für ein Glück hast, so eine Tochter und so eine gute Beziehung zu ihr zu haben?" bemerkte Chris neiderfüllt, ehe sie hinzufügte: „Nicht, dass du es nicht verdient hättest. Na, ihr habt eben beide Glück gehabt. Meine Jungs dagegen ..." Sie schwieg einen Moment, biss sich auf die Unterlippe und fuhr dann fort: „Weißt du, wenn du ... wenn du nicht so wärst, wie du bist ... es gibt wirklich manchmal Augenblicke, in denen ich dich fast hasse. Du ... du hast in deinem Leben immer alles richtig gemacht und ..."

„Nicht alles", unterbrach Claudia die Freundin, was ihr einen überraschten Blick einbrachte. „Immerhin sind Garth und ich geschieden, Chris."

„Gut, du hast eine Scheidung hinter dir, das stimmt, aber selbst die war vorbildlich. Keiner von euch beiden hat je ein böses Wort über den anderen gesagt. Trotz der schlimmen Zeit, die du hast durchmachen müssen, wart ihr beide fest entschlossen zu verhindern, dass Tara unter eurer Trennung leiden muss. Ihr habt es alles so ... diskret über die Bühne gebracht. Garth ist einfach aus Ivy House ausgezogen und hat sich am anderen Ende der Stadt eine Wohnung gekauft. Aber es ist nicht nur die Art, wie ihr mit eurer Scheidung umgegangen seid. Bei euch war auch vorher schon alles anders und besser als bei den meisten von uns. Während wir uns ständig darüber beklagt haben, wie schwierig es ist, Familie und Beruf unter einen Hut zu bringen, bist du mit Garth einfach von London hier rausgezogen. Du hast deinen Job als Sozialpädagogin an den Nagel gehängt, um bei Tara zu Hause bleiben zu können, als sie noch klein war. Und nach deiner Scheidung hast du dich beruflich selbstständig gemacht und von zu Hause aus gearbeitet, bis du dich so weit etabliert hattest, dass du es dir leisten konntest, Geschäftsräume anzumieten.

Ich *weiß*, wie hart du arbeitest – und trotzdem findest du immer noch Zeit für deine Freunde und deine Wohltätigkeitsarbeit. Meines Wissens nach hast du keine einzige Schulfeier von Tara versäumt. Du bist eine wundervolle Köchin ..."

„Ich bin eine *passable* Köchin", unterbrach Claudia sie trocken.

Chris wischte ihren Einwand mit einer kleinen Grimasse und einer ungeduldigen Handbewegung beiseite und wiederholte: „Du bist eine wundervolle Köchin, *und* du siehst dazu auch noch wundervoll und sexy aus, woran mich mein lieber Mann bei Gelegenheit immer mal wieder erinnert." Sie holte Luft und fuhr dann entschlossen fort: „Weiß du was, Claudia? Ich möchte wirklich ernsthaft bezweifeln, dass es in unserem Bekanntenkreis auch nur eine einzige Frau gibt, deren Mann oder Freund sie nicht schon gelegentlich mit dir verglichen hat."

„Um Himmels willen, das will ich doch nicht hoffen", sagte Claudia erschrocken.

„Es ist aber so", beharrte Chris. „Am meisten beneide ich dich jedoch darum, dass du so ein großartiger Mensch bist. Du bist großzügig, warmherzig, geistreich ... und ehrlich ... so absolut ehrlich in allem, was du tust. Claudia, was ist?" fragte sie plötzlich verunsichert, als sie sah, wie sich die Augen der Freundin mit Tränen füllten. „Ich wollte dich nicht in Verlegenheit bringen ... ich wollte einfach nur ..."

„Schon gut", sagte Claudia hastig. „Ich bin nur ... ich bin nur ein bisschen müde. Ich ... ich bin in den letzten Tagen zu spät ins Bett gekommen", schwindelte sie, „deshalb habe ich mir vorgenommen, heute sehr früh schlafen zu gehen."

Chris verstand den Wink mit dem Zaunpfahl. „Ja, ich sollte mich wohl jetzt wohl besser auch auf den Weg machen. Wir sehen uns dann am Donnerstag ... zum Mittagessen", erinnerte sie Claudia.

„Ich werde da sein", versprach Claudia.

Es war noch hell, als Claudia von der Straße abbog und durch das Rundbogentor in der Backsteinmauer, die ihr Haus umgab, hindurchfuhr.

Sie und Garth hatten Ivy House an einem kalten verschneiten Wintertag, als die Zweige der Bäume kahl waren und dicke Eiszapfen vom Dach hingen, zum ersten Mal gesehen.

Das Haus war im achtzehnten Jahrhundert ursprünglich als ein Witwensitz auf dem Besitz von Sir Vernon Cupshaw erbaut worden. Nachdem alle drei Söhne der Familie im Krieg umgekommen waren, war das Haupthaus verfallen, und irgendwann wurde es abgerissen. Claudia und Garth hatten den ehemaligen Witwensitz gekauft und sich seine Geschichte von der letzten überlebenden unverheirateten Tante der Familie erzählen lassen. Claudia konnte sich noch gut daran erinnern, wie die alte Dame von ihr zu dem kleinen Bündel in ihrem Arm, das Tara gewesen war, geschaut hatte, während sie sagte: „Dieses Haus braucht Liebe, und dass Sie die haben, sehe ich. Und es braucht Kinder ... ebenso wie unsere Familie Kinder brauchte.“ Claudia hatte es nicht über sich gebracht, ihr zu erzählen, was sie bereits wusste, nämlich, dass Tara ein Einzelkind bleiben würde.

Sie hatten eine Menge Arbeit in das Haus gesteckt, um daraus das gemütliche Heim zu machen, das es jetzt war, und nach dem Zusammenbruch ihrer Ehe hatte es für Claudia mit zu den schwersten Dingen gehört, sich an den Gedanken zu gewöhnen, dass Ivy House ihr nicht mehr gehören würde, aber Garth hatte darauf bestanden, dass sie es behielt.

„Es ist Taras Zuhause“, hatte er sie ruhig erinnert, als sie ihm zornig und bitter erklärt hatte, dass sie seine Wohltätigkeit nicht wollte ... dass sie überhaupt nichts von ihm wollte. Aber das war nicht ganz ehrlich gewesen, und sie hatten es beide gewusst. Doch Garth hatte glücklicherweise, entweder aus Schuldgefühl oder aus Mitleid, darauf verzichtet, etwas zu sagen.

Zu entdecken, dass der Mann, den sie geliebt, dem sie vertraut und dem sie alles gegeben hatte, sie betrogen hatte, war fast mehr gewesen, als Claudia ertragen konnte. Das Wissen, dass er mit einer anderen Frau geschlafen, sie berührt, umarmt, geküsst und mit ihr die Intimität geteilt hatte, von der Claudia geglaubt hatte, dass sie ihr allein gehörte, hatte sie fast zerstört und es hatte mit Sicherheit ihre Ehe zerstört. Wie hätte es auch anders sein können?

Aber mit einem hatte Chris Recht. Sie und Garth waren sich trotz aller Differenzen, trotz allen Schmerzes stets darüber einig gewesen, dass sie es niemals zulassen würden, dass Tara, ihre einzige und über alles geliebte Tochter, unter dem Tod ihrer Liebe würde leiden müssen, umso mehr, als Claudia wusste, dass sie für alle Zeit ihre einzige Tochter bleiben würde. Das hatten ihr die Ärzte nach ...

„Ist dir eigentlich klar, was du für ein Glück hast, so eine Tochter zu haben", hatte Chris neiderfüllt bemerkt, und Claudia erinnerte sich jetzt an diese Worte, während sie ihren Wagen zum Stehen brachte und ausstieg.

Der Efeu rankte sich noch immer an der gesamten Vorderseite des Hauses empor, aber jetzt war er mit den Glyzinien durchmischt, die sie und Garth in dem Jahr, in dem sie eingezogen waren, gepflanzt hatten. Ihre Blütezeit war vorüber, und die silbrig grünen Blätter raschelten leise im Abendwind, als Claudia den Schlüssel ins Schlüsselloch steckte.

Upper Charfront war ein kleines, altes englisches Städtchen, wo man es bis vor kurzem nicht einmal für nötig befunden hatte, die Hintertüren abzuschließen, und wo die Nachbarn alles voneinander wussten. Claudia war der Gedanke, in eine solche Umgebung zu ziehen, anfangs nicht ganz geheuer gewesen, aber Garth hatte sie beruhigt und sie auf die Vorteile hingewiesen, die es mit sich bringen würde, wenn Tara in einer halbländlichen Umgebung aufwuchs, und hinzu kam noch die Tatsache, dass das Städtchen weniger als eine Autostunde von Cotswolds entfernt lag, wo ihre Eltern sich kürzlich zur Ruhe gesetzt hatten.

Ihr Vater, Brigadegeneral Peter Fulshaw, hatte bei der Armee gedient, und durch ihn hatte sie Garth, der damals einer seiner jungen Offiziere gewesen war, kennen gelernt. Der nomadenhafte Lebensstil ihrer Kindheit, das Umziehen von einem Armeestützpunkt zum anderen, hatte in Claudia den starken Wunsch geweckt, ihrem eigenen Kind das geordnete Leben zu geben, in dessen Genuss sie selbst nie gekommen war und das die Chance in sich barg, Freundschaften zu entwickeln, die das ganze Leben andauerten, und Garth hatte sie in diesem Wunsch unterstützt. Hierin waren sie sich ebenso wie in vielen anderen Dingen einig gewesen, sie hatten wirklich sehr ähnliche Ansichten über das Leben gehabt, und trotzdem hatte er ...

Claudia versuchte, ihre Gedanken an alte Zeiten abzuschütteln, während sie die Haustür aufschloss und nach dem Eintreten die Kette vorlegte. Aber heute Abend schien ihrem Bemühen, die Vergangenheit nicht wiederauferstehen zu lassen, aus irgendeinem Grund nicht viel Erfolg beschieden zu sein. Überall, wohin sie sich auch wandte, schauten sie Erinnerungen an Garth und das Leben, das sie einmal miteinander geteilt hatten, an. Die Lampen im Flur, die sie eben angeknipst hatte, waren ein Schnäppchen gewesen, das sie in einem Antiquitätengeschäft in Brighton ergattert hatten; Garth hatte sie mit stolzgeschwellter Brust in seine Werkstatt über der Garage geschleppt, wo er sie auf Hochglanz gebracht hatte.

Kurz darauf hatte er in der Armee den Dienst quittiert und angefangen, in der PR-Agentur eines alten Schulfreunds seines Vaters zu arbeiten, bis er sich selbstständig gemacht hatte.

Wie ihre lebten Garths Eltern ebenfalls noch, sie wohnten am Stadtrand von York in dem Wahlkreis, den Garths Vater bis zu seiner Pensionierung als Parlamentsmitglied repräsentiert hatte.

Claudia sah sie noch immer regelmäßig und liebte sie von ganzem Herzen. Nicht anders als ihre eigenen Eltern vergötterten auch Garths Eltern Tara und verwöhnten sie nach Strich und Faden. Immerhin war sie für beide Großelternpaare das einzige Enkelkind, so wie auch Garth und sie für ihre Eltern die einzigen Kinder waren.

„Es tut mir ja so Leid für euch, dass ihr nicht noch mehr Kinder haben könnt, mein Liebling", hatte ihre Mutter sie zu trösten versucht, nachdem Claudia ihr berichtet hatte, dass Tara ihr einziges Kind bleiben würde. „Aber manchmal ... bist du dir ganz sicher?"

„Ganz sicher, Mummy", hatte Claudia ihr mit vor Schmerz heiserer Stimme zur Antwort gegeben.

„Aber wenigstens habt ihr Tara, und sie ist so ein wunderschönes, gesundes Baby. Man würde nie vermuten, dass sie eine Frühgeburt war. Du kannst dir gar nicht vorstellen, wie deinem Vater und mir zu Mute war, als wir Garths Anruf bekamen. Ich wollte sofort zu dir fliegen, doch das ging natürlich nicht, aber ich war wirklich beunruhigt, vor allem weil Garths Eltern zur selben Zeit auch noch weg waren ... allerdings hat es mich wirklich überrascht, dass sie dich so schnell aus dem Krankenhaus entlassen haben."

„Sie wussten, dass wir planten umzuziehen", hatte Claudia ihre Mutter erinnert, bevor sie eilig hinzufügte: „Egal, das liegt ja jetzt alles hinter uns. Ich wünschte mir bloß, du würdest nicht weiter darauf herumreiten. Es tut mir Leid, Mummy", entschuldigte sie sich, als sie den Gesichtsausdruck ihrer Mutter sah. „Es ist nur einfach so, dass ich nicht immer wieder daran erinnert werden möchte ..." Sie biss sich auf die Unterlippe.

„Schon gut, mein Liebling, ich verstehe dich", versicherte ihr ihre Mutter und tätschelte ihre Hand. „Ich weiß, wie schrecklich es für dich gewesen sein muss, vor allem nachdem ... nun ja, nachdem du dein erstes Baby schon verloren hattest und dann um ein Haar auch noch unseren kleinen Liebling, unsere Tara ..."

„Ja", stimmte Claudia zu. Obwohl fast achtzehn Monate vergangen waren, seit sie ihr totes Kind zur Welt gebracht hatte, hasste sie es noch immer, daran erinnert zu werden. Freunde hatten sie damals damit zu trösten versucht, dass so etwas relativ häufig vorkäme und dass sie am besten versuchen sollte, so schnell wie möglich wieder schwanger zu werden.

Sie hatte zu dieser Zeit natürlich noch gearbeitet, während Garth bei der Armee gewesen war, und es war ihr sinnvoll erschienen, ihre kürzlich erst aufgenommene Tätigkeit als Sozialpädagogin weiterzuführen – als frisch gebackene Sozialpädagogin mit einem funkelnagelneuen Diplom in der Tasche, wie sie sich jetzt trübsinnig erinnerte, während ihr das Gespräch wieder einfiel, das die Kollegin, die sie einarbeiten sollte, nach Ablauf ihres Praktikums mit ihr geführt hatte.

„Idealismus und Mitgefühl sind sehr lobenswerte Eigenschaften, meine Liebe“, hatte die ältere Frau zu ihr gesagt, „aber man muss in diesem Beruf lernen, Abstand zu wahren. Es ist eine der Grundvoraussetzungen für diesen Job.“

Allerdings waren zu jener Zeit, vor mehr als zwanzig Jahren, die Probleme und Fallstricke auf dem Gebiet der Sozialarbeit, für das sie sich entschieden hatte, noch längst nicht so erforscht wie heute, das musste Claudia einräumen, während sie die Tür zu ihrem Wohnzimmer öffnete und eintrat. Die Fehler, Irrtümer und nutzlosen Versuche, sich in bester Absicht in das Leben anderer Menschen einzumischen, lagen alle noch vor ihr, aber dennoch hatte sie instinktiv gespürt, dass die ältere Frau Recht hatte und dass sie zu empfindsam war und in Gefahr, sich mehr in die Probleme ihrer Schutzbefohlenen zu verstricken, als für alle Beteiligten gut war.

Und sie hatte auch die unausgesprochenen Vorbehalte gespürt, die ihre Kollegen ihr, der behüteten Tochter aus der oberen Mittelschicht, entgegengebracht hatten. Was konnte *sie* schon von den Problemen und Gefahren wissen, mit denen sich die Menschen, die in der Armutsfalle saßen, tagtäglich herumschlagen mussten? Am Ende hatte sie sich ehrlicherweise gezwungen gesehen zuzugeben, dass, egal, wie sehr sie auch anstrengte, wie leidenschaftlich gern sie auch helfen *wollte*, wie engagiert sie ihre Arbeit machte und wie gut ihr Abschluss war, sie einfach nicht die beste Person war, um denjenigen zu helfen, denen sie so gern geholfen hätte.

Das Wohnzimmer war Claudias zweitliebstes Zimmer. Es hatte einen eleganten Zuschnitt und lag nach Süden hinaus, so dass es den ganzen Tag von Licht durchflutet war. Es war noch immer in denselben sanften Gelbtönen gehalten, die Claudia ausgewählt hatte, nachdem sie mit Garth in das Haus eingezogen war. Die beiden Sofas, die sich vor dem Kamin gegenüberstanden, waren ein Einzugsgeschenk von Garths und ihren Eltern gewesen, und Claudia liebte sie jetzt, mehr als zwanzig Jahre später, noch genauso wie damals. Die schweren goldgelben Damastbezüge waren vom Alter weich und anschmiegsam geworden und strahlten dieselbe Behaglichkeit aus wie der ganze Raum.

Über dem Kamin hing ein Porträt ihres Vaters, das ihn in Uniform zeigte. Es war ihm bei seiner Pensionierung als Abschiedsgeschenk überreicht worden, aber ihre Mutter hatte darauf bestanden, dass Claudia und Garth es nahmen, weil sie, wie sie sagte, ihren Mann schon ein Leben lang in Uniform gesehen hätte, und das wäre genug.

Am Fuß der Treppe hatte Claudia eine weitere Sammlung von Familienporträts aufgehängt, manche davon nur einfache Bleistiftskizzen, während andere detaillierter ausgeführt waren, zusammen mit dem unmöglich wiederzuerkennenden „Bild“, das Tara von ihren Eltern in der ersten Klasse gemalt hatte.

Auf der dem Kamin gegenüberliegenden Wand hing über einem hübschen antiken Beistelltisch, den Garths Mutter geerbt und an Claudia weitergeschenkt hatte, ein weiteres Porträt eines Mannes in Uniform.

Ohne sich Rechenschaft über ihr Tun abzulegen, schlenderte sie hinüber, knipste das Licht darüber an und betrachtete es tief in Gedanken versunken.

Garth war siebenundzwanzig gewesen, als es angefertigt wurde; es war ein Hochzeitsgeschenk von seiner Truppe an sie beide gewesen – ein Überraschungshochzeitsgeschenk, weil der Künstler es nach einem Foto gemalt hatte. Es war trotzdem gut gelungen, Garth drehte den Kopf ganz leicht nach links, so dass man sein kantiges Kinn und seine klassische Nase im Profil sehen konnte.

Garth als römischer Krieger verkleidet würde mit Sicherheit das Herz eines jeden Hollywoodmoguls höher schlagen lassen, hatte irgendwann einmal eine Freundin zu Claudia gesagt, und das stimmte. Garths Ahnen stammten aus Pembrokeshire in Wales, und in seiner Familie kursierte der Witz, dass es nicht nur das Treibholz der Überreste der Spanischen Armada war, das seine Vorfahren an den Stränden von Pembroke geborgen hatten.

Zweifellos legten Garths Teint und sein volles dunkles Haar den Gedanken nahe, dass er südländisches Blut in den Adern haben könnte, und diejenigen, die die Familiengeschichte kannten, hatten sehr schnell darauf hingewiesen, dass Taras üppige dunkle Locken ebenfalls ein Teil dieses Erbes sein könnten.

Tatsache oder Fiktion, wahr war, dass Garth ein atemberaubend gut aussehender Mann war, schändlich sexy geradezu, wie man Claudia an ihrer Hochzeit neiderfüllt erklärt hatte, aber seltsamerweise waren es nicht Garths körperliche Reize gewesen, von denen sie sich ursprünglich angezogen gefühlt hatte.

Vielleicht weil ihr Vater auf Grund seines Berufs des Öfteren mit den niedrigen und unzivilisierten Instinkten des männlichen

Geschlechts in Berührung kam, hatte er darauf geachtet, dass sie sehr behütet aufwuchs, überbehütet möglicherweise. Es hatte sie – und ihre Mutter – einiges an Überredungskunst gekostet, ihm die Zustimmung abzuringen, dass sie auf die Universität gehen durfte.

Garth, ein junger Offizier ihres Vaters, war eines Tages von diesem verdonnert worden, sie zu einem Regimentsball zu begleiten. Er hatte sie in dem glänzenden, leuchtend roten Morgan Sportwagen, den ihm seine Eltern zum fünfundzwanzigsten Geburtstag geschenkt hatten, abgeholt, und Claudia erinnerte sich, dass sie sowohl das Auto als auch den Mann für zu übertrieben, zu klischeehaft und in vieler Hinsicht zu offensichtlich für ihren Geschmack gefunden hatte.

Es war eine warme Juninacht gewesen und noch hell, als sie sich auf den Weg gemacht hatten. Sie hatten die Landstraße, die vom Haus ihrer Eltern zur Hauptstraße führte, allein für sich gehabt, und Garth war – typischerweise, wie sie damals dachte – sehr schnell gefahren. In dem Moment, in dem sie um eine scharfe Kurve kamen, sah Claudia einen Igel über die Straße rennen. Ihr erster Impuls war aufzuschreien, weil sie das traurige Schicksal des Tieres voraussah, aber zu ihrem Erstaunen – er hatte das kleine Wesen ebenfalls entdeckt – riss Garth, bevor sie auch nur den Mund aufmachen konnte, das Steuer herum und trat in die Bremsen. Der Wagen raste in einen schlammigen Graben und dann die kleine Böschung hinauf, wo er in einer Dornenhecke zum Stehen kam.

Weder der Igel noch Claudia und Garth trugen irgendwelche Schäden von dem Unfall davon, was man von dem Auto allerdings nicht sagen konnte. Abgesehen davon, dass es von oben bis unten mit Schlamm bespritzt war, sah Claudia, dass die Dornenhecke seinem makellosen Lack übel mitgespielt hatte. Die Kratzer waren tief. Aber es war nicht der Zustand seines wertvollen Autos, der

Garth veranlasste, aus dem Wagen zu springen, nachdem sie wieder auf der Straße waren. Nein, es war das noch immer benommene und offensichtlich vor Schreck erstarrte kleine Tier, zu dem er hinrannte, um es aus seiner Misere zu retten. Er hob es vorsichtig hoch, öffnete eine Gartenpforte am Straßenrand und trug es in eine mehr Sicherheit versprechende Umgebung.

In diesem Moment hatte sie sich in ihn verliebt, wie sich Claudia jetzt erinnerte. Nicht wegen seines blendenden Aussehens und auch nicht, weil er sich anschließend wortreich entschuldigte, dass sie jetzt zu spät auf den Ball kommen würden, sondern wegen der absolut natürlichen und instinktiven Art, in der er das Leben des Igels über sein ihm offensichtlich sehr wichtiges Auto gestellt hatte, und es war eine ehrliche und instinktive Reaktion gewesen, das hatte Claudia gewusst, keine verlogene Show, die er nur abgezogen hatte, um bei ihr Eindruck zu schinden. Und dafür hatte sie ihn geliebt ... für die Wärme, die echte Fürsorglichkeit, die er ausstrahlte. Dieselbe Liebe und Fürsorge hatte er stets Tara gegenüber an den Tag gelegt.

Auf dem kleinen Kaffeetisch neben dem Kamin stand ein Telefon. Sie ging hinüber und wählte schnell, bevor sie ihre Meinung ändern konnte, die Nummer von Garths Londoner Penthouse. Nach ihrer Scheidung hatte er sich ein kleines Haus am anderen Ende der Stadt gekauft, aber während der Woche wohnte er in London, wo seine Firma ihren Sitz hatte.

Das Telefon läutete fünf Mal, dann wurde am anderen Ende abgenommen, und eine angenehme, leicht heisere weibliche Stimme, die Claudia nicht kannte, meldete sich.

Ohne etwas zu sagen legte Claudia wieder auf. Ihre Hand zitterte, und aus irgendeinem lachhaften Grund spürte sie Tränen in ihren Augen aufsteigen.

Warum, um alles in der Welt, sollte sie weinen, nur weil eine Frau bei Garth ans Telefon ging? Sie waren seit Jahren geschieden, und immerhin war sie diejenige gewesen, die die Scheidung verlangt hatte. Sie wusste, dass es in Garths Leben Frauen gab, seit sich ihre Wege getrennt hatten, und sie wusste auch ...

Sie straffte die Schultern und rückte ein paar Lilien gerade, die sie bereits früher am Tag perfekt in einer Vase arrangiert hatte. Sie war in einem verletzlichen Alter, wie sie sich jetzt selbst erinnerte, in einem Alter, in dem sie zwar noch immer sehr attraktiv und sexuell begehrenswert aussah, während ihre Hormone jedoch anfingen, ihr etwas anderes zu erzählen. Wie oft hatte sie in letzter Zeit gehört, dass Frauen in ihrem Alter oder ein bisschen älter die Tatsache beklagten, dass sie sich nicht nur im Leben ihrer flügge gewordenen Sprösslinge überflüssig fühlten, sondern auch im Bett ihrer Partner? „Ich will immer noch Sex", hatte ihr gerade gestern eine ihrer Freundinnen freimütig erklärt. „Aber irgendwie habe ich derzeit das Gefühl, dass der Sex *mich* nicht mehr sonderlich mag."

Claudia konnte es nachempfinden. Es gab keinen Mann, keinen Liebhaber in ihrem Leben. Natürlich hatte sie nach ihrer Scheidung immer wieder Angebote bekommen, es gab Annäherungen ... Männer, die während ihrer Ehe irgendwo am Rande ihres Lebens gestanden hatten, rückten ein bisschen näher, versuchten ihr Glück, indem sie ihre Absichten ein bisschen klarer äußerten, manche von ihnen waren verheiratet, manche nicht. Nein, ihr Sexualleben hätte gewiss zu keiner Zeit zu kurz kommen müssen und vielleicht hätte sie sogar irgendwo Liebe gefunden, wenn sie sie gesucht hätte. Aber sie war stets mit zu vielen wichtigen Dingen beschäftigt gewesen. Mit Tara zum einen ... und dann waren da immer ihre Firma, ihre karitative Arbeit, ihre Freunde.

„Vermisst du es nicht?“ hatte irgendjemand in den ersten Jahren nach ihrer Scheidung neugierig gefragt. „Den Sex, meine ich. Und jemanden, an den du dich abends im Bett ankuscheln kannst, jemanden, der dich hält. Du musst doch richtig …“

„Frustriert sein“, hatte Claudia ergänzt, ehe sie den Kopf schüttelte und fortfuhr: „Nein, nicht wirklich … dazu habe ich keine Zeit.“

Und das war wahr gewesen, und davon abgesehen … davon abgesehen … Ihr sexuelles Verlangen war immer untrennbar mit ihren Gefühlen verwoben gewesen, ihre Liebe war der Motor für ihre Lust.

Und nach Garth … nun, nach Garth war es nicht nur so, dass sie es sich nicht einmal vorstellen konnte, einen anderen Mann jemals wieder so zu begehren, einen anderen Mann so zu lieben, wie sie Garth geliebt und begehrt hatte, sie hatte es auch gar nicht gewollt.

Die Zerstörung, die die Entdeckung von Garths Untreue in ihr angerichtet hatte, war einfach so total gewesen, so verheerend, dass sie es nie wieder gewagt hatte, jemanden nah genug an sich herankommen zu lassen, um dieses Risiko ein zweites Mal einzugehen. Ihre Liebe zu Garth mochte gestorben sein, zerstört, vernichtet durch die Entdeckung seines Verrats und die Tatsache, dass sie so viele Jahre eine Lüge gelebt, einem Traum nachgehangen hatte – indem sie an ihre Ehe und an ihn geglaubt hatte –, aber ihre Angst vor dem Schmerz, den ihr diese Erkenntnis beschert hatte, war ganz sicher nicht gestorben.

Sie *hatte* männliche Freunde, natürlich, und sie ging mit ihnen aus, aber sie hatte nie auch nur einen Einzigen von ihnen nah genug an sich herangelassen, dass sich mehr daraus hätte entwickeln können als eine Freundschaft. Oder zumindest nicht, bis sie Luke Palliser kennen gelernt hatte.

War die Tatsache, dass sie sich von einem jüngeren Mann körperlich angezogen fühlte, eine weitere Bestätigung dafür, dass sie die trügerisch wechselhaften Gewässer des mittleren Alters erreicht hatte?

Als sie das Wohnzimmer durchquerte, um die Treppe nach oben zu gehen, blieb Claudia einen Moment vor dem Bild, das Tara als kleines Mädchen von ihren Eltern gemalt hatte, stehen. Weder sie noch Garth waren darauf natürlich zu erkennen, wenn man von der Haarfarbe absah – ihr Haar war gelb und das von Garth glatt und schwarz.

Tara!

Claudia biss sich auf die Unterlippe, während sie sich von der vertrauten Welle der Liebe, die der Gedanke an Tara stets auslöste, überschwemmt fühlte, aber diesmal war es nicht einfach nur Liebe, was sie verspürte. Diesmal waren da auch Angst und Schrecken. Und Schuldgefühle. Oh ja, Schuldgefühle.

2. KAPITEL

„Hat da nicht eben das Telefon geklingelt?“ fragte Garth Wallace, als er mit den Papieren, die er aus seinem Aktenkoffer im Schlafzimmer geholt hatte, in das Wohnzimmer seiner Londoner Wohnung zurückkam.

„Stimmt“, gab Estelle Frensham zurück. Sie arbeitete seit ein paar Monaten als Aushilfe bei der Firma, weil Garths Assistentin in Mutterschaftsurlaub war. „Ich bin drangegangen, es hat sich jedoch niemand gemeldet. Aber ich habe die Nummer aufgeschrieben. Hier.“ Schweigend schaute Garth auf den Zettel, den sie ihm hinhielt. Estelle beobachtete ihn, doch abgesehen davon, dass sich seine Augenbrauen nachdenklich zusammenzogen, gab sein Gesichtsausdruck nichts von seinen Gedanken preis. Er hatte die Nummer auf den ersten Blick erkannt. Wie hätte es auch anders sein können, nachdem sie jahrelang seine eigene gewesen war? Es gab jedoch nur eine einzige Person, die ihn aus Ivy House anrufen würde, und soweit ihm bekannt war, hielt sich Tara, seine Tochter, derzeit in London auf.

Tara. *Seine* Tochter. *Ihre*, seine und Claudias, Tochter. Trotz der Tatsache, dass sie ihm rein äußerlich so viel ähnlicher sah als Claudia, war Tara in jeder anderen erdenklichen Hinsicht so viel mehr Claudias Kind. Jede Eigenart, jede Klangfärbung in ihrer Stimme erinnerten ihn an Claudia, und manchmal, wenn er sie beobachtete, war er sich nicht sicher, ob diese Ähnlichkeiten ihn dazu brachten, sich selbst mehr zu hassen oder weniger zu verachten. Eines jedoch war sicher; sie änderten ebenso wenig etwas an seiner Liebe zu Tara, wie sie auch nichts an seinen Gefühlen zu ihrer Mutter zu ändern vermochten.

Wenn Tara in London war und Claudia ihn angerufen hatte,

konnte das nur bedeuten, dass das, was sie ihm zu sagen hatte, sehr wichtig war. Andernfalls würde Claudia niemals anrufen.

Er warf einen Blick auf seine Armbanduhr und sagte dann: „Hören Sie, Estelle, ich habe umdisponiert. Ich denke, wir machen für heute Abend Schluss. Ich möchte mir ein bisschen mehr Zeit dafür nehmen. Ich werde den Kunden morgen früh anrufen und meinen Termin mit ihm verschieben."

Estelle warf ihm einen abschätzenden Blick zu. Die ganze Agentur arbeitete auf Hochtouren, um für einen neuen wichtigen Kunden eine Kampagne zu entwerfen, was der Grund dafür war, dass sie an diesem Abend hier war statt im Fitnessstudio, wo sie die meisten ihrer freien Abende verbrachte. Nicht, dass es ihr etwas ausgemacht hätte – Garths Gesellschaft – egal ob tagsüber oder abends – war in jedem Fall einem Besuch im Fitnessstudio vorzuziehen, selbst wenn das Einzige, was er im Kopf hatte, die Arbeit war. Bis jetzt jedenfalls.

Bereits in den ersten Minuten ihres Einstellungsgesprächs vor acht Wochen hatte Estelle beschlossen, dass sie und Garth so bald wie möglich im Bett landen würden. Allein beim Gedanken an das vor ihr liegende Vergnügen, das sie sich selbst versprochen hatte, durchströmte es sie heiß, empfand sie die Art von Sehnsucht, die sich, wie sie aus langer Erfahrung wusste, nur durch einen Orgasmus lindern ließ.

Sie fragte sich, wie Garth reagieren würde, wenn sie ihm jetzt knallhart ins Gesicht sagen würde, was sie fühlte, was sie brauchte. Manche Männer standen auf Frauen, die sich nicht lange zierten und ihre sexuellen Bedürfnisse frei und ohne falsche Scham artikulierten, aber Garth gehörte wohl nicht zu ihnen, wie sie vermutete. Und bis jetzt hatte er ganz gewiss weder etwas gesagt noch getan, das vermuten ließ, dass er sexuell interessiert sein könnte. Und doch gab es keine feste Frau in seinem Leben, abgesehen von gelegentlichen Verabredungen mit einer der Geschäftsführerinnen der Agentur – einer Frau in ihren Dreißigern, von der Estelle sich sicher war, dass sie keine Konkurrenz für sie darstellte. So viel wusste sie immerhin schon, und sie hatte auch überprüft, dass er genauso heterosexuell war, wie er aussah – auch hierüber gab es keinen Zweifel.

Bis jetzt schien es eher so, als hätte er die Avancen, die sie ihm machte, noch nicht bemerkt – oder aber er hatte sie bemerkt und beschlossen, sie zu ignorieren. Estelle hoffte natürlich, dass Ersteres zutraf. Und heute Abend hatte sie gehofft ... aber es hatte keinen Sinn, sich irgendetwas vorzumachen, für heute war der Ofen aus, das war klar. Estelle war nicht dumm, deshalb räumte sie jetzt schweigend die Papiere, die sie auf dem großen Schreibtisch ausgebreitet hatte, zusammen und fing an, sich darüber Gedanken zu machen, wie sie den Abend verbringen würde. Na schön, die Dinge waren leider nicht ganz so gelaufen wie erhofft, aber wenn sie Garth nicht haben konnte, gab es da ja immer noch Blade. Oh ja, Blade war stets für sie da. Blade, der ihr jeden, aber auch wirklich *jeden* sexuellen Wunsch von den Augen ablas, Blade, mit dem sie weniger Liebe verband, als vielmehr gegenseitige Abhängigkeit und Verachtung, die gepaart war mit Geilheit und Lust. Während sie ihre Sachen zusammenpackte, machte sie sich bereits Gedanken darüber, wie sie den Rest des Abends verbringen würde.

Garth, der sie beobachtete, überlegte, was wohl in ihrem Kopf vorgehen mochte. Sie hatte ihn von ihrem ersten Arbeitstag an nicht im Unklaren darüber gelassen, dass sie ihn sexuell attraktiv fand, aber er war es gewöhnt, dass die Frauen auf ihn flogen, deshalb zerbrach er sich nicht weiter den Kopf darüber, und falls sie sich dennoch als lästig erweisen würde, könnte er von der Zeitarbeitsagentur, die ihm Estelle vermittelt hatte, jederzeit Ersatz für sie anfordern.

Sie war nicht die erste junge oder auch nicht mehr so junge weibliche Angestellte, die ihm klar zu verstehen gab, dass sie ihn attraktiv fand, aber über die Jahre hinweg hatte er gelernt, die Warnsignale frühzeitig zu erkennen, was es ihm ermöglichte, die Fallstricke zu umgehen, die sie für ihn auslegten.

„Ich rufe Ihnen sofort ein Taxi", sagte er knapp und griff zum Telefon.

Es gab da eine Sache an Garth, die Estelle nicht so recht ins Konzept passte. Er war entschieden altmodisch, was das, was er als seine Verantwortung gegenüber seinen weiblichen Angestellten betrachtete, anbelangte. Er verhielt sich wie ein Beschützer und Gentleman, im wahrsten Sinn des Wortes. Leider.

Während sie sich nach einem Stück Papier bückte, sorgte sie dafür, dass sich ihr langer Wickelrock an der Seite öffnete, um ihm eine lange schlanke, gymnastikgestählte Wade zu enthüllen sowie die Tatsache, dass das, was sie unter dem Rock trug, entweder extrem knapp war oder gar nicht existent. Aber als sie Garth einen Blick zuwarf, musste sie zu ihrer Enttäuschung feststellen, dass er in die entgegengesetzte Richtung schaute und in Gedanken offensichtlich ganz woanders war. Macht nichts, versuchte sie sich zu trösten, als das Taxi kam, es würde noch andere Gelegenheiten geben, und für ihre jetzt wachsende Frustration und ihr Begehren würde eben Blade herhalten müssen.

Garth wandte sich erst vom Fenster ab, nachdem er sich davon überzeugt hatte, dass Estelle sicher in dem Taxi saß, das er gerufen hatte – ein Wagen desselben zuverlässigen Taxiunternehmens, dessen Dienste er immer in Anspruch nahm. Er hatte schon zu viele schlimme Geschichten von Frauen gehört, die von nicht zugelassenen Taxifahrern vergewaltigt worden waren, um bei seinen Angestellten auch nur das geringste Risiko einzugehen. Dann griff er zum zweiten Mal nach dem Telefonhörer und wählte die Nummer, die Estelle für ihn notiert hatte.

Nachdem sie sich ausgezogen und geduscht hatte, öffnete Claudia die Schublade ihrer Ankleidekommode und schaute auf das Fläschchen mit Schlaftabletten, das sie hier aufbewahrte. Ihr Arzt hatte ihr das Präparat in den ersten Wochen, nachdem sie Garth um die Scheidung gebeten hatte, verschrieben. Mittlerweile nahm sie nur noch selten Schlaftabletten, aber ohne war sie nie. Jetzt gab es nur noch gelegentlich Nächte, manchmal eine Woche oder auch mehr, wenn irgendetwas passierte, das alte Erinnerungen weckte, und dann wusste sie, dass es ihr unmöglich sein würde einzuschlafen ... was sie zu diesen Zeiten auch gar nicht wollte, denn wenn sie tatsächlich einschlief, wurde sie von ihren Albträumen gequält, von ihren Ängsten, ihren Schuldgefühlen, und nur dann nahm sie Zuflucht zu der schrecklichen und erschreckend leeren Bewusstlosigkeit eines durch Medikamente herbeigeführten Schlafes – als letztem Ausweg.

Das letzte Mal hatte sie die Tabletten Ende Dezember genommen. An Garths Geburtstag ... seinem fünfzigsten.

Tara hatte eine Party für ihn gegeben. Sie hatte sie bekniet mitzukommen, woraufhin Claudia versucht hatte, Tara begreiflich zu machen, dass Garth sich wohl kaum freuen würde, sie zu sehen.

„Aber wir sind doch immer noch eine Familie“, hatte Tara protestiert, während Claudia den Kopf geschüttelt hatte.

„Du bist mit Garth immer noch eine Familie, Tara. Wir beide sind immer noch eine Familie, aber wir drei ...“

„Zu meinem einundzwanzigsten Geburtstag und zu meiner

Abschlussprüfung seid ihr doch auch beide gekommen", erinnerte Tara ihre Mutter, „und alle haben gesagt, dass ihr ..." Sie unterbrach sich.

Was alle gesagt hatten, war, dass es ein Jammer wäre, dass sich ihre Eltern getrennt hätten, und ein noch größerer Jammer wäre es, dass sie sich nicht wieder zusammentaten, aber Tara wusste, dass sie, wenn sie dies laut ausspräche, damit den – seltenen – Zorn ihrer Eltern heraufbeschwören würde.

„Gramps und Nan werden da sein und Brig und Nannie auch", startete sie einen neuen Versuch, ihrer Mutter die Sache schmackhaft zu machen, indem sie erwähnte, dass sowohl ihre Großeltern väterlicherseits als auch die Eltern ihrer Mutter anwesend sein würden, aber Claudia ließ sich von ihrem Entschluss nicht abbringen.

Sie hatte natürlich schon vorher von ihrer Mutter gewusst, dass ihre Eltern Taras Einladung zum fünfzigsten Geburtstag ihres ehemaligen Schwiegersohns angenommen hatten.

„Wir konnten wirklich schlecht absagen, Liebling, und ich muss dir gestehen, dass dein Vater davon auch schlicht nichts hören wollte. Du weißt ja, was für große Stücke er auf Garth hält."

„Ja, ich weiß, und es gibt auch wirklich keinen Grund, warum ihr nicht hingehen solltet", hatte Claudia ihrer Mutter ruhig versichert.

„Es kommt mir nur irgendwie komisch vor, ohne *dich* dort zu sein ..."

„Da ist überhaupt nichts komisch daran, zumindest nicht für mich oder Garth", hatte Claudia betont und ihre Mutter dann sanft erinnert: „Immerhin sind wir mittlerweile seit einem Jahrzehnt geschieden."

„Ja, ich weiß. Obwohl ich nie verstanden habe, warum."

„Ich habe es dir damals erzählt. Garth hatte ... es gab da ..."

„Garth hat sich nicht sehr gut benommen, das weiß ich, Liebling, aber Männer sind eben manchmal so", hatte ihre Mutter sie unterbrochen. „Sie sind eben so. Sogar dein Vater ... nicht, dass er jemals ... nicht, dass es da irgendwann einmal ... aber Garth ist eben so ein gut aussehender und charmanter Mann, dass ..."

„Ich werde nicht hingehen", hatte Claudia ihre Mutter entschieden unterbrochen, und dabei war es dann auch geblieben.

Stattdessen war sie mit ihren Schlaftabletten und ihren ungebetenen Erinnerungen früh zu Bett gegangen. Damals hatten die Tabletten nicht gewirkt, ihre Erinnerungen waren wohl einfach zu stark gewesen. Vielleicht sollte sie heute Nacht zwei Tabletten statt wie üblich nur eine nehmen.

Als eine Stunde später das Telefon klingelte, schlief Claudia tief und fest.

Stirnrunzelnd legte Garth auf und wählte dann die Londoner Nummer seiner Tochter.

„Daddy", rief Tara erfreut aus, als sie seine Stimme erkannte. „Gut, dass du anrufst."

„Ach, hast du versucht, mich zu erreichen?"

„Nein, das ist es nicht. Es ist nur, weil ich heute Nachmittag zu Ma rübergefahren bin. Ich wollte ihr etwas erzählen. In eurem Käseblättchen haben sie einen wunderbaren Artikel über sie gebracht. Hast du ihn gesehen?"

„Ja", erwiderte Garth kurz angebunden.

Er hatte auch die Fotos gesehen, die sie von ihr gebracht hatten. Auf einem davon stand dicht neben seiner Exfrau ein Mann, der sie mit einem räuberischen und zugleich trügerisch sanften Gesichtsausdruck anschaute.

Garth kannte ihn nur dem Namen nach. Er stammte aus Upper Charfront, war jedoch vor Jahren nach London gezogen und jetzt wieder zu seinen Wurzeln zurückgekehrt, offensichtlich in der Absicht, seine Firma von seiner Heimatstadt aus zu betreiben. Mit Claudia hatte er Kontakt aufgenommen – sofern die Gerüchte, die Garth zu Ohren gekommen waren, stimmten –, weil er angeblich ihre fachliche Meinung einholen wollte, mit welcher Art von Problemen er sich unter Umständen bei der Einrichtung von Computerheimarbeitsplätzen konfrontiert sehen könnte. Garth hatte seine eigene Vorstellung davon, was Luke Palliser von seiner Exfrau wollte, er war jedoch überzeugt davon, dass es nicht im Entferntesten etwas mit ihren Fachkenntnissen zu tun hatte.

„Es muss ja etwas sehr Wichtiges gewesen sein, was du deiner Mutter sagen wolltest, wenn du es dafür auf dich genommen hast, den ganzen Weg nach Gloucestershire zu fahren und dann am Abend auch noch wieder zurück", bemerkte Garth und lenkte seine Gedanken von seiner Exfrau zurück zu seiner Tochter. Natürlich wollte auch er erfahren, was für seine Tochter so wichtig war.

„Na ja, das war es auch, aber ich konnte trotzdem nicht bleiben. Und es hätte ohnehin keinen Sinn gehabt. Ma hatte am Abend etwas vor. Daddy ..."

Garth wartete. Er kannte den besonderen Unterton, der in der Stimme seiner Tochter mitschwang. Er hatte jedes kleine und manchmal nicht so kleine Missgeschick in Taras Leben begleitet, angefangen von dem Zusammenstoß, bei dem das Vorderrad ihres ersten richtigen Fahrrades verbogen worden war, bis hin zu dem weniger schrecklichen, jedoch weitaus teureren Zusammenstoß, bei dem das kleine Auto demoliert wurde, das er ihr zu ihrem achtzehnten Geburtstag geschenkt hatte.

„Weißt du noch, dass ich dir erzählt habe, dass ich meinen gesamten Jahresurlaub nehmen muss, weil ich vorhabe, mit Ry nach Boston zu fliegen?"

„Ja sicher ..."

„Na ja, ich wollte es dir zu dem Zeitpunkt noch nicht sagen – nicht bevor ich es Ma erzählt hatte –, aber Ry und ich ... also es kann sein, dass ich länger als nur ein paar Wochen in Amerika bleibe." Sie legte eine Pause ein, damit er ihr folgen konnte, aber das war nicht nötig, denn Garth hatte sofort begriffen, worum es ging. Er hatte es schon vorher gewusst ... geahnt ... gespürt, und ihre sorgfältig gewählten Worte bestätigten seine Ahnung jetzt nur.

Er umklammerte den Telefonhörer fester und spürte, dass seine Hand anfing zu schwitzen. Gleichzeitig krampfte sich sein Magen zusammen und Übelkeit stieg in ihm auf. Jetzt wusste er, warum Claudia versucht hatte, ihn zu erreichen.

„Daddy, bist du noch da?" hörte er Tara verunsichert fragen.

„Ja, ich bin noch da", gab er zurück, wobei er hoffte, dass seine Stimme ruhiger klang, als er sich fühlte.

„Sag mal, könntest du nicht für mich mit Ma reden?" drängte Tara. „Ich weiß, dass sie außer sich ist, und das Letzte, was ich möchte, ist, sie zu verletzen, aber ich liebe Ry doch so sehr ... Ich wünschte mir, es gäbe einen Weg, dass wir alle zusammenbleiben können, aber es ist ein bisschen so wie damals, als ihr beide, du und Ma, mir eröffnet habt, dass ihr euch scheiden lassen wollt, findest du nicht? Manchmal *kann* man einfach nicht alle Menschen, die man liebt, um sich haben", sprudelte sie heraus.

„Rylands Familie, seine *Arbeit*, alles ist in Boston. Er hat immer gewusst, dass man von ihm erwartet, dass er zurückkommt, um seinen Platz in dem Familienunternehmen einzunehmen, und er will es auch. Ihr könnt uns doch in eurem Urlaub immer besuchen. Das habe ich Ma schon gesagt ... und auch, dass wir natürlich auch ab und zu rüberkommen, ganz davon abgesehen, dass bis jetzt ja noch gar nichts beschlossene Sache ist. Ich werde erst noch gehörig in die Zange genommen", fuhr Tara spöttisch-belustigt fort. „Und laut Ry ist eine Überprüfung durch das FBI nichts gegen das, was mich von seiner Tante erwartet. Sie wird sich erst meinen Stammbaum zeigen lassen und ein astreines Gesundheitszeugnis verlangen sowie den Nachweis, dass ich nicht irgendwelche störenden Gene geerbt habe, bevor sie mich überhaupt beim Vornamen nennt, egal ob Ry mich heiraten will oder nicht. Nicht, dass es für Ry eine Rolle spielen würde, ob sie mit seiner Wahl einverstanden ist oder nicht, aber er sagt, dass sie sich davon nicht abhalten lassen würde. Wenn ihr erst klar wird, wie wir zueinander stehen, wird sie den ganzen Durchleuchtungsprozess anleiern, egal ob wir damit einverstanden sind oder nicht.

Sie ist die Hauptaktionärin des Familienunternehmens – ihr verstorbener Mann, der Bruder von Rys Vater, war der älteste Sohn. Als Rys Onkel starb, ging sein Aktienanteil an sie über. Rys Vater hat auch Anteile und arbeitet ebenfalls in der Firma. Nach allem, was Ry mir erzählt hat, ist sie furchtbar steif und überkorrekt. Zweifellos wird sie bis aufs letzte i-Tüpfelchen alles über meinen Familienhintergrund wissen wollen. Nicht, dass mir das schlaflose Nächte bereiten würde, wirklich nicht. Es wird total leicht werden, glaub mir, schließlich haben wir ja nichts zu verbergen ... Daddy, bist du noch da?"

„Ja, ich bin noch da", bestätigte Garth ruhig.

„Du *wirst* doch bei Ma ein gutes Wort für mich einlegen, ja?" bettelte Tara. „Ich weiß, dass sie insgeheim gehofft hat, dass ich einen netten Jungen aus der Gegend heirate und mich einen Katzensprung von Ivy House niederlasse, und das hätte mir ja auch gefallen, aber ... ich liebe Ry wirklich, weißt du."

„Hast du dein Visum schon?“ hörte Tara ihren Vater ernst fragen.

„Ich habe es beantragt, aber Ry sagt, dass es bestimmt keine Probleme geben wird, weil es ja nur ein Urlaubsvisum ist, und den Rest können wir dort erledigen. Das ist lustig. Ma hat mir genau dieselbe Frage gestellt.“

Nachdem er das Gespräch mit Tara beendet hatte, versuchte Garth es erneut bei Claudia, obwohl es bereits Mitternacht war.

Wieder nahm niemand ab. Wo war sie? Tara hatte ihm erzählt, dass sie ausgehen wollte. Aus, wohin und mit wem? Mit dem Mann aus der Zeitung, Luke Palliser, dessen Gesichtsausdruck und Körpersprache so beredtes Zeugnis davon abgelegt hatten, dass er weit mehr von ihr wollte als eine Geschäftsbeziehung? Lag sie womöglich jetzt in seinen Armen ... in seinem Bett? Hör sofort auf damit, ermahnte sich Garth, während er nervös im Zimmer auf und ab ging. Was, zum Teufel, war los mit ihm? Schließlich kannte er Claudia besser. Das Letzte, was sie im Augenblick im Kopf haben würde, war Sex. Das *Einzige*, die *einzige* Person, bei der sie jetzt in Gedanken sein würde, war Tara. Als Tara noch ein Baby gewesen war, hatte er einmal halb im Scherz zu Claudia gesagt, dass es ihm so vorkomme, als ob sie ihre Tochter mehr liebe, als sie ihn je geliebt hätte oder je lieben werde.

„Ja, ich glaube, das stimmt“, hatte Claudia ihm ernst zugestimmt, „aber es ist eine ganz andere Art von Liebe. Es ist eine Liebe, die wahrscheinlich nur eine Frau kennt, die schon einmal ein Kind verloren hat. Sie nimmt dir nichts von meiner Liebe zu dir weg, Garth. Sie ist nur anders ... völlig anders.“

Nachdem der Taxifahrer sie vor dem Apartmentblock, in dem sie wohnte, herausgelassen hatte, wartete Estelle, bis das Taxi außer

Sichtweite war, bevor sie ihr Handy aus ihrer Tasche kramte und eine Nummer wählte. Vielleicht war sie ja übervorsichtig, aber sie hatte es sich zur eisernen Regel gemacht, niemals die Privatperson mit der öffentlichen Person zu vermischen, und Blade war Teil der privatesten Seite ihres Lebens.

„Aber das ist ja fast so was wie Inzest", hatte eine Freundin schockiert gekeucht, als sie, ein Teenager damals noch, in allen feuchten Einzelheiten damit herumgeprahlt hatte, was für eine Art Beziehung sie wirklich mit ihrem Stiefbruder verband. Das andere Mädchen war geschockt gewesen, aber Estelle genoss das Wissen, dass ihre Eltern die Hände über dem Kopf zusammenschlagen würden, wenn sie von dem, was sie und Blade miteinander trieben, wüssten, und es natürlich sofort verbieten würden. Je verbotener die Sache war, umso aufregender.

Als sie Blade erzählte, dass sie einer Freundin gegenüber herumgeprahlt hatte, hatten sie einen heftigen Streit gehabt, in dessen Verlauf er sie sehr hart mit der flachen Hand auf den Mund geschlagen hatte, bevor er sie zwang, in die Knie zu gehen und es ihm mit dem Mund zu machen, während er sie mit wüsten Schimpfkanonaden überhäufte und erst damit aufhörte, als er schließlich kam.

Für Estelle war es das Aufregendste, das sie je gemacht hatten, und sie hatte einen Orgasmus, ohne dass er sie überhaupt berührt hatte und lange bevor er selbst kam. Sie war damals dreizehn gewesen und Blade achtzehn. Auch als Blade auf die Universität ging, hatten sie ihre sexuelle Beziehung fortgesetzt, und als sie selbst anfing zu studieren, war es nicht anders gewesen – sie hatten leidenschaftlichen, obsessiven sadomasochistischen Sex, und dazwischen gab es immer wieder lange Zeitspannen, in denen sie weder miteinander sprachen noch sich sahen.

Estelle konnte sich noch gut an eine ganz bestimmte Situation erinnern, als sie sich vom Ende der Sommerferien bis Weihnachten nicht gesehen hatten. Sie war mit Freunden unterwegs gewesen, als er nach Hause kam – ein wohl überlegter Schritt ihrerseits, weil sie sich genau ausrechnen konnte, wie wütend er sein würde, wenn sie ihn nicht erwartete. Aber die Party, zu der sie gegangen war, hatte sich als wesentlich wilder als erwartet herausgestellt. Der Schulfreund, der sie veranstaltete, hatte einen älteren Bruder, der irgendwann mit seinen Freunden aufgetaucht war.

Estelle hatte keinen Sex mit ihnen gehabt; sie war wachsamer und klüger geworden seit jener Zeit, als es ihr noch Spaß gemacht hatte, ihre Freundinnen mit ihren Geheimnissen zu schocken. Die Welt draußen sah und kannte eine Estelle; sie und Blade wussten, dass es noch eine ganz andere gab. Aber sie war sich nicht zu schade gewesen, ein paar Linien Koks reinzuziehen, und als sie um ein Uhr morgens nach Hause kam, war sie sexuell sehr erregt, was jedoch wahrscheinlich weniger von dem Kokain kam, sondern von der Vorfreude auf das, was noch vor ihr lag. Die Erregung, die durch ihren Körper schoss, als Blade ihr die Tür aufmachte, war schon fast ein Orgasmus.

Er sagte kein Wort; keiner von beiden sagte etwas. Stattdessen blieb er einfach am Fuß der Treppe stehen und schaute ihr zu, wie sie nach oben ging. Als sie die letzte Stufe erreicht hatte, brannten ihre Brustwarzen, als seien sie bereits wundgescheuert, sie war nasser und schärfer als je zuvor in ihrem Leben.

Ihr Schlafzimmer mit dem angrenzenden Bad lag am anderen Ende des Hauses, dem Schlafzimmer ihrer Eltern entgegengesetzt. Ihre Mutter pflegte immer zu betonen, dass junge Mädchen ihre Intimsphäre brauchten, aber Estelle wusste, dass sie nur nicht gestört werden wollte.

Estelle hatte vor langer Zeit begriffen, dass ihre Mutter sie weder mochte noch liebte – und sie hatte sie gewiss nicht gewollt. Es war kein Geheimnis, dass Estelle ein „Betriebsunfall" gewesen war, da ihre Mutter sich nie Kinder gewünscht hatte.

„Ich bringe mich um", hatte Estelle als Kind einmal theatralisch gedroht. „Das ist dir doch bestimmt am liebsten. Du willst mich ja loswerden!"

Natürlich hatte es ihre Mutter abgestritten. Aber das war ein paar Jahre bevor Lorraine ihr freimütig erzählt hatte, dass sie am Anfang ihrer Schwangerschaft versucht hatte abzutreiben.

„Ich glaube, dass ein Mädchen in Estelles Alter reif genug ist, um zu wissen, was es tut", hatte Lorraine trotzig erwidert, als sich irgendwann jemand kritisch über die Freiheit geäußert hatte, die sie ihrer Tochter einräumte. Und als wäre ein schwieriges Kind nicht genug, war Ethian Morton, ihr zweiter Ehemann und Blades Vater, alles andere als erfreut gewesen, als der neue Partner seiner ersten Frau erklärte, dass sie mit Blade nur deshalb nicht zurechtkämen, weil er, Ethian, während ihrer Ehe dem Jungen ein so schlechter Vater gewesen wäre, und verlangte, das Sorgerecht für den Jungen auf seinen leiblichen Vater zu übertragen.

Obwohl er wegen schlechten Betragens von drei Internaten geflogen war, schaffte es Blade zu Ethians Erleichterung, genug gute Noten zusammenzukratzen, um an einer zweitklassigen Universität aufgenommen zu werden. Beide Eltern waren ebenfalls erleichtert, dass keiner ihrer Sprösslinge je Interesse anmeldete, mit ihnen gleich nach den Weihnachtsfeiertagen in die Winterferien zum Skifahren mitzufahren.

„Sie lassen Blade und Estelle allein zu Hause?" hatte eine Nachbarin, unfähig, ihre Gefühle zu verbergen, gefragt.

„Blade ist erwachsen", hatte Lorraine sie beleidigt erinnert,

„und er und Estelle kommen wunderbar klar. Tatsächlich stehen sie sich näher als viele leibliche Geschwister. Er kümmert sich sehr um sie. Es ist ganz reizend, wirklich."

„Neugierige Kuh", hatte sie später verärgert zu Ethian gesagt. „Nur weil *sie* den ganzen lieben langen Tag nichts als ihre Brut im Kopf hat und es genießt, die Übermutter und Märtyrerin zu spielen."

Die eine Wand in Estelles Bad war vollkommen verspiegelt. Es war Blades Idee und das Geschenk ihrer Eltern zu ihrem fünfzehnten Geburtstag gewesen. Als sie jetzt ins Bad ging, machte sie sich nicht die Mühe, die Tür zuzumachen. Sie schälte sich aus dem knappen Kleid, das sie trug, und stellte sich dann vor den Spiegel. Ihr Mund war geschwollen, der knallrote Lippenstift, den sie aufgelegt hatte, verschmiert. Sie war groß und schlank, ihre Brüste waren so fest und hoch, dass sie den BH problemlos weglassen konnte, ganz davon abgesehen, dass sie das Gefühl mochte, wenn sich ihre Knospen am Stoff ihrer Kleider rieben und noch mehr mochte sie die Blicke, die die Männer ihr zuwarfen, wenn sie mit frei schwingenden Brüsten an ihnen vorüberging.

Die Augen halb geschlossen, leckte sie sich über ihre geschwollenen Lippen und fuhr sich mit der Hand in ihr Höschen, so dass sie ihre eigene Nässe spüren konnte. Ein vertrautes Ziehen machte sich in ihrem Unterleib breit. Die Augen schließend, streifte sie sich das Höschen ab.

Sie hörte, wie die Badezimmertür geschlossen wurde, und öffnete langsam die Augen, eine Hand noch immer zwischen ihren Schenkeln, in der anderen hielt sie ihr feuchtes Höschen, während sie ihren Blick in Blades Augen versenkte und seine schweigende intensive Musterung über sich ergehen ließ.

„Wo warst du?“ fragte er ausdruckslos, während er auf sie zuging, die Frage war nur ein sanftes Flüstern, aber Estelle wusste es besser. Ihr Herz fing an zu hämmern, während sie spürte, wie eine vertraute fiebrige Erregung und Angst von ihr Besitz ergriffen.

„Da, riech“, forderte sie ihn auf und hielt ihm das Höschen hin. Wie erwartet nahm er es entgegen und strich es sehr sanft glatt, bevor er es sich an die Nase hielt und ihren Sexgeruch ganz tief einatmete. *Ihren* Sexgeruch und niemandes anderen.

„Komm her“, befahl er mit derselben sanften Stimme, aber Estelle ließ sich nicht täuschen. Zitternd von Kopf bis Fuß vor Erregung, die fast so köstlich war wie die Erlösung, die ihr folgen würde, tat sie, was er ihr befohlen hatte.

Während sie auf ihn zuging, zog Blade den Reißverschluss seiner Jeans auf, und wie erwartet war er darunter nackt. Sein Penis war steif und kerzengerade aufgerichtet. Am Anfang ihrer sexuellen Beziehung hatte sein Geschlechtsorgan sie fasziniert, und als Strafe für ihre „Sünden“ hatte er ihr befohlen, seinen Penis zu waschen, manchmal mit ihrer Zunge, manchmal mit Wasser und Seife.

Jetzt trat er hinter sie, legte sich auf den Fußboden und befahl: „Komm her.“ Estelles ganzer Körper bebte vor sexueller Erregung. „Setz dich auf ihn drauf“, verlangte er und zog sie zu sich herunter.

Willig gehorchte sie, ging mit gespreizten Beinen über ihm in die Hocke und ließ seinen Penis langsam in sich hineingleiten. Noch während sie es tat, wölbte er sie sich ihr so heftig entgegen, dass es fast wehtat, und in demselben Moment streckte er die Hand aus und begann, ihre Klitoris zu reiben.

Es war zu viel für sie, um ihre Selbstkontrolle zu wahren. Sekunden später hatte sie einen Orgasmus.

Sie verbrachten den Rest der Nacht in ihrem Badezimmer, und

als er schließlich erschöpft über ihr zusammenbrach und ebenfalls einen Orgasmus hatte, wusste Estelle, dass sie morgen ganz wundgescheuert sein würde, aber das machte ihr nichts aus. Sie hatte jeden Moment mit Blade genossen, *jeden* Moment.

Die Erinnerung an diese Begebenheit war noch immer frisch genug, um ein Lächeln auf ihr Gesicht zu bringen und zu bewirken, dass sie nass wurde, sehr, sehr nass. Sie lächelte jetzt, ihre Hand legte sich zwischen ihre Schenkel, und sie drückte sich schützend noch tiefer in Blades Hauseingang, als sie seine Stimme hörte.

„Blade, ich bin's, Estelle", sagte sie weich. „Bist du zu Hause?" Diese Frage war ihr Privatcode und bedeutete „Ich will Sex".

Sie konnte das dunkle, triumphierende Lächeln fast sehen, das über sein Gesicht huschte, während er sanft erwiderte: „Nein, leider nicht. Es ist nichts Wichtiges, Darling", hörte sie ihn gedämpft zu jemand anders sagen. „Nur meine Schwester." Dann fuhr er in schneidendem Spott fort: „Wenn du es wirklich nicht mehr aushalten kannst, kann ich es dir ja telefonisch besorgen. Darauf stehst du doch, nicht? Oder wenn du willst, kannst du auch rüberkommen und zuschauen ... vielleicht kriegst du ja Lust mitzumachen."

Wütend kappte Estelle die Verbindung. Dass Blade auf Voyeurismus und Dreier im Bett stand, wusste sie nur allzu gut, im Moment jedoch hatte sie keine Lust auf diese Art Spielchen und wollte ihn mit niemandem teilen. Im Augenblick wollte sie ihn für sich allein. Ganz für sich allein.

Zornig und enttäuscht fuhr sie auf dem Absatz herum und begann auf den Apartmentkomplex, in dem sie wohnte, zuzugehen. Ein paar Schritte von ihr entfernt stand ein Mann am Bordstein, der darauf wartete, die Straße überqueren zu können. Estelle musterte ihn hungrig, in ihren Augen glitzerte die sexuelle Gier. Obwohl er ganz und gar nicht ihr Typ war; er war blass und dünn, mit hängenden Schultern, und zweifellos würde es um seinen Penis nicht besser bestellt sein.

Ihn angewidert anstarrend, verfluchte Estelle Blade, wohl wissend, dass dieser das Zusammensein mit der Frau, die im Augenblick bei ihm war, jetzt umso mehr genießen würde, wo er wusste, dass Estelle hungrig war ... dass sie ihn wollte, dass sie ihn brauchte.

3. KAPITEL

Während Garth nach einem erneuten Versuch, Claudia zu erreichen, den Hörer auflegte, warf er verunsichert einen Blick auf seine Armbanduhr.

Es war mittlerweile ein Uhr morgens. Vielleicht war Claudia immer noch unterwegs, aber ... Um diese nachtschlafende Zeit, wo die Straßen leer waren, könnte er in weniger als zwei Stunden in Upper Charfront sein. Am liebsten hätte er sich auf der Stelle ins Auto gesetzt, doch er konnte sich lebhaft vorstellen, wie Claudia auf seinen überfallartigen Besuch um diese Uhrzeit reagieren würde. Und man konnte fast davon ausgehen, dass irgendjemand, den sie beide kannten, sein Auto vor ihrem Haus sehen würde – Upper Charfront war genau die Art Stadt. Nicht, dass *ihm* das irgendetwas ausgemacht hätte, aber er wusste, dass es Claudia etwas ausmachen würde.

Nun gut, er würde sie morgen gleich als Erstes anrufen – falls sie zu Hause war und nicht ... nicht was?

Nicht bei Luke Palliser.

Verärgert über sich selbst, streckte Garth seinen jetzt angespannten Körper, wobei er das Gesicht verzog, als er es in seiner Halswirbelsäule viel sagend knacken hörte. Ohne eitel zu sein, wusste er, dass er für sein Alter noch verdammt gut in Form war, was er allerdings zu einem guten Teil sich selbst zu verdanken hatte, denn er achtete auf seine Gesundheit, aß gut und mit Bedacht und trieb – moderat, aber regelmäßig – Sport.

Nachdem Garth den Gedanken an Luke Palliser erfolgreich verdrängt hatte, kam ihm der Grund seines Anrufs, seine Tochter Tara, wieder in den Sinn. Tara gehörte zu dem Besten, was ihm in seinem Leben je passiert waren. Obwohl es Zeiten gegeben hatte, zu denen ihm der Preis – zu seiner Schande musste er sich das eingestehen – sehr hoch erschienen war, Zeiten, zu denen er sich fast gewünscht hatte, dass sie das Licht der Welt besser nie erblickt hätte. Und Zeiten, in denen er lachhaft eifersüchtig auf die Intensität von Claudias Liebe für ihre Tochter gewesen war, wobei es ihm niemals gelungen war, den Verdacht loszuwerden, dass er Claudia schon immer leidenschaftlicher geliebt hatte als sie ihn.

Er konnte sich noch sehr gut daran erinnern, wie bestürzt er gewesen war, als sein Vorgesetzter, Claudias Vater, ihn dazu verdonnert hatte, seine Tochter zum Regimentsball zu begleiten. Er hatte lediglich gewusst, dass der Brigadegeneral eine Tochter hatte und dass sie auf der Universität war, und er war sich nicht sicher gewesen, was ihn erwartete.

Was er jedoch ganz sicher gewusst hatte, war, dass er dem langbeinigen Model, das ihm auf einer Party in London vorgestellt worden war und das er seit sechs Wochen diskret umwarb, auf jeden Fall als Begleiterin den Vorzug gegeben hätte. Obwohl sie trotz ihres guten Aussehens nicht wirklich sein Typ gewesen war – Garth mochte schon immer lieber kurvige Frauen als klapperdürre – und außerdem eine hektische Atmosphäre um sich verbreitete, die, zusammen mit dem leicht ausgemergelt wirkenden Körper, selbst in jenen relativ unschuldigen vormagersüchtigen Zeiten den Verdacht an weiche Drogen, die natürlich auch damals in der Modeszene schon im Umlauf gewesen waren, nahe legte. Der Ehrlichkeit halber musste er jedoch einräumen, dass der dezente Hinweis seines Bekannten auf ihre sexuelle Freizügigkeit diese kleinen Schönheitsfehler wettmachte.

Für Garth, einen allein stehenden jungen Mann mit einem gesunden sexuellen Appetit, war die Aussicht, eine junge Frau auf den Ball zu begleiten, bei der er sich eine sichere Chance ausrechnen konnte, anschließend mit ihr im Bett zu landen, wesentlich attraktiver als die Perspektive auf einen Abend, an dem er gezwungen sein würde, mit der höchstwahrscheinlich unscheinbaren und langweiligen Tochter seines Vorgesetzten höflich Konversation machen zu müssen.

Nur dass Claudia nicht unscheinbar und alles andere als langweilig gewesen war, und als er sie abgeholt hatte, war ihm sofort klar gewesen, dass sie von der Aussicht, einen Abend mit ihm verbringen zu müssen, nicht begeisterter war als er.

Zierlich und blond, ausgestattet mit einem kurvenreichen, überaus weiblichen Körper, dessen Anblick in Garth sofort den Wunsch geweckt hatte, seine Hände um ihre Taille zu legen, um zu überprüfen, ob sie wirklich schmal genug war, dass er sie mit seinen Händen umfassen könnte, war sie rein körperlich anziehend genug gewesen, um ihm den Mund wässrig zu machen und seine Fantasie anzuregen. Aber Claudia hatte eine Menge mehr zu bieten als körperliche Schönheit, wie er schnell entdeckt hatte, und am Ende des Abends hatte er gewusst, dass sie die Frau war, die er heiraten wollte.

Doch Claudia hatte es ihm nicht leicht gemacht. Nicht etwa deshalb, weil sie seine Gefühle nicht geteilt hätte, wie sie ihm ernst versicherte, nachdem er ihr zum ersten Mal einen Heiratsantrag gemacht hatte – sie erwiderte sie uneingeschränkt –, sondern weil sie schon zu viele schlechte Ehen von Armeeangehörigen gesehen hatte, um die Zukunft ihrer Kinder, ihrer *beider* Kinder einer Ehe anzuvertrauen, die möglicherweise nicht von Dauer sein würde.

Selbst damals hatte die Sicherheit der Familie, die sie sich so sehr wünschte, Vorrang vor allem anderen gehabt.

„Wie konntest du jemals behaupten, dass du mich liebst?“ hatte sie ihm anklagend ins Gesicht geschleudert, nachdem sie herausgefunden hatte, was passiert war. „Wie kannst du das behaupten, wenn du mit einer anderen schläfst?"

Er hatte versucht, es ihr zu erklären, ihr begreiflich zu machen, dass es ein Fehler gewesen war ... ein Unfall fast, aber sie hatte sich geweigert, seinen Worten Glauben zu schenken, ja, schlimmer noch, sie hatte ihm nicht einmal zugehört.

Er hatte immer gewusst, dass sie unter ihrer weichen, verletzlichen Schale sehr stark war, aber er hatte nicht einmal im Traum daran gedacht, dass sich diese Stärke irgendwann einmal gegen ihn richten könnte. Er hatte versucht, sie umzustimmen, doch sie hatte sich geweigert zuzuhören, und am Ende war ihm nichts anderes übrig geblieben, als zu akzeptieren, dass ihre Ehe gescheitert war, dass ihr Stolz es ihr nicht gestatten würde, ihn zu verstehen oder ihm zu vergeben.

In den ersten beiden Jahren nach ihrer Scheidung hatte er getan, was alle Männer in einem solchen Fall tun, er hatte versucht, seinen Schmerz in den Armen und Betten anderer Frauen zu vergessen.

Es hatte nicht funktioniert, aber davon war er auch nicht ausgegangen, und zumindest hatte ihm sein Junggesellendasein und die Entschlossenheit, sich gefühlsmäßig in nichts mehr verwickeln zu lassen, die Möglichkeit gegeben, in den mageren Jahren der Wirtschaftskrise seine gesamte Zeit und Aufmerksamkeit in die Firma zu stecken. Das Unternehmen hatte die Rezession relativ unbeschadet überstanden, und mittlerweile gehörte seine Firma unerwarteterweise zu den besten auf ihrem Gebiet.

Ebenso wie Claudia hatte auch er von Taras Beziehung mit Ryland gewusst, aber auch er war überrascht gewesen von Taras Ankündigung, dass sie Ryland heiraten wollte.

Eine Stunde später schaute Garth, der es noch immer nicht geschafft hatte einzuschlafen, auf die Leuchtziffern seiner Armbanduhr. Zwei Uhr fünfzehn. Er war nahe daran, es noch einmal bei Claudia zu versuchen, aber dann nahm er wieder Abstand von dieser Idee, weil er sich sagte, dass er, falls sie noch immer nicht nach Hause gekommen war – weil sie mit Luke Palliser zusammen war – es lieber nicht wissen wollte.

Sie waren jetzt seit zehn Jahren geschieden, und obwohl Claudia nie etwas an einer rein sexuellen Beziehung gelegen hatte, gehörte sie doch zu der Art von Frauen, die Männer fast automatisch attraktiv fanden und denen sie näher zu kommen trachteten – die sie beschützen wollten, falls man so etwas heutzutage noch laut sagen durfte.

Während ihrer Ehe waren ihm die bewundernden Blicke nicht entgangen, die andere Männer ihr zugeworfen hatten, ebenso wenig wie die neidischen, mit denen man ihn noch nach seiner Scheidung viel zu oft bedacht hatte, ohne zu wissen, dass Claudia nur deshalb noch allein war, weil sie es so wollte.

„Mich noch einmal auf jemanden einlassen ... ein zweites Mal heiraten? Niemals“, hatte sie ihm ruhig entgegengehalten, als er kurz nach ihrer Scheidung den Fehler gemacht hatte, seine Bitterkeit an ihr auszulassen. „Ich habe *dich* geliebt, Garth. Ich habe dich geliebt und dir vertraut, ich habe an dich geglaubt ... an uns, aber du hast mich betrogen.“ Nach einem leisen, würdevollen Seufzer hatte sie hinzugefügt: „Wenn ich dir schon nicht vertrauen konnte, welchem Mann könnte ich dann wohl vertrauen? Oh nein, ich kann und will es nicht noch einmal versuchen.“

„Du meinst, du *willst* nicht vertrauen, genauso wenig, wie du mich verstehen und mir zuhören wolltest“, hatte Garth, der es noch immer nicht ganz glauben konnte, dass sie wirklich geschieden waren, hitzig erwidert. „Du hast alles bekommen, was du wolltest, Claudia. Du hast Tara bekommen. Ich frage mich nur, was gewesen wäre, wenn sich herausgestellt hätte, dass *ich* keine Kinder bekommen kann. Wie viel dir wohl dann unsere Ehe und unser Ehegelöbnis bedeutet hätten?“

Damals, als er die Qual – eine Qual, die er verursacht hatte – in ihren Augen aufblitzen sah, während sie seinen Zornesausbruch schweigend über sich ergehen ließ, hatte er sich in seiner Verbitterung einzureden versucht, dass seine Wut und seine Anschuldigungen gerechtfertigt seien.

„Du willst dich ja gar nicht von mir scheiden lassen, weil ich mit einer anderen geschlafen habe“, hatte er ihr während einer ihrer häufigen Auseinandersetzungen in der Zeit vor ihrer Scheidung wütend an den Kopf geworfen, „sondern weil ich überflüssig geworden bin, weil du mich nicht mehr in deinem Leben *willst*. Die Einzige, die du willst, ist Tara.“

„Das ist nicht wahr“, hatte Claudia vehement abgestritten.

„Ach nein?“ hatte er zornig zurückgegeben. „Und wie kommt es dann, dass wir seit Weihnachten keinen Sex mehr hatten, drei Monate bevor du herausgefunden hattest ...“

„Ich habe es versucht“, hatte Claudia kleinlaut gekontert, „aber du warst so oft weg und bist abends immer erst so spät nach Hause gekommen ...“

„Und Sex ist nur etwas, das wir spätnachts und im Dunkeln haben können? Was war denn früher Sonntagmorgens, an den Sonntagnachmittagen, wenn Tara schlief, und den verregneten Abenden?“

„Damals war Tara noch klein. Jetzt ist sie älter, sie könnte womöglich ...“

„Sie könnte was? Merken, dass ihre Eltern eine natürliche, liebevolle sexuelle Beziehung haben? Nur haben sie das nicht, Claudia, oder willst du vielleicht das Gegenteil behaupten? An dem Sex, den wir in letzter Zeit haben, ist nichts warm oder liebevoll, nicht solange du einfach nur so daliegst und darauf wartest, dass es endlich vorbei ist."

„Du irrst dich. Es ist nicht so, dass ...", hatte Claudia begonnen, sich dann unterbrochen und sich auf die Unterlippe gebissen.

Natürlich war es nicht der mangelnde Sex in ihrer Ehe gewesen, was mich so wütend gemacht und verletzt hat, gestand Garth sich jetzt ein. Es war seine Angst gewesen, dass er Claudias Liebe verloren hatte, dass sie ihn nicht mehr brauchte oder begehrte, dass sie und Tara es sich zu zweit in einem Nest gemütlich gemacht hatten, in dem kein Platz für ihn war. Dass er im Leben seiner Frau und vielleicht sogar im Leben seiner Tochter überflüssig geworden war.

Aber es war falsch von ihm gewesen, Claudia der Gefühlskälte und Lieblosigkeit zu bezichtigen. Am Anfang hatten ihn ihre sanfte Sinnlichkeit, ihre rückhaltlose Hingabe stark erregt.

Sie war noch Jungfrau gewesen, als sie sich kennen gelernt hatten, aber sie hatte es ihm verschwiegen, und als sie sich in ihrer Hochzeitsnacht das erste Mal geliebt hatten, waren ihre Liebesbezeugungen so leidenschaftlich ausgefallen, dass er es kaum hatte glauben wollen, als er auf den unerwarteten Widerstand in ihrem noch unschuldigen Körper gestoßen war.

Das hatte seine Liebe, falls überhaupt möglich, noch vergrößert und ihre Perfektion in seinen Augen besiegelt, nicht nur deshalb, weil kein anderer Mann sie so intim kennen gelernt hatte wie er, sondern weil sie *ihn* genug liebte, um sich ihm ganz und gar hinzugeben.

Er warf erneut einen Blick auf die Uhr. Nein, er konnte sie jetzt nicht mehr anrufen. Er würde bis morgen warten müssen.

Er konnte sich nur allzu gut vorstellen, wie sie auf Taras Neuigkeiten reagiert hatte und wie sie sich jetzt fühlte. Und wie viel der Versuch, sich mit ihm in Verbindung zu setzen, sie gekostet hatte.

„Total leicht", hatte Tara gesagt, und er hatte ihren Stolz auf sich selbst und ihre Familie in ihrer Stimme mitschwingen gehört, als sie sich über die inquisitorischen Absichten von Rys Tante lustig gemacht hatte.

Total leicht. Wenn es nur so wäre.

Estelle öffnete irritiert die Augen, die Leuchtziffern ihres Radioweckers standen auf Viertel vor drei. Benommen fragte sie sich, wovon sie wohl aufgewacht sein mochte, und dann hörte sie es deutlich durch die Dunkelheit ihrer Wohnung – das leise Knarren einer Tür, die in ihrer Wohnung geöffnet wurde.

Natürlich wusste sie sofort, wer es war. Außer ihr hatte nur noch eine einzige Person einen Schlüssel zu ihrem Apartment. Sie setzte sich auf und wartete, während er leise den Türknopf drehte und ins Zimmer kam, samtpfötig wie ein Berglöwe und mit wilden Augen, die in dem Lichtschein glitzerten, den er mit ins Zimmer brachte. Sein ganzer Körper schien zu vibrieren vor Sexbesessenheit, und an seiner Haut haftete noch der Geruch nach Sex – nach dem Sex, den er mit einer anderen gehabt hatte, wie Estelle einräumte, während sie spürte, wie die vertrauten Funken der Erregung zwischen ihnen übersprangen und knisterten wie ein unentdeckter Kabelbrand.

So war es immer gewesen mit ihm, schon vom ersten Mal an, als sie noch ein Kind und er der ältere Stiefbruder gewesen war. Sie hatte ihn von Anfang an angebetet. Sie gehörte ihm, hatte er zu ihr gesagt. Sie würde ihm immer gehören.

„Spreiz die Beine“, hörte sie ihn weich befehlen, als er an ihr Bett trat.

Sie lächelte ihn an und tat es. Das Mädchen oder die Mädchen, mit denen er vorher zusammen gewesen war, hatten es offensichtlich nicht geschafft, ihn zu befriedigen, ein Umstand, der sie jedoch nicht überraschte, denn obwohl es Zeiten gab, zu denen er sie quälte, indem er so tat, als ob sie für ihn Luft wäre, war sie sich doch seiner ebenso sicher wie umgekehrt.

Während sie auf dem Bett lag, spürte sie, wie ein Gefühl angespannter Erwartung und Dringlichkeit von ihr Besitz ergriff, das allein davon ausgelöst wurde, dass er sie nicht aus den Augen ließ. Er hatte angefangen sich auszuziehen, ohne seinen Blick von ihren gespreizten Beinen zu nehmen, nicht einmal als er seine Hose fallen ließ, wandte er ihn ab, und als ihr beim Anblick seines erigierten Gliedes ein leiser spitzer Aufschrei entfuhr, zuckte er mit keiner Wimper.

Das Märchen, dass man von den Händen und Füßen eines Mannes auf seine sexuelle Ausstattung schließen konnte, war in Blades Fall mit Sicherheit ein Märchen. Er war relativ klein und drahtig, und seine Hände und Füße waren fast so zierlich wie die einer Frau, aber sein Geschlechtsteil ...

Ein heftiger Lustschauer durchzuckte sie bei seinem Anblick. Es war dick, viel dicker als das eines jeden Mannes, den sie kannte, steinhart und derart gierig, dass es sich in seinem Heißhunger so tief in sie hineinbohrte, wie sie es liebte. So sehr liebte, dass sie selbst dann, wenn es ihr einmal nicht gelang, es oder ihn zu befriedigen, mit absoluter Sicherheit wusste, dass kein anderer Mann ihr je so viel Lust verschaffen könnte wie Blade.

„Mmmmh, das fühlt sich gut an“, sagte Blade mit sanfter Stimme. Er streichelte sie, kniete sich zwischen ihre Beine und schob ihre Schenkel noch ein bisschen weiter auseinander. „So nass, so warm ... so hungrig ... so leer."

Estelle wand sich ekstatisch in den Laken, während er seine Finger in sie hineingleiten ließ – gerade weit genug, um sie ihre Präsenz fühlen zu lassen und ihre Sehnsucht nach dem heißen, harten Schaft zu wecken, den er sich jetzt mit seiner freien Hand rieb.

Estelle wölbte sich ihm entgegen, in dem Versuch, seinen Finger noch tiefer in sich aufzunehmen, aber er ließ es nicht zu, sondern zog die Hand jedes Mal ein Stück zurück, wenn sie sich aufbäumte, und ließ sie leer und voller Verlangen zurück. Ihre Frustration verwandelte ihr früheres Lächeln in ein wütendes Starren, während sie versuchte, seine Finger an Ort und Stelle zu halten, aber vergebens. Er war jedes Mal schneller als sie.

Er lachte und streichelte provozierend seinen harten Penis, wobei er sie jedes Mal daran zu hindern wusste, wenn sie ebenfalls danach zu greifen versuchte. Er nagelte ihr den einen Arm mit seinem Knie fest, während er den anderen schmerzhaft umklammert hielt, wobei er spöttisch mit einem zähnefletschenden, wölfischen Grinsen auf sie herunterschaute, als er ihren Arm wieder losließ und seine Finger erneut in sie hineinschob und sanft flüsterte: „So ist es gut, Babe, mach schon, fick dich selbst mit meinen Fingern", und lauthals auflachte, als sie leise aufschrie. „Was willst du? Mehr ...? Wie viel mehr ...? So viel?"

Sie hätte darauf vorbereitet sein müssen. Immerhin hatte er das alles schon früher mit ihr gemacht, und doch ließ sie der scharfe, erregende Schmerz, den er ihr verursachte, laut aufschreien und brachte ihr, wie er gewusst hatte, die ersten heftigen Konvulsionen ihres Höhepunkts. Aber er dämmte die gewaltige Welle, die sich eben anschickte, über sie hinwegzuschwappen, sofort ein, indem er seine Finger aus ihr herauszog und anfing, sie an anderer Stelle zu streicheln, während sie die Hand flehend nach seinem Penis ausstreckte.

„Oh nein, noch nicht, du kannst ihn noch nicht haben. Zuerst muss er noch ein bisschen gestreichelt werden ... lutsch ihn, zeig ihm, wie verrückt du nach ihm bist", befahl er in sanftem Spott, als sich erst ihre Hand und dann ihr Mund gierig um den harten Schaft schloss und sie begann, sich rhythmisch hin und her zu wiegen, während sie mit geschlossenen Augen an ihm saugte.

Er wartete, bis er kurz vor dem Höhepunkt stand, dann zog er seinen Penis aus ihrem Mund heraus und drang tief in ihren nassen, pulsierenden Schoß ein, wobei er automatisch nach dem Kissen griff, um ihre Lustschreie zu dämpfen, obwohl die Zeiten, in denen er Vorsorge treffen musste, dass ihre Eltern sie nicht hörten, lange vorüber waren.

Weil sie ihre Ungestörtheit liebte, hatte Estelle nie eine Mitbewohnerin gehabt, und eine der ersten Lektionen, die sie in ihrem Leben gelernt hatte, war die, ihrem eigenen Geschlecht zu misstrauen.

Kurz vor Sonnenaufgang ließ Blade seinen Blick selbstgefällig über Estelles nackten Körper schweifen. Er strich sich selbst mit der flachen Hand über die Brust. Das ganze Zimmer roch nach Sex, und er atmete den Geruch von sich selbst und ihr genüsslich ganz tief ein. Dann, nachdem er seine Kleider eingesammelt und sich angezogen hatte, ging er zur Tür.

Er und Estelle verbrachten nie die ganze Nacht zusammen. So eine Art von Beziehung hatten sie nicht, ganz davon abgesehen, dass die beiden Mädchen, die er vorhin verlassen hatte, noch immer in seinem Bett auf ihn warteten – oder genauer gesagt auf das Geld, das er ihnen in Aussicht gestellt hatte.

„Was ist los?“ Ryland streckte den Arm aus und zog Tara liebevoll noch enger an sich.

„Woher weißt du, dass ich wach bin?“ fragte sie ausweichend.

„Ich wusste es einfach“, erwiderte Ryland und gab ihr einen sanften Schubs, indem er fragte: „Du machst dir Sorgen um deine Mom, stimmt's?“

Tara wandte den Kopf und presste ihr Gesicht an seine Brust.

„Sie hat nichts dazu gesagt, dass wir nach Boston gehen wollen, aber ich konnte es ihr ansehen ... ihre Augen ... ich weiß, wie ihr zu Mute ist.“ Sie schluckte einen kleinen Schluchzer, der in ihrer Kehle aufzusteigen drohte, hinunter. „Ich habe so ein schlechtes Gewissen, dass ich sie allein lasse, Ry, aber ich weiß einfach, dass ich es ohne dich nicht aushalten könnte.“

„Du wirst es nie ohne mich aushalten müssen, und wenn ich dich kidnappen und eigenhändig ins Flugzeug verfrachten müsste“, versicherte Ryland ihr und fügte ein bisschen ernsthafter hinzu: „Wenn es irgendeinen Weg gäbe, wie ich etwas ändern könnte, wie ich hierbleiben könnte, würde ich ihn gehen, aber es gibt keinen. Ich bin der einzige männliche Nachkomme in meiner Generation. Mein Onkel war zwölf Jahre älter als mein Vater – wenn er und meine Tante einen Sohn gehabt hätten, wäre vielleicht alles anders. Doch es ist so wie es ist, und es war schon immer beschlossene Sache, dass ich die Leitung der Firma übernehme, wenn meine Tante eines Tages beschließt, sich zur Ruhe zu setzen.“

„Aber will denn nicht vielleicht deine Cousine ...“, begann Tara, auf das einzige Kind seines verstorbenen Onkels und seiner Tante anspielend, doch Ryland schüttelte den Kopf, noch ehe sie ihren Satz beendet hatte.

„Margot ist an der Firma nicht interessiert. Das war sie noch nie. Die Art von Frau ist sie einfach nicht.“

„Was meinst du denn damit?“ fragte Tara, ihre Stirn in Falten legend. Alles, was sie von seiner Cousine wusste, war, dass sie fast sieben Jahre älter war als Ryland und unverheiratet.

„Margot arbeitet zwar in der Firma, aber weiter geht ihr Interesse nicht“, berichtete Ryland. „Sie leitet das Archiv, in dem wir sämtliche Originale aufheben, die der Verlag je veröffentlicht hat. Sie hat jedoch niemals den Wunsch nach einem Managerposten geäußert.“

„Aber sie könnte heiraten und Kinder bekommen“, gab Tara zu bedenken.

„Nein“, erwiderte Ryland, den Kopf schüttelnd. „Das wird sie nicht.“

„Wie kannst du dir dessen so sicher sein?“ fragte Tara mit leichtem Spott. „Ich weiß zwar, dass sie nicht mehr ganz so jung ist, aber ...“

„Margot wird niemals heiraten, weil sie den Mann, den sie liebt, nicht heiraten kann“, sagte Ryland frei heraus und fuhr, als er ihren fragenden Blick sah, fort: „Margot liebt Lloyd – den Sohn des Bruders ihrer Mutter. Sie sind Cousins ersten Grades. In Massachusetts und einer ganzen Reihe anderer Staaten ist es vom Gesetz her verboten, dass Cousins ersten Grades heiraten, und meine Tante würde es niemals dulden, dass sie in einem anderen Bundesstaat heiraten. Margot hat sich mit fünfzehn in Lloyd verliebt und seitdem ... Das Thema ist tabu in unserer Familie, man spricht nicht darüber.“

„Und Lloyd ... liebt er sie denn auch?“ unterbrach Tara ihn, in ihren Augen spiegelte sich Mitgefühl.

„Ich ... Lloyd ist verheiratet und hat zwei Stiefkinder. Er ist nicht so absolut wie Margot ... na ja ... sie ist ein ziemlich getriebener Mensch. Lloyd lebt in Kalifornien. Meine Tante hat beschlossen, dort eine Niederlassung zu eröffnen. Um der Sache ein Ende zu bereiten, hat sie Lloyd die Verantwortung für die Zweigstelle übertragen.“

„Sie hat ihn von Margot weggeschickt, wolltest du sagen“, erwiderte Tara mit tiefer Stimme.

„Sie können nicht zusammen sein“, erinnerte Ryland sie ruhig. „Es ist gegen das Gesetz. Meine Tante hat es nur zu ihrem Besten getan. Doch als Lloyd dann schließlich dort eine Frau kennen lernte und beschloss zu heiraten, bekam Margot eine Art Nervenzusammenbruch. Sie treffen sich jeden Sommer auf einer Insel unweit der Küste, die mein Urgroßvater gekauft hat ...“

„Eine Insel? Deine Familie besitzt eine Insel ...?“ begann Tara, doch Ryland tat es mit einem Kopfschütteln ab.

„Sie ist nichts Besonderes“, sagte er, „einfach nur ein Stückchen felsiges Land im Wasser ...“ Er unterbrach sich. „Es ist der Ort, an dem Margot und Lloyd sich immer treffen. Aber niemand spricht darüber.“

Tara erschauerte und schlang sich fest die Arme um den Oberkörper, wobei sie sich vorzustellen versuchte, wie es sein mochte, einen Mann zu lieben, mit dem man nie wirklich zusammen sein konnte, einen Mann zu begehren, den man nie wirklich haben konnte.

Am Anfang ihrer Beziehung, als er ihr von seinem Familienhintergrund erzählt hatte, hatte er die Rolle heruntergespielt, die für ihn in dem Familienunternehmen vorgesehen war.

Er hatte Tara berichtet, dass er nach England gekommen war, um das englische Verlagswesen zu studieren, und dann war er auf das Familienunternehmen zu sprechen gekommen; er hatte ihr geschildert, wie sein Urgroßvater mit einem winzigen Verlag angefangen hatte, in dem er Lehrbücher und Examensarbeiten, die seine Freunde in Yale und Harvard verfassten, veröffentlicht hatte.

Der Verlag war mit den Jahren gewachsen und hatte sich schließlich als ein äußerst profitables Unternehmen entpuppt, und die engen Bande zu den Universitäten existierten noch immer.

Nach dem vorzeitigen Tod seines Onkels – er war bei einem Segelunfall ums Leben gekommen – hatte Rys Tante dessen Platz eingenommen. Rys Vater machte weiterhin das, was er immer gemacht hatte, indem er die Manuskripte auswählte, die dann gedruckt wurden. Unter der Ägide seiner Tante waren die Umsatzzahlen des Unternehmens noch weiter angestiegen. Sie hatte einen extrem gut ausgeprägten Geschäftssinn – wie Ryland auch –, eine Fähigkeit, die ihr den Respekt der Bostoner Geschäftswelt eintrug.

Eine der ersten Familien Bostons hätte es sehr gern gesehen, dass ihre Tochter Martha ihn heiratete, wie Ryland vermutete, aber die Ehe war bisher etwas gewesen, wofür er sich nicht im Entferntesten interessiert hatte – bis er Tara kennen gelernt hatte. Schon nach ein paar Stunden hatte er gewusst, dass er sie wollte oder keine.

Vielleicht war er seiner Cousine Margot ja ähnlicher, als er glaubte.

Tara hatte, möglicherweise als Resultat der Tatsache, dass sie sich immer geliebt und akzeptiert gefühlt hatte, einen idealistischen Zug an sich, der sie in seinen Augen zu etwas Besonderem machte und seine Liebe erweckte.

„Ich verstehe ja, dass du zurück musst“, versicherte Tara ihm jetzt und fügte hinzu: „Ich wünschte bloß, dass Boston nicht so weit weg wäre.“

„Das ist es doch gar nicht“, murmelte Ryland und hob sich ihr

Gesicht entgegen, so dass er ihr in die Augen sehen konnte, und wiederholte: „Ist es doch gar nicht."

Als er sich zu ihr hinunterbeugte, um sie zu küssen, schüttelte sie den Kopf. „Für uns vielleicht nicht, aber für Ma. Ich konnte es in ihren Augen sehen. Sie sah fast ... fast erschrocken aus ... als ob ... Ich habe sie noch nie so gesehen. Nicht einmal, als sie und Dad ... ich fand es wirklich schlimm, als sie sich scheiden ließen. Ich möchte nicht, dass uns so etwas passiert, Ry."

„Das wird es mit Sicherheit nicht", versicherte er ihr sanft. „Ganz bestimmt nicht. Deine Mutter braucht sicher nur ein bisschen Zeit, um sich an den Gedanken zu gewöhnen, dass du in Boston lebst", fügte er tröstend hinzu. „Immerhin hat sie ja auch noch ein eigenes Leben. Sie ist noch immer eine sehr attraktive Frau ... eine sehr, sehr attraktive Frau", betonte er, was bewirkte, dass Tara ihn beleidigt in den Arm zwickte. „Vielleicht kann sie uns ja schon demnächst besuchen", schlug Ryland vor, während er Taras Hand von seinem Arm wegzog und den Kopf senkte, um langsam einen Finger nach dem anderen in den Mund zu nehmen und genüsslich daran zu saugen.

„Mmmh ...", stöhnte Tara wonnevoll.

„Mmmh ...", stimmte Ryland zu, indem er sie sacht zurück in die Kissen drückte und anfing, eine ihrer Brustspitzen zu liebkosen.

Tara schloss die Augen und gab sich den Sinnenfreuden seines Liebesspiels hin.

Kurz nachdem sie sich ihre Liebe gestanden und diese Enthüllung in einem kleinen romantischen Landgasthof mit Baldachinbett, einem großen offenen Kamin und, viel besser noch, genug Platz davor, um sich köstlich verrucht lieben zu können, gefeiert hatten, hatte Ryland sie geneckt wegen der Art, wie sie beim Liebesspiel aus sich herausging, weil diese in einem so scharfen Gegensatz zu ihrem sonstigen zurückhaltenden und sanften Wesen stand.

„Das ist eben, weil ich dich liebe", hatte Tara ernst erwidert und es auch so gemeint.

Ihre Gefühle lagen schon immer dicht unter der Oberfläche und waren leicht zu entfachen, und es war der sanften Führung ihrer Mutter zu verdanken, dass sie es gelernt hatte, die leidenschaftliche, ungestüme Seite ihrer Persönlichkeit unter Kontrolle zu halten und die möglichen Konsequenzen ihres Tuns zu bedenken. Tara glaubte sich glücklich schätzen zu können, dass die leidenschaftliche Intensität, die sie von ihrem Vater geerbt hatte, von der ruhigen Klugheit, die ein Erbe ihrer Mutter war, abgemildert und in Schach gehalten wurde. Leidenschaftlichkeit und Sensibilität konnten für jemanden, der nicht das liebevolle Elternhaus hatte, in dem sie aufgewachsen war, eine ungute Mischung sein, aber Tara liebte und schätzte diese beiden Seiten ihrer Persönlichkeit gleichermaßen, weil sie das emotionale Erbe ihrer Eltern darstellten.

Sie liebte die Vorstellung, dass sie noch immer ein Teil von ihnen war, genau wie die Kinder, die sie und Ryland eines Tages haben würden, ein Teil von ihnen sein würden. Wie sie selbst, so hoffte sie, würden auch ihre Kinder irgendwann mit derselben gespannten Aufmerksamkeit lauschen, wenn ihre Großeltern ihnen Geschichten aus ihrer eigenen Jugend erzählten, und würden, genau wie sie selbst auch, aus diesen Geschichten einen Sinn für Familie und Kontinuität entwickeln und ein Gefühl für Sicherheit und Geborgenheit.

Ein Besuch bei den Großeltern vermochte es selbst noch heute manchmal, ihr die Tränen in die Augen zu treiben, wenn sie bei der Begrüßung die Liebe und den Stolz in den Augen der Großeltern aufleuchten sah oder wenn sie die Dinge berührte, die sie seit frühester Kindheit kannte: das Dinnerservice, das ein Mitglied der Familie ihrer Mutter aus Frankreich mitgebracht hatte; die teuren Leinenlaken ihrer beiden Großmütter, die diese zu ihrer Hochzeit geschenkt bekommen und niemals benutzt hatten, wie sie beide schuldbewusst zugaben, weil sie moderne und pflegeleichtere Bettwäsche bevorzugten.

Trotz ihrer absolut modernen Lebenseinstellung war Tara eine junge Frau, der ihre Wurzeln viel bedeuteten und die ganz im Einklang mit ihrer Familiengeschichte stand. Ryland hatte das bereits entdeckt und hoffte, dass dieser Umstand seine Tante gnädig stimmen würde.

Auch wenn er weder auf ihren Beifall noch auf das damit verknüpfte Erbe angewiesen war, fühlte er sich doch – wie er Tara bereits gesagt hatte – verpflichtet, die Rolle in dem Familienunternehmen auszufüllen, die man ihm zugedacht und auf die er sich vorbereitet hatte. Es gab gewisse Dinge in seiner Familie und an dieser Rolle, über die er bisher mit Tara noch nicht gesprochen hatte, aber sie berührten seine Liebe zu ihr nicht, und wer konnte schon wissen, ob seine Cousine Margot eines Tages nicht doch noch ihre Meinung ändern und heiraten würde.

Er lächelte in die Dunkelheit hinein, während Tara in seinen Armen einschlummerte. Wie könnte seine Familie sie *nicht* lieben? Wie könnten sie irgendetwas an einem Menschen auszusetzen haben, der so liebenswert und anbetungswürdig, so perfekt in jeder Hinsicht war wie seine Tara?

„Ein Mädchen? Wer ist sie?"

Lloyd stützte sich auf einen Ellbogen auf und schaute auf seine Geliebte – und Cousine – hinunter.

Margot zuckte gleichgültig die Schultern. „Keine Ahnung, irgendeine Engländerin."

„Ist es etwas Ernsthaftes?"

„Keine Beziehung in dieser Familie ist ernsthaft, bevor Mutter ihr nicht ihren Segen erteilt hat. Das weißt du doch."

Auf ihrem Gesicht spiegelten sich die Bitterkeit und der Groll wider, die in ihrer Stimme mitschwangen, während sie sich im Bett aufsetzte, nach dem Zigarettenpäckchen auf dem Nachttisch griff, sich eine Zigarette ansteckte und gierig den Rauch inhalierte.

Das klare Licht des Inselmorgens enthüllte fast grausam ihren knochigen Körper und das verhärmte Gesicht. Während sie als Mädchen noch sehr schlank gewesen war, war sie jetzt als Frau klapperdürr, was gewiss der äußere Ausdruck ihrer Frustration und Bitterkeit war, etwa so, als ob diese tief verwurzelten Gefühle, die ihr Leben ruiniert hatten, ihr genauso gründlich und zerstörerisch wie irgendeine körperliche Krankheit das Fleisch von den Knochen gefressen hätten.

„Mein Gott, wenn doch alles anders wäre", brach es leidenschaftlich aus ihr heraus, während ihre dunklen Augen Funken sprühten, als sie sich umdrehte, um den Mann, der neben ihr lag, anzuschauen.

Drei Jahre Altersunterschied trennten sie – und dreitausend Meilen, die sie zu überbrücken hatten, um sich jedes Jahr auf dieser Insel zu sehen. Um hier Ihre Liebe zu leben, die nicht erlaubt war.

Jeden Sommer seit zwanzig Jahren kamen sie hierher, um vor neugierigen Blicken geschützt, zusammen zu sein. Ihren Verwandtschaftsgrad betrachteten gewisse Bundesstaaten als zu eng, um eine Ehe zu gestatten und damit ihre Liebe zu legalisieren, so wie Margot es sich so leidenschaftlich wünschte. Sie war sich nicht sicher, welches ihrer Gefühle, diese sechs Wochen im Sommer betreffend, vorherrschend war – Hass oder Sehnsucht. Sehnsucht, wenn sie voneinander getrennt waren, und Hass, wenn sie zusammen waren, weil hier auf der Insel zu sein bedeutete, daran erinnert zu werden, dass sie das, was sie sich am meisten im Leben wünschte, niemals bekommen würde; dass sie nie so mit Lloyd würde zusammen sein können, wie sie es sich ersehnte. Wie sie beide es sich ersehnten, verbesserte sie sich schnell in Gedanken. Immerhin litt er genauso wie sie, sehnte er sich genauso sehr nach ihr wie sie sich nach ihm, brauchte, wollte, liebte er sie ebenso, wie es umgekehrt der Fall war.

Natürlich hatten sie, schon bevor sie sich verliebten, beide gewusst, dass eine solche Liebe verboten war.

„Und was passiert, wenn ich schwanger werde?“ hatte Margot Lloyd zitternd gefragt, als sie sich zum ersten Mal, unbequem auf der sandigen Erde zwischen Bäumen liegend, geliebt hatten.

„Du wirst nicht schwanger werden“, hatte Lloyd ihr versichert und das Kondom hochgehalten, das er mitgebracht hatte.

Das war der Anfang gewesen, der Anfang dessen, was ihr ständig nur Folterqualen verursacht hatte, von denen es keine Erlösung gab, nicht einmal in seinen Armen, weil sie im Hinterkopf immer wusste, dass ihr Zusammensein nur vorübergehend war, dass sie wieder Abschied nehmen und getrennte Wege gehen mussten.

„Bleib noch ein paar Tage“, hatte sie in einem Sommer vor einer ganzen Reihe von Jahren unter Tränen gebettelt.

„Ich kann nicht. Das weißt du“, hatte er ihr gesagt. „Ich glaube, Patti wird langsam ungeduldig. Tatsächlich fürchte ich, dass wir ...“

„Nein!“ war es aus Margot herausgebrochen, ehe er seinen Satz beenden konnte. „Wenn sie tatsächlich ungeduldig wird, müssen wir uns eben etwas einfallen lassen ... Sie kann uns nicht auseinander bringen, Lloyd. Sie hat dich die ganze Zeit. Ist ihr eigentlich klar, was sie für ein Glück hat, mit dir verheiratet zu sein?“ hatte sie leidenschaftlich gefragt. „Wie sehr wünschte ich mir, an ihrer ...“

Lloyd hatte sich zu ihr umgedreht und sie in die Arme genommen. „Du weißt, dass das nicht geht“, hatte er zu ihr gesagt.

„Oh Lloyd“, schluchzte sie. „Gott, warum muss das alles so sein? Warum können wir bloß nicht zusammen sein? Einfach weggehen – irgendwohin?“

„Du weißt, dass das nicht geht. Wovon sollten wir leben? Wir sind beide auf die Arbeit in der Firma angewiesen.“

„Der Sommer ist schon bald wieder vorbei.“ Margot erschauerte jetzt. „Noch drei Wochen, dann musst du zurück. Oh Lloyd, ich weiß einfach nicht, wie ich das aushalten soll.“

Hilflos begann sie zu weinen.

Lloyd schloss erschöpft die Augen. Sie waren nicht mehr jung. Der kalifornische Ableger des Unternehmens, den seine Tante ursprünglich nur zu dem einen Zweck eingerichtet hatte, Margot und ihn auf Abstand zu halten, hatte sich außerordentlich gut entwickelt und war alles andere als ein Abstellgleis. Er liebte Margot, natürlich liebte er sie, und er würde sie immer lieben, aber manchmal war die Intensität ihrer Leidenschaft, ihres Begehrens, ihrer *Abhängigkeit* einfach zu viel für ihn.

Diese sechs Wochen, die er jeden Sommer mit ihr auf der Insel verbrachte, waren für Margot der Dreh- und Angelpunkt ihres Lebens.

„Wenn wir diese Zeit nicht hätten, gäbe es für mich keinen Grund mehr weiterzuleben", hatte sie ihm einmal gesagt. Doch er wurde sich zunehmend bewusst, dass *er*, solange Margot emotional derart abhängig von ihm war, nicht frei war, sein eigenes Leben zu leben.

In ihrer Jugend war das anders gewesen. Damals hatte er ihre Leidenschaft erwidert, damals war er von seinen Gefühlen für sie ebenso überwältigt gewesen wie sie von den ihren für ihn. Aber jetzt!

Er ging auf die Vierzig zu, und was hatte er erreicht?

In materieller Hinsicht und soweit es anderes anbelangte, hatte er zweifellos alles richtig gemacht. Er hatte einen Beruf, der ihm Freude machte, Geld auf der Bank, eine schöne Wohnung, ein neues Auto.

Aber was hatte er sonst? Was war mit den anderen Aspekten seines Lebens, die nicht in Dollars oder Besitz aufzuwiegen waren?

Er war mittlerweile geschieden mit zwei Stieftöchtern, die er nur selten sah, hatte ein paar wenige Freunde und Margot ...

„Lloyd, versprich mir, dass alles gut wird und dass wir immer zusammenbleiben", verlangte Margot leidenschaftlich.

Müde versicherte er es ihr, aber er hörte, dass es seiner Stimme an Überzeugungskraft mangelte.

4. KAPITEL

Was war das für ein Lärm? Völlig erschlagen versuchte sich Claudia auf das schrille Geräusch zu konzentrieren, das sie aus dem Tiefschlaf gerissen hatte, der wegen der zwei Schlaftabletten, die sie geschluckt hatte, so betäubend gewesen war, dass es einige Sekunden dauerte, ehe ihr klar wurde, dass der Lärm das Klingeln des Telefons war, und noch ein paar weitere, bis sie es schließlich geschafft hatte, sich den Hörer zu angeln.

„Claudia, hier ist Maxine", hörte sie die Stimme ihrer Assistentin. „Ist alles okay bei Ihnen? Ich war ein bisschen beunruhigt, als Sie heute Morgen nicht kamen."

Schuldbewusst öffnete Claudia mühsam die Augen, die sich ungläubig weiteten, als ihr Blick auf den Wecker fiel. Es ging bereits auf elf Uhr. Kein Wunder, dass Maxine sich Sorgen gemacht hatte.

„Äh ... es tut mir Leid, Maxine", entschuldigte sie sich hastig. „Ich ... ich wollte Sie gestern Abend noch anrufen und Ihnen sagen, dass ich beschlossen habe, heute Vormittag zu Hause zu arbeiten. Ich habe hier noch einigen Papierkram rumliegen, den ich dringend aufarbeiten muss."

Es ist nicht ganz gelogen, ich habe tatsächlich noch Papierkram, den ich mir vom Hals schaffen musste, tröstete sich Claudia, nachdem sie ein paar Minuten später den Hörer aufgelegt hatte.

Papierkram, den sie sich *eigentlich* vom Hals schaffen müsste, nur dass sie im Augenblick ganz gewiss nicht in der richtigen Verfassung dazu war. Sie könnte versuchen, ein bisschen zu arbeiten, aber dass viel dabei herauskam, war nicht zu erwarten, wie sie sich müde eingestand.

Sie hatte so tief geschlafen, dass sie, selbst wenn sie irgendwelche Albträume gehabt haben sollte, sich nicht mehr daran erinnern konnte, aber trotzdem war sie nach der drogeninduzierten Bewusstlosigkeit ihres Schlafs genauso erschöpft, als ob sie die ganze Nacht kein Auge zugetan hätte. Die betäubende Lethargie, die noch immer nicht von ihr abgefallen war, bewirkte, dass sowohl Schuldgefühle als auch Verärgerung in ihr aufstiegen. Schnell sprang sie aus dem Bett, suchte sich frische Unterwäsche zusammen und ging unter die Dusche.

Doch während der harte Duschstrahl auf sie niederprasselte, musste sie zugeben, dass die Schlaftabletten es zumindest geschafft hatten, ihre Albträume von ihr fern zu halten.

Nachdem sie sich eingeseift hatte, stand sie reglos unter dem Wasserstrahl, während sie sich erschauernd in Erinnerung rief, wie glücklich Tara geklungen hatte, als sie ihr von ihren Plänen erzählt hatte. Und sie, was hatte *sie* unternommen, um ihre über alles geliebte Tochter auf das, was jetzt vor ihr lag, und was sie, Claudia, so fürchtete, vorzubereiten?

Langsam quollen dicke Tränen unter ihren geschlossenen Lidern hervor, während sie sich eingestehen musste, dass sie gar nichts unternommen hatte. Konfrontiert mit der Katastrophe, in einem Moment, in dem es auf ihre Stärke und Unabhängigkeit mehr ankam als je zuvor, war ihr nichts Besseres eingefallen, als Zuflucht zu nehmen zu einer Art Verhalten, wie man es vielleicht in der Generation ihrer Mutter für angemessen gehalten hatte, indem sie fragte: „Hast du es deinem Vater schon erzählt?"

Und dann hatte sie alles noch verschlimmert, indem sie, nur um ihrem Elend zu entfliehen, Schlaftabletten eingenommen hatte, womit sie nichts anderes erreicht hatte, als ihre treue und hart arbeitende Assistentin zu beunruhigen.

Was konnte sie bloß tun, was konnte sie sagen? Aber vielleicht regte sie sich ja ganz unnötig auf, vielleicht reagierte sie ja einfach über.

Wenn es nur so wäre. Wenn nur.

Als sie aus der Dusche stieg und die Hand nach dem Badelaken ausstreckte, fiel Claudias Blick auf ihr Bild im Badezimmerspiegel. Die Angst, die sie erfüllte, spiegelte sich unübersehbar in ihren angespannten Gesichtszügen wider. Diesen Gesichtsausdruck hatte sie zum letzten Mal an sich entdeckt, kurz nachdem sie und Garth übereingekommen waren, sich scheiden zu lassen.

Garth ...

Es war gestern Abend idiotisch gewesen, so emotional zu reagieren und zu versuchen, ihn anzurufen. Sie wusste von Tara, dass er seit ein paar Monaten eine lockere Beziehung mit einer Frau hatte. Tara hatte sich bei ihr beklagt und ihr zu verstehen gegeben, dass sie nicht glaube, dass diese Frau gut genug für ihren Vater sei.

Wie sie selbst war auch Garth nach der Scheidung keine feste Bindung mehr eingegangen, allerdings wohl kaum aus denselben Gründen. Garth war ein außergewöhnlich gut aussehender und überaus sinnlicher Mann, ein Mann, der in der Anfangszeit ihrer Ehe seine Gefühle für sie so offen gezeigt hatte, dass es sich ihre Freundinnen oft nicht hatten verkneifen können, neidische Bemerkungen über die Intensität seiner Liebe zu machen.

Obwohl es für einen Mann seiner Generation und seiner Gesellschaftsschicht eher unüblich war, war Garth ein sehr gefühlvoller und auf Körperkontakt bedachter Mann, sowohl als Liebhaber als auch als Vater, und Tara war in dieser Hinsicht wie er. Sie war ebenfalls sehr freizügig mit Umarmungen und Küssen, wohingegen sie, Claudia, zugegebenermaßen eher zur Zurückhaltung neigte und darauf wartete, dass der andere den ersten Schritt machte.

Selbst heute noch wurde sie nicht gern daran erinnert, wie sehr sie Garths körperliche Nähe in den ersten Tagen, nachdem sie die Wahrheit herausgefunden hatte, vermisst hatte, wie oft sie aus ihren quälenden Träumen aufgeschreckt war und sich instinktiv zu ihm umgedreht hatte, in der Erwartung, dass er da sein und seine Hände nach ihr ausstrecken und sie halten würde, nur um sich dann daran zu erinnern, dass das Leben mit ihm schlimmer als jeder Albtraum war.

Darüber war sie natürlich längst hinweg. *Längst.* Und einer Frau von fünfundvierzig Jahren und Mutter einer erwachsenen Tochter stand es gewiss nicht an, sich hilflos wie ein liebeskranker Teenager nach dem körperlichen und seelischen Beistand, der Nähe eines Liebhabers, nach jemandem, der zu ihr gehörte und den ihr das Leben dennoch verweigert hatte, zu sehnen. Die Scheidung von Garth war die richtige Entscheidung gewesen, die einzige Entscheidung, die sie unter diesen Umständen hatte treffen können. Er hatte sie immerhin betrogen und über so viele Jahre hinweg belogen, dass es keinen Weg gegeben hatte, auf dem der von ihm angerichtete Schaden jemals wieder hätte repariert werden können. Und warum hatte sie sich dann gestern so instinktiv nach seiner Hilfe gesehnt?

Weil er Taras *Vater* war. Deshalb, ganz allein *deshalb* hatte sie gestern zum Telefonhörer gegriffen, wie sie sich jetzt nachdrücklich versicherte, während sie in ihr Schlafzimmer zurückging, das Badetuch fester um ihren noch nassen Körper wickelte und nach dem Föhn griff.

Nach ihrer Scheidung war sie stets sorgfältig darauf bedacht gewesen, nie wieder ihre Unabhängigkeit aufzugeben, mit dem Leben allein klarzukommen und alle ihre Probleme allein zu lösen. Sie brauchte niemanden, auch keinen Mann, an dessen Schulter sie sich anlehnen konnte, das hatte sie hinreichend bewiesen.

Gestern Abend hatte sie den Kopf verloren, der glücklicherweise nicht zu Stande gekommene idiotische Anruf bei Garth war eine Überreaktion gewesen. Heute Morgen hatte sie sich Gott sei Dank besser im Griff ... viel, viel besser, wie sie sich streng versicherte.

Ihre Hand, die den Föhn hielt, begann zu zittern. Langsam ließ Claudia den Arm sinken, atmete tief durch und zählte bis zehn, bevor sie ausatmete.

So, jetzt fängst du noch mal von vorn an, befahl sie sich energisch. Heute ist Donnerstag. Es ist fast Mittag. Du hast einen ganzen Vormittag verplempert, was also hast du vor, mit dem Rest des Tages anzufangen?

Sie ließ ihre Verpflichtungen vor ihrem geistigen Auge Revue passieren.

Sie war zum Mittagessen verabredet – ein halb offizieller Termin –, dem um drei ein Planungsmeeting folgte, und dann kam der Höhepunkt ihres Tages, ein erstes Treffen mit dem Mann, von dem sie hoffte, dass er ihren Garten neu gestalten würde. Sie hatte zum ersten Mal Anfang des Jahres von ihm gehört, als sie auf Einladung eines ihrer Kunden die Chelsea-Flower-Show besucht hatte, und hatte sich auf den ersten Blick in seine Arbeit verliebt, nur um gleich darauf zu entdecken, dass er, was seinen Kundenstamm anbelangte, extrem wählerisch war und dass er eine ellenlange Warteliste hatte. Aber ihre Hartnäckigkeit hatte sich am Ende ausgezahlt, und es war ihr immerhin gelungen, ihm sein Einverständnis, sich ihren Garten wenigstens einmal anzuschauen, abzuluchsen.

Gedankenverloren trat sie ans Schlafzimmerfenster und ließ ihre Blicke über den Garten schweifen, den sie – obwohl er beim Kauf des Hauses schon recht groß gewesen war – noch um zwei Koppeln erweitert hatte. Bei ihrem Einzug hatte dieser Garten aus einem schäbigen Rasen bestanden, der eingerahmt war von verwilderten Büschen, zudem gab es noch einen separaten Kräutergarten und ein Gewächshaus, das hinter einer schon seit Jahren nicht mehr geschnittenen Hecke lag.

Kurz vor Taras sechstem Geburtstag hatten sie ein Stück Rasen gesäubert, um das Spielhaus im Chaletstil aufzustellen, das sie ihrer Tochter als Geburtstagsgeschenk gekauft hatten. Claudia hatte einen Großteil des Monats damit zugebracht, die hübschen Ginghamvorhänge zu nähen, komplett mit Bändern zum Zurückbinden und passender Applikation sowie Ginghamkissen für die Kindersitzmöbel.

Irgendwann bekam Taras „Haus“ auf ihr Drängen hin auch noch einen eigenen kleinen „Garten“, wo dann die Schaukel und die Rutsche, die über die Jahre hinweg tiefe Spuren im Rasen hinterlassen hatten, ihren Platz fanden. Am Haus hatten sie eine Kletterrose gepflanzt, die jetzt praktisch die gesamte Vorderseite des Minichalets überwucherte, aber Tara hatte sich stets beharrlich geweigert zuzulassen, dass auch nur das Geringste an dem Refugium ihrer Kindheit verändert wurde, bis sie letztes Jahr zu Weihnachten überraschend verkündet hatte, dass sie „ihren Kram“ aus dem Spielhaus ausräumen wolle und dass es höchste Zeit würde, das Haus an jemand anders weiterzuverschenken, der sich daran erfreuen konnte.

Vielleicht hätte ich es damals schon erraten können, überlegte Claudia jetzt. Vielleicht hätte ihr ja dieser Instinkt, den alle Mütter besaßen, sagen müssen, dass es nicht allein das Spielhaus war, aus dem Tara herausgewachsen und das sie hinter sich zu lassen bereit war, aber selbst wenn sich in ihrem Hinterkopf eine leise Stimme zu Wort gemeldet hatte, war sie jedenfalls nicht bis in ihr Bewusstsein durchgedrungen. Vielleicht war sie ja zu sehr mit den Weihnachtsvorbereitungen beschäftigt gewesen, in die sie sich jedes Jahr von neuem mit großem Eifer stürzte. Oder konnte es sein, dass sie einfach die Augen vor der Wahrheit verschlossen hatte? Aber selbst wenn sie sie gesehen hätte, was hätte sie tun können? Versuchen, Tara davon zu überzeugen, dass Ryland nicht der richtige Mann für sie war?

Der Garten, erinnerte sie sich verzweifelt. Denk an den Garten. Du freust dich doch so darauf, ihn neu zu gestalten ... erinnerst du dich?

Ja, sie erinnerte sich. Natürlich erinnerte sie sich. Immerhin hatte sie die letzten paar Monate in Gedanken daran zugebracht, sie hatte praktisch jede freie Minute, die sie hatte, über Gartenbüchern gebrütet, wobei ihr der Mund wässrig wurde angesichts der bunten Hochglanzfotos und der vielfältigen Möglichkeiten, die sich beim Studium der Bücher auftaten.

Ja, es war weitaus besser, an ihren Garten zu denken, als zuzulassen, dass sie sich wieder in den Fußangeln ihrer Panik und Befürchtungen verstrickte, die Taras Stippvisite geweckt hatte.

Eine Freundin hatte sie davor gewarnt, Koi-Karpfen in ihren noch nicht existenten Teich zu setzen.

„Sie sind zwar schön, aber sie sind auch schreckliche Biester. Ich habe beobachtet, wie sie meine armen Seerosen vom einen Ende des Teichs zum anderen geschubst haben“, beschwerte sie sich, „und dann besitzen sie auch noch die Frechheit, jedes Mal an die Oberfläche zu kommen und Futter zu verlangen, wenn ich vorbeikomme.“

Claudia stellte sich einen Teich vor, eine fein säuberlich gestutzte Hecke, die ihren makellosen neuen Rasen unterteilte und die Grenze bildete zu jenem Teil des Gartens, in dem eine verschwenderische Fülle traditioneller mehrjähriger Gartenblumen wie Rittersporn, Klatschmohn und Lupinen wucherte. Ein Pfad würde zu einem kleinen, abgeschlossenen inneren Garten führen, vielleicht mit einer Trauerweide und einem Beet nur mit weißen Blumen, beschloss sie verzweifelt, während sie versuchte, sich den Gartenplan ins Gedächtnis zurückzurufen, den sie entworfen hatte, aber er blieb im Dunkeln, während ihr das Bild ihrer Tochter samt den Neuigkeiten, die sie gestern Abend mitgebracht hatte, weitaus deutlicher vor Augen stand.

Claudia rief sich mit Nachdruck zur Ordnung und warnte sich, nicht wieder in Panik zu verfallen. Was würde es für einen Zweck haben? Sie wandte den Blick vom Fenster ab und fuhr sich mit den Fingern durchs Haar.

Sie brauchte Zeit. Zeit, um nachzudenken, Zeit, um ...

5. KAPITEL

Garth hatte London später verlassen als geplant, weil ihn einer seiner Kunden am Telefon aufgehalten hatte. Zu allem Überfluss war er auch noch in mehreren Staus stecken geblieben, die ihn über eine Stunde gekostet hatten, weshalb es bereits auf elf ging, als er endlich Upper Charfront erreichte.

Sein eigenes zweistöckiges Stadthaus mit dem langgestreckten Garten und den schmucken georgianischen Schiebefenstern, die auf den Fluss hinausgingen, war Teil der restaurierten Altstadt. Der Architekt und der Bauunternehmer, die für die Renovierung und den originalgetreuen Wiederaufbau der georgianischen Häuserzeile und deren Umgebung verantwortlich waren, waren beide Kunden von ihm, und ein kleiner altmodischer Kuhhandel hatte schließlich dazu geführt, dass Garth das Haus zu einem überaus vorteilhaften Preis bekommen hatte.

In den letzten Jahren war er seltener hier gewesen, als ihm lieb war. Während der Wirtschaftskrise hatte seine Firma seine volle Aufmerksamkeit verlangt, ein Umstand, der es erforderlich gemacht hatte, praktisch die ganze Zeit in London zu wohnen, obwohl er immer darauf geachtet hatte, dass er während Taras Schulferien seine Geschäfte von Upper Charfront aus führen konnte.

Nach der Scheidung hatte Claudia Tara stets ermuntert, so viel Zeit wie möglich mit ihrem Vater zu verbringen; deshalb war es niemals erforderlich gewesen, irgendwelche „Besuchsrechte“ einzuführen oder gar vor Gericht zu erstreiten.

„Tara ist immer noch deine Tochter“, hatte Claudia ihm mit steifem Rücken und abgewandtem Gesicht erklärt, die Stimme tief und so ruhig, dass er, hätte er es nicht besser gewusst, nie auf die

Idee gekommen wäre, dass sie beim Sprechen weinte, „und sie liebt und braucht dich in ihrem Leben als ihren Vater."

Das Wetter löste mit einem klaren blauen Himmel und strahlendem Sonnenschein sein frühmorgendliches Versprechen ein. Heute war Markttag, und die Stadt war voller Touristen, zwischen denen sich die Einheimischen, lässig mit bunten T-Shirts und Shorts bekleidet, drängten. Dies war eine jener Gelegenheiten, wo er es bereute, dass er sich – ganz untypisch für ihn – dazu hatte verleiten lassen, dem Beispiel des Prinzen von Wales zu folgen und sich einen auffälligen Aston Martin anzuschaffen, wie er sich eingestand, als er die neiderfüllten Blicke vieler Leute sah, von denen ihm manche grüßend zuwinkten.

Während er in der Nähe des Gebäudes, in dem sich Claudias Büro befand, einparkte, ging ihm, da er die Stadt und ihre Bewohner kannte, belustigt durch den Kopf, dass die Nachricht seines Eintreffens ihr Büro höchstwahrscheinlich schon erreicht haben würde, noch bevor er selbst dort angelangt war. Obwohl er es nie wagen würde, dies laut zu sagen, weil er wusste, dass sie ihn in diesem kalten, distanzierten Ton in seine Schranken weisen würde, den sie seit jener Zeit, seit der sie nicht mehr Teil seines Lebens war, ihm gegenüber an den Tag legte, war er doch außerordentlich stolz auf das, was sie erreicht hatte. Und das betraf nicht nur die Beratungsfirma, die sie aufgebaut und in ein blühendes Unternehmen verwandelt hatte, sondern auch noch viele andere Aspekte ihres Lebens.

Sie war eine freundliche Beraterin, eine gute Freundin, eine liebende Tochter und Schwiegertochter, und als Mutter ...

Eine Touristin, die in der Nähe stand, beobachtete, wie er aus seinem Wagen ausstieg, wobei sie sich fragte, wer oder was wohl die Ursache für den gepeingten Ausdruck, der jetzt über das Gesicht dieses attraktiven Mannes huschte, sein mochte. Doch was auch immer es war, sie zweifelte keine Sekunde daran, dass es eine Menge weiblicher Freiwilliger gab, die sich danach rissen, seine Seelenqualen zu lindern.

Maxine Jarvis, Claudias Assistentin, saß an der Rezeption, als er hereinkam. Sie erkannte ihn und sagte eilig: „Es tut mir Leid, aber Claudia ist nicht da. Sie arbeitet heute zu Hause."

„Kein Problem", versicherte ihr Garth, doch Maxine registrierte, dass er die Stirn runzelte, als er sich umdrehte, um zu gehen.

Nachdem er weg war, überlegte sie, ob sie Claudia anrufen und vorwarnen sollte, doch dann erinnerte sie sich an die verschlossene Miene, die Claudia stets aufzusetzen pflegte, wenn die Sprache auf ihren Exmann oder ihre Ehe kam, und sie entschied, dass es wohl besser war, nichts zu unternehmen.

Wie jeder andere auch bewunderte Maxine die Art, wie Claudia mit ihrer Scheidung fertig geworden war, die, wenn man den Gerüchten, die zu jener Zeit in Umlauf waren, Glauben schenkte, ihre Ursache in Garths Untreue gehabt hatte, mehr aber noch bewunderte Maxine sie dafür, dass sie es geschafft hatte, ihre negativen Gefühle so gut unter Kontrolle zu halten, dass Taras Beziehung zu ihrem Vater durch die Scheidung ihrer Eltern nicht beschädigt wurde.

Nicht viele Frauen waren so selbstlos, so entschlossen, ihre eigenen Gefühlen ohne Rücksicht auf Verluste hintanzustellen und ihr Kind an die erste Stelle zu setzen, aber schließlich war Claudia immer eine wundervolle Mutter gewesen. Trotz der Anforderungen, die ihre Arbeit an sie stellten, konnte sich Maxine in all den Jahren, die sie nun schon für Claudia arbeitete, an keine einzige Gelegenheit erinnern, wo nicht Taras Bedürfnisse Vorrang vor allem anderen gehabt hatten, selbst wenn das bedeutete, einen wichtigen Kunden vor den Kopf stoßen zu müssen. In Maxines Augen war die Freundin, die irgendwann einmal, als Claudia außer Hörweite war, geäußert hatte, dass, wenn Claudia öfter Garths Interessen über die seiner Tochter gestellt hätte, sie unter Umständen heute noch verheiratet wäre, keine Freundin.

Garth runzelte wieder die Stirn, als er die Auffahrt zu Ivy House hinauffuhr. Nachdem er seinen Wagen geparkt hatte, stieg er aus und begann auf die vordere Eingangstür zuzugehen, doch dann überlegte er es sich anders, machte eine Kehrtwendung und ging um das Haus herum zum Wintergarten – jenem Wintergarten, den sie sich zur Feier ihres zehnten Hochzeitstags hatten anbauen lassen.

Beifällig ließ er seinen Blick darüber hinwegschweifen. Der schwere Bronzefrosch, den Tara und er als ein Vorgeburtstagsgeschenk für Claudia in demselben Jahr ausgesucht hatten, bewachte noch immer die linke Seite der Tür. Garth bückte sich eilig und tastete nach dem Schlüssel, der früher immer dort gelegen hatte. Einen Moment später schlossen sich seine Finger um die vertraute Form.

Er und Claudia hatten nicht die Art von aggressiver Scheidung hinter sich, die einen so dramatischen Schritt wie eine Auswechslung der Schlösser erforderlich gemacht hätte. Und manche Angewohnheiten waren, wie es schien, schwerer abzulegen als andere. Leise sperrte er die Wintergartentür auf und trat ein.

Nicht etwa, dass er befürchtet hätte, Claudia würde ihm den Zutritt zu ihrem Haus verweigern, dazu war ihre gegenwärtige Beziehung zu zivilisiert, wenngleich auch kühl distanziert. Es war nur weil ...

Weil was? Weil er sie überraschen – überrumpeln – wollte, um ihr Gesicht zu sehen, bevor sie Zeit hatte, sich hinter die Barriere zurückzuziehen, die sie, wie er wusste, sofort um sich herum aufrichten würde?

„Warum?" hatte er sie in den frühen Jahren nach ihrer Scheidung immer wieder hitzig gefragt. „Warum, zum Teufel, musst du mir gegenüber diese lächerlich kalte Höflichkeit an den Tag legen, nach allem, was wir hinter uns haben, Claudia?"

„Warum? Weil ich es *muss*", hatte sie schneidend erwidert. „Ich *muss* es, weil ich sonst womöglich anfangen würde, dir meine echten Gefühle zu zeigen, und das kann ich mir wegen Tara nicht leisten."

„Hasst du mich denn wirklich so sehr?" hatte er gefragt.

„Ja", hatte sie geantwortet. „Ja, das tue ich."

„Nun, du weißt ja, was man sagt", hatte er erwidert. „Liebe und Hass sind die beiden Seiten derselben Medaille, und wo Hass ist, muss auch Liebe sein."

„Wo Liebe war, ist jetzt Hass", hatte Claudia ihn korrigiert. „Hass auf dich und noch mehr Hass auf mich selbst, dass ich jemals töricht genug war, dich zu lieben ... dir zu vertrauen."

Maxine hatte ihm gesagt, dass Claudia zu Hause arbeitete, aber aus ihrem Arbeitszimmer drang kein Laut, und er spürte, wie ihm ein Prickeln, das ihn an längst vergangene Zeiten erinnerte, über den Rücken kroch.

Die Tatsache, dass Claudia gestern versucht hatte, ihn zu erreichen, war ein klarer Hinweis darauf, wie aufgewühlt sie war; allerdings hätte er sich auch ohne diesen Anruf ausmalen können, wie sehr Taras Neuigkeiten sie verstört hatten.

Das Haus erschien ihm fremd und alarmierend ruhig, ein Haus, das in seiner Erinnerung noch immer angefüllt war mit den

Geräuschen aus Taras Kindheit. Plötzlich stieg ein starkes Gefühl von Dringlichkeit in ihm auf, und er stürmte, gleich zwei Stufen auf einmal nehmend und ihren Namen rufend, die Treppe hinauf.

Später sagte sich Claudia, dass ihre Reaktion auf den Klang von Garths Stimme – eine Reaktion, die sie veranlasste, zu ihrer Schlafzimmertür zu rennen und sie aufzureißen, ohne daran zu denken, dass sie als einzige Bekleidung nur das Handtuch trug –, rein instinktiv gewesen war und sonst nichts. Gerade noch rechtzeitig erkannte sie, was sie zu tun im Begriff war, und als Garth den obersten Treppenabsatz erreicht hatte, holte sie tief Atem und trat über die Schwelle.

„Was tust du hier, Garth?“ fragte sie verunsichert, während sie spürte, wie ihr die Röte in die Wangen schoss, weil ihr klar wurde, wie verräterisch ihre Anwesenheit und die Tatsache, dass sie noch nicht angezogen war, sein mussten – vor allem für jemanden, der sie so gut kannte wie Garth.

Die Erleichterung, die Garth bei ihrem Anblick verspürt hatte, verflüchtigte sich, als er sah, wie sie auf seine Anwesenheit reagierte, ihr offensichtliches Unbehagen, die Art, wie sich ihr Gesicht und ihr Hals gerötet hatten, den fast verstohlenen Blick, den sie hinter sich in ihr Schlafzimmer warf, fast so, als ob sie ...

„Warum bist du nicht im Büro?“ erkundigte er sich misstrauisch.

Claudia starrte ihn an.

„Das geht dich nichts an“, erwiderte sie spitz, drehte sich auf dem Absatz herum und ging wieder in ihr Schlafzimmer.

Garth folgte ihr.

„Wirklich nicht?“ fragte er angriffslustig und blieb dann auf der Schwelle stehen. Das Bett war gemacht, und nirgendwo gab es einen Hinweis auf die Anwesenheit eines männlichen Besuchers, der die untadelige Ordnung des Raumes hätte besudeln können. Claudias Haartrockner lag auf der frischen Unterwäsche, die sie zuvor aus dem Schrank genommen hatte.

„Garth, was tust du hier ... was suchst du?" verlangte Claudia scharf zu wissen, während ihr Blick zum Nachttisch flog, um gleich darauf erleichtert festzustellen, dass glücklicherweise nichts von den Schlaftabletten zu sehen war – nicht dass Garth das, was sie tat, irgendetwas anginge, das tat es schon lange nicht mehr, aber sie wusste, dass er einen Riesenzirkus veranstalten würde, wenn er wüsste, dass ...

„Ich suche niemanden ... nichts", verbesserte sich Garth hastig, während ihm aufging, was der wirkliche Grund für seine Feindseligkeit war. Hatte er wirklich *befürchtet*, einen Mann in Claudias Bett vorzufinden?

Vom Verstand her vielleicht nicht, aber rein gefühlsmäßig war er selbst nach so vielen Jahren der Trennung noch nicht so weit, dass er einen anderen Mann in Claudias Leben hätte ertragen können.

„Du hast mich gestern Abend angerufen", sagte er, während er spürte, wie sich sein Blutdruck und sein Herzschlag langsam wieder normalisierten.

Claudia wich seinem Blick aus und zuckte leicht und seltsam mädchenhaft mit den Schultern, als sie erwiderte: „Habe ich das? Ich ..."

„Spiel keine Spielchen mit mir, Claudia", warnte Garth. „Ich habe dir keine Frage gestellt. Ich habe eine Feststellung getroffen. Du *hast* mich angerufen, und ich *weiß*, warum. Tara hat dir erzählt, dass sie Ryland heiraten will."

„Ja, sie hat es mir erzählt", räumte Claudia ein, allerdings noch immer, ohne ihn anzuschauen, „und ja, ich habe dich angerufen, aber weshalb du um alles in der Welt deshalb gleich hierher gerast kommst und dich aufführst wie eine Figur aus einem schlechten Film, ist mir absolut schleierhaft."

„Du lügst, Claudia. Um Himmels willen, ich *weiß*, dass du mich angerufen hast, und ich weiß *auch*, warum. Es ist nichts, dessen du dich schämen musst. Wenn du etwas brauchst ..."

„Ich brauche nichts und niemanden, am allerwenigsten aber brauche ich *dich*", fiel Claudia ihm heftig ins Wort. „Ich würde es nie zulassen, einen Mann zu brauchen, dem ich nicht vertrauen kann, einen Mann, der ..."

„Es zulässt, dich zu brauchen", unterbrach Garth sie. „Herrgott noch mal Claudia, es ist keine Schande, Angst zu haben ... sich verletzlich zu zeigen ... menschlich ... indem man sich an einen anderen Menschen um Hilfe wendet."

„Ich möchte, dass du gehst, Garth. Ich will, dass du auf der Stelle gehst", beschied Claudia ihm kalt, dann ließ sie ihn stehen und trat ans Fenster. Großer Gott, das war zu viel für sie. Sie hatte einfach nicht die emotionalen Reserven, um damit zurechtzukommen, nicht jetzt, nicht nach gestern Abend und der vergangenen Nacht. Sie spürte, dass ihr Herz anfing, erschreckend schnell zu klopfen. Sie versuchte zu schlucken und merkte, dass sie es nicht konnte. Ihre Handflächen waren feucht, und sie wusste, dass es nicht mehr lange dauern konnte, bis sie verraten würde, was sie fühlte – die Panik, die Angst, die Verzweiflung –, und die letzte Person, die sie das sehen lassen wollte, war Garth, die *allerletzte*.

Wusste er denn nicht, konnte er nicht verstehen, dass sich über jede ihrer Erinnerungen unweigerlich das Bild schob, das sie aus den dunkelsten Tiefen ihrer Vorstellungskraft heraufbeschworen hatte, das Bild von ihm, wie er *sie* liebte, das Bild seines Gesichts, das verzerrt war vor Leidenschaft, während er *sie* in Besitz nahm, und dass unter ihrer glatten, beherrschten Oberfläche dieses Bild wie ein Krebsgeschwür wucherte und alles andere auslöschte?

„Hör zu, Claudia, ich weiß, wie du dich fühlst."

Statt ihre Aufforderung zu gehen zu befolgen, war er hinter ihr hergekommen, und Claudia spannte sich an, als sie spürte, wie sein Atem ihr Haar streifte.

„Nein, du weißt eben *nicht*, wie ich mich fühle, Garth", fuhr sie ihn an. „Woher auch? Wie könnte das irgendjemand wissen?"

Claudia entging der leicht schrille Unterton nicht, der sich in ihre Stimme eingeschlichen hatte. Verdammter Garth. Warum hatte er das tun müssen, warum hatte er hierher kommen und ihre so hart erworbene Selbstkontrolle ins Wanken bringen müssen?

„Tara ist auch meine Tochter, und ich werde sie ebenfalls sehr vermissen", gab er zurück.

„Vermissen? Es ist nicht, weil ich sie *vermissen* werde ..." Tief einatmend schüttelte Claudia den Kopf, unfähig weiterzusprechen. „Ich weiß nicht, was du hier willst, Garth", fuhr sie schließlich fort, nachdem sie ihre Selbstkontrolle wiedererlangt hatte. „Ich hatte gestern einen sehr anstrengenden Tag und möchte mich jetzt gern anziehen."

„Warum hast du mich gestern Abend angerufen?"

Aus irgendeinem Grund fand Claudia die Kraft, sich nach ihm umzudrehen und ihn anzuschauen. „Das war ein Fehler", erwiderte sie ruhig. „Ich ... ich habe ..."

„Aus Versehen die falsche Nummer gewählt?" schlug er schroff vor.

Claudia schüttelte den Kopf. Er wusste genau, dass es nicht so war; sie wussten es beide.

„Es war ein Fehler, Garth", wiederholte sie.

„Nein, das war es nicht", widersprach er. „Du hast mich angerufen, weil dich plötzlich deine Gefühle, deine *wahren* Gefühle übermannt haben. Du hast mich angerufen, weil du Angst hattest, weil du mich brauchtest."

„Nein", gab Claudia zurück. „Ich brauche dich nicht, Garth. Ich habe schon vor langer Zeit aufgehört, dich zu brauchen, und ..."

„Du brauchst mich als Taras Vater", fuhr Garth unbeirrt fort, ohne ihren Einwand zu beachten, so als ob es diesen leidenschaftlichen und wütenden Widerspruch nicht gegeben hätte. „Clio ..."

Die unerwartete Benutzung seines alten Kosenamens für sie war wie ein Stochern in einer offenen Wunde, und Claudia zuckte zusammen, sichtlich unfähig, die Tränen zurückzuhalten, die ihr plötzlich in die Augen schossen. Garth streckte die Hand nach ihr aus und zog sie an sich.

Sie roch noch immer genauso wie früher, nach Vanille und weicher, sauberer Haut und etwas, für das er keinen Namen hatte und das nur ihr allein gehörte. Sie fühlte sich noch immer genauso an, ganz und gar weiblich, die einzige Frau, die er je in seinem Leben wirklich begehrt hatte, obwohl er wusste, dass sie ihm das nie glauben würde.

„Clio, es ist gut, alles ist gut", versicherte er ihr heiser. Unerwartet war er zurückversetzt worden in eine andere Zeit, in ein anderes Leben, in dem er noch das Recht gehabt hatte, sie zu halten, sie zu berühren. „Claudia ..."

Die unbewusste Erinnerung war eine gefährliche und gnadenlose Macht. Mit geschlossenen Augen und versteiftem Körper registrierte Claudia im Unterbewusstsein den Ton seiner Stimme, den Hunger, der darin mitschwang, und wie Garth fühlte auch sie sich zurückversetzt in eine andere Zeit, in der es ihr ausgereicht hatte, diesen ganz besonderen Tonfall zu hören und diese ganz spezielle Berührung zu spüren, um erregt zu werden.

Als er merkte, wie ihr Körper sich entspannte, schloss Garth ohne nachzudenken die Kluft zwischen ihnen, indem er den Kopf beugte und seinen Mund auf den ihren legte.

Sie fühlte sich so gut an, so richtig ... so nach *Claudia*. Während seine Hände das warme Fleisch ihrer Arme streichelten, begann er mit seiner Zungenspitze ihren Mund zu umfahren, darauf wartend, dass ihre Lippen sich öffneten in ihrem privaten sexuellen Signal, ihrer speziellen Kurzschriftbotschaft von ihm zu ihr und wieder zurück, die sehr bald erwidert werden würde von dem hungrigen Eindringen seiner Zunge in ihren Mund, dem das noch weit hungrigere Eindringen in ihren Schoß folgen würde.

Das vehemente Zuknallen einer Autotür draußen auf der Straße brachte Claudia in die Wirklichkeit zurück. Mit brennenden Wangen versuchte sie, ihn von sich wegzustoßen.

Sie war fünfundvierzig, verdammt, und selbst wenn alles zwischen ihnen anders gewesen wäre, hätte sie Garths offen zur Schau gestelltes sexuelles Begehren für Menschen ihres Alters nicht akzeptabel gefunden. Es war einfach nicht ... nicht ...

„Lass mich los“, verlangte sie eisig und versuchte mit noch mehr Nachdruck, ihn von sich zu stoßen. „Lass mich sofort los, Garth! Ich kann es nicht ertragen, wenn du mich anfasst ... ich hasse es, wenn du mich anfasst“, fuhr sie ihn an, während sie spürte, dass ihre Wangen immer heißer wurden.

„Nein“, schoss Garth wütend zurück. Er wusste, dass er seinen eigenen Zorn absichtlich noch mehr anheizte, um seine ganz anderen, weitaus komplizierteren Gefühle zu kaschieren.

Es hatte ihn erschüttert zu entdecken, wie erschreckend dicht seine Gefühle unter der Oberfläche lagen, und dass es nur einer kleinen gedanklichen Zeitverschiebung bedurft hatte, sie nach oben zu spülen, so dass er plötzlich eine Fiktion für die Wirklichkeit gehalten hatte.

„Doch“, beharrte Claudia eisig.

Innerlich zu erstarren, sich selbst zu betäuben, war für sie der einzige Weg gewesen, ihre Pein in den Griff zu bekommen, dem Schmerz zu entfliehen, den er ihr vor all diesen Jahren zugefügt hatte, als ...

„Ich kann es nicht ertragen, wenn du mich anfasst, Garth“, wiederholte sie ruhig. „Ich kann es nicht ertragen, weil ich dann jedes Mal *sie* sehe. Ich sehe, wie du *sie* anfasst, und das macht mich ganz krank ... ich bin krank“, fügte sie ausdruckslos hinzu.

„Ich bin auch krank“, gab Garth bitter zurück. „Krank davon, wie ein Aussätziger behandelt zu werden, krank davon, dass du dich mir gegenüber so verhältst, als sei ich irgendein übles Subjekt, das es nicht verdient, dass man ihm zuhört. Ich habe versucht, es dir zu erklären, Claudia. Es war nicht so, wie du denkst. Es war einfach nicht so. Ich dachte ... ich kann mich ja nicht einmal erinnern, sie berührt zu haben, geschweige denn ...“

„Wirklich ... du kannst dich nicht *erinnern*?“ Claudia hörte, wie ihre Stimme anstieg und dann unter der Anstrengung, nicht umzukippen, brach. „Du kannst dich nicht daran erinnern, in unserer Wohnung ... in unserem Bett mit ihr Liebe gemacht zu haben? Du kannst dich nicht erinnern, dass du ...“

Claudia entdeckte zu ihrem Entsetzen, dass sie ihm die Worte ins Gesicht schrie, genauso unbeherrscht wie damals, vor vielen Jahren, als sie die Wahrheit entdeckt hatte.

„Also wirklich, Claudia“, protestierte Garth lahm und verfluchte sich innerlich wegen seiner Hilflosigkeit angesichts so viel weiblichen Zorns.

„Verschwinde", verlangte Claudia. „Verschwinde auf der Stelle von hier. Wahrscheinlich bist du nur gekommen, um dich an meinem Unglück zu weiden, um ..."

„Um was? Für wen, zum Teufel, hältst du mich eigentlich?" fragte Garth. „Claudia, ich habe immer ..."

„Ich weiß, du hast mich immer gewarnt, dass irgendwann etwas in der Art, wie es jetzt passiert ist, passieren könnte. Was für eine Genugtuung muss das doch jetzt für dich sein, Garth. Wie glücklich muss dich Taras ..."

„Claudia. Ich bin nicht hier, weil ich mir vor Schadenfreude ins Fäustchen lache. Ich bin hier, weil ich mir dachte, dass du vielleicht jemanden zum Reden brauchen könntest ... weil ich mir Sorgen um dich gemacht habe."

„Sorgen." Claudia erstarrte. „Sorgen", wiederholte sie mit vor Ungläubigkeit metallisch scharf klingender Stimme. „Sorgen um wen, Garth? Um mich, die Frau, die du so leichten Herzens betrogen hast, bestimmt nicht. Hast du über mich gesprochen, als du mit ihr im Bett warst? Hast du über die *Sorgen* gesprochen, die du dir um mich gemacht hast? Ah, aber ich habe da ja etwas ganz vergessen. Wenn du dich nicht mehr daran erinnern kannst, mit ihr geschlafen zu haben, dann kannst du dich natürlich auch nicht mehr daran erinnern, ob du mit ihr über mich gesprochen hast, das ist ja klar, oder?"

„Claudia, um Himmels willen ... ich bin hergekommen, um mit dir über Tara zu sprechen." Garth hielt die Luft an, darauf wartend, dass sie erneut zum Schlag ausholte, und als sie es nicht tat, atmete er langsam aus.

„Aber wir reden doch schon über sie, oder etwa nicht?" fragte sie jetzt sanft.

Über dem Abgrund des Schweigens, der sie trennte, trafen

sich ihre Augen, und es war Garth, der als Erster den Blick abwandte.

„Claudia“, begann er heiser, aber sie schüttelte den Kopf, der Gefühlssturm, der sie so nah an den Rand ihrer Selbstkontrolle getrieben hatte, hatte sich gelegt, und sie war entschlossen, sich von Garth nicht noch einmal zu einem Ausbruch provozieren zu lassen.

„Ich möchte wirklich, dass du jetzt gehst, Garth“, sagte sie kühl. „Ich bin ohnehin schon zu spät dran.“

Ein Blick in ihr Gesicht genügte Garth, um zu wissen, dass jeder Versuch, sie umzustimmen, Zeitverschwendung sein würde. Den Kopf schüttelnd, drehte er sich um und ging, sich selbst verfluchend, zur Tür. Er hatte die ganze Sache völlig falsch angepackt. Unter ihrer äußerlichen Ruhe und Sanftheit verbargen sich derselbe trotzige Stolz und dieselbe Unbeugsamkeit des Willens, wie sie ihrem Vater, dem General, zu eigen waren.

Obwohl bei Claudia diese Strenge normalerweise abgemildert wurde durch die Überzeugung, dass das Leben nicht schwarzweiß war, sondern eher die Grautöne bevorzugte – solange nicht er der Gegenstand ihrer Überlegungen war.

Während er das Haus verließ und zu seinem Wagen ging, erinnerte er sich daran, dass manche Leute glaubten, dass der Hass, der auf den Verrat folgte, umso größer sei, je größer die Liebe gewesen war, nur dass sein Verrat ...

Jede Geschichte hatte zwei Seiten, und sie hatte sich nie die Mühe gemacht, ihm zuzuhören, wenn er versuchte, ihr seine Sicht der Dinge zu schildern.

Nachdem ihr erstes Kind tot zur Welt gekommen war, hatte sich Claudia so abgekapselt und war so depressiv geworden, sie hatte sich derart in ihrer Trauer vergraben, dass sie nicht registriert hatte, dass er ebenfalls trauerte, dass er es brauchte ... sich wünschte ... Während er den Motor startete, schüttelte Garth den Kopf. Was hatte es für einen Sinn, jetzt noch darüber nachzudenken. Es war vorbei. Mit ihnen war es vorbei, das Einzige, was sie noch verband, war ihre Liebe zu Tara.

Tara ...

Als der große Wagen die Auffahrt hinunterschnurrte, merkte Garth, dass irgendetwas seine Sicht behinderte. Er machte die Scheibenwaschanlage an und stutzte, dann verzog er das Gesicht und blinzelte wütend. Ein richtiger Mann weint nicht, oder? Er konnte sich erinnern, das an jenem Abend zu Claudia gesagt zu haben, an dem sie ihm schweigend zum ersten Mal Tara in den Arm gelegt hatte. Sie war so winzig gewesen, und er hatte das überwältigende Bedürfnis verspürt, sie zu beschützen.

Tara. Sie war jetzt erwachsen, und er konnte nichts mehr für ihr Leben und ihre Sicherheit tun, so sehr er sich auch wünschte, die Macht zu haben, das Unausweichliche aufzuhalten.

Claudia zwinkerte ein paar Mal rasch hintereinander, als sie das blinkende Lämpchen an ihrem Telefon sah, ihr Herz klopfte unregelmäßig. Sie fühlte sich ... sie fühlte sich ... Ich habe Angst, musste sie sich eingestehen, während sie versuchte, ihre Gefühle zu analysieren. Seit wann stand sie schon hier und starrte ins Leere? Wie lange war Garth bereits weg?

Sie fühlte sich leer, wie innerlich ausgehöhlt, und doch waren ihre Glieder bleischwer. Die Last ihres Schmerzes drückte sie so schwer nach unten, dass sie unfähig war, sich zu bewegen. Sie spürte ihr Herz – als ob es von einer starken Faust zusammengedrückt würde.

Das Telefon hatte aufgehört zu klingeln. Zweifellos würde der

Anrufer sich wieder melden. Sie war, wie sie jetzt erst entdeckte, noch immer in das Badelaken gehüllt, in das sie sich nach dem Duschen eingewickelt hatte. Sie erschauerte vor Kälte. Vor den Schlafzimmerfenstern lag der Garten noch immer von Sonnenschein überflutet da, aber jetzt sah Claudia ihn nicht mehr mit der Begeisterung einer Pionierin und Abenteurerin, die versuchte, ihm ihre Vision aufzuzwingen, indem sie ihn in ihr privates Paradies verwandelte. Tatsächlich sah sie den Garten im Moment überhaupt nicht.

Sie hatte Auseinandersetzungen und Wortgefechte immer gehasst. Hinterher fühlte sie sich jedes Mal krank, verwirrt und seelisch und körperlich geschwächt, und der unerwartete Zusammenstoß mit Garth eben hatte ihr ohnehin schwaches Nervenkostüm restlos zerfetzt.

Wie eine Schlafwandlerin begann sie sich anzuziehen, den Blick auf ihre Ankleidekommode mit den silbergerahmten Fotos von Tara gerichtet – Tara als Baby, als kleines Mädchen, als Teenager, als Hochschulabsolventin. Vor einer der Fotografien lagen ihre Wagenschlüssel, es war das Foto, das Tara in ihrem Taufkleid zeigte. Wie betäubt nahm Claudia es zur Hand. Sie war jetzt fertig angezogen, obwohl sie nicht hätte sagen können, was sie anhatte, und es war ihr auch egal.

Tara ... Ihre Seelenqual verwandelte sich in einen peinigenden körperlichen Schmerz.

Während sie langsam die Treppe nach unten ging, hörte sie eine scharfe, ärgerliche Stimme in ihrem Hinterkopf, die sie ausschimpfte und sie daran erinnerte, dass sie Pflichten hatte, dass sie ihre Verabredungen einhalten musste, aber sie schenkte ihr kein Gehör.

Es gab etwas anderes, das sie jetzt tun musste, etwas, das viel wichtiger war als alles andere.

Das Telefon auf seinem Schreibtisch klingelte. Automatisch streckte Lloyd die Hand nach dem Hörer aus und nahm ab.

„Oh Lloyd, wann kommst du denn endlich wieder auf die Insel?“ Ihm sank das Herz, als er Margots Stimme erkannte. Ihrem Tonfall konnte er unschwer entnehmen, dass sie weinte. Widerwillig stellte er sie sich vor.

Sie würde auf ihrem Bett liegen, mit brennenden Augen, die magere Gestalt embryoähnlich zusammengerollt.

Ihr Körper war ausgezehrt und knochig, und in ihren Augen lauerte stets ein gieriger Hunger, doch er wusste es besser als jeder andere, dass es kein Hunger nach Essen war.

„Der Sommer gehört doch uns“, protestierte sie jetzt mit tränenerstickter Stimme. „Er ist meine Zeit mit dir. Er ist die einzige Zeit im Jahr, in der wir zusammen sein können. Oh Lloyd, ich kann es hier ohne dich nicht aushalten.“

Die Worte, die klangen wie ein langgezogener, gequälter Aufschrei, waren in ihrem Schmerz ein Angriff auf seine Trommelfelle.

„Ich musste zurück, Margot, aber ich denke, dass ich bis zum Wochenende hier mit meiner Arbeit fertig bin.“

„Bis zum Wochenende ... Das bedeutet, dass wir dieses Jahr eine ganze Woche weniger haben.“

„Ruf mich heute Abend an, willst du? Ich ... ich denke an dich.“

Während er den Hörer auflegte, starrte Lloyd blicklos auf seinen Schreibtisch. Normalerweise machte er sein Büro während der Sommerferien dicht. Die Aufträge kamen in Kalifornien nicht anders als in Boston von den Universitätsprofessoren und Studenten, die ihre Arbeiten veröffentlichen wollten, aber sein Assistent war am Telefon so aus dem Häuschen gewesen über ein Manuskript, das er in Lloyds Abwesenheit erhalten hatte, dass Lloyd sich hatte breitschlagen lassen, seinen Urlaub zu unterbrechen, um sich mit dem Verfasser zu treffen und das Manuskript zu lesen.

Margot hatte natürlich protestiert und ihn angefleht, bei ihr zu bleiben.

„Wir haben so wenig Zeit miteinander“, hatte sie ihn erinnert, und natürlich war das die Wahrheit, doch während der letzten paar Sommer, die sie zusammen verbracht hatten, hatte er sich durch die Intensität ihrer Liebe und ihres Begehrens immer mehr in die Ecke gedrängt gefühlt. Nicht, dass er sie weniger liebte, wie er sich selbst hastig versicherte. Wie könnte er? Sie hatte so viel für ihn aufgegeben, für ihre Liebe, bis hin zu ...

Er schob seinen Stuhl zurück, stand auf und trat ans Fenster.

Er lebte an der Küste, und seine Wohnung hatte einen herrlichen Blick aufs Meer. Wann immer er die Zeit fand, ging er am Strand spazieren. Früher hatte es den Mädchen Spaß gemacht, ihn zu begleiten, aber mittlerweile waren sie fast erwachsen, studierten und wussten Besseres mit ihrer Zeit anzufangen, als ihren Exstiefvater – er hatte mit Carole-Ann keine eigenen Kinder gehabt – zu besuchen. Als die Mädchen noch kleiner waren, hatte er oft überlegt, wie es wohl sein mochte, eigene Kinder zu haben. Er liebte Kinder, doch während der wenigen Jahre seiner Ehe war es ihm immer so erschienen, dass es fast auf einen Verrat an Margot hinausliefe, wenn er mit einer anderen Frau eine sexuelle Beziehung einginge, selbst wenn es sich bei ihr um seine Ehefrau handelte. Immerhin war ihre Ehe mehr oder weniger eine geschäftliche Abmachung. Er hatte geglaubt, dass die Existenz einer Ehefrau und zweier Kinder seinem beruflichen Status die nötige Seriosität verleihen würde, und sie, die eine für sie schlimme Scheidung und zwei gescheiterte Beziehungen hinter sich hatte, hatte ihm ganz unverblümt gesagt, was sie wollte. Was sie suchte, war nicht Sex, sondern vielmehr Geborgenheit, finanzielle Sicherheit und Stabilität für sich und ihre Töchter. So hatten sie schließlich geheiratet.

Margot war entsetzt gewesen über seinen Entschluss; sie hatte sich strikt geweigert, zur Hochzeit zu kommen oder Carole-Ann und die Mädchen kennen zu lernen.

Carole-Ann hatte alles über Margot gewusst. Es wäre undenkbar gewesen, es ihr nicht zu erzählen.

„Ich liebe sie", hatte er ihr ruhig erklärt, „aber wir können nicht heiraten und ..."

„In einigen Bundesstaaten nicht, aber ihr könntet einfach zusammen weggehen und ..."

„Nein. Irgendwo in einer Art Exil von der Familie und unseren Freunden getrennt zu leben, ist für keinen von uns eine Alternative. Und Margot neigt ein bisschen dazu, sich am Gängelband führen zu lassen." Er hatte kurz innegehalten und überlegt, wie viel er Carole-Ann erzählen sollte, und hatte dann entschieden, dass es nicht nötig war, ihr zu erklären, dass der Druck, der wegen ihrer Liebe von zu Hause aus auf sie ausgeübt wurde, Margot wiederholt an den Rand des Nervenzusammenbruchs gebracht hatte.

„Ich kann Lloyd nicht aufgeben ... ich kann es einfach nicht. Bitte zwing mich nicht dazu", hatte sie hysterisch geschrien, als ihre Mutter schon sehr frühzeitig eingeschritten war, indem sie ihrer Tochter in Erinnerung rief, dass Recht und Gesetz es nicht gestatteten, dass sie ein gemeinsames Leben führten. „Wenn du uns zwingst, uns zu trennen, bringe ich mich um", hatte sie angedroht, und sowohl Lloyd als auch ihre Mutter hatten gewusst, dass das eine durchaus reale Möglichkeit war.

Damals hatte er sie genauso geliebt wie sie ihn, aber in seinem Leben war auch immer Raum für andere Dinge gewesen; er hatte Sport getrieben damals, war zum Segeln gefahren und mit Freunden ausgegangen. Doch Margot wurde immer unglücklicher wegen der Zeit, die sie nicht zusammen verbrachten, und wegen der Aktivitäten, die ihn von ihr fern hielten, so dass er nach und nach ihr zuliebe alles aufgegeben hatte.

Seltsamerweise war es ursprünglich ihre Idee gewesen, dass er heiraten sollte, lange bevor er Carole-Anne kennen gelernt hatte. Der Druck, der vonseiten der Familie auf sie beide ausgeübt wurde, hatte ihn schließlich dazu gebracht, einem Umzug nach Kalifornien zuzustimmen, aber sofort nach seinem Weggang war Margot in einen Hungerstreik getreten und so krank geworden, dass sich ihre Mutter gezwungen gesehen hatte zuzustimmen, dass Lloyd einmal im Jahr für sechs Wochen nach Boston und auf die Insel kam.

„Warum willst du denn, dass ich heirate?“ hatte Lloyd sie völlig verdutzt gefragt, als Margot das Thema zum ersten Mal zur Sprache gebracht hatte.

„Weil wir nur auf diese Weise sicher sein können, dass niemand etwas von uns mitbekommt“, hatte sie leidenschaftlich erwidert.

„Und was ist dann mit meiner Frau?“

„Du sollst sie nicht so nennen“, hatte Margot ihn sofort wütend zurechtgewiesen. „Sie ist nicht deine Frau ... deine Frau bin ich, auch wenn ich es vor dem Gesetz niemals werde sein können. Sie wird einfach nur mit dir verheiratet sein. Es wird eine Vernunftehe sein, das ist alles.“

Lloyd hatte damals nur nachsichtig gelacht. Er war sehr nachsichtig mit ihr gewesen. Seit er nach Kalifornien gezogen war und die volle Verantwortung für die Firma dort übernommen hatte, fühlte er sich unermesslich reifer, ein Mann von Welt, während Margot noch immer das verhätschelte und behütete Mädchen war.

Aber dann hatte er Carole-Ann kennen gelernt, und Margots Vorschlag erschien ihm plötzlich durchaus sinnvoll. Es gab einen Teil in Lloyd, dem es Spaß machte, die archetypische Rolle des Bostoner Gentlemans zu spielen ... des Gentlemans, der eine Dame aus Schwierigkeiten errettete. Am Anfang schien Margot erfreut zu sein. Erst später, nachdem er Carole-Ann einen Heiratsantrag gemacht und diese ihn angenommen hatte, fing sie an, ihm ständig bohrende Fragen zu stellen und ihn zu jeder Tages- und Nachtzeit anzurufen – eine Angewohnheit, die sie auch nachdem er und Carole-Ann geheiratet hatten beibehielt.

„Hör zu, es interessiert mich einen Dreck, ob sie dich aufweckt“, hatte Carole-Ann ihn eines Tages angeschrieen, „aber ich will nicht, dass diese Verrückte mich und die Kinder aufweckt.“

„Sie liebt mich eben ...“, hatte Lloyd protestiert.

Aber Carole-Ann hatte ihm wütend das Wort abgeschnitten und ihm angewidert entgegengehalten: „Sie ist verrückt, besessen von ihren Gefühlen für dich, aber was die Liebe angeht ... also, ich glaube nicht, dass sie überhaupt weiß, was das ist. Wenn sie dich wirklich lieben würde, würde sie wollen, dass du ein eigenes angemessenes Leben führst ...“

Das war einer der schlimmsten Sommer seines Lebens gewesen, er würde diese Zeit nie vergessen.

Sechs Wochen nach seiner Rückkehr von der Insel hatte er einen hysterischen Anruf von Margot erhalten.

„Aber du kannst unmöglich schwanger sein“, hatte er entsetzt protestiert und mit schweißnasser Hand den Hörer umklammert.

„Ich bin fünf Wochen über die Zeit“, hatte Margot gekreischt.

„Fünf Wochen! Oh Gott, Lloyd, was sollen wir jetzt bloß machen?"

Am Ende hatte sich das Ganze als falscher Alarm herausgestellt, aber kurz danach hatte Margot ihm ihren Entschluss mitgeteilt, sich sterilisieren zu lassen.

„Um Himmels willen, nein, Margot", hatte er instinktiv widersprochen, wobei er sich selbst einzureden versucht hatte, dass der Kloß, den er im Hals verspürte, nicht von dem Gefühl, einen Strick um den Hals gelegt zu bekommen, herrührte, sondern vielmehr von der Qual seiner Liebe zu ihr. „Du könntest einen anderen Mann kennen lernen, heiraten und Kinder mit ihm haben ..."

„Nein", hatte sie in wütendem Protest aufgeheult. „Ich werde nie heiraten, nie, nie, nie! Der einzige Mann, den ich heiraten will, bist du, das einzige Kind, das ich will, ist dein Kind. Das sagst du jetzt nur, weil du mich nicht mehr liebst", klagte sie ihn an. „Ich bin dir egal. Du ..."

„Natürlich liebe ich dich", hatte Lloyd protestiert.

Am Ende dieses Jahres hatte ihn Carole-Ann informiert, dass sie beabsichtigte, die Scheidung einzureichen. Sie habe einen anderen Mann kennen gelernt, sagte sie und tat sein Entsetzen mit einem Schulterzucken ab.

Er hatte die Verbindung zu den Mädchen nie abreißen lassen, obwohl er Margot davon nichts erzählte. Sie hatte nach seiner Scheidung angefangen, ihn ständig ins Kreuzverhör zu nehmen, wo er hinging und mit wem. Er führte ein einsames Leben; natürlich hatte er Freunde, aber seine Beziehung zu Margot musste er vor ihnen geheim halten. Sie hatte wenigstens noch ihre Familie, ihrer beider Familie, an die sie sich halten konnte.

Er schaute auf seine Uhr. Zwei Uhr. Sein Termin mit Dr. Jamie

Friedland war um zwei Uhr fünfzehn. Danny, sein Assistent, hatte ihn vereinbart. Da der Professor, der während des ersten Semesters an der Uni bei einem Kollegen im Gästezimmer gewohnt hatte, noch immer nach einem geeigneten Apartment suchte, war es durchaus sinnvoll, dass sie sich in Lloyds Wohnung trafen. Normalerweise pflegte Lloyd seine potenziellen Autoren nicht zu Hause zu empfangen, aber Danny hatte es so vereinbart, und da dieser wegen des Manuskripts des Professors so aus dem Häuschen war, hatte Lloyd es nicht übers Herz gebracht, ihn daran zu erinnern.

Auf jeden Fall war die Arbeit des Professors sehr spannend zu lesen, zumindest soweit Lloyd sie verstand, was nicht allzu viel war. Aber laut Danny, der es besser beurteilen konnte, war es ein bahnbrechendes Buch, das viele Fragen beantwortete, auf die man bisher kaum eine Antwort gewusst hatte.

Aus dem Augenwinkel sah Lloyd einen kleinen europäischen Sportwagen in seine Einfahrt einbiegen, das Haar der rothaarigen Frau am Steuer flatterte im Wind.

Stirnrunzelnd beobachtete Lloyd, wie sie ihren Wagen parkte und ausstieg. Hochgewachsen und mit üppigen Kurven ausgestattet, bewegte sie sich mit einem Selbstvertrauen, das ihm für einen Moment den Atem nahm. Er konnte sich nicht erinnern, wann er das letzte Mal eine Frau gesehen hatte, die so mit sich selbst im Einklang schien. Sie war das totale Gegenteil von Margot. Seine Augenbrauen zogen sich noch mehr zusammen, als er sah, dass sie zu seinem Fenster aufschaute, ehe sie sich zum Eingang wandte. Zehn Sekunden später summte seine Türklingel, und einen Moment später hörte er ihre Stimme durch die Gegensprechanlage.

Dr. Jamie Friedland hatte einen Termin mit Lloyd Kennet.

Während er den automatischen Türöffner betätigte und sie einließ, hatte Lloyd für einen Moment das merkwürdige Gefühl einer schicksalhaften und schwerwiegenden Begegnung, so dass er fast ein bisschen Angst bekam.

Verärgert schob er sein Unbehagen beiseite. Dann hatte er also irrtümlich angenommen, sie wäre ein Mann. Na und?

6. KAPITEL

Niemand achtete auf die modisch gekleidete, elegante Frau, die ihren Wagen in der sonnenüberfluteten Londoner Wohnstraße parkte. Warum auch? Ihr BMW mochte vielleicht ein etwas teureres, exklusiveres Modell sein als die meisten anderen seiner Art, die in dieser Gegend standen, aber er passte genau in die breite Palette massiver fahrbarer Untersätze, die in den neunziger Jahren dem traditionelleren Volvo als beliebtestem Familien- und Stadtwagen den Rang abgelaufen hatten.

Das große Haus mit den beiden Eingängen, in dessen Nähe sie ihren Wagen abgestellt hatte, war kürzlich in ein kleines Hotel verwandelt worden – die Art von Hotel, in dem sich Damen eines gewissen Alters einquartierten, wenn sie vom Land einige Tage in die Großstadt kamen, um einzukaufen und sich mit ein paar alten Freundinnen zu treffen. Es mochte vielleicht nicht die Eleganz und Annehmlichkeiten der Luxusherbergen in Knightsbridge haben, aber „Nein wirklich, meine Liebe, man fühlt sich *absolut* wohl dort – und sicher ...“ und der Zimmerpreis war natürlich wesentlich niedriger.

Aber nicht das Hotel war Claudias Ziel, auch wenn sie eine ganze Weile damit zubrachte, es anzuschauen.

Die Straße, die ganze Umgebung, die ihr einst so vertraut gewesen war, hatte sich dramatisch verändert seit der Zeit, in der sie und Garth sich in einem der heruntergekommenen Häuser, die damals die Straße gesäumt hatten, eine Wohnung gemietet hatten. Heute waren sie kaum wiederzuerkennen, so herausgeputzt waren sie mit ihrem neuen Anstrich und den im Sonnenschein funkelnden Fenstern, vor denen blütenweiße Vorhänge hingen.

Die Wohnung, die sie und Garth angemietet hatten, war im

Haus Nummer zwölf im Dachgeschoss gewesen – genauer gesagt auf dem Speicher –, in die der Weg über eine wacklige, mit einem staubigen, alten, dunkelrot gemusterten Läufer belegte Treppe geführt hatte – zumindest hatten sie angenommen, dass er dunkelrot war.

Sie hatten die Wohnung am Ende einer langen Woche gefunden, in der sie die ganze Stadt nach einer bezahlbaren Unterkunft abgegrast hatten, und da sich Garth in ein paar Stunden wieder bei seiner Truppe zurückmelden musste, hatten sie erleichtert zugegriffen. Etwas anderes hatten sie nicht einmal in Aussicht, also schien es die beste Möglichkeit zu sein.

„Zumindest haben wir hier unsere eigene Küche und unser eigenes Bad“, hatte Claudia gemurmelt, als Garth über die Schäbigkeit der kleinen Zimmer den Kopf geschüttelt hatte, „und beim Streichen wird mir wenigstens nicht langweilig, wenn du weg bist.“

„Du arbeitest auch“, hatte Garth sie erinnert, bevor er besorgt hinzugefügt hatte: „Davon abgesehen, gefällt mir der Gedanke nicht, dass du auf einer Leiter herumkletterst, während ich weg bin.“

Sie waren damals – kurz nach ihrer Hochzeit – noch bis über beide Ohren verliebt gewesen und sehr auf ihre Intimsphäre bedacht, und Claudia war schrecklich stolz gewesen auf die Art, wie Garth das Angebot ihrer Eltern abgelehnt hatte, ihnen eine finanzielle Unterstützung zukommen zu lassen, damit sie sich eine bessere Wohnung leisten konnten.

„Nein, wir müssen mit dem auskommen, was wir haben“, hatte Garth ihr mit Entschiedenheit erklärt, als sie über das verlockende Angebot ihrer Eltern diskutierten. Alle Einwände, die sie dagegen gehabt hatte, waren unter seinen Küssen ebenso dahingeschmolzen wie ihr Körper, als er mit einem heiseren Flüstern hinzugefügt hatte: „Ich möchte, dass wir es allein schaffen, mein Schatz. Ich möchte für dich sorgen."

Auch wenn es in den Siebzigern gewesen war und Claudia bereits am Anfang einer eigenen Karriere gestanden hatte, war sie doch das Kind von Eltern, die ihre altmodischen Wertvorstellungen von ihren Eltern übernommen hatten, und während sie es gehasst hätte, wenn Garth versucht hätte, sie herumzukommandieren oder von ihr erwartet hätte, dass sie ihn als eine Art höheres Wesen betrachtete, nur weil er ein Mann war, machte sie kein Geheimnis aus der Tatsache, dass es ihr gefiel, sich von ihm verwöhnen zu lassen, und dass sie die Art mochte, wie er sie beschützte und sich um sie sorgte. Es war immerhin genau die Art, wie ihr Vater ihre Mutter behandelte, und ihre Eltern waren mittlerweile seit fünfundzwanzig Jahren glücklich verheiratet.

An einem verregneten Wochenende waren sie in die Wohnung gezogen, wobei ihnen ein paar von Garths Regimentskameraden geholfen hatten, die robusten Möbelstücke, die Claudias und Garths Eltern ihnen aufgedrängt hatten, in ihr neues Heim zu schleppen.

„Aber Darling, ihr werdet doch nicht euer Geld zum Fenster hinauswerfen, indem ihr euch neue Möbel anschafft, wo Daddy und ich so viele haben", hatte ihre Mutter protestiert, als Claudia dankend abwehren wollte. „Dieser Tisch hat einmal deiner Urgroßmutter gehört", hatte sie hinzugefügt, nachdem sie und Claudia in den Speicher hinaufgegangen waren, um sich die dort untergestellten Möbel anzuschauen.

Und auch wenn das solide Mobiliar in der schäbigen Umgebung einigermaßen fehl am Platz wirkte, war es tröstlich, Dinge um sich zu haben, die von ihren beiden Familien kamen, wie Claudia damals zu Garth gesagt hatte.

Nur ihr Bett war neu – darauf hatte Garth bestanden – und Claudia war leicht errötet, als der Verkäufer beim Kauf darauf beharrt hatte, dass sie es ausprobieren sollten.

„Wir haben festgestellt, dass sich viele Paare heutzutage für extrabreite Betten entscheiden“, hatte der Verkäufer ihnen erzählt, der sich offensichtlich von einem größeren Verkauf eine höhere Provision erwartete.

Garth hatte den Kopf geschüttelt und Claudia zugeflüstert: „Niemals. Ich will dich so nah bei mir haben wie möglich, im Bett und außerhalb. Ich will nicht, dass es da irgendeinen Raum, irgendeine Distanz, *irgendetwas* oder *irgendjemanden* zwischen uns gibt, Claudia“, hatte er später betont, als sie in seinem Wagen wieder allein gewesen waren. Er hatte am Rand einer ruhigen kleinen Seitenstraße geparkt, sie dann in die Arme gezogen und seine Worte mit leidenschaftlichen Küssen unterstrichen.

Claudia hatte ebenso leidenschaftlich geantwortet, wenngleich ein bisschen scheu. Auch wenn sie mittlerweile keine Jungfrau mehr war, war sie trotzdem noch ein bisschen zögerlich, leicht verunsichert, vielleicht sogar ein bisschen erschrocken über ihre Sexualität. Sie war überrascht gewesen über das Ausmaß des Begehrens, das sie für ihn empfand, und fragte sich, bis zu welchem Grad eine Frau wohl ihre Hemmungen über Bord werfen durfte.

Nachdem Garth und seine Freunde sämtliche Möbel die vier Treppen nach oben in ihre Dachwohnung geschleppt hatten, kochte Claudia ihnen einen riesigen Topf Spaghetti.

Anschließend gingen sie alle in den Pub um die Ecke, wo die Soldaten mit ihren kurz geschorenen Haaren aus der Menge langhaariger junger Männer herausstachen und sie als exakt das auswiesen, was sie waren.

Die Luft in dem Pub war von Zigarettenrauch geschwängert und dem süßlichen Geruch von Hasch, und Claudia war froh, als es schließlich Zeit war, sich auf den Heimweg zu machen.

Sie und Garth gingen zu Fuß eng umschlungen nach Hause, und irgendwann blieb er im Schatten eines Hauses stehen, zog sie in die Arme und küsste sie leidenschaftlich.

„Du ahnst ja gar nicht, wie sehr ich dich begehre, Claudia", sagte er mit belegter Stimme. „Heute Abend habe ich dich beobachtet ..." Er unterbrach sich und schüttelte den Kopf, weil er sich nicht ganz sicher war, wie sie reagieren würde, wenn er ihr von der fast animalischen Lust erzählte, die ihn durchzuckt hatte, als er beobachtet hatte, wie sie sich über die Spüle gebeugt hatte, wobei sich der Stoff ihrer Jeans straff über ihren pfirsichrunden Pobacken gespannt hatte.

Die Versuchung, hinter sie zu treten und ihre warmen, weichen Brüste zu umfassen, während er ... Vielleicht war es ja gut, dass wir in diesem Moment nicht allein waren, dachte er belustigt, während er ihr Gesicht im Mondlicht studierte. Sie war so weich und sanft, ihre Reaktionen auf ihn waren so voller Süße, dass er es nicht schaffte, mehr von ihr zu verlangen, ihr die kraftvollere und sinnlichere Seite seiner Sexualität zu zeigen. Claudia hatte etwas an sich – eine Mischung aus der ihr eigenen Sanftheit und ihrer Erziehung vielleicht –, wodurch sie sich von ihren robusteren Altersgenossinnen unterschied, und was der Grund dafür war, dass er sich auf den ersten Blick in sie verliebt hatte, wie Garth sich freimütig eingestand.

Es ging schon auf Mitternacht zu, als sie das dunkle und stille Haus betraten. Einige der nackten, funzligen Glühbirnen, die eigentlich die Treppen und jeden Treppenabsatz beleuchten sollten, mussten offensichtlich ausgewechselt werden. Solange *er* mit

Claudia zusammen war, hatte er gegen ein dunkles Treppenhaus nichts einzuwenden, aber er wollte keinesfalls, dass sie allein im Dunkeln die Treppe hinaufgehen musste, deshalb machte er sich eine Gedankennotiz, gleich morgen früh die defekten Glühbirnen zu ersetzen und mit dem Vermieter darüber zu sprechen.

Er musste am nächsten Tag wieder in die Kaserne zurück, und später, als sie im Bett lagen, hörte er Claudia seufzen.

„Was ist?“ fragte er sanft und tastete in der Dunkelheit nach ihr.

„Nichts, wirklich. Ich wünschte mir nur, du müsstest morgen noch nicht zurück.“

„Ich weiß, aber es ist ja nicht für lange. Am Ende des Monats habe ich Urlaub“, tröstete er sie.

Claudia biss sich im Dunkeln auf die Unterlippe. Urlaub, ja, dem ein Einsatz in Nordirland folgte. Und was das hieß, wusste sie, sie war schließlich nicht umsonst die Tochter eines Generals.

„Dad hat erzählt, dass sie vorhaben, Leute einzusparen, und sich überlegen, ob sie nicht ein paar kleinere Truppenteile zusammenlegen sollen“, bemerkte sie.

„Hm ... ich weiß“, stimmte Garth zu. Sein Schwiegervater hatte ihn bereits vorgewarnt, dass Beförderungen in Zukunft aller Voraussicht nach wesentlich schwieriger zu erreichen sein würden. Am Ende des Jahres lief Garths Vertrag aus, und er hatte sich noch nicht entschieden, ob er ihn verlängern lassen wollte. Bei seinem ursprünglichen Entschluss, eine Laufbahn in der Armee anzutreten, hatte er nicht bedacht, wie sich das auf eine Familie auswirken würde, aber er hatte in letzter Zeit mitbekommen, dass die Ehen mehrerer seiner Kameraden unter dem Druck der vielen Trennungen zerbrochen waren.

Als Garth sich in der Dunkelheit zu ihr beugte, um sie zu küssen, wusste Claudia, dass es nicht nur der Gedanke an seine bevorstehende Abreise war, der sie beunruhigte. Sie schmiegte sich an ihn und ließ ihre Gedanken wandern.

Am Montagmorgen trat sie ihre neue Stelle als Sozialpädagogin in einem von Londons innerstädtischen Bezirken an.

Technisch gesehen war sie für den Job durch ihr Studium hervorragend qualifiziert, und doch hatte sie sich bei dem Einstellungsgespräch aus unerfindlichen Gründen merkwürdig verunsichert gefühlt, weil sie den Eindruck nicht losgeworden war, dass die Leiterin der Dienststelle gewisse Vorbehalte gegen sie hatte. Es war nichts, worauf sie tatsächlich den Finger hätte legen können, lediglich eine oder zwei spitze Bemerkungen über ihren Familienhintergrund und das vage Gefühl, dass die Frau versuchte sie einzuschüchtern, obwohl fairerweise dazugesagt werden musste, dass die Bedingungen, unter denen sie würde arbeiten müssen, tatsächlich hart waren.

„Das Leben der Familien von Armeeangehörigen ist nicht so behütet, wie Sie denken", hatte Claudia auf Janice Longs bohrende Nachfragen so ruhig wie möglich erwidert. „Es gibt immer mal wieder Probleme mit Alkohol und Drogen, Ehen gehen in die Brüche, und dann gibt es natürlich auch noch die traumatische Erfahrung, dass Männer schwer verwundet oder sogar getötet werden."

„Männer ...", hatte die andere Frau ein wenig wegwerfend erwidert. „Hier in *diesem* Bezirk haben wir es oft mit Jugendlichen zu tun, die in ihrer Kindheit missbraucht wurden ... geschlagen ... die hungern mussten und bis hin zu sexueller Erniedrigung jede Art von körperlicher und seelischer Gewalt erfahren haben, die man sich nur vorstellen kann. Sie sind so verletzt und kaputt, dass es leicht ist für sie, ihr Leben einfach wegzuwerfen. Glauben Sie wirklich, dass Sie die notwendigen Voraussetzungen haben, um mit ihnen zurechtzukommen?" hatte sie hinzugefügt.

„Nein, die habe ich nicht", hatte Claudia aufrichtig erwidert. „Aber ich bezweifle, dass die überhaupt irgendjemand von Anfang an hat, ich hoffe und glaube jedoch, mit der Zeit dazulernen zu können."

Sie hatte die Stelle schließlich bekommen, aber sie befürchtete, dass es ihr trotz allem nicht restlos gelungen war, Janice Long zu überzeugen, dass sie wirklich die richtige Kandidatin war.

„Mmh ...", murmelte Garth, während er an ihrer Unterlippe knabberte. „Du schmeckst so gut, Clio", fügte er heiser hinzu, während er den Kopf beugte und anfing, die zarte Haut ihres Halses zu liebkosen.

Claudia erschauerte vom Kopf bis in die Zehenspitzen. Sie *wusste*, was dieser spezielle Unterton, der in Garths Stimme mitschwang, zu bedeuten hatte.

Als er ihr das erste Mal gesagt hatte, dass er sie überall küssen, dass er alles von ihr kosten wollte, war sie eher schockiert gewesen als erregt, und selbst jetzt fühlte sie sich noch immer leicht peinlich berührt und verunsichert, wenn er es tat. Obwohl die Empfindungen, die seine Lippen auf ihrem Körper auslösten ...

Sie erschauerte noch heftiger, als seine warme, feuchte Zunge begann, ihre Knospe zu umkreisen, dann schloss sie die Augen und befahl sich aufzuhören, an den nächsten Tag zu denken, und stattdessen die köstliche Empfindung der sinnlichen Lust und der sexuellen Erregung auszukosten, die sich in ihrem Körper aufzubauen begann.

Als Garth spürte, dass sie anfing sich zu entspannen, zog er ihre Knospe tiefer in seinen Mund, wobei er sie weiterhin mit seiner Zunge umspielte, um sie gleich darauf noch tiefer und gieriger einzusaugen, was bewirkte, dass sich Claudia anspannte und sich lustvoll dem rhythmischen Druck seines Mundes entgegenwölbte.

Garth liebte Claudias Brüste. Natürlich liebte er *alles* an ihr, aber ihre Brüste waren einfach perfekt, sie passten genau in seine Handflächen, wenn er seine Hände über sie wölbte, warm und weich wie Satin, ihre Knospen zeigten ein warmes Korallenrot und waren im Normalzustand fast ein bisschen unscheinbar, aber wenn er anfing, sie zu liebkosen, wurden sie aufregend hart und richteten sich auf. Ihre Brüste waren tatsächlich ein Spiegelbild ihrer selbst, zurückhaltend und ruhig in der Öffentlichkeit, privat jedoch köstlich und erotisch und unerwartet sinnlich.

Claudia spürte in der Dunkelheit, wie Garths Hand über ihre Brüste streichelte, sich dann über ihre Taille bewegte und tiefer. Automatisch passte sie sich seinem Rhythmus an, öffnete ihre Schenkel und erschauerte vor Verlangen.

Sein Zeigefinger umkreiste ihren Nabel und wanderte dann spielerisch ein bisschen weiter nach unten. Zur Maßregelung biss Claudia ihn in einer Mischung aus weiblicher Dringlichkeit und Warnung ins Ohr.

Das wortlose Signal ihres Begehrens aufnehmend, begann Garth erneut, leidenschaftlich ihre Knospe zu liebkosen, wobei er sie mit seinem Körpergewicht niederhielt, während er spürte, wie ihr Körper vor Lust erbebte.

Das Letzte, woran Claudia jetzt dachte, war ihre Arbeit. Das Einzige, woran sie denken wollte und konnte, waren Garth und die köstlichen Empfindungen, die er in ihr zu wecken vermochte, und wie sie sich bald fühlen würde, wenn sein harter, pulsierender Schaft in ihren Schoß eindrang und sie ganz und gar ausfüllte.

Hinter ihren geschlossenen Lidern sah sie die Vereinigung ihrer beider Körper bereits vor sich, der seine stolz und hart, die

Haut heiß und seidig unter ihrer Berührung und dürstend nach ihrem feuchten Schoß, den sie sich als einen weichen, nassen, Leben spendenden, sicheren Ort ausmalte, in dem auch er in Sicherheit sein würde. Hier, in diesem verschwiegenen und intimen Paradies, konnte sich sein Körper ungestört all seine Sehnsüchte erfüllen und sich an den köstlichen Früchten laben, die sie für ihn bereithielt, bis sie ihn mit der Strenge der schlafenden, von den alten Griechen einst angebeteten und gefürchteten Mutter Erde an seine Pflichten erinnern würde, an den Sinn und Zweck seines Daseins, indem sich die weichen Muskeln ihres Schoßes, die ihn eben noch so zärtlich gehalten hatten, nun fest um ihn schlossen und ihn zwangen, sie *beide* zwangen, dem Gesetz der Natur zu gehorchen, indem sie von ihm den Funken des Lebens entgegennahm.

Es mochte vielleicht technisch nicht notwendig sein, einen Orgasmus zu haben, um schwanger zu werden, aber Claudia war insgeheim davon überzeugt, dass die heftigen Muskelkontraktionen des Schoßes dem Zeugungsakt, der Erschaffung neuen Lebens, förderlich waren.

Warum sonst sollte Mutter Natur der Frau diese tiefe Sehnsucht eingepflanzt haben, von ihrem Mann penetriert zu werden, wie sie selbst sie jetzt verspürte?

Wenn die Klitoris die erste Quelle der Lust einer Frau war, woher kam dann dieses unbezähmbare Verlangen, diese Dringlichkeit, dieser lüsterne Drang, Garth tiefer und immer noch tiefer in sich aufzunehmen, um die heiße, nasse Explosion seiner Erlösung so tief wie möglich in sich zu spüren?

Sehr langsam wandte sich Garth jetzt von ihrer Knospe ab und zog eine Spur feuchter Küsse über ihren flachen, mit einem leichten Schweißfilm überzogenen, glänzenden Bauch, aber sie bedeckte ihr Geschlecht noch immer mit der Hand.

Während er mit der Zunge kleine Kreise um ihren Nabel zog, legte Garth seine Hand über die ihre, verschränkte seine Finger mit den ihren und begann dann langsam, die weichen dunklen Löckchen, die ihren Venushügel bedeckten, zu streicheln. Einen Moment später schlüpfte ein Finger etwas tiefer, um die feuchte Sinnlichkeit zu erforschen.

Die Empfindungen, die ihre eigene Hand, die hart gegen ihr Schambein drückte, auslöste, während Garths Finger sie streichelten, bewirkte, dass ihr ein kleines protestierendes Stöhnen entschlüpfte. Während ihrer Verlobungszeit war es vorgekommen – mit schockierender Regelmäßigkeit, um genau zu sein –, dass sie, wenn Garth nicht da war, allein auf ihrem Bett gelegen und sich erforscht hatte, anfangs nur aus Neugier, um zu sehen, wie es mit Garth sein würde. Doch dann, als ihre eben erst erwachte Sinnlichkeit Feuer gefangen hatte, waren ihre Berührungen zielstrebiger und drängender geworden. Sie hatte nie mit Garth darüber gesprochen, noch hatte er durch irgendetwas zu erkennen gegeben, dass er etwas davon ahnte.

Doch jetzt wurde ihr instinktiv klar, dass er es wusste, eine Gewissheit, die durch die Worte, die er jetzt an ihrem Bauch flüsterte, bestätigt wurde. „Ich will, dass du an mich denkst, wenn ich nicht da bin, Clio. Ich will, dass du dich daran erinnerst, wie schön es ist mit uns. Es ist doch schön, oder?"

Unfähig, die heftigen Lustschauer zu unterdrücken, die seine sanft an der Spitze ihrer pochenden Klitoris rotierende Fingerspitze auslösten, war Claudias einzige Erwiderung ein ersticktes Stöhnen. Instinktiv öffneten sich ihre Schenkel, sie bewegte kreisend die Hüften, während sie die Finger ihrer freien Hand in Garths Haar krallte und protestierend zerrte und gleichzeitig versuchte, ihre andere Hand zu befreien.

Überrascht ließ Garth sie los und umfasste dann mit beiden Händen ihre Hüften. Claudias erleichtertes Ausatmen war ein Aufstöhnen, während sie seinem Eindringen in ihren Schoß entgegenfieberte, doch statt dies zu tun, senkte Garth den Kopf und schob ihre Schenkel noch ein Stück weiter auseinander, so dass sie ganz offen mit vor Lust pulsierendem Schoß vor ihm lag, woraufhin er ihr mit der Zunge noch stärkere Lust bereitete, die Liebkosung entschlossen ein ums andere Mal wiederholend, bis sie, vibrierend vor Lust und einer sexuellen Dringlichkeit, die so intensiv war, selbst die Initiative übernommen hätte, wenn sie es nur gekonnt hätte.

Eben deshalb schockierte es sie, als Garth, der ihre Gedanken gelesen zu haben schien, sie an den Hüften packte, sich selbst auf den Rücken rollte, sie hochhob und auf sich setzte. Er setzte sie auf sich!

„Du willst mich ... nimm mich“, flüsterte er ihr heiser ins Ohr. „Zeig mir, wie sehr du mich begehrst, Clio ... zeig mir, wie sehr du mich willst. Ja, so .... genau so ...“, murmelte er mit belegter Stimme, während sie sich langsam und unsicher auf ihm zu bewegen begann. Doch ein Blick in sein Gesicht sagte ihr alles, was sie wissen musste, er gab ihr den Mut, den sie brauchte, um die Kontrolle über ihre Sexualität und über ihn zu übernehmen. Sie hörte ihn aufstöhnen, als sie bewusst ihre Schoßmuskeln noch ein bisschen mehr anspannte und ihn hielt.

Verlangend streckte er die Hand nach ihren Brüsten aus. Claudia beugte sich vor und bewegte sich ... so bedächtig ... auf seinem harten, heißen, feuchten Schaft, ganz langsam zuerst und dann schneller und immer schneller, während Garth laut aufstöhnte und ihre Brüste knetete und dann die Hand zwischen ihre Beine legte, um ihre Klitoris zu stimulieren.

Die Verdoppelung der Lust, die Claudia angesichts seiner Berührung empfand, während sein Penis ihren Schoß ganz und gar ausfüllte, war kaum auszuhalten. Sie spürte, dass sie dabei war, eine Grenze zu überschreiten, jenseits derer sie absolut keine Kontrolle mehr über sich haben würde. Jetzt wurde sie von einer haushohen Welle der Lust überspült, die zu gewaltig war, als dass sie sie hätte aufhalten können, und sie hörte, wie sie Garths Namen laut herausschrie. Dann stieß sie einen unartikulierten Schrei aus, als ihr Körper in einem Orgasmus explodierte, der so gewaltig war, dass sie selbst Minuten später in Garths Armen noch immer von den heftigen Nachbeben geschüttelt wurde, während die Tränen ihrer Erlösung auf seine Brust tropften.

„So sollst du dich an mich erinnern, wenn ich nicht da bin ... an *uns*", flüsterte Garth heiser, erst ihre tränennassen Lider und dann ihren Mund küssend. „Genauso werden wir uns in der Nacht lieben, in der wir unser Kind zeugen."

Sie hatten bereits über die Familie, die sie gründen wollten, gesprochen, zwar noch nicht gleich, aber allzu lange wollte keiner von ihnen mehr damit warten. Claudia wünschte sich vier Kinder, zwei Jungen und zwei Mädchen, doch Garth hatte Einwände geltend gemacht und vorgeschlagen, dass sie vielleicht nach dem zweiten Kind aufhören sollten.

„Vier Kinder kosten eine Menge Geld, vor allem wenn ich bei der Armee bleiben sollte", hatte er sie gewarnt.

Das war ein anderes Thema, das sie bereits lang und breit diskutiert hatten. Claudia war sich sehr deutlich bewusst, was es hieß, die Ehefrau eines Armeeangehörigen zu sein, doch das Letzte, was sie wollte, war, sich zwischen Garth und einen Beruf, den er liebte, zu stellen, aber wie sie wusste, machte sich Garth schon seit längerem selbst Gedanken um seine Armeezugehörigkeit.

„Ich wünschte, du müsstest morgen nicht zurück", wiederholte sie schläfrig.

Garth seufzte tief auf. „Ich auch. Oh Gott, Claudia, war das gut eben ... *du* warst gut ..."

Langsam und liebevoll fuhr er ihr mit der Hand über den ganz und gar entspannten Körper. Er glaubte nicht, einen übermäßig stark ausgeprägten Sexualtrieb zu haben, und er hoffte, kein egoistischer Liebhaber zu sein, aber seine Lust war doch sehr leicht entflammbar, wie er sich eingestehen musste, und Claudia erregte ihn mehr, als jede andere Frau es je getan hatte und je tun würde. Wenn sie morgen früh genug aufwachten, würden sie sich vielleicht noch einmal lieben können, bevor er fuhr. Während er behutsam seinen Arm unter ihr hervorzog, überlegte er, wie sie wohl reagieren würde, wenn er sie bäte, beim nächsten Mal, wenn er nach Hause kam, die Unterwäsche wegzulassen. Allein der Gedanke an ihren süß duftenden, warmen Körper, bedeckt nur von einem Kleid oder einem Rock, brachte sein Blut erneut in Wallung.

Lass das, ermahnte er seinen sich langsam aufrichtenden Penis streng. Du wirst dich wohl oder übel bis morgen gedulden müssen.

Claudia hörte genau und sehr aufmerksam zu, während Janice Long einen der Fälle, den sie übernehmen sollte, in allen Einzelheiten vor ihr ausbreitete.

„Sie ist jetzt achtzehn", erzählte Janice und beobachtete Claudias Reaktion, als diese in einer Akte blätterte und dann das Foto eines hinreißend schönen jungen Mädchens mit dunklem Haar betrachtete. „Und heroinabhängig", fuhr die Leiterin grimmig fort. „Das erste Mal wurden wir vor drei Jahren auf sie aufmerksam, als die Polizei sie wegen Prostitution festnahm. Sie behauptete damals, sie sei siebzehn und von zu Hause weggelaufen, weil ihr

Stiefvater sie missbrauchte. Eine ganz alltägliche Geschichte", fügte sie hinzu, als sie hörte, wie Claudia erschrocken Luft holte.

„Ja, ich weiß", stimmte Claudia zu, „aber das macht sie nicht weniger entsetzlich."

„Hm ... ich will nicht behaupten, dass ihre Geschichte nicht wahr ist, weil sie ja immerhin wahr sein könnte. Doch leider lügt Katriona wie gedruckt. Wie die meisten dieser Mädchen. Sie leben die halbe Zeit in einer Phantasiewelt. Das ist ein Teil ihres Problems. Unsere Aufgabe ist es, die Phantasie von der Realität zu trennen."

Obwohl sie es nicht aussprach, gewann Claudia doch den Eindruck, dass die ältere Frau eine übertriebene Härte an den Tag legte. Katriona war schließlich noch immer nur ein Mädchen und keine Erwachsene, und der Gedanke, was für eine Angst sie gehabt haben musste, als sie sich allein und verletzlich auf der Straße wiedergefunden hatte, drückte ihr vor Mitleid schier das Herz ab.

Janice Long beobachtete sie eine ganze Weile, dann seufzte sie unhörbar in sich hinein. Das war wieder so eine, noch nicht trocken hinter den Ohren, mit feucht schimmernden Augen und überströmend vor Mitleid mit dem Rest der Menschheit. Nun, sie würde bald lernen, genauso wie sie selbst auch gelernt hatte.

Auch wenn die Menschen, mit denen sie es hier zu tun hatten, Opfer waren und zweifellos der Hilfe bedurften, änderte das nichts daran, dass sie häufig über ein gerütteltes Maß menschlicher Untugenden verfügten, sie waren oft manipulierend und verschlagen, hinterhältig und betrügerisch, verlogen und manchmal sogar regelrecht gefährlich.

Katriona war trotz ihres atemberaubend guten Aussehens und ihrer relativen Jugend kein Engel. Anders als bei vielen anderen dieser Mädchen hatte ihre Drogenabhängigkeit jedoch nicht dazu geführt, dass sie einem Zuhälter in die Hände gefallen war, der darauf bestand, dass sie für ihn auf den Strich ging, damit er von dem Geld, das sie verdiente, leben konnte. Katriona hatte keinen Zuhälter – sie brauchte keinen, wie sie sich gegenüber Janice mehr als einmal gebrüstet hatte. *Sie* war diejenige, die Männer benutzte, nicht umgekehrt.

Sie hatte Janice erzählt, dass sie nur angefangen hätte, Drogen zu nehmen, weil sie wissen wollte, wie man sich dabei fühlte, und sie hatte gelacht, als die junge Praktikantin, die Janice damals hatte, nicht in der Lage gewesen war, ihre schockierte Reaktion angesichts dieser Information zu verbergen.

Insgeheim hatte Janice den Verdacht, dass Katriona sich das Geld für ihren Drogenkonsum zusätzlich noch dadurch beschaffte, dass sie dealte, aber weder sie noch die Polizei hatten es ihr jemals nachweisen können.

„Sie können mir gar nichts anhängen“, hatte Katriona beim letzten Mal süffisant verkündet, nachdem die Polizei sie aufgegriffen hatte.

Eins aber wusste Janice oder glaubte sie jedenfalls zu wissen: Dass Katriona – obwohl sie dies, nachdem sie ihre erste Behauptung vor drei Jahren kurz darauf wieder zurückgenommen hatte – irgendwann in ihrem Leben von einem Mann in irgendeiner Weise missbraucht worden war, wenn nicht sexuell, so doch zumindest seelisch. Der Hass und die tiefe Verachtung, die sie Männern entgegenbrachte, waren typische Anzeichen dafür, auch wenn Katriona es nie zugeben würde.

Ihre ganze Vergangenheit lag im Dunkeln, aber auch dies war bei diesen jugendlichen Herumtreibern ziemlich normal. Jungen wie Mädchen kamen nach London und verschwanden im brodelnden Untergrund, bis sie eines Tages von der Polizei aufgegriffen und an die Fürsorge weitergereicht wurden. Zu dieser Zeit hatten sie sich gewöhnlich schon eine neue Vergangenheit erfunden.

Manchmal, unglücklicherweise jedoch nur allzu selten, hatte das Schicksal ein Einsehen, und es gelang, einen Jugendlichen wieder zu seiner Familie zurückzubringen, aber in den meisten Fällen gelang dies nicht ...

Janice runzelte die Stirn und schaute besorgt auf Claudias über die Akten gebeugten Kopf. Sie machten meistens mehr Scherereien, als die ganze Sache wert war, diese jungen Leute aus der oberen Mittelschicht, idealistische Traumtänzer, die gerade ihren Universitätsabschluss gemacht hatten, ohne auch nur den leisesten Schimmer zu haben, wie das Leben in Wirklichkeit war, und die noch immer ihre Eltern als „Mummy" und „Daddy" bezeichneten.

Mummy und Daddy. Gott, Katriona würde ihr ins Gesicht lachen. Entweder das, oder sie würde sie mit den übelsten Schimpfwörtern belegen, wenn sie Claudias „königlichen" englischen Akzent hörte. Aber es war nicht ihr Job, die verhätschelten Claudias dieser Welt vor der Wirklichkeit zu beschützen. Niemand hatte sie gezwungen, diese Stelle anzunehmen – eine Stelle, für die sie nach Janices Meinung von ihrer Herkunft her völlig ungeeignet war.

Sie selbst war in einem gottverlassenen Nest in Nordengland aufgewachsen. Der einzige Grund, warum am Ende doch noch etwas aus ihr geworden war, war der, dass der Direktor ihrer Grundschule ihre Eltern überredet hatte, sie aufs Gymnasium zu schicken.

Doch selbst dann war ihr die Schmach, eine abgelegte Schuluniform tragen zu müssen, nicht erspart geblieben, da ihre Eltern nicht einmal genug Geld hatten, um für das Mittagessen in der Schule aufkommen zu können – und was Schulausflüge anbelangte ...

Sie hatte es frühzeitig gelernt, Gleichgültigkeit vorzuschützen, die ihr als Schutzschild vor den Hänseleien ihrer Klassenkameradinnen diente. Auf der Universität hatte sie, wenn sie nicht für ihr Examen lernte, gearbeitet, um sich ihr Studium zu finanzieren, und ansonsten hatte sie darauf geachtet, denjenigen, die den Ton angaben, so weit wie möglich aus dem Weg zu gehen.

Während des Semesters hatte sie sich als Kellnerin ihr Geld verdient und während der Ferien als Obstpflückerin. Diese Sommerjobs waren die Hölle gewesen. Es gab immer irgendeinen Kerl, der sich einbildete, dass man ihm dafür, dass er einem einen Job verschafft hatte, einen Gefallen schuldig wäre – und die Art von Gefallen, die er meinte, war es, sich mit gespreizten Beinen für ihn auf den Rücken zu legen. Nun, nicht mit Janice. Sie hatte schon zu oft gesehen, wohin einen das brachte.

„Aber wer sind ihre Eltern? Woher kommt sie?" hörte sie Claudia fragen, die noch immer stirnrunzelnd über der Akte brütete, die Janice ihr zugeschoben hatte.

Janice zuckte die Schultern. „Wer weiß? Vielleicht weiß sie es ja nicht mal selbst. Ihrem Aussehen nach zu urteilen könnte sie von Zigeunern abstammen oder auch von Italienern, aber ..." Janice zuckte erneut die Schultern.

„Hat denn nie jemand sie gefragt, hat denn nie jemand mit ihr gesprochen?" protestierte Claudia.

Janice hob die Augenbrauen. „Gesprochen? Mit ihr? Wir haben es hier mit einer Heroinabhängigen zu tun. Mit Heroinabhängigen kann man nicht sprechen ... man kann nur auf sie einreden, und wenn man Glück hat, bleibt vielleicht ein ganz kleines bisschen von dem, was man sagt, hängen."

„Sie klingen, als ob ... als ob Sie sie bereits abgeschrieben hätten."

„Sie hat sich selbst abgeschrieben“, erwiderte Janice brutal. „Sie wird tot sein, bevor sie einundzwanzig ist.“

„Aber es gibt doch bestimmt irgendetwas, das man tun kann“, beharrte Claudia, unfähig, ihr Entsetzen zu verbergen. „Eine Entzugsklinik ... oder ...“

Janice schüttelte den Kopf. „Man würde nur seine Zeit und das Geld der Steuerzahler zum Fenster hinauswerfen“, konterte sie grimmig. „Sie würde nie zustimmen, in eine Klinik zu gehen und selbst wenn sie es täte ... eins der ersten Dinge, die Sie verstehen müssen, ist ...“ Sie machte eine Pause und schüttelte den Kopf.

Was sollte sie ihr groß erzählen? Sollte das Mädchen es selbst herausfinden. Anfänger! Warum, zum Teufel, landeten sie immer bei ihr?

Claudia unterdrückte entschlossen alle Ekelgefühle, die in ihr aufstiegen, während sie Janice die kalte, müllbedeckte Betontreppe nach oben folgte. In der Luft lag der durchdringende Gestank nach Urin und Erbrochenem. Der riesige Hochhausturm war, nicht anders als seine Nachbarn, ein Kaninchenbau aus zerbröckelndem Zement und auseinander fallenden Leben. Seine Existenz war, wie Claudia dachte, ein Beweis, eine Zeugenaussage für das, was Menschen einander antaten.

„Noch zwei Treppen“, schnaufte Janice. „Dabei fällt mir ein, kommen Sie nie in die Versuchung, an solchen Orten einen Aufzug zu benutzen“, warnte sie Claudia. „Sie sind ständig kaputt – irgendjemand von unserem Team hat es einmal vergessen und war fast vierundzwanzig Stunden eingesperrt.“

Claudia erschauerte.

„Wir sind da“, verkündete Janice. „Hier entlang.“

Benommen folgte Claudia der Leiterin den Gang entlang, von

dem aus man das triste Dreieck Land, das die Wohntürme einschlossen, sehen konnte. Dort unten kickte eine Gruppe Jugendlicher ziellos Abfall durch die Gegend, der aus einem überquellenden Müllcontainer herausgefallen war, mit hängenden Schultern, wie besiegt, konstatierte Claudia in Gedanken.

„Hier", sagte Janice, blieb vor einem Apartment stehen, dessen Tür eher aussah wie die in einem Hochsicherheitstrakt als eine Wohnungstür, die blinden Fenster daneben ohne Vorhänge und mit Balken verrammelt.

Janice hämmerte mit der Faust gegen die Stahltür, dann wartete sie. Claudia hörte, wie auf der anderen Seite ein Riegel zurückgeschoben wurde, und spürte, wie ihr Magen anfing, sich zusammenzukrampfen. Plötzlich brach sich das deutliche Gefühl, an der Schwelle eines schicksalsschweren Ereignisses zu stehen, wider alle Vernunft Bahn.

Als sich durch den Spion ein Auge auf sie richtete, kämpfte sie gegen die Versuchung, ihrer inneren Stimme zu folgen und zu fliehen, ehe es zu spät war.

„Was wollen Sie?" hörte sie eine männliche Stimme aufsässig fragen.

„Ich möchte zu Katriona Spencer", gab Janice scharf zurück.

„Schön, sie will Sie aber nicht sehen", erwiderte die Stimme. „Sie ist beschäftigt. Verstehen Sie, was ich meine?" fügte er mit einem anzüglichen Lachen hinzu.

„Sagen Sie ihr, kein Besuch, kein Geld", konterte Janice ungerührt. Es dauerte ein paar Minuten, doch gerade als Claudia dachte, es werde ihnen wohl nichts anderes übrig bleiben, als den Rückzug anzutreten, hörte sie, wie ein weiterer Riegel zurückgeschoben wurde, dann wurde die Tür aufgemacht.

Der Gestank auf der Treppe war Claudia schon fast unerträglich gewesen, er war jedoch nichts im Vergleich zu dem grauenhaften Mief, der ihr aus der Wohnung entgegenschlug. Sie musste würgen und befürchtete schon, sich übergeben zu müssen, während sie Janice nach drinnen folgte. Es stank nach Armut und Erniedrigung, wie sie feststellte, nach den Ausdünstungen menschlicher Wesen, die in dunkle und obszöne Tiefen hinuntergestiegen waren.

Claudia folgte Janice durch einen klaustrophobisch engen Schlauch in den Raum, der am anderen Ende lag, wo sich gerade ein abgemagerter Jugendlicher mit entblößtem Oberkörper von einer verdreckten Matratze erhob und langsam anfing, sich die Jeans, die ihm um die Beine schlackerte, über das abgezehrte Gesäß zu ziehen. Hinter ihm auf der Matratze lag ein nacktes Mädchen. Peinlich berührt, wandte Claudia die Augen ab, aber Janice, die weitaus abgehärteter war, verzog keine Miene, als sie fragte: „Wo ist Katriona, Lucy?“

„Oben“, erwiderte das Mädchen teilnahmslos, seine Nacktheit und die Tatsache, dass es mit gespreizten Beinen dalag, ignorierend, während es die Hand nach einer Spritze ausstreckte, deren Nadel in dem fahlen Licht, das ins Zimmer drang, glitzerte.

Als sie sich bewegte, sah Claudia die Einstiche in ihren Armen, und ihrem schockierten Ekel machte grenzenloses Mitleid Platz.

„Sparen Sie es sich“, riet Janice, die ihre Gedanken richtig erraten hatte, als sie Claudia mit einem Kopfnicken aufforderte, ihr die Treppe nach oben zu folgen. „Wie Katriona finanziert auch Lucy ihre Sucht durch Prostitution“, informierte sie Claudia, während sie den Flur zurückgingen. „Aber im Gegensatz zu Katriona – zumindest bis jetzt – hat Lucy bereits einen Gefängnisaufenthalt hinter sich.“

„Warum?“, fragte Claudia in der Annahme, die junge Frau hätte vielleicht gestohlen, um sich Drogen beschaffen zu können, oder Rauschgift an andere Süchtige verkauft. Die Zeitungen waren voll von Berichten über diese Art von Beschaffungskriminalität.

Doch stattdessen erwiderte Janice zu ihrem Entsetzen: „Sie hat ihr Kind umgebracht – oh, das ist nichts Ungewöhnliches", warnte sie Claudia, als sie deren Gesichtsausdruck sah. „Natürlich nicht absichtlich. Es passiert nie absichtlich. Sie hat nur eines Abends die Geduld verloren mit dem armen kleinen Schwein, nachdem ihre Freier nicht genug bezahlt hatten, dass sie sich einen Schuss leisten konnte. Sie verlor die Nerven und schlug den Kleinen, weil er ihr vor den Füßen rumlief. Dann hob sie ihn hoch und schleuderte ihn gegen die Wand. Er war fünf Jahre alt und ein zäher kleiner Lauser, aber nicht zäh genug – sie zertrümmerte ihm den Schädel. Glücklicherweise starb er drei Tage später im Krankenhaus, ohne das Bewusstsein wiedererlangt zu haben."

„Glücklicherweise!" protestierte Claudia, die zu schockiert war, um ihre Gefühle zu verbergen.

„Wenn er überlebt hätte, hätte er einen Gehirnschaden davongetragen, und wenn Lucy schon nicht in der Lage war, solange er gesund war, mit ihm zurechtzukommen, was für eine Chance, glauben Sie, hätte er wohl mit der Behinderung, die sie selbst verursacht hat, gehabt?"

Claudia machte nicht den Versuch, eine Antwort zu finden. Was für eine hätte es auch sein sollen.

„Hier entlang", sagte Janice, nachdem sie den Treppenabsatz erreicht hatten. Sie öffnete eine Tür.

Nach dem Dreck und Gestank unten, zusammen mit der schrecklichen Geschichte, die sie eben gehört hatte, war der Anblick der jungen Frau, die auf dem Bett saß und ihr Spiegelbild betrachtete, während sie sich langsam ihr üppiges langes schwarzes

Haar bürstete, so widersinnig, so normal, dass Claudia sie nur anstarren konnte.

Anders als die junge Frau unten hatte diese hier einen wachen Blick, die grünen Augen leuchteten intensiv in dem kleinen herzförmigen Gesicht. Sie war sehr hübsch, mehr als hübsch, wie Claudia sah, groß und sehr schlank und trug ein langärmeliges, unerwartet sauber wirkendes T-Shirt und Jeans.

„Wer ist das?“ wollte das Mädchen von Janice wissen und deutete mit dem Kopf in Claudias Richtung.

„Claudia hat kürzlich bei uns angefangen“, erklärte Janice glatt.

Die junge Frau schaute Claudia verächtlich an.

„Oje, ein Trainee. Jesus, schauen Sie sie doch bloß an“, höhnte sie. „Wetten, dass sie noch nie im Leben für einen Mann die Beine breitgemacht hat, geschweige denn ...“

Claudia musste sich schwer zusammenreißen, um sich ihren Zorn und ihren Abscheu über die Art, wie das Mädchen unwissentlich in die Intimität ihres Liebeslebens mit Garth eindrang und es fast in den Schmutz zog, nicht anmerken zu lassen.

„Das geht Sie nichts an, Katriona“, gab Janice scharf zurück, dann machte sie einen schnellen Schritt auf die junge Frau zu und streckte, bevor diese reagieren konnte, die Hand nach deren Handgelenk aus und schob dann mit der anderen Hand den Ärmel des T-Shirts hoch, um einen herzzerreißend dünnen Arm freizulegen sowie den noch herzzerreißenderen Beweis ihrer Sucht. „Auf jeden Fall fixt sie nicht“, sagte sie scharf zu dem Mädchen, „und Sie würden es auch nicht tun, wenn Sie auch nur einen Funken Verstand im Kopf hätten.“

„Nein?“ höhnte das Mädchen und warf das dicke lockige Haar zurück. „Dafür habe ich immer noch genug gesunden Menschenverstand, um nicht auf blöde Sprüche reinzufallen. Was wollen Sie?"

„Sie haben einen Antrag auf Sozialhilfe gestellt. Um diese zu erhalten, müssen Sie sich einverstanden erklären, uns ab und zu zu sehen."

„Okay, jetzt haben Sie mich gesehen." Katriona zuckte wegwerfend mit den Schultern, dann streckte sie die Hand nach einem Lippenstift auf einer wackligen Frisierkommode aus und begann sorgfältig, sich ihren weichen, vollen Mund anzumalen.

Sie war sehr grazil, und ihre Bewegungen waren anmutig und fließend wie die einer Tänzerin. Wer war sie, woher kam sie und warum ... warum blieb sie hier und lebte in diesem Dreckloch, wo doch klar ersichtlich war ...

Claudia riss sich zusammen. Eins der ersten Dinge, die sie gelernt hatte, war, dass es nicht ihre Aufgabe war, zu richten oder Fragen zu stellen.

„Sie *müssen* das nicht tun, Katriona", sagte Janice jetzt leise. „Es kann Ihnen passieren, dass Sie in weniger als einer Stunde bei irgendeinem Freier im Auto sitzen, der Ihnen statt zu bezahlen ein Messer an die Kehle hält. Und selbst wenn er bezahlt, ist es vielleicht der Nächste oder der Übernächste. Warum tun Sie das, wo Sie doch in das Methadonprogramm aufgenommen werden könnten und ..."

„Auf Entzug gehen? Ich? Vergessen Sie's."

„Sie sind wirklich sehr töricht, Katriona. Eines Tages werden Sie enden wie Lucy unten, zu vollgedröhnt, um auch nur daran zu denken, die Beine zwischen zwei Freiern zu schließen oder sich anzuziehen. Ist es das, was Sie wollen?"

„Ich werde *nie* wie Lucy", widersprach Katriona wütend, ihre grünen Augen schleuderten Blitze, während sie sich von ihrer

Matratze erhob und auf Janice zuging. „Und jetzt verschwinden Sie. Hauen Sie ab! Und beim nächsten Mal ... schicken Sie sie", befahl sie, während Janice mit einem Schulterzucken zur Tür ging.

Schicken Sie *sie*. Claudia blinzelte überrascht, als das Mädchen auf sie deutete.

„Das ist mein Ernst", betonte Katriona. „Ich will sie ... nicht Sie. Kapiert?"

7. KAPITEL

„Du siehst furchtbar schmal und müde aus, Liebling. Ist alles in Ordnung mit dir?“

„Ja, es ist alles in Ordnung, Mummy“, schnappte Claudia, dann tat es ihr Leid, als sie den verletzten Gesichtsausdruck ihrer Mutter sah. „Verzeih mir, ich wollte nicht unfreundlich sein“, entschuldigte sie sich und legte ihr bedauernd eine Hand auf den Arm. „Ich ... ich bin nur ein bisschen müde, das ist alles, und ... es ist ... ohne Garth fühle ich mich so ...“

Sie riss sich zusammen. Das Letzte, was sie wollte, war, in Selbstmitleid zu ertrinken oder sich gar bei ihrer Mutter zu beklagen, dass sie Garth vermisste.

Die Kompanie war in Nordirland. Garth war vor seiner Abreise noch für vierundzwanzig Stunden nach Hause gekommen, und sie hatten sich mit einer leidenschaftlichen Intensität geliebt, die sie zwar körperlich befriedigt, jedoch innerlich irgendwie leer und traurig zurückgelassen hatte.

Der Besuch ihrer Mutter war unzufriedenstellend verlaufen, und jetzt glitzerten in Claudias Augen Tränen, als sie ihre Mutter zum Abschied küsste und dann zuschaute, wie diese in den Zug stieg.

Sie war nach London gekommen, um den Tag mit Claudia zu verbringen und ein paar Besorgungen zu machen, aber Claudia war einfach nicht in Stimmung gewesen. Sie hatte sich noch immer nicht richtig von der schweren Erkältung erholt, mit der sie sich im vergangenen Monat herumgeplagt hatte. Erschwerend kam hinzu, dass einer der anderen Sozialarbeiter versetzt worden war und Claudia einen ganzen Berg Arbeit hinterlassen hatte, den sie neben ihrer eigenen Arbeit bewältigen musste.

Vielleicht hatte Janice ja doch Recht gehabt. Vielleicht war sie für diese Art Job doch nicht gemacht.

„Nehmen Sie die Probleme, mit denen Sie tagsüber konfrontiert werden, nicht mit nach Hause“, hatte Janice ihr geraten, aber Claudia fand es zunehmend schwerer, den notwendigen emotionalen Abstand von den Problemen ihrer Klienten zu halten, besonders von Katriona. „Sie lassen die Dinge zu nah an sich heran“, hatte Janice sie gewarnt, und sie hatte Recht behalten. Dieses Mädchen hatte etwas Zwingendes an sich, die Tragödie, in die sich Katrionas Leben verwandelt hatte, ging ihr nach und ließ sie nicht mehr los.

„Es ist nicht unabänderlich“, hatte Claudia Janice zu beschwören versucht, wobei sie in ihrer Sehnsucht, das Ruder herumzuwerfen, bevor es zu spät war, ihre ganze Professionalität über Bord geworfen hatte.

„Es ist bereits zu spät“, hatte Janice schroff erwidert, als Claudia mit ihr über den Fall gesprochen hatte. Dabei war Claudia wieder eingefallen, dass die Leiterin von Anfang an zu der Ansicht tendiert hatte, dass sie, Claudia, zu gefühlsbetont wäre für diesen Job.

Aber wie viel von dieser Einschätzung entsprach wirklich den Tatsachen und wie viel beruhte möglicherweise auf einer nicht ganz unverständlichen Abneigung, die durch den Umstand ausgelöst wurde, dass Katriona mittlerweile darauf beharrte, nur noch mit ihr, Claudia, zu sprechen?

„Das macht sie nur, weil sie weiß, dass Sie neu sind in dem Job“, hatte Janice sie nach einer Fallbesprechung grimmig gewarnt, auf der man Claudia im Hinblick auf den Bericht, den sie über Katriona erstellt hatte, das Mädchen zur ständigen Betreuung zugeteilt hatte.

„Ich weiß offen gestanden nicht, warum wir uns überhaupt noch mit ihr herumärgern", hatte sie geschnaubt, aber natürlich wusste sie es. Alle wussten es.

Katriona spielte ein gefährliches Spiel. Als Gegenleistung dafür, dass die Polizei bei einem Teil ihres illegalen Treibens ein Auge zudrückte, lieferte sie den Ordnungshütern Informationen über einen Drogendealerring, der wie sie in der Unterwelt, zu der drei der Hochhaustürme geworden waren, operierte.

„Sie müssen sehr vorsichtig sein", hatte Claudia sie gewarnt, als Katriona ihr voller Verachtung erzählt hatte, wie leicht es war, sich in das Vertrauen von Männern einzuschleichen. „Wenn Ihnen irgendjemand auf die Schliche kommt ..." Aber Katriona hatte nur gelacht.

„Niemals. Für die bin ich doch nur eine schnelle Nummer. Sie vergessen, dass ich, wenn ich ihren Schwanz im Mund habe, zwar nicht reden, dafür aber zuhören kann, und selbst wenn? Was könnten sie tun?" Sie hatte mit den Schultern gezuckt. „Nichts. Ich weiß einfach zu viel. Im Gegensatz zu Ihnen", hatte sie höhnisch erklärt. „Sie wissen überhaupt nichts. Mit wie viel Jahren haben Sie denn Ihre Jungfräulichkeit verloren?"

Claudia hatte nur den Kopf geschüttelt, aber dagegen, dass sie rot wurde, war sie machtlos gewesen.

Katriona schien manchmal regelrecht versessen darauf zu sein, Claudia ins Kreuzverhör zu nehmen.

„Mummy und Daddy", hatte sie sie einmal nachgeäfft. „Ich wette, die beiden haben Sie total verwöhnt, stimmt doch, oder? Und ich wette, *er* macht es auch, hab ich Recht?" hatte sie Claudia in herausforderndem Ton gefragt, während sie ihre Hand genommen, einen Moment sinnend den Ehering betrachtet und dann gefragt hatte: „Wie ist er denn so ... ist er wenigstens gut im Bett?

Gott, warum frag ich Sie das überhaupt? Wenn er es ist, wissen Sie ja auf jeden Fall, warum das so ist, oder?“ hatte sie gespottet. „Einem Kerl würde es doch nie im Leben in den Kopf kommen, sich für seine süße kleine Ehefrau aufzusparen.“

„War er jemals bei ‘ner Nutte? Woher wollen Sie es wissen? Haben Sie ihn gefragt?“ hatte sie sich erkundigt, und als Claudia nur den Kopf geschüttelt und angefangen hatte, ihre Papiere zusammenzuräumen, hatte sie höhnisch aufgelacht. „Trifft einen Nerv, stimmt’s?“ hatte sie triumphiert, um dann sanfter hinzuzufügen: „Egal wie achtbar, wie vertrauenerweckend und liebevoll sie sich geben, sie machen es alle. *Alle*. Wer weiß, vielleicht ist er ja sogar einer meiner Kunden ...“

Sie hatte eine Pause gemacht und gewartet, und obwohl Claudia Katriona mittlerweile besser einzuschätzen gelernt hatte und wusste, dass diese es ständig darauf anlegte, sie aus dem Konzept zu bringen, hatte sie doch nach dem Köder geschnappt und kühl erwidert: „Das möchte ich doch sehr bezweifeln. Garth ist in der Armee. Er kommt nur selten nach London und ...“

„Oh, er ist in der *Armee*. Na, die Kerle aus der Armee sind die Schlimmsten“, hatte Katriona sie mit einem triumphierenden Lächeln unterbrochen. „Wie haben Sie ihn denn kennen gelernt?“ erkundigte sie sich beiläufig, aber Claudia hatte sich schon wieder unter Kontrolle gehabt und ihr keine Antwort gegeben.

Katriona hatte eine lange offene Wunde an ihrem linken Arm, die aussah, als stamme sie von einem Messer. In demselben Augenblick, in dem sie diese Einschätzung traf, wurde Claudia bewusst, wie viel sie schon gelernt hatte. Vor sechs Monaten hätte sie nicht einmal annähernd sagen können, wie eine Messerwunde aussah, ganz zu schweigen davon, dass sie sie auf den ersten Blick erkannt hätte.

„Das war Lucy", sagte Katriona gleichgültig, als sie Claudias Blick registrierte.

„Sieht nicht gut aus", bemerkte Claudia. „Hat sie schon jemand gesehen?"

„Logisch ... alle Freier, die ich seit zwei Nächten hatte, und das müssen ... oje ... ich hab keine Ahnung mehr ... sagen wir, mindestens zehn oder vielleicht auch zwanzig Stück gewesen sein. Letzte Nacht war eine ganze Horde hier. Bürschchen von irgend so 'ner piekfeinen Schule, die Schiss hatten, es allein zu machen, deshalb habe ich den anderen gesagt, sie könnten zuschauen, während ich es einem von ihnen besorge. Jesus, das waren vielleicht Wichser – buchstäblich – aber egal, sie haben gut bezahlt."

Claudia sagte nichts. Sie war mittlerweile an Katrionas Gerede gewöhnt und wusste, wie sehr diese es liebte, sie zu schockieren.

Entschlossen, sich nicht ablenken zu lassen, setzte sie sich. Katriona hatte sich bis heute standhaft geweigert, auch nur eine einzige Einzelheit über ihre Vergangenheit preiszugeben, und es gehörte zu Claudias Aufgaben, zu tun, was sie konnte, um irgendetwas – egal was – über ihren Hintergrund und ihre Familie herauszufinden.

„Sie müssen doch Eltern haben, Katriona", begann sie. „Sie ..."

„Muss ich?" unterbrach Katriona sie bitter. „Warum? Weil das in Ihrem Lehrbuch so drinsteht, ja? Hallo, aufwachen, ich habe Neuigkeiten für Sie! Das Leben hält sich nicht immer an die Spielregeln."

„Aber Sie müssen irgendjemanden haben. Eine Mutter ... einen Vater ... Großeltern ..."

„Großeltern." Katriona lachte schrill auf. „Jesus, wenn ich welche hätte, wären sie jetzt steinalt. Meine Mutter war siebenundvierzig, als sie mich bekam – ich war ein Wunder. Sie dachten, sie könnten keine Kinder bekommen, Sie wissen schon. Als ich schließlich kam, waren sie sechsundzwanzig Jahre verheiratet. Vielleicht hätte ihnen jemand sagen sollen, dass sie mit dem Sex schon ein bisschen früher anfangen sollen."

„Sie müssen Sie sehr geliebt haben", vermutete Claudia sanft.

„Müssen sie? Keine Ahnung. Meine Mutter war total geschockt, weil die Nachbarn jetzt wussten, dass sie mit meinem Vater bumste. Sie starb irgendwann ... an einem Herzanfall, angeblich, weil meine Geburt ihr Herz geschwächt hatte, verstehen Sie? Aber sie war eben einfach nur schon verdammt zu alt, das war alles."

Obwohl Claudia angesichts der Grausamkeit, die in Katrionas Stimme mitschwang, zusammenzuckte, verkniff sie sich eine Bemerkung dazu und sagte nur ruhig: „Und was ist mit Ihrem Vater?"

„Mein Vater ... oh, der war ein Heiliger", antwortete Katriona zynisch. „Das haben alle gesagt, also muss es ja stimmen, oder? Ich kann mir gar nicht vorstellen, wie sie mich gemacht haben, Sie?"

„Lebt er noch?" drängte Claudia.

Katriona zuckte nur gleichgültig die Schultern. Sie hatte sich kurz vor Claudias Eintreffen einen Schuss gesetzt, und die Droge begann langsam zu wirken. Das Letzte, was sie wollte, war, über ihre gottverdammten Eltern zu sprechen.

„Keine Ahnung, und es ist mir auch scheißegal. Warum auch nicht? Er hat sich einen Dreck um mich gekümmert. Seine Scheißschule war ihm immer tausendmal wichtiger als ich."

„Seine Schule?" fragte Claudia.

„Er war ein Lehrer. Ein *Erzieher*", betonte Katriona höhnisch, ihr Akzent veränderte sich, sie äffte Claudias klare, schön modulierte Sprechweise nach. „Er unterrichtete an einer Privatschule –

für Jungen. Mädchen nahmen sie keine auf, weshalb ich auf die staatliche Schule gehen musste, aber er unterrichtete mich zusätzlich noch zu Hause. Sie ... meine Eltern ... hatten sich in Oxford kennen gelernt, und obwohl sie es sich nicht leisten konnten, mich auf eine Privatschule zu schicken, hatte er es sich in den Kopf gesetzt, dass ich auf das College, auf dem meine Mutter war, gehen sollte."

„Was für ein College war das denn?" forschte Claudia und fing an zu raten, als Katriona keine Anstalten machte zu antworten, sondern einfach nur die Augen schloss und den Kopf abwandte: „Lady Margaret Hall ... Sommerville?"

„Sie halten sich wohl für verdammt schlau, was?" grollte Katriona. „Was, zum Teufel, spielt es für eine Rolle, was für ein College es war? Mich hätten sowieso keine zehn Pferde dorthin gebracht. Wenn ich auf die Universität gewollt hätte, dann ganz bestimmt nicht in dieses muffige Oxford. Essex ... irgend so was vielleicht, aber das hätte er nie erlaubt. Für ihn gab es nur Oxford oder gar nichts. Selbst Cambridge war ihm nicht gut genug."

Claudia sagte nichts, aber sie hörte die Verbitterung und den Zorn neben der Verachtung in der Stimme des Mädchens mitschwingen.

„Sind Sie gern zur Schule gegangen, Katriona?" fragte sie.

„Gern? Na, und wie! Es hat mir einen Heidenspaß gemacht. Ich liebte es, wie ein entzündeter Daumen aus meiner Umgebung herauszustechen und die Zielscheibe für die anderen abzugeben, weil ich diesen Dad hatte, der irgendwelche feinen Pinkel an einer Privatschule unterrichtete. Genauso wie es mir einen Heidenspaß gemacht hat, jeden gottverdammten Abend mit ihm in der Bude zu hocken und mir sein Geschimpfe darüber anzuhören, wie wichtig es für mich wäre, eine gute Erziehung zu haben. Na, ich zeigte ihm bald, dass für mich das Leben aus weitaus mehr besteht als aus irgendwelchen total idiotischen Grundsätzen und dass ich diesen Oberschichtdeppen, die er unterrichtete, eine ganze Menge mehr über die wirklich wichtigen Dinge des Lebens beibringen konnte, als sie jemals von ihm gelernt hatten. Aber das sahen er und der Direktor der Schule natürlich anders."

Sie öffnete die Augen und warf Claudia ein listiges Lächeln zu.

„Na und? Ich wette trotzdem, dass sie von dem, was ich ihnen beigebracht habe, verdammt viel mehr hatten als von Pas Unterricht, und er hat so wenigstens gemerkt, dass ich auch noch da bin."

Jetzt sah Claudia in ihren Augen dieselbe Wut und Abneigung aufflackern, die in ihrer Stimme mitschwang, und ihr lief fast das Herz über vor Mitleid. Zwischen den Zeilen glaubte sie aus Katrionas skizzenartigem Bericht herausgehört zu haben, dass ihr Vater, der so viel älter war als seine Tochter und offensichtlich viel mehr an die Gesellschaft von Jungen gewöhnt war, Katriona vielleicht – zumindest in ihren Augen – nach dem Tod ihrer Mutter zurückgewiesen hatte, woraufhin Katriona beschlossen hatte, dass sie, wenn das einzige Mittel, mit dem sie seine Aufmerksamkeit erringen könnte, war, sich „schlecht" zu benehmen und gegen die Regeln zu verstoßen, das eben tun würde.

„Es ist noch nicht zu spät, Katriona", sagte sie sanft. „Sie können noch immer zurückgehen. Sie könnten ..."

„Klar ist es zu spät, es ist verdammt viel zu spät", unterbrach Katriona sie wütend. „Meine Scheiße, Sie machen mich echt krank, Sie sind ja so was von bescheuert. Und wie kommen Sie eigentlich darauf, dass ich wieder zurück will? Warum, zum Teufel, sollte ich wieder dorthin zurückwollen, können Sie mir das mal verraten? Er ist ja wahrscheinlich sowieso noch nicht tot", fügte sie unvorsichtigerweise hinzu, „aber er sollte es sein. Alle Menschen über einundzwanzig sollten tot sein ... also ich habe es auf jeden Fall vor", schloss sie düster.

Claudias Herzschlag setzte einen Moment lang aus. Sie war ja von Janice schon vorgewarnt worden, dass Katriona, falls sie ihren derzeitigen Lebensstil beibehielte, kaum sehr viel länger leben würde, ebenso wie man sie gewarnt hatte, sich gefühlsmäßig zu sehr zu verstricken.

Später am Abend zu Hause, als sie sorgfältig versuchte, die Leerstellen in Katrionas Fallgeschichte mit den Informationsschnipseln, die das Mädchen ihr hatte zukommen lassen, auszufüllen, legte Claudia ihren Stift hin und starrte ins Leere. Sie hatte eine Schramme am Arm, weil ein Jugendlicher versucht hatte, ihr auf der Treppe die Tasche wegzureißen, nachdem sie Katrionas Wohnung verlassen hatte, und dann hatte es auf einem anderen Treppenabsatz noch ein paar ungemütliche Sekunden gegeben, als ein anderer Süchtiger sie um Geld angehauen hatte. Wenn sie ganz ehrlich zu sich selbst war, musste sie sich eingestehen, dass ihre Arbeit sie deprimierte und auslaugte, ohne dass sie auch nur ein einziges Mal das Gefühl hätte, dass das, was sie tat, richtig war.

Und heute war ein ganz besonders schlimmer Tag gewesen. Sie rieb sich die schmerzende Stirn. Insbesondere Katriona schien, obwohl sie ihr wider Erwarten etwas aus ihrem Leben erzählt hatte – oder vielleicht gerade deswegen – weiterhin Spaß daran zu finden, ihr unter die Haut zu kriechen und ihre Stacheln zu hinterlassen, und mittlerweile schien es Claudia fast so, als ob das Mädchen sie nicht einfach nur ärgern, sondern ihr tatsächlich Schaden zufügen wollte. Katriona war eine erstaunlich intelligente junge Frau, und Claudia zweifelte keine Sekunde daran, dass es vonseiten ihres Vaters kein übertriebener Ehrgeiz gewesen war, sie nach Oxford schicken zu wollen, was immer man auch sonst von ihm halten mochte. Katriona hatte auf jeden Fall das Zeug dazu.

Sie wusste schon jetzt, was Janice über den Familienhintergrund, den Katriona ihr heute geschildert hatte, sagen würde; dass *sie* der Meinung sei, Katriona hätte ihn sich bestimmt nur ausgedacht, dass er schlicht aus der Luft gegriffen sei, aber Claudia glaubte aus irgendeinem Grund zu spüren, dass das Mädchen diesmal die Wahrheit gesagt hatte.

Während sie begann, die wesentlichen Punkte ihres Interviews niederzuschreiben, legte sie immer wieder eine Pause ein, um nachdenklich an ihrem Stift zu nagen und über die Einzelheiten, die Katriona ihr aus ihrem Leben erzählt hatte, nachzudenken. Dass sie sehr eifersüchtig gewesen war auf die Hingabe ihres Vaters an seinen Beruf und die Schüler, die er unterrichtete, war offensichtlich – und normal. Der tragische, verfrühte Tod ihrer Mutter hatte sie wahrscheinlich beide schwer getroffen. Es lag auf der Hand, warum ein scheuer, gebildeter Mann mittleren Alters den Tod seiner Frau und die unglücklichen Konsequenzen zu vergessen versucht hatte. Wahrscheinlich hatte er sich als allein erziehender Vater einer minderjährigen Tochter hoffnungslos überfordert gefühlt und Trost in seiner Arbeit gesucht. Ergebnis davon war, dass Katriona zweifellos ständig versucht hatte, ihn auf ihre Anwesenheit aufmerksam zu machen und ihre Bedürfnisse zu artikulieren, was dazu geführt hatte, dass sie zunehmend schwieriger und rebellischer geworden war – die klassische Situation eines Kindes, dem es lieber ist, Aufmerksamkeit durch schlechtes Benehmen zu erringen, als gar nicht wahrgenommen zu werden.

„Und wie alt waren Sie, als Sie von zu Hause weggingen?“ hatte Claudia sich beiläufig erkundigt, allerdings nicht beiläufig genug, wie sich gleich darauf zeigte. Katriona war sofort hellhörig geworden, ihre Erwiderung erfolgte in messerscharfem Ton und wie aus der Pistole geschossen.

„Ich war vierzehn", hatte sie erwidert, „und ich *ging* nicht ... ich *wurde* gegangen."

Als sie Claudias Gesichtsausdruck sah, verzog sich ihr Mund zu einem verächtlichen Lächeln.

„Sie glauben mir nicht. Es ist aber so. Mein Vater stellte mir ein Ultimatum, ebenso wie man ihm eins gestellt hatte. Wenn er seinen Job behalten wollte, musste ich gehen. Meine Anwesenheit bedeutete für die Jungen an der Schule zu viel Ablenkung, hieß es. Ich war ein Störenfried. Natürlich hätte sich mein Vater entscheiden können, außerhalb des Schulgeländes eine Wohnung zu nehmen, was mir nur recht gewesen wäre, weil ich es hasste, dort zu leben, aber er hing an der Wohnung. Die Zimmer waren elegant – klassizistischer Stil, na, Sie wissen schon. Klar waren sie schön, aber Räume mit zehn Fuß hohen Decken müssen geheizt werden, und die Schulleitung war nicht bereit, in den Personalwohnungen eine Zentralheizung zu installieren. Meine Schlafzimmerfenster waren im Winter immer zugefroren, und wir durften erst baden, wenn die Jungs gebadet hatten, und dann war das Wasser natürlich immer schon eiskalt ..." Sie schüttelte sich.

„Es muss hart gewesen sein für Sie", hatte Claudia mitfühlend erwidert. Katriona hatte nicht reagiert, die Droge, die sie sich gespritzt hatte, entfaltete ihre benebelnde Wirkung, nahm ihr die Fähigkeit zu denken. Claudia registrierte den verdrießlichen, misstrauischen Blick, mit dem Katriona sie bedachte, und wusste, dass es keinen Sinn hatte, noch weiter in sie zu dringen.

Vierzehn ... Sie seufzte, bevor sie die Arbeit an ihrem Bericht fortsetzte. Ein Kind noch, aber die Straßen von London und die viel zu vieler anderer großer Städte waren das Zuhause für Kinder dieses Alters und auch für viel jüngere, die kein Heim hatten, das war eine traurige Tatsache, die nicht zu vergessen sie guten Grund hatte.

„Sie sollten nicht hier arbeiten“, hatte Janice erst letzte Woche wieder in aller Schärfe erklärt. „Sie eignen sich wirklich besser dazu, in irgendeinem idyllischen Städtchen Essen auf Rädern auszuliefern.“

„Ich bin für meine Arbeit voll qualifiziert“, hatte Claudia sich verpflichtet gefühlt, Janice steif zu erinnern.

„Den entsprechenden akademischen Abschluss haben Sie, das ist richtig“, hatte Janice, die Oberlippe verziehend, zugestimmt, „aber gefühlsmäßig ...“ Sie hatte nachdrücklich den Kopf geschüttelt. „Niemals. Sie gehören zu der Sorte Menschen, die die Zähne zusammenbeißen, bis ihnen der Job endgültig über den Kopf wächst und sie zusammenbrechen. Und am Ende stehen wir mit der ganzen Arbeit wieder allein da. Man muss gut gepanzert sein, um in einem derartigen Umfeld arbeiten zu können. Und man muss sich darüber im Klaren sein, was das für Menschen sind, mit denen man da arbeitet. Mitleid nützt ihnen nichts, und das kann nur jemand verstehen, der von dort kommt, wo sie herkommen, der mit ihnen zusammen aufgewachsen ist, der ganz von unten kommt ...“

„Wie Sie?“ hatte Claudia sie unterbrochen.

„Wie ich“, hatte Janice zugestimmt und grimmig hinzugefügt: „Sehen Sie den Tatsachen ins Auge, Claudia. Es gibt immer Menschen, die es nie schaffen, die nur geboren worden sind, um zu sterben. Da sehen Sie, jetzt habe ich Sie schockiert, aber es ist die Wahrheit. Sie haben keinen Daseinszweck, keine Zukunft, keine Hoffnung, nichts.“

Claudia hatte kein Wort herausbekommen, das, was Janice sagte, tat einfach zu weh.

Und jetzt tat es weh, an Katriona zu denken. Sie war nicht so wie diese Menschen, die Janice mit so grausamer Eindringlichkeit beschrieben hatte. Katriona war intelligent genug, etwas aus sich, aus ihrem Leben zu machen. Wenn sie sich nur einverstanden erklärte, eine Entziehungskur zu machen, wäre Claudia sich sicher, dass ihr geholfen werden könnte und dass sie sähe, wie viel besser das Leben sein könnte.

„Sie will es nicht sehen", hatte Janice zu ihr gesagt. „Und je mehr Sie versuchen, sie zu überreden, umso mehr wird sie sich dagegen sperren. Katrionas einziger Daseinszweck ist es, sich selbst so weit wie möglich zu erniedrigen. Es ist ihre Art zurückzuschlagen. Und da ist sie nicht die Einzige, die das so macht. Seien Sie vorsichtig, Claudia", hatte sie sie schroff gewarnt. „Sie wird *Sie* verletzen, wenn sie es kann – auf jede Art, die möglich ist. Sie muss andere fast genauso nötig verletzen wie sich selbst."

Und Claudia hatte gewusst, dass es wahr war. Es hatte bereits mehrere Gelegenheiten gegeben, bei denen sie bei Katriona eine Böswilligkeit, ja fast eine Grausamkeit gespürt und aus ihren Bemerkungen herausgehört hatte, genauso wie sie die wütende Entschlossenheit des Mädchens gespürt hatte, ihre, Claudias, Entschlossenheit zu untergraben und sie zu verunsichern, sie zu verunglimpfen und, wenn sie es konnte, alles und jeden zu zerstören, der ihren destruktiven Blick auf das Leben nicht teilte.

Aber zu verstehen, warum Katriona sich so verhielt, wie sie sich verhielt, schützte sie leider nicht vor ihrer bösen Zunge, wie Claudia bedauernd einräumen musste.

Claudia wachte auf, gähnte und streckte sich und blinzelte in die blendenden Scheinwerfer der entgegenkommenden Autos, als Garth in ihre Straße einbog.

Sie hatten das Wochenende – sein erstes freies Wochenende seit seinem Einsatz in Nordirland – mit Garths Eltern verbracht, und nach zwei langen Nächten mit wenig Schlaf und dem hervorragenden Cordon bleu von Garths Mutter war Claudia auf dem Heimweg eingenickt.

Es war ein schönes Wochenende gewesen – sie verstand sich gut mit Garths Eltern, die nie ein Geheimnis aus der Tatsache gemacht hatten, wie sehr sie sie als Schwiegertochter schätzten –, nur Garth war aus irgendeinem Grund ziemlich nervös und ungeduldig gewesen, allerdings nicht mit ihr oder überhaupt irgendwem. Es hatte vielmehr den Anschein, als ob er Schwierigkeiten hätte, sich nach den letzten Wochen, in denen er ständig unter Strom gestanden hatte, wieder an eine zivile Gangart zu gewöhnen.

Bei den beiden Dinnerpartys, die seine Eltern während ihres Aufenthalts gegeben hatten, hatte sein Einsatz in Nordirland kaum Erwähnung gefunden, aber Claudia hatte den Verdacht, dass er ein Thema gewesen war, als sein Vater Garth gebeten hatte, mit ihm in sein Arbeitszimmer zu kommen, während Claudia seiner Mutter bei der Vorbereitung des Sonntagsessens geholfen hatte.

Bei der Dinnerparty am Freitag war unter anderem ein alter Schulfreund von Garths Vater anwesend gewesen. Er hatte eine PR-Agentur mit Kunden, die hauptsächlich aus der Politik und dem Bankenbereich kamen. Claudia hatte gehört, wie er Garth das Angebot, bei ihm eine Stelle anzunehmen, unterbreitete, falls Garth jemals die Absicht hätte, bei der Armee auszuscheiden.

„Ich habe doch keinen Schimmer von PR“, hatte Garth lachend erklärt.

„Da befinden Sie sich aber ganz gewaltig im Irrtum", hatte Nicholas Forbes ihn umgehend korrigiert. „Durch Ihre Arbeit befördern Sie ein Image, und genau so funktioniert PR. Sie verstehen etwas von Menschenführung. Sie wissen, wie man mit ihnen umgehen muss, um das Beste aus ihnen herauszuholen", hatte er hinzugefügt, und noch während sie ihm zuhörte, hatte Claudia gewusst, dass es ihm gelungen war, eine sehr genaue Beschreibung von Garths Charakter zu geben.

Sie fragte sich, ob sein Vater ihm erzählt hatte, dass Garth sich nun, wo er nicht mehr nur an sich, sondern auch an seine Frau denken musste, Gedanken über seine Zukunft bei der Armee machte.

„Nicht, dass ich übertrieben ehrgeizig wäre", hatte Garth seinen Eltern beim Abendessen klarzumachen versucht, als sie alle vier gemütlich am Küchentisch gesessen hatten. „Aber eines Tages werde ich, hoffentlich, eine Familie ernähren müssen." Er hatte gelächelt und Claudia verschwörerisch zugezwinkert, bevor er, ernst geworden, hinzugefügt hatte: „Ganz abgesehen davon, dass ich kein ständig abwesender Vater sein möchte."

Was Garth seinen Eltern nicht gesagt hatte, worin sie jedoch beide übereinstimmten, war, dass sie, im Gegensatz zu ihren Eltern, fest entschlossen waren, ihre Kinder nicht auf ein Internat zu schicken – eine Erfahrung, an die sie sich beide nicht sonderlich gern erinnerten.

Während Garth ihre Koffer und die Tüten mit dem frischen Obst und Gemüse aus dem elterlichen Garten, die Garths Mutter ihnen aufgedrängt hatte, auslud, trat Claudia an die Spüle, um den Wasserkessel zu füllen.

Sie hörte Garth hereinkommen und die Tür abschließen, und

als sie den Kopf wandte, sah sie ihn auf sich zukommen, und einen Moment später sperrte er sie in dem engen Raum zwischen der Spüle und der Wand ein. Er schlang seine Arme fest um sie und begann, ihren Nacken zu liebkosen.

„Also wirklich, Garth", protestierte sie. „Ich wollte uns eben eine Tasse Tee machen."

„Ich will keinen Tee ... ich will dich", grollte Garth und verstärkte seinen Griff, eine Hand auf ihrer Brust, sein Atem heiß auf ihrer Haut.

Als er am Mittwoch nach Hause gekommen war, hatten sie ein leidenschaftliches Wiedersehen gefeiert; in der Nacht zum Freitag hatten sie sich auch geliebt, und am Freitagmorgen hatte Garth sie geweckt, indem er sanft an ihrer Brust gesaugt hatte.

Sie hatte instinktiv gespürt, dass die Dringlichkeit seines Verlangens durch seinen Einsatz in Nordirland verstärkt worden war. Sein Hunger nach Zärtlichkeit und Sex war jedes Mal groß, wenn er auf Urlaub nach Hause kam, fast so, als müsse er sie beide unter allen Umständen für die Zeit der Trennung entschädigen. Diesmal jedoch wohnte seinem Begehren ein neuartiges Gefühl der Dringlichkeit inne, das, wenn auch nicht aggressiv, so doch als eine schwer kontrollierbare männliche Emotion zutage trat.

Als sie bei seinen Eltern neben ihm im Bett gelegen hatte, zutiefst dankbar für die Größe des Hauses und die Tatsache, dass ihr Schlafzimmer weit entfernt von dem seiner Eltern lag, war Claudia plötzlich deutlich bewusst geworden, was für ein zerbrechliches Ding das menschliche Leben doch war. Während Garth in Belfast gewesen war, hatte sie sich nicht gestattet, der Angst in ihr Raum zu geben, von der sie wusste, dass sie da sein *musste*, dass jeder sie erfuhr, der einen geliebten Menschen in einer derart gefährlichen und feindseligen Umgebung wusste, weil sie befürchtete, dass diese Angst, wenn auch nur unbewusst, auf Garth übergehen und ihn verletzlich machen könnte. Aber in der ersten Nacht, in der er zu Hause gewesen war, war sie ständig aufgewacht und hatte die Hand nach ihm ausgestreckt, um sich davon zu überzeugen, dass er wirklich sicher neben ihr lag.

Sie hatte nicht einmal Einwände erhoben, als er sie gedrängt hatte, im Haus seiner Eltern Liebe mit ihr zu machen, was unter normalen Umständen ziemlich undenkbar für sie gewesen wäre, weil sie gewusst hatte, dass sie nicht in der Lage sein würde, sich völlig zu entspannen. Aber ihr Wunsch, ihm nah zu sein, von ihm gehalten zu werden, ein Teil von ihm zu sein, war stärker gewesen als ihre Bedenken.

„Garth", protestierte sie nochmals, aber sie begann bereits zu spüren, wie ihr Körper anfing, auf seine Berührungen zu reagieren, wie ihr Lustschauer über die Haut rieselten, wo sein Mund sie liebkoste.

„Hm ...", war die einzige Erwiderung auf ihren halbherzigen Protest. Als er sich noch enger an sie drückte, spürte sie seine harte Erektion.

Die Hand, die ihre Brust streichelte, schlüpfte jetzt in ihr Top und zog ihren BH nach unten, während die andere Hand ihren Rock nach oben schob.

„Garth, nein", sagte sie atemlos. „Das können wir nicht machen, nicht hier ..."

„Oh ja, wir können", widersprach er heiser, seine Hand lag schon zwischen ihren Beinen und liebkoste ihr Geschlecht, sein eigenes reagierte ebenso auf die feuchte Hitze zwischen ihren Schenkeln wie das ihre auf seine harte Männlichkeit.

Der herbe Moschusduft, den er ausströmte, hüllte sie ein und bewirkte, dass ihr fast ein bisschen schwindlig wurde. Sie spürte, wie sich sein harter Schenkel gegen ihr Bein presste, als er anfing, sich rhythmisch gegen sie zu bewegen.

„Beug dich vor“, drängte er heiser. Eine heiße Welle schockierter Erregung schwappte über sie hinweg.

Sie war bis jetzt nicht besonders experimentierfreudig gewesen im Bett, verglichen mit dem, was sie gehört und gelesen hatte, ihr Sexualtrieb war ihr immer viel weniger stark ausgeprägt als der ihrer Altersgenossinnen erschienen, aber jetzt plötzlich, als Garth sie von hinten mit einer Hand zwischen den Schenkeln liebkoste und gleichzeitig anfing, mit feuriger Leidenschaftlichkeit in sie einzudringen, merkte sie zu ihrem eigenen Erstaunen, dass sie seine Stöße erwiderte, während sie spürte, wie sie von Kopf bis Fuß vor Verlangen erbebte, ein Verlangen, das fast so intensiv und unmittelbar war wie das seine nach ihr.

Als seine Bewegungen langsamer wurden, gab sie ein frustriertes Stöhnen von sich, das von einem leidenschaftlichen wilden Ächzen beantwortet wurde, während er auf ihre wortlose Botschaft reagierte, indem er begann, sich schneller zu bewegen und tiefer in sie einzudringen.

Sie kam so gewaltig, dass sie einen Moment lang befürchtete, in Ohnmacht zu fallen. Als Garth sich aus ihr zurückzog, zitterte sie so heftig, dass er instinktiv schützend die Arme um sie legte und sie sanft hin und her wiegte, bis sie wieder auf der Erde gelandet war.

„Weißt du, was wir jetzt machen?“ fragte er liebevoll, während er sie schwungvoll hochhob. Als Claudia den Kopf schüttelte, sagte er heiser: „Wir gehen ins Bett und ich mache wieder und wieder Liebe mit dir, nur diesmal ... nur diesmal wird es die ganze Nacht dauern.“

„Garth ...“, begann Claudia, dann hielt sie inne. Sie hatte nicht einmal mehr die Kraft, ihm zu sagen, dass sie jetzt vielleicht besser schlafen sollten, ganz zu schweigen davon, ein weiteres Mal Liebe mit ihm zu machen.

Doch auf wundersame Weise gelang es ihr dann doch, neue Kraft zu schöpfen, und sie liebten sich noch einmal, und der Morgen graute bereits, als sie aufstand, um ins Bad zu gehen, wo sie merkte, was sie getan oder besser gesagt unterlassen hatte.

Von der Konsole über dem Waschbecken aus schaute die Schachtel mit den Antibabypillen sie vorwurfsvoll an, die sie beim Packen versehentlich liegen gelassen hatte, bevor sie zu Garths Eltern gefahren waren.

Wie betäubt starrte sie sie an. Sie hatte drei Mal die Pille nicht eingenommen. Drei Nächte ... drei Nächte und drei Tage hatten sie sich ohne Schutz geliebt. Sie wurde ganz mutlos, dann versuchte sie, Vernunft walten zu lassen. Immerhin hatte sie nur drei Mal versäumt, die Pille zu nehmen. Das hieß noch lange nicht, dass sie deshalb ... dass sie gleich ...

Als sie am Morgen Garth davon erzählte – bevor sie ihm erlaubte, sie zu lieben –, schien er nicht annähernd so besorgt zu sein, wie sie erwartet hatte.

„Dann bist du vielleicht schwanger, na und? Wir sind schließlich verheiratet“, erinnerte er sie trocken, „und im Übrigen hatten wir ohnehin vor, irgendwann eine Familie zu gründen.“

„Irgendwann, ja“, stimmte Claudia zu, „aber nicht jetzt, nicht hier, nicht während ich noch arbeite. Wir können hier in dieser Wohnung nicht mit einem Baby leben, Garth“, sagte sie und schüttelte, das Gesicht verziehend, den Kopf. „Und eine andere Wohnung können wir uns auf keinen Fall leisten, nicht in London.“

„Das nicht", stimmte er zu, „aber wäre es so schlimm, wenn wir aufs Land ziehen?"

„Bei mir im Amt wären sie bestimmt ganz schön sauer, wenn ich jetzt kündigen würde", erwiderte Claudia. „Janice war immerhin von Anfang an der Meinung, dass ich für den Job ungeeignet bin. Sie war nie richtig einverstanden mit mir. Ich muss mich dort erst noch beweisen."

„Ich weiß, wie viel dir deine Arbeit bedeutet", gab Garth zurück, „aber ..." Er machte eine Pause, schlang einen Arm um sie und legte sein Kinn auf ihren Scheitel, so dass sie spürte, wie seine Stimme in seinem Brustkorb vibrierte und den Geruch nach Schlaf, den er ausströmte, riechen konnte, etwas, das sie in den ersten Tagen nach seiner Rückkehr zur Truppe jedes Mal verzweifelt vermisste. Jetzt sog sie den Geruch instinktiv ganz tief in die Lungen, um ihn aufzuheben wie einen Schatz, für die Zeit, in der sie wieder allein sein würde. „Bist du mit deinem Leben und deiner Arbeit hier in London wirklich glücklich? Kannst du dir vorstellen, die nächsten Jahre weiter so zu verbringen?"

Claudia öffnete den Mund, um ihm zu sagen, dass sie selbstverständlich glücklich war, doch dann merkte sie, dass sie den Kopf schüttelte und sich ihre Augen mit Tränen füllten, während sie müde eingestand: „Nein ... nicht wirklich. Vielleicht hat Janice ja Recht. Vielleicht bin ich den Problemen, die sich mir bei meiner Arbeit stellen, ja doch nicht ganz gewachsen. Vielleicht bin ich ja doch eher geeignet, mich irgendwo auf dem Land nützlich zu machen."

„Sei nicht töricht", beruhigte Garth sie sanft. „Auf dem Land gibt es ebenso viel Armut und Elend wie in der Großstadt. Es ist nur eine andere Art von Armut und eine andere Art von Leben."

Drei Wochen nach Garths Urlaub wurde Claudia gleich nach dem Aufstehen so übel, dass sie, noch ehe es ihr ein Schwangerschaftstest bestätigt hatte, wusste, dass sie schwanger war. Dennoch wartete sie diese Bestätigung ab, ehe sie Garth davon erzählte.

„Ich fürchte, ich habe schlechte Nachrichten", sagte sie so ruhig wie möglich, während sie mit feuchten Händen den Telefonhörer umklammerte und versuchte, ihre Tränen wegzublinzeln, „ich bin schwanger, Garth."

Claudia ging davon aus, dass er trotz seiner beruhigenden Worte vor seiner Abreise nicht weniger bestürzt war von der Nachricht als sie selbst. Nicht, dass sie sich kein Kind – keine Familie – gewünscht hätte, im Gegenteil, sie wünschten es sich beide, aber nicht jetzt, nicht, ehe sich ihr Leben und ihre Ehe noch etwas stabilisiert hatten.

Nachdem sie sich von Garth verabschiedet und den Hörer wieder aufgelegt hatte, machte sie die Augen ganz fest zu und kämpfte gegen die aufsteigenden Tränen an. Nicht, dass ich dich nicht wollte, sagte sie in Gedanken zu ihrem Baby. Aber es ist einfach zu früh. Ich bin noch nicht so weit. *Wir* sind noch nicht so weit.

Warum nur, oh, warum hatte sie nicht daran gedacht, diese verdammten Pillen einzupacken? Müde schaute sie sich in der winzigen Zweizimmerwohnung um. Es war völlig unmöglich, hier auch noch ein Baby unterzubringen – selbst wenn der Vermieter einverstanden wäre, aber sie wusste bereits, dass er es nicht sein würde. Und dann war da auch noch ihre Arbeit. Janice hatte kürzlich schon einmal eine Bemerkung über ihre Blässe und ihre erkennbare Erschöpfung fallen gelassen. Der Job war sowohl körperlich als auch seelisch anstrengend, und in der Abteilung gab es zu viel Arbeit, als dass man es sich hätte leisten können, jemanden mitzuschleppen, der nicht das Optimum leistete.

Natürlich würde es einige Kollegen geben, unter anderem Janice, die hinter vorgehaltener Hand sagen würden, dass ihre ungeplante Schwangerschaft eine Flucht war, eine Chance, das Gesicht zu wahren, um auf diese Weise aus einem Job herauszukommen, für den sie einfach nicht geeignet war.

Aber du *bist* dafür geeignet, verteidigte sie sich wütend. Sie hatte nur ihr Herz noch nicht genug gepanzert, um kein Mitgefühl mehr zu empfinden mit den Menschen, mit denen sie tagtäglich in Berührung kam.

„Sie lassen sich das alles viel zu sehr zu Herzen gehen“, hatte Janice sie eines Abends zum wiederholten Mal gewarnt, als sie dazugekommen war, wie Claudia einige alte Decken, die sie ihrer und Garths Mutter abgeschwatzt hatte, zusammengefaltet und in den Kofferraum ihres Wagens gelegt hatte. Claudia hatte vor, sie einer ständig wachsenden Gruppe Obdachloser zu geben, die sich unter dem stillgelegten Bahnübergang, an dem sie jeden Abend auf dem Nachhauseweg vorbeikam, häuslich eingerichtet hatte. „Sie werden es Ihnen nicht danken“, hatte Janice sie einen Tag später gewarnt, nachdem sie Claudia ins Kreuzverhör genommen hatte.

„Ich will auch keinen Dank“, hatte Claudia leise erwidert, den Spott der älteren Frau überhörend.

Müde schob Claudia die Tastatur von sich weg, auf der sie eben einen Bericht getippt hatte. Die Uhr an der Wand sagte ihr, dass es auf sechs ging. Die meisten ihrer Kollegen waren bereits gegangen, obwohl es für viele von ihnen nicht ungewöhnlich war, bis spät in den Abend hinein zu arbeiten. Claudia war so erschöpft, dass sie sich fast krank fühlte. Selbst die Anstrengung, ihren Stuhl zurückzuschieben und aufzustehen, ließ sie die Zähne zusammenbeißen.

Warum, um alles in der Welt, sollte ein Baby, das noch so winzig war, dass man es beim Ultraschall kaum erkennen konnte, ja so winzig sogar, dass sie, seine Mutter, statt an Gewicht zuzulegen in Wirklichkeit abgenommen hatte, eine derart intensive Aufmerksamkeit verlangen, dass sie sich so ausgelaugt fühlte, als ob sie soeben den Mount Everest bestiegen hätte?

Hundemüde schleppte sie sich über den Parkplatz zu ihrem kleinen Wagen und schloss ihn auf. Zehn Minuten später war sie in ihrem Hausflur und starrte widerwillig auf die Treppen, die sie erst noch bewältigen musste, bevor sie es sich auf ihrer Couch bequem machen konnte.

Als sie auf dem obersten Treppenabsatz angelangt war, war ihr übel und schwindlig. Sie stellte ihre Tüte mit den Einkäufen ab, die sie in der Mittagspause schnell besorgt hatte, und kramte in ihrer Handtasche nach dem Schlüssel. In diesem Moment öffnete sich ihre Wohnungstür. Auf der Schwelle stand Garth.

„Garth." Sie blinzelte ihn verdutzt an. „Was machst du denn hier?"

„Ich wohne hier", erwiderte er vergnügt. Dann streckte er mit einem Grinsen die Hände nach ihr aus und zog sie in seine Arme. „Ich habe es geschafft, dass sie mir vierundzwanzig Stunden Urlaub gegeben haben", erklärte er. „Ich habe mir Sorgen um dich gemacht. Du klangst so fertig am Telefon, dass ich ... he, was, um alles in der Welt, soll denn das?" fragte er sanft, als sie anfing zu weinen.

„Entschuldige ... ich weiß gar nicht ...", stotterte Claudia, dann fügte sie, immer wieder von Schluchzern unterbrochen hinzu: „Doch, ich weiß es. Ich habe solche Angst, Garth. Ich bin noch nicht bereit dafür. Wir hatten nicht geplant ..."

Sie konnte nicht weitersprechen, weil er begann, ihre Stirn und ihren Mund zu küssen, bevor er mit liebevoller Entschiedenheit sagte: „Jetzt hörst du mir mal ganz genau zu. Alles wird gut werden. Es mag ja sein, dass wir *geplant* hatten, uns noch ein bisschen Zeit zu lassen, aber nachdem es nun mal so ist wie es ist ..." Er machte eine Pause, und als Claudia ihm verunsichert in die Augen schaute, sagte er weich: „Ich liebe dich so sehr, Clio ... mehr denn je, falls das überhaupt möglich ist. Ich liebe euch beide", sagte er leidenschaftlich, während er eine Hand besitzergreifend auf ihren Bauch legte und dann scherzhaft hinzufügte: „Und wenn es ein Junge ist, bin ich dafür, dass wir ihn Hector nennen."

„Hector? Nein ... niemals", widersprach Claudia aufrichtig entsetzt und dann: „Aber egal, es ... es wird sowieso ein Mädchen." Doch gleich darauf schüttelte sie, wieder ernst geworden, den Kopf und sagte: „Du hättest wirklich nicht nach Hause kommen dürfen." Sie wusste, wie schwierig es für ihn gewesen sein musste, eine Sonderurlaubsgenehmigung zu erhalten, doch Garth tat ihren Einwand mit einer wegwerfenden Handbewegung ab.

„Ich *wollte* hier bei dir sein, bei euch beiden, aber egal ... lass uns einen Tee trinken, und dann können wir reden", schlug er vor. „Du setzt dich hin. Ich mache ihn ... du siehst ja völlig fertig aus."

Claudia rang sich ein zittriges Lächeln ab.

Fünf Minuten später saßen sie eng aneinandergekuschelt auf der Couch, und Garth sagte leise: „Ich habe beschlossen, meinen Job bei der Armee so bald wie möglich an den Nagel zu hängen."

„Oh Garth", protestierte Claudia. „Ich weiß, dass wir darüber gesprochen haben, aber das liegt doch alles in ferner Zukunft. Du ..."

„Nun, vielleicht kann man die Dinge ja etwas beschleunigen. Auf jeden Fall habe ich vor, Nick Forbes anzurufen, um nachzuhaken, ob er sein Angebot ernst gemeint hat. Ich habe so das Gefühl, es war ihm tatsächlich ernst damit."

„Oh Garth."

„Hör zu, für dieses Baby bin ich ebenso verantwortlich wie du, wenn nicht noch mehr", sagte Garth zerknirscht, in Gedanken bei dem Wochenende, an dem sie das Baby gezeugt hatten. Der Einsatz in Nordirland war anstrengender gewesen als erwartet, und nachdem dann die Anspannung schließlich von ihm abgefallen war, hatte ihn seine sexuelle Lust übermannt, wahrscheinlich deshalb, weil er unbedingt hatte spüren müssen, dass er noch am Leben war, und so war es am Ende vielleicht sogar unvermeidlich gewesen, dass aus seiner eigenen Lust am Leben ein neues Leben entstanden war.

Mit diesem Einsatz war eine solche Todesangst einhergegangen, dass es äußerst ungewöhnlich gewesen wäre, wenn sie sich *nicht* davon hätten berühren lassen und wenn sie *nicht* den Drang verspürt hätten, die Tatsache, dass er noch einmal mit heiler Haut davongekommen war, gebührend zu feiern.

Jetzt konnte er verstehen, warum diejenigen, die schon mehrere solcher Einsätze hinter sich hatten, davon sprachen, dass sie sich fühlten, als würden sie eine Art makabres Russisches Roulette spielen, und sich bei jedem neuen Einsatz fragten, ob das jetzt der wäre, von dem sie in einem Zinksarg zurückkehrten.

Davon hatte er Claudia allerdings nie etwas erzählt. Natürlich hatten sie darüber gesprochen, was es für sie beide bedeutete, dass er Soldat war. Sie kannte die Risiken – immerhin war sie eine Soldatentochter. Er sah jedoch sehr deutlich, wie verletzlich sie die Schwangerschaft bereits gemacht hatte – er hatte es ihrer Stimme angehört, als sie ihn angerufen hatte, um ihm die Neuigkeit mitzuteilen. Sein erster Impuls war es gewesen, sie und das neue Leben, das sie gemeinsam gezeugt hatten, zu beschützen, und das konnte er am besten, wenn er bei ihr war.

Er würde so schnell wie möglich bei der Armee seinen Dienst quittieren und hoffentlich einen Job bei dem alten Schulfreund seines Vaters bekommen; und dann würden sie sich irgendwo auf dem Land in erreichbarer Nähe zur Stadt ein Haus kaufen. Sie gingen, wenn auch nicht unbedingt rosigen, so doch sehr angenehmen Zeiten entgegen. Claudia fing an, sich in seinen Armen zu entspannen.

„Sie sind plötzlich so anders. Was ist los mit Ihnen?" Claudia holte tief Atem, als Katriona ihr die wütende Frage entgegenschleuderte.

Für jemanden, der so ausgiebig dem Drogenmissbrauch frönte, konnte Katriona manchmal überraschend einfühlsam sein, wie Claudia schnell herausgefunden hatte.

„Nichts ...", begann sie und legte instinktiv ihre Hand auf ihren Bauch, als der Jugendliche, der in einer Ecke des Zimmers auf einer schmuddeligen Decke gelegen hatte, sich mühsam aufrappelte und zu ihr herübergeschwankt kam.

„Zieh Leine, Oz", befahl Katriona. „Sie ist vom Sozi, kein Lieferant."

Zu Claudias Erleichterung wandte sich der Jugendliche von ihr ab, taumelte benommen zur Tür, wo er auf der Schwelle stehen blieb und sich zusammenkrümmte, als müsse er sich gleich übergeben.

„Er hat letzte Nacht schlechten Stoff gedrückt", erzählte Katriona in ausdruckslosem Tonfall und zuckte gleichgültig die Schultern, als er die Treppe hinunterstolperte. „Er macht's nicht mehr lang." Sie zog sich viel sagend den Finger über die Kehle und lachte laut auf, als sie Claudias Gesichtsausdruck sah. „Dasselbe denken Sie wahrscheinlich von mir auch, stimmt's?" fragte sie, wobei eine verhaltene Wut ihrem Galgenhumor Platz machte.

Ihre Stimmungsumschwünge sind wohl ebenso Teil ihrer Persönlichkeit wie auch ein Nebeneffekt ihres Drogenmissbrauchs, ging es Claudia durch den Kopf, während sie ruhig erwiderte: „Katriona ..."

„Sie sind schwanger, stimmt's?" unterbrach Katriona sie aggressiv, ohne auf Claudias Versuch, ruhig mit ihr zu sprechen, einzugehen. „Wie gefällt ihm das denn, Ihrem feinen Armee-Ehemann? Ich wette, er ist nicht allzu erfreut. Das sind sie nie ..."

„Genau gesagt freut Garth sich sogar sehr", unterbrach Claudia sie scharf, dann merkte sie, dass sie einen Fehler gemacht hatte. Sie entnahm Katrionas triumphierendem Gesichtsausdruck, dass ihr sehr deutlich bewusst war, dass sie es geschafft hatte, Claudia aus ihrer professionellen Reserve zu locken.

„Garth", äffte das Mädchen sie höhnisch nach. „Dann freut sich *Garth* also, ja? Na, Sie haben vielleicht ein Schwein. Ich war auch mal schwanger. Der Vater war allerdings nicht so erfreut. Er hat mir gesagt, ich soll es wegmachen lassen." Sie hörte den verräterischen Laut, den Claudia von sich gab, und lachte. „Aber das war nicht nötig. Ich hab's verloren. Einfach so. Ganz ohne Grund. Aber das kann sich ja jemand wie Sie überhaupt nicht vorstellen. Sie haben doch bestimmt alles genau im Voraus geplant, stimmt's? Was haben Sie denn gesagt zu ihm? Oh, komm, Garth, mein Liebling, bitte, bitte, fick mich doch, damit ich endlich schwanger werde und diese schreckliche Katriona nicht mehr länger ertragen muss. Aber Ihr schnuckeliges Baby wird natürlich alles bekommen, richtig? Eine liebe Mummy und einen lieben Daddy, die sich beide ganz doll über das süße Kleine freuen ... und natürlich alles nur vom Feinsten. Ich nehme doch schwer an, dass Mummy ihr Taufkleid vom Speicher holt, stimmt's? Dasselbe, das ihre Mummy auch schon angehabt hat ..."

Claudia sah den tief verwurzelten Groll in Katrionas Augen aufleuchten, während diese sie verhöhnte. Der Zorn und der Neid des Mädchens waren so intensiv, dass Claudia fast das Gefühl hatte, sie mit Händen greifen zu können. Zum ersten Mal in Katrionas Gegenwart durchzuckte sie jetzt Angst – nicht Angst um sich selbst, sondern um das Baby, und zum ersten Mal seit ihrer Entdeckung, dass sie schwanger war, spürte sie jetzt, wie ihre Mutterliebe erwachte, der mütterliche Instinkt, ihr ungeborenes Kind zu beschützen. Zum ersten Mal erkannte sie jetzt, wie sehr sie ihr Baby wollte. *Ihr* Baby, ihres und Garths.

„Haben Sie noch ein bisschen mehr über dieses Entzugsprogramm nachgedacht?“ fragte sie Katriona, entschlossen die Verhöhnungen des Mädchens zu überhören.

Sie war noch nicht einmal im dritten Monat, aber sie wollte bei ihrer Arbeitsstelle trotzdem schon jetzt offiziell ankündigen, dass sie gehen würde.

Garth hatte mit Nick Forbes Kontakt aufgenommen, der ihm bestätigt hatte, dass es ihm mit seinem Angebot ernst gewesen war; und er hatte sogar ein Gehalt genannt, das weitaus höher lag, als Garth gehofft hatte.

„Damit können wir es uns leisten, uns irgendwo auf dem Land ein hübsches Häuschen zu kaufen“, hatte Garth enthusiastisch zu Claudia gesagt.

Beide Elternpaare waren angesichts der Aussicht, dass sie Großeltern werden würden, ganz aus dem Häuschen gewesen vor Freude. Sie und Garth waren ein außerordentlich glückliches junges Paar, das war Claudia unumwunden bereit einzuräumen.

Garth würde ein wundervoller Vater sein. Seine Reaktion auf ihre ungeplante Schwangerschaft hatte eine Seite von ihm zum Vorschein gebracht, die sie noch nicht gekannt hatte und um deretwillen sie ihn noch mehr liebte – und die es ihr erlaubte, ihm ihre Liebe nur umso ungehemmter zu zeigen.

„Schwanger zu sein steht dir“, hatte er ihr eines Nachts, nachdem sie sich geliebt hatten, gesagt. „Es macht dich sehr sexy.“

„Du glaubst doch nicht, dass wir dem Baby schaden?“ hatte Claudia ihn leicht alarmiert gefragt, in der Dunkelheit errötend, während sie sich eingestand, dass sie, seit sie schwanger war, noch um einiges leidenschaftlicher auf ihn reagierte, fraulicher, fast als ob ihr ihre Schwangerschaft einen neuen und heißblütigeren Erwachsenenstatus verliehen hätte.

„Niemals“, hatte Garth sie beruhigt und weich hinzugefügt: „Immerhin ist es ja überhaupt erst dadurch dorthin gekommen, wo es jetzt ist, oder?“

Er legte seine Hand unter ihren Kopf und drehte sie zu sich herum, bis sie seinen warmen Atem auf ihrer Haut spüren konnte.

„Habe ich dir eigentlich in letzter Zeit gesagt, wie sehr ich dich liebe und wie sexy ich dich so finde?“ fragte er flüsternd, während er mit seiner freien Hand über die Kurven ihres Körpers fuhr.

„Ich werde bald zu dick sein“, protestierte Claudia.

„Du wirst bald zu sexy sein, du *bist* zu sexy“, korrigierte Garth sie.

„Es ist in, dünn zu sein“, erinnerte Claudia ihn. „Alle Models sind ...“

„Knochengestelle“, schnitt Garth ihr entschieden das Wort ab. „Sie können dir nicht das Wasser reichen. Schwanger zu sein steht dir.“ Als er den Kopf beugte, um sie zu küssen, schmiegte sich Claudia in seine Umarmung.

Am Anfang der Woche war sie während ihrer Mittagspause in Versuchung gewesen, in ein Babyausstattungsgeschäft zu gehen. Garth hatte bereits deutlich gemacht, dass er einen ganz altmodischen – leicht zu steuernden, wie er es nannte – Kinderwagen wollte.

„Wenn ich am Sonntagvormittag mit ihm spazieren fahre, während du das Mittagessen vorbereitest“, hatte er gescherzt.

Claudia hatte gelacht. Jetzt, nachdem der erste Schreck über ihre Schwangerschaft abgeklungen war, erregte sie die Aussicht,

Mutter zu werden ebenso wie Garth die Aussicht, Vater zu werden. Es war schließlich genau das, was sie sich immer gewünscht hatte. Kinder zu haben, eine Familie, war für sie ein sehr wichtiger Teil der Ehe, und sie konnte mittlerweile die durchaus vernünftige Warnung, die ihr eine ihrer Lehrerinnen einmal hatte zukommen lassen und die sie damals als Kritik missdeutet hatte, verstehen und akzeptieren: „Sie haben eine sehr ausgeprägte mütterliche Ader", hatte diese sie gewarnt. „Sie werden aufpassen müssen, dass Sie dadurch nicht zu falschen Einschätzungen gelangen. Mütter neigen oft dazu, gegenüber den Fehlern ihrer Sprösslinge blind zu sein."

„Ich habe demnächst ein Gespräch mit dem kommandierenden Offizier", erzählte ihr Garth. Als sie die Anspannung in seiner Stimme hörte, hob sie den Kopf und schaute ihn ängstlich an.

„Bist du dir wirklich sicher, dass du bei der Armee den Dienst quittieren willst?", fragte sie ihn. „Ich weiß, dass ich gesagt habe, dass ich nicht will, dass unsere Kinder Soldatenbälger werden wie ich, aber ..."

„Ich bin in diesem Fall aber ganz deiner Meinung. Und wenn ich wirklich ehrlich bin, muss ich gestehen, dass der Hauptgrund, warum ich zur Armee gegangen bin, der war, dass ich einfach keine Ahnung hatte, was ich werden wollte. Auf jeden Fall werden wir, sobald ich mit dem Oberst gesprochen habe, anfangen müssen, uns zu überlegen, wo wir leben wollen."

„Irgendwo auf dem Land", erwiderte Claudia, ohne zu zögern.

„Ich werde aber in London arbeiten", erinnerte er sie, „trotzdem – ich stimme dir zu. Am besten mit einem kleinen Stückchen Land drum herum und nah genug für beide Elternpaare, uns zu besuchen, aber nicht zu nah."

„Nein, nicht zu nah", stimmte sie zu. „Ich könnte ja schon mal ein paar Makler mit der Suche beauftragen, was meinst du?"

„Hm ...“ Garth knabberte an der so empfindsamen Stelle direkt hinter ihrem Ohr. „Aber vergiss nicht, ihnen zu sagen, dass wir jede Menge Schlafzimmer brauchen.“

„Für Besucher? Wen hast du denn vor einzuladen, die ganze Kompanie etwa?“ neckte Claudia ihn.

„Nein, nicht für Gäste“, bevor er sie heiser vorwarnte: „Du willst doch hoffentlich nicht, dass wir nach dem ersten schon aufhören, oder? Doch nicht jetzt, wo ich weiß, wie leicht es geht – und wie viel Spaß es macht. Weißt du eigentlich ... weißt du eigentlich, dass du dich wirklich ganz anders angefühlt hast in der Nacht, in der ...“, er legte ihr seine Hand auf den Bauch, „das passiert ist?“

„Garth“, protestierte Claudia. „Ich habe drei Mal vergessen die Pille zu nehmen und ...“

„Nein“, unterbrach Garth sie, den Kopf schüttelnd. „Ich weiß genau, wann es war – es war an dem Abend, an dem wir von deinen Eltern zurückkamen, als ich ... als wir ...“

„Du warst damals sehr tief in mir drin“, ergriff Claudia jetzt, nicht weniger heiser als er, das Wort.

„Sehr tief“, pflichtete Garth ihr bei und fügte, während er sie in seine Arme zog, hinzu: „Gott, sind wir glücklich.“

Selig kuschelte Claudia sich an ihn. Sie konnte sich überhaupt nicht vorstellen, noch glücklicher zu sein, aber sie wusste instinktiv, dass sie es sein würde, wenn erst ihr Baby da war. Sie wurde von einer Woge des Glücks überschwemmt, und über ihr Gesicht ging ein leuchtendes Strahlen.

„Oh, wo kommt das denn plötzlich her?“ fragte Garth, als er es sah. Er drückte sich an sie, und sie spürte den harten Beweis seines Begehrens. „Womöglich daher ...?“ fügte er hoffnungsvoll hinzu.

„Nein, nicht daher“, erwiderte Claudia aufrichtig. „Ich habe eben an das Baby gedacht. Oh Garth, ich bin ja so glücklich ... wir sind so glücklich ...“

„Hm ...“, stimmte Garth zu, griff nach ihrer Hand und legte sie sich entschlossen auf seinen Körper.

„Hm ... ich verstehe ...“

Nachdem Garth den Oberst darüber informiert hatte, dass er die Absicht hatte, aus dem Militärdienst auszuscheiden, beobachtete er, wie dieser aufstand und, die Hände auf dem Rücken verschränkt, zum Fenster wanderte.

Der Oberst, ein hochgewachsener, sehniger Mann in seinen Fünfzigern, kam aus einer Familie mit einer langen Militärtradition, aber selbst an ihm waren die einschneidenden kulturellen Veränderungen des gegenwärtigen Jahrzehnts nicht spurlos vorbeigegangen. Sein Sohn, Etonabsolvent und dazu auserkoren, in der Armee in seine Fußstapfen zu treten, hatte beschlossen, nach Indien zu reisen und sich irgendeinem Guru zu Füßen zu setzen. Sie hatten sich natürlich heftig gestritten deswegen, aber der Junge war durch nichts zu bewegen gewesen, seine Meinung zu ändern.

„Die Truppe wird es bedauern, Sie zu verlieren“, sagte er zu Garth, wandte sein Gesicht ab und fügte hinzu, „und ich auch.“

Ohne etwas zu erwidern, ließ Garth seinen angehaltenen Atem heraus. Es war kein Geheimnis im Regiment, dass der Oberst in letzter Zeit ein bisschen heikel war. Man erzählte sich, dass die Enttäuschung über seinen Sohn nicht gerade dazu beigetragen hätte, sein ohnehin schon ziemlich cholerisches Temperament zu bändigen. Aber er war ein fairer Mann, aufrichtig und geradeheraus, und Garth mochte und respektierte ihn.

„Ich würde gern ausscheiden, bevor das Baby da ist“, erklärte Garth. Das Regiment war für die nächsten sechs Monate am

Heimatort stationiert, was ihm genug Spielraum gab, seinen und Claudias Umzug vorzubereiten, und es erschien Garth sinnvoll, dass er sich in seinem neuen Beruf bereits ein bisschen eingearbeitet hatte, ehe das Baby kam, was der Grund dafür war, dass er darum gebeten hatte, in drei Monaten aus der Armee ausscheiden zu dürfen.

„Ich wüsste nicht, was dagegen spräche. Sie haben Ihre Entscheidung getroffen, und wir können Sie nicht zwingen zu bleiben", bemerkte der Oberst.

Es war Ehrensache für Garth, nicht seinen Abschied zu nehmen, wenn ein Einsatz bevorstand. Deshalb war er froh, dass für sein Regiment in den nächsten Monaten kein Einsatz in Nordirland vorgesehen war, allerdings weniger wegen der Gefahr für Leib und Leben, die das mit sich brachte, zumindest nicht für sich selbst. Nein, es war Claudia, an die er dachte. Sie hatte seinen letzten Einsatz in Belfast scheinbar ruhig hingenommen, aber er hatte dennoch ihre Angst und Besorgnis gespürt, und er wusste, dass sie sich jetzt, wo sie schwanger war, noch viel mehr beunruhigen würde.

Nachdem der erste Schock über die Entdeckung ihrer Schwangerschaft abgeklungen war, konnte er sehen, wie sehr sie ihre zukünftige Rolle als Mutter erregte und freute. Es war nicht nur ihr Körper, der mit der Schwangerschaft reifer geworden war. Claudia selbst war erwachsen geworden. Manche Frauen schienen von Natur aus fürsorglicher, mehr dazu prädestiniert, Mütter zu sein als andere, und Claudia gehörte mit Sicherheit zu ihnen.

Bereits jetzt spürte Garth, dass ihr Kind, wenn es erst einmal da wäre, automatisch Claudias Loyalität und Liebe beanspruchen würde – und sie würde beides großzügig gewähren –, aber er sah keinen Grund, sich in irgendeiner Weise von diesem Gedanken bedroht zu fühlen. Warum sollte er auch? Schließlich teilte er Claudias Glück und erfreute sich an dem Glanz der Erfüllung, der sich auf ihrem Gesicht widerspiegelte.

Claudia hatte sich noch nie glücklicher gefühlt. Sie hatte auf ihrer Arbeitsstelle noch nichts davon gesagt, dass sie kündigen wollte, aber sie hatte den Verdacht, man ahnte es bereits. Nicht einmal Katrionas wütende Angriffe konnten sie jetzt noch treffen. Sie hatte dem Mädchen sogar vorgeschlagen, dass eine andere Betreuerin ihren Fall übernehmen könne, weil Katriona für die Art, wie sie, Claudia, die Sache angehe, offensichtlich nur Kritik übrig habe, aber Katriona, die eine Art Hassliebe zu ihr entwickelt zu haben schien, lehnte es strikt ab und beschuldigte Claudia, jetzt, wo sie schwanger sei, keine Zeit mehr für sie zu haben und sie loswerden zu wollen.

Natürlich würde der Zeitpunkt kommen, wo Claudia den Fall an jemand anders abgeben musste, aber im Hinterkopf wusste sie, dass Katriona trotz ihrer Boshaftigkeit und trotz der Tatsache, dass sie sie ständig zu verletzen versuchte, sehr empfindsam war. Claudia wollte nicht noch eine weitere Person sein, die dem Mädchen den Rücken kehrte, und davon abgesehen ...

Selbst wenn Katriona es noch so wütend abstritt, wusste Claudia doch, dass sie zunehmend drogenabhängiger wurde – und zunehmend mehr ihr Leben aufs Spiel setzte.

„Sie wird in weniger als einem Jahr tot sein“, hatte Janice brutal bemerkt, nachdem sie Claudia das letzte Mal zu einem Besuch bei Katriona begleitet hatte. „Merken Sie sich meine Worte. Ich kenne den Typ, und ich sehe das, was hier passiert, nicht zum ersten Mal. Der Drogenmissbrauch scheint lange Zeit spurlos an ihnen vorüberzugehen, und dann sind sie auf einmal tot.“

Claudia ging schneller die Straße hinunter. Sie hatte mit einem der Makler, die sie beauftragt hatte, eine Verabredung zum Mittagessen.

Ihren Mund umspielte ein glückliches Lächeln. Garth hatte sie gewarnt, dass sie sich nichts Großartiges würden leisten können, aber sie wollte auch gar nichts Großartiges. Sie wollte ein Haus, das ihnen ein richtiges Heim sein würde, ein Haus mit einer großen, bequemen Küche und einem Garten, in dem ihre Kinder spielen konnten. Ihre Kinder. Selig schloss sie die Augen. Sie war ja so ... so ... überglücklich.

Selbst ihre morgendliche Übelkeit brachte ein ganz spezielles Vergnügen mit sich, weil sie ihr die Tatsache, dass sie schwanger war, jeden Morgen aufs Neue bestätigte.

Ihre Empfindungen ließen sich unmöglich beschreiben. Es fühlte sich so ganz und gar richtig an, als sei sie erst jetzt zu einem Ganzen geworden, sie fühlte sich absolut erfüllt. Es erschien ihr, als hätte sie durch ihre zukünftige Mutterrolle plötzlich den wahren Sinn ihres Lebens entdeckt. Natürlich liebte sie Garth, aber instinktiv wusste sie, dass die Liebe, die sie für ihre Kinder empfinden würde, das stärkste und mächtigste Gefühl sein würde, das sie je kennen gelernt hatte.

Düster starrte Garth auf den stillen Kasernenhof hinaus. Vor einer guten Stunde hatten sie die Neuigkeit gehört, ein Schock, der noch nicht ganz angekommen war. Der andauernde Konflikt in Nordirland hatte schon viele Menschenleben gefordert, und eine neue Tragödie bahnte sich an.

Eine Busladung britischer Soldaten war auf dem Weg zu ihrem Stützpunkt auf einer einsamen nordirischen Landstraße in einen Hinterhalt geraten. Von den rund fünfzig Mann hatten nur acht überlebt, und alle waren so schwer verwundet, dass sie, selbst wenn sie überlebten ...

Es war unmöglich, den Stich der Angst zu ignorieren, der einherging mit einer schuldbeladenen Erleichterung, dass man es nicht selbst war, der da tot auf einer Landstraße lag, oder schlimmer noch, halb zerfetzt und verstümmelt in einem Krankenhausbett. Es würde eher eines Wunders bedürfen als der Techniken, die die moderne Medizin bereithielt, um einen Körper wieder heil zu machen, dessen Glieder von der Explosion einer Bombe abgerissen worden waren.

Er hatte keinen Angehörigen der anderen Kompanie gekannt, aber das spielte keine Rolle. Es mochte zwischen den Truppenteilen Rivalitäten und Eifersüchteleien geben, aber darüber hinaus waren sie alle Soldaten. Sie waren alle verletzlich; es hätte jeden von ihnen treffen können.

„Sie werden den Rest der Kompanie jetzt nach Hause bringen müssen“, hatte einer der anderen Offiziere zu Garth gesagt, nachdem die Neuigkeit die Runde gemacht hatte. „Man kann sie nach so einem Zwischenfall unmöglich weiter draußen lassen. Es wäre schlecht für die Truppenmoral. Der Himmel möge denen helfen, die ihren Platz einnehmen müssen. Ich hoffe zu Gott, dass wir es nicht sind. Eine Sache wie die macht die Leute verdammt nervös, und dann ...“

Mehr sagte er nicht. Er brauchte es nicht. Garth wusste über die psychologischen Voraussetzungen einer guten Truppenmoral ebenso Bescheid wie jeder andere verantwortliche und intelligente Offizier.

„Du glaubst doch nicht, dass *wir* hingeschickt werden?“ fragte er stattdessen, angesichts dieser Aussicht besorgt die Stirn runzelnd.

„Schwer zu sagen. Wir haben zwar das Training und die Erfahrung, aber immerhin liegt unser letzter Einsatz noch nicht lange zurück."

Auch jetzt, als Garth sich an dieses Gespräch erinnerte, runzelte er wieder besorgt die Stirn. In ein paar Wochen würde er aus der Armee entlassen werden, anschließend würde er sich zusammen mit Claudia wie geplant um ihr neues Zuhause kümmern – Claudia hatte schon einige Häuser ausgesucht, die infrage kamen – und danach wollte er sich in seinen neuen Job reinknien, um bis zur Ankunft des Babys zumindest einigermaßen sattelfest zu sein.

Claudia war jetzt im vierten Monat schwanger, aber man sah noch nichts. Garths Stirnrunzeln machte einem Lächeln Platz, als er sich daran erinnerte, wie sie ihm bei seinem letzten Heimaturlaub stolz die Schwangerschaftskleider gezeigt hatte, die sie sich gekauft hatte. Hoffentlich wurde er nicht nach Nordirland geschickt. Aber falls doch, würde er sich verpflichtet fühlen, sich nicht vor dem Einsatz zu drücken.

„Aber ... aber du hast doch gesagt, dass du nicht mehr nach Nordirland musst." Claudia saß neben ihm auf ihrem kleinen Sofa und sah ihn erschrocken aus großen Augen an.

Als Garth sie angerufen hatte, um ihr zu sagen, dass er überraschend Urlaub erhalten hatte, war ihr erster Gedanke gewesen, dass er jetzt mit ihr den Kinderwagen kaufen könnte, den sie im Auge hatte; das Letzte, woran sie gedacht hatte, war die Art von Neuigkeit, die er ihr eben überbracht hatte.

„Davon bin ich auch ausgegangen", stimmte er ruhig zu. „Aber es hat eine Änderung gegeben." Es bestand keine Notwendigkeit, sie an die Tragödie zu erinnern, die sich vor einem

Monat ereignet hatte, eine abgestandene Neuigkeit zumindest aus Sicht der Medien, doch Claudia war nicht umsonst eine Soldatentochter.

„Es ist wegen des Bombenangriffs, stimmt's?" erriet sie sofort. „Sie schicken euch raus, weil sie die andere Truppe zurückbeordern müssen."

„Ja", gab er ernst zurück.

„Oh Garth, aber du musst doch bestimmt nicht gehen. Du hast doch nur noch ein paar Wochen und ..."

„Du weißt es besser, Clio", erinnerte er sie. „Ich kann meine Männer nicht im Stich lassen, und wenn ich nicht gehe ..."

„Ja, ich weiß", räumte sie bedrückt ein.

Nordirland. Eine böse Vorahnung ließ sie erschauern. Jede Soldatenehefrau fürchtete sich davor, zu hören, dass das Regiment, in dem ihr Mann diente, dort stationiert wurde, aber normalerweise hätte Claudia alles darangesetzt, ihre Angst für sich zu behalten. Doch diesmal war es anders. Diesmal ... Sie zwang sich, nicht völlig zusammenzubrechen und Garth anzuflehen, nicht zu gehen, indem sie ihn daran erinnerte, dass es jetzt nicht mehr er allein war, an den er zu denken hatte.

Aber Garth schien ihre Gedanken lesen zu können. „Ich weiß, was du jetzt denkst", sagte er weich, „und glaub nicht, dass ich nicht schon dasselbe gedacht hätte, aber ich muss gehen, Clio. Ich kann mich einfach nicht drücken."

Wie betäubt nickte sie widerstrebend und schluckte schwer, bevor sie fragte: „Wann ... wann fährst du?"

„Ende nächster Woche."

Claudia schloss die Augen.

In dieser Nacht blieb sie, nachdem sie sich geliebt hatten, eng an Garth geschmiegt liegen, statt sich wie normalerweise zum

Schlafen auf die andere Seite zu drehen, sie klammerte sich selbst im Schlaf an ihn, nicht gewillt, ihn gehen zu lassen.

„Hör zu, Darling, warum kommst du übers Wochenende nicht zu uns raus?“ schlug ihre Mutter vor, nachdem Claudia ihr am Telefon die Neuigkeiten überbracht hatte. „Wir könnten ein paar Sachen für das Baby einkaufen.“

Claudia erklärte sich einverstanden, und als Garth davon hörte, war er froh, dass sie auf diese Weise ein bisschen Ablenkung haben würde.

Es war geplant, dass Garths Regiment am Freitagnachmittag nach Nordirland abreisen sollte. Am Freitagmorgen stattete Claudia Katriona noch einen Besuch ab, aber ihre Angst um Garth machte es ihr schwer, sich richtig auf das Mädchen zu konzentrieren, was Katriona natürlich sofort auffiel.

Zuerst beschuldigte sie Claudia, ihr nicht richtig zuzuhören, und als sie es damit nicht schaffte, die gewünschte betroffene Reaktion zu provozieren, fragte sie spöttisch: „Was ist denn los mit Ihnen? Gabs etwa Zoff mit dem großartigen, wundervollen Garth?“

„Nichts ist los“, gab Claudia zurück, „und wir hatten auch keinen Zoff.“

„Oh, dann kommt er wohl am Wochenende nach Hause ins schnuckelige Heim, ja?“ höhnte Katriona.

„Nein, er kommt nicht nach Hause“, erwiderte Claudia kurz angebunden.

„Ach, Sie *Ärmste*, dann sind Sie ja ganz mutterseelenallein.“

„Nein, bin ich nicht. Ich habe vor, zu meinen Eltern zu fahren.“

Wie spät war es? Würde Garth schon unterwegs sein, oder

würde sie noch genug Zeit haben, ihn anzurufen, bevor er abfuhr? Wenn sie es bloß schaffte, sich endlich von Katriona loszueisen ... Wie viel Uhr war es? Sie schielte unauffällig auf ihr Handgelenk, dann fiel ihr ein, dass sie ihre Uhr nicht umhatte. Sie hatte sie in ihre Handtasche gesteckt, weil das Armband kaputt war. Sie öffnete ihre Tasche und griff hinein, ohne den giftigen Blick zu registrieren, mit dem Katriona sie bedachte, als diese bemerkte, dass sie ihr nicht richtig zuhörte.

Blöde Schnalle ... was bildete die sich eigentlich ein, wer sie war? Wie kam sie darauf, dass sie irgendwas Besonderes ... etwas ganz Wundervolles war?

Draußen auf dem Flur vor Katrionas Zimmer gab es plötzlich eine Brüllerei, dann folgten Geräusche, die auf ein Handgemenge schließen ließen, und während Claudia abgelenkt war, streckte Katriona blitzschnell die Hand nach dem Schlüsselbund aus, der aus Claudias Handtasche herausschaute. Als Claudia wieder zu ihr hinschaute, hatte sie die Schlüssel bereits außer Sichtweite gebracht. Es verschaffte ihr ein Gefühl von Triumph und Macht, sie an sich genommen zu haben, und genüsslich malte sie sich Claudias Reaktion aus, wenn sie feststellte, dass sie weg waren.

Geschah ihr ganz recht, der dummen Kuh. Katriona tastete unauffällig nach den Schlüsseln, die sie unter ihren Rock geschoben hatte. Wie wohl die Wohnung aussah, die sie mit ihrem heiß geliebten Garth teilte? Katriona wusste bereits, wo Claudia wohnte, weil es irgendwann einmal gelungen war, einen Blick auf deren Führerschein zu werfen, als sie abgelenkt gewesen war, und sie hatte sich die Adresse gemerkt. Und jetzt hatte sie die Schlüssel, und Claudia war völlig ahnungslos.

Eine Stunde vor Abreise der Truppe wurde ein Mann von Garths Regiment in seinem Zimmer erhängt aufgefunden. Er hatte es vorgezogen, sich das Leben zu nehmen, als die Angst der kommenden Monate zu ertragen.

Es war natürlich unmöglich, den Vorfall geheim zu halten, und ebenso unmöglich war es, die Truppe unter diesen Umständen loszuschicken. Man traf eilige Vorbereitungen, um ein anderes Regiment zu finden, das man anstelle von Garths Truppe nach Nordirland schicken konnte.

„Hören Sie, warum fahren Sie nicht nach Hause zu Ihrer Frau?" schlug Garths Vorgesetzter vor. „Wir können hier nichts mehr tun. Natürlich wird es eine Untersuchung geben, aber wir wissen auch so, dass der arme Bursche so eine Heidenangst gehabt hat, dasselbe Schicksal zu erleiden wie die Männer vor ihm, dass er sich lieber gleich eigenhändig das Leben genommen hat, bevor eine Bombe ihn zerfetzt."

Wie betäubt tat Garth, was sein Vorgesetzter ihm vorgeschlagen hatte. Er hatte um diese Sondererlaubnis nicht nachgesucht, aber er war dennoch erleichtert, aus der Kaserne herauszukommen.

Während er London entgegenfuhr, versuchte er sich auszumalen, was der junge Gefreite wohl in diesen letzten Stunden durchgemacht haben musste, bevor er sich entschlossen hatte, sich das Leben zu nehmen. Warum hatte niemand von ihnen etwas bemerkt? Garth sah den Jungen jetzt vor sich. Groß und schlaksig war er gewesen, ein stiller Zeitgenosse, er stotterte leicht, und die anderen hatten ihn gelegentlich wegen seines Sprachfehlers gehänselt. Nun, jetzt würden sie ihn nicht mehr hänseln.

Wütend drückte Garth auf die Hupe, als ihn ein anderes Auto

schnitt und sich in die Lücke vor ihm quetschte. Plötzlich konnte er es gar nicht mehr erwarten, zu Claudia zu kommen.

Erst nachdem er seinen Wagen vor dem Haus, in dem er wohnte, geparkt hatte, fiel ihm ein, dass Claudia gar nicht da sein würde.

Mit grimmigem Gesicht schloss er seine Wohnungstür auf, und ging dann, ohne sich die Mühe zu machen, seinen Mantel auszuziehen, auf kürzestem Weg zum Küchenschrank, um die Flasche Whisky herauszuholen, die sein Vater ihm bei seinem letzten Besuch geschenkt hatte.

Garth hatte noch nie besonders viel getrunken, aber jetzt war genau der richtige Zeitpunkt für einen guten harten Drink ... *mehrere* gute harte Drinks. Er hatte die Flasche bereits zur Hälfte niedergemacht, als ihm der Gedanke kam, dass er vielleicht besser einen Happen essen sollte, aber Claudia hatte als gute Hausfrau, die sie war, den Kühlschrank sorgfältig leer geräumt, ehe sie weggefahren war.

Der Whisky begann seine Wirkung zu entfalten, und obwohl er eine Dose gebackene Bohnen fand, konnte Garth sie nur wie eine Eule anstarren, während er sich zu erinnern versuchte, wo der Dosenöffner war.

Am Ende erschien es unkomplizierter, sich einfach noch einen Drink einzugießen. Dieses arme Schwein. Garth legte sich die Hände um den Hals und versuchte sich vorzustellen, wie es war, wenn die Schlinge sich zuzog und einem die Luft nahm.

Du bist stockbesoffen, sagte er sich. Vielleicht sollte er besser ins Bett gehen. Er wurde immerhin bald Vater. Im Gegensatz zu dem Jungen, der sich heute Morgen das Leben genommen hatte. Er würde nie Vater sein, aber er hatte einen Vater. Wie mochte der sich gefühlt haben, als man ihm die Nachricht überbracht hatte? Wie würde *er* sich fühlen, wenn ihm jemand die Nachricht überbringen würde, dass sein eigener Sohn, sein über alles geliebtes Kind, Selbstmord begangen hätte? Garth, der mittlerweile dabei war, sich auszuziehen, legte eine Pause ein und genehmigte sich einen weiteren tiefen Schluck.

Er war der erste Offizier am Schauplatz des Geschehens gewesen, herbeigerufen von dem Soldaten, der die Leiche gefunden hatte. Er hatte schon vorher Tote gesehen, aber das hier war etwas anderes gewesen.

Garth füllte sein Glas noch einmal auf, bevor er sich seine restlichen Kleider vom Leib zerrte, die er einfach achtlos zu Boden fallen ließ, bevor er sich aufs Bett legte und dabei etwas von seinem Whisky verschüttete. Großer Gott, wie sehr wünschte er sich jetzt, dass Claudia hier wäre.

Sein Gesicht fühlte sich feucht an, aber erst als er die Hand hob, um seine Haut zu berühren, wurde ihm klar, dass er weinte.

Schadenfroh befingerte Katriona Claudias Schlüssel. Ob sie sie bereits vermisst hatte? Hatte sie erraten, wo sie waren? Katriona bezweifelte es; sie war viel zu beschäftigt damit, an ihren Scheißmann und ihr Scheißbaby zu denken. Verdammtes Scheißbaby. Einen Moment lang war Katriona versucht, die Schlüssel durch das offen stehende Fenster zu werfen, aber dann überlegte sie es sich anders und umklammerte sie fest, während sie, wütend vor sich hinstarrend, über Claudias Fehlverhalten brütete.

Sie war diejenige, auf die sich Claudia konzentrieren musste. *Sie* war es, die Hilfe brauchte ... die *sie* brauchte. Diese verdammte Claudia, die sich für so clever hielt, die sich so sicher in ihrer behaglichen kleinen Welt eingerichtet hatte. Dreckige Schlampe. Katriona hasste sie ... hasste sie.

Die Wirkung des Schusses, den sie sich vor kurzem gesetzt hatte, ebbte schon wieder ab. Sie ebbte in letzter Zeit erschreckend schnell ab, oder zumindest würde es sie erschreckt haben, wenn Katriona der Typ gewesen wäre, der es zugelassen hätte, sich von irgendetwas erschrecken zu lassen, aber das war sie nicht. Sie hatte vor nichts und niemandem Angst. Nicht vor den lächerlichen Schlappschwänzen, die sie dafür bezahlten, dass sie ihren Körper benutzen durften; nicht vor den Zuhältern, die versuchten sie einzuschüchtern, damit sie sich ihre sauer verdiente Kohle krallen konnten; und nicht einmal vor den Dealern, die sie mit dem notwendigen Stoff versorgten, den sie zum Teil mit Gewinn weiterverscherbelte.

Und wenn sie vor all diesen Armleuchtern keine Angst hatte, dann hatte sie erst recht keine Angst vor einer wie „Miss Klugscheißer". Es war erbärmlich, wirklich, wie sie ihren beschissenen Ehemann vergötterte, wie sie an ihn glaubte. Alle Männer waren Scheißkerle, wenn sie schon sonst nichts wusste, das wusste sie jedenfalls.

Katriona befingerte erneut die Schlüssel. Ihr Dealer hatte kürzlich den Preis hochgeschraubt; er wusste, wie verzweifelt nötig sie den Stoff jetzt brauchte. Er versuchte ihr ständig einzureden, wie gut es für sie wäre, wenn sie für den Zuhälter anschaffen ging, der ihn überredet hatte, mit ihm zusammenzuarbeiten, dass sie seinen Schutz brauchte, dass sie beim ihm garantiert immer genug Stoff hätte und dass sie sich niemals mehr Sorgen zu machen bräuchte, wo sie ihren nächsten Freier hernehmen sollte. Ha! Er versuchte sie doch nur auszutricksen! Als ob es auf der Welt nicht genug Kerle gäbe. Sie hatte jedenfalls noch nie ein Problem gehabt, einen zu finden. Warum sollte sie auch? Aber egal, auf jeden Fall würde sie heute Nacht anschaffen gehen müssen. Sie runzelte nachdenklich die Stirn, während sie den Schlüssel anschaute, wobei ihr einfiel, dass Claudia erzählt hatte, dass sie übers Wochenende verreist sei. Was bedeutete, dass die Wohnung leer stand ... was bedeutete ...

Leicht schwankend stand Katriona auf.

„Wohin gehst du?“ schrie ihr eins der anderen Mädchen zu, während sie die Treppe hinunterstolperte. „Es ist noch zu früh für den Strich.“

„Kümmere dich um deinen eigenen Dreck“, fuhr Katriona sie an, öffnete die Eingangstür und blinzelte in die strahlende Spätnachmittagssonne.

Als Katriona schließlich unter Mühen in die Straße, in der Claudias und Garths Haus lag, einbog, war es bereits dunkel geworden, und die Luft roch nach Herbst, aber sie bemerkte es nicht. Ihr Mund verzog sich zu einem breiten, triumphierenden Grinsen, als sie die Hausnummer fand, nach der sie gesucht hatte.

Glücklicherweise war niemand im Flur, als sie hereinkam. Das Verlangen nach dem nächsten Schuss, das nicht mehr als eine leichte Irritation im Hintergrund gewesen war, als sie sich auf den Weg gemacht hatte, hatte sich in einen bohrenden Schmerz verwandelt.

Als sie versuchte, Claudias Schlüssel ins Schlüsselloch zu stecken, zitterte ihre Hand so sehr, dass sie mehrere Anläufe brauchte, bis sie es schließlich geschafft hatte. Sie drückte die Klinke herunter, und die Tür ging auf. Sie betrat den Flur der Wohnung, wo sie fast über den Seesack gestolpert wäre, den Garth unterwegs einfach fallen gelassen hatte.

Nachdem sie den Lichtschalter gefunden und entdeckt hatte, worum es sich bei dem Hindernis handelte, starrte sie es mehrere Sekunden lang an, wobei sie angestrengt lauschte. Als sie kein Geräusch vernahm, bückte sie sich und begann hastig, die Tasche zu durchwühlen, wobei sie Garths ordentlich zusammengerollte Kleider herausriss, dann setzte sie sich auf ihre Hacken und verzog missbilligend das Gesicht, weil sie weder Geld noch sonst irgendwelche Wertgegenstände gefunden hatte.

Über einem kleinen Regal im Flur hing ein Spiegel, beides waren Hochzeitsgeschenke aus Garths Verwandtschaft, und Katriona blieb einen Moment stehen, um einen Blick hineinzuwerfen und ein paar alberne, gezierte Grimassen zu schneiden, mit denen sie vorgab, Claudia nachzuäffen, wenn diese ihr Spiegelbild betrachtete.

Claudia. Schlampe. Geschah ihr ganz recht. Sie hatte kein Recht, einfach abzuhauen und sie allein zu lassen. Sie hatte kein Recht, ein verdammtes Baby zu bekommen.

Automatisch begann Katriona, sich die Arme zu kratzen, die von den Entzugserscheinungen zu jucken begannen.

Verärgert machte sie sich auf den Weg ins Wohnzimmer. Sie brauchte Geld, und Claudia gehörte genau zu der Sorte dummer Schlampen, die irgendwo ihre Kohle bunkerten, vielleicht in der Schublade, wo sie ihre Unterwäsche aufbewahrte. Ja, auf jeden Fall gehört sie zu der Sorte, entschied Katriona.

Das Wohnzimmer war leer, und Katriona zog ein finsteres Gesicht, während sie die Uhr auf dem Kaminsims taxierte. Zu schwer und zu umständlich zu schleppen, entschied sie verärgert, genau wie der andere Silberkram und die altmodischen Porzellanfiguren, die auf dem blank polierten Couchtisch und der hübschen Mahagonivitrine standen.

Die Figuren waren aus Meißner Porzellan, sie stammten aus dem achtzehnten Jahrhundert und waren ebenso wertvoll wie das Silber, das sowohl in Garths wie auch in Claudias Familie von Generation zu Generation weitervererbt worden war, aber das wusste

Katriona natürlich nicht, und es war ihr auch egal, denn das Einzige, was sie wollte, war ... Geld.

Angewidert das Gesicht verziehend, ignorierte sie die Küche und entschied sich, ihr Glück im Schlafzimmer zu versuchen. Vielleicht sollte sie ja besser wieder verschwinden, wahrscheinlich war das, was sie hier machte, die reine Zeitvergeudung, und in derselben Zeit, in der sie hier herumsuchte, hätte sie schon zwei Freier ranlassen und mindestens zwanzig Pfund Cash in der Tasche haben können.

Sie machte die Schlafzimmertür auf und prallte zurück, ihr Körper versteifte sich vor Schreck, als sie Garth splitternackt auf dem Rücken quer über dem Bett liegen sah, die praktisch leere Whiskyflasche und ein Glas auf dem Fußboden daneben.

Ihr erster Impuls war, sich auf dem Absatz umzudrehen und zu verschwinden, aber stärker als dieser Impuls war ein wilder Drang nach einem gefährlichen Abenteuer. Hier war Claudias heiß geliebter Ehemann, Mr. Perfekt höchstpersönlich ... der Vater des Kindes, mit dem sie schwanger war. Der Mann, der alles das war, was die Männer, mit denen es Katriona im Lauf ihres Leben zu tun gehabt hatten, nicht war.

Auf Zehenspitzen schlich sie zum Bett. Sie erkannte einen betrunkenen Mann auf den ersten Blick, immerhin hatte sie schon viele gesehen. Ausgeschlossen, dass er vor morgen früh aufwachte, zumindest nicht ohne eine beträchtliche Menge Hilfe. Ein triumphierendes Grinsen huschte über Katrionas Gesicht, das sie viel jünger aussehen ließ, so jung, wie sie tatsächlich war.

Sie griff nach Garths Hand und zog an seinen Fingern. Nichts, keine Reaktion. Sie hob seinen Arm und ließ ihn wieder herunterfallen. Noch immer keine Reaktion. Interessiert begutachtete sie seinen Körper. Gar nicht mal so übel. Er hatte gut geformte lange

Beine, einen muskulösen Brustkorb, einen flachen Bauch und ... ohne Scheu trat sie noch näher und beugte sich über ihn, um sein Geschlecht zu betrachten, sie streckte sogar die Hand aus und quetschte es unsanft.

Hm ... nicht das größte Ding, das ihr je untergekommen war, aber der Mann konnte immerhin von sich behaupten, recht gut ausgestattet zu sein – was man von den meisten Männern, mit denen Katriona es zu tun hatte, nicht sagen konnte. Wer weiß, vielleicht war ja Miss Claudia Klugscheißer gar nicht so zimperlich, wie sie immer tat. Und wenn ihr heiß geliebter Garth dazu auch noch wusste, was er mit seinem Ding anstellen konnte und nicht einfach nur der Rein-Raus-Typ war – was natürlich äußerst unwahrscheinlich war, wie sie in Gedanken gleich hinzufügte –, hätte es Miss Klugscheißer vielleicht gar nicht so schlecht getroffen – vorausgesetzt natürlich, sie wüsste mit dem Geschenk, das ihm die Natur mitgegeben hatte, etwas anzufangen, was wiederum stark zu bezweifeln war. Sie war definitiv der Einfach-nur-daliegen-und-an-England-denken-Typ.

Katriona konnte sich ihre Reaktion genau vorstellen, wenn sie jetzt hereinkäme. Wie schockiert und angewidert sie sein würde, wenn sie ihren so hoch geschätzten Ehemann splitternackt und ganz offensichtlich sternhagelvoll quer über dem Bett liegend vorfände. Und um wie viel mehr geschockt wäre sie, wenn sie hereinkäme und sie, Katriona, mit gespreizten Beinen auf diesem gar nicht mal so üblen Schwanz reiten sähe, während er um mehr bettelte und immer noch mehr und ihr sagte, dass das der Fick seines Lebens wäre. Das sagten sie alle. Immerhin war das der Grund dafür, weshalb sie für Sex bezahlten, wo sie ihn doch zu Hause umsonst haben konnten.

Versuchsweise setzte sich Katriona aufs Bett. Wenn sie den

Kopf drehte, konnte sie ihr Bild im Spiegel sehen, und jeder der ins Zimmer käme, hätte einen wunderbaren Blick auf ihr Hinterteil, während sie Garth bumste. Ihr Grinsen verbreiterte sich, als sie sich wieder Claudias Reaktion vorstellte. Diesmal würde sie nicht so ruhig, so distanziert, so selbstsicher und kontrolliert sein, oder? Oh nein, diesmal würde sie, Katriona, diejenige sein, die alles unter Kontrolle hatte, diesmal würde *Claudia* auf *sie* angewiesen sein.

In Gedanken ganz woanders, begann Katriona sich auszuziehen. Im Gegensatz zu Garth verstreute sie ihre Kleidung jedoch nicht im ganzen Zimmer, sondern legte sie ordentlich zusammengefaltet auf den Fußboden. Als ihr Blick die Frisierkommode streifte, entdeckte sie ein kleines Parfümfläschchen. Sie zögerte eine Sekunde, um gleich darauf wieder aus dem Bett zu steigen und es in die Hand zu nehmen, dann betupfte sie mit dem Parfüm großzügig ihren Körper, besonders ihre Brüste und die Schamgegend.

Einen Moment später stieg sie noch immer lächelnd wieder aufs Bett. Diesmal setzte sie sich mit gespreizten Beinen auf Garth und streckte die Hand aus, doch statt seinen Penis nur zu berühren, drückte sie ihn zwischen ihren Fingern. Garth zuckte zusammen und murmelte irgendetwas in sich hinein, aber er wachte nicht auf.

Beim zweiten Mal zwickte Katriona ihn fester. Garth lallte protestierend und versuchte sich aufzusetzen, aber sie war schneller, sie beugte sich vor und schüttelte ihre langen Haare über sein Gesicht, ihr Körper presste sich fest an den seinen, während sie heiser befahl: „Steck ihn mir rein, Garth, los, steck ihn mir rein."

Noch immer sternhagelblau und total verwirrt, versuchte Garth auf die Warnung zu reagieren, die sein Gehirn ihm schickte, aber er schaffte es nicht, einen klaren Kopf zu bekommen.

Katriona über ihm streckte die Hand nach seinem Penis aus und begann ihn sanft zu massieren, während sie Garth gleichzeitig eine Brust vor den Mund hielt.

Instinktiv öffnete Garth die Lippen. Irgendwo in seinem Hinterkopf schrillte eine Alarmglocke, aber er hörte sie nicht, er schaffte es nicht, bei der schlagartigen Erkenntnis zu verweilen, dass diese Brüste nicht Claudia gehörten, dass Claudia so etwas nie tun würde ... dass sie nie so aggressiv, so fordernd wäre.

Aber wie sollte es nicht Claudia sein? Claudia war seine Frau. Dies hier war ihr Zuhause, ihr Schlafzimmer, ihr Bett. Und dennoch war das Letzte, wonach ihm im Augenblick der Sinn stand, Sex, sein Körper ...

Widerwillig reagierte sein Körper auf die von kundiger Hand ausgeführten Reize. *Sie* war bei der ganzen Sache die treibende Kraft. Er war der passive Adressat ihrer Bemühungen. *Sie* war diejenige, die seinen von *ihr* in diesen Zustand versetzten steifen Penis dorthin gebracht hatte, wo er jetzt war, und ihn mit ihren Muskeln fest umschloss, während tief aus ihrer Kehle ein triumphierender Schrei aufstieg.

Was denkst du jetzt von deinem wundervollen Ehemann? grollte sie in Gedanken, während sie sich schnell und immer schneller auf Garth bewegte, wobei sie darauf achtete, dass ihr Haar und das Kissen ihm den Blick auf ihr Gesicht versperrten, während sie ihn triumphierend wie eine Amazone ritt.

Schwer vorstellbar, dass eine Frau einen Mann vergewaltigte, und wenn Claudia jetzt ins Zimmer käme, hätte sie es wohl niemals für möglich gehalten, dass Garth an dem scheinbar leidenschaftlichen Sex nicht beteiligt war.

„Ja, los, komm, fick mich“, gurrte Katriona. „Fick mich hart, so richtig schön hart.“

Garth war sich ihrer Forderungen nur vage bewusst, und es war allein sein Körper, der in ursprünglicher, primitiver Weise reagierte auf das, was so alt wie die Menschheit war. Katrionas Handgelenk umklammernd, wölbte er sich ihren Stößen entgegen, wobei er den Schmerz in seinem Kopf und die dumpfe Ahnung, dass irgendetwas nicht stimmte, ignorierte ... dass sie sich irgendwie nicht richtig anfühlte ... dass sie nicht richtig klang, dass irgendetwas total falsch war ...

Katriona fühlte, wie er in ihr noch mehr anschwoll und ganz hart wurde, bevor er einen Orgasmus hatte.

Triumphierend in sich hineinlächelnd, glitt sie von ihm herunter. Wann würde Claudia nach Hause kommen? Am Morgen ... vielleicht gerade noch rechtzeitig, um sie, Katriona, eng an ihren Ehemann angekuschelt in ihrem Bett vorzufinden.

Noch immer lächelnd, streckte Katriona die Hand nach der Zudecke aus und legte sich neben Garth.

9. KAPITEL

„Bist du dir sicher, dass du selbst nach London zurückfahren kannst? Du könntest deinen Wagen hier lassen, und Daddy ..."

„Mach dir keine Sorgen", versicherte Claudia ihrer Mutter. „Es ist nichts als die übliche Morgenübelkeit."

„Mir war es morgens auch immer hundeelend", erzählte ihre Mutter und fügte tröstend hinzu: „Aber es wird bald aufhören, verlass dich darauf, Liebes."

„Ich hoffe", gab Claudia zurück. Ihre Schwangerschaft war bereits fortgeschritten, aber ihr durch ihre Appetitlosigkeit herbeigeführter Gewichtsverlust bewirkte, dass sie alles andere als das blühende Bild einer Schwangeren bot.

Sie hatte sich bereits eine ganze Liste von Häusern gemacht, die sie sich anschauen wollte, obwohl Garth jetzt nicht wie geplant mitkommen konnte.

Garth ... Bei dem Gedanken an ihn krampfte sich ihr ohnehin nervöser Magen zusammen. Was er wohl jetzt machte? War er in Sicherheit? War er ...?

Es war schon fast Mittag, als sie sich auf den Heimweg machte, aber erst an der Tankstelle fiel ihr auf, dass sie ihre Wohnungsschlüssel nicht dabeihatte.

„Verdammt", fluchte sie und kippte ihren gesamten Tascheninhalt auf dem Beifahrersitz aus. Sie versuchte sich zu erinnern, wann sie ihre Schlüssel zum letzten Mal gesehen hatte, aber es gelang ihr nicht. Ein anderes Schwangerschaftsleiden neben ihrer Übelkeit war ihre zunehmende Vergesslichkeit. Nun, sie würde zu ihrem Vermieter gehen müssen, er hatte einen Ersatzschlüssel. Vielleicht hatte sie die Schlüssel ja bei ihren Eltern liegen gelassen. Sie würde sie gleich, wenn sie zu Hause war, anrufen.

Es war der Lärm, den sein Verstand als fremd und von daher potenziell gefährlich einstufte, der Garth weckte. Sein Kopf fühlte sich an, als säßen zwei Höhlenmenschen darin, die versuchten, seine Schädeldecke aufzumeißeln.

Er öffnete die Augen.

Es war das leise Zischen seines Atems, das Katriona darauf aufmerksam machte, dass er aufgewacht war. Auf dem Fußboden neben dem Bett kniend, durchsuchte sie seine Taschen und riss, nachdem sie fündig geworden war, aus dem Portemonnaie hastig die Geldscheine heraus, stopfte sie sich beim Aufspringen in die Tasche und rannte zur Tür.

Garth war schnell, aber Katriona war schneller, und sie hatte den Vorteil, bereits hellwach und angezogen zu sein.

Als sie aus der Wohnung rannte, fluchte Garth, denn so splitternackt, wie er war, konnte er ihr natürlich unmöglich hinterherrennen.

Wer war sie und, noch wichtiger, wie, zum Teufel, war sie in die Wohnung gekommen?

Mürrisch hob er seine jetzt leere Brieftasche vom Boden auf. Die Gegend, in der sie wohnten, gehörte weiß Gott nicht zu den vornehmsten, und er hatte schon öfter vor dem Haus auf dem Gehweg Jugendbanden herumlungern sehen, die Mädchen in verdächtig kurzen, hautengen Klamotten am Bordstein stehend, während die Männer in ihren Autos langsam an ihnen vorbeirollten.

Es wurde höchste Zeit, dass er und Claudia von hier wegzogen. London war seiner Meinung nach nicht das geeignete Pflaster, um ein Kind großzuziehen. Kinder brauchten frische Luft, Raum und viel Freiheit, die Art von Kindheit auf dem Land, in deren Genuss er und Claudia gekommen waren.

Auf keinen Fall konnte er jetzt wieder ins Bett gehen. Er drehte sich um und schaute auf seine auf dem Schlafzimmerboden verstreuten Kleider. Das Zimmer, die ganze Wohnung, stank nach Whisky und abgestandener Luft. Als er das Fenster öffnete, runzelte er die Stirn. Irgendwie musste das Mädchen hereingekommen sein, aber wie? Gott, sein Schädel dröhnte, als würde er gleich zerplatzen, die Erinnerung an den vergangenen Abend war ärgerlich bruchstückhaft. Er konnte sich entsinnen, nach Hause gekommen zu sein und diesen ersten Drink zu sich genommen zu haben, aber was danach war ... Garth schüttelte den Kopf. Er konnte sich seltsam verschwommen an einiges erinnern, aber nur ganz ganz schwach ... an eine Frau ... ihr Haar ... ihre Stimme ... Sein Stirnrunzeln vertiefte sich, während er versuchte, sich auf die Erinnerungssplitter zu konzentrieren, aber sie waren zu vage und entschlüpften ihm immer wieder ... viel eher Schatten eines Traums als Wirklichkeit.

Wie war das verdammte Mädchen bloß reingekommen? Er ging zur Wohnungstür, um das Schloss zu untersuchen, aber es war unbeschädigt.

Er würde mit dem Vermieter reden und sich erkundigen, ob anderen Mietern auch etwas aus ihren Wohnungen gestohlen worden war, aber vorher sollte er wohl besser die Wohnung aufräumen.

Claudia dachte an Garth, als sie in die Straße einbog, aber als sie auf gleicher Höhe mit ihrem Haus war und Garths Wagen davor parken sah, bremste sie hart vor Überraschung, parkte dann schlampig ein und rannte die Treppe zu ihrer Wohnung hinauf. Ungeduldig an die Tür hämmernd, rief sie: „Garth! Garth, bist du da?“

Eine Dusche, mehrere Tassen schwarzen, starken Kaffees und zwei Schmerztabletten hatten bewirkt, dass Garth sich mittlerweile schon wieder ein bisschen wie er selbst fühlte, obwohl es ihm noch nicht gelungen war, seine Erinnerungslücken an den vergangenen Abend zu füllen.

„Garth, ich habe deinen Wagen gesehen ... warum bist du denn hier ... es ist doch alles in Ordnung mit dir ... bist du ...?"

„Mir geht es gut", versicherte er ihr noch an der Tür und fügte sogleich besorgt hinzu: „Aber du siehst schlecht aus."

„Ich habe die ganze Fahrt über ständig an dich gedacht", sagte Claudia, während sie ihm nach drinnen folgte und leise erschauernd hinzufügte: „Ich habe mir Sorgen um dich gemacht ... aber was tust du denn hier? Du solltest doch jetzt eigentlich schon in Nordirland sein."

„Ich weiß. Unser Einsatz wurde abgeblasen."

Irgendetwas in seinem Tonfall warnte Claudia. Sie forschte ängstlich in seinem Gesicht, bevor sie unsicher sagte: „Irgendetwas stimmt nicht. Bist du ... was ...?

„Mit mir stimmt alles", versicherte Garth ihr, dann erzählte er ihr rasch mit ernstem Gesicht, was vorgefallen war.

„Oh Garth ... nein, oh nein, wie schrecklich! Dieser arme Junge! Seine Familie, seine Eltern ..."

„Sie mussten unseren Einsatz natürlich abblasen. Es gab keinen Weg, es geheim zu halten. So ein Vorfall untergräbt die Truppenmoral."

Claudia schlug schockiert die Hand vor den Mund.

„Ich musste seine Eltern benachrichtigen."

„Oh Garth ..."

Impulsiv schlang sie die Arme um seinen Hals, und während er sie eng an sich gepresst hielt und ihren frischen, vertrauten Duft einatmete, schloss Garth schnell die Augen, um die aufsteigenden Tränen abzuwehren.

„Der Oberst hat mir angeboten, übers Wochenende Urlaub zu nehmen. Ich hatte ganz vergessen, dass du nicht da bist."

„Oh Garth." Claudia machte sich von ihm los. „Und du warst ganz allein. Was hast du denn ...?"

Sie unterbrach sich und schaute ihn schuldbewusst an, während er auf die leere Whiskyflasche deutete, die er eben hatte wegwerfen wollen.

„Total idiotisch, ich weiß", stimmte er zu, als er ihren Gesichtsausdruck sah. „Doch ich kann dir versichern, dass ich heute Morgen dafür bezahlt habe. Ich kann mich nicht erinnern, jemals solche Kopfschmerzen gehabt zu haben. Aber wie geht es dir?"

„Mir geht es gut. Wenn nur diese schreckliche Übelkeit nicht wäre." Sie verzog das Gesicht. „Eigentlich sollte sie nach zwölf Wochen aufhören, aber ich habe sie immer noch. Ach, Garth, fast hätte ich es vergessen", fügte sie hinzu. „Hast du meine Schlüssel irgendwo gesehen? Ich habe erst auf der Rückfahrt gemerkt, dass ich sie nicht bei mir habe."

„Nein. Nein, ich habe sie nirgends gesehen", erwiderte Garth. „Hast du sie womöglich bei deinen Eltern vergessen?"

„Möglich. Ich werde sie später anrufen."

„Vielleicht ist es besser, wenn du sie gleich anrufst", riet Garth. „Heute Morgen beim Aufwachen stand jemand hier mitten im Zimmer und hat meine Kleider nach Geld durchwühlt. Das Schloss ist unbeschädigt, aber ..."

„Was? Irgendjemand ist in die Wohnung eingebrochen", schlussfolgerte Claudia. „Oh Garth, ich ... aber glaubst du wirklich, dass sie meinen Schlüssel benutzt haben?"

„Wir werden es nicht wissen, ehe du nicht deine Eltern angerufen hast“, erinnerte Garth sie sanft, „es ist allerdings nicht ganz aus der Luft gegriffen, anzunehmen, dass dir jemand deine Wohnungsschlüssel gestohlen haben könnte, oder?“

„Nein. Nein, das ist es nicht“, stimmte Claudia zu und erschauerte ein bisschen, als sie an die langen, verwahrlosten Flure und Treppenhäuser mit ihrem Gestank nach Urin und Erbrochenem und den nie fehlenden verwahrlosten Jugendlichen in den Hochhaustürmen dachte, die sie oft besuchte.

Was wäre gewesen, wenn *sie* beim Aufwachen einen Einbrecher beim Durchwühlen ihrer Kleider ertappt hätte? Oh Gott, daran durfte sie nicht einmal denken.

Als ob er ihre Gedanken erraten hätte, umarmte Garth sie fest und sagte grimmig: „Je eher wir drei ein ordentliches Haus finden, desto besser.“

Claudia lächelte zu ihm auf, und Garth drückte sie noch ein bisschen fester an sich.

„Es ist zwei Uhr nachmittags“, protestierte Claudia, als er sich zu ihr hinunterbeugte, um sie zu küssen.

„So?“ neckte Garth sie und fügte mit einem unverschämten Grinsen hinzu: „Sollte eine Frau in deinem Zustand nicht eigentlich einen Mittagsschlaf machen?“

„Das war früher einmal“, wies Claudia ihn zurecht, aber Garth registrierte, dass sie keine Anstalten machte, sich von ihm zu lösen, und er registrierte zudem, wie warm und weich und vertraut sich ihr Körper anfühlte.

Wie vertraut ... irgendwo ganz hinten in seinem Hinterkopf schrillte eine Alarmglocke, aber sie war so weit weg, dass er nur ein ganz schwaches Echo vernahm, das verklungen war, ehe er es dingfest machen konnte. „Garth, glaubst du wirklich, dass irgendjemand meine Schlüssel gestohlen hat?" murmelte Claudia an seinem Mund.

„Es ist immerhin möglich, oder meinst du nicht?" gab er zurück. „Ich kaufe eine Sicherheitskette und einen Riegel für die Wohnungstür, bevor ich in die Kaserne zurückfahre", versprach er ihr, während er sie hochhob und ins Schlafzimmer trug.

Er hatte die nach Whisky stinkende Bettwäsche gewechselt und in die Wäscherei gebracht. Als er beim Anblick der frischen Bettwäsche ihren fragenden Blick sah, versiegelte er ihr die Lippen mit einem Kuss.

Seit ihrer Schwangerschaft war ihr Liebesspiel anders geworden – ruhiger, sanfter, weniger leidenschaftlich vielleicht, aber irgendwie erschien es ihm tiefer und reicher, fast so, als ob ihr gemeinsames Wissen um das Leben, das sie gezeugt hatten, sie verpflichtete, sich auf einer neuen, reiferen, weniger freizügigen Ebene zu lieben.

„Ich traue mich schon fast nicht mehr, weil ich Angst habe, dir wehzutun", flüsterte Garth, während er behutsam in sie eindrang.

„Ich weiß, aber der Arzt sagt, dass nichts passieren kann", versicherte Claudia ihm.

Ihr eigener Sexualtrieb hatte sich mit Fortschreiten ihrer Schwangerschaft mehr und mehr verringert, ihre Brüste waren überempfindlich, und ihre anhaltende Übelkeit bewirkte, dass sie sich fast ständig müde fühlte. Doch wie zum Ausgleich war ihr Verlangen, Garth zu spüren, von ihm gehalten zu werden und sich ihm körperlich wie seelisch nah zu fühlen, gewachsen. Sie liebte das Gefühl von Sicherheit und Geborgenheit, das er ihr gab, wenn er sie eng umschlungen hielt, die Gewissheit, dass er für sie und das Baby da war.

„Ich hatte diesmal so schreckliche Angst, dich gehen zu lassen“, flüsterte sie, während er sich behutsam in ihr bewegte. „Du wirst doch hoffentlich nicht am Ende doch noch nach Irland müssen, oder?“

„Kaum. Nachdem die Dinge jetzt so liegen, wie sie liegen, werde ich wohl zu dem ursprünglich geplanten Termin aus der Armee ausscheiden. Mmm ... du fühlst dich gut an. Ich tue dir doch nicht weh, oder?“

Claudia schüttelte den Kopf, schloss die Augen und ließ ihren Empfindungen freien Lauf, während sie sich im selben Rhythmus wie Garth bewegte.

Ihr Liebesspiel war zärtlich und träge, und Garths Orgasmus war nicht so stark wie sonst, wenn sie nach einer längeren Trennung zum ersten Mal wieder miteinander schliefen.

„Wie lange hast du Urlaub?“ fragte sie ihn ein bisschen später, als sie eng an ihn gekuschelt neben ihm lag.

„Nur vierundzwanzig Stunden“ gab Garth zurück. „Mmm ...“ Er streckte die Hand aus und legte sie auf ihren Bauch. „Weißt du, manchmal kann ich es noch immer nicht ganz glauben“, sagte er heiser.

„Ich auch nicht“, stimmte Claudia zu. „Du ... du ... bereust doch nichts, oder? Du freust dich doch wirklich?“

„Natürlich freue ich mich“, erwiderte Garth ein wenig schroff, legte einen Arm um sie und wiegte sie sanft, ganz eng an sich gedrückt. „Natürlich freue ich mich.“

10. KAPITEL

Nachdem sie die Küchentür mit dem Fuß aufgestoßen hatte, stellte Estelle die Tragetaschen mit ihren Essenseinkäufen ab und ging dann zurück in den Flur, um den Anrufbeantworter einzuschalten.

Blade war sauer auf sie. Sie zuckte wegwerfend mit den Schultern – sollte er. Sie kannte seine Launen gut genug, um zu wissen, dass er sich schon wieder beruhigen würde.

Sie war bereits halb wieder in der Küche, als sie die vertraute männliche Stimme vom Band hörte. Einen Moment lang spannte sie sich an, dann aber machte sie entschlossen die Tür zwischen sich und dem Anrufbeantworter zu und sperrte die Stimme ihres Vaters aus.

Ihr Vater! Eher wohl der Mann, der sie gezeugt hatte! Pah, jetzt konnte er ihr auch gestohlen bleiben. Was hatte es jetzt für sie noch einen Sinn, dass er sie ständig sehen wollte?

Volle *drei Monate* hatte er es nach ihrer Geburt ausgehalten, dann war es ihm zu viel geworden, und er hatte sich aus dem Staub gemacht. Er hatte sie damals nicht gewollt, und jetzt wollte sie ihn nicht mehr.

Es erfüllte sie stets mit wütender Verachtung, zu sehen, wie Leute wie diese Tara zum Beispiel das Verhältnis zu ihren heiß geliebten Mummies und Daddies pflegten. Wütend äffte sie den vornehmen Oberschichtakzent nach, als sie die Worte aussprach. Und was sie mit noch mehr Verachtung erfüllte, war die Art, wie Garth seine Tochter vergötterte.

Ihrer Meinung nach waren Eltern ein notwendiges Übel, von dem man sich nur befreien konnte, indem man radikal mit ihnen brach. Nicht, dass *sie* in dieser Hinsicht irgendwelche Probleme gehabt hätte. Für ihre genusssüchtige und egoistische Mutter hatte die Mutterrolle niemals eine Anziehungskraft besessen.

Estelle konnte sich noch genau erinnern, wie entsetzt Lorraine gewesen war, als zu befürchten stand, dass Blade vom Internat fliegen könnte.

„Aber das würde bedeuten, dass wir sie beide auf dem Hals haben", hatte sie Ethian gegenüber protestiert.

Ihre Eltern waren damals in ihrem Schlafzimmer gewesen, und Estelle hatte vor der Schlafzimmertür gelauscht.

„Bis jetzt haben sie ihn ja noch nicht rausgeworfen", hatte Ethian sie beruhigt, „und selbst wenn dieser Fall eintreten sollte, werden wir schon eine andere Schule finden, die ihn aufnimmt."

„Ich würde Estelle auch gern auf ein Internat schicken", hatte sie ihre Mutter sagen gehört. „Aber ich fürchte, dass ihr Vater dann darauf besteht, die Kosten zu tragen, und mir den Unterhalt streicht."

„Weiß er, dass du sie auf eine staatliche Schule gegeben hast?" hörte Estelle ihren neuen Stiefvater Lorraine fragen.

„Nein, natürlich nicht. Er weiß nicht, was sie wirklich kostet. Aber ich darf gar nicht an das Geld denken, das dieses verdammte Haus geschluckt hat, das er dieser Sophie unbedingt kaufen musste, oder an das Geld, das er für ihren gemeinsamen Sohn zum Fenster rausschmeißt. Warum, um alles in der Welt, kann er so etwas nicht auch für Estelle tun?"

„Sie ist ein Mädchen", antwortete Ethian leidenschaftslos. „Bei ihr würde sich eine solche Investition wohl kaum lohnen."

Dann wusste sie also jetzt den Grund, warum ihr Vater nichts mehr mit ihr zu tun haben wollte. Er war von ihr weggegangen, als sie noch ein Baby gewesen war, weil sie nur ein Mädchen war.

Nachdenklich war sie in ihr Schlafzimmer zurückgegangen. Sie war an die Klagen ihrer Mutter über die Knauserigkeit ihres Vaters ihnen gegenüber längst gewöhnt.

Ihre Mutter stand auf teure Kleider und schicke Partys, sie liebte die Sommer in der Toskana und die Winter auf Barbados. Und Estelle hatte sehr früh gelernt, dass ihre Mutter allem und jedem, das sie daran hinderte, diese Vorlieben auszuleben, tiefste Abneigung entgegenbrachte.

Es gab nichts, das Lorraine mehr Freude bereitet hätte, als ihren Mann zu seinen vielfältigen geschäftlichen „Verpflichtungen" zu begleiten.

Schön, eitel und egozentrisch wie sie war, teilte sie den Rest ihrer Zeit zwischen Einkaufsbummeln, Besuchen bei der Kosmetikerin und dem Friseur auf.

Estelle wusste das sehr gut, weil sie, wann immer sie die Nummer des Luxusapartments wählte, das zu kaufen ihre Mutter Ethian im vorigen Jahr überredet hatte, unweigerlich den Anrufbeantworter bekam, und sie wusste, dass selbst wenn sie eine Nachricht hinterließe, sich ihre Mutter nicht die Mühe machen würde zurückzurufen.

„Du bist jetzt erwachsen, eine Frau", hatte sie Estelle am Tag ihres achtzehnten Geburtstags gesagt. „Und ich glaube wirklich, dass es Zeit wird, dass du dich nach einer eigenen Wohnung umsiehst, Darling."

Estelle hatte sofort gewusst, was ihre Mutter gemeint hatte. Sie waren beide Frauen, und ihre Mutter hatte nicht die Absicht gehabt, etwas, das ihrer Meinung nach ihr gehörte, mit einer anderen Frau zu teilen, nicht einmal mit ihr.

„Dein Vater ist ganz bestimmt einverstanden, und ich werde mit Ethian reden. Ich bin sicher, dass er dir noch ein bisschen unter die Arme greift", hatte ihre Mutter ihr versichert.

Estelle hatte weniger als sechs Monate in ihrer engen Wohnung gelebt, als Ethian ihr die finanzielle Unterstützung, die er ihr zugesichert hatte, wieder gestrichen hatte. Natürlich hatte sie noch immer das Geld von ihrem Vater, aber damit kam sie längst nicht über die Runden, und der Hungerlohn, den sie ihr in einer exklusiven Boutique an der Bond Street zahlten, reichte nicht einmal für die Klamotten, die sie brauchte.

Eine ihrer Kolleginnen hatte ihr einen Weg gezeigt, wie sie ihr kärgliches Gehalt ein bisschen aufbessern konnte. Und genau betrachtet unterschied sich dieser Weg gar nicht so sehr von dem, den ihre Mutter schon vor vielen Jahren eingeschlagen hatte.

Ihre Mutter mochte zwar mit Ethian verheiratet sein, aber es war Estelle nie verborgen geblieben, dass Lorraine Ethians sexuelles Verlangen nach ihr ausgenutzt hatte, um auf diese Weise alles, wonach ihr der Sinn stand, aus ihm herauszupressen.

Der einzige Unterschied zwischen dem, was sie, Estelle, tat, war, dass sie sich nicht auf einen einzigen Mann beschränken musste.

„Hat Estelle schon zurückgerufen?“ fragte Sophie Frensham ihren Ehemann John.

Estelles Vater schüttelte den Kopf. „Ich warte noch zwei Tage ab, und dann versuche ich es noch einmal.“ Als Sophie seinen Gesichtsausdruck sah, legte sie die Frucht, die sie eben zum Einkochen zubereiten wollte, beiseite, wischte sich die Hände ab und ging durch die Küche auf ihn zu, um ihm liebevoll die Arme um den Hals zu legen.

Die Küche war wie das übrige Haus riesig und alt. Als John das Haus vor zehn Jahren von seinem Vater geerbt hatte, hatte er Sophie versprochen, dass sie es, sobald sie es sich leisten könnten, von Grund auf renovieren lassen würden, aber dazu hatte es bisher noch nicht gereicht, denn auch wenn John Land und Vermögenswerte besaß, hatte er unglücklicherweise nur wenig Bargeld.

Landwirtschaft sei kein Weg für einen vernünftigen Menschen, seinen Lebensunterhalt zu verdienen, pflegte er oft zu sagen, aber Sophie wusste dennoch, wie stolz er war, dass Ian, ihr Sohn, entschlossen war, in seine Fußstapfen zu treten.

Sie und John kannten sich seit ihrer Kindheit. Sophies Großvater war Lord Lieutenant der Grafschaft gewesen, und obwohl Johns Familie nicht zu den Pächtern ihres Großvaters gehört hatte, war er doch, wie die anderen Kinder des Ortes auch, zu dem alljährlichen großen Fest eingeladen worden, das ihre Großeltern für ihre Pächter und Nachbarn im Gemeindehaus gaben.

Obwohl sie fast gleichaltrig waren, hatten sich als Teenager ihre Wege getrennt. Sie war eine ganze Weile im Ausland gewesen, wo sie Französisch gelernt und unterrichtet hatte, während John, wie viele seiner Altersgenossen, seinem Elternhaus und der Rolle, die ihn erwartete, den Rücken gekehrt hatte und nach London gegangen war, was damals ein Mekka für junge Leute galt. London in den siebziger Jahren – sie hatte davon gehört, darüber gelesen, aber sie hatte noch immer Mühe, sich ihren Mann John, den John, den sie kannte und liebte, als Teil einer wilden und überschwänglichen Szene vorzustellen.

Ihre Eltern waren anfangs ein bisschen besorgt gewesen, als sie verkündet hatte, dass sie beabsichtigte, ihn zu heiraten.

„Er ist ein geschiedener Mann mit einem Kind“, hatte ihre Mutter vorsichtig zu bedenken gegeben, aber Sophie hatte sich nicht umstimmen lassen, und er hatte das Vertrauen, das sie in ihn gesetzt hatte, niemals enttäuscht.

Am Ende des Monats würde ihre Tochter Rebecca ihren einundzwanzigsten Geburtstag feiern.

Sophies Bruder, der in die Fußstapfen seines Großvaters getreten war, hatte angeboten, den Tanzsaal des Gemeindehauses für das große Ereignis zur Verfügung zu stellen, und sie wusste, wie viel es John bedeuten würde, seine älteste Tochter Estelle ebenfalls hier zu haben. Insgeheim mochte sie zwar ihre Zweifel haben an dem Leben, das Estelle führte, aber Sophies weiblicher Instinkt warnte sie davor, etwas in dieser Richtung zu John zu sagen, weil sie spürte, dass er dann verletzt und entsetzt sein würde, und sie liebte ihn viel zu sehr, um ihre Bedenken ihm gegenüber zu artikulieren. Sie wollte ihm nicht seine Illusionen rauben, und sie hoffte, dass Estelle dies auch nicht wollte.

„Sie ist meine Tochter, mein erstes Kind, und doch ist sie eine Fremde für mich“, brummte er jetzt. „Und das ist ganz allein meine Schuld. Ich hätte mich mehr um sie kümmern müssen, viel mehr. Aber ich war so froh, dieser Ehe entronnen zu sein, dass ich nur selten einen Gedanken daran verschwendet habe, wie ich einen besseren Zugang zu ihr bekommen könnte.“

„Damals hat man die Dinge eben noch anders gesehen“, versuchte Sophie ihn zu trösten. „Man war der Meinung, dass ein Kind besser bei seiner Mutter bleibt, und daran hast du dich gehalten“, erinnerte sie ihn, während sie an all die fruchtlosen Versuche dachte, die sie unternommen hatten, um seine Exfrau zu dem Zugeständnis, Estelle wenigstens die Ferien bei ihnen verbringen zu lassen, zu bewegen. Sie hatte sich niemals strikt geweigert, aber sie hatte es stets so einzurichten gewusst, dass es nie für länger als für den üblichen Kurzbesuch gereicht hatte.

Und dann war da noch die Sache mit der höchst großzügigen monatlichen Zuwendung, die John seiner ältesten Tochter bis zu ihrem einundzwanzigsten Geburtstag gezahlt hatte, eine weitaus höhere Zuwendung, als sie die Kinder aus seiner zweiten Ehe je erhalten hatten.

Sowohl Ian, ihr Sohn, der Landwirtschaft und Viehzucht studiert hatte, musste in seiner knapp bemessenen Freizeit mit dazu beitragen, seine Ausbildung zu finanzieren, wie auch Rebecca. Neue Landwirtschaftsformen wie auch die verheerenden Auswirkungen von Tierseuchen wie BSE hatten zu einschneidenden Veränderungen geführt, wodurch sie gezwungen gewesen waren, alles Geld, das sie erwirtschafteten, wieder in das Gut zu stecken. Doch jedes Mal, wenn Sophie sich insgeheim über die Großzügigkeit, die John seiner Ältesten gegenüber an den Tag legte, ärgerte, erinnerte sie sich daran, dass diese einen liebevollen Vater hatte entbehren müssen und wie glücklich im Vergleich dazu ihre eigenen Kinder stets gewesen waren.

John hatte zugegeben, dass er an Estelle auch als Baby nie viel Interesse gehabt hatte.

„Die ganze Sache, Lorraines Schwangerschaft und Estelles Geburt, war von A bis Z falsch, es war etwas, das nie hätte passieren dürfen. Lorraine hat die ersten zwei Monate ständig davon geredet, dass sie ihre Schwangerschaft unterbrechen lassen würde. Aber ich ... ich konnte das nicht zulassen", gestand er grimmig.

„Wir hatten ständig Streit deswegen. Wir hätten niemals heiraten dürfen. Unsere Ehe war von Anfang bis Ende ein einziges Desaster. Gott allein weiß, was ich mir dabei gedacht habe. Und als Lorraine begriff, dass ich wirklich entschlossen war, mit ihr zurück auf das Gut zu gehen, war es ganz aus. Sie wäre um nichts in der Welt bereit gewesen, aus London wegzugehen.

Tatsächlich war es so, dass ..." Er unterbrach sich. Warum fing er eigentlich jetzt, nach so vielen Jahren, wieder damit an? Sophie hatte die ganze Geschichte seiner verunglückten und glücklicherweise nur kurzen Ehe immerhin schon oft genug gehört.

Schweigend beobachtete Sophie ihn. Sie konnte erraten, was ihm im Kopf herumging, wie sehr er hoffte, dass Estelle sich mit ihnen in Verbindung setzen würde, wie sehr er sich wünschte, sie hier zu haben, wenn sie Rebeccas einundzwanzigsten Geburtstag feierten.

Sophie war sich nicht ganz sicher, was sie die Wahrheit über Estelles zweifelhaften Lebenswandel hatte ahnen lassen, ein sechster Sinn vielleicht, eine dunkle Ahnung, die sie verzweifelt zu verdrängen versucht hatte, bis eine Freundin sie unfreiwilligerweise bestätigt hatte, indem sie erzählt hatte, dass sie in London Estelle in die Arme gelaufen sei, die sich in Begleitung eines Mannes befunden hatte, den sie beide kannten.

Der betreffende Mann war rund vierzig Jahre älter als Estelle, sehr reich und verheiratet. Sophies Freundin hatte angenommen, dass es sich um eine ganz unschuldige Bekanntschaft handelte, denn dieser Mann war Estelle letztes Weihnachten vorgestellt worden, als diese ganz unerwartet bei ihrem Vater vor der Tür gestanden hatte, aber Sophie wusste es besser. Sie war jedoch entschlossen, John gegenüber nichts davon zu erwähnen, weil sie wusste, wie schuldig er sich ohnehin in dieser Sache fühlte.

„Ich hätte wegen des Sorgerechts vor Gericht gehen müssen", hatte er sich eines Tages in dem Sommer, in dem Estelle elf geworden war, vorgeworfen.

Seine älteste Tochter hatte gerade ein paar Tage auf dem Gut verbracht, wobei sie jedoch kaum Lust verspürt hatte, mit ihren Halbgeschwistern zu spielen, und sich fast die gesamte Zeit über in ihrem Zimmer eingeschlossen und eine Schwindel erregend hohe Telefonrechnung hinterlassen hatte.

„Sie hätte mit den anderen draußen herumtollen sollen und nicht ...“ Er hatte sich unterbrochen und den Kopf geschüttelt. „Sie ist irgendwie gar nicht wie ein Kind. Sie kommt mir eher vor wie eine Miniaturerwachsene. Ich fühle mich so schuldig, Sophie“, hatte er oft gesagt. „So hilflos. Ich hätte es mit mehr Nachdruck versuchen sollen.“

Aber würde es wirklich einen Unterschied gemacht haben, wenn er versucht hätte, das Sorgerecht für seine Tochter zu bekommen, wenn Estelle in derselben behüteten und liebevollen Atmosphäre aufgewachsen wäre wie ihre Kinder? Was wäre gewesen, wenn sie dieselbe liebevolle, fürsorgliche Disziplin erfahren hätte, die sie Ian und Rebecca hatten angedeihen lassen, was, wenn sie gewusst hätte, was ihre beiden Kinder wussten, nämlich dass sie geliebt und willkommen waren?

Als er ihren mitleidigen Gesichtsausdruck sah, wusste John, dass es nichts gab, womit ihm Sophie seine Schuldgefühle hätte nehmen können. Sie saßen zu tief.

Während John Sophie zuschaute, wie sie den Zucker für die Marmelade, die sie einkochen wollte, abmaß, dankte er seinem Schicksal dafür, dass Sophie ihn liebte. Sie war so völlig anders als seine erste Frau, anders in jeder nur erdenklichen Hinsicht.

Er hatte Lorraine in den frühen siebziger Jahren in London kennen gelernt. Sie kam aus einer kleinen Arbeiterstadt in Nordengland und war seit weniger als zwei Jahren in London, als sie und er sich auf einer Party zum ersten Mal begegnet waren.

Seine Familie – und allen voran sein Vater – war alles andere als begeistert gewesen, als er verkündet hatte, dass er sich entgegen der Familientradition entschlossen hätte, nicht auf eins der örtlichen Colleges zu gehen, sondern in London Wirtschaftswissenschaften zu studieren.

„Das ist keine Universität. Das ist eine Brutstätte für Aussteiger und Rote“, hatte sein Vater wütend geschnaubt, aber John war bei seinem Vorsatz geblieben. Mit achtzehn, fast neunzehn war er felsenfest entschlossen gewesen, der vermeintlichen Enge des Lebens seiner Eltern zu entkommen und nicht in dieselbe Falle wie sie zu tappen, und in dieser waghalsigen Stimmung hatte er sich immer noch befunden, als ihm Lorraine über den Weg gelaufen war.

Sie war achtzehn Monate älter als er und hatte gerade mit ihrem damaligen Freund, einem vierzigjährigen Schallplattenproduzenten, Schluss gemacht, der, wie er später erfahren hatte, alle ihre Anstrengungen, ihn vor den Traualtar zu zerren, erfolgreich torpediert hatte. Lorraine mochte Teil der Londoner „Szene“ und all dessen, was diese repräsentierte, gewesen sein, nichtsdestotrotz hatte sie nur ein Ziel gekannt – sich gut zu verheiraten.

Lorraine hatte gesehen, was für ein grausam hartes Leben ihre Großmutter, ihre Mutter und ihre Tanten zu führen gezwungen waren, ein Leben, das sie verschlissen hatte, noch ehe sie vierzig waren. Sie sah, wie ihre Schulfreundinnen denselben Weg einschlugen, indem sie sich irgendeinem x-beliebigen Kerl an den Hals warfen, von ihm schwanger wurden und ihn dann, um der Schande zu entgehen, schnell heirateten und sich ein enges Häuschen mit einem winzigen Vorgarten mieteten, falls sie überhaupt das Glück hatten, einen Mann zu haben, der sich einen solchen Luxus leisten konnte. Oder falls das nicht der Fall war, ins Haus ihrer Eltern zogen, und dann war ihr Leben, zumindest in Lorraines Augen, praktisch vorbei, ehe es überhaupt richtig begonnen hatte.

Das würde ihr nicht passieren. Entschlossen hatte sie deshalb eines Tages ihre Koffer gepackt und war nach London gegangen, wo sie in einer der neuen, in der Hauptstadt damals wie Pilze aus dem Boden schießenden Boutiquen eine Arbeit gefunden hatte.

Es war ein Jahrzehnt, in dem Barrikaden niedergerissen wurden, ein Jahrzehnt, in dem die gesellschaftlichen Klassen auf neue Art und Weise miteinander in Interaktion traten. Ein nordenglischer Akzent war etwas, auf das man stolz sein konnte, aber Lorraine hatte sich dennoch erfolgreich bemüht, den ihren abzulegen, weil sie schnell begriffen hatte, dass ein akzentfreies Englisch für die Art von Mann und die Art von Leben, die sie sich ersehnte, die beste Eintrittskarte war.

Und nachdem ihre Ehe in den letzten Zügen gelegen hatte, hatte sie John gegenüber einmal freimütig geäußert, dass er ihr damals als genau der richtige Kandidat erschienen war. Mit guten Beziehungen, wohlhabend, wie sie irrtümlich annahm und, noch wichtiger vielleicht, nicht ganz so versaut von dem Zynismus, der der goldenen Londoner Jugend in ihren Augen langsam ihren Glanz zu rauben begann. Lorraine hatte sich seine offensichtliche Verliebtheit schnell zu Nutze gemacht, während er naiv genug gewesen war zu glauben, dass sie seine Gefühle erwiderte, naiv genug, sie zu vergöttern und ihr jeden Wunsch von den Augen abzulesen.

Weniger als drei Monate, nachdem sie sich kennen gelernt hatten, waren sie verheiratet gewesen. Seine Familie war nicht erfreut gewesen, und John konnte sich noch heute an ihre Reaktion erinnern, als er Lorraine zum ersten Mal mit nach Hause genommen hatte.

„Iiiih ... du großer Gott, wie kann man in all dem Dreck bloß leben?“ hatte sie beim Anblick des Gutes gesagt – zumindest wollte es sein Vater so gehört haben. Als seine Mutter ihr angeboten hatte, ihr ein Pferd zu satteln, damit sie zusammen ausreiten könnten, hatte sie sich geschüttelt und ausgerufen: „Ich und auf einem Pferd reiten? Ganz bestimmt nicht. Pferde stinken."

Nein, sie hatte sich bei seiner Familie nicht beliebt gemacht, und ihr war auch nicht klar gewesen, dass er zu jenem Zeitpunkt von seinem Vater finanziell noch gänzlich abhängig gewesen war.

„Was meinst du damit, dass dein Vater seine Zuwendungen eingestellt hat?" hatte sie ihn später verärgert gefragt, nachdem sie wieder in London waren. „Was hat denn dein Vater damit zu tun? Es ist schließlich dein Geld."

„Nein, das ist es nicht", hatte er ruhig erwidert und ihr dann seine wahre finanzielle Situation erläutert. Er hatte Geld in einem Treuhandfonds, das stimmte, aber vor seinem dreißigsten Lebensjahr kam er daran nicht heran, und selbst dann gab es eine stillschweigende Übereinkunft, die besagte, dass, weil es sich um Familiengeld handelte, das meiste davon in das Gut fließen sollte.

„In das Gut! Niemals!" hatte Lorraine wütend erklärt.

Zehn Wochen später, nachdem seine Eltern ihm gegenüber keinen Zweifel darüber gelassen hatten, wie sie zu seiner Heirat standen, wurden er und Lorraine nach Hause zitiert.

„Angesichts der Tatsache, dass deine Frau ein Kind erwartet, habe ich beschlossen, dir deine finanzielle Unterstützung wieder zukommen zu lassen", hatte sein Vater ihn schroff informiert. „Ich bin zwar noch immer nicht glücklich über die Situation, und ich finde immer noch, dass du dich rücksichtslos und unüberlegt verhalten hast. Du hast stets gewusst, dass ..." Er hatte sich unterbrochen und den Kopf geschüttelt, bevor er hinzugefügt hatte: „Mehr sage ich dazu nicht. Lorraine ist immerhin deine Frau und bald die Mutter deines Kindes, auch wenn ich ..."

John konnte sich noch sehr gut an die Verwirrung erinnern, die in ihm aufgestiegen war, während er seinem Vater zugehört hatte. Fast fluchtartig hatte er das Arbeitszimmer seines Vaters verlassen und sich auf die Suche nach seiner Frau gemacht. Er hatte sie schließlich oben im Schlafzimmer auf ihrem Bett sitzend gefunden.

„Warum hast du *mir* nicht erzählt, dass du schwanger bist?“ fragte er.

„Ich wollte erst ganz sicher sein“, gab sie kühl zurück.

„Du hast es *mir* nicht erzählt, aber meinen Eltern?“ bohrte er verärgert nach.

„Deine Mutter hat mir deinen alten Kinderwagen angeboten“, erzählte Lorraine ihm, bevor sie wütend herausplatzte: „Mein Gott, eigentlich sollte man annehmen, dass deine Eltern zumindest anbieten, uns das Kinderzimmer einzurichten. Es ist schließlich nicht so, dass sie es sich nicht leisten könnten. Alles, was sie tun müssten, wäre, eins ihrer verdammten Felder zu verkaufen.“

John hatte ungläubig zugehört. Während der wenigen Wochen ihrer Ehe war es ihm nach und nach wie Schuppen von den Augen gefallen, und jetzt hatte sie mit ihrer unverhüllt egoistischen Bemerkung nicht nur gezeigt, sondern unterstrichen – falls es da überhaupt etwas zu unterstreichen gab –, wie tief die Kluft zwischen ihnen tatsächlich war, weit und unüberbrückbar.

Das war der Augenblick gewesen, in dem er gewusst hatte, dass ihre Ehe vorbei war. Es war ein unverzeihlicher Fehler, den er nie hätte machen dürfen, und zu seiner ewigen Schande war das Letzte, woran er je gedacht hatte, als er so leichtfertig in die Falle getappt war, das Kind, das er und Lorraine gezeugt hatten.

Auf dem Rückweg nach London hatte Lorraine ihn pausenlos über seinen Treuhandfonds ausgequetscht und ihm tausend Beispiele angeführt von Leuten, die es geschafft hatten, sich zu ihren Fonds Zugang zu verschaffen.

„Das kann ich nicht“, hatte er protestiert, „nicht ohne die Zustimmung der Vermögensverwalter.“

„Dann *kann* ich dieses Baby nicht bekommen“, hatte Lorraine hysterisch gekreischt.

Es hatte ein paar Minuten gedauert, bis die Drohung bei ihm angekommen war, aber dann hatte John gewusst, dass sie es ernst meinte.

Ihre Entschlossenheit, an das Geld aus seinem Treuhandfonds zu kommen, wurde zu einem Krieg, den sie während der folgenden Wochen mit erbarmungsloser Härte führte, und an dem Tag, an dem sie ihm den Terminzettel von der Abtreibungsklinik unter die Nase hielt, wusste er, dass sie gewonnen hatte.

John wusste, dass er das Gefühl der Scham und der Demütigung nie würde verwinden können – das Gefühl, dass er eine Seite schmählich im Stich gelassen hatte, dass er die *Familie* schmählich im Stich gelassen hatte –, das er seinem Vater gegenüber empfunden hatte, als er ihn gebeten, *bekniet* hatte, bei seinen Vermögensverwaltern ein gutes Wort für ihn einzulegen. Ebenso wusste er, dass er nie die Traurigkeit vergessen würde, die in den Augen seines Vaters gelegen hatte, während dieser ihm zugehört hatte.

Sein Vater bestand darauf, dass er die Hälfte des Geldes darauf verwandte, ein Haus zu bauen. Die andere Hälfte kam auf ihr gemeinsames Bankkonto, das Lorraine auch dann noch fortfuhr leer zu räumen, als sie auf ihre Scheidung warteten.

Was er sich selbst jedoch nie verzeihen konnte, war, dass es da einen Moment gegeben hatte, einen ganz kurzen Moment zwar nur, aber immerhin, in dem er sich tatsächlich gewünscht hatte, dass Lorraine ihre Schwangerschaft hätte unterbrechen lassen. Obwohl das Kind, das sie unter dem Herzen trug, auch sein Kind war, verspürte er doch nichts für es, keinen Stolz und keine Freude, keine Liebe, es gab da nur das dumpfe Gefühl, verdammt zu sein, dass ihm eine Verantwortung aufgebürdet worden war, die er nicht wollte und nicht gesucht hatte.

Irgendwann einmal, als er versucht hatte, mit Estelle zu reden, hatte sie ihn kühl zurechtgewiesen: „Es ist zu spät, so zu tun, als hättest du dir jemals etwas aus mir gemacht. Mutter hat mir alles erzählt. Ich weiß, dass du wolltest, dass sie mich abtreiben lässt. Ich weiß, dass du mich nicht wolltest ..."

Und er hatte sich zu elend gefühlt, um ihr die Wahrheit zu erzählen, hatte viel zu viel Angst gehabt, was diese Wahrheit in ihr anrichten könnte, dieses Wissen, dass es ihre Mutter gewesen war, die ihm mit der Abtreibung gedroht hatte. Und er hatte es auch nicht geschafft, ihr zu erzählen, dass Lorraine – so glaubte er zumindest – absichtlich schwanger geworden war, dass sie Lorraine als Mittel zum Zweck benutzt hatte, um nicht nur ihn, sondern auch seine Eltern zu manipulieren und zu kontrollieren.

Auch wenn er derjenige gewesen war, der am Ende finanziell hatte bluten müssen für seinen Fehler, Lorraine geheiratet zu haben, wurde er doch den Verdacht nie los, dass es Estelle, seine Tochter, war, die in emotionaler Hinsicht den höheren Preis bezahlt hatte.

Lorraines zweiter Ehemann war sehr gut betucht und stand ihr an Gemeinheit und Gier in nichts nach. John hatte mehr als einmal mit anhören müssen, wie er mit den „Vergünstigungen", die sein Spitzenjob mit sich brachte, herumgeprahlt hatte.

Er gehörte, wie Sophie einmal trocken festgestellt hatte, zu der Art von Männern, die trotz ihres sechsstelligen Jahreseinkommens einen geradezu orgasmischen Kitzel verspürten bei dem Gedanken, das Firmenbriefpapier zu benutzen, weil sie auf diese Weise die Kosten für eigenes Briefpapier sparten.

Zumindest hatte Ethian Lorraine immer den Lebensstil bieten können, den sie sich ersehnt hatte, das musste John zugeben. Ethians Firma sponserte Wohltätigkeitsveranstaltungen, Polospiele, Bälle, die Chelsea-Flower-Show und viele andere Ereignisse des gesellschaftlichen Lebens. Und soweit er gehört hatte, erschien Lorraine bei diesen Gelegenheiten stets in ausgesucht extravaganter Kleidung und sonnte sich in ihrer Rolle der Managerehefrau.

„Sie sieht immer so glamourös und elegant aus", hatte Sophie letzte Weihnachten bemerkt, als eine Freundin sie auf einen Artikel in *Country Life* mit Fotos von einem Ball, an dem Lorraine teilgenommen hatte, aufmerksam machte.

„Vielleicht, aber innerlich ist sie zweifellos noch immer dieselbe kaltherzige, egozentrische, raffsüchtige Frau, die sie stets war", hatte John erwidert, bevor er Sophies Arm ergriffen und weich gesagt hatte: „Ich danke meinem Schöpfer jeden Tag aufs Neue, dass ich das Glück hatte, dich zu finden, meine Sophie. Du bist alles, was sie nicht ist, was sie nie sein kann. Du bist alles, was sich ein Mann nur wünschen kann."

Er warf einen Blick aufs Telefon. Er würde noch ein paar Stunden warten, und dann würde er es noch einmal bei Estelle probieren. Nichts konnte jemals etwas an der Tatsache ändern, dass er ihr früher nicht der Vater gewesen war, der er hätte sein müssen. Erst die Geburt Ians, seines und Sophies ersten Kindes, hatte bewirkt, dass seine Bitterkeit und sein Zorn langsam verraucht waren, das Gefühl, in eine Falle gegangen und betrogen worden zu sein. Erst ab diesem Zeitpunkt hatte er angefangen, wirklich zu verstehen, was es hieß, Vater zu sein. Er hatte versucht, bei Estelle wieder gutzumachen, was er versäumt hatte, und er versuchte es noch immer.

Sie war sein erstgeborenes Kind, seine Tochter, aber sie war ebenso Lorraines Kind, und ganz tief drin in seinem Herzen wusste er, dass das etwas war, das er nie vergessen konnte, dass dies eine Barriere war zwischen ihnen, die nie wirklich niedergerissen werden konnte.

11. KAPITEL

„Um Himmels willen, was ist denn los?“ fragte Janice Claudia, als sie sah, wie die jüngere Frau unvermittelt das Gesicht verzog, ihren Stuhl zurückschob und aufstand. „Und behaupten Sie jetzt bloß nicht, dass Ihnen der Gedanke, uns zu verlassen, plötzlich Bauchschmerzen bereitet“, fügte sie unverblümt hinzu.

Claudia warf ihr ein gezwungenes Lächeln zu. Sie hatte sich schon den ganzen Tag über nicht ganz wohl gefühlt, nicht, dass sie richtige Schmerzen gehabt hätte, es war nur ... nur ... In scharfem Widerspruch zu ihren Gedanken durchzuckte sie jetzt ein Schmerz, der so heftig war, dass ihr die Luft wegblieb. Sie umklammerte ihre Stuhllehne.

Sie war am Ende des fünften Monats – noch ein paar Wochen, und sie würde aufhören zu arbeiten. Garth würde die Armee bald verlassen, und sie waren mittlerweile übereingekommen, dass er seine neue Arbeit erst nach der Geburt des Babys aufnehmen sollte.

Sehr unerwartet war Garths Vater in den diplomatischen Dienst berufen worden, und das brachte mit sich, dass seine Eltern die nächsten zwölf Monate im Ausland verbringen würden.

„Warum zieht ihr nicht bei uns ein?“ hatte sein Vater vorgeschlagen, als Garth und Claudia ihm und seiner Frau von ihren Problemen, ein passendes Haus zu finden, erzählt hatten, aber keiner von ihnen beiden hatte das gewollt.

„Vielen Dank für das Angebot, es ist sehr freundlich, doch wir müssen wirklich etwas Eigenes finden“, hatte Garth seinem Vater erklärt.

Claudia schnappte erneut nach Luft, als sie ein zweiter scharfer Schmerz durchzuckte.

„Claudia ...?" hörte sie Janice nicht mehr ganz so forsch fragen und einen Moment später dann atemlos sagen: „Oh, mein Gott, irgendjemand muss einen Krankenwagen rufen. Schnell. Sofort! *Sofort*!" Aber Claudia hörte schon nichts mehr, ganz zu schweigen davon, dass sie etwas begriffen hätte, für sie gab es nur noch diesen Schmerz, diesen entsetzlichen Schmerz, der sich anfühlte, als würde sie mitten entzweigerissen.

Auf dem Weg vom Büro ins Krankenhaus, in das sie mit heulender Sirene gebracht wurde, war sie bei Bewusstsein. Auch dass man sie auf eine Trage legte und in den OP rollte, bekam sie noch mit. Und sie war noch lange genug bei Bewusstsein, um zu sehen, wie viel Blut sie verlor, lange genug, um sich nur noch zu wünschen, dass der peinigende Schmerz, der in ihrem Körper wütete, endlich ein Ende finden möge.

Aber sie war nicht mehr bei Bewusstsein, als der Chirurg ihr Baby für tot erklärte, und sie war auch nicht bei Bewusstsein, als er die Entscheidung traf, ihr die Gebärmutter herauszunehmen.

„Entweder wir machen es, oder wir schauen zu, wie sie verblutet", erklärte er unumwunden.

Bis Garth endlich von den Vorfällen Kenntnis erhielt, war alles vorbei. Er erreichte das Krankenhaus, als man eine still daliegende, noch immer narkotisierte Claudia in ein Krankenzimmer schob.

„Was ist los? Was ist passiert? Claudia ...?" fragte er, als die Krankenschwester den Kopf schüttelte und ihm eine Hand auf seinen Arm legte.

„Die Oberschwester möchte gern kurz mit Ihnen sprechen, Mr. Wallace", sagte sie sanft.

Garth machte sich nicht die Mühe, sie darauf hinzuweisen, dass er – zumindest offiziell – kein Mister, sondern ein Captain war. Was spielte das schon für eine Rolle, wenn Claudia, *seine*

Claudia, mit so weißem Gesicht so still auf einer Krankenhausbahre lag, dass er befürchtete, eine Tote vor sich zu haben? So still ... und so *flach*.

„Setzen Sie sich, Captain Wallace." Die Worte aus dem Mund der Oberin waren eher ein Befehl als eine Einladung. Sie war in ihren Fünfzigern, tüchtig und forsch und eine erfahrene Überbringerin schlechter Nachrichten, aber das machte es ihr nicht leichter.

„Claudia, meine Frau ... was ...?" fragte Garth, wobei er sich weigerte, ihrer Aufforderung, sich zu setzen, Folge zu leisten, und übersah, wie sich ihr Mund für einen Moment zu einem Strich zusammenpresste, der nahe legte, dass er lieber zuhören als reden sollte.

„Ihrer Frau, Mrs. Wallace, geht es im Augenblick sehr schlecht", sagte sie ohne Umschweife. „Sie hat eine Menge Blut verloren und die Operation hat den Körper natürlich ..."

„Operation? Was für eine Operation?" fragte Garth, während ihm alles Blut aus dem Gesicht wich. Alles, was er von ihren Kolleginnen wusste, war, dass man Claudia wegen einer drohenden Fehlgeburt ins Krankenhaus gebracht hatte. „Meine Frau erwartet ein Baby und ..."

Ihr unbewegter Gesichtsausdruck und ihr Schweigen warnten ihn vor dem, was die Oberin als Nächstes sagen würde, aber selbst diese Warnung reichte nicht aus, um ihn auf das, was gleich auf ihn zukam, wirklich vorzubereiten.

„Es tut mir Leid, Ihnen sagen zu müssen, dass Ihre Frau den Jungen verloren hat."

Es war, als ob unerwartet eine Landmine hochginge – nur schlimmer, viel schlimmer. Die Qual, die Verwirrung, die schreckliche, Übelkeit erregende Angst, während man wartete, bis sich der angerichtete Schaden abschätzen ließ, in der unheimlichen Stille darauf wartete, dass der Lärm einsetzte, die Kakophonie menschlicher Schreie, ausgestoßen in Panik und Angst.

„Claudia hat den Jungen verloren." Garth hörte die Worte, ohne dass ihm klar war, dass er sie ausgesprochen hatte. Immerhin hatte sich die Frau klar genug ausgedrückt.

„Ja. Es tut mir Leid ..." Sie machte wieder eine kleine Pause, und Garth spürte, wie er sich in ängstlicher Erwartung anspannte.

„Was ... was ist passiert ...?" fragte er schroff. „Was ...?"

„Ihre Frau hatte sehr starke Blutungen. Dr. Knowles hat alles versucht, um sie zu stoppen, während er gleichzeitig die Bluttransfusion eingeleitet hat, aber ..." Die sauberen Hände mit den kurz geschnittenen Nägeln, die sie in ihrem Schoß gefaltet hatte, krampften sich verräterisch zusammen. „Leider hat es nichts genützt. Am Ende hatte Dr. Knowles keine andere Wahl, als ihr die Gebärmutter herauszunehmen."

„Als ihr die Gebärmutter herauszunehmen", wiederholte Garth tonlos. Er fühlte sich wie ein Taucher, der zu tief nach unten geschwommen war, wie ein Schwimmer, der versuchte, gegen die Strömung zu schwimmen; sein Körper wurde plötzlich schwer, er fühlte sich wie betäubt.

„Ja, leider", sagte die Oberin. „Entweder das oder ..." Sie unterbrach sich und erklärte dann sanft: „Es bestand Gefahr, dass sie verblutet."

„Oh, mein Gott ... weiß Claudia es schon?" fragte er. „Hat sie ... ist sie ..."

„Sie ist noch nicht aus der Narkose aufgewacht."

Garth schloss die Augen. „Wie lange ... wann kann ich sie sehen?"

„Nicht vor morgen."

„Ich will aber bei ihr sein, wenn sie aufwacht. Ich möchte jetzt zu ihr“, unterbrach sie Garth.

„Ich glaube wirklich nicht ...“, begann die Oberin, doch Garth weigerte sich zuzuhören.

„Ich möchte mit dem Stationsarzt sprechen“, verlangte er unwirsch, und die Schwester seufzte leise in sich hinein. Wenn es etwas gab, das ihr auf die Nerven ging, dann waren es Leute, die ohnehin Kompliziertes noch weiter verkomplizierten, und dieser Mann sah ihr ganz danach aus, als würde er die Dinge mächtig verkomplizieren.

„Wir haben Ihre Frau in ein kleines Nebenzimmer gelegt“, sagte sie scharf. „Es geht ihr wie gesagt sehr schlecht.“

Was sie für sich behielt, war, dass sie bereits angewiesen hatte, dass eine Schwester in regelmäßigen Abständen nach der Patientin sah. Die junge Frau hatte ihr gar nicht gefallen, als sie sie in das kleine Zimmer gebracht hatten, und das Letzte, was sie im Augenblick brauchte, war ein zorniger, besorgter junger Ehemann, der nervös vor ihrem Bett auf und ab tigerte und damit alle anderen auch noch verrückt machte.

Aber jetzt überlegte sie es sich rasch anders.

„Also schön, Captain, dann bleiben Sie meinetwegen bei Ihrer Frau, aber nur solange Sie sich erinnern, dass das *mein* Zimmer ist und dass *ich* hier das Sagen habe. Da Sie beim Militär sind, hoffe ich, dass Ihnen klar ist, wer hier den Ton angibt, und dass ich erwarte, dass meine Anordnungen befolgt werden.“

Sie war fast zwei Köpfe kleiner als er, aber als er jetzt auf sie hinunterschaute, spürte Garth nicht nur ihre Entschlossenheit, sondern auch ihre Stärke, und seltsamerweise war er plötzlich trotz seiner schrecklichen Angst erleichtert, dass Claudia in ihren Händen war.

Der kleine Raum war bis auf das Krankenbett mit den hohen Seitenwänden, in dem Claudia bewegungslos und flach atmend lag, und einen harten, unbequem wirkenden Stuhl praktisch leer.

In Claudias Armbeuge steckte eine Kanüle, ihr Körper war mit einem makellos weißen Laken zugedeckt.

Garth spürte, wie ihm die Tränen in die Augen schossen. Ihre Frau hat den Jungen verloren, hatte die Oberin gesagt. Das bedeutete, dass er und Claudia einen Sohn bekommen hätten.

Jetzt waren seine Tränen heiß, sie brannten in seinen Augen, verbrannten seine Haut. Sein Kind ... sein Sohn ... er war fort, bevor er auch nur die Gelegenheit gehabt hatte, ihn ein einziges Mal zu sehen. Tief in seinem Inneren flammte ein neuer heiß glühender Schmerz auf, der, wie er plötzlich wusste, nie mehr abklingen würde. Seine Arme sehnten sich danach, das kleine Leben zu halten, das verloschen war, noch ehe es das Licht der Welt erblickt hatte. Er sah die Oberin auf der Schwelle stehen.

„Das Baby, mein Sohn“, brachte er erstickt heraus. „Wo ist ... kann ich ...?“

Es war normalerweise die Frau, die Mutter, die diese Frage stellte, weshalb sich die Oberin jetzt ein bisschen überrumpelt fühlte, und die Oberin fühlte sich nicht gern überrumpelt.

In der Leichenhalle, hätte sie fast gesagt, aber sie riss sich im letzten Moment zusammen.

Totgeburten, zu früh geborene Embryos, wurden normalerweise nicht als „Babys“ betrachtet, aber das St. Chad's hatte eine weltliche und sehr fortschrittliche Krankenhausleitung. Die durchgeführten Befragungen unter den Müttern, die tote Kinder zu Welt gebracht hatten, hatten ergeben, dass es bei den meisten Frauen ein starkes Bedürfnis gab, die Kinder zu sehen, die sie verloren hatten. Es konnte kein Zweifel bestehen, dass selbst solche frühen Totgeburten wie die von Claudia bereits deutlich als „Babys“ erkennbar waren, ihre Körper und Gliedmaßen waren voll ausgebildet – wenn auch winzig klein. Die Oberin hatte mit eigenen Augen gesehen, wie viel Trost ihre Mütter aus ihrem Anblick schöpften und daraus, dass sie diese herzzerreißend winzigen, leblosen Körper wenigstens einen Augenblick in ihren Armen halten konnten. Dies war der Grund dafür, dass es im St. Chad's im Unterschied zu anderen Krankenhäusern üblich war, den Frauen diesen Wunsch zu erfüllen.

Deshalb riss sich die Schwester Oberin jetzt zusammen und sagte: „Ich habe im Moment kein Personal frei, aber wenn Sie ihn morgen früh sehen wollen ...“

„Ihn *sehen*?“ Garth starrte sie an, während ihm klar wurde, dass er seine Frage rein instinktiv gestellt hatte, ohne sich wirklich bewusst zu sein, was er damit bezweckte.

„Manchen Müttern fällt es leichter, ihren Verlust zu ... akzeptieren, nachdem sie ihr ... ihr Kind gesehen haben“, sagte sie leise.

Garth schluckte. War es das, was er wollte? Wollte er ... sollte er ...?

Claudia unterbrach seinen Gedankengang durch ein Husten. Alarmiert scheuchte ihn die Oberin aus dem Zimmer, während sie zum Bett eilte.

Um zwei Uhr morgens, während sich seine eigenen Lider immer wieder bleischwer über seine brennenden Augen herabsenkten, sah Garth, wie Claudias Lider zu flattern begannen. Sie bewegte sich, dann öffnete sie die Augen und starrte Garth an, ohne ihn zu sehen, das Gesicht wachsbleich in dem schwachen Lichtschein, der von nebenan hereinfiel, die Augen schmerzerfüllt. Zwei Uhr morgens – Totenstunde. Einen Augenblick später öffnete sie den Mund

und stieß einen erstickten Schrei aus, dem sie kurz darauf mehrere gellende kurze Schreie folgen ließ, woraufhin sofort zwei Schwestern herbeigeeilt kamen. Die Oberin näherte sich gemessenen Schritts, was sie jedoch nicht daran hinderte, als Erste an Claudias Seite zu sein. Entschlossen griff sie nach Claudias Handgelenk, um den Puls zu fühlen, dann gab sie den beiden Schwestern mit leiser Stimme einige Anweisungen.

„Was ist? Was haben Sie vor?" fragte Garth hilflos und verwirrt, als eine der Schwestern mit einer Spritze in der Hand an ihm vorübereilte.

„Ein Beruhigungsmittel", gab diese kurz angebunden zurück. „Dr. Knowles hat angeordnet, dass wir es ihr verabreichen sollen – falls es nötig sein sollte."

Garth wollte Widerspruch einlegen und sie darauf hinweisen, dass Claudia gerade dabei war, zu sich zu kommen, aber es war bereits zu spät, die Oberin hatte Claudia die Spritze bereits verabreicht.

„Sie weiß noch nicht, dass Dr. Knowles sie operieren musste", informierte die Oberin Garth, nachdem Claudia wieder in die Bewusstlosigkeit zurückgesunken war. „Sie ist noch nicht stark genug, um es zu erfahren. Ihr Körper braucht erst noch ein bisschen Zeit, um sich von dem Blutverlust und der Operation zu erholen, und in ihrem gegenwärtigen Zustand ..."

Während sie sprach, war Garth von seinem Stuhl aufgestanden und an Claudias Bett getreten. Er schaute auf ihr erschreckend eingefallenes und wachsbleiches Gesicht hinunter.

„Ich will ihn sehen", sagte er unvermittelt. „Ich möchte ... meinen Sohn sehen."

Diesmal war die Oberin vorbereitet. Sie gab einer Krankenschwester die Anweisung, Garth in das stille, schlichte „Elternzimmer“ zu führen, wo die Eltern von ihrem totgeborenen Kind Abschied nehmen konnten.

Die Wände waren in einem hellen Gelb gestrichen, das die Illusion erweckte, als würden sich Sonnenstrahlen durch den Nebel ihre Bahn brechen. Der Raum war mit einem weich gepolsterten Sofa ausgestattet, auf dem bequem zwei Leute Platz finden konnten, und wurde für den Fall, dass irgendetwas Unvorhergesehenes passierte, von einem diskret hinter einem Wandschirm angebrachten Monitor überwacht.

In der Mitte des Raums stand eine Wiege, die mit feinem weißem Tüll drapiert war.

Garths Herz setzte einen Herzschlag lang aus, als er den Raum betrat. Die junge Schwester, die ihn begleitet hatte, war lautlos verschwunden und hatte behutsam die Tür hinter sich zugemacht. Garth blieb auf der Schwelle stehen, unfähig, sich zu bewegen, unfähig, etwas anderes zu tun, als auf die verhängte Wiege zu starren.

Fast, fast konnte er sehen, wie es sich bewegte, fast, fast hörte er den schrillen hohen Schrei des Neugeborenen, und wenn er sich nur genug konzentrierte, würde er ihn vielleicht wirklich hören. Vielleicht ...

Garth biss die Zähne zusammen und ging auf die Krippe zu. Darin lag das Baby, ganz in Weiß gekleidet, die Augen geschlossen.

Garth war sich nicht sicher, was er zu sehen erwartet hatte, aber das, was er jetzt sah, war es ganz bestimmt nicht ... nicht dieses winzige, aber perfekte kleine Gesicht und diesen winzigen Körper. Behutsam, ganz behutsam streckte er die Hand aus und berührte mit der Fingerspitze zart eine unvorstellbar kleine, kalte Hand. Seine eigene Hand war länger als das ganze Kind, sein Finger länger und dicker als dessen Arm. Garth schloss die Augen, und einen Moment lang glaubte die Krankenschwester, die ihn über Monitor beobachtete, dass er sich gleich umdrehen und weggehen würde, aber dann bückte Garth sich und nahm sehr behutsam den winzigen Körper aus der Krippe.

Die Krankenschwester wandte den Blick ab. Manche Dinge waren zu intim, um von einem Außenstehenden mit angesehen werden zu dürfen. Manche Trauer war so tief, dass sie sich kaum ertragen ließ.

Sehr langsam hob Garth den leblosen Körper seines Sohnes an sein Gesicht. Er war so winzig, so zerbrechlich, so ... Er entdeckte, dass er den Atem angehalten hatte, in der Angst, dass er ihm in seiner Ungeschicklichkeit irgendwie wehtun könnte ...

Garth schluckte wie betäubt. Der kleine Körper fühlte sich tatsächlich fast warm an, fast ... was? fragte er sich bitter. Fast lebendig?

„Es tut mir Leid", hörte er sich selbst sagen. „Es tut mir so schrecklich Leid." Dass sie sich nie kennen lernen würden, dass sie niemals das Glück und die Verzweiflung, Vater und Sohn zu sein, teilen würden, schmerzte ihn mehr, als er mit Worten ausdrücken konnte; dass dies hier, diese wenigen Momente alles waren, was ihm von seinem Kind bleiben würde.

Nachdem er die kalte Stirn geküsst und den kleinen Körper behutsam wieder in die Krippe zurückgelegt hatte, erinnerte sich Garth daran, wie er sich über Claudia lustig gemacht hatte, weil sie mit dem Baby so sprach, als ob es sie wirklich hören und tatsächlich verstehen könne, was sie sagte. Vielleicht ... vielleicht hatte ihr Sohn ja von ihrer Liebe gewusst. Garth hoffte es. Plötzlich spürte er, wie eine heiße Woge von Vaterliebe über ihn hinwegschwappte, eine Sehnsucht danach, diesen winzigen leblosen Körper zu beschützen. Warum hatte das geschehen müssen? Warum war niemand in der Lage gewesen, etwas zu tun, um ihn zu retten? Warum hatte *er* ihn nicht gerettet?

„Wir werden uns immer an dich erinnern", flüsterte er seinem Sohn zu, „und wir werden deinen Brüdern und Schwestern von dir erzählen."

Als er den Raum verließ, sah die Krankenschwester eine einzelne Träne über seine Wange hinabrollen, während er dem Baby einen letzten langen Blick zuwarf.

Doch erst als er wieder im Krankenzimmer war, traf ihn die Realität mit voller Wucht. Wir werden uns immer an dich erinnern, und wir werden deinen Brüdern und Schwestern von dir erzählen, hatte er zu ihm gesagt. Aber natürlich würde es keine Brüder und Schwestern geben. Weder jetzt noch irgendwann.

Es waren Claudias Schreie, die Garth aufweckten. Er war kurz nach Einbruch der Morgendämmerung auf seinem Stuhl eingeschlafen. Claudia war wenig später aufgewacht, sie war voll bei Bewusstsein diesmal und wusste nur allzu gut, was ihr flacher Bauch zu bedeuten hatte.

Garth wich ihr nicht von der Seite, nachdem man sie in einen Rollstuhl gesetzt und zu ihrem Baby gebracht hatte. Er hob seinen Sohn aus der Krippe und legte ihn ihr in den Arm, und sie presste ihn sich so fest an die Brust, dass Garth zusammenzuckte und sich – lächerlicherweise – davon abhalten musste zu protestieren, weil er befürchtete, dass sie ihm wehtun könnte.

Es war die in diesen Dingen weitaus erfahrenere Krankenschwester, die voraussah, was gleich passieren würde, und diskret die Oberin alarmierte, die, als Claudia sich wie erwartet weigerte, ihr totes Kind herzugeben, innerhalb von Sekunden zur Stelle war, um ihr eine weitere Beruhigungsspritze zu verabreichen. Dennoch schafften sie es erst nachdem sie eingeschlafen war, Claudia das Baby aus dem Arm zu nehmen.

Alles in allem dauerte es fast eine ganze Woche, bis Claudia wieder so weit auf der Höhe war, dass man es wagte, ihr die grausame Wahrheit über die Entfernung ihrer Gebärmutter zuzumuten.

„Sie können sehr, sehr froh sein, dass Sie noch am Leben sind", sagte der Chirurg.

„Froh ... froh ..."

Garth erschrak, als er ihr unkontrolliertes und unkontrollierbares Schluchzen hörte.

Claudia beharrte darauf, dass niemand, absolut *niemand* von ihrer Totaloperation erfahren durfte. Überhaupt niemand, und weil er sich solche Sorgen um sie machte, stimmte er zu. Ihren Eltern sagten sie nur, dass sie eine Fehlgeburt erlitten hätte.

„Es ist schrecklich, Darling, ich weiß", hatte ihre Mutter sie zu trösten versucht, nachdem Claudia aus dem Krankenhaus entlassen worden war, „und ich weiß, dass du das jetzt nicht hören willst, aber eines Tages werdet ihr andere Babys haben und ..."

Ihre Mutter warf Garth über Claudias gebeugten Kopf einen entschuldigenden Blick zu, während Claudia die Tränen in den Schoß tropften. Sie hatte vorgeschlagen, Claudia für eine Weile mit zu sich nach Hause zu nehmen, damit sie sich erholen konnte, aber der Arzt hatte Garth gegenüber unumwunden erklärt, dass er es für das Beste hielt, wenn Claudia wieder anfinge zu arbeiten, sobald sie sich körperlich dazu in der Lage fühlte.

„Sie darf unter keinen Umständen anfangen zu grübeln", hatte er Garth unter vier Augen erklärt, „und genau das wird passieren, wenn sie keine Ablenkung hat."

„Ja", hatte er düster zugestimmt.

Inzwischen war keine Rede mehr davon, die Suche nach einem Haus auf dem Land fortzusetzen oder von dem unbezahlten Urlaub, den er sich ursprünglich hatte nehmen wollen, bevor er seine neue Stelle antrat, aber Claudia ging es noch immer nicht gut genug, um allein sein oder wieder arbeiten zu können. Sie schwankte ständig zwischen zwei Extremen, indem sie sich einerseits an Garth anklammerte und ihm kaum erlaubte, einen Fuß vor die Tür zu setzen, während sie ihm andererseits ständig erzählte, dass ihre Ehe vorbei sei und dass sie sich so schnell wie möglich scheiden lassen sollten. Denn was machte es schließlich noch für einen Sinn, verheiratet zu bleiben, wenn der Hauptgrund für ihre Ehe, zumindest was sie anbelangte, nicht mehr existierte?

„Tausende von Frauen, von Paaren, können keine Kinder haben, Clio", hatte Garth ihr sanft zuzureden versucht. „Wir könnten zum Beispiel auch ein Kind adoptieren ..."

„Adoptieren ... adoptieren ... was ... wen ...? Ich will meine eigenen Kinder ... unsere eigenen Kinder", hatte Claudia ihn angeschrieen.

Sie hatten seit ihrer Entlassung aus dem Krankenhaus keinen Sex gehabt, obwohl der Gynäkologe wie auch der Chirurg sie für gesund erklärt hatten. Schon beim kleinsten sexuellen Annäherungsversuch von Garths Seite erstarrte Claudia praktisch zur Salzsäule. Warum sollte sie noch Sex haben, wo sie doch keine richtige Frau mehr sei und nicht in Lage, ein Kind zu empfangen, hatte sie ihn leidenschaftlich gefragt.

Mehr als oft hatte Garth eine kernige Bemerkung auf der Zunge gelegen, und noch öfter forderte sein Körper vergebens sein Recht ein. Sein Verlangen nach ihr hatte – anders als das ihre nach ihm, wie es schien – nichts mit ihrer Fähigkeit, ein Kind empfangen zu können zu tun, aber immer wenn er einen behutsamen Vorstoß machte, dieses Thema anzuschneiden, weigerte sich Claudia zuzuhören.

„Sex, Sex, das ist alles, woran du denken kannst“, schleuderte sie ihm wütend entgegen, als er sie – sehr sanft, wie er fand – daran erinnerte, dass ihr Krankenhausaufenthalt schon eine ganze Weile zurücklag und dass sie sich noch immer ein Bett teilten – es blieb ihnen auch gar nichts anderes übrig, weil es in der Wohnung nur ein Bett gab –, aber mehr als es sich zu teilen taten sie nicht, wobei Claudia stets darauf bedacht war, so viel Abstand wie möglich zwischen sie zu legen.

Es war sein letzter Urlaub vor seinem Ausscheiden aus der Armee, das sich um ein paar Wochen verzögert hatte, aber der Zeitplan spielte jetzt aus offensichtlich tragischen Gründen ohnehin keine so große Rolle mehr. Er war voller guter Vorsätze nach Hause gekommen; er hatte sich vorgenommen, mit Claudia in ein nettes Restaurant zu gehen, in der Hoffnung, dass sie nach einem guten Essen und ein paar Gläsern Wein entspannt genug wäre, um zu reden – endlich wieder einmal richtig zu reden, so wie sie es früher oft getan hatten.

Aber es hatte nicht funktioniert. Claudia war den ganzen Abend über angespannt gewesen, und jetzt, nachdem sie in ihre Wohnung zurückgekehrt waren, war sie verärgert und voller Abwehr, als sie Garth in dem kleinen Wohnzimmer gegenübersaß.

„Das ist nicht wahr“, protestierte er.

Aber sie ließ ihn nicht ausreden, sondern unterbrach ihn hitzig: „Ach wirklich? Du hast mich nicht deshalb zum Essen ausgeführt, um mich ‚in Stimmung‘ zu bringen?“

„Claudia, sich zu lieben, intim miteinander zu sein ...“

„Sex zu haben, wolltest du wohl sagen“, korrigierte sie ihn bitter.

„Bitte, dann eben ‚Sex zu haben‘, wenn du so willst, also, Sex zu haben ist ein wichtiger Teil einer Ehe. Bei unserer Heirat ...“

„*Ich* habe nicht geheiratet, um Sex zu haben. Ich habe geheiratet, weil ich mir Kinder gewünscht habe, weil ich eine Familie wollte“, fiel Claudia ihm wütend ins Wort. „Ich brauche keinen Sex, wenn ich nicht Schwanger werden kann. Ohne das ... ohne Kinder ... bedeutet Sex mir nichts.“

Wie vom Donner gerührt, schaute Garth sie an.

Sagte sie die Wahrheit? War die Intimität zwischen ihnen, der Sex, das Liebesspiel, von dem er geglaubt hatte, dass es ihnen beiden gleichviel Lust bereitete, für sie nichts anderes gewesen als ein Mittel zum Zweck? Früher hätte er über einen solchen Gedanken nur gelacht, sein Körper, sein Verstand, seine Gefühle, sein Erinnerungsvermögen hätten ihn vom Gegenteil überzeugt, aber es war schon so lange her, seit Claudia ihm etwas anderes als Bitterkeit und Zorn entgegengebracht hatte.

Ihre Behauptung, dass sie ihn nie als Mann begehrt hatte, war wie ein Fußtritt in den Magen, bei dem ihm die Luft wegblieb vor Schmerz. Ihre Worte hatten ihn in seinem männlichen Stolz verletzt, plötzlich war er als Mann weniger wert, und er handelte instinktiv, als er aufstand, zu ihr hinüberging, sie bei den Unterarmen packte und sagte: „Das ist nicht wahr.“

„Lass mich los, Garth.“ Wütend versuchte Claudia, sich aus seinem Griff zu befreien. „Du tust mir weh.“

Garth musterte sie kalt. „Und du glaubst, dass du mir nicht wehtust?“ fragte er herausfordernd, aber Claudia hörte gar nicht hin.

„Sex, Sex, Sex. Ich habe es satt, dass du dich ständig darüber beklagst. Wenn es dir so wichtig ist, warum suchst du dir dann nicht jemand anders, eine richtige Frau ... eine Frau, die ..."

Sie unterbrach sich und fing an zu weinen. Garths Zorn verrauchte, während eine heiße Woge beschützender Liebe über ihn hinwegschwappte.

„Das habe ich nie gesagt", widersprach er sanft. „Du *bist* eine richtige Frau, meine Frau. Die einzige Frau, die ich jemals wirklich begehrt habe."

„Oh Garth."

Plötzlich war sie wieder die Claudia, an die er sich von früher erinnerte, die Claudia, die sich in seinen Armen ganz weich und warm anfühlte, ganz weiblich. Mit einem heiseren Aufstöhnen umschlang Garth sie fester, aber diesmal erhob sie keine Einwände, sondern öffnete ihren Mund zu einem hungrigen Kuss.

Es war ihm unmöglich, so zurückhaltend und sanft zu sein wie geplant, es war ihm unmöglich, seine Gefühle zu zügeln, die Welle des Verlangens, von der er hinweggespült wurde, unter Kontrolle zu bringen, doch wie durch ein Wunder schien Claudia fast ebenso sehr nach ihm zu verlangen wie umgekehrt; sie klammerte sich an ihn und erwiderte seine Küsse mit einer Leidenschaftlichkeit, die sein Herz zum Rasen brachte.

Diesmal war sie es, die den Anfang machte; sie war es, die ihm sein Hemd aus der Jeans zerrte und ungeduldig die Knöpfe aufriss.

Sie liebten sich schnell, leidenschaftlich und fast verzweifelt gleich an Ort und Stelle, im Wohnzimmer. Garth ging auf Claudias wildes Verlangen ein, indem er sie umdrehte und mit dem Oberkörper nach vorn auf die Armlehne des Sofas drückte, so dass er von hinten in sie eindringen konnte, während er sie mit den Händen umfing und liebkoste; seine Finger streichelten ihre Knospen und wanderten dann tiefer, fanden die pulsierende Spitze ihrer Klitoris und rieben sie mit denselben rhythmischen Bewegungen, mit denen er sich in ihr bewegte.

Aber selbst in der Hitze der Leidenschaft, in seinem Drang nach körperlicher Erlösung gab es doch einen Teil in Garth, der sich an die Zerbrechlichkeit ihres Körpers erinnerte, und einen Sekundenbruchteil bevor er den Höhepunkt erreichte, wurde ihm schlagartig klar, dass ihr Leben nie wieder so sein würde wie vorher, dass sie nicht einfach wieder zu denselben Menschen werden konnten, die sie einmal gewesen waren. Für den Rest ihres Lebens würde ein Teil von ihm diese ganz besondere Verantwortlichkeit Claudia gegenüber verspüren, dieses besondere Wissen um ihre Verletzlichkeit. Eine Verletzlichkeit, von der er allein wusste und die sie vor allen anderen geheim hielt – vor ihren Eltern, ihren Kollegen und selbst vor ihrem neuen Arzt. Sie hatte beschlossen, niemandem zu sagen, dass es nicht nur das Kind war, das sie verloren hatte, und sie hatte sich all seinen Versuchen, sie zu überreden, wenigstens ihren Eltern die Wahrheit zu erzählen, hartnäckig und entschieden widersetzt.

Während seine Finger sie noch immer liebkosten, spürte Garth, wie ihr Körper auf dem Höhepunkt der Lust angelangt war und unter seiner Hand heftig erbebte, doch als er sie zu sich herumdrehte, wusste er, dass die Tränen, die ihr über die Wangen strömten, nicht nur Tränen der sexuellen Erlösung waren.

„Oh Garth, ich weiß nicht, wie ich es ertragen soll", schluchzte Claudia an seiner Brust.

Einen Moment später fiel sein Blick auf die aufgeschlagene Akte, in der sie bei seinem Nachhausekommen gelesen hatte. An dem Deckblatt hing das Foto eines Mädchens, das ihn aus trotzigen Augen anstarrte. Sein Magen krampfte sich bei ihrem Anblick zusammen.

„Wer ist das?“ fragte er Claudia, während er sie losließ und sich vorbeugte, um die Akte in die Hand zu nehmen.

„Katriona Spencer“, erwiderte Claudia, nahm ihm den Aktenordner weg und klappte ihn zu. „Ich mache mir große Sorgen um sie. Sie ist verschwunden, und niemand scheint zu wissen, wo sie sich aufhält. Warum fragst du?“ fügte sie hinzu. Aus Diskretion hatte ihr Garth nur höchst selten Fragen über ihre Klienten gestellt – er war sehr sensibel, was derartige Dinge anbelangte – und Claudia war ihm dankbar dafür, dass er es ihr, anders als einige Partner ihrer Kolleginnen, nie übel genommen hatte, dass es gewisse Dinge in ihrem Beruf gab, die sie nicht mit ihm besprechen konnte, weil sie vertraulich waren. Aber natürlich wusste er von der Armee her, wie wichtig Vertraulichkeit war. Und es gab immerhin auch einiges bei seiner Arbeit, worüber er mit ihr unter keinen Umständen sprechen durfte.

„Ach, nur so. Ich habe mir nichts bei der Frage gedacht“, erwiderte Garth und schüttelte den Kopf.

Wie sollte er Claudia erklären, dass er das Mädchen auf dem Foto als dasselbe Mädchen wiedererkannt hatte, das seine Kleider durchwühlt und ihm sein Geld gestohlen hatte? Sie hatte sich ganz offensichtlich Claudias Hausschlüssel „angeeignet“. Sein Stirnrunzeln vertiefte sich. Er wusste nicht so recht, warum es ihm widerstrebte, Claudia etwas von seiner Entdeckung zu erzählen, außer dass er sie – typisch Mann – nicht aufregen wollte. Sie hatten immerhin die Schlösser austauschen und eine Sicherheitskette anbringen lassen, ganz abgesehen davon, dass sie mit einem bisschen Glück ohnehin bald umziehen würden.

Katriona aus seinen Gedanken verdrängend, zog er Claudia wieder in seine Arme und flüsterte ihr neckend ins Ohr: „Das ist ein recht ordentlicher Aperitif. Was hältst du von einem Hauptgang?“ Während er sprach, drängte er sie sanft in Richtung Schlafzimmer.

„Wir wollten uns heute Abend doch die neuen Angebote anschauen, die uns der Makler zugeschickt hat“, wandte Claudia ein.

„Hm ... ich weiß. Aber es gibt keinen Grund, warum wir das nicht im Bett tun sollten, oder?“

Claudia lachte. „Tu nicht so unschuldig. Du weißt ganz genau, dass dir im Moment etwas ganz anderes vorschwebt.“

Garth machte sich nicht die Mühe, es abzustreiten. Stattdessen warf er ihr ein unverschämtes Grinsen zu, während er sie ohne viel Federlesens schwungvoll hochhob und ins Schlafzimmer trug. Sie erwiderte sein Lächeln. So war es gut. Das war schon wieder viel mehr die *richtige* Claudia ... *seine* Claudia.

Der Brief wartete auf ihn, als er in die Kaserne zurückkehrte. Er war als „privat und streng vertraulich“ gekennzeichnet und lag diskret auf seinem Schreibtisch.

Stirnrunzelnd öffnete Garth ihn. Beim Anblick des Inhalts erblasste er.

Er schaute auf ein einfaches weißes Blatt Papier, auf das jemand in leicht krakeligen Großbuchstaben „HERZLICHEN GLÜCKWUNSCH“ geschrieben hatte, und als er das Deckblatt anhob, um zu sehen, was sich darunter befand, stockte ihm der Atem.

Es handelte sich um die ärztliche Bescheinigung einer Schwangerschaft.

Zuerst hielt er es für einen äußerst geschmacklosen Scherz – einen grausamen Scherz, der Claudia gewiss zerstören würde, falls sie jemals davon erführe. Doch dann wurde ihm klar, dass es das Leben war ... das Schicksal, das ihm diesen üblen Streich gespielt hatte, und nicht irgendwelche hirnrissigen Rekruten, die der Hafer stach, weil der Brief *nicht* an *Claudia* adressiert war. Und geschickt hatte ihm diesen Brief eine Katriona Wallace – eine Frau, die *seinen* Familiennamen trug.

Garth schluckte und starrte erneut auf den Absender.

Katriona Wallace, Flat 12, Stanway House, Victoria Street.

Katriona. Katriona Spencer.

Claudias Klientin, das Mädchen, das ihre Hausschlüssel gestohlen hatte, das Mädchen, das in ihre Wohnung eingebrochen war, das Mädchen, das er beim Durchwühlen seiner Brieftasche erwischt hatte ... Katriona. Das Mädchen, das jetzt allem Anschein nach behauptete, dass *er* der Vater ihres Kindes sei, was natürlich unmöglich war. Er war mit dem Mädchen nie in Berührung gekommen. Er hatte schon immer den starken Verdacht gehabt, dass einige der Leute, mit denen Claudia zu tun hatte, ganz schön gestört waren. Jetzt hatte er den Beweis.

Was, um alles in der Welt, hatte sie veranlasst, ausgerechnet *ihm* die Vaterschaft für ihr Kind anhängen zu wollen? Bestimmt nicht die glücklicherweise kleine Geldsumme, die sie ihm aus seiner Brieftasche entwendet hatte.

Was also dann? War es die pure Gemeinheit oder eher ein ungezielter Akt grenzenloser Langeweile? Sie musste seine Dienstadresse aus seiner Brieftasche haben, aber seinen Ausweis hatte sie nicht mitgenommen, was bedeutete, dass sie sich die Adresse ganz offensichtlich gemerkt hatte.

Herzlichen Glückwunsch. Sein Gesicht verzerrte sich, er knüllte die beiden Blätter zusammen und feuerte sie in den Papierkorb. Dann aber holte er sie aus einem unerklärlichen Impuls wieder heraus, strich sie glatt und las sie noch einmal durch, bevor er in seinem Schreibtisch nach Streichhölzern suchte. Sehr überlegt zerriss er die beiden Blätter in kleine Schnipsel, bevor er sie verbrannte.

Das Mädchen versuchte ganz offensichtlich, ihm etwas anzuhängen. Lachhaft! Es war völlig unmöglich, dass er der Vater ihres Kindes war. Absolut unmöglich.

„Hast du bei den Maklern Glück gehabt?“ fragte Garth mit gespielter Munterkeit, und während er auf Claudias Antwort wartete, malte er sich aus, wie sie mit dem Hörer des neuen Telefons, das sie kürzlich installiert hatten, in der Hand im Wohnzimmer stand. Er hatte gehofft, am Wochenende Urlaub nehmen zu können, aber er musste vor seinem endgültigen Ausscheiden bei der Armee noch einigen Schreibkram erledigen, den er schon lange vor sich hergeschoben hatte.

„Nein, sie haben im Moment nichts, was für uns interessant wäre“, gab Claudia zurück. „Plötzlich scheint es nur noch weitläufige Landpfarrhäuser zu geben, genau die Art, die wir gar nicht brauchen können.“

„Aber wir ...“

Garth schaffte es gerade noch, sich zurückzuhalten.

Weil sie nie eine Familie sein würden, gäbe es keinen Grund, weiterhin nach einem Haus zu suchen, hatte Claudia gesagt. Da sie beschlossen hatte, ihre Stelle zu behalten, und er ebenfalls in London arbeiten würde, waren sie Claudias Ansicht nach in einem modernen Apartment in London weitaus besser aufgehoben als in irgendeinem lachhaft großen Haus auf dem Land.

Garth war da ganz anderer Meinung. Das Letzte, wonach ihm der Sinn stand, war irgendeine sterile Großstadtwohnung. Er wollte sich auf seine Wochenenden in einem kleinen verschlafenen Städtchen freuen, am liebsten mit einem Fluss, wo er angeln könnte, auf jeden Fall jedoch mit einem guten Golfclub, aber er hatte es in den letzten Monaten gelernt, vorsichtig zu sein, um Claudia keinen Anlass zu geben, wieder in eine ihrer düsteren Stimmungen zu verfallen, vor denen er sich so fürchtete.

Garths Meinung nach war sie in den letzten Wochen Besorgnis erregend zerbrechlich geworden, sowohl was ihre äußere Erscheinung als auch ihre Stimmungen anbelangte, doch jedes Mal, wenn er mit ihr darüber zu reden versuchte, blockte sie sofort ab. Es gehe ihr bestens, beharrte sie in solchen Fällen, und damit war das Thema für sie erledigt. Aber natürlich wussten sie beide, dass das krasse Gegenteil der Fall war. Und Garth hatte es sich zur Gewohnheit gemacht, sie jeden Tag anzurufen, wenn er unterwegs war, nur um sicherzugehen, dass ...

Dass was? Es war eine Frage, die er sich nicht stellen wollte, geschweige denn beantworten.

„Aber ich werde mir eine Wohnung in einem neuen Apartmentkomplex mit Blick auf die Themse anschauen, die ziemlich ideal klingt", erzählte Claudia ihm fröhlich – übertrieben fröhlich, wie Garth sofort registrierte. „Sie hat die perfekte Lage – zu dem Büro, in dem du dann arbeitest, kannst du fast zu Fuß gehen."

„Claudia, ich glaube ...", begann Garth, aber sie ließ ihn nicht ausreden.

„Ich muss jetzt weg", fiel sie ihm abrupt ins Wort. „Ich habe in einer halben Stunde einen Termin."

Garths Besprechung war früher zu Ende als erwartet. Da ein freier Nachmittag und Abend vor ihm lagen, war es sein erster Gedanke, nach Hause zu Claudia zu fahren, doch ein paar Meilen von daheim entfernt geriet er in einen durch eine Baustelle verursachten Verkehrsstau, der ihm keine andere Wahl ließ, als in seinem Auto sitzen zu bleiben und zu warten, bis sich der Stau aufgelöst hatte.

Aus irgendeinem Impuls heraus, dem er nicht näher nachgehen wollte, holte er aus dem Handschuhfach seinen Londoner Stadtplan heraus.

Garth bog bei nächster Gelegenheit und unter höchst großzügiger Auslegung der Verkehrsregeln in eine Seitenstraße ab und folgte dem Labyrinth der winzigen Sträßchen, um etwa eine halbe Stunde später auf die Hauptstraße zu gelangen, an der der Hochhauskomplex lag.

Um nicht zu riskieren, dass irgendwelche Vandalen sein Auto demolierten, stellte er dieses in einiger Entfernung von den Hochhaustürmen ab und machte sich dann zu Fuß auf den Weg.

Der Gestank, der ihm entgegenschlug, als er den ersten Treppenabsatz in dem Hochhaus erklomm, veranlasste ihn zu einem unwillkürlichen Naserümpfen, als jedoch eine Gruppe verwahrloster Jugendlicher anfing, höhnische Bemerkungen über seinen Aufzug zu machen, reichte ein kurzer Blick, um sie zum Verstummen zu bringen.

„Bullenschwein", hörte er einen der Jugendlichen brummen.

„Schwachsinn", widersprach einer seiner Kumpel. „Das ist kein Bulle, das sieht man doch auf den ersten Blick. Schau dir die Frisur an. Der ist bei der Armee."

Bedauernd zollte Garth der Beobachtungsgabe des Jugendlichen Beifall – schade, dass er sie nicht besser nutzte. Claudia hatte ihn schon des Öfteren damit aufgezogen, dass er, wenn er erst seinen Dienst bei der Armee quittiert hätte, wohl nicht darum herumkommen würde, sich eine etwas modernere Frisur zuzulegen, aber Garth befürchtete, dass er sich nach den Jahren in der Armee mit derart stutzerhaft langen Haaren, wie sie gegenwärtig bei vielen seiner Geschlechtsgenossen in Mode waren, nicht wohl fühlen würde.

Das Apartment Nummer zwölf befand sich im dritten Stock. Nach allem, was Garth durch die blinden Scheiben, an denen er auf dem Außengang vorbeikam, erkennen konnte, glichen die offensichtlich leer stehenden Wohnungen eher Rattenlöchern als menschlichen Behausungen.

Die Nummer zwölf sah nicht viel besser aus als der Rest. Der einzige Unterschied bestand darin, dass jemand einen Teil der Bretter entfernt hatte, mit denen die Fenster vernagelt waren. Entschlossen hob Garth die Hand und klopfte hart an die Tür. Als niemand öffnete, zögerte er einen Moment, überlegte kurz, ob ein derart unzivilisiertes Benehmen weise war und stemmte sich dann mit aller Kraft mit der Schulter gegen die Tür, in der Hoffnung, dass sie vielleicht aufsprang.

Er war gerade dabei, einen zweiten Versuch zu unternehmen, als er hinter der Tür ein Geräusch wahrnahm, und einen Moment später hörte er eine verärgerte weibliche Stimme rufen: „He, was soll das? Hast du sie nicht mehr alle ..." Und dann wurde auch schon ein Riegel zurückgeschoben, und die Tür ging auf.

Als Garth den engen, düsteren Flur betrat, war sein erster Gedanke, dass sie weitaus hübscher war, als er sie in Erinnerung hatte; sie war tatsächlich so hübsch, dass er vor Überraschung zusammenzuckte. Dass sie ihn ebenfalls sofort wiedererkannt hatte, ließ sich unschwer übersehen.

„Oh, hallo Daddy", höhnte sie und schenkte ihm ein breites, alles andere als einladendes Lächeln. „Bist du gekommen, um dich mit eigenen Augen zu überzeugen, ja? Nur zu ... hier ist er."

Ihn noch immer spöttisch anlächelnd, tätschelte sie ihren sanft gerundeten Bauch, den einzigen Teil ihres Körpers, der rund war, er stach geradezu grotesk gegen den schockierend ausgemergelten Rest ab.

„Das ist nicht wahr“, widersprach Garth entschieden. „Es kann nicht sein.“

„Ach nein?“ höhnte sie. „Und warum bist du dann hier? Was ist los ... hast du etwa Schiss, dass dein kleines Frauchen es herausfinden könnte? Ich frage mich nur, was sie dazu sagen würde. Sie wäre bestimmt nicht sonderlich begeistert, was meinst du? Noch dazu, wo sie es nicht mal geschafft hat, ihr eigenes zu behalten, stimmt doch, oder? Aber du wirst sehen, mein Baby wird ein Prachtexemplar.“ Sie tätschelte wieder ihren Bauch und lachte. „Oje, und so was nennt sich Frau, echt! Ich wette, mit ihr hat es dir noch nicht mal halb so viel Spaß gemacht wie mit mir. Wetten, dass sie dir noch nie einen geblasen hat, geschweige denn, dass sie dich unten rangelassen hat, gib's zu. Deshalb hat es dir doch mit mir so viel Spaß gemacht, stimmt's?“

„Hören Sie auf“, warnte Garth sie. „Hören Sie sofort auf. Sie haben sich das alles nur ausgedacht. Ich habe niemals mit Ihnen geschlafen. Ich ...“

„Halt die Luft an. Willst du, dass ich dir noch mehr erzähle ... von dem, was du gesagt und getan hast? Willst du, dass ich dir das Muttermal beschreibe, das du genau hier hast?“

Als sie mit ihrem Finger auf exakt die Stelle an der Innenseite seines Oberschenkels tippte, an der er ein kleines ovales Muttermal hatte, zuckte Garth zusammen, und das nicht nur, weil sie ihn berührt hatte.

„Da sagst du nichts mehr, was?“ triumphierte Katriona. „Du hast gebettelt ... regelrecht angebettelt hast du mich, dass ich's dir machen soll ... Du hast gesagt, dass es hundert, tausend Mal besser war als mit ihr. Willst du auch noch wissen, wie oft wir's gemacht haben?“ fragte sie ihn weich, während sie aus kalten Augen beobachtete, wie sein Gesicht abwechselnd weiß und rot wurde. „Dafür, dass du sternhagelvoll warst, hast du deine Sache gar nicht schlecht gemacht, aber ich nehme an, wer bei der Armee ist, muss hart sein."

Während sie sprach, streckte sie die Hand aus, als wollte sie ihn streicheln. Instinktiv trat Garth einen Schritt zurück.

Was sie sagte, klang auf eine grotesk verzerrte Art und Weise wahr. Es musste die Wahrheit sein. Und doch konnte es nicht wirklich wahr sein. Er konnte unmöglich Liebe ... *Sex* mit ihr gemacht haben, aber noch während sein Verstand verzweifelt und wütend nach allen möglichen Gegenargumenten kramte, wusste er bereits irgendwo ganz tief in seinem Innern, dass an dem, was sie sagte, ein hässliches, vergiftetes Fitzelchen Wahrheit war. Er konnte sich nicht daran erinnern, die Dinge, von denen sie sprach, gesagt oder getan zu haben, und dennoch wurde er das schockierende Gefühl nicht los, dass irgendetwas davon tatsächlich geschehen war.

„Was ist los? Bleibt dir die Spucke weg?"

Garth schluckte schwer und versuchte, sich wieder in die Gewalt zu bekommen. Egal was er ihr gegenüber auch empfinden mochte, falls dieses erbärmliche Geschöpf die Wahrheit sagte und sie tatsächlich von ihm schwanger war, würde ihm wohl oder übel nichts anderes übrig bleiben, als sich der moralischen Verantwortung, die er diesem Kind gegenüber hatte, zu stellen, so wenig ihm das auch schmeckte.

Dieses Kind ... *sein* Kind. Oh, mein Gott, was sollte er tun? Wie, zum Teufel, sollte er das Claudia beibringen?

„Wir müssen miteinander reden", verkündete er schroff und machte einen Schritt weiter in den dunklen Flur hinein, aber Katriona verstellte ihm sofort den Weg.

„Reden? Worüber denn?"

„Darüber, dass Sie von mir schwanger sind. Wir müssen einige Abmachungen treffen." Erschöpft fuhr Garth sich mit der Hand durchs Haar. Niemals in hunderttausend Jahren hätte er sich vorstellen können, dass er sich jemals in einer derartigen Situation wiederfinden könnte, zumindest nicht, seit er seine wilden Jugendjahre hinter sich gelassen hatte. Allein bei dem Gedanken daran wurde ihm ganz elend zu Mute... wenn er an die Hoffnungen, die Freude und die Aufregung dachte, mit denen er und Claudia der Ankunft *ihres* Kindes entgegengeschaut hatten.

„Abmachungen. Die einzige Abmachung, die mich interessiert ist die, wie ich es am besten loswerde", hörte er Katriona brutal sagen.

„Loswerden? Hören Sie, Sie können unmöglich ..."

„Wer sagt das?" fragte sie verächtlich. „Das ist mein Baby ... ganz allein meins, und ich kann damit machen, was ich will, und du kannst mich durch nichts daran hindern."

Als er das Glitzern in ihren Augen sah, wusste er, dass es im Augenblick keinen Sinn hatte, mit ihr zu reden. Sie würde keinem vernünftigen Argument zugänglich sein. Er erkannte, wenn jemand mit Drogen vollgepumpt war. Es kam vor. Sogar in der Armee.

„Und vielleicht ist es ja nicht mal von dir", sagte Katriona jetzt. „Du bist nämlich nicht der einzige Mann, mit dem ich gebumst habe, musst du wissen."

Davon war Garth überzeugt. Sein Magen brannte, als er den Blick von ihr abwandte, wobei er hoffte, dass sie nicht erriet, wie sehr er sich wünschte, das Kind möge nicht von ihm sein, und das nicht allein deshalb, weil er sich sicher war, dass die Tatsache, dass er ein Kind von einer anderen Frau hatte, Claudia zerstören würde, falls sie es jemals herausfinden würde.

„Was willst du überhaupt hier?“ fragte Katriona jetzt herausfordernd. „Hast wohl Appetit auf was, was zu Hause nicht auf der Speisekarte steht? Ich bin aber nicht billig, das sag ich dir gleich. Mich gibts nicht im Sonderangebot, verstanden?“

Sie lachte schrill über ihren eigenen Witz, doch gleich darauf erstarb ihr das Lachen auf den Lippen, und sie starrte Garth hasserfüllt an.

„Du hältst dich wohl für den Größten, was? Für viel zu gut für eine wie mich. In der Nacht, in der du mir das hier angedreht hast, war das allerdings anders.“ Mit zornsprühenden Augen stach sie sich den Zeigefinger in den Bauch. „Damals wolltest du *mich*, nicht deine wertvolle Claudia. Claudia, Claudia, Claudia. Du lieber Himmel, sogar ihr Name klingt wertvoll, aber ich bekomme dein Baby, nicht sie.“

„Sie haben eben gesagt, dass Sie nicht wissen, ob es mein Kind ist“, erinnerte Garth sie grimmig.

Sie warf ihm einen Blick von der Seite zu. „Stimmt.“

„Aber *falls* es mein Kind ist, habe ich ein Recht, es ...“

„Du hast überhaupt keinerlei Rechte. Kein einziges verdammtes klitzekleines Recht, schnallst du das? Kein Mann hat bei mir irgendein Recht. Und keiner wird je eins haben“, gab Katriona zornig zurück. „Und wenn es ein Junge wird, dann gnade ihm Gott“, fuhr sie fort. „Ich hasse Männer ... ich hasse sie wie die Pest.“

Garth versuchte, nicht die Beherrschung zu verlieren, während er ihre Hasstirade über sich ergehen ließ.

„Ich will Ihnen nur helfen“, begann er, nachdem sie endlich verstummt war.

War das Kind wirklich von ihm? Ob sie es überhaupt selbst wusste? Würde er jemals Sicherheit haben, ob es ... ob es was?

„Und was willst du bitte schön tun?“ fragte Katriona, plötzlich sanft geworden. „Willst du mir vielleicht Geld geben, dass ich die Klappe halte und verschwinde ...?“

Garth wandte den Blick ab. Dieser Gedanke war ihm tatsächlich durch den Kopf geschossen, aber im selben Augenblick war ihm klar geworden, dass er sich dadurch, dass er ihn artikulierte, nur noch angreifbarer machen würde und damit auch Claudia. Weil es im Grunde genommen nämlich um sie ging, wie er jetzt instinktiv begriff. Es war gar nicht er, den dieses erbärmliche Mädchen treffen wollte, sondern Claudia. Das erkannte er plötzlich, als er sich an die Feindseligkeit, den Groll und die Eifersucht erinnerte, die jedes Mal in ihrer Stimme mitschwang, wenn sie Claudia erwähnte.

„Ich nehme an, dass sie verzweifelt versucht, wieder schwanger zu werden, aber ich bin ihr zuvorgekommen“, triumphierte sie und bestätigte damit seinen Verdacht. „*Ich* bin es, die als Erste ein Baby von dir bekommt. Stell dir bloß vor“, fügte sie kühl hinzu, „mein Baby und ihres sind dann blutsverwandt.“

„Falls Sie wirklich von mir schwanger sein sollten, müssen wir gewisse Abmachungen treffen“, beharrte Garth entschlossen. Gott sei Dank kannte sie nicht die ganze Geschichte, Gott sei Dank wusste sie nicht, dass Claudia nie mehr ein Baby haben würde.

„Willst du mal fühlen?“ fragte sie jetzt boshaft und streckte Garth auffordernd ihren kleinen straffen Bauch hin.

Verunsichert wich Garth ihrem Blick aus, während ihn bei dem Gedanken, dass ihr ihre Schwangerschaft gesundheitlich offensichtlich nicht im Mindesten zu schaffen machte, wohingegen Claudia mit ihrer ständigen Übelkeit nur noch ein Schatten ihrer selbst gewesen war, ein wilder Schmerz durchzuckte.

„Hat’s dir die Sprache verschlagen?“ höhnte Katriona. Schmollend fügte sie hinzu: „Wenn du willst, dass ich es los werde, wirst du löhnen müssen. Es wird nicht billig werden. Ich hätte es eigentlich schon längst machen müssen ... ich meine ... ich hätte es nicht auf die lange Bank schieben dürfen."

Sie redete mehr mit sich selbst als mit ihm, wie Garth erkannte. Er erkannte ebenso, dass hinter seiner instinktiven Ablehnung ihres Vorschlags die Erleichterung ihr hässliches Haupt hob. Warum nicht ihr Geld geben ... warum nicht ...?

Er schloss die Augen, als er spürte, wie ihm auf der Stirn der kalte Schweiß ausbrach. Es wäre nur zu Claudias Bestem, es war die vernünftigste Lösung und zum Wohl aller Beteiligten, einschließlich dem des Kindes ... seines Kindes ... „Ich habe kein Geld bei mir ...", begann er.

„Aber du kannst dir welches beschaffen", fiel ihm Katriona eilig ins Wort. Ihr Dealer wurde langsam ungeduldig und verlangte, dass sie die Schulden, die sie bei ihm hatte, endlich bezahlte. Sie hatte in letzter Zeit nicht arbeiten können. Sie hatte sich nicht wohl genug gefühlt dafür. Ihr war dauernd übel gewesen. „Bring es morgen vorbei", befahl sie schroff. „Aber vergiss es nicht. Andernfalls könnte Claudia herausfinden, was ihr heiß geliebter Ehemann ausgefressen hat."

Eine Stunde nachdem Garth fort war, öffnete Katriona dem Mann, mit dem sie zusammen wohnte, die Tür.

„Los, beeil dich, wir müssen verschwinden", sagte er knapp. „Wir hauen ab."

„Ich kann nicht", widersprach Katriona. „Morgen kommt ein Freier vorbei ... er schuldet mir noch Geld."

„Lass es sausen", drängte er. „Wir hauen ab." Während er sprach, schaute er sich nervös über die Schulter. „Ich stecke in der Scheiße, und du steckst mit drin. Ich schulde ein paar üblen Typen einen Haufen Geld. Ich kenne ein paar Leute, die mit einem Bus durch die Gegend gurken ... sie nehmen uns mit."

Katriona nagte nachdenklich an ihrer Unterlippe. Sie und ihr Wohnkumpan waren „Freunde", mehr jedoch nicht. Sie wusste, dass er tief in der Drogenszene steckte, er dealte und nahm selbst Drogen, und sie wusste auch, was er mit „ein paar üblen Typen" meinte, denen er „einen Haufen Geld" schuldete. Vor allem aber wusste sie, was es bedeutete, wenn diese Typen hier aufkreuzten und herausfanden, dass er über alle Berge war. Sie würden ihre Wut an ihr auslassen, und da würde ihr auch das Geld von Garth nichts nützen.

„Kommst du jetzt mit oder nicht?"

„Ich komme mit."

12. KAPITEL

„Katriona ist wieder aufgetaucht."

Bei Claudias beiläufig fallen gelassener Bemerkung zuckte Garths Kopf unwillkürlich hoch. Sie saßen bei einem späten Dinner, weil sie beide bis weit in den Abend hinein gearbeitet hatten.

„Katriona?" fragte Garth mit trockenem Mund, wobei er sich selbst dafür hasste, dass er den Eindruck zu erwecken versuchte, als müsse er sich erst wieder erinnern, um wen es sich bei dieser Katriona eigentlich handelte. Obwohl er sich natürlich nur allzu gut erinnerte. *Natürlich*.

Nachdem sie ihn beschuldigt hatte, der Vater ihres Kindes zu sein, hatte er länger als einen Monat lang erfolglos nach ihr gesucht, aber das war mittlerweile über sechs Monate her. Schließlich hatte er sich erleichtert gesagt, dass die ganze Sache wahrscheinlich nichts weiter als ein stümperhafter Erpressungsversuch gewesen war und dass er unmöglich der Vater ihres Kindes sein konnte und vor allem, dass er ein kompletter Idiot gewesen sein musste, sich derart von ihr ins Boxhorn jagen zu lassen. Aber er hatte dennoch Claudia noch nichts davon erzählt.

„Hm ... sie war eine meiner Klientinnen, vielleicht erinnerst du dich. Sie ist anscheinend mit irgendwelchen Leuten durch die Gegend gefahren, und vor ein paar Tagen tauchte sie plötzlich in einem der besetzten Häuser wieder auf. Sie war in der Wohnung, als ich vorbeikam, um jemand anders zu besuchen. Eins der Mädchen hat mir erzählt, dass sie sich vorher nach mir erkundigt hätte. Aber sie lügen ja oft das Blaue vom Himmel herunter, so dass es schwierig ist zu entscheiden, ob sie die Wahrheit sagen oder nicht."

„Aha ... dann ist sie also wieder da?"

„Hm ... und nicht allein. Sie hat ein Baby."

„Ein Baby ...?“ Garth legte klirrend seine Gabel auf den Teller, ihm war der Appetit vergangen.

„Sie muss es bekommen haben, während sie unterwegs war. Es ist ein Mädchen. Natürlich weigert sie sich zu sagen, wer der Vater ist – falls sie es überhaupt weiß. Ich glaube nicht, dass sie es richtig ernährt, sie kommt ja mit ihrer eigenen Ernährung kaum klar. Irgendeins der anderen Mädchen passt anscheinend manchmal auf die Kleine auf. Sie ist wirklich zum Anbeißen süß, Garth. Ich wünschte nur ...“ Claudia schossen plötzlich die Tränen in die Augen, deshalb senkte sie rasch den Blick und schaute auf ihren Teller.

Für einen Außenstehenden sah es sicher so aus, als ob sie über ihre Fehlgeburt hinweggekommen wäre und ihr Leben wieder fest im Griff hätte, aber Garth – und nur er allein – wusste, dass das nicht der Fall war. Er war der Zeuge jener Nächte, in denen sie weinend aus dem Schlaf erwachte. Dann nahm er sie in den Arm, in dem Versuch, sie zu trösten, und wenn er Glück hatte, schaffte er es. Aber es gab auch andere Zeiten, Zeiten, in denen ihr Zorn und ihr Schmerz so überhand nahmen, dass sie beides sowohl gegen sich selbst als auch gegen Garth richtete und ihn anschrie, dass er sie endlich verlassen und sich eine richtige Frau suchen solle, eine Frau, die ihm die Kinder schenken könnte, die sie ihm nicht mehr schenken konnte.

Gegenüber ihren Eltern erwähnte Garth nichts von all diesen Vorkommnissen. Sowohl ihre als auch seine Eltern lebten in dem Glauben, dass sie sich einfach noch ein bisschen Zeit ließen, bevor sie es mit einem weiteren Baby versuchten.

Sein Vater hatte sie kürzlich sogar zu ihrer weisen Voraussicht beglückwünscht, dass sie sich entschlossen hatten, mit einem Baby zu warten, bis Garth sich an seinem neuen Arbeitsplatz eingearbeitet hatte.

Nicht, dass sie seine Eltern in letzter Zeit oft gesehen hätten. Sein Vater war beruflich viel unterwegs, und Claudia schien eine zunehmende Abneigung gegen Familientreffen zu entwickeln oder sogar vor jeder Art Gelegenheit, bei der sie mit Kindern in Kontakt kommen könnte und so daran erinnert wurde, was sie verloren hatte.

Er hatte schon so viele Einladungen von Kollegen ausschlagen müssen, dass er bereits begann, sich höchst unwohl in seiner Haut zu fühlen.

Bislang hatte immer Claudias vollgestopfter Terminkalender als Entschuldigung herhalten müssen, und es war wahr, dass sie immer mehr Überstunden machte. Aber sie machten beide Überstunden – weil keiner von ihnen sich der Realität dessen, was ihre leere Wohnung letztendlich bedeutete, stellen wollte. Sie hatten beschlossen, erst wieder an einen Umzug zu denken, wenn sie mehr Begeisterung dafür aufbringen konnten.

„Es gibt etwas, worüber ich mit dir reden muss", sagte er jetzt, während er versuchte, die Erinnerungen, die Claudias Worte hervorgerufen hatten, zu verdrängen. Der Gedanke, dass Katriona Kontakt mit Claudia hatte, machte ihn nervös, obwohl er schon lange zu der Überzeugung gelangt war, dass Katriona ihn mit einer völlig unhaltbaren Behauptung schlicht und einfach zu erpressen versucht hatte. Und dass sie etwas von dem Muttermal an der Innenseite seines Oberschenkels wusste, war für nichts ein Beweis. Er war an jenem Tag von dem Whisky so außer Gefecht gesetzt gewesen, dass sie sich stundenlang unbemerkt in der Wohnung aufgehalten haben konnte, ebenso wie sie genug Gelegenheit gehabt hatte, ihm die Bettdecke wegzuziehen, um ... um was? Um einen Blick auf seinen nackten Körper werfen zu können? Nur einen Blick ... oder hatte sie ... *hatten sie* ...?

„Garth, du wolltest mit mir über etwas reden", erinnerte Claudia ihn und fügte erschöpft hinzu: „Hoffentlich dauert es nicht zu lange. Ich möchte mir noch ein paar Fallnotizen machen, und morgen muss ich früh raus."

Garth registrierte, dass sie genauso erschöpft aussah wie sie klang. Sie arbeitete viel zu viel, es war fast so, als ob sie ihre Arbeit als eine Art Druckverband benutzte, den sie auf eine klaffende Wunde presste, aber der einzige Effekt, den sie damit erzielte, war ein Blutstau. Die Wunde konnte so jedoch nicht heilen, und in dem Moment, in dem sie den Druckverband entfernte ...

„Garth", drängte Claudia verärgert.

„Ach ja, entschuldige. Nick Forbes denkt daran, sich aus dem Geschäft zurückzuziehen. Seiner Frau geht es gesundheitlich nicht sehr gut, und ihre Ärzte raten ihr, in ein wärmeres Klima umzuziehen. Da Nick die Agentur ist und ohne ihn ..."

Er unterbrach sich, als er sah, dass Claudia die Stirn runzelte.

„Was willst du mir damit sagen? Versucht Nick etwa, dich loszuwerden? Hat er dir ..."

„Nein, nichts dergleichen. Weit gefehlt", beeilte er sich ihr zu versichern. „Tatsächlich hat er mir vorgeschlagen, dass ich mich selbstständig machen soll. Ich habe bereits eine recht ordentliche eigene Kundenkartei. Eine andere Agentur, die daran interessiert ist, seine Firma zu übernehmen, hat ihm bereits ein gutes Angebot unterbreitet, und natürlich könnte ich die niemals überbieten."

„Aber wenn du dich selbstständig machst ..."

„Es ist nur sinnvoll", unterbrach Garth sie. „Ich habe bereits mit Dad am Telefon kurz darüber gesprochen."

„Du hast mit ihm gesprochen, bevor du *mir* etwas gesagt hast?" fragte Claudia verärgert.

Garth seufzte leise in sich hinein. „Du warst in letzter Zeit ziemlich beschäftigt", erinnerte er sie behutsam.

„Es ist sehr riskant – sich selbstständig zu machen", bemerkte Claudia, und ihr Gesichtsausdruck spiegelte ihre Besorgnis wider.

„Ja, aber Nick scheint zu glauben, dass ich es schaffen kann. Heutzutage wenden sich immer mehr Spitzenunternehmen an PR-Agenturen, um gewisse Aspekte ihrer Firma besser herausstellen zu lassen. Es geht darum, der Öffentlichkeit das richtige Image zu präsentieren und ein menschliches Gesicht zu zeigen, damit man nicht mehr nur als eine unnahbare Institution angesehen wird."

Während sie Garths zunehmend enthusiastisch klingender Erklärung lauschte, musste Claudia die Augen schließen, um den kleinen Stich von Neid, der sie durchzuckte, abzuwehren.

Garth liebte seine Arbeit auf eine Art und Weise, wie sie die ihre nicht liebte. Ihre Beziehung zu ihrer Arbeit war viel mehr von Abhängigkeit und Abneigung geprägt. Sie *musste* arbeiten, um sich vom Nachdenken über ... über die Vergangenheit abzuhalten, aber es gab so viele Dinge an ihrem Job, die ihr missfielen, und sie war sich viel zu oft der Tatsache bewusst, dass sie ihren Fällen nicht die Zeit widmen konnte, derer sie eigentlich bedurften. Und kein Fall war einfach nur ein „Fall". Hinter jedem dieser Fälle verbarg sich ein menschliches Wesen, eine Person, deren Bedürfnisse sie trotz aller Anstrengung nicht erfüllen konnte, weil ihr einfach die notwendige Zeit dafür fehlte. Was spielte es für eine Rolle, wie viele Kurse sie besucht hatte, wie viel sie darüber gelernt hatte, wie man einen Menschen am besten erreichen, wie man ihm am besten Hilfestellung geben konnte, wenn sie nicht genug Zeit hatte, die Theorie auch tatsächlich in die Praxis umzusetzen?

In ihrem letzten Kurs waren Leute gewesen, die in privaten Einrichtungen arbeiteten, und ihnen zuzuhören war die reinste

Offenbarung gewesen. Zu hören, wie viel mehr sie erreichten, indem sie als aktiver Teil an der Verbesserung des Lebens ihrer Klienten teilnahmen, einfach weil sie mehr Zeit hatten, hatte sie daran erinnert, warum sie sich ursprünglich zu ihrer Arbeit hingezogen gefühlt hatte. Doch nach und nach hatte sie feststellen müssen, dass alles, was sie dort, wo sie im Augenblick arbeitete, tat, notwendigerweise nur Flickwerk bleiben musste, weil ihr und ihren Kollegen die Arbeit über den Kopf wuchs. Und deshalb verspürte sie jetzt plötzlich und ganz unerwartet diesen scharfen Stich, den sie nur als Neid deuten konnte. Garth hatte so vieles, auf das er sich freuen konnte ... eine neue Karriere ... ein neues Leben ... und höchstwahrscheinlich bald eine neue Frau, eine Ehefrau, mit der zusammen er die Familie gründen konnte, die ihm mit ihr versagt geblieben war.

Claudia schloss fest ihre Augen, aber es hatte keinen Zweck; die Tränen bahnten sich dennoch ihren zerstörerischen Weg unter den Lidern hindurch über ihre Wangen.

„Clio, bitte, wein doch nicht, bitte, bitte wein nicht", tröstete Garth sie sanft, während er um den Tisch herumkam, um sie in den Arm zu nehmen.

„Es ist so ungerecht, Garth. *Alles* ist so ungerecht", begehrte Claudia auf. „Sogar jemand wie Katriona ... eine Drogenabhängige, die froh sein kann, wenn sie noch ein weiteres Jahr lebt, kann ein gesundes Baby zur Welt bringen ... ein Baby, das sie nicht will, geschweige denn liebt. Aber ich kann es nicht", schluchzte sie bitter. „Du solltest mich verlassen, du solltest dir so schnell wie möglich jemand anders suchen ... ich habe dir nichts zu bieten, ich kann dir keine ..."

Garth unterdrückte die Gefühle, die in ihm aufzusteigen drohten. Es wäre sinnlos gewesen, Claudia daran zu erinnern, dass sie das alles schon tausend Mal durchgekaut hatten, sinnlos und grausam.

„Ich will aber keine andere Frau", sagte er deshalb nur. „Ich will nur dich."

Und als Claudia ihm jetzt in die Augen schaute, sah sie, dass er die Wahrheit sagte, aber würde das immer so sein?

„Wir haben uns beide", versicherte Garth ihr sanft, „und das ist alles, was wir brauchen."

Doch das war es nicht, nicht für sie, wie sich Claudia später in der Nacht, als sie schlaflos neben Garth im Bett lag, eingestand. Sosehr sie ihn liebte, es war nicht genug. Sie sehnte sich, sie *lechzte* nach einem Kind, sie wünschte es sich so sehr, Mutter zu sein. Allein der Anblick von Katrionas Baby heute hatte all die Muttergefühle wieder in ihr wachgerufen, die sie mit aller Gewalt zu unterdrücken suchte. Als Katriona das Baby nachlässig auf eine verschmutzte, dünne Decke auf den Fußboden gelegt hatte, während sie sich mit dem Mädchen, das gerade ins Zimmer gekommen war, herumgezankt hatte, hatte Claudia nicht widerstehen können, das Baby hochzunehmen.

Die Kleine hatte nach saurer Milch, Urin und Erbrochenem gerochen, aber es hatte Claudia nichts ausgemacht. Sie war plötzlich von einer solchen Woge mütterlicher Liebe und Zärtlichkeit überschwemmt worden, dass sie einen Augenblick alles um sich herum vergessen hatte. Der Drang, das Baby eng an sich gedrückt zu halten, es zu nähren, zu beschützen und zu lieben war so stark gewesen, dass sie sich sogar dabei ertappt hatte, wie ihre Hand instinktiv zu ihrer Bluse gezuckt war, um die Knöpfe zu öffnen. Erst in letzter Sekunde war ihr klar geworden, was zu tun sie im Begriff stand.

Und das Baby hatte so ruhig und mit großen Augen in Claudias Armen gelegen, als ob es genau dasselbe Bedürfnis nach Zärtlichkeit und Nähe verspürt hätte wie sie selbst, und als Katriona sich abrupt umgedreht und es ihr weggenommen hatte, hatte es angefangen zu weinen.

„Geben Sie sie her“, hatte Katriona aggressiv verlangt. „Sie gehört mir.“

„Falls Sie es noch nicht getan haben, müssen Sie die Geburt registrieren lassen“, hatte Claudia Katriona mit schier übermenschlicher Anstrengung, sachlich zu bleiben, erinnert. Sie würde das Gesundheitsamt auf das Baby aufmerksam machen müssen, weil es offensichtlich ein Risikokind war. Es war nicht auszuschließen, dass es unter irgendwelchen Auswirkungen von Claudias Drogenabhängigkeit litt.

„Ich mache es ... wenn ich so weit bin“, hatte Katriona mürrisch erwidert. Sie hatten diese Diskussion bereits vorher geführt.

Natürlich würde Claudia sich hüten, Katriona jemals nach dem Vater des kleinen Mädchens zu fragen, weil sie sehr genau wusste, dass dies unweigerlich eine Flut von Schmähungen und Drohungen nach sich ziehen würde. Abgesehen davon, dass sie es für sich persönlich ablehnte, sich derlei Attacken auszusetzen, wollte Claudia auch zu Katrionas Bestem unter keinen Umständen deren Zorn auf sich ziehen und damit riskieren, dass Katriona sich in Zukunft weigerte, mit ihr noch etwas zu tun zu haben.

Zu Katrionas Bestem oder zum Besten des Babys?

Claudia wandte den Blick ab, als das Baby mitleiderregende kleine Schmatzlaute von sich gab und sein Gesichtchen hungrig gegen Katrionas Brust presste.

„Da doch nicht, du kleine Ratte“, hörte sie Katriona verärgert aufkreischen. „Hier, nimm das“, fügte sie sachlicher hinzu, während sie nach einer höchstwahrscheinlich mit kalter Milch gefüllten und zweifellos sehr unhygienischen Babyflasche griff. Dann stopfte sie der Kleinen den Schnuller in den Mund, ohne sich weiter darum zu kümmern, ob das Baby richtig daran saugen konnte oder nicht.

„Ich weiß ganz genau, was Sie jetzt denken", ließ sie Claudia mit einem verächtlichen Schnauben wissen, wobei in ihren Augen wieder einmal diese wissende Erkenntnis aufblitzte, die es trotz ihres drogenumnebelten Hirns immer wieder schaffte, sich Bahn zu brechen. Eins der Dinge, die Claudia an Katrionas Situation am meisten deprimierten, war die Tatsache, dass das Mädchen hochintelligent war. „Wenn sie Ihr Kind wäre, würden Sie sie natürlich stillen. Schön, aber sie ist nicht Ihr Kind, obwohl ..." Sie unterbrach sich und lächelte dann plötzlich in sich hinein, um Claudia gleich darauf einen Blick zuzuwerfen, der so wissend und geheimniskrämerisch und gleichzeitig fast sadistisch triumphierend war, dass sich Claudia die Nackenhaare aufstellten.

Ihr Herz begann dumpf zu hämmern, und die Brust wurde ihr zum Zerspringen eng, während wieder einmal die vertraute Mischung aus Angst, Panik und tief sitzendem Groll in ihr aufstieg und ihr die Kehle zuschnürte. Unmöglich konnte Katriona die bittere Wahrheit, dass sie nie ein Baby haben würde, erraten haben; unmöglich, dass sie etwas wusste von der hilflosen Sehnsucht, dem Neid und den Folterqualen, die sie jedes Mal durchlitt, wenn sie eine andere Frau mit einem Baby sah. Woher sollte sie es auch wissen? Es wusste niemand außer Garth und ihr selbst.

„Hier ... nehmen Sie sie." Die Abruptheit, mit der Katriona ihr das Baby hinhielt, brachte sie aus der Fassung. Automatisch streckte sie die Arme aus, um das kleine Bündel entgegenzunehmen, und drückte es dann instinktiv ganz fest an ihre Brust, während sie nach der Flasche griff.

Aber das Baby war nicht interessiert an der Milch, es brauchte oder wollte den fragwürdigen Trost, den diese ihm spenden konnte nicht, nicht jetzt, wo es in Claudias Armen lag – so schien es zumindest. Die Kleine kuschelte selig ihr Köpfchen an ihre Brust, als ob sie, Claudia, ihre Mutter wäre und nicht Katriona, und schaute aus großen Augen so unverwandt zu ihr auf, dass Claudia der Atem stockte, während sie erneut von einer Woge mütterlicher Zärtlichkeit und Liebe überflutet wurde.

Es war wie Liebe auf den ersten Blick. Diese Empfindung war so stark, so allumfassend, so eindeutig, dass Claudia, als sie in die dunkelgrünen Augen des Babys schaute, plötzlich das Gefühl hatte, durch eine Geheimtür in einen Raum, in eine abgeschiedene Welt zu treten, in der nur sie und das Baby existierten.

„Erinnert sie Sie an jemanden?"

Katrionas mit scharfer Stimme gestellte höhnische Frage brachte sie in die Wirklichkeit zurück. „Sie sieht Ihnen sehr ähnlich", erwiderte Claudia diplomatisch, auch wenn sie in Wahrheit keine Ähnlichkeit zwischen dem Baby und seiner Mutter entdecken konnte.

„Finden Sie?" Katriona bedachte sie mit einem ihrer grausamen, katzenhaften Lächeln. „Ich finde, sie sieht ihrem Dad viel ähnlicher. Was ist los?" fragte sie aufsässig. „Überrascht es Sie, dass ich weiß, wer ihr Vater ist? Oh, das weiß ich sehr gut. Sie hat einen ganz besonderen Daddy, nicht irgendeinen dahergelaufenen Freier. Oh nein, *er* musste mich nicht bezahlen." Sie warf Claudia einen spöttischen Blick von der Seite zu und fragte sie sanft: „Möchten Sie, dass ich Ihnen mehr davon erzähle?"

Katriona hatte schon oft versucht, sie zu provozieren, aber sie war noch nie so in die Einzelheiten gegangen, wie sie es jetzt offensichtlich vorhatte. Allerdings gab es auch keinen ersichtlichen

Grund, warum Claudia sich nicht auf dieses Gespräch einlassen sollte, obwohl sie spürte, dass sie aus irgendeinem unerfindlichen Anlass davor zurückschreckte, noch mehr über die Zeugungsgeschichte des Babys zu erfahren.

„Er war gut. Mehr als gut, er war *Spitze*", begann Katriona süffisant, ohne Claudias Zustimmung abzuwarten. „Er hat mich sogar geleckt. Er sagte, dass er mich erst richtig schön nass und scharf haben will, bevor er mich nimmt. Und dass er es satt hat, mit einer Frau zu bumsen, die keinen blassen Schimmer hat von dem, was gut ist, und die ihn nicht richtig befriedigen kann. Ich habe ihn richtig befriedigt, so richtig, dass er mir sie geschenkt hat", fügte sie hinzu und nickte in Richtung des Babys, das Claudia noch immer im Arm hielt.

Das selbstzufriedene Gurren in Katrionas Stimme zerrte an Claudias Nerven wie das unangenehme Kratzen von Metall auf Glas, ihr Widerwille war so stark, dass sie sich am liebsten auf dem Absatz umgedreht hätte und weggerannt wäre. Während sie mit aller Macht dagegen ankämpfte, spürte sie, wie ihr der kalte Schweiß ausbrach. Zu oft hatte sie in letzter Zeit dieses Gefühl verspürt, am Ende ihrer Beherrschung angelangt zu sein, nur noch einen Schritt entfernt davon, völlig die Selbstkontrolle zu verlieren. Als ob das Baby ihre innere Not spüren würde, fing es an zu weinen. Sofort vergaß Claudia ihre eigenen Probleme, drückte den Säugling an ihre Brust und tröstete ihn.

„Oje, schauen Sie sie an", spöttelte Katriona, während sie beobachtete, wie die Kleine in derselben hilflos suchenden Art an Claudias Bluse nuckelte, wie sie es vorher bei Katriona getan hatte. „Gib's auf, da ist tote Hose", sagte sie verächtlich, streckte die Arme aus und entriss Claudia das Kind wieder. „Sie gehört mir", erklärte sie wütend. „Mir ... und sie bleibt bei mir, auch wenn ...

bloß gut, dass du ein Mädchen bist", sagte sie grimmig zu dem Baby, während sie spürte, wie die Wirkung der Droge einsetzte, die sie sich kurz vor Claudias Ankunft gespritzt hatte. „Ich hoffe nur, dass du hübsch wirst. Dass du dir deinen Lebensunterhalt so bald wie möglich selbst verdienen kannst. Die meisten Kerle stehen sowieso auf ganz Junge", fügte sie an Claudia gewandt, die entsetzt nach Luft schnappte, herzlos hinzu. „Je jünger, desto besser, es törnt sie an."

Claudia wusste, dass es sinnlos war, zu protestieren oder an Katriona zu appellieren, ihre derzeitige Lebensführung, wenn schon nicht zu ihrem eigenen, so doch zum Wohl ihrer Tochter noch einmal zu überdenken.

Ihr gesunder Menschenverstand sagte ihr, dass es bereits zu spät war. Die Katriona, die sie jetzt vor sich sah, wirkte zehn Jahre älter als das Mädchen, das sie zuletzt gesehen hatte. Sie war ausgezehrter, zerbrechlicher, härter, man konnte ihr ansehen, dass ihr Schicksal bereits besiegelt war, und Claudia hatte den Verdacht, dass das Mädchen dies auch wusste. Trotzdem ... Sie musste tun, was in ihrer Macht stand.

„Katriona", begann sie behutsam, „Sie wissen ..."

„Ich weiß was?" unterbrach Katriona sie in giftigem Ton, während sie trotzig versteift dastand und Claudia mit einem drohenden Blick zu verstehen gab, dass sie es ja nicht wagen sollte, das, was sie dachte, laut auszusprechen.

„Sie wissen, wo Sie mich finden können, wenn Sie mich brauchen", sagte Claudia einfach und widerstand dem Drang, den Fehdehandschuh, den ihr das Mädchen hingeworfen hatte, aufzunehmen. Stattdessen drehte sie sich nach ihren Worten ruhig um und ging zur Tür.

In dem Moment, in dem sie die Hand nach der Türklinke ausstreckte, rief Katriona sie zurück. Langsam drehte Claudia sich um.

„Geben Sie mir Ihre Telefonnummer", verlangte Katriona schroff.

Claudia runzelte die Stirn. „Die haben Sie doch. Das Büro ..."

„Nicht die im Büro, die von zu Hause. Geben Sie sie mir." Es verstieß gegen alle Regeln, aber statt sich zu weigern, merkte Claudia, dass sie zögerte, dann schrieb sie aus einem Impuls heraus, den sie weder erklären noch ignorieren konnte, ihre Telefonnummer auf ein Blatt, das sie aus ihrem Notizbuch herausriss und Katriona hinhielt.

Später an ihrem Schreibtisch verstieß sie gegen eine weitere Regel. In dem Bericht, den sie über ihre Begegnung mit Katriona anfertigte, erwähnte sie mit keinem Wort, dass Katriona sie um ihre private Telefonnummer gebeten und sie ihr diese gegeben hatte.

13. KAPITEL

„Hör zu, bist du dir wirklich sicher, dass mit dir alles in Ordnung ist?"

„Ja, mir geht es gut", versicherte Claudia Garth, wobei sie versuchte, die Verärgerung aus ihrer Stimme herauszuhalten und sich zu einem Lächeln zu zwingen, während er, seinen Übernachtungskoffer zu seinen Füßen, vor ihr stand und sie anschaute, eine Hand bereits versucht, die Tür zu öffnen in ein neues Leben für sie beide – oder in seine Freiheit? Fort von ihr?

Claudia schluckte angespannt. Garth hatte ihr wieder und wieder seine Liebe geschworen. Aber es gab immer noch diese Momente wie jetzt, in denen sie – was? – einen Fremden vor sich zu haben glaubte, einen Mann im Anzug, dessen Gedanken bereits bei den Verabredungen waren, die vor ihm lagen, und der erschreckend unvertraut aussah und gar nicht wie ihr Garth.

„Ich kann diese Termine auch absagen und bei dir bleiben, wenn du ..."

„Ich will aber, dass du fährst", beharrte Claudia, obwohl sie beide wussten, dass das nicht die Wahrheit war. Sie steckte wieder einmal in einer Phase tiefster Depression, und das Wissen, dass geschäftliche Angelegenheiten Garth zwei Nächte von zu Hause fern halten würden – was sie unter normalen Umständen gelassen hingenommen hätte –, machte alles nur noch schlimmer.

Oh, warum ging er jetzt nicht endlich? Wusste er denn nicht, wie sehr sie versucht war, ihn zu bitten, zu bleiben? Und mit jeder Sekunde, die er seinen Abschied hinauszögerte, wurde die Versuchung größer.

„Geh jetzt, Garth", fuhr sie ihn endlich an. „Mir geht es gut."

Nachdem er fort war, wanderte sie in der Wohnung umher,

nahm Gegenstände in die Hand und legte sie wieder hin. Sie überlegte, ob sie sich etwas zu essen machen sollte, aber sie hatte einfach keinen Appetit.

Obwohl sie versuchte, ihre Gewichtsabnahme vor Garth im Bett so gut wie möglich zu verbergen, entging ihr doch nicht, dass er ihre immer schlanker werdende Taille sorgfältig mit der Spanne seiner Hände nachmaß. Er drängte sie ständig, mehr zu essen und brachte ihr dauernd Pralinen mit, die sie mit ins Büro nahm und dort verschenkte.

Es war nicht Essen, wonach sich ihr Körper, ihre Seele, wonach sie sich mit jeder Faser ihres Herzens sehnte, es war ein Baby. Die Bestätigung, dass sie eine Frau war, die Erfüllung der Bestimmung, die ihr die Natur zugedacht hatte.

Ein Baby ...

Claudia schlief fest, als das Telefon klingelte. Während sie ihre Hand schlaftrunken nach dem Hörer ausstreckte, fiel ihr Blick auf den Wecker, sie runzelte die Stirn und versuchte den Schlaf abzuschütteln, und als sie schließlich sah, dass es ein Uhr morgens war, durchfuhr sie ein eisiger Schreck.

,Ihr erster Gedanke war, dass Garth etwas passiert war. Entweder das oder ihren Eltern. Ein Anruf um ein Uhr morgens konnte nur schlechte Nachrichten bedeuten, und zuerst hatte sie Mühe, dem, was die unbekannte und schleppende Stimme am anderen Ende der Leitung sagte, zu folgen. „Entschuldigung, ich verstehe nicht ...“, begann sie.

Aber das Mädchen unterbrach sie, indem es einen ordinären Fluch ausstieß und dann heraussprudelte: „Es geht um Kat ... sie hat gesagt, ich soll Sie anrufen. Es geht ihr schlecht ... sie will, dass Sie kommen.“

„Kat …?“ Aber es war zu spät. Das Mädchen hatte bereits aufgelegt.

Kat … Kat … Katriona. Es konnte nur Katriona sein. Plötzlich war Claudia hellwach und schon aus dem Bett, eilig schlüpfte sie in ihre Kleider, während sie überlegte, was dieser Anruf bedeuten könnte. Sie schnappte sich ihre Handtasche und die Autoschlüssel und rannte zur Tür.

Für manche Leute war ein Uhr morgens nicht besonders spät, und dies hier war immerhin London, eine Großstadt, deren Straßen auch um diese Uhrzeit noch weit entfernt davon waren, leer zu sein. Aber trotz des Verkehrs gelang es Claudia nicht, das Gefühl von Beklommenheit und düsterer Vorahnung abzuschütteln. Während sie ihren Wagen abstellte und ausstieg, ging ihr durch den Kopf, dass der Wohnblock in einer Gegend lag, die keine nächtlichen Besucher anlockte, was sie veranlasste, den Jugendlichen, die in einiger Entfernung herumlungerten und sie beobachteten, einen warnenden Blick zuzuwerfen. Zu ihrer Überraschung drehten sie sich gleich darauf um und trotteten davon.

Irgendwo wurde gefeiert, die Musik war so laut, dass das Gebäude fast von dem Lärm erbebte, und als sie an einer Tür vorbeikam, hörte Claudia von drin streitende Stimmen, gefolgt von einem Scheppern von Porzellan.

Verbissen eilte sie weiter. Plötzlich hatte sie das Gefühl, dass sie ihre eilige Reise an Katrionas Seite nicht allein machte; sie konnte fast das bedrohliche Rauschen seiner Schwingen hören, während sie die unheimliche Gegenwart des Todesboten hinter sich spürte.

Aus der Wohnung drang kein Lichtschein, was sie dazu veranlasste, abrupt stehen zu bleiben. Aus irgendeinem Grund hatte sie erwartet, die Wohnung hell erleuchtet vorzufinden, angefüllt mit Lärm und Leuten, aber es war totenstill. In dem Moment, in dem sie die Hand hob, um sich durch Klopfen bemerkbar zu machen, öffnete jemand die Tür, und ein Mädchen, an das sie sich von einem früheren Besuch her vage erinnern konnte, streckte eine abgezehrte Hand aus und zog sie in den Flur.

„Sie ist oben ... sie wartet schon", sagte die junge Frau leise, und Claudia erkannte an der Stimme, dass es sich bei ihr um die nächtliche Anruferin handelte.

„Was ist los ... ist sie ..."

„Sie macht's nicht mehr lang", erwiderte das Mädchen roh. „Sie ist auf einem Horrortrip. Sie hat irgendein Dreckszeug genommen." Sie zuckte lakonisch die Schultern.

„Haben Sie einen Notarzt gerufen ... einen Krankenwagen?" fragte Claudia, während sie zur Treppe rannte.

„Hat doch eh keinen Zweck", sagte das Mädchen. „Der kommt nicht schnell genug, nicht für einen von uns, und davon abgesehen wollte sie es nicht."

„Dann rufen Sie jetzt an", befahl Claudia. „Sagen Sie, dass es sich um einen Notfall handelt. Machen Sie schon", drängte sie. „Schnell."

Mit einem Schulterzucken drehte sich das Mädchen um und ging zu einer Tür, während es sagte: „Das bringt doch nichts. Es ist eh zu spät." Aber Claudia, die schon auf halber Treppe war, hörte nichts mehr.

Wie der Rest der Wohnung, lag auch Katrionas Zimmer praktisch im Dunkeln. Die einzige Lichtquelle war eine flackernde Kerze in einer Ecke, die so weit heruntergebrannt war, dass sie jeden Moment auszugehen drohte, aber der Schein reichte aus, um Claudia erkennen zu lassen, dass das Mädchen Recht gehabt hatte. Katriona lag wirklich im Sterben.

Aber sie war noch bei klarem Bewusstsein und nahm alles

wahr, was um sie herum vor sich ging, wie Claudia erkannte, als sie in den Augen des Mädchens ein spöttisches Aufflackern entdeckte, das dem Entsetzen galt, das sich, wie Claudia wusste, auf ihrem Gesicht widerspiegelte.

„Sie sind gekommen. Ich wusste, dass ..."

Die Stimme war nur ein Flüstern, kaum so laut wie das Pfeifen, das sich ihren Lungen entrang, als sie Luft holte.

„Sprechen Sie nicht", drängte Claudia, kniete sich auf den Boden neben das Matratzenlager und nahm ihre kalte Hand. „Der Notarzt wird gleich hier sein."

Katriona lachte ein geisterhaftes Lachen.

„Nicht früh genug. Oh, schauen Sie doch nicht so geschockt", sagte sie spöttisch. „War es nicht das, wovor Sie mich immer gewarnt hatten? Sie sollten sich freuen. Immerhin haben Sie Recht behalten."

„Katriona ... sprechen Sie nicht. Der Arzt ..."

„Kann einen Dreck machen. Ich bin schließlich nicht blöd. Es ist zu spät. Ich hatte einen Haufen Schulden bei meinem Dealer. Konnte nicht zahlen." Sie zuckte eine abgemagerte Schulter. „Ich hab gebettelt, dass er mir wenigstens noch einen letzten Schuss gibt. Scheint so, als hätte er es wörtlich genommen." Um ihre Lippen lag der Anflug eines Lächelns, ihre Augen standen schockierend lebendig in dem eingefallenen, bereits wachsbleichen Gesicht.

Plötzlich hörte Claudia aus einer dunklen Ecke des Raums einen Schrei.

Das Baby ... Instinktiv sprang sie auf, um es zu holen, aber Katriona streckte eine kraftlose Hand aus und hielt sie fest. „Geben Sie sie mir."

Automatisch erfüllte Claudia ihr den Wunsch, aber falls sie geglaubt hatte, dass Katriona in den letzten Augenblicken ihres Lebens auch nur einen Funken Mutterliebe zeigen würde, sah sie sich getäuscht.

„Gott, sie stinkt“, sagte Katriona angewidert mit einer Stimme, die plötzlich viel kräftiger und schroffer klang, vertrauter ... „Hier, nehmen Sie sie“, befahl sie und hielt Claudia das Baby hin.

Die Schreie des Säuglings waren lauter geworden, während Katriona ihn gehalten hatte, um dann plötzlich auf wundersame und fast magische Weise zu verstummen, als Claudia es in ihren Armen wiegte. War es möglich, dass das tatsächlich ein Lächeln des Wiedererkennens war, das das Baby ihr schenkte? War es nur Einbildung oder streckte die Kleine wirklich eine winzige Hand aus, um sich an ihr festzuklammern?

Katriona war für einen Moment vergessen, während eine Welle desselben Gefühls wie beim ersten Mal, als sie das Baby im Arm gehalten hatte, über Claudia hinwegschwappte, die diesmal vielleicht sogar noch stärker war.

„Und? Noch immer nicht schwanger?“ fragte Katriona.

Unfähig, den Blick von dem Baby abzuwenden, schüttelte Claudia den Kopf.

„Irgendwas stimmt nicht bei Ihnen, hab ich Recht?“ bohrte Katriona. „Irgendwas kann einfach nicht stimmen, sonst wären Sie schon längst wieder schwanger. Sie können nicht mehr schwanger werden, richtig?“

Claudia war zu überrumpelt, um sich verstellen zu können, ihr schockierter Blick erfasste Katrionas triumphierendes Gesicht, dessen Haut zum Zerreißen straff gespannt war – eine Totenmaske.

„Arme Claudia, dabei wolltest du doch so verzweifelt gern Mutter werden. Hast du keine Angst, dass du ihn verlieren könntest, jetzt, wo du ihm kein Kind schenken kannst, deinem wundervollen Garth?“

Als ob es Claudias innere Not spüren würde, begann das Baby wieder zu weinen, es war ein nervöses, ängstliches Quengeln. Dann suchte es instinktiv die Wärme und den Schutz von Claudias Körper und schmiegte sich so eng wie möglich an sie an. Claudia hielt den Säugling fest an ihre Brust gepresst und wiegte ihn tröstlich hin und her, während sie Katriona anschaute und den Kopf schüttelte.

„Hab keine Angst vor ihr", flüsterte sie der Kleinen ins Ohr. „Katriona ... nehmen Sie sie."

„Nein, ich will sie nicht", sagte Katriona leise mit heiserer Stimme, als Claudia sich anschickte, ihr das Baby in den Arm zu legen. Mit abgewandtem Kopf fuhr sie in einem trotzigen, rauen Flüstern fort: „Ich habe sie nie gewollt ... ich wollte sie nie bekommen, aber ich hab den richtigen Zeitpunkt verpasst. Sie wäre mit Ihnen als Mutter besser dran gewesen als mit mir ..."

Nachdem sie aufgehört hatte zu sprechen, schloss sie die Augen, ihre Kraft ließ so schnell nach, dass Claudia fast zu sehen glaubte, wie sie aus ihrem Körper herausfloss. Wo war der Arzt ... wo war dieses Mädchen, das ...

„Ich will, dass ihr beide sie zu euch nehmt ... Sie und Ihr Garth ... seien Sie ihre Mutter ... ich will, dass ihr beide ihre Eltern seid, Sie und Ihr Garth. Es wäre nur richtig, dass sie ..." Katriona schloss die Augen wieder, ihr Atem kam jetzt stoßweise und gequält.

Nimm es! Nimm Katrionas Baby ... gib es für dein eigenes aus. Das konnte sie nicht tun. Es war unmöglich, es war *illegal* ... es war ... Das Baby hatte aufgehört zu weinen. Claudia schaute auf die Kleine hinunter.

„Mach es!" hörte sie Katriona eindringlich mit immer schwächer werdender Stimme flüstern. „Du *weißt*, dass du es willst. Und schließlich könnte sie ja wirklich deine Tochter sein. Sie braucht eine richtige Mutter ... einen richtigen Vater. Was passiert mit ihr, wenn sie keine Eltern hat? Dann kommt sie in ein Heim, wo man sie wie ein unerwünschtes Päckchen durch die Gegend schubst. Aber *du* willst sie, Claudia, ich weiß es genau. Du willst sie so sehr, dass es wehtut. Ich spüre, wie weh es dir tut. Nimm sie, nimm sie jetzt ... jetzt wo niemand da ist, der es sieht ..."

Hilflos schloss Claudia die Augen, wobei sie sich sehnlichst wünschte, dem eindringlichen und gefährlichen Flüstern irgendwie entrinnen zu können, aber sie wusste, dass sie standhaft bleiben musste, dass sie jetzt das Mädchen nicht allein lassen konnte, nicht während ...

Einen Moment später hörte sie draußen die schrille Sirene des Krankenwagens, und ihre verkrampften Magenmuskeln begannen sich zu entspannen. Sie legte das Baby in das schmuddelige Deckennest zurück, das ihm als Bett diente, und kauerte sich wieder neben das zerwühlte Matratzenlager, auf dem Katriona, mühsam nach Atem ringend, lag.

„Sie werden sich bald wieder besser fühlen", sagte sie zu ihr, in dem kläglichen Versuch, ihrem Auftreten zumindest einen Hauch von Professionalität zu verleihen. „Der Arzt ..."

„Der Arzt ..." Katriona lachte matt. „Oh, mein Gott, kein Arzt der Welt kann das aufhalten, was jetzt auf mich zukommt", flüsterte sie in einer Stimme, die wie das Rascheln dürren Laubs klang. „Ich sterbe, Claudia ... ich *sterbe*. Willst du, dass ich dir verrate, wer der Vater ist?" fragte sie unvermittelt. „Traust du dich nicht, sie zu nehmen, weil du Angst hast, dass dein Garth etwas dagegen haben könnte ... weil ihr *Vater* genauso ein verkorkster Junkie sein könnte wie ihre Mutter? Das ist er nicht, Claudia. Du wärst echt von den Socken, wenn ich dir sagen würde, wer es ist ..." Sie begann wieder heiser zu lachen.

Das Martinshorn war mittlerweile verstummt, und Claudia hielt den Atem an und betete, dass die Besatzung des Rettungswagens noch rechtzeitig eintreffen möge. Allerdings nicht rechtzeitig genug, um Katriona zu retten – das war unmöglich. Jeder mühsame Atemzug, den sie tat, konnte ihr letzter sein, und Claudia meinte fast zu sehen, wie sich ihr Herz unter der dünnen Wand ihrer Brust abmühte. Nein. Rechtzeitig genug, um sie, Claudia, davor zu bewahren, Katrionas verführerischen Einflüsterungen zu erliegen. Leicht genug wäre es. Katriona hatte bis jetzt die Geburt ihres Babys noch nicht registrieren lassen, und hier, in dieser heruntergekommenen Umgebung, in der Katriona lebte, war es das Einfachste von der Welt, ein Baby verschwinden zu lassen. Irgendeins der ruhelos umherziehenden Individuen, die in dem besetzten Haus lebten, hätte es sich in den Kopf gesetzt haben können, das Kind einfach mitzunehmen. Niemand würde es jemals erfahren; niemand würde auch nur eine einzige Frage ...

„Nimm sie", formte Katriona mit den Lippen. „Nimm sie. Nimm sie mit, Claudia."

Die Tür wurde aufgerissen, und die Besatzung des Notarztwagens stürmte herein. Claudia stand auf. „Ich bin ihre Fürsorgerin", begann sie. „Sie ist ..."

„Tot oder zumindest nahe daran", erklärte der Sanitäter, der auf dem Fußboden neben Katriona kniete, grimmig und fügte hilflos hinzu: „Blutjunge Idiotin. Warum, zum Teufel, tun sie das? Legt sie auf eine Bahre", befahl er den beiden Männern, die mit ihm gekommen waren. Dann stutzte er und sagte in plötzlich verändertem Tonfall: „Nein, lasst es bleiben. Es hat keinen Zweck mehr." Er wandte sich an Claudia. „Sie ist tot. Es tut mir Leid", sagte er.

„Nein, das kann nicht sein", protestierte Claudia, obwohl sie wusste, dass er Recht hatte. „Sie ..."

Aber der Mann hörte ihr nicht zu, sondern erteilte seinen Leuten Instruktionen.

Die Wohnung, in der es normalerweise von Leuten wimmelte, war seltsam ruhig; selbst das Baby gab keinen Laut von sich. Es lag einfach da, vollkommen lautlos.

Das Baby ... Claudia warf einen Blick in die dunkle Ecke, wo sie es hingelegt hatte.

Später schwor sie sich immer wieder, dass sie die Absicht gehabt hätte, den Leuten zu sagen, dass das Baby da war; dass sie niemals etwas anderes vorgehabt hätte. Doch noch bevor sie dazu kam, den Mund aufzumachen, begann das Walkie-Talkie des Sanitäters zu quäken.

Stirnrunzelnd nahm er die Nachricht entgegen, dann wandte er sich an Claudia und sagte: „Wir haben den nächsten Notfall. Ein Verkehrsunfall an der Vauxhall Bridge. Es scheint schlimm zu sein. Hier können wir nichts mehr tun. Die Polizei muss gleich da sein, und sie werden erst den Tod feststellen wollen, bevor die Leiche abtransportiert wird. Wie war ihr Name?"

Automatisch gab Claudia ihm Katrionas Namen und schaute zu, wie er ihn aufschrieb, bevor er sich von dem reglosem Körper abwandte und zur Tür eilte.

„Muss ich ... soll ich noch hier bleiben?"

Aber er war schon fort.

Claudia warf einen Blick auf Katrionas Leiche. Ihre Seele hatte den Körper verlassen, da war nicht mehr als eine leere Hülle.

Und doch ...

Claudia schloss die Augen und begann aus einem unerklärlichen Impuls heraus das Vaterunser zu beten und anschließend mit zunehmend festerer Stimme den dreiundzwanzigsten Psalm, so weit sie ihn konnte.

Katriona hätte gelacht, wenn sie sie hätte hören können. Aber sie konnte nicht einfach so weggehen ...

Aus dem Augenwinkel heraus sah sie, dass sich in der Ecke etwas regte. Ihr Herz begann zu hämmern. Langsam wandte sie sich von Katriona ab und ging hinüber zu dem Baby. Sie hatte nur vorgehabt, es aufzunehmen, nicht mehr.

Auf keinen Fall hatte sie vorgehabt, es mitzunehmen, mit ihm das Haus zu verlassen, es – wegen der Kälte – eingewickelt in ihren Mantel nach draußen zu ihrem Auto zu tragen.

Die Straße war leer. Claudia schloss die Wagentür auf und stieg vorsichtig ein, dann legte sie das noch immer in ihren Mantel gehüllte Baby auf den Rücksitz. Bevor sie losfuhr, schaute sie auf die Uhr. Viertel nach zwei. War das nicht die Zeit, in der das Herz, der Körper am schwächsten war und wo die meisten Leute starben?

Nimm sie, hatte Katriona sie aufgefordert. *Nimm sie mit.*

Das Baby auf dem Rücksitz gluckste leise in sich hinein. Claudia fuhr langsam nach Hause, wobei sie bei jedem Meter erwartete, von einem Polizeiwagen mit kreischenden Sirenen gestoppt und beschuldigt zu werden, Katrionas Baby gestohlen zu haben. Aber die Nacht blieb still, und auf den Straßen kam ihr nichts Bedrohlicheres als die üblichen Taxis entgegen.

Der Flur in ihrem Haus war leer. Claudia trug das Baby, *ihr* Baby jetzt, die Treppen zu ihrer Wohnung nach oben, schloss leise ihre Wohnungstür auf und sperrte sie nach sich sorgfältig zu. Das Baby, *ihr* Baby, brabbelte zufrieden vor sich hin und schaute aus großen dunkelgrünen Augen zu ihr auf.

„Du musst schrecklich hungrig sein, mein Liebling", murmelte

Claudia zärtlich, „aber ich weiß nicht, was ich dir geben soll oder wie, und außerdem brauchst du dringend ein Bad. Ein schönes, warmes Bad, damit wir dich schön sauber machen können." Sie summte leise vor sich hin, und während sie begann, der Kleinen den durchnässten Strampelanzug auszuziehen, wirbelten in ihrem Kopf die Gedanken durcheinander.

Morgen früh musste sie als Erstes in eine große Drogerie – nicht hier, sondern irgendwo in einem anderen Stadtteil, wo niemand sie kannte und wo eine Frau, die Babysachen kaufte, nicht weiter auffiel. Oder vielleicht würde sie mehrere Einkäufe in verschiedenen Geschäften machen, in einer Menge, wie sie jede Mutter kaufen würde. Natürlich würde sie die Kleine mitnehmen müssen. Auf keinen Fall konnte sie sie allein in der Wohnung lassen, sie wollte sie überhaupt nirgendwo allein lassen, sie wollte nicht mal einen Herzschlag lang von ihr getrennt sein.

„Mach dir keine Sorgen, mein Herzblatt", sagte sie in einem zärtlichen Singsang, während sie die große Plastikschüssel, in der sie normalerweise das Geschirr abspülte, mit lauwarmem Wasser füllte und diese dann als provisorische Babybadewanne in ihre Badewanne stellte. Einen Moment später legte sie das Baby behutsam hinein.

Es war so klein, so perfekt, so herzzerreißend zerbrechlich mit den winzigen, spitzen Rippen, die sich unter der Haut abzeichneten. Claudias Herz begann beängstigend schnell zu klopfen. Die Kleine musste hungrig sein. Alles, was sie ihr geben konnte, war ein bisschen warme Milch, nachdem sie das Babyfläschchen sterilisiert hatte, das sie in der schmutzigen Decke gefunden hatte, mit der zusammen sie das Baby in Katrionas Zimmer vom Boden aufgenommen hatte.

Während sie die Kleine badete, redete sie ununterbrochen leise und zärtlich auf sie ein und erzählte ihr, wie lieb sie sie hatte ... sie, ihr Baby ... *ihres* jetzt.

Als Claudia von ihrer Einkaufsexpedition zurückkam und die Wohnungstür aufschloss, klingelte das Telefon. Sie hatte das Gestell des Kinderwagens, den sie für ihre neue Tochter gekauft hatte, vorhin noch im Auto gelassen und das Baby in dem Oberteil nach oben in die Wohnung geschafft, wo sie es sicher abgestellt hatte, um anschließend noch die anderen Sachen aus dem Wagen zu holen.

Außer Atem griff sie jetzt nach dem Hörer, dann spannte sie sich an, als sie Janices verärgerte Stimme hörte.

„Claudia, ist alles in Ordnung mit Ihnen? Ich versuche jetzt schon zum dritten Mal, Sie zu erreichen."

„Äh ..."

„Wenn es Ihnen nicht gut genug geht, um zur Arbeit zu kommen, wäre es nett, wenn Sie uns Bescheid sagen."

Zur Arbeit!

Claudia blinzelte. Du lieber Himmel, an ihre Arbeit hatte sie überhaupt nicht mehr gedacht, und natürlich konnte sie auch jetzt nicht ins Büro gehen. Nicht mit ihrem neuen Baby.

Ihre Gedanken wirbelten wild durcheinander.

„Ich wollte Sie gerade anrufen, Janice", schwindelte sie. „Garth und ich haben gestern Abend entschieden, dass es, da er sich demnächst selbstständig macht, wohl am besten ist, wenn ich meinen Job aufgebe ..."

„Ihren Job aufgeben? Aber Sie haben einen Monat Kündigungszeit. Sie können doch nicht einfach von heute auf morgen ..."

„Hören Sie, Janice", unterbrach Claudia sie ruhig, „es tut mir Leid, aber ich muss jetzt weg", sagte sie, als sie sah, dass Tara, wie sie ihr Baby zu nennen beschlossen hatte, die Augen aufschlug. Sie würde hungrig sein, bereit für ihr Fläschchen und die Babynahrung, die Claudia gleich als Erstes am Morgen besorgt hatte. Nicht so gut wie Muttermilch natürlich, aber weitaus besser als Katrionas halbherzige Fütterungsgewohnheiten.

„Claudia ... warten Sie ...", protestierte Janice. „Es gibt da noch etwas, was ich Ihnen sagen muss. Wegen Katriona."

Katriona!

Claudia umklammerte den Hörer, ihr Körper spannte sich an. Würde Janice etwas von dem Baby sagen ... ahnte sie womöglich etwas?

„Sie ... sie ist tot. Die Polizei hat es uns heute Morgen mitgeteilt. Offensichtlich hat letzte Nacht jemand den Notarzt alarmiert, aber als die Sanitäter eintrafen, war es bereits zu spät. Sie ist an einer Überdosis gestorben. Ich dachte mir, dass es Sie interessiert. Immerhin war sie eine Ihrer Klientinnen."

„Äh ... ja ... ja ... danke." In Claudias Kopf ging es drunter und drüber. Wenn die Polizei dem Sozialamt Katrionas Tod mitgeteilt hatte, bedeutete das, dass niemand von *ihrer* Anwesenheit in der Wohnung wusste, anscheinend ging man davon aus, dass nur das Mädchen, das auf ihre, Claudias, Anweisung hin den Notarzt gerufen hatte, in der Wohnung gewesen war. „Wer ...?" begann Claudia.

Fast als ob sie Claudias Gedanken erriete, fuhr Janice fort: „Als die Polizei eintraf, war kein Mensch da, was nicht sonderlich überraschend ist. Aber hören Sie, Claudia, wegen Ihrer Stelle ..."

„Ich möchte nicht darüber diskutieren, Janice", unterbrach Claudia sie entschlossen, und ihre Gedanken rasten, als sie den Hörer auflegte.

Janice hatte nichts von Katrionas Baby gesagt. Vielleicht wusste sie nicht einmal etwas davon. Obwohl Claudia es in ihrem letzten Bericht gewissenhaft erwähnt und dem Gesundheitsamt mitgeteilt hatte, dass in der Wohnung ein Risikobaby lebte, aber die Mühlen der Behörden mahlten langsam, und wenn man jetzt begänne, nähere Erkundigungen einzuziehen, war es zu spät. Tara gehörte jetzt ihr. Doch um kein Risiko einzugehen, würde sie sie noch heute Nachmittag im Geburtenregister eintragen lassen. Jetzt würden Garth und sie definitiv umziehen müssen. Unter keinen Umständen würde sie ein Baby, *ihr* Baby, in dieser Wohnung aufwachsen lassen. Nein, es brauchte frische Luft, Landluft, ein großes helles Kinderzimmer, einen großen Garten. Lächelnd beugte sie sich zu Tara hinunter, hob sie aus der Babytrage und ging mit ihr, das Köpfchen sorgfältig gegen ihre Schulter gebettet, in die Küche, um das vorbereitete Fläschchen zu holen.

Es war seltsam, dass ihr die Dinge so leicht von der Hand gingen, fast instinktiv, überlegte Claudia, während sie sich in einen Sessel setzte und dem Baby die Flasche gab.

Tara nuckelte hungrig, fast gierig, aber Claudia achtete darauf, dass sie sich nicht verschluckte, und entzog ihr immer wieder ganz sacht den Schnuller, so dass sie zwischendurch Luft holen konnte. „Vorsichtig, mein Schätzchen“, sagte sie. „Wir wollen doch nicht, dass du anschließend spuckst, oder?“ sagte sie sanft.

Nachdem die Kleine die Flasche leer getrunken hatte, stellte Claudia diese ab und wiegte Tara sanft in ihren Armen, bis sie eingeschlafen war.

Sie würde im Büro anrufen, um herauszufinden, wann Katriona beerdigt wurde. Das war sie dem armen Mädchen schuldig.

Tara kuschelte sich im Schlaf noch ein bisschen enger an sie. Zärtlich lächelnd küsste Claudia das weiche, flaumbedeckte Köpfchen. Sie duftete frisch, nach Babypuder und Milch und Babyhaut, und sie liebte sie so sehr, so intensiv, als ob sie in ihr herangewachsen wäre, wie Claudia jetzt klar wurde. Das war *ihr* Baby. Ganz allein ihres, und niemand würde es ihr je wieder wegnehmen.

„Du gehörst jetzt mir, mein Liebling. Mir", flüsterte Claudia dem schlafenden Baby zu, während sie es zu der Babytragetasche trug. „Bei mir wirst du es gut haben. Ich bin jetzt deine Mutter, und ich liebe dich über alles." Wenn Garth nach Hause kam, würden sie ein richtiges Kinderbett kaufen müssen.

Garth ... Ein winziger Schatten des Zweifels legte sich über Claudias strahlendes Glück, aber sie wischte ihn schnell beiseite. Garth würde es verstehen. Er *musste* es verstehen, doch als er am Abend anrief, um ihr zu sagen, dass sich seine Rückkehr verzögern würde, war sie erleichtert.

„Ach, übrigens, Garth", sagte sie schnell, ehe er auflegte, „mit der Wohnung habe ich es mir anders überlegt. Du hattest Recht, wir sollten uns wirklich ein Haus auf dem Land suchen, und außerdem habe ich meine Kündigung eingereicht. Auch damit hattest du Recht. Meine Arbeit deprimiert mich wirklich zu sehr."

Claudia klang anders, oder besser gesagt hatte sie wieder viel mehr wie sie selbst geklungen, überlegte Garth, nachdem sie sich verabschiedet hatten. Aber warum fühlte er sich dann, statt sich zu freuen und erleichtert zu sein, so merkwürdig beunruhigt?

Claudia war der einzige Trauergast bei Katrionas Beerdigung. Ungeachtet der Missbilligung, die Janice ihrem Tun entgegenbrachte, hatte sie alles arrangiert und die Grabstätte sowie den Grabstein auf dem Friedhof in dem kleinen Städtchen Dorset bezahlt, wo Katriona aufgewachsen war. Nachdem alles vorüber war, blieb Claudia noch einen Moment mit der neu eingekleideten und in eine warme Decke gewickelten Tara im Arm am Grab stehen.

„Sie gehört jetzt mir, Katriona. Ich werde sie mein ganzes Leben lang für dich mitlieben“, gelobte Claudia dem Mädchen in einem stummen Flüstern.

Sich im Laufen die Kapuze ihrer Jacke über den Kopf ziehend, eilte sie zurück zu ihrem Auto, wo sie einen Moment stehen blieb, um sich zu versichern, dass niemand sie gesehen hatte, bevor sie einstieg.

Als Garth am späten Nachmittag nach Hause kam, war das Erste, was ihm an der Wohnung auffiel, ein süßlicher, frischer Duft, der Kindheitserinnerungen in ihm weckte. Das Zweite, was er registrierte, war die Tatsache, dass Claudia lächelte, als sie ihm entgegenkam, um ihn zu begrüßen. Das Dritte war das plötzliche und total überraschende Schreien eines Babys.

Verdutzt ließ er seine Reisetasche fallen, runzelte die Stirn und fragte: „Was ist denn das?“

„Nicht was, sondern wer“, korrigierte Claudia ihn, bevor sie mit größter Selbstverständlichkeit hinzufügte: „Es ist ein Baby, Garth ... unser Baby.“

„Unser Baby ...? Was ... Claudia ...?“ begann er verunsichert, aber sie hatte sich bereits von ihm abgewandt, eilte ins Schlafzimmer und kehrte einen Moment später mit einem Baby auf dem Arm zurück, das wunderbarerweise sofort zu weinen aufgehört hatte und sie jetzt glücklich anstrahlte. „Claudia“, drängte er, „was ...“

„Sie gehört mir, Garth“, erklärte Claudia mit einer Entschiedenheit, die keinen Widerspruch duldete. „Mir, und niemand wird sie mir jemals wieder wegnehmen. Natürlich müssen wir so schnell wie möglich umziehen, und es ist nur gut, dass sowohl deine wie auch meine Eltern nicht da sind. Wir werden ihnen erzählen müssen, dass wir meine Schwangerschaft geheim gehalten haben, weil wir Angst hatten, dass ich das Baby wieder verlieren könnte, und dass sie zu früh gekommen ist. Sie ist so winzig, dass sie leicht eine Frühgeburt sein könnte. Natürlich werde ich meinem neuen Frauenarzt sagen müssen, dass meine ärztlichen Unterlagen verschwunden sind. Ich werde mir einen Namen ausdenken und ..."

„Claudia ... Claudia ... was geht hier vor?" unterbrach Garth sie und sagte in entschiedenem Tonfall: „Das ist nicht *unser* Baby, Claudia. Sie ..."

„Doch, jetzt schon. Ihre Mutter hat sie mir gegeben, sie hat gesagt, dass ich sie mitnehmen soll. Ich *musste* sie mitnehmen, Garth. Wenn ich es nicht getan hätte, wäre weiß der Himmel was mit ihr passiert. Und auf diese Weise bekommt sie jetzt alle Liebe, die sie braucht. Niemand könnte sie mehr lieben als ich. Findest du nicht auch, dass sie wunderschön ist? Wahrscheinlich wird sie meine Haarfarbe bekommen, obwohl ihre Augen mehr wie deine sind. Aber vielleicht bekommt sie ja doch dunkle Haare, immerhin war Katriona schwarzhaarig."

Katriona ... Garths Herzschlag setzte einen Moment lang aus. „Das ist Katrionas Baby?"

„War. Katriona ist tot", klärte Claudia ihn auf, wobei sie instinktiv ihre Stimme senkte, während sie die Decke über Taras Ohren zog, als wollte sie sie vor dem beschützen, was sie jetzt zu sagen hatte. „Sie hat eine Überdosis genommen. Sie hat mich holen lassen und mir gesagt, dass sie will, dass ich das Baby nehme. Sie *wollte*, dass ich sie nehme, Garth, sie hat es mir selbst gesagt. Sie versuchte so verzweifelt, mich zu überreden, dass sie sogar einen Anlauf unternahm, mir zu sagen, wer der Vater ist. Sie hat behauptet, dass er etwas Besonderes wäre."

„Sie hat dir gesagt, wer der Vater ist?" Garth stand stocksteif da, seine Kehle war plötzlich so trocken, dass seine Stimme heiser klang.

„Nein, sie versuchte es, aber es war zu spät, und außerdem ist es sowieso egal. Es interessiert mich nicht, wer er war. Und jetzt bist *du* der Vater. Ich bin ihre Mutter, und du bist ihr Vater. Ich habe sie Tara genannt. Es passt zu ihr, findest du nicht? Und stell dir bloß vor, ich glaube, sie kennt ihren Namen bereits, so klug ist sie. Sie horcht jedes Mal auf, wenn ich ihn sage. Sie wird ein kluges Mädchen werden. Oh ja, das wirst du, mein Liebling, du wirst ein ganz, ganz kluges Mädchen werden", singsangte Claudia und fügte, Garths Versuch weitere Fragen zu stellen, ignorierend, hinzu: „Es ist Zeit, dass sie ihr Fläschchen bekommt, Garth. Sie ist so hungrig, das arme kleine Ding, sie kann gar nicht so viel auf einmal essen, wie sie eigentlich bräuchte. Sie ist bisher immer hungrig gewesen, kannst du dir das vorstellen?"

Hilflos beobachtete Garth, wie Claudia geschäftig in der winzigen Küche herumwerkelte und die Babynahrung in einem Wasserbad erhitzte, während das Baby zufrieden und entspannt an ihrer Schulter lag. Die beiden erweckten für alle Welt den Eindruck, als ob sie seit eh und je zusammengehörten. Sie sahen tatsächlich aus wie Mutter und Tochter. Aber dieses Kind war nicht ihr Kind ... ihres – Garth schluckte schwer – vielleicht nicht, aber womöglich war es ja seins. *Sein Kind.*

„Claudia, das ist nicht richtig", sagte er schroff. „Dieses Baby *gehört* dir ... uns nicht. Wir können sie nicht behalten. Das *muss* dir klar sein." Er versuchte sanft zu sein, wollte, dass sie ihn verstand, aber Claudia stürzte sich auf ihn wie eine Löwenmutter, die ihr Junges verteidigt.

„Sie *gehört* mir, Garth, und niemand wird mich dazu bringen sie herzugeben", gab sie flammend zurück.

„Claudia, bitte, ich weiß, dass du eine schwere Zeit durchgemacht hast, und ich kann verstehen, dass dir dieses Baby ..."

„Tara, sie heißt Tara", unterbrach Claudia ihn. „Sag es, Garth", drängte sie ihn. „*Sag* es. Sie liebt es, ihren Namen zu hören."

„Dieses B... Tara gehört uns nicht, Claudia, und wir müssen sie den Behörden übergeben. Vielleicht sucht ja jemand nach ihr, ihre Familie."

„Sie hat keine Familie", widersprach Claudia. „Sie hat nur uns. Die Behörden werden aller Wahrscheinlichkeit nach annehmen, dass eine von Katrionas Drogenfreundinnen sie mitgenommen hat. Sie *braucht* uns, Garth. Sie brauchte jemanden, der sich um sie kümmert und sie liebt. Weißt du, was passiert, wenn wir sie den Behörden übergeben? Sie wird von einer Pflegefamilie zur anderen geschubst werden ..."

„Sie könnte von Eltern adoptiert werden, die sie wollen und lieben, Claudia", rückte Garth sie streng zurecht.

„Sie braucht keine anderen Eltern. Sie hat uns. Versuch nicht, mich zum Aufgeben zu überreden, Garth", warnte sie ihn. „Weil ich es nicht tun werde. Wenn *du* uns nicht willst, gehen wir eben weg und leben irgendwo allein." Sie presste entschlossen die Lippen zusammen. „Ich gebe sie nicht her. Sie gehört mir."

Garth begriff, dass es sinnlos war, mit ihr zu reden. Sie war wie eine Löwenmutter, und sie würde sich gegen jeden, der versuchte, ihr das Baby wegzunehmen, mit Zähnen und Klauen wehren.

„Wir können das nicht machen, Claudia, das geht einfach nicht, verstehst du das denn nicht?" erhob er dennoch Einspruch, aber er sah an ihrem Gesicht, dass Claudia nicht bereit war, ihm zuzuhören.

„Wir können", beharrte sie. „Ich habe es dir bereits gesagt, Garth, wir müssen ..."

In diesem Moment wandte die Kleine den Kopf und schaute ihn aus dunkelgrünen Augen ernst und nachdenklich an, als ob sie genau wüsste, was er dachte, als ob sie ihn verurteilen und daran erinnern wollte, dass er ihr Vater sein *konnte*; dass es sein konnte, dass er sein eigen Fleisch und Blut weggeben wollte, dass er es ihr tatsächlich schuldig war, Claudias Entscheidung, sie ... *sein* Kind, *seine* Tochter, *sein* Fleisch und Blut, zu behalten zuzustimmen. Aber was war, wenn sie es nicht war? Was wenn ...? Konnte er das Risiko eingehen? Aber konnte er andererseits damit leben, wenn er ihr den Rücken kehrte? Würde er dann nicht sein ganzes Leben von Schuldgefühlen geplagt werden?

Doch wenn sie sie behielten, würde sie dann nicht eine ständige Erinnerung an einen Vorfall sein, den er viel lieber vergessen würde, einen Vorfall, den er, wenn er ehrlich war, bereits so gut wie vergessen hatte, indem er sich einzureden versucht hatte, dass Katrionas Behauptung, dass er der Vater ihres Kindes wäre, nichts als eine Lüge war?

„Wir können das nicht tun", wiederholte er, aber er wusste bereits, dass die Schlacht verloren war und dass Tara, egal ob das richtig sein mochte oder falsch, ab jetzt ihr Kind sein würde.

Und was ihn mehr als alles andere verblüffte, war nicht Claudias sehr offensichtliche und überaus mütterliche Liebe für das Kind, sondern die Logik und Entschlossenheit, mit der sie die Verschleierung der Tatsache, dass sie nicht Taras leibliche Mutter war, bereits durchgeplant hatte. Es war, als ob all die tiefe Verzweiflung der letzten Monate spurlos von ihr abgefallen und Claudias altes Selbst wieder zum Vorschein gekommen wäre. Nein, nicht ihr *altes* Selbst. Die Claudia, mit der er sich jetzt konfrontiert sah, war eine mütterliche, starke Frau. Sie zu beobachten war wie aus dem Schatten in den strahlenden Sonnenschein hinauszutreten.

„Warum nimmst du sie nicht auch mal für einen Moment?" schlug Claudia sanft vor, verführerisch und entschlossen wie Eva. Sie trug den Mantel der Mutterschaft jetzt fest um die Schultern, und doch war er federleicht, schwerelos und nicht im Mindesten eine Bürde für eine Frau wie Claudia, für die die Mutterschaft der tiefste Lebenszweck war.

Widerstrebend nahm er das kleine Bündel entgegen. Es lag in seinen Armen, erschreckend zerbrechlich und verletzlich, ein Wesen, das gewiss nichts mit ihm zu tun hatte, ihm nichts bedeutete, dann aber schlug die Kleine ihre Augen auf, schaute ihn unverwandt an, und Garth war verloren.

Er spürte, dass er plötzlich zu Tränen gerührt war, fast so, als würde sie mit ihren winzigen Händchen auf seine Tränendrüsen drücken. All seine Argumente, seine Einwände, mit denen er Claudia zur Vernunft hatte bringen wollen, verschwanden wie Nebel im Sonnenschein. Ob sie sein Kind war oder nicht, spielte auf einmal keine Rolle mehr. Sich von ihr abzuwenden, den Blick in diesen vertrauensvoll und voller Neugier zu ihm aufschauenden, unglaublich grünen Augen zu ignorieren, war schlicht und ergreifend unmöglich.

„Siehst du?" hörte er Claudia neben sich triumphierend flüstern, während sie eine Hand ausstreckte und sacht das Gesicht des Babys berührte, zuschaute, wie die Kleine sich von ihm abwandte und ihr zuwandte und anfing zu lächeln. „Sie *will* bei uns sein. Du hättest sie sehen sollen, als ich sie nach Hause gebracht habe, Garth", brach es leidenschaftlich aus ihr heraus. „Sie war so dünn, so ..."

Claudia holte zitternd Atem. Es trieb ihr immer noch die Tränen des Zorns in die Augen, wenn sie daran dachte, wie ihr kostbares Mädchen vernachlässigt worden war, der kleine Po rot und wund vom langen Liegen in durchnässten Windeln, ihre Schreie nach Aufmerksamkeit schrill vor Angst und Hunger. Aber das war jetzt alles Vergangenheit. Jetzt war sie in Sicherheit. In Sicherheit, gewollt, geliebt. Oh, so über alles geliebt.

„Gib sie mir wieder“, verlangte sie.

Schweigend folgte er ihrer Aufforderung, wobei er mit leiser Beunruhigung registrierte, dass sich seine Arme seltsam leer anfühlten ohne das Fliegengewicht des Babys.

„Sie ist jetzt unsere Tochter“, sagte Claudia leidenschaftlich. „Niemand wird es je erfahren. Ich habe uns auf dem Standesamt als ihre Eltern eintragen lassen und meinen Arzt gewechselt. Dem neuen Arzt habe ich erzählt, dass sie im Ausland auf die Welt gekommen ist. Er hat eine große Praxis und wird sich bestimmt nicht die Mühe machen, meine Angaben zu überprüfen, und außerdem ziehen wir sowieso bald weg, weil ich will, dass Tara auf dem Land aufwächst.“

Es gab nichts, was Garth hätte tun können, und das war ihm auch sehr deutlich bewusst. Er konnte sich nur über das taktische Geschick und die Geschwindigkeit wundern, die Claudia zur Erreichung ihres Ziels an den Tag gelegt hatte – und die ihr am Ende geholfen hatten, den Sieg davonzutragen.

Tara war ihre Tochter, aber war sie auch die seine?

14. KAPITEL

Ihren Kopf aus der bequemen Lage auf Rylands Knie hebend, griff Tara nach der Fernbedienung und machte den Fernseher aus. Sie hatten sich nach dem ausgiebigen Festessen, das Ryland zur Feier des Jahrestags ihres ersten Rendezvous vom Chinesen hatte kommen lassen, ein Leihvideo angeschaut.

„Hm ... wenn ich mir vorstelle“, bemerkte Tara, während sie sich erst träge streckte, bevor sie ihre bequeme Position wieder einnahm, „dass wir nächsten Monat schon in Boston sind.“

„Hm ... da wäre ich mir an deiner Stelle lieber nicht so sicher“, scherzte Ryland, während er seine Finger durch ihr Haar gleiten ließ.

Er liebte ihr Haar, es war so dick und seidig und glänzend. Es fühlte sich so stark und gesund an, so voller Leben wie Tara selbst. Es war eins der ersten Dinge an ihr, von denen er sich angezogen gefühlt hatte, diese Aura von Glück und Wohlgefühl, die sie um sich verbreitete. Er glaubte nicht, dass er jemals einen glücklicheren oder ausgeglicheneren Menschen als Tara kennen gelernt hatte; die Wärme und Selbstsicherheit, die sie ausstrahlte, dieser Eindruck, absolut eins zu sein mit sich und der Welt, all das hatte ihn auf der Stelle gefangen genommen.

„Du hast ja bis jetzt noch nicht mal ein Visum, und ich bin mir gar nicht so sicher, ob sie eine derart zwielichtige Person wie dich überhaupt ins Land lassen“, neckte er sie.

„Oh, du!“, sagte sie und zog einen Schmollmund, und ihre Lippen waren so köstlich voll und verlockend, dass Ryland nicht anders konnte, als sich zu ihr hinunterzubeugen und sie zu küssen. „Mmmm ... du schmeckst immer noch nach Frühlingsrolle.“ Tara lachte leise, während sie seinen Kuss erwiderte. „Erinnerst du dich noch, als ich das erste Mal mit bei dir war?“ fragte sie ihn.

„Na hör mal! Natürlich erinnere ich mich.“

„Du hattest keine Kondome da, und wir mussten erst noch mal raus und welche holen ...“

„Ich war mir sicher, dass du welche mitbringst“, schwindelte er, ohne mit der Wimper zu zucken.

Seine Eltern würden begeistert sein von ihr, das wusste er schon jetzt. Seine Mutter würde sie in ihr Herz schließen wie eine Tochter, und sein Vater würde hingerissen sein. Ryland konnte sich an keine einzige Situation in seinem Leben erinnern, in der er mit seinen Eltern ernsthafte Meinungsverschiedenheiten gehabt hätte. *Sie* würden wissen, dass Tara die Richtige war für ihn.

Bei seiner Tante allerdings sah die Sache schon etwas anders aus. Man brauchte Ryland nicht zu sagen, wie wichtig es ihr war, dass er heiratete und Nachkommen in die Welt setzte.

Nach dem Tod ihres Ehemanns hatte sie ihre ganze Liebe und Fürsorge in das Verlagsunternehmen gesteckt, alle Hoffnungen auf die Zukunft, die normalerweise auf Margot und deren Kinder gerichtet gewesen wären. Auf Enkelkinder, die in ihre Fußstapfen treten und die Firma eines Tages übernehmen und die natürlichen Erben des riesigen Vermögens werden würden, das sie selbst von ihrer außerordentlich reichen Familie geerbt und in die Ehe eingebracht hatte.

Aber sie würde niemals Enkelkinder haben. Das war ihr nach Margots trotziger und verbitterter Ankündigung, dass sie nie in der Lage sein werde, Kinder in die Welt zu setzen, klar gewesen. Da es ihr vom Gesetz des Landes her verwehrt war, Lloyd zu bekommen, hatte Margot es sich selbst verwehrt, von einem anderen Mann das Gesetz des Lebens entgegenzunehmen.

„Ich habe mich sterilisieren lassen", hatte sie ihrer Mutter unumwunden erklärt, und mit der für sie typischen Absolutheit hinzugefügt: „Ich *kann* keine Kinder von einem Mann bekommen, den ich nicht liebe, und der einzige Mann, den ich je lieben werde, ist Lloyd."

„Wie, glaubst du, werden deine Familie, deine Tante auf mich reagieren?" unterbrach Tara seine Gedankengänge.

Ryland zwang sich zu einem aufmunternden Lächeln. „Mit meiner Tante wird alles klar gehen. Überhaupt wird alles gut werden", sagte er entschieden und streckte die Hand nach ihr aus.

Tara spürte instinktiv, dass er ihr etwas verheimlichte, etwas sehr Wichtiges. Sie erinnerte sich daran, dasselbe Gefühl als junges Mädchen gehabt zu haben, als sie sehr genau gespürt hatte, dass zwischen ihren Eltern etwas nicht stimmte. Am Anfang, als von Scheidung noch nicht die Rede gewesen war, hatten sie in dem Bemühen, sie zu beschützen, so getan, als ob alles in bester Ordnung wäre, aber sie hatte genau gewusst, dass das nicht stimmte.

Am Ende hatten sie ihr natürlich die Wahrheit erzählt – sie waren einfach nicht die Art von Eltern, die sie je bewusst anlügen würden –, aber ihre anfängliche Heimlichtuerei hatte bei ihr eine unbewusste Angst hinterlassen, sich emotional an jemanden zu binden, der nicht vollkommen aufrichtig zu ihr war – aus was für Gründen auch immer.

„Du verheimlichst mir irgendetwas", sagte sie ihm auf den Kopf zu.

Ryland schaffte es gerade noch, sich davon abzuhalten, erschrocken Luft zu holen.

„Meine Familie wird dich lieben", beharrte er im Brustton der Überzeugung, doch obwohl Tara die Aufrichtigkeit in seiner Stimme mitschwingen hörte, spürte sie dennoch, dass es da etwas gab, das er ihr verschwieg.

Nur was? Eine Jugendromanze mit einem Mädchen aus seiner Heimatstadt, dessen Familienhintergrund und Vermögenslage in den Augen seiner Familie eine Ehe angemessener erscheinen ließ, als es bei ihr der Fall war? Sie kannte ihn zu gut, um ihn in Verdacht zu haben, dass er ihr eine ernsthafte Beziehung verschwiegen hatte.

Sie wollte diese scharfe, beunruhigende innere Stimme, die zerstörerisch an ihrem Glück nagte, beschwichtigen, aber Ryland hatte offenkundig anderes im Sinn.

„Ryland", protestierte sie, als er sich vorbeugte und begann, ihren Hals zu liebkosen und seine Hand in ihre Seidenbluse schob.

Ryland wollte nicht, dass Tara ihn noch weiter nach seiner Familie ausfragte. Er war sich noch immer nicht ganz sicher, wie er ihr schonend beibringen sollte, dass sie nicht die Ehefrau eines angemessen bezahlten Geschäftsführers eines Familienunternehmens werden würde, sondern dass er dazu auserkoren war, eines Tages ein riesiges, millionenschweres Verlagsimperium zu leiten, das er dann irgendwann mit allen Rechten und Pflichten – hoffentlich in sehr ferner Zukunft – von seiner Tante erben würde.

Sein stabiler, liebevoller Familienhintergrund und sein eigener scharfer Verstand hatten ihn davor bewahrt, sich mit Leuten einzulassen, die nur auf Grund seines zukünftigen Reichtums an ihm interessiert waren, nichts jedoch hatte ihn davor bewahren können, sich in eine Frau zu verlieben, die nichts von den Einschränkungen der Bewegungsfreiheit wusste, denen sich die Reichen um ihrer eigenen Sicherheit willen wohl oder übel unterwerfen mussten und die sie, wie er vermutete, ganz sicher nicht begrüßen würde.

Boston war nicht Hollywood, aber das machte keinen Unterschied. Überall in der Welt, selbst in England, waren die Reichen gezwungen, ihre Familien zu beschützen und sie mit der Art von Sicherheitsmaßnahmen zu umgeben, die bei jedem freiheitlich gesinnten Menschen einen Aufschrei provozieren mussten.

Hinter hohen Mauern zu leben und ständig in Begleitung von Leibwächtern zu sein, war gewiss nicht die Art von Leben, das er für seine Kinder wollte oder das sie notwendigerweise führen mussten, aber es stand zu bezweifeln, dass sich seine Kinder derselben Freiheiten würden erfreuen können, wie sie Tara in ihrer Kindheit genossen hatte; instinktiv wusste er jedoch, dass dies genau das war, was Tara sich für ihre Kinder wünschte.

Vielleicht hätte er von Anfang an offener zu ihr sein sollen, aber er hatte es nicht gewagt, weil er sie nicht abschrecken wollte. Manche Frauen konnten gar nicht schnell genug auf einen Mann mit Geld *zurennen*, andere jedoch gar nicht schnell genug *weg*, und Tara gehörte definitiv zur zweiten Sorte.

Nun, mit einem bisschen Glück würde es noch zehn Jahre dauern, bis sich seine Tante in den Ruhestand zurückzog. Sie war jetzt sechzig, aber sie hatte anlässlich ihres sechzigsten Geburtstags im letzten Jahr verkündet, dass sie noch lange nicht die Absicht hätte, die Zügel aus der Hand zu geben.

Bis dahin wird sich Tara hoffentlich an den Gedanken der Veränderungen, die auf sie zukommen, gewöhnt haben, versuchte er sich jetzt zu beruhigen und erinnerte sie in liebevollem Ton: „Wir wollten unseren Jahrestag feiern", bevor er anfing, ihren Hals an ihrer Lieblingsstelle direkt unter dem Ohr mit den Lippen zu liebkosen.

Unmöglich, das Gespräch fortzusetzen, während ihr so köstliche kleine Lustschauer über ihren Körper perlten und ihre Brüste unter den Zärtlichkeiten seiner Finger bereits anzuschwellen begannen.

„Mmm ..." Die Augen schließend, sagte Tara weich: „Du hast wirklich Glück, Ry."

„Glück? Warum? Weil du mich liebst?" scherzte er.

Aber Tara schüttelte den Kopf und erwiderte ernst: „Nein, weil deine Eltern immer noch zusammen sind. Ich liebe Mum und Dad von ganzem Herzen, aber manchmal ..." Sie unterbrach sich und schüttelte den Kopf. „Es wäre für mich die wundervollste Sache der Welt, wenn sie sich wieder zusammentäten. Erst dann wäre in meinen Augen alles perfekt."

„Ich verstehe deine Gefühle", gab Ryland sanft zurück, „aber sie sind erwachsen, Tara."

„Ja, ich weiß", sagte sie nachdenklich. „Es ist nur weil ... ich habe einmal versucht, sie wieder zusammenzubringen, doch es hat nicht funktioniert."

Sie war vierzehn gewesen damals und hatte ihren Vater sehr vermisst, und plötzlich war ihr die Aufmerksamkeit bewusst geworden, die andere Männer ihrer Mutter zukommen ließen, und sie war ihres Vaters wegen schrecklich eifersüchtig geworden.

Ein Mann war ihr ein besonderer Dorn im Auge, er war ein Klient ihrer Mutter, ein geschiedener Mann in seinen Dreißigern. Er hatte ihre Mutter eines Tages überredet, mit ihm abends zum Essen auszugehen.

„Ich *muss* gehen", hatte Claudia entschuldigend zu Tara gesagt. „Es ... es geht um etwas Geschäftliches, und Ashley ist den ganzen Tag über so beschäftigt, er hat nur abends Zeit."

„Und warum könnt ihr dann nicht hier in deinem Arbeitszimmer reden?" hatte Tara aufsässig gefragt. „Warum müsst ihr dafür zum Essen ausgehen? Ich will nicht, dass du gehst", hatte sie leidenschaftlich erklärt, wobei ihr die Tränen in die Augen geschossen waren.

„Oh, mein Liebling, bitte wein doch nicht", hatte Claudia betroffen gefleht. „Was ist denn eigentlich los mit dir? Ist in der Schule irgendetwas schief gelaufen?"

„Nein, das ist es nicht", hatte Tara wahrheitsgemäß erklärt, bevor sie ernst hinzugefügt hatte: „Die anderen Mädchen in der Schule reden darüber, was passiert, wenn ... wenn Frauen abends mit Männern ausgehen, und ich habe es auch schon im Fernsehen gesehen. Er will ja doch nur mit dir ins Bett. Weiß Daddy eigentlich, was du vorhast?"

Claudias Betroffenheit hatte sich umgehend in Verärgerung gewandelt.

„Was ich tue und mit wem ich ausgehe, hat mit deinem Vater nichts zu tun. Wir sind geschieden, Tara, und wir haben jetzt beide unser eigenes Leben. Dein Vater hat kein Recht, das, was ich tue oder nicht tue, zu kommentieren, ebenso wie *ich* kein Recht habe, mich in *sein* Leben einzumischen."

„Daddy hat noch immer ein Foto von dir in seinem Schlafzimmer stehen", hatte Tara provozierend gesagt, „und *er* geht nicht mit anderen Damen zum Essen aus."

Ihre Mutter hatte die Lippen aufeinander gepresst und war ihrem Blick ausgewichen.

An dem Abend, an dem ihre Mutter verabredet war, hatte Tara sich den Magen verdorben, und ihre Mutter hatte ihre Verabredung abgesagt.

Ein paar Wochen später hatte Tara ihrem Vater ihre Angst gestanden, dass ihre Mutter sich mit einem anderen Mann einlassen könnte.

„Ich will, dass wir drei wieder zusammen sind", hatte sie ihrem

Vater leidenschaftlich erklärt. „Ich will, dass alles wieder so wird wie früher."

„Du weißt, dass das nicht geht, Liebling", hatte ihr Vater sie sanft ermahnt. „Deine Mutter hat ein Recht auf ein eigenes Leben, und selbstverständlich hat sie das Recht, sich zu treffen, mit wem sie will. Weißt du, ich verstehe dich sehr gut", hatte er leise hinzugefügt, „wir verstehen dich beide, aber solche Dinge passieren, und die Tatsache, dass deine Mutter und ich nicht mehr zusammenleben, hat nicht das Geringste mit unserer Liebe für dich zu tun. Wir lieben dich beide sehr, Tara, und ich kann dir versprechen, dass nichts, aber auch gar nichts an dieser Liebe etwas ändern kann."

„Ich will aber nicht, dass Mum sich mit einem anderen Mann trifft und ihn schließlich womöglich sogar noch heiratet. Das will ich bei keinem von euch", hatte Tara geschluchzt. „Ihr seid meine Eltern, und wir sollten alle zusammen sein. Ich *hasse* es, wie es jetzt ist."

„Ach, Tara", hatte ihr Vater geseufzt und sie tröstlich in den Arm genommen.

„Du könntest mit Mum reden und ihr sagen, dass ... dass ... du zurückkommen willst", hatte sie beharrt, aber ihr Vater hatte den Kopf geschüttelt.

„Nein, mein Liebling, ich fürchte, das kann ich nicht."

Während der folgenden Monate hatte Tara unablässig versucht, ihre Eltern wieder zusammenzubringen, allerdings ohne Erfolg. Jetzt, nachdem sie erwachsen war, war ihr klar, dass sie über das, was sie zu erzwingen versucht hatte, gesprochen haben mussten, weil sie so standhaft geblieben waren, so unerschütterlich und vereint in ihrer ruhigen Entschlossenheit, die Sache einfach auszusitzen, während ihr nach und nach klar geworden war, dass die Ehe ihrer Eltern tatsächlich ein für alle Mal zerbrochen war.

Heute hatte sie es natürlich längst akzeptiert, dass ihre Eltern beide ein Recht auf ein eigenes Leben hatten, aber irgendwo in einem hintersten Winkel ihres Herzens hatte sie noch immer eine winzige, vollkommen idiotische und kindische Hoffnung, dass sie eines Tages vielleicht doch wieder zusammenfinden könnten.

Aber wie sie Ryland bereits gesagt hatte, würde es, wenn *sie* heiratete, für immer sein. Sie würde von ihm *nie* eine Scheidung verlangen, ebenso wenig, wie sie jemals zustimmen würde, wenn er die Absicht hätte, sich scheiden zu lassen, nicht wenn erst einmal Kinder da wären.

„Wahrscheinlich hältst du mich für schrecklich altmodisch", hatte sie gesagt.

„Überhaupt nicht. Im Gegenteil, ich sehe das genau wie du", hatte er ruhig zurückgegeben. „Aber unsere Ehe wird Bestand haben, Tara, und zwar fürs ganze Leben. Wie könnte es auch anders sein, wo ich dich doch bis ans Ende meiner Tage lieben werde?"

Die ruhige Überzeugungskraft, mit der er gesprochen hatte, hatte auch ihre letzten Zweifel, ob sie eine so große Verantwortung wirklich eingehen könne, beseitigt.

„Wir werden nie Geheimnisse voreinander haben, Ry, nicht wahr?" fragte sie jetzt, während sie sich noch enger an ihn anschmiegte. „Und wir werden uns immer die Wahrheit erzählen ... alles. Ich will nicht, dass es irgendetwas gibt, das ich nicht von dir weiß."

„Redest du von der Tatsache, dass ich mich bei Vollmond in einen Werwolf verwandele?" flachste Ryland, aber obwohl er lachte, war er sich mit schmerzhafter Deutlichkeit bewusst, dass es tatsächlich Dinge gab, die er vor ihr verheimlichte. Dinge, die zu wissen ihr gutes Recht war.

Noch bevor wir nach Boston abreisen, werde ich ihr alles sagen, nahm er sich vor, während er ihre Hüfte streichelte. Bis dahin war noch jede Menge Zeit, und immerhin hatte es ja auch gewisse Vorteile, einen Millionär zu heiraten – einer davon würde sicherlich der sein, dass sie ihrer Mutter einen Flug bezahlen konnte, so oft sie es wollte.

In dem Jahr, in dem Estelle elf geworden war, hatte ihre Mutter unerwartet verkündet, dass sie ihre Sommerferien bei ihrem Vater verbringen müsse.

„Ich will aber nicht", hatte Estelle protestiert. „Das Gut ist meilenweit vom nächsten Ort weg. Da langweile ich mich ja zu Tode. Ich hasse es. Warum kann ich nicht in London bleiben?"

„Ethian und ich werden wegfahren", erwiderte Lorraine kühl. „Du *kannst* nicht hier bleiben."

„Wegfahren? Wohin?" fragte Estelle scharf. „Ihr wart doch erst Ostern weg."

„Das war eine Geschäftsreise", beschied ihre Mutter sie knapp.

„Stimmt doch gar nicht. Ihr wart im Skiurlaub", widersprach Estelle.

„Es war eine Geschäftsreise. Ich habe deinen Stiefvater begleitet, und genau das beabsichtige ich auch diesmal zu tun. Er wurde von Geschäftsfreunden auf eine Yacht eingeladen."

„Na, das ist ja eine tolle Geschäftsreise", schnaubte Estelle.

„Hör zu, Estelle", warnte ihre Mutter mit einem harten Glitzern in den Augen, „wenn du die Absicht hast, Scherereien zu machen, dann ..."

„Was dann?" drängte Estelle herausfordernd. „Hast du vielleicht vor, mich allein hier zu lassen? Das ist verboten."

„Wirklich, Estelle, langsam reicht es mir mit dir", fuhr Lorraine sie an. „Du fährst zu deinem Vater, basta."

„Du hättest mich nicht bekommen sollen, wenn du keine Kinder magst", warf Estelle ihr wütend an den Kopf.

„Da hast du Recht, da hast du allerdings sehr Recht! Ich hätte dich wirklich nie bekommen sollen", gab ihre Mutter gleichmütig zurück, „und glaub mir, Estelle, ich wünsche mir jeden Tag mehr, dass es so wäre."

Später an diesem Abend hatte Estelle, die vor der Schlafzimmertür gelauscht hatte, gehört, wie sich ihre Mutter bei ihrem Stiefvater über sie beklagt hatte.

„Estelle hat sich vorhin ganz schrecklich aufgeführt. Sie weigert sich, zu ihrem Vater zu fahren. Ich glaube, sie ist neidisch auf mich. Die Vorstellung, dass ich ein bisschen Spaß haben könnte, macht sie offensichtlich ganz krank, und das nach allem, was ich für sie geopfert habe. John hat sie nie gewollt."

„Vielleicht solltest du ihr das sagen, damit ihr endlich mal klar wird, wie gut es ihr geht", hatte Estelle Ethian sagen hören.

„Langsam glaube ich wirklich, dass du Recht hattest. Ich hätte sie wohl tatsächlich besser auf ein Internat geben sollen."

Estelles Besuch bei ihrem Vater war kein Erfolg gewesen. Sie hatte das Gut und ihren Stiefbruder Ian gehasst. Sophie war sie mit kalter Geringschätzung begegnet, und was Rebecca anbelangte – sie hasste und verachtete sie aus tiefstem Herzen.

„Du willst mich nicht hier haben", hatte sie ihrem Vater vorgeworfen, nachdem dieser sie zur Rede gestellt hatte, weil sie versucht hatte, Rebecca und Ian zu ärgern. „Du hast mich nie gewollt ..."

Sie hatte nicht gewusst, wen sie mehr ablehnte, ihre Mutter oder ihren Vater. Keiner von beiden liebte sie, und ihr Vater hatte alles nur noch schlimmer gemacht, indem er seine zweite Familie so offensichtlich mit jener Liebe überschüttete, die er ihr nicht entgegenbrachte.

Sie hatte eine Mischung aus Wut, Verbitterung und scharfer Ablehnung empfunden, als sie gesehen hatte, wie er mit Rebecca spielte, wie sich die Liebe auf seinem Gesicht und in seiner Stimme widerspiegelte, wenn er mit ihr zusammen war.

Für Ian, ihren Stiefbruder, empfand sie nichts als Abscheu. Und die Art, wie er sie ständig zu besänftigen suchte, fast so, als ob er Mitleid mit ihr hätte, weil er bei ihrem Vater lebte, hatte ihren Abscheu noch verstärkt. Besten Dank, Ian konnte ihren Vater behalten. Er war wirklich der *letzte* Mensch, den sie sich in ihrem Leben wünschte, der allerletzte.

Wenn sie groß war, würde sie sich einen reichen Mann suchen, reicher als Ethian und viel, viel reicher als ihr Vater, und er würde sie immer an die erste Stelle setzen.

Estelle verabscheute Ian und Sophie, weil sie versuchten, sich mit ihr anzufreunden. Warum sollte einer von ihnen sie mögen? Sie mochte sie ganz bestimmt nicht. Sie mochte überhaupt niemanden, nicht wirklich. Die Leute taten immer nur so, als ob sie einen mochten, weil sie irgendetwas von einem wollten. Ihre Mutter gab vor, sie zu mögen, sie zu lieben, wenn sie wieder einmal einen ihrer Anschläge auf sie vorhatte, wie zum Beispiel den, sie zu ihrem Vater zu schicken, nur damit sie selbst sich amüsieren konnte. Kinder zu haben bedeutete, dass man keinen Spaß mehr hatte im Leben.

Estelle ließ ihren Vater spüren, wie sehr sie ihn für seine offen gezeigte Liebe für seine zweite Familie verabscheute, und reagierte mit unverhohlener Feindseligkeit auf alle seine Versuche, sie in die Familie zu integrieren.

Sie konnte es gar nicht erwarten, dass ihr Besuch endlich zu

Ende ging. In London konnte sie wenigstens machen, was sie wollte. Ihre Mutter war viel zu sehr mit sich selbst beschäftigt, um sich um das, was sie trieb, zu kümmern. Solange sie ihr nicht im Weg war, konnte Estelle tun und lassen, was ihr Spaß machte.

Estelle saß den Besuch bei ihrem Vater aus, indem sie sowohl alle Annäherungsversuche von Sophies Seite wie auch die Versuche ihres Vaters, an sie heranzukommen, mit grimmiger Verachtung strafte.

Es bereitete ihr ein teuflisches Vergnügen, zu sehen, wie sie den ganzen Haushalt durcheinander brachte und alle unglücklich machte, wenn sie sich mit ihrem Vater stritt, deshalb machte sie von der Macht, von der sie instinktiv spürte, dass sie sie besaß, so oft wie möglich Gebrauch. Warum auch nicht? Sie hasste sie alle, am meisten jedoch hasste sie ihren Vater. Oh ja, sie hasste ihn.

Aber sie wusste, dass er sich, anders als Blades Vater, nicht einverstanden erklären würde, sie auf ein Internat abzuschieben.

Blade!

Sie fühlte sich von ihm fasziniert und abgestoßen zugleich. Obwohl ihre Mutter und Ethian mittlerweile seit fast vier Jahren verheiratet waren, hatte Blade alles in allem wahrscheinlich weniger als vier Monate zu Hause verbracht.

„Estelle die ganze Zeit hier zu haben ist schon schlimm genug", hatte sie ihre Mutter Ethian gegenüber klagen gehört. „Ich will nicht auch noch Blade hier haben." Und so hatte Blade weiterhin das getan, was er vor der zweiten Ehe seines Vaters auch schon getan hatte. Er hatte sogar seine Ferien im Internat verbracht.

„Der einzige Grund, warum er deine Mutter geheiratet hat, ist, weil er jemand will, mit dem er regelmäßig Sex haben kann", hatte Blade ihr letzte Weihnachten gesagt – Weihnachten war die einzige Zeit im Jahr, wo ihre Mutter eine Ausnahme machte und ihn nach

Hause kommen ließ. „Du weißt doch, was Sex ist, oder?" hatte er wissen wollen, nachdem Estelle nicht reagiert hatte.

Natürlich wusste sie es. Schließlich hatte sie schon oft genug die Geräusche gehört, die aus dem Elternschlafzimmer kamen. Sie kannte Sex aus dem Fernsehen und kicherte mit ihren Schulfreundinnen darüber, und davon abgesehen hatte ihre Mutter vor Ethian genug andere Männer gehabt.

Blade hasste seinen Vater genauso wie sie ihren.

Ihr Misstrauen und der Hass auf die Eltern, die ihre Welt kontrollierten, hatten ein starkes Band zwischen ihnen geknüpft, das noch verstärkt wurde durch die Tatsache, dass Blade irgendetwas an sich hatte, etwas Finsteres, Grüblerisches, wunderbar erschreckend Männliches, das Estelle faszinierte.

Er war anders als alle, die sie kannte – die Mädchen an ihrer Mädchenschule, ihre Mutter, Ethian, ihr Vater und dessen Familie. Blade war ... Blade war ... gefährlich ... gefährlich und aufregend, noch mehr zählte jedoch, dass sie beide von derselben Art waren. Estelle wusste nicht, woher sie dies wusste, sie wusste nur, *dass* sie es wusste.

15. KAPITEL

Das Gebrüll, das ein Kleinkind anstimmte, das mit seiner Mutter an ihrem Auto vorbeiging, riss Claudia aus ihren Gedanken und brachte sie unsanft in die Gegenwart zurück. Ihr Körper fühlte sich steif und kalt an, und sie war schockiert, als sie sah, dass es bereits später Nachmittag war.

Wie viele Stunden hatte sie, nachgrübelnd über die Vergangenheit, in ihrem Auto verbracht? Viel zu viele.

Und was war eigentlich in sie gefahren, ihre Pflichten derart zu vernachlässigen und hierher zu kommen? Warum stellte sie sich eine Frage, auf die sie die Antwort bereits kannte?

Schuldgefühle und Schmerz hatten sie hierher getrieben. Schuldgefühle und Schmerz und Angst. Nicht Schuldgefühle, weil sie Tara genommen hatte – aus diesem Grund hätte sie sich niemals schuldig fühlen können. Damals, als sie Tara aus dem verwahrlosten Hochhausblock in ihr Auto getragen hatte, hatte sie sich geschworen, dass sie sie so sehr lieben würde wie ihr eigenes Kind. Und dass sie nie aufhören würde, sie zu lieben. Nein, es waren nicht Schuldgefühle, weil sie Tara damals mitgenommen hatte, sondern weil sie Tara in Unkenntnis der Wahrheit hatte aufwachsen lassen, nicht nur, um ihre Tochter zu beschützen, sondern auch sich selbst.

„Eines Tages wirst du nicht mehr darum herumkommen, ihr die Wahrheit zu sagen, zu ihrem eigenen Besten“, hatte Garth sie an Taras erstem Schultag sanft gewarnt.

Sie hatte hoch und heilig geschworen, dass sie es tun würde – wenn die Zeit reif war. Doch dann hatte sie, noch ehe der richtige Zeitpunkt gekommen war, die Wahrheit herausgefunden, die Wahrheit, dass Garth, *ihr* Ehemann, Taras Vater war, und danach hatte sie keine Möglichkeit mehr gesehen – nicht den Hauch einer Möglichkeit –, sich dazu zu überwinden, Tara zu erzählen, wessen Kind sie wirklich war – sie hatte es ja nicht einmal geschafft, sich selbst einzugestehen, wessen Kind sie war.

Es hatte hin und wieder immer wieder Situationen gegeben, in denen Claudia den Atem angehalten hatte, in der Befürchtung, dass jetzt die Wahrheit ans Tageslicht käme, aber zu ihrer grenzenlosen Erleichterung war in all den Jahren letztendlich alles immer gut gegangen und ihr Betrugsmanöver auf dem Londoner Standesamt war nie aufgedeckt worden.

Und doch würde es ausreichen, wenn jemand bei der Klinik, die Claudia nach Taras behaupteter Frühgeburt angeblich aufgesucht hatte, nachfragen würde.

Damals, als sie umgezogen war, hatte sie ihrem neuen Arzt gegenüber einfach behauptet, dass ihre ärztlichen Unterlagen verloren gegangen wären. Niemand hatte je Anstoß daran genommen, dass sie Taras Geburt erst ein paar Wochen später angezeigt hatte, und die Geburtsurkunde, in der Claudia und Garth Wallace als Taras Eltern eingetragen waren, war scheinbar völlig korrekt.

Nun, der Name des Vaters stimmte ja tatsächlich, nur dass Claudia dieser Umstand damals, als sie sich und Garth als Taras Eltern angegeben hatte, nicht bekannt gewesen war.

Aber jedermann wusste, wie peinlich genau es die amerikanische Botschaft mit Leuten nahm, die ein Einreisevisum beantragten, und nach allem, was Tara erzählt hatte, würde es Rylands Tante noch genauer nehmen.

Claudia spürte, wie ihr Herz viel zu schnell zu klopfen begann. Garth hatte Recht. Sie durfte es unter keinen Umständen zulassen, dass Tara die Wahrheit von irgendjemand anders erfuhr, aber wie, um alles in der Welt, sollte sie sie ihr sagen? Und was würde passieren, wenn sie es tat? Würde Tara sie verstehen, oder würde sie sich von ihr abwenden, sie am Ende sogar hassen? Sie wusste, dass Tara sie liebte, aber Claudia wusste auch, wie erschreckend schnell sich Liebe in erbitterten Hass verwandeln konnte, wenn man entdeckte, dass einen der geliebte Mensch belogen und betrogen hatte, wenn das Vertrauen, das man in ihn gesetzt hatte, zerstört und der Glaube, den man in ihn gesetzt hatte, erschüttert war.

Sie selbst würde mit Sicherheit nie vergessen können, wie sie sich an jenem Tag gefühlt hatte, an dem sie entdeckt hatte, dass Garth Taras Vater war.

Der Tag hatte wie ein ganz normaler Tag begonnen, mit der Ausnahme, dass Claudia und Garth einen Termin bei dem Hals-Nasen-Ohren-Spezialisten des örtlichen Krankenhauses gehabt hatten, um über Taras bevorstehende Mandeloperation zu sprechen.

Von Beginn ihrer Schulzeit an hatte Tara immer wieder an eitrigen Mandelentzündungen gelitten, und Claudias Hausarzt war es schließlich gelungen, sie zu überreden, einen Spezialisten hinzuzuziehen.

Seit Taras Geburt war Claudia stets ängstlich darauf bedacht gewesen, jeden Kontakt mit Ärzten so weit wie möglich zu meiden, doch nur Garth wusste, dass dieses Bemühen weniger ihren Erinnerungen an das Baby, das sie verloren hatte, geschuldet war, als vielmehr ihrer Angst, dass irgendjemand sie nach den näheren Umständen von Taras Geburt fragen könnte, und das war der Grund dafür gewesen, dass Garth sich an jenem Tag frei genommen hatte, um sie zu dem Termin bei dem Spezialisten zu begleiten, der Tara eine Woche vorher untersucht hatte und nun mit ihnen darüber reden wollte, dass es seiner Meinung nach für Tara besser wäre, wenn ihre Mandeln entfernt würden.

Die Jahre nach Taras Ankunft und ihrem Umzug nach Ivy House waren so schnell verflogen, dass Claudia sich manchmal fragte, wo sie eigentlich geblieben waren. Garths Firma hatte sich zu einem blühenden Unternehmen entwickelt, und seine Arbeit brachte es mit sich, dass er viel unterwegs war. Aber Claudia war so damit beschäftigt, ihre Mutterrolle auszufüllen und Taras Bedürfnisse zu stillen, dass sie schlicht keine Zeit hatte, ihn zu vermissen.

Gelegentlich verspürte sie leises Schuldbewusstsein angesichts der Tatsache, dass Garth schon längst nicht mehr der Mittelpunkt ihres Lebens war – eines Leben, das sich fast nur noch um Tara und ihr gemeinsames Zuhause drehte –, aber obwohl Garth hin und wieder mit einem leicht ätzenden Unterton bemerkte, dass sie selbst wenn sie allein waren, fast unvermeidlich immer wieder auf Tara zu sprechen kamen, wusste Claudia doch in ihrem tiefsten Innern, dass er ihre Tochter ebenso vergötterte wie sie.

Und wenn ihr Liebesleben auf die seltsam hastigen Umarmungen am frühen Sonntagmorgen, zwischen denen weniger regelmäßige, dafür etwas geruhsamere sexuelle Begegnungen lagen, zusammengeschrumpft war, nun, dann war das nach allem, was sie aus den Erzählungen anderer Frauen wusste, ziemlich normal. Sie war nicht die einzige Frau, die es mitunter schwierig fand, der Rolle der Mutter und der Geliebten gleichermaßen gerecht zu werden, und glücklicherweise schien Garth die Situation so wie sie war zu akzeptieren.

Es war ein frischer Herbstmorgen, und Claudia versuchte, sich zu entspannen und es zu genießen, einmal nicht am Steuer zu sitzen, als sie sich auf den Weg ins Krankenhaus machten.

„Erinnerst du dich, als wir das erste Mal diese Strecke hier entlangfuhren?“ fragte Garth.

„Hm ...“, gab Claudia zurück. „Die Heizung funktionierte nicht und ...“

„Ich fuhr an den Straßenrand, um nachzuschauen, was los war“, fuhr Garth fort und fügte dann mit einem unverschämten Grinsen hinzu: „Bei der Heizung musste ich zwar kapitulieren, aber dafür hat mir die Art, wie wir uns gegenseitig gewärmt haben, umso mehr Spaß gemacht.“

„Garth, pass auf, der Radfahrer“, sagte Claudia in tadelndem Tonfall.

Garth warf ihr einen gelinde gereizten Blick zu. In letzter Zeit hatte Claudia auf seine sexuellen Anspielungen so gut wie gar nicht mehr reagiert. Kam es daher, weil sie keine Lust mehr auf *Sex* hatte, oder hatte sie keine Lust mehr auf *ihn*?

Er verstand, wie beschäftigt sie mit Tara war, wie mit Beschlag belegt, wie vernarrt hätte ein ihr weniger freundlich gesinnter Mann vielleicht gesagt. Und er wusste auch, dass es illoyal war von ihm, dass er sich ausgeschlossen fühlte und eifersüchtig war, manchmal nahm er es ihr sogar ausgesprochen übel, dass sie Taras Gesellschaft der seinen vorzuziehen schien oder dass sie ihn spüren ließ, dass ihr Tara wichtiger war als er. Es war weniger die Zeit und die Aufmerksamkeit, die Claudia Tara zukommen ließ, auf die er eifersüchtig war, viel mehr schmerzte ihn, dass Claudia ganz offensichtlich Taras Gesellschaft mehr schätzte als die seine, dass er für sie nicht mehr wirklich wichtig war.

Natürlich verstand er, dass es für sie beide jetzt nicht mehr möglich war, ein so ungezügeltes Liebesleben zu führen wie ein frisch verheiratetes junges Paar, das allein lebte, jetzt wo sie eine fast dreizehnjährige Tochter hatten, die überall herumrannte – eine sehr intelligente, wache, neugierige Tochter noch dazu.

Besorgt runzelte Claudia die Stirn und starrte blind zum Fenster hinaus. Vom Verstand her wusste sie, dass ihr von dem Hals-Nasen-Ohren-Spezialisten keine Gefahr drohte; dass alle Welt Tara als ihre Tochter akzeptierte. Und doch fühlte sie sich aus einem unerklärlichen Grund äußerst angespannt, als Garth auf den Krankenhausparkplatz fuhr.

Als Garth ihren Gesichtsausdruck sah, rief er sich zur Ordnung. Arme Clio. Er sollte mehr Mitgefühl für sie aufbringen, auch wenn ... auch wenn was? Auch wenn *er* der Meinung war, dass Tara so bald wie möglich die Wahrheit oder so viel davon, wie sie zu begreifen imstande war, erfahren sollte.

Ursprünglich war Claudia, was dieses Thema anbelangte, ganz seiner Meinung gewesen, aber in letzter Zeit hatte sie zunehmend abwehrend reagiert, wenn er es angeschnitten hatte.

„Ich weiß einfach nicht, wie ich es ihr schonend beibringen soll", hatte sie beim letzten Mal gesagt, als er die Sprache darauf gebracht hatte. „Sie ist einfach noch zu jung, um es zu verstehen. Und davon abgesehen, was sollte ich ihr sagen ... dass ich nicht ihre Mutter bin?"

„Sie wird es eines Tages erfahren müssen, Clio", hatte Garth sie sanft erinnert.

„Vielleicht ja nicht", hatte Claudia hartnäckig widersprochen. „Alle glauben, dass sie meine ... unsere Tochter ist", hatte sie sich hastig korrigiert. „Wenn irgendjemand etwas wüsste, wäre es schon längst herausgekommen."

Garth hatte geseufzt und sich eine weitere Bemerkung verkniffen, weil er keinen Streit mit ihr wollte. Und vielleicht hatte sie ja Recht. Vielleicht musste Tara es ja nie erfahren. Aber was würde sie tun, wenn die Wahrheit eines Tages durch Zufall ans Licht käme?

„Irgendwann erzähle ich es ihr schon noch", hatte Claudia

schroff versprochen, „wenn ... wenn der richtige Zeitpunkt gekommen ist.“

„Der Termin beim Arzt dürfte nicht allzu lange dauern. Was hältst du davon, wenn wir anschließend irgendwo essen gehen? Es gibt da diesen neuen Italiener. Du isst doch so gern italienisch.“

„Oh Garth, ich kann nicht“, gab Claudia nervös zurück. „Ich muss noch einen Stoff für das Kleid besorgen, das ich Tara für die Geburtstagsparty bei ihrer Freundin nähen will, und davon abgesehen ist heute mein Nachmittag im Zentrum.“

Ein paar Mal im Monat stellte Claudia ihre freie Zeit und ihre Fachkenntnisse dem örtlichen Gemeindezentrum zur Verfügung, wo sie denjenigen Rat anbot, die ihn brauchten.

Garth wusste, dass ihr die Arbeit dort Spaß machte, aber sie hatte immer betont, dass sie es nur machen würde, solange es in Taras Zeitplan passte.

„Ich *will* für sie da sein, Garth“, hatte sie gesagt, als er eine Bemerkung fallen gelassen hatte, dass sie schrecklich wenig Zeit für sich selbst zu haben schien – und für ihn, hätte er hinzufügen können, es jedoch unterlassen. „Es ist kein Opfer ... es ist das, was ich will.“

Der Hals-Nasen-Ohren-Arzt begrüßte sie mit einem warmen Lächeln.

„Es handelt sich um einen ganz leichten Eingriff“, versichert er ihnen, nachdem er sich Taras Krankenakte durchgelesen hatte, „und ich würde Ihnen dringend empfehlen, ihn durchführen zu lassen. Diese Infektionen, die sie hat, können sie auf Dauer sehr schwächen, obwohl es unwahrscheinlich ist, dass sie einen bleibenden Schaden hinterlassen – zumindest keinen gesundheitlichen. Aber manche Kinder, die diese Probleme haben, fallen in der Schule zurück, und es ist auf jeden Fall ein Eingriff, den man besser jetzt als im Erwachsenenalter durchführen sollte. Tatsächlich ist sie jetzt genau im richtigen Alter dafür.

Das einzige Problem könnte sich aus ihrer extrem seltenen Blutgruppe ergeben, aber wie ich aus der Akte entnehme, haben Sie ...“, hier schaute er Garth an, „dieselbe Blutgruppe wie Ihre Tochter.“ In dem offensichtlichen Versuch, witzig zu sein, fügte er jovial hinzu: „Ich weiß, dass man sagt, dass es schon ein sehr kluges Kind sein muss, das wirklich weiß, wer sein Vater ist, aber in Taras Fall ist jeder Zweifel ausgeschlossen.“

Claudia warf Garth einen Blick von der Seite zu, wobei sie erwartete, ihn ebenso überrascht zu finden, wie sie selbst es war, aber stattdessen sah sie zu ihrem Entsetzen, dass er äußerst unbehaglich und fast ... fast schuldbewusst dreinschaute. In diesem Augenblick wurde ihr schlagartig, wenn auch nur instinktiv, klar, dass der Arzt Recht hatte und dass *Garth* Taras Vater war. Noch härter aber traf sie die Erkenntnis, dass er es die ganze Zeit gewusst haben musste und es ihr verheimlicht hatte, und am allerhärtesten traf es sie, dass Tara, *ihr* Kind, im Endeffekt überhaupt nicht ihres, sondern ganz allein Garths Kind war.

Sie schaffte es, sich zusammenzureißen, bis sie wieder im Auto saßen, dann schleuderte sie ihm ihre Anklagen ins Gesicht, bevor sie an ihnen zu ersticken drohte.

„Gib es zu, Garth“, verlangte sie heiser, „weil ich nicht ruhen werde, bis ich die Wahrheit herausgefunden habe. *Du* bist Taras Vater, richtig?“

Garth hüllte sich einige Sekunden in Schweigen und presste die Lippen hart aufeinander. „Nun ... es gibt eine starke Wahrscheinlichkeit, dass ich es sein könnte“, erwiderte er schließlich, wobei er statt sie anzuschauen, durch die Frontscheibe auf die Straße hinausstarrte.

„Eine starke *Wahrscheinlichkeit*? Ihr habt dieselbe Blutgruppe. Du *musst* ...“

„Ich wusste, dass unter Umständen die Möglichkeit bestehen könnte, dass Tara meine Tochter ist, ja“, unterbrach er sie grimmig. „Aber mehr auch nicht. Glaub mir, Claudia, bis zum heutigen Tag ...“

„Bis zum heutigen Tag hast du gehofft, dass sie es *nicht* ist?“

Garth sagte nichts. Was sollte er auch sagen? Dass er das, was Katriona ihm mitgeteilt hatte, entschlossen verdrängt hatte, indem er sich gesagt hatte, dass seine Liebe zu Tara nicht von der Frage abhing, ob sie seine leibliche Tochter war oder nicht? Wenn er ihr leiblicher Vater war, war es seine Verantwortung und vielleicht sogar sein Recht, ihr ein *wirklicher* Vater zu sein, und wenn er es nicht war, nun, dann war sie noch immer seine geliebte Tochter.

Auch wenn Claudia dies wahrscheinlich nicht verstehen würde, war es doch so gewesen, dass ein Teil von ihm es schlicht und ergreifend nicht hatte wissen *wollen*. Es war ihm besser, weiser, *sicherer* erschienen, das, was Katriona ihm gesagt hatte, einfach damit abzutun, dass sie sich ja nicht einmal selbst ganz sicher gewesen war, wer Taras Vater war, und er konnte sich ganz gewiss nicht daran erinnern, mit Katriona jemals intim genug gewesen zu sein, um sie schwängern zu können ... mit Ausnahme dieser ... mit Ausnahme dieser merkwürdig verschwommenen Erinnerungen an eine Frau, die sich nicht ganz richtig angefühlt und irgendwie fremd gerochen hatte, eine Frau, die ja ... vielleicht doch nicht Claudia gewesen war.

„Die ganzen Jahre über hast du gewusst, dass Tara dein Kind ist. All diese Jahre hast du mich getäuscht und belogen ...“

Claudia fing an zu weinen, aber als Garth den Versuch machte, sie in seine Arme zu ziehen, stieß sie ihn weg und verkroch sich in ihren Sitz.

„Fass mich nicht an", fauchte sie ihn an wie eine wütende Katze. „Wage es nicht, mich je wieder anzufassen! Du hast mit Katriona geschlafen. Du hattest *Sex* mit ihr. Garth ... warum ... warum ...?" Die Tränen strömten ihr übers Gesicht. „Wie konntest du das bloß tun? Wie konntest du mich so hintergehen ... mich so verraten? Wie oft hast du dich mit ihr getroffen? Und wo? Habt ihr euch getroffen, wenn ..."

„Claudia. Es ist nicht so, wie du denkst", protestierte Garth und fügte hinzu: „Hör zu, lass uns nach Haus fahren, dort können wir über alles reden. Ich verspreche dir, dass ich bis zum heutigen Tag keinen Beweis dafür hatte, dass Tara meine Tochter ist."

„Aber du wusstest, dass sie es sein könnte", beharrte Claudia.

Das Lenkrad umklammernd, räumte Garth knapp ein: „Ja. Ich wusste, dass ... dass die *Möglichkeit* bestand, dass sie es sein könnte. Hör zu, wir können hier nicht reden", wiederholte er. „Wir müssen warten, bis ..."

„Bis was?" schleuderte Claudia ihm wütend entgegen. „Bis du Zeit gehabt hast, dir noch mehr Lügen einfallen zu lassen ...?"

„Ich habe dich niemals belogen, Claudia", stellte Garth scharf klar.

„Doch, das hast du – indem du mir etwas verschwiegen hast. Du hast bereits zugegeben, dass du wusstest, dass du Taras Vater sein könntest, aber du hast mir nie ... niemals auch nur ein einziges Sterbenswörtchen davon erzählt. Du hast mich heute bei diesem Arzt ins Messer laufen lassen, obwohl du genau wusstest, dass ..."

„Ich habe gar nichts gewusst, Claudia. Ich hatte keine Ahnung, dass er ... Hör zu, bitte, Clio ... hör mir zu. Ich weiß, was du jetzt denkst, aber du irrst dich ... es war nicht so, wie du denkst", schloss er lahm.

„Ach nein? Für wie blöd hältst du mich eigentlich, Garth? Ich *weiß*, dass Katriona Taras leibliche Mutter war. Und du hast eben zugegeben, ihr Vater zu sein. Soweit ich weiß gibt es nur einen Weg, wie das passiert sein kann, oder? Oder?" fragte sie in ätzendem Ton.

„Clio, bitte, wenn du dich nur für einen Moment beruhigen würdest", flehte Garth eindringlich, „ich könnte es dir ..."

„Du könntest was?" Als er an einer Verkehrsampel anhalten musste, riss sie die Tür auf und sprang aus dem Wagen, wobei sie ihm zum Abschied entgegenschleuderte: „Die einzigen Worte, die ich von dir hören möchte, Garth, sind die, von denen wir beide wissen, dass du sie nicht sagen kannst!" Und ohne ihm die Gelegenheit zu einer Erwiderung zu geben, warf sie wütend die Tür zu, wirbelte auf dem Absatz herum und rannte davon.

Ihr Stolz hielt sie aufrecht, bis sie an der nächsten Straßenecke angelangt war. Nachdem sie sie umrundet hatte, spürte sie, wie erneut heiße Tränen in ihren Augen brannten. Tränen des Entsetzens, der Demütigung, des Zorns und vor allem des Schmerzes.

All diese Jahre über hatte sie nichts gewusst, nicht einmal geahnt hatte sie etwas. Alles, was sie eben erlebt hatte, erschien ihr wie ein böser Traum.

„Nimm sie", hatte Katriona Claudia gedrängt, als sie im Sterben lag, und jetzt wusste Claudia, warum. Gott, wie musste Katriona hinter ihrem Rücken über sie gelacht haben. Wie mussten sie beide über sie gelacht haben, während sie zusammen im Bett lagen, während sie ...

„Ist mit Ihnen alles in Ordnung, meine Liebe?"

Die freundliche mütterliche Stimme der Frau, die neben ihr

stehen geblieben war und ihr eine Hand auf den Arm gelegt hatte, brachte Claudia wieder in die Gegenwart zurück. Schwer schluckend nickte sie mit dem Kopf und log: „Ja, mir ist nur etwas ins Auge geflogen."

Ins Auge! Dieser messerscharfe gezackte Pfeil des Verrats und der Eifersucht hatte sich tief in ihr Herz gebohrt und begann bereits, ihre Gefühle zu vergiften.

Es war nicht nur Garths sexueller Verrat, der sie so schmerzte. Seltsamerweise war es ein anderer Verrat, der sie noch viel mehr quälte – die Tatsache, dass er all die Jahre über gewusst hatte, dass Tara sein Kind war, dass Tara in Wahrheit in weitaus höherem Maße seine Tochter war als die ihre ... dass sie sein eigen Fleisch und Blut war ... und dass er diesen Umstand vor ihr geheim gehalten hatte. Dass zwischen Tara und ihm ein Blutsband existierte, das zwischen ihr und ihrer geliebten Tochter niemals existieren würde ... dass Garth rechtlich gesehen weitaus mehr Anspruch auf sie hatte als sie selbst. Sie hasste ihn dafür und hasste sich selbst dafür, dass sie ihn hasste.

Ohne zu wissen, was sie tat, trat sie ihren Heimweg an, wobei sie hoffte, dass sie nicht irgendjemandem in die Arme laufen würde, der sie kannte. Sie handelte instinktiv, ihr einziges Ziel war es, nach Hause zu kommen ... um sich in einer Ecke zu verkriechen, in der sie sicher war. Bis sie dort angelangt war, bis sie wirklich allein war, konnte sie es nicht wagen, ihre Gefühle genau zu untersuchen, obwohl sich gewisse Gedanken immer wieder quälend an die Oberfläche drängten.

Wie oft mochte Garth Katriona getroffen haben? Und wo? Bestimmt nicht in diesem besetzten Haus. Der Gedanke an Garth mit Katriona auf dieser vergammelten Matratze ... der Gedanke an Garth mit Katriona, wo auch immer, verursachte ihr Brechreiz, er ließ in ihr den Drang wachsen, laut loszuschreien, sich die Haut in Fetzen vom Körper und die Haare büschelweise vom Kopf zu reißen, ihren maßlosen Zorn und das Gefühl, schmählich verraten worden zu sein, in alle Welt hinauszuschreien. Aber sie wusste, dass sie das nicht tun konnte, dass sie es nicht tun *durfte*; um Taras willen musste sie versuchen, sich so normal wie möglich zu benehmen.

Warum war Garth zu Katriona gegangen? Woran hatte es ihm in ihrer Beziehung, in ihrer Ehe, gemangelt, dass er geglaubt hatte, ihr das antun zu müssen?

„Die Kerle von der Armee sind die schlimmsten", hatte Katriona triumphierend verkündet. Hatte sie ihn damals schon gekannt? Hatte er, Garth, selbst *dann* ...? Die Tränen brannten in ihren Augen wie Säure. Hastig blinzelte sie sie weg, aber es war ihr unmöglich aufzuhören, sich zu quälen, aufzuhören, sich die beiden zusammen vorzustellen.

Sie hatte bereits gewusst, dass Garth am Abend nicht zu Hause sein würde. Er hatte einen wichtigen Termin, und als sie Ivy House betrat, beteuerte sie sich immer wieder leidenschaftlich, dass sie froh war, ihn nicht sehen zu müssen, dass sie ihn gar nicht sehen wollte, nicht jetzt und nie mehr. Nicht nach allem, was er ihr angetan hatte.

Wie oft war es passiert? Wie oft hatte er Liebe ... Sex mit Katriona gehabt? Hatte es ihm mit ihr mehr Spaß gemacht als mit ihr? Es musste ihm mehr Spaß gemacht haben, oder? Er musste sie mehr begehrt haben als sie, seine Frau, andernfalls würde er es schließlich nicht getan haben ...

Und Katriona musste ihm erzählt haben, dass Tara sein Kind war ... dass sie mit seinem Baby schwanger war, während sie, seine Frau, unfähig gewesen war ...

Claudia spürte, wie sich die Hysterie in ihr Bahn brach, der Schmerz, den sie nur ertragen konnte, indem sie ihn in die Stille des leeren Hauses hinausschrie.

Plötzlich durchlebte sie erneut genauso scharf und qualvoll all die Gefühle, die sie durchlitten hatte, als ihr zum ersten Mal klar geworden war, dass sie niemals ein eigenes Kind haben würde.

Aber Tara *war* ihr Kind ... Tara gehörte ihr, sie war ihre Tochter. Sie, Claudia, war es, die sie liebte, die ihr alles beibrachte, was man über das Leben wissen musste, die sie mit ihrer mütterlichen Fürsorge umfing.

Tara ... bald würde es Zeit sein, sie von der Schule abzuholen, ein liebgewordenes Ritual, das sie beide genossen, obwohl sich Tara schon manchmal beschwert hatte, dass sie jetzt alt genug sei, um allein von der Schule nach Hause zu gehen. Es war eine Art ganz besonderen Zusammenseins, dieser Spaziergang von der Schule nach Hause, auf dem Tara ihr alles erzählte, was sie den Tag über erlebt hatte, während sie glücklich plappernd und Hand in Hand neben ihr herging.

Tara. Ihre Tochter. Katrionas Kind ... Garths Kind, aber *ihre* Tochter.

Sie wiegte sich mit um den Oberkörper geschlungenen Armen sanft vor und zurück, auf ihrem – auf ihrem und Garths – Bett sitzend. Plötzlich spürte sie, wie ihr übel wurde.

Sie schaffte es gerade noch rechtzeitig, ins Bad zu kommen und erbrach sich heftig in die Toilettenschüssel, dann lehnte sie sich, von Kopf bis Fuß zitternd, gegen die Wand.

Hatte Garth Katriona erzählt, dass sie niemals Kinder haben konnte? Hatte er sich vielleicht bei ihr ausgeweint über die Unfähigkeit seiner Frau, ihm Kinder zu gebären? War das der Grund dafür, dass Katriona ...?

Hör auf. Hör sofort auf damit, befahl sie sich, während sie den Knopf der Wasserspülung drückte und dann den Kaltwasserhahn aufdrehte. Sie musste sich um Taras willen zusammenreißen. Tara war diejenige, die zählte, die Einzige, die ihr jetzt noch wichtig war. Sie fühlte sich wie betäubt. Ihre Ehe mit Garth war aus. Das wusste sie. Wie hätte es auch anders sein können?

Wie konnte es sein, dass er ihr nichts erzählt hatte ... dass er sie nicht gewarnt hatte ...? All diese Jahre, jedes Mal, wenn er Tara angeschaut hatte, musste er sich an Katriona erinnert haben. Vielleicht hatte er es ihr ja deshalb nicht erzählt ... weil er seine Erinnerungen an Taras Mutter für sich behalten wollte. Hatte er Katriona geliebt ... vielleicht mehr geliebt, als er sie selbst je geliebt hatte? Irgendetwas musste er für sie empfunden haben. Liebte er deshalb Tara? Weil sie die Tochter ihrer Mutter war? Ihre Gedanken drehten sich im Kreis, schneller und immer schneller, gerieten außer Kontrolle, bewirkten, dass ihr schwindlig wurde.

Tara ... Sie musste jetzt Tara abholen. Das Telefon klingelte, als sie das Haus verließ. Sie ignorierte es.

Sich selbst verfluchend, legte Garth den Telefonhörer auf. Falls Claudia zu Hause war, würde sie natürlich nicht abnehmen. Wenn er bloß heute Abend nicht diese verfluchte Rede halten müsste.

Er musste mit Claudia sprechen ... ihr erklären ... er musste sie *zwingen*, ihm zuzuhören, aber wie konnte er mit ihr reden, wenn Tara da war und ... Aus einem Impuls heraus wählte er die Nummer von Claudias Eltern. Offensichtlich überrascht, seine Stimme zu hören, erklärte sich seine Schwiegermutter einverstanden, für ein paar Tage nach Ivy House zu kommen und Tara zu versorgen, weil er, wie er ihr sagte, Claudia auf einen Überraschungskurzurlaub entführen wollte.

„Ich weiß, dass es etwas überstürzt kommt", entschuldigte er sich.

„Mach dir keine Sorgen", wurde ihm versichert. „Ich finde, das ist eine wundervolle Idee. Wohin willst du denn mit ihr fahren?"

„Äh ... das ist geheim", sagte Garth, und schließlich war das nicht ganz unwahr. Bis jetzt hatte er nämlich noch keine blasse Ahnung, wohin sie fahren würden, er wusste nur, dass es ein Ort sein musste, an dem sie vollkommen ungestört waren, damit sie mit dieser Sache ins Reine kommen konnten. Hoffentlich.

Zu überrumpelt, um widersprechen zu können, und noch immer zutiefst schockiert über ihre Entdeckung, willigte Claudia wie betäubt ein, als Garth ihr von seinem Plan erzählte. Er hatte ein kleines Cottage an der walisischen Grenze unweit von Hay-on-Wye gemietet. Claudia hüllte sich auf dem Weg dorthin in eisiges Schweigen. Nicht weil sie ihn durch Nichtbeachtung absichtlich bestrafen wollte, sondern einfach deshalb, weil es ihr leichter fiel, nichts zu sagen, als den Schmerz zu entfesseln, von dem sie wusste, dass er auf sie wartete, wenn sie erst anfing, ihre Gefühle zu artikulieren.

Das Wetter war umgeschlagen, es war kalt und regnerisch, und auf Claudias bleichem Gesicht lag ein gequälter Ausdruck, der sie plötzlich viel älter aussehen ließ. Selbst die Art, wie sie sich bewegte, ist anders als sonst, registrierte Garth, nachdem sie endlich ihr Ziel erreicht hatten und Claudia aus dem Wagen ausstieg und langsam, ohne auf ihn zu warten, auf das Cottage zuging.

In den achtundvierzig Stunden, die vergangen waren, seit die Wahrheit ans Licht gekommen war, hatte er sich tausend Mal, nein hunderttausend Mal verflucht für das, was er getan hatte, und doch, wenn es nicht passiert wäre, gäbe es Tara nicht. Er konnte noch immer die Hand aufs Herz legen und bei Gott schwören, dass er keine Ahnung hatte, wie es jemals dazu hatte kommen können ... und dass es von seiner Seite ganz gewiss keine vorbereitete oder auch nur erwünschte Handlung gewesen war.

Das Cottage war offensichtlich als ein behaglicher Rückzugsort für Liebespaare gedacht. Unten gab es einen offenen Kamin, und oben war nur ein großes Schlafzimmer, von dem eine Tür in ein geräumiges Bad mit einer überdimensionalen viktorianischen Badewanne und diskret platzierten Spiegeln führte. In jedem Zimmer gab es Kerzen, und das ganze Ambiente des Hauses strahlte eine sinnliche Intimität aus.

Garth konnte Claudia fast zurückschrecken sehen, und er hatte den Verdacht, dass sie sich auf dem Absatz umgedreht und wieder hinausgegangen wäre, wenn nicht der Eingang durch den Lebensmittelkarton, den er mitgebracht hatte, blockiert gewesen wäre.

„Ich glaube nicht, dass das eine gute Idee ist", sagte sie kalt zu Garth, während sie zuschaute, wie er die Lebensmittel in die Küche trug.

„Wir waren uns darüber einig, dass wir miteinander reden müssen", erinnerte er sie.

Reden! Wie zivilisiert sich das aus seinem Mund anhörte! *Sie* wollte nicht reden. Sie wollte wüten und rasen, sich die Lunge aus dem Leib schreien und wimmern, sich vor Selbsthass und Selbstverachtung ihre Fäuste, ihren Kopf, ihr ganzes Selbst an der Wand einschlagen, weil sie sich jahrelang wie eine dumme Gans hatte hinters Licht führen lassen.

„Wie hast du sie kennen gelernt?" fragte sie tonlos. „Wie oft hast du ...?"

„Ich habe sie zwei Mal gesehen", antwortete Garth ruhig. „Das erste Mal, als ich aufwachte und sie dabei erwischte, wie sie meine Kleider durchsuchte und meine Brieftasche leer räumte. Das zweite Mal ..." Er unterbrach sich und bückte sich, um die Milch und andere verderbliche Sachen in den Kühlschrank einzuräumen. „Beim zweiten Mal bin ich zu ihr gegangen, nachdem sie sich mit mir in Verbindung gesetzt hatte, um ... mir von Tara zu erzählen." Er richtete sich wieder auf, dann warf er die Kühlschranktür zu, Claudias versteinertes Schweigen ignorierend. „Claudia, es *ist* nicht, wie du denkst", versicherte er ihr eindringlich. „Ich kann mich nicht einmal erinnern, Sex mit ihr gehabt zu haben. Sie ..."

„Du erinnerst dich nicht." Claudia schluckte ein unbeherrschtes, wildes Lachen hinunter. „Wie war sie, Garth? Viel, viel besser als ich, natürlich. Hast du mit ihr über mich gesprochen, habt ihr über mich gelacht?"

„Claudia, hör auf", stöhnte Garth. „Du verstehst nicht ..."

„Ich verstehe nicht?" Sie lachte wieder bitter auf, es klang klirrend, als ob etwas in ihr zerbräche. „Natürlich verstehe ich. Ich verstehe, dass *du* Sex mit ihr hattest. Dass du *ihr* ein Kind gemacht hast. Dass du und sie ... wo ist es passiert, Garth? In unserer Wohnung ... in unserem *Bett*?"

Sie spürte, dass sie anfing, von Kopf bis Fuß heftig zu zittern. Dieselbe Übelkeit, die sie schon einmal überfallen hatte, überfiel sie erneut, doch diesmal bekam sie sie in den Griff.

„Claudia, ich schwöre dir, dass es nicht so war, wie du es dir vorstellst", erklärte Garth heiser. Es war lebenswichtig, dass sie verstand, was er sich mühsam Stück für Stück zusammengereimt hatte, deshalb begann er jetzt zu erzählen. Wie er aufgewacht war und Katriona in der Wohnung vorgefunden hatte, wie sie sich über ihn hergemacht haben musste, während er völlig betrunken nackt auf dem Bett gelegen hatte. Selbst in seinen Ohren klang die Geschichte vernichtend unglaubwürdig. Aber er fuhr trotzdem fort, ihr zu erklären, was auch für ihn noch immer nicht mehr als eine ganz vage Erinnerung, ein verschwommener Traum war.

Er sah, dass Claudia wenig, wenn nicht sogar nichts von dem, was er sagte, aufnahm. Sie weigerte sich sichtlich, die Worte an sich herankommen zu lassen. „Ich will jetzt nichts mehr hören", sagte sie eisig.

Es war alles zu viel für sie, und am quälendsten war der Gedanke, dass Garth Katriona mit in ihr gemeinsames Heim und in ihr Bett genommen hatte. Er hatte an demselben Ort Liebe mit ihr gemacht, wo er sie, Claudia, geliebt hatte, und hatte sie berührt, zweifellos auf genau dieselbe Art, wie er *sie* berührt hatte, vielleicht hatte er ihr sogar gesagt, dass er sie liebte.

Claudia hatte geglaubt, dass der Schmerz, ihr ungeborenes Kind zu verlieren und anschließend jede Hoffnung auf weitere Kinder aufgeben zu müssen, das Schlimmste wäre, was ihr jemals zustoßen könnte, aber jetzt wurde ihr klar, dass sie sich geirrt hatte. Es war ein grausamer Schmerz gewesen, aber bei aller versengenden Qual war es doch eine saubere, scharf umrissene Wunde gewesen. Dies hier war ein schleichendes Gift, das in sie eindrang, eine Säure – ein Wundbrand, der an ihr fressen würde, bis sie total zerstört war.

„Ich kann mir gut vorstellen, wie du dich jetzt fühlst", hörte sie Garth heiser sagen.

„So?" fragte sie herausfordernd. „Woher willst du das denn wissen, Garth? Wie konntest du mir, *uns* das bloß antun?" fragte sie gequält. „Jetzt wundert es mich gar nicht mehr, dass du keinen sonderlichen Einspruch erhoben hast, als ich dir erzählte, dass ich Tara mitgenommen hatte. Wahrscheinlich hast du dich hinter meinem Rücken halb tot gelacht. Ich, deine Ehefrau, nehme mich deines ... des Kindes, das du mit einer anderen Frau hast, an ... und *liebe* es sogar noch ...“

„Claudia. Ich wusste nicht, dass Tara mein Kind ist. Sie hätte von ...“

„Jedem sein können“, schnitt Claudia ihm mit kalter Stimme das Wort ab. „Ja. Das hätte sie wirklich. Aber du hast dennoch gewusst ... Hast du sie geliebt, Garth?“

„Nein.“ Seine Erwiderung kam wie aus der Pistole geschossen, doch zu seinem Leidwesen schien seine Antwort ihre Verbitterung nur noch zu vergrößern.

„Das macht dich noch verabscheuungswürdiger“, klagte sie ihn ruhig an. „Wenn du sie geliebt hättest, hätte ich versuchen können, dich zu verstehen, aber das zu tun, was du getan hast, ohne sie zu lieben ... ich kann nicht mit dir verheiratet bleiben, Garth“, sagte sie tonlos, „nicht nach dem, was vorgefallen ist. Ich kann es nicht ertragen, mit dir in einem Zimmer zu sein, geschweige denn ...“ Sie unterbrach sich und wandte sich von ihm ab.

„Deine Reaktion ist maßlos übertrieben“, erwiderte Garth heftig. Er fing langsam an wütend zu werden. Sie hatte ihm nicht einmal zugehört oder sich selbst die Chance gegeben, dies mit ihm durchzuarbeiten. Sie war sofort bereit, ihm das Schlimmste zu unterstellen, ohne es auch nur ein einziges Mal hinterfragt zu haben, fast als ob ... als ob ...

„Das ist genau die Gelegenheit, auf die du schon seit langem gewartet hast, stimmt's?“ fragte er in beißender Herausforderung. „Eine Ausrede, die es dir ermöglicht, mich endlich loszuwerden. Immerhin ist es mir ja schon seit längerer Zeit nicht mehr erlaubt, eine besondere Rolle in deinem Leben zu spielen, oder? Du willst keinen Ehemann, Claudia, und mit Sicherheit willst du keinen

Liebhaber. Tatsächlich willst du überhaupt keinen Mann. Zumindest nicht diesen Mann. Alles, was du willst, ist, Mutter zu sein. Nun, du bist aber nicht ...“

„Ich bin was nicht? Ich bin nicht Taras Mutter?“ brach es aus Claudia heraus.

Garth schluckte schwer und starrte sie an. Das hatte er überhaupt nicht sagen wollen! Ihre Augen waren rot und verschwollen vom Weinen, ihr Gesicht war so bleich, dass sie richtig krank aussah. In den Augen der Welt mochte sie in diesem Augenblick körperlich weniger anziehend wirken, aber er hatte sie noch niemals mehr geliebt als in diesem Moment, er hatte sich noch nie mehr gewünscht, ihr seine Liebe zu zeigen, sie noch nie mehr ...

Das Cottage war klein, und ein paar Schritte genügten, um an ihrer Seite zu sein und ihr den Arm um die Schultern legen zu können. Er zog sie eng an sich und murmelte: „Clio .. meine Liebe, meine einzige Liebe ...“

„Nenn mich nicht so“, schrie Claudia, legte den Kopf in den Nacken und schaute zu ihm auf, aber Garth registrierte die Wut und die scharfe Zurückweisung in ihrer Stimme nicht. Alles, was er wollte, war, das Band der Liebe zu verstärken und zu erneuern, das, wie er zu wissen glaubte, noch immer zwischen ihnen existierte, ihr auf die einzige Art, die er kannte, zu zeigen, dass sie seine Frau war, seine einzige Frau, dass sie es immer gewesen war und immer sein würde.

Er beugte den Kopf, hob eine Hand und legte sie an ihre Wange, das Gewicht seines Körpers drückte sie gegen die Wand; sie wurde durch die Intensität seiner Leidenschaft total überrumpelt, als er anfing, sie fast wie von Sinnen zu küssen, wobei er mit seinem Mund jeden Einwand, den sie machen wollte, erstickte, indem er sie wieder und wieder küsste.

Claudia war so wütend, dass sie ihn fast geschlagen hätte – sie, die körperliche Gewalt verabscheute und nie in ihrem Leben aggressiv gewesen war. Sie spürte, wie sich das heiße, harte Gewicht seines Körpers in ihren Körper brannte, und es schockierte sie zu entdecken, wie schnell und umstandslos ihr eigener Körper trotz allem, was mittlerweile zwischen ihnen stand, auf die Vertrautheit seines Körpers reagierte.

Rasend vor Zorn, ballte sie die Hände und versetzte ihm einen harten Schlag gegen die Brust, in den sie ihre ganze Empörung, ihre ganze Verzweiflung und ihre ganze Wut über das, was er ihr angetan hatte, hineinlegte. Sie wollte ihn zerstören, genau wie er sie zerstört hatte, indem er ihre Liebe verraten hatte.

Sie hörte, fühlte, das schockierte Keuchen, mit dem er die Luft in seine Lungen einsog, während sie mit den Fäusten gegen seine Brust trommelte – ein kindischer, untauglicher Versuch, ihm wehzutun, und eine Handlung, die ihr nicht einmal die Befriedigung einer emotionalen Erleichterung verschaffte, wie sie sich eingestehen musste, während sie spürte, wie ihr heiße Tränen in die Augen schossen.

„Ich hasse dich, Garth ... ich hasse dich." Sie schrie ihm die Worte ins Gesicht, und zehn Sekunden später schrie sie immer noch, als er ihre Handgelenke mit einer Hand packte, sie ohne viel Federlesens hochhob und sich über die Schulter warf, um sie unter einem Hagel von Faustschlägen und Fußtritten, den sie auf ihn niederregnen ließ, nach oben zu tragen.

Hinterher schwor Garth sich und ihr, dass er nur die Absicht gehabt hätte, sie auf dem Bett abzuladen und sie dort liegen zu lassen, bis sie sich beruhigt hatte, aber dann sah er ihr tränenüberströmtes Gesicht, und er konnte nicht anders, als die Hand auszustrecken und es zu berühren.

„Claudia, es war nicht so, wie du denkst", sagte er zum wiederholten Mal, aber Claudia hatte genug gehört.

Sie fuhr ihre Krallen aus, um ihm das Gesicht zu zerkratzen, um irgendetwas zu tun ... *irgendetwas*, nur um diese Worte nicht mehr hören zu müssen, diese Lügen, die er ihr auftischte.

„Claudia ... nein!" explodierte er, ihre Handgelenke umklammernd. Völlig außer sich beugte Claudia sich vor und biss ihn, nach einem Ventil für ihren Zorn suchend, mit aller Kraft in die Unterlippe.

Garth verspürte einen scharfen Stich, schmeckte das Blut, das aus der Wunde schoss, und sah, dass Claudias Augen triumphierend aufflammten, als ihr klar wurde, was sie getan hatte. Und dieser Anblick, der triumphierende Ausdruck, der in ihren Augen lag, das Wissen, dass es ihr Spaß gemacht hatte, ihm wehzutun, riss den fragilen Wall seiner mühsam aufrechterhaltenen Selbstkontrolle nieder.

Er war mehr als einen Kopf größer als sie und viel, viel schwerer. Hinzu kam sein Training bei der Armee, weshalb es ihn nicht weiter überraschte, dass er leichtes Spiel mit ihr hatte, allerdings fand er es verblüffend, wie erbittert sie sich gegen ihn zur Wehr setzte. Und was ihn regelrecht schockierte, war, wie sehr es ihn körperlich erregte, wie *erotisch* er es fand, sich ineinander verklammert mit ihr übers Bett zu wälzen; die weiche Wärme ihres Körpers unter sich zu spüren, zu wissen, dass jenseits der Wut, der sie beide hemmungslos die Zügel schießen ließen, das sexuelle Begehren, ein sehr heftiges und total männliches Begehren, sein Haupt hob. Es war eine schon fast vergessene dringliche Hitze, die da in ihm aufstieg, während er Claudia niederhielt und beobachtete, wie sich ihre Brüste hoben und senkten, während sie schwer atmete. In seiner Phantasie zog er sie bereits aus, und einen Moment später lag ihr golden schimmernder Körper, auf die Berührung seiner Hände und seines Mundes wartend, vor ihm.

Claudia sah seinen Blick und spürte, wie ihr Körper darauf reagierte – ein Blick, der so alt war wie Adam und Eva. Ein Schauer überlief sie und dann noch einer, als sie erkannte, dass sie von dem, was eben zwischen ihnen ablief, sexuell erregt wurde, auch wenn sie es vom Verstand her abscheulich fand.

Sie wusste, noch ehe Garth seine Hand hob, um ihr die Bluse beiseite zu schieben und ihre Brüste mit den harten Knospen zu entblößen, was er vorhatte und wie sie sich dabei fühlen würde, wenn er es täte. Dieses heiße Gefühl, das sie jetzt durchströmte, speiste sich nicht nur aus ihrem Zorn, ihrer Bitterkeit und ihrer Verachtung, sondern auch aus ihrem Verlangen.

Als sich seine Hand über ihre nackte Brust legte und sein Mund den ihren fand, konnte sie den warmen salzigen Geschmack seines Blutes schmecken. Hinter ihren geschlossenen Augenlidern tanzten schwarze und rote Feuerreifen als ein Echo auf ihre wild durcheinander wirbelnden Gefühle. Wut, Schmerz, Qual, Verlangen, Lust. All diese Gefühle waren da und vermischten sich mit noch anderen, die sich einzugestehen sie nicht ertragen konnte.

Sie liebten sich schnell und heftig, Claudia riss Garth die Kleider vom Leib, so wie sie ihm gern die Haut vom Leib gerissen hätte, sie schrammte mit den Fingernägeln rücksichtslos über seinen Rücken, während er tief in sie eindrang, wobei sie ihn hasste, weil sie ihn körperlich begehrte, obwohl sie ihn bis auf den tiefsten Grund ihrer Seele verabscheute, die scharfen Kanten ihrer Fingernägel gruben sich tief in sein Fleisch, was er damit beantwortete, dass er noch tiefer in sie eindrang.

Ihre Vereinigung war zutiefst erschütternd und unglaublich sinnlich. Claudia war schockiert über ihre Aggressivität, die sich in dem wilden Verlangen manifestierte, tief in sich drin die heftigen Wellen der Erschütterung zu spüren, die sein Orgasmus Garth bescherte, fast so, als ob sie unbewusst versuche, seine ganze Männlichkeit, seinen ganzen Samen aus ihm herauszusaugen, um ihn leer und ausgehöhlt zurückzulassen, um zu verhindern, dass er je einer anderen das geben könnte, was er nur ihr hätte geben sollen, auch wenn ihr Körper nichts damit anzufangen wusste ... auch wenn in ihm kein neues Leben wachsen konnte. Ihr eigener Orgasmus war der intensivste, den sie je erlebt hatte, mehr Schmerz als Lust, seine Wellen überfluteten sie so explosionsartig, dass sich ihr Körper hinterher leicht und leer anfühlte. Aber wenn er den Zweck gehabt haben sollte, aus ihrem Unterbewusstsein all ihre Gefühle für Garth auszumerzen, so hatte es nicht funktioniert, noch längst nicht.

Für die Welt draußen ging ihre Scheidung ruhig und fast freundschaftlich über die Bühne.

„Ich kann nicht mehr mit dir leben", hatte Claudia ihm distanziert mitgeteilt. „Ich will dich nicht mehr in meinem Leben haben, Garth."

Er hatte schweren Herzens in die Scheidung eingewilligt. Trotz all seiner Versuche, sie zum Einlenken zu bewegen, war sie hart geblieben. Sie konnte nicht mit einem Mann verheiratet bleiben, der ihre Ehe in den Schmutz gezogen und sie zum Gespött gemacht hatte.

Tara, so wurde vereinbart, sollte bei ihrer Mutter leben, allerdings bestand Garth darauf, sie so häufig wie möglich zu sehen.

„Ich kann mich ja kaum weigern, oder?" hatte Claudia bei ihrem letzten privaten Treffen zugestimmt, wobei sie bitter hinzugefügt hatte: „Immerhin ist sie ja *deine* Tochter."

„Und deine“, hatte Garth beharrt.

Aber Claudia hatte sich geweigert, ihn anzuschauen, und als sie den Kopf weggedreht hatte, hatte er gewusst, dass sie weinte. Und er hatte auch gewusst, dass jeder Versuch, sie in den Arm zu nehmen und zu trösten, zum Scheitern verurteilt war und womöglich bewirken würde, dass sie ihn noch mehr hasste.

16. KAPITEL

Während sie sich durch den Londoner Verkehr schlängelte, waren Claudias Gedanken bei Tara. Nachdem Garth und sie Tara die Neuigkeit, dass sie sich scheiden lassen wollten, so schonend wie möglich beigebracht hatten, war ihre Tochter in Tränen ausgebrochen und hatte sie angefleht zusammenzubleiben. Tara ...

Wären die Umstände andere gewesen, hätte Claudia sich ihre Entscheidung möglicherweise noch einmal überlegt, zumal auch Garth immer wieder in sie drang, ihre Ehe weiterzuführen. Aber wie konnte sie das, wenn sie jedes Mal, wenn sie ihn anschaute, jedes Mal, wenn er sie berührte, immer nur Katriona vor sich sah? Wenn sie jedes Mal, wenn sie ihn mit Tara sah, daran denken musste, wie und mit wem er ihre über alles geliebte Tochter gezeugt hatte.

Nach und nach lernte es Tara, die Trennung ihrer Eltern zu akzeptieren, und Claudia stand zu ihrem Wort, dass sie ihren Vater so oft sehen konnte, wie sie wollte – sie stand dazu trotz der Qualen, die es ihr verursachte. Tara ... Tara mit vierzehn ... sechzehn ... achtzehn ... dem Alter, in dem Katriona gewesen war als ...

Und jetzt war ihre Tochter kein Mädchen mehr, sondern eine junge Frau, eine Frau, die dabei war, ihr eigenes Erwachsenenleben zu beginnen, eine junge Frau, deren Leben von einem Betrug vergiftet werden konnte, ebenso wie Claudias eigenes Leben von einem Betrug vergiftet worden war.

Aber es war nicht der Betrug eines Mannes an seiner Frau, sondern der Betrug einer Mutter an ihrem Kind.

Als Garth Claudia zum letzten Mal gedrängt hatte, Tara die Wahrheit zu sagen, hatte sie scharf erwidert: „Ich kann nicht. Wie könnte ich. Ich bin es ihr schuldig, dass ich sie beschütze."

„Es ist nicht Tara, die du zu beschützen versuchst", hatte Garth ihr schneidend widersprochen. „Du willst *dich* beschützen. Hast du jemals daran gedacht, was passieren wird, wie sie sich fühlen wird, wenn sie es von jemand anderem erfährt?"

„Sie wird es nicht erfahren", hatte Claudia stur behauptet, auch wenn ihr mit Erschrecken klar geworden war, wie dünn die Decke der Täuschung war, die sie über Taras Herkunft geworfen hatte, und wie leicht die Wahrheit ans Tageslicht kommen konnte, wenn jemand entschlossen war, sie aufzudecken.

Wie würde sich Tara fühlen, wenn sie, allein in einem fremden Land, gezwungen war, den Fakten ins Auge zu blicken, weil Rylands Tante die Wahrheit entdeckt hatte und sie damit konfrontierte? Wie würde sie selbst sich an Taras Stelle fühlen? Was für Gedanken, was für Gefühle würde sie dieser „Mutter" entgegenbringen, die sie in diese Situation gebracht hatte, ohne sie vorher zu warnen? Mit welchem Maß würde sie die Liebe dieser Mutter messen, wenn ihr klar wurde, dass diese ihre eigenen Bedürfnisse über die der Tochter gestellt hatte, nur um vor dieser im besten Licht dazustehen?

Tara würde jedes Recht der Welt haben, sich genauso hintergangen zu fühlen, wie sie sich von Garth hintergangen gefühlt hatte, und sie würde sie, Claudia, ebenso hassen, wie sie selbst Garth gehasst hatte.

Waren ihre eigenen Gefühle, ihre eigenen Bedürfnisse wirklich so viel wichtiger als die ihres Kindes? Ja, *ihres* Kindes, versicherte sie sich mit Nachdruck, weil Tara *ihr* Kind war. Die Liebe, die sie ihr entgegengebracht hatte, konnte sich mit Sicherheit mit der Liebe, die eine Mutter ihrem leiblichen Kind entgegenbrachte, messen. Vom Gefühl her war Tara Fleisch von ihrem Fleisch, Blut von ihrem Blut. Sie war die Art von Mutter, die, wenn Tara nicht bei ihr war, immer instinktiv gewusst hatte, wenn sie krank oder unglücklich war, das Band zwischen ihnen war so stark, dass es schon fast an übersinnliche Wahrnehmung grenzte.

Sie konnte Tara nicht nach Amerika gehen lassen, ohne ihr die Wahrheit zu sagen, das wurde ihr jetzt plötzlich mit einer Schärfe, die an körperlichen Schmerz heranreichte, klar. Wie hatte sie diese Entscheidung nur so lange hinauszögern können? Wie hatte sie es zulassen können, dass ihre eigene Angst, von Tara zurückgewiesen zu werden, ihr wichtiger gewesen war, als Taras Recht, die Wahrheit zu erfahren?

Zum Schrecken des Fahrers hinter ihr riss sie tollkühn das Steuer herum und überfuhr verbotenerweise eine Busspur, um nach links in ein Gewirr kleiner Seitenstraßen abzubiegen, die sie, falls sie ihre Erinnerung nicht trog, an ihr Ziel bringen würden.

Mit dem sicheren Instinkt einer heimkehrenden Taube wusste sie, dass es nur einen Ort gab, an dem sie im Augenblick sein wollte, nur eine einzige Person, die sie sehen wollte. Nur diese eine Person konnte ihr helfen, indem sie sie in ihrem Entschluss bestärkte und sie davor beschützte, wieder schwach zu werden und ihren Ängsten nachzugeben.

Jemanden zu lieben bedeutete, die Bedürfnisse des geliebten Menschen über die eigenen zu stellen. Wahre Mutterliebe war selbstlos, nicht egoistisch.

Garth fluchte, als es an der Tür klingelte. Es war ein schlimmer Tag gewesen, der durch die Erkenntnis, dass trotz all der Jahre, in denen Claudia und er getrennte Wege gegangen waren, es noch immer einen Teil in ihm gab, der sich Claudia zugehörig fühlte, noch schlimmer geworden war. Sie war seine Frau, seine Seelenverwandte, seine Liebe. Es wäre die leichteste, normalste Sache von der Welt gewesen, wenn er ihr das heute Mittag in Ivy House gezeigt hätte.

Was gezeigt? Dass er sie noch immer überwältigen und zwingen konnte, Sex mit ihm zu machen? Oh ja, wundervoll. Da hätte er einen schönen Helden aus sich gemacht.

Er runzelte die Stirn, während er auf den Knopf der Gegensprechanlage drückte und knapp „Ja?" sagte.

„Garth, ich bin's ... Claudia. Wir ... ich muss mit dir reden. Ich ... ich habe mich entschieden, Tara die Wahrheit zu sagen ..." Stille. „Garth ... Garth, bist du da?"

„Ja ... ja. Komm rauf, Clio, nein, warte. Ich komme runter und hole dich ab."

Du verhältst dich wie ein durchgeknallter Halbstarker, schalt er sich selbst, während er die Treppen hinunterflog, die in die Eingangshalle führten, aber er war machtlos dagegen, er konnte sich nicht zurückhalten.

„Claudia ... Clio ..."

Verloren in der unerwarteten Wärme seiner Umarmung, mit der er sie einhüllte, nachdem er die Tür aufgerissen hatte, war Claudia so verblüfft, dass sie nichts anderes tun konnte, als einfach nur stillzuhalten und froh zu sein, *dankbar* für die menschliche Wärme, die er ihr entgegenbrachte, und sein Verständnis.

„Ich habe den ganzen Tag nachgedacht ... über alles Mögliche", sagte sie verlegen, nachdem er sie losgelassen hatte und mit ihr zur Treppe ging.

„Ich war bei unserer alten Wohnung. Es sieht alles anders aus dort ... eine Menge Privathäuser und ..."

„Ja, ich weiß."

„Du weißt?" Claudia starrte ihn an, als er die Tür zu seiner Wohnung aufschloss und sie hineinzog.

„Ich ... ich fahre gelegentlich dort vorbei", erzählte er ihr. Er würde ihr nicht sagen, wie oft. Immer wenn er sich besonders deprimiert fühlte, fuhr er dorthin und parkte vor dem Haus, in dem sie gewohnt hatten, wobei er sich erinnerte ... sich wünschte ...

„Ich war so ... blind, Garth, so ... so egoistisch. Ich glaubte, das Richtige zu tun, um Tara zu beschützen, aber plötzlich wurde mir klar, dass ... Ich weiß nicht, wie ich es ihr sagen soll", fuhr sie stockend fort, unfähig, ihm in die Augen zu schauen und stattdessen den Blick auf das, was draußen vor dem Fenster lag, richtete. „Ich weiß nur, dass ich es tun muss ... bevor es jemand anders tut. Ich habe solche Angst, Garth", gestand sie, weniger schockiert über das Eingeständnis an sich als über die Tatsache, dass es von allen Menschen, die sie kannte, ausgerechnet Garth war, dem sie es machte. „Ich habe solche Angst, dass sie ... dass sie ..."

„Sie wird entsetzt sein, ja", sagte Garth sanft. „Aber ... Tara ist *deine* Tochter, Clio, in jeder Hinsicht, die von Belang ist. Sie hat dein logisches Denkvermögen geerbt und wägt ein Urteil, das sie fällt, vorher sehr genau ab. Sie wird verstehen, warum du es ihr nicht erzählt hast."

„Wird sie das wirklich? Wird sie verstehen, dass ich viel mehr an meine eigenen Gefühle, an meine Angst, ihre Liebe zu verlieren, gedacht habe als an ihre Gefühle? Glaubst du wirklich, dass sie das verstehen wird? Oh Garth ..."

Plötzlich stellte sie zu ihrem Entsetzen fest, dass sie wie Espenlaub zitterte, so heftig, dass es unmöglich war, den Gefühlssturm, der über sie hinwegraste, zu verbergen. Zum dritten Mal an diesem Tag spürte sie, wie sich Garths Arme tröstlich um sie legten.

„Komm, setz dich", drängte er fast nüchtern. „Hast du schon gegessen? Ich wollte mir gerade ein bisschen was zum Abendessen herrichten."

Das war nicht wahr. Er hatte schon früher am Tag gegessen, aber jetzt kam ihm plötzlich in den Sinn, dass Claudia wie eine Verhungernde aussah – dass sie ein Hunger quälte, der nicht nur Hunger nach Essen war, sondern nach *jeder* Art von Nahrung. Wärme, Mitgefühl, Unterstützung ... Liebe.

„Nein ... ich bin nicht hungrig", lehnte Claudia sein Angebot ab, dann stutzte sie. Was tat sie eigentlich hier? Warum, um alles in der Welt, war sie hierher zu Garth gekommen? Ausgerechnet zu Garth, dem allerletzten Menschen, an den sie sich um Hilfe und Verständnis hätte wenden dürfen.

„Ja ... ja, ich hätte gern etwas, bitte", gestand sie heiser, und noch während sie die Worte aussprach, wurde ihr deren Bedeutung bewusst, auch wenn diese Garth verschlossen blieb. Zum ersten Mal seit sie ihm gesagt hatte, dass sie ihn nicht mehr in ihrem Leben haben wollte, war sie dabei zuzugeben, dass sie ihn noch immer brauchte.

Ihn brauchte oder ...?

„Warte hier", sagte Garth.

Claudia hörte ihn in der Küche herumwerkeln, während sie im Wohnzimmer am Fenster stand und blicklos auf die Themse hinausstarrte. Sie war früher schon einmal kurz in seinem Apartment gewesen. Es war bequem möbliert in einem sehr männlichen Stil, obwohl es, wie sie plötzlich registrierte, etwas Steriles an sich hatte, als ob es niemals zu einem wirklichen Heim für Garth geworden wäre.

Es war offensichtlich eine Wohnung, die niemals von einer Frau bewohnt worden war. Claudia lächelte schmerzlich berührt über sich selbst, während sie diese sehr weibliche Einschätzung traf. Sie sollte sich besser keine Gedanken über die Anwesenheit einer anderen Frau im Leben ihres Ehemanns ... ihres Exehemanns machen, erinnerte sie sich scharf. Oder war es vielleicht nicht ihre wütende Bitterkeit, ihre Eifersucht bei dem Gedanken an seine Intimität mit einer anderen Frau und seinen Verrat an ihr und ihrer Liebe gewesen, die ihre Ehe an erster Stelle zerstört hatte?

Aus der Küche wehte Essensduft zu ihr herüber, und als sie erkannte, was er kochte, begann ihr Herz schneller zu klopfen.

Ein Omelett. Das allererste Gericht, das er ihr zubereitet hatte, war ein Omelett gewesen, mit dem er sie gefüttert hatte, nachdem ... nachdem ...

Ein Omelett ist kein richtiges Essen, hatte sie protestiert, als er es ihr in Antwort auf ihre Bitte nach einem romantischen Essen zubereitet hatte.

Aber Garth hatte in dem Moment schon ihren Fuß in der Hand gehalten und sehr sanft ihre nackte Wade gestreichelt, während er an ihren Zehen gesaugt hatte. Sie hatte sehr schnell das Interesse an der Frage verloren, was ein romantisches Essen war und was nicht.

Als sie Garth mit einem Tablett hereinkommen sah, erinnerte sich Claudia daran, dass sie fünfundvierzig Jahre alt war; dass sie seit zehn Jahren geschieden waren und dass er sie betrogen hatte, aber es nützte nichts. Sie hörte, wie sie mit seltsam brüchiger Stimme, wobei ihr die Tränen in die Augen traten, sagte: „Du hast mir ein Omelett gemacht." Und dann war das Essen vergessen. Der einzige Trost, den sie wollte, war, Garths starke warme Arme um sich zu spüren, während sie an seiner Schulter schluchzte. „Garth, ich habe solche Angst, ich habe so schreckliche Angst."

„Sch ... sch ... komm. Komm, setz dich hin. Lass uns reden."

„Für dich ist es etwas anderes", sagte Claudia fast eine halbe Stunde später, als sie spürte, dass sie sich endlich wieder einigermaßen in der Gewalt hatte. „Immerhin bist du ihr Vater."

„Ja, und ich bin mir sicher, dass sie wirklich sehr beeindruckt ist, wenn sie erfährt, wie ich ihr Vater geworden bin."

„Ich ... die jungen Leute heutzutage haben andere Vorstellungen von ... Treue. Vielleicht denkt sie sich gar nicht viel dabei ..."

„Das habe ich nicht gemeint", unterbrach Garth sie grimmig und fuhr, als Claudia verständnislos die Stirn runzelte, erklärend fort: „Ich weiß nicht, wie es zu Taras Zeugung kam. Wie ich dir schon damals zu erklären versucht habe, kann ich mich an nichts mehr erinnern ... und auch nicht an ihre Mutter. Alles, woran ich mich erinnern kann, ist, dass ich halb aus einem Vollrausch aufwachte und merkte, dass ..."

„Dass was?" drängte Claudia.

„Dass da jemand war ... irgendjemand, der sich irgendwie nicht richtig anfühlte. Es ist eine so flüchtige Erinnerung, dass ich sie kaum eine Erinnerung nennen kann. Wie, um alles in der Welt, hat sie es bloß geschafft, mich ..." Er unterbrach sich, als er merkte, wie unpassend seine Bemerkung war.

Doch Claudia war jetzt älter und weitaus abgeklärter.

„Du meinst, wie sie es geschafft hat, Sex mit dir zu haben. Aber du bist mit ihr ins Bett gegangen."

„Nein", bestritt er. „Das bin ich *nicht*. Ich ging ins Bett, das wohl, aber nicht mit ihr, und als ich wieder aufwachte, sah ich, wie eine junge Frau, von der ich später erfuhr, dass es sich bei ihr um eine deiner Klientinnen handelte, meine Kleider durchsuchte – eine junge Frau, die mit dem Inhalt meiner Brieftasche so schnell abhaute, dass ich es nicht schaffte, sie festzuhalten und zur Rede zu stellen, was sie in meinem Schlafzimmer machte. Es ist möglich für eine Frau, mit einem Mann Sex zu haben ..."

„Ohne dass er etwas davon weiß?" unterbrach Claudia ihn scharf. „Also wirklich, Garth ..."

„Ich war betrunken“, erinnerte Garth sie. „Dass sie es offensichtlich geschafft hat, meinen Körper zu einer automatischen Reaktion zu bringen, würde ich niemals abstreiten – obwohl ich mich nicht erinnern kann, wie es dazu gekommen ist. Aber das *Resultat* hat nichts mit mir zu tun, ich hätte genauso gut Samenspender sein können. Nein, nicht mal das, denn wenn jemand seinen Samen spendet, ist das eine bewusste Entscheidung, während ...“

„Glaubst du, dass sie das alles geplant hat, dass sie wirklich ...“ Claudia schluckte, ihr war ganz elend zu Mute.

Jetzt, wo sie daran zurückdachte, und sie hatte diese Gedanken seit ihrer Scheidung ganz bewusst ausgeblendet, erinnerte sie sich daran, dass Garth ihr erzählt hatte, dass jemand in der Wohnung gewesen war und dass sie um diesen Zeitpunkt herum auch ihre Schlüssel vermisst hatte. Konnte Katriona bewusst geplant haben ...?

„Wer weiß? Ich bezweifle sogar, dass *sie* es definitiv wusste“, sagte Garth weich. „Aber was ich weiß, ist, dass *du* die einzige Frau bist, die ich jemals liebte und begehrte, sowohl emotional als auch körperlich, die einzige Frau, die ich immer noch will.“

Claudia schluckte schwer, und selbst dann war ihre Stimme noch immer sehr brüchig, als sie flüsterte: „Was sagst du da, Garth? Du hast gesagt, dass ihr beide, du und Katriona, ein Liebespaar wart.“

„Nein“, widersprach Garth und schüttelte entschieden den Kopf. „Katriona und ich waren *nie* ein Liebespaar. Wir hatten Sex, ja, wir *müssen* Sex gehabt haben, sonst gäbe es Tara nicht, auch wenn ich mich nicht mehr daran erinnern kann. Aber es war nur ein einziges Mal, und ich war völlig weggetreten.“

„Aber du hast mir erzählt ... hast gesagt, dass ihr ein Liebespaar wart“, flüsterte Claudia gequält.

„Nein, Claudia“, beharrte Garth sanft. „*Du* hast behauptet, dass wir ein Liebespaar waren. Ich habe versucht, dir zu sagen, wie es wirklich war, aber ... du hast einfach nicht zugehört.“

„Du hast dir aber auch nicht sonderlich viel Mühe gegeben, mich zum Zuhören zu bewegen. War es nicht so?“ verteidigte Claudia sich heiser.

„Vielleicht nicht“, stimmte Garth zu. „Nenn es männlichen Stolz, wenn du willst, aber ich habe mich ohnehin schon ausgeschlossen gefühlt, eine unnötige und unerwünschte Ablenkung, die dir bei deinem trauten Zusammensein mit Tara im Weg war. Für mich hatte es den Anschein, als würdest du nur nach einem Grund suchen, um unter unsere Ehe den Schlussstrich ziehen zu können. Es kam mir so vor, als wolltest du die Wahrheit gar nicht hören.“

Claudia spürte, wie sich ihre Augen mit Tränen füllten. Sie wusste, dass das, was Garth sagte, nicht ganz abwegig war, selbst wenn ... Selbst wenn was? Selbst wenn sie die Dinge anders sah, wenn sie anders fühlte? Selbst wenn sie jetzt, wo sie hier mit ihm saß, sich fühlte wie ...?

„Ich hätte dir richtig zuhören sollen“, räumte sie kleinlaut ein. „Vielleicht wenn es nicht gerade Katriona gewesen wäre ...“

„Du hattest eine schlimme Zeit durchgemacht“, nahm Garth sie in Schutz. „Wie schlimm, war vielleicht keinem von uns beiden damals wirklich klar. Du hattest dein Kind verloren, dein eigenes Kind, und keine Hoffnung, dass du jemals ein eigenes haben würdest, und dann Katriona ... Ich habe dir das nie vorher gesagt, Clio, aber ich habe mich oft gefragt, wenn ich dich und Tara zusammen beobachtete, wie du es schaffst, sie so zu lieben. Ich an deiner Stelle hätte ...“ Er schüttelte den Kopf.

„Du hättest was? Sie dafür bestraft, dass sie Katrionas Kind ist

... dafür, dass *du* keine Kinder haben konntest? Nein, das hättest du nicht getan, Garth", beharrte sie. „Du nicht."

„Und du auch nicht", erinnerte Garth sie.

Claudia biss sich auf die Unterlippe. „Sie machte es einem so leicht, sie zu lieben", sagte sie nachdenklich. „Ich habe sie vom ersten Moment an geliebt, in dem ich sie gesehen ... im Arm gehalten hatte. Aber wer weiß?" Sie wandte den Blick ab. „Vielleicht habe ich ja damals schon irgendwie gespürt ... vielleicht habe ich ja tief in meinem Innern gewusst, dass sie dein Kind ist. Sie ist dir in so vieler Hinsicht so ähnlich."

„Wie lustig", flüsterte Garth sanft. „Ich finde, sie ist dir viel ähnlicher."

Sie lachten beide, und dann veränderte sich Claudias Gesichtsausdruck.

„Was wird sie sagen, wenn ich es ihr erzähle, Garth? Wie wird sie es aufnehmen, was wird sie empfinden?" Als sie die Tränen kommen spürte, schloss sie schnell die Augen. „Ich weiß nicht, wie ich es ertragen soll. Sie wird total entsetzt sein. Es wird sein, als ob ich ihr ihre ganze Vergangenheit nähme, alles, was sie glaubt zu sein. Ich habe Erwachsenenberatung bei Leuten durchgeführt, die als Kinder adoptiert wurden ..."

Sie schluckte schwer und bedeckte ihr Gesicht mit den Händen, während sie verzweifelt ausrief: „*Warum* nur habe ich es ihr nicht schon vor vielen Jahren gesagt, als sie noch jung genug war, um es einfach hinzunehmen, dass sie nicht meine Tochter ist. Es war nicht nur, weil ich Angst hatte, man könnte sie uns ... mir wegnehmen. Ich hatte nicht nur Angst, sie körperlich zu verlieren, sondern auch seelisch. Ich hatte Angst, dass sie mich ablehnen könnte, weil ich nicht ihre *richtige* Mutter bin, weil ich nicht Katriona bin und weil ich lebe, während Katriona tot ist!"

„Du bist ihre richtige Mutter", versicherte Garth ihr nachdrücklich und goss Wein in zwei Gläser. „Tara ist jetzt erwachsen, Clio. Natürlich wird sie schockiert und verzweifelt sein, das wissen wir beide. Und vielleicht wird sie sich auch für eine Weile von uns abwenden – auch das wäre nur natürlich. Aber sie ist dein Kind, vergiss das nicht, das Kind, das du geliebt und dem du deine Werte vermittelt hast. Sie hat deine Hartnäckigkeit und auch deine Stärke und die Fähigkeit, Menschen und Situationen ruhig und einfühlsam zu beurteilen. Und nicht zuletzt hat sie von dir großzügig zu lieben gelernt."

„Ich habe so viele Fehler gemacht, Garth", gestand Claudia reumütig ein und nahm einen großen Schluck von ihrem Wein. „Denk nur daran, wie falsch ich *dich* beurteilt habe. Angenommen, ich hätte eine Frau in derselben Situation, in der du warst, beraten, hätte ich ihr die Schuld dafür gegeben, dass ein Mann ohne ihre Einwilligung Sex mit ihr hatte? Hätte ich sie einfach weggeschickt?"

„Wenn man nicht direkt beteiligt ist, fällt einem eine nüchterne Einschätzung der Dinge meistens leichter", erinnerte Garth sie.

„Ja", pflichtete Claudia ihm bedauernd bei. „Ich liebte dich so sehr, dass mir die Vorstellung, dass du mit jemand anders zusammen gewesen sein könntest, unerträglich wahr – und dann auch noch mit Katriona."

„Hast du das wirklich, Clio?" fragte Garth. „Vielleicht, wenn ich mir ein bisschen sicherer gewesen wäre, wenn ich mir deiner Liebe sicherer gewesen wäre ..."

„Aber du musst doch gewusst haben, was ich für dich empfunden habe", protestierte Claudia.

„Früher, ja. Das dachte ich zumindest. Aber nachdem Tara da war, fühlte ich mich oft genug überflüssig", erklärte Garth trocken. „Ich fühlte mich ständig irgendwie im Weg, unser Liebesleben war fast nicht mehr existent und ..."

„Ich ... ich fühlte mich schuldig und ... beschämt, weil ich dir keine eigenen Kinder schenken konnte", flüsterte Claudia mit bebenden Lippen. „Immer wenn du mich anfasstest ... wenn wir uns liebten, ging mir durch den Kopf, dass du denken musst, wie sinnlos das alles ist. Manchmal ... wenn du in mir warst, musste ich weinen, wenn ich an all die Kraftvergeudung, die Energieverschwendung, an all diese möglichen Babys dachte ..."

„Hast du *deshalb* gedacht, dass Liebe machen sinnlos ist?" fragte Garth sie ruhig.

„Manchmal", gab Claudia zu. „Aber nicht immer."

Garth schaute sie einen Moment lang an, dann sagte er: „Wenn wir zusammen waren, Clio, wenn wir uns liebten, war der Gedanke, dass wir ein Baby machen könnten, das Letzte, was ich im Kopf hatte. Was ich wollte, was ich begehrte, warst *du* ... ich wollte dich halten ... dein Stöhnen hören ... spüren, wie du auf mich reagierst, ich wollte, dass du mich ebenso begehrst wie ich dich. Und ich will dir noch etwas sagen. Im Augenblick wünsche ich mir nichts so sehr, wie mir diese Gefühle zurückzuerobern. Und das, was ich für dich empfinde, mein Verlangen nach dir hat nichts, aber auch gar nichts mit irgendeiner Sehnsucht nach Fortpflanzung zu tun. Du bist selbst schuld", murmelte er, als er den Ausdruck in ihren Augen sah. „Dass ich das alles sage, kommt nur von diesen Erinnerungen, die du heraufbeschworen hast, indem du davon geredet hast, wie es für dich war, wenn ich in dir war."

„Garth", protestierte Claudia, aber es war ein sehr schwacher und wirkungsloser Protest, wie sie sofort einräumen musste, als er ihn ignorierte und ihr einfach das Weinglas aus den Fingern nahm, bevor er ihr Gesicht mit den Händen umrahmte.

Sie versuchte nicht einmal auszuweichen, als er ihr forschend tief in die Augen schaute, während er langsam den Kopf senkte und seinen Mund auf den ihren zubewegte.

Als seine Lippen die ihren streiften, spürte Claudia, wie sich ihre Augen mit Tränen füllten. Wie hätte sie sich einer solchen Zärtlichkeit verweigern sollen? Sie fühlte, wie ihr Mund, ihr Körper ganz weich zu werden begannen, wie eine schwere, träge Wärme in ihr aufstieg.

„Garth." Instinktiv presste sie sich an ihn.

Während er hörte, wie sie seinen Namen stöhnte und spürte, wie ihr Körper anfing, auf seine Nähe zu reagieren, während er all die viel sagenden Zeichen erkannte, die ihm ihre Empfänglichkeit signalisierten, nahm Garth seine Hände von ihrem Gesicht und zog sie noch enger an sich, er presste seinen Mund fester und verlangender auf den ihren, seine Zähne gruben sich in ihre Unterlippe, seine Zunge fing an, die weiche Süße ihres Mundes auszukosten.

Claudia spürte, wie sie anfing heftig zu zittern, während sie sich an ihn klammerte. Sein Kuss war wie eine Fackel, die man an eine trockene Zündschnur hielt, und sie war es, die in Flammen aufging. War sie so voller glühender Leidenschaft gewesen, als sie beide jünger waren? Falls ja, so konnte sie sich jedenfalls nicht mehr daran erinnern, denn diese Gefühle, die jetzt mit der mitreißenden Kraft einer Lawine auf sie herabstürzten, waren in nichts vergleichbar mit dem gewiss weitaus gezähmteren Verlangen, das sie in ihrer Jugend erfahren hatte.

Waren es die Jahre der Trennung, die Jahre der sexuellen Dürre, die diese Feuersbrunst entfachten? Und wenn das so war, warum? Ihre Enthaltsamkeit war ihre freie Entscheidung gewesen; es hatte immer Männer gegeben, die mehr als gewillt gewesen wären, sie zu lieben, wenn sie auch nur den kleinsten Anflug von Interesse gezeigt hätte. Luke zum Beispiel, aber das, von dem sie geglaubt hätte, dass es sich zwischen ihnen entwickeln könnte, war nichts im Vergleich zu dem, was sie noch immer für Garth empfand. Sex war für sie niemals vorrangig gewesen, und doch zitterte sie jetzt buchstäblich von Kopf bis Fuß vor Verlangen, sie lechzte förmlich danach, Garth die Kleider vom Leib zu reißen.

Claudia versuchte nach Luft zu schnappen und öffnete ihre Augen, um schockiert festzustellen, was sie tatsächlich tat ... dass sie bereits Garths Krawatte abgenommen und die obersten Knöpfe seines Hemds aufgerissen hatte.

„Hör nicht auf“, bat Garth heiser.

Claudia befeuchtete sich ihre plötzlich trocken gewordenen Lippen.

„Mach es, Claudia“, hörte sie Garth rau fordern, während er mit vor Verlangen brennenden Augen den Bewegungen ihrer Zungenspitze folgte. „Mach es“, wiederholte er, als sie sich nicht bewegte, nahm ihre Hand und bedeckte ihre Handfläche mit heißen Küssen, um sie gleich darauf an seinen Körper zu legen, sie dann wieder nahm und, den Blick fest auf sie gerichtet, langsam, oh, so langsam, an ihren Fingern zu saugen begann.

In Garths Augen loderte ein Feuer, das so heiß war, dass Claudia meinte, allein von seinem Blick in Flammen aufzugehen. Abzubrennen, dahinzuschmelzen, sich aufzulösen ...

Während sie ihm sein Hemd weiter aufknöpfte, zitterten ihre Hände so sehr, dass sie glaubte, ihre Aufgabe nicht bewältigen zu können, aber nachdem sie fertig war, stieß sie einen zitternden Seufzer aus, als sie seinen Körper sah. Auch wenn seine Schläfen bereits grau zu werden begannen, waren doch die weichen seidigen Löckchen auf seiner Brust so schwarz wie eh und je, seine normalerweise kleinen, flachen Brustwarzen waren jetzt hart. Genau wie ihre eigenen.

Claudia schluckte.

„Hör jetzt nicht auf", drängte Garth.

Claudia schaute auf seinen Gürtel und dann in sein Gesicht, wobei ihre Augen ihm verrieten, dass es nicht der Gürtel gewesen war, den sie mit einem Blick gestreift hatte.

„Ich habe es nie geschafft, meine Reaktion auf dich geheim zu halten, stimmt's?" stöhnte Garth, dann fügte er heiser hinzu: „Gott, Clio, ich will dich so sehr und schon so verdammt lange, dass ich gar nicht weiß, ob ich ..."

Jetzt zog er sie aus, und zwar wesentlich schneller und geschickter als sie ihn, wie Claudia zugeben musste, wobei ihr mit einigem Unbehagen bewusst wurde, dass sie ein ganzes Jahrzehnt jünger gewesen war, als er sie zum letzten Mal nackt gesehen hatte.

Aber ihre Sorgen waren fehl am Platz. Nachdem Garth die weichen warmen Kugeln ihrer Brüste entblößt hatte, bewirkte seine Reaktion, dass sie vor Glück den Atem anhielt.

Kein Mann auf dieser Welt konnte *diese* Art von Blick schauspielern, diese Art von verdutzter und begehrlicher Bewunderung. Sie brauchte nicht wirklich seine Worte, um bestätigt zu bekommen, was sie in seinem Gesicht ablesen konnte, aber es tat ihr dennoch gut, sie zu hören. „Ich habe fast vergessen, wie ... wie perfekt du bist. Wie ... wie ganz und gar Frau ... meine Frau. Oh, mein Gott, Clio, ich habe dich vermisst."

Und dann schmiegte er sein Gesicht an ihre Brüste, sie mit den Fingern und dem Mund liebkosend.

Es war fast so, als ob sie wieder jung wäre, obwohl Claudia wusste, dass sie damals nie so frei gewesen wäre, sein Verlangen nach ihr so zu akzeptieren wie es jetzt tat, und noch wichtiger, ihr

Verlangen nach ihm; genauso wenig wie sie weder seine noch ihre Sexualität damals so hatte akzeptieren können, wie sie sie jetzt akzeptieren konnte. Und sie konnte sich gewiss nicht erinnern, ihr Begehren in so vollen Zügen genossen zu haben, wie sie es jetzt tat, ein Begehren, das sofortige und vollständige Befriedigung verlangte, so sofort, dass sie jetzt doch tatsächlich lachend an Garths Hose zerrte, während dieser nur hilflos stöhnte. Aber das Lachen erstarb ihr auf den Lippen, als er die Hände nach ihr ausstreckte und sie an sich zog, um erneut ihre Brüste zu küssen, diesmal jedoch zog er seine Liebkosungen köstlich in die Länge, indem er ihre Knospen mit seiner Zunge sanft umspielte, um gleich darauf an ihnen zu saugen, so wie sie es am liebsten mochte.

Ob er sich an andere Dinge, die sie mochte, auch noch erinnerte?

Sie spürte, wie sich ihre Unterleibsmuskeln in köstlicher Erwartung zusammenzogen.

Es schien so zu sein. Und während sich ihre Finger in sein noch immer volles, kräftiges Haar krallten, schaute sie auf seinen Kopf zwischen ihren Schenkeln hinab und fragte sich, wie sie so lange ohne ihn hatte leben können.

Es war wie aus einem bösen Traum aufzuwachen und zu merken, dass es nur ein Traum gewesen war; dass *dies* hier die Realität war, Garths heiße, zärtliche Zunge an ihrem Körper, sein erregender männlicher Duft, seine Haut an der ihren, das war die Realität …

Sie gab ein leises Keuchen von sich, als ihr Körper anfing, auf den beständigen Druck seines Mundes gegen die heiße Knospe ihrer Klitoris zu reagieren. Wellen der Lust überschwemmten sie, ihr Begehren wuchs ins Unermessliche, bis es nur noch in einem gewaltigen Crescendo enden konnte, von dem sie wusste, dass …

„Garth ... Garth, nicht so“, keuchte sie. „Ich möchte, dass du in mir bist, wenn ... ich will ...“

Es war fast schon zu spät ... fast.

Die Zeit reichte gerade noch dafür, dass Garth mit einem drängenden, leidenschaftlichen Stoß in sie eindringen konnte und für einen zweiten, bevor ihr ekstatischer Schrei die Stille durchbrach, während die Wellen der Lust sie unter sich begruben.

„Ich will mich nicht bewegen“, gestand sie Garth ein paar Minuten später, als sie neben ihm lag.

„Ich *wage* es nicht, mich zu bewegen“, gestand Garth trocken und fügte hinzu: „Aber wir werden es müssen ... weil ...“ Auf ihr erhitztes Gesicht hinunterschauend, unterbrach er sich, um sie zu küssen, bevor er fortfuhr: „Weil ich dich das nächste Mal in einem bequemen Bett lieben möchte.“

„Das *nächste Mal*?“ Claudias Herz machte einen verräterischen Satz, aber sie sagte nichts, sondern schaute ihm nur forschend ins Gesicht.

„Das ist keine Eintagsfliege, Claudia“, warnte er sie, ihre unausgesprochenen Gedanken erratend. „Nicht für mich und für dich auch nicht, hoffe ich. Es ist nicht zu spät für uns, noch einmal von vorn anzufangen.“

„Du meinst, wir sollten ... die Vergangenheit vergessen?“ fragte Claudia erschüttert.

„Nein.“ Garth schüttelte den Kopf. „Nein, nicht vergessen, sondern auf ihr aufbauen, unsere Lehren aus dem ziehen, was wir gelernt haben, und diesmal dafür sorgen, dass es nichts und niemand schafft, uns auseinander zu bringen. Ich habe nie aufgehört, dich zu lieben. Nie. Und ich glaube, dass du auch nie aufgehört hast, mich zu lieben.“

Hatte er Recht? Claudia vermutete es. Neben dem Sex, den sie eben zusammen bis zur Neige ausgekostet hatten, gab es noch etwas anderes an dem Zusammensein mit ihm, bei dem ihr ganz leicht ums Herz wurde, das sich gut und richtig anfühlte. So entspannt. Als sie sich auszumalen versuchte, wie es wäre, wenn sie jetzt nach Hause zurückginge und mit ihrem Leben einfach so weitermachte wie bisher, wusste sie mit absoluter Sicherheit, dass dies keine Aussicht war, die sie erfreute. Dass sie jetzt, warum auch immer, mit ihm zusammen sein wollte. Weil sie seine Stärke brauchte.

„Tara wird uns beide brauchen, wenn sie die Wahrheit erst weiß", sagte Garth, wobei er es wieder einmal schaffte, ihre Gedanken mit einer solchen Präzision zu lesen, dass sie sprachlos war. „Und ich denke, dass wir beide einander auch brauchen. Was meinst du dazu, Claudia? Sollen wir es noch mal versuchen?"

Ich ... ich weiß nicht. Ich brauche Zeit, hatte sie eigentlich ausweichen wollen, aber zu ihrer eigenen Verblüffung hörte sie sich fast scheu sagen: „Ich ... sehr gern, Garth. Ich ..."

Weiter kam sie nicht. Trotz der Bemerkung über sein fortgeschrittenes Alter und seine schmerzenden Muskeln, die er irgendwann im Verlauf des Abends gemacht hatte, sprang er jetzt geschmeidig auf die Füße und hob Claudia hoch. „Das Bett ist der beste, der *einzige* Ort für diese Art von Diskussion, der einzige Ort für dich und mich im Moment", flüsterte er ihr auf dem Weg zum Schlafzimmer ins Ohr. Und als sie ihn anschaute, gelobte er feierlich: „Heute Nacht gibt es keine Vergangenheit, keine Angst und keinen Schmerz, heute Nacht gibt es nur unseren Neuanfang."

Ein Neuanfang? Claudia öffnete den Mund, um seiner romantischen und offensichtlich törichten Feststellung mit irgendeiner erwachsenen, vernünftigen Bemerkung zu begegnen, aber als sie in seine Augen schaute, überlegte sie es sich anders und hörte sich selbst voller Anbetung und zweifellos so idiotisch wie ein junges Mädchen, das zum ersten Mal im Leben in seiner Liebe schwelgt, flüstern: „Oh Garth, meinst du wirklich?“

Morgen würde natürlich alles anders sein, morgen würde sie all ihre Kraft brauchen, ihre ganze Reife, ihren ganzen Mut, um Tara gegenüberzutreten und ihr zu erzählen, was sie getan hatte. Aber heute Nacht brauchte sie dringend diese Zuflucht, dieses Schmerzmittel, diesen Frieden, diese *Barmherzigkeit*, um die Kraft und die Weisheit zu finden, eine Brücke zu bauen, die hoffentlich nicht nur sie, sondern, viel wichtiger noch, auch Tara über den Abgrund führen würde, der die Vergangenheit von der Zukunft trennte, und ebenso den Mut aufzubringen, diese auch zu überqueren.

„Ich habe nie aufgehört, dich zu lieben“, hörte sie Garth leidenschaftlich beteuern, während er mit der Schulter die Schlafzimmertür aufstieß. „Ich habe nie aufgehört und ich werde nie aufhören.“

17. KAPITEL

„Nun, zumindest wissen wir jetzt, dass mein Visum noch nicht fertig ist", sagte Tara, die am Küchentresen sitzend einen Toast aß, bedauernd zu Ryland und reichte ihm das Schreiben, das sie eben überflogen hatte. „Sie hatten irgendwelche Probleme mit ihrem Computer", informierte sie ihn, „und das Ergebnis ist, dass sie jetzt mit der Bearbeitung ihrer Visaanträge riesig im Rückstand sind."

„Hm ..."

„Ich habe übrigens vor, nachher kurz bei Dad reinzuschauen. Er hat mir eine Nachricht auf meinem Anrufbeantworter hinterlassen. Ich frage mich, was er will. Im Büro hat er sich die letzten zwei Tage nicht blicken lassen. Er hat nur angerufen und gesagt, dass ihm irgendetwas Wichtiges dazwischengekommen ist und dass er zu Hause nicht gestört werden will. Wahrscheinlich hat es mit einem Kunden zu tun. Ich habe gestern versucht, Ma zu erreichen, aber sie war weder im Büro noch zu Hause. Maxine hat erzählt, dass sie vorhatte, ein paar Tage wegzufahren, aber sie hat weder gesagt wohin noch wann genau sie wieder zurück sein will, was ihr gar nicht ähnlich sieht."

Der Toast war fast verschwunden, und sie inspizierte den Bissen, der noch übrig war, eingehend, bevor sie genüsslich die Marmelade ableckte und dann grinste, als sie sah, dass Ryland sie beobachtete.

„Isst du deinen noch?" erkundigte sie sich. „Ich bin völlig ausgehungert. Muss wohl daran liegen, dass ich letzte Nacht meine gesamte Energie verpulvert habe", fügte sie mit einem frechen Grinsen hinzu.

Ryland schüttelte den Kopf. „Dafür kannst du mich nicht verantwortlich machen“, sagte er trocken. „Ich habe nicht darauf bestanden, dass wir die Stellung des Monats aus irgendeiner Teenie-Illustrierten ausprobieren.“

„Du hast behauptet, dass es nicht geht“, erinnerte Tara ihn.

„Und ich hatte Recht – es ging ja auch nicht.“

„Aber fast“, widersprach Tara belustigt. „Dein Problem ist, dass du langsam zu alt wirst. Wenn du ein bisschen gelenkiger wärst ...“

„Wenn ich mich verknoten oder vielleicht schweben könnte, meinst du wohl?“ unterbrach Ryland sie, „und was das Alter anbelangt ... ich war es nicht, der sich beschwert hat, dass mir die Knie wehtun oder dass ...“

„Schon gut, schon gut. Na ja, du weißt ja, dass ich nicht so scharf drauf bin, oben zu sein. Da kommt mir mein Bauch immer so dick vor, mal davon abgesehen, dass ...“

„Davon abgesehen, dass du es vorziehst, mich die Schwerarbeit leisten zu lassen“, neckte Ryland sie und sperrte den Mund auf, damit sie den Toastrest, von dem sie die Marmelade abgeleckt hatte, hineinschieben konnte.

„Das stimmt doch gar nicht“, verwahrte sich Tara beleidigt. „Es ist einfach nur ... na ja, nenn es von mir aus romantisch oder idiotisch, ganz wie du willst, aber es gefällt mir eben einfach, dich auf mir zu spüren ... und in mir drin“, murmelte sie lüstern. „Mmm ... vor allem in mir drin. Ry ... wenn wir bei deiner Familie zu Besuch sind, erwarten sie doch hoffentlich nicht von uns, dass wir in getrennten Zimmern schlafen, oder?“ fragte sie.

„Vielleicht ... aber es gibt Schlimmeres. Das Haus ist groß genug, da wird uns schon irgendwas einfallen.“

„Hm ... ich will aber nicht irgendwas“, schmollte Tara. „Ich will alles. Ich hoffe bloß, dass du nach unserer Heirat nicht allzu lange mit einem Kind warten willst. Ich sehne mich in letzter Zeit immer mehr danach."

Ryland versuchte eine alarmierte Miene aufzusetzen, aber er sah ihr an, dass sie sich nicht täuschen ließ. Immerhin hatten sie das Thema Kinder schon lang und breit diskutiert, und sie waren sich darin einig, dass sie beide das wollten, was Tara als eine richtige Familie bezeichnete.

„Ich will auf jeden Fall mindestens drei Kinder", hatte sie verkündet, „und zwei Hunde ... oh, und ein schönes großes Gästezimmer, damit immer irgendwelche Leute bei uns wohnen können, und eine Grannysuite."

„Soso, eine Grannysuite. Hast du deiner Mutter schon von den Plänen erzählt, die du für sie gemacht hast? Mir war gar nicht klar, dass sie die Absicht hat, sich schon zur Ruhe zu setzen."

Tara hatte gekichert. „Na, ganz so weit ist es noch nicht. Und natürlich habe ich ihr noch nichts davon erzählt. Aber ich werde sie schrecklich vermissen, Ry", hatte sie, ernst geworden, hinzugefügt. „Wir waren uns immer sehr nah. Aber es war niemals eine dieser grauenhaften Gluckenmutter-abhängige-Tochter-Beziehungen. So war es nie. Es ist nur, weil sie immer ... na ja ... weil sie einfach immer da war, und irgendwie macht mir die Vorstellung, dass das bald nicht mehr so sein wird, fast ein bisschen Angst. Ich kann mir noch gar nicht vorstellen, wie ich mich dann fühle."

Ry hatte sie beobachtet. Was sie nicht zur Sprache gebracht, was er jedoch bereits erkannt hatte, war, dass Tara in einer Umgebung mit einer Mutter aufgewachsen war, die sie in ihre Liebe wie in einen magischen Mantel der Sicherheit eingehüllt hatte, ein Umstand, der sich in Taras ganzem Wesen widerspiegelte. Man sah ihr auf den ersten Blick an, dass sie umhegt worden war wie ein zartes Pflänzchen und dass sie die nicht mit Geld aufzuwiegenden Geschenke der Selbstsicherheit, der Selbstachtung und des Selbstvertrauens mit auf den Lebensweg bekommen hatte – Geschenke, von denen er bereits jetzt wusste, dass sie sie auf jeden Fall an ihre Kinder weitergeben und die diese über alle Maßen reich machen würden, Geschenke, die unbezahlbar und nicht käuflich waren.

„Die Hochzeitsvorbereitungen werden mir einen Riesenspaß machen", bemerkte Tara jetzt, dann huschte ein kleiner Schatten über ihr Gesicht. „Ich wünschte, wir wären eine größere Familie. Dann hätte ich wenigstens ein paar kleine Nichten und Neffen, die ich als Brautjungfern und Pagen ausstaffieren könnte."

Ryland grinste. „Du kannst dir ein paar von mir ausleihen", versprach er. „Ich habe Dutzende, ganze Horden, auf der Familienseite meiner Mutter jedenfalls."

Tara schaute noch immer düster drein. „Ich wünschte, dass Mum und Dad noch zusammen wären. Oh, ich weiß, dass sie sich zivilisiert verhalten werden." Sie verzog ironisch die Lippen. „Aber ich will nicht, dass sie zivilisiert sind, ich will, dass sie wieder zusammen sind. Ich möchte, dass sie ... glücklich sind", verkündete sie mit sichtlicher Mühe, die richtigen Worte zu finden.

„Ich bin mir sicher, dass sie das sind", sagte Ryland entschieden, dann fügte er sanfter hinzu: „Sie sind alt genug, um ihre eigenen Entscheidungen darüber, wie sie ihr Leben wollen, zu treffen, Tara. Und mit wem."

„Ja, ich weiß, aber das ist es ja gerade. Keiner von ihnen *hat* eine Entscheidung getroffen ... darüber, dass er mit jemand anders leben will. Sie könnten genauso gut noch verheiratet sein."

„Sie sehen sich doch kaum noch", wandte Ryland ein.

„Dad liebt Ma immer noch. Da bin ich mir ganz sicher. Er hat Fotos von ihr in seinem Schlafzimmer stehen. Sie müssen kurz nach meiner Geburt aufgenommen sein, weil ..."

„Vielleicht hat er sie ja nur, weil du drauf bist", fühlte sich Ryland verpflichtet anzumerken.

Er wusste, dass Tara der Ansicht war, ihre Eltern sollten es noch einmal miteinander versuchen. Das Thema war eins ihrer Steckenpferde, und es war etwas, von dem er sich sicher war, dass sie es mit vielen anderen Kindern geschiedener Eltern teilte, wobei die meisten von ihnen erwachsen genug waren, um es besser zu wissen.

„Und Mum hat auch niemand anders", fuhr Tara, sich für ihr Thema erwärmend, fort. „Nicht, dass es ihr an Verehrern mangeln würde."

„Sie ist eine sehr attraktive Frau", stimmte Ryland zu, dann zuckte er zusammen und schrie „Autsch!", als Tara ihm einen leichten Fußtritt versetzte. „Wofür war das denn?" wollte er wissen.

„Du hast eben gesagt, dass du sie attraktiv findest. Und wie attraktiv *genau*, wenn ich fragen darf?" erkundigte sie sich drohend.

Ryland lachte und zog sie vom Tisch weg in seine Arme. „Sehr ... aber nicht annähernd so attraktiv wie ihre Tochter", neckte er sie flüsternd, während er ihren Nacken mit kleinen Küssen bedeckte.

„Mmmm ... ich dachte, du musst weg", erinnerte Tara ihn.

„Stimmt", bestätigte Ryland bedauernd.

„Ich muss erst noch zu Dad. Weiß der Himmel, was er von mir will. Eine kleine Finanzspritze wäre jetzt allerdings sehr nützlich", sagte sie lachend.

Ryland lächelte sie an. Er bewunderte und respektierte es, dass Taras Eltern, die beide recht wohlhabend waren, der Versuchung widerstanden, ihr von ihnen ganz offensichtlich vergöttertes einziges Kind mit Luxusgütern zu überschütten.

Tara lebte von dem Einkommen, das sie in der Firma ihres Vaters verdiente, und dieses Gehalt war genauso hoch wie jenes, das die anderen jungen PR-Berater, die eben ihren Abschluss gemacht hatten, erhielten.

Wie würde sie reagieren, wenn er ihr eröffnete, dass sie es in Zukunft nicht mehr nötig haben würde zu sparen – und, weitaus wichtiger noch, *wann* wollte er ihr das eröffnen?

„Tara ...“, begann er tastend.

Aber sie fiel ihm ins Wort. „Ich muss los. Ich bin sowieso schon zu spät dran.“ Nach einem langen Kuss schnappte sie sich ihre Jacke und ihre Handtasche und stürmte zur Tür, wo sie sich noch einmal umdrehte und sagte: „Bestimmt brauche ich wieder eine halbe Ewigkeit quer durch London. Kannst du uns heute Abend etwas vom Chinesen mitbringen? Ich glaube nicht, dass wir Zeit haben werden zu kochen.“

„Was meinst du mit *wir*?“ neckte Ryland sie.

Sie hatten einen ständigen Streit darum, wer von ihnen beiden der bessere Koch war.

Nachdem sie weg war, wusste er nicht, ob er erleichtert sein oder es bedauern sollte, dass er es noch nicht geschafft hatte, ihr die Wahrheit zu sagen. Aber dazu war ja immer noch Zeit.

Eine halbe Stunde nach Taras Aufbruch wollte Ryland die Wohnung ebenfalls verlassen. Als er schon die Hand auf der Türklinke hatte, klingelte das Telefon. Er ging noch einmal zurück und nahm stirnrunzelnd ab, und sein Stirnrunzeln vertiefte sich noch, als er die Stimme seines Vaters vernahm.

„Ich muss dich bitten, sofort nach Hause zu kommen“, hörte er seinen Vater ernst sagen. „Wir haben dir bereits einen Flug gebucht. Du fliegst um elf von Heathrow über New York mit Anschlussflug nach Boston. Ich hole dich vom Flughafen ab.“

„Flughafen? Dad ...“

„Ich kann es dir jetzt nicht erklären. Komm einfach her.“

Ryland war sofort klar, dass es sich um etwas Schwerwiegendes handeln musste, und der tiefe Ernst, der in der Stimme seines Vaters mitschwang, bewirkte, dass ihm ein Schauer düsterer Vorahnung über den Rücken kroch.

„Dad, ist irgendetwas mit Mom ... sind die Mädchen ...?“

„Nein, deiner Mom geht es gut und den Mädchen auch. Hör zu, ich kann es dir jetzt nicht erklären. Du wirst alles verstehen, wenn du hier bist. Und Ry ... ich denke, es ist besser, du kommst allein.“

Allein! Sein Vater beendete das Gespräch, bevor Ryland dazu kam, ihm noch weitere Fragen zu stellen. Was, zum Teufel, war da los? Er konnte spüren, wie das Adrenalin durch seine Adern schoss, während sich sein Magen vor Angst verknotete. Dass sein Vater ihm einen Flug nach Hause gebucht hatte, war alarmierend genug, aber sein Tonfall hatte Ryland noch mehr verstört. Irgendetwas war hier falsch. Ganz schrecklich falsch.

Es ist besser, wenn du allein kommst, hatte sein Vater gesagt.

Er würde am Flughafen anrufen müssen, um sich zu erkundigen, ob mit der Buchung auch wirklich alles geklappt hatte. Dann würde er sich das Nötigste zusammenpacken und zum Flughafen fahren. Aber vorher musste er natürlich noch Tara Bescheid sagen.

Er schaute in ihrer Telefonliste nach und drückte dann die automatische Wahltaste für die Wohnung ihres Vaters. Das Freizeichen ertönte. Ryland runzelte die Stirn, als niemand ans Telefon ging.

Offensichtlich war der Verkehr dichter gewesen als erwartet, und Tara war noch unterwegs. Und ihr Vater schien nicht da zu sein.

Ungeduldig die Lippen zusammenpressend, legte Ryland den Hörer zurück. Er würde Tara eine Nachricht hinterlassen müssen. Eine andere Möglichkeit hatte er nicht. Nicht wenn er diesen Flug erwischen wollte. Aber wie sollte er es ihr erklären, damit sie es auch verstand?

Er machte sich auf die Suche nach einem Blatt Papier und einem Stift, dann schrieb er links oben in die Ecke die Uhrzeit und rechts oben seine Telefonnummer in den Staaten. Nachdem er kurz überlegt hatte, fing er an zu schreiben.

Anruf von Dad. Er will, dass ich nach Hause komme. Keine Ahnung, worum es geht. Melde mich, sobald ich kann. Liebe und Küsse. Vermisse dich schon jetzt, hoffe, du vermisst mich auch.

„Garth, ich habe das Gefühl, als ob ich das nicht verdiene ... so glücklich zu sein“, gestand Claudia verwundert.

Sie war gerade aus der Dusche getreten und schüttelte jetzt protestierend den Kopf, als Garth ihr das Badetuch aus der Hand nahm und anfing sie abzutrocknen.

Sie hatten fast drei ganze Tage zusammen verbracht, Tage, in denen sie beschlossen hatten, ihre Alltagspflichten zu vernachlässigen und den Anrufbeantworter die Anrufe entgegennehmen zu lassen, damit sie miteinander reden und zusammen sein konnten. Schwindlig vom vielen Reden und von der Liebe waren sie spätnachts in enger Umarmung eingeschlafen. Und tagsüber hatten sie über all die vergeudeten Jahre und vergeudeten Gefühle geweint.

„Warum haben wir bloß nie *vorher* so miteinander gesprochen?“ hatte Claudia Garth irgendwann mit Tränen in den Augen gefragt, nachdem er ihr erzählt hatte, wie hilflos und verzweifelt er sich gefühlt hatte, als sie auf der Scheidung beharrt hatte.

„Es ist nicht das Reden, was so wichtig ist. Es ist das Zuhören", hatte Garth gesagt. „Vielleicht hatten wir beide damals noch nicht die nötige Reife dazu. Wahrscheinlich war keinem von uns beiden wirklich klar, was wir da wegwarfen."

„Mir ganz bestimmt nicht", versicherte Claudia und fügte flüsternd hinzu: „Oh Garth, ich habe dich so sehr vermisst ... *wie* sehr, fängt mir erst jetzt an klar zu werden. Ich fühle mich ... wie ein Fluss, der ausgetrocknet war und jetzt plötzlich wieder Wasser führt. Ich verdiene dich nicht ... ich verdiene das alles nicht, und ich habe solche Angst, dass ... was glaubst du, wie Tara reagieren wird?" fragte sie gequält und fügte hinzu: „Weißt du, es ist schrecklich, ich habe zwar eine Ausbildung in Gesprächsführung, aber ich weiß ..."

„Es ist immer etwas anderes, wenn man selbst beteiligt ist", unterbrach Garth sie, um sie zu trösten, und umrahmte ihr Gesicht mit den Händen, während er sanft und eindringlich fortfuhr: „Es wird Zeit brauchen, vielleicht mehr Zeit, als uns beiden lieb ist, aber ich bin mir sicher, dass sie irgendwann verstehen wird, warum wir uns so verhalten haben, dass ihr klar wird ..."

„Ich habe sie belogen, weil ich Angst hatte, sie zu verlieren", unterbrach Claudia ihn untröstlich.

„Du hast sie nicht belogen", korrigierte Garth sie sanft.

„Aber so gut wie. Ich habe ihr die Wahrheit vorenthalten, und, Garth, ich schäme mich es zuzugeben, aber ein Teil von mir will das immer noch." Als er ihr unverwandt in die Augen schaute, schüttelte sie den Kopf und lächelte ihn ein bisschen zittrig an. „Oh, es ist schon in Ordnung. Du brauchst keine Angst zu haben, dass ich im letzten Moment einen Rückzieher mache. Ich könnte jetzt gar nicht länger schweigen. Jetzt nicht mehr. Es kommt mir so vor, als ... als hätten wir beide in den letzten Tagen eine Reise in die Vergangenheit gemacht, von der ich mit meinen Erinnerungen und Bildern und einer neuen Sichtweise zurückgekommen bin, die ich jetzt nicht einfach wieder beiseite legen und vergessen kann. Nicht diesmal."

Sie schloss die Augen.

„Ich versuche mir nur auszumalen, wie ich mich an Taras Stelle fühlen würde. Wie *ich* mich fühlen würde, wenn meine Eltern plötzlich ankämen und mir erzählten, dass ich nicht ihr Kind bin ... dass meine Mutter gar nicht ..." Sie musste sich auf die Lippen beißen, um nicht zu weinen.

„Oh Garth, ich habe so schreckliche Angst. Nicht nur meinetwegen, es ist keine egoistische Angst. Ich habe Angst um Tara, ich habe Angst, was mein Egoismus bei ihr möglicherweise anrichten kann. Was für Verheerungen er in ihr hinterlässt. Als ich sie aus ... dieser Wohnung mitgenommen habe, habe ich ihr und Katriona geschworen, dass ich sie immer lieben und beschützen werde."

„Und das hast du getan", versicherte Garth ihr.

Claudia schüttelte den Kopf.

„Nein. Nein, das habe ich nicht. Ich habe sie geliebt, ja, aber aus Egoismus. Und mein Egoismus ist daran schuld, dass ich ihr jetzt diesen furchtbaren Schmerz zufügen muss. Ausgerechnet ich, die ich doch eigentlich wissen müsste, wie weh es tut, sich hintergangen zu fühlen. Oh Garth ..."

„Hör auf, dich zu quälen", forderte er entschieden, während er sie in das Badetuch einwickelte, sie in die Arme nahm und ganz fest an sich drückte. „Es wird nicht leicht werden, aber du musst Vertrauen haben, Clio. Vertrau Tara, wenn du schon sonst auf nichts und niemanden vertrauen kannst."

„Oh Garth ..."

„Sie wird bald hier sein", erinnerte er sie, während er den Kopf beugte und sie küsste. Es war der entschiedene, liebevolle, zärtliche Kuss eines Mannes für die Frau, mit der er den Rest seines Lebens zu verbringen entschlossen war, wie Claudia erkannte, als sie den Kuss mit derselben Entschlossenheit erwiderte.

„Nein, ich glaube dir nicht. Das ist nicht ... das ist nicht wahr. Es *kann* nicht wahr sein", begehrte Tara wild auf, wobei sie in heftiger Verneinung dessen, was sie eben gehört hatte, den Kopf schüttelte, Panik und Angst und Schmerz machten ihre Stimme schrill und verliehen ihr einen flehenden, fast bettelnden Unterton, der Claudia das Herz zerriss.

Nur mit Mühe die eigenen Tränen zurückhaltend, schaute sie hilflos an Tara vorbei zu Garth.

„Liebling, es ist aber wahr", schaltete sich Garth jetzt ein, „doch es macht für uns keinen Unterschied ... wie wir ... du bist immer noch unsere Tochter und ..."

„*Deine* vielleicht", präzisierte Tara mit aschfahlem Gesicht, „aber nicht ..."

Als Claudia die Arme nach ihr ausstreckte, wich sie, stocksteif vor Ablehnung und Misstrauen, zurück.

„Nein. Tu das nicht. Fass mich nicht an", schrie sie hitzig. „Ich kann es nicht ertragen. Ich kann es einfach nicht. Wie hast du so etwas bloß tun können?" flüsterte sie, bebend vor Zorn. „Ausgerechnet du ... die mir immer eingetrichtert hat, wie wichtig Vertrauen ist, wie wichtig es ist, dass man aufrichtig ist. Es kommt mir so vor, als würde ich dich überhaupt nicht kennen. Was für ein Mensch *bist* du? Ich kenne dich kein bisschen. Du bist nicht ..."

„Tara", ging Garth warnend dazwischen, was sie umgehend davon abhielt, das zu sagen, was sie eben hatte sagen wollen. Wer waren sie, wer waren diese Leute, diese Fremden, die behauptet hatten, sie zu lieben und die sie doch wissentlich und erbarmungslos hintergangen hatten, indem sie ihr die Wahrheit vorenthalten hatten, die zu kennen sie jedes Recht der Welt hatte?

Sie würden ihr als Erstes die nackten Fakten erzählen, hatten Claudia und Garth zu ihr gesagt. Später würden sie ihre Fragen beantworten ... falls sie noch welche hätte, zuerst allerdings wollten sie einfach nur die Fakten auf den Tisch legen. Fakten. Ein kaltes, hartes Wort, das eine ganze Welt voller Gefühle und Schmerz mit einschloss. Fakten. Wie konnten Fakten in Gefühle übersetzt werden? Wie konnte man Fakten mit zwanzig Jahren liebevoller Gemeinsamkeit in Beziehung setzen? Wie konnte sich plötzlich nach all diesen Jahren herausstellen, dass diese liebevolle Gemeinsamkeit auf einer Lüge basierte, dass sie *nichts* war?

„Warum hast du es mir nie erzählt? Warum hast du mich bis zum heutigen Tag darüber im Unklaren gelassen? Wenn du mich wirklich geliebt hättest, hättest du es mir erzählt. Wenn du mich wirklich geliebt hättest ..."

„Ich habe dich geliebt, ich liebe dich", protestierte Claudia leidenschaftlich, wobei sie sich verzweifelt wünschte, Tara in die Arme nehmen zu können und zu halten, wie sie sie in der Zeit ihres Heranwachsens so viele, viele Male gehalten hatte.

„Nein", konterte Tara mit derselben geistigen Beweglichkeit und Grausamkeit, die Claudia noch so lebhaft von Katriona in Erinnerung hatte. „Was du geliebt hast, war die *Idee*, ein Kind zu haben ... *irgendein* Kind. Das war es, was du geliebt hast. Wenn du *mich* geliebt hättest, hättest du es mir schon viel früher gesagt."

„Tara, ich weiß, dass ich es dir hätte sagen sollen, aber bitte versuch mich zu verstehen. Ich hatte Angst."

„*Du* hattest Angst?" Tara schnappte nach Luft, dann lachte sie bitter. „Und wenn ich dich schon verstehen soll, kannst du dann auch verstehen, wie ich mich fühle? Was es für ein Gefühl ist, wenn sich plötzlich herausstellt, dass Menschen, dass *der* Mensch, von dem man geglaubt hat, dass er einem am nächsten steht, die *Mut-*

ter, wie man irrtümlicherweise annahm, eine Fremde ist? Eine Fremde, die einen irgendwo aufgesammelt und mit nach Hause genommen hat, während sie die eigene Mutter einfach sterben ..."

„Tara!" donnerte Garth.

„Tara, das ist nicht wahr", wehrte sich Claudia flüsternd. „Ich ..."

„Ach nein? Du hast eben gesagt, dass meine Mutter, meine *leibliche* Mutter", unterstrich sie, „dich aufgefordert hat mich mitzunehmen. Aller Wahrscheinlichkeit nach hat sie da ja noch gelebt, und da du ihre Aufforderung befolgt hast, muss sie noch am Leben gewesen sein, als du weggingst."

Claudia beugte den Kopf.

„Deine *Mutter*", mischte sich Garth ein, das Wort „Mutter" betonend, während er Claudia anschaute, „war bei Katriona, als sie starb. Deine *Mutter* hat dafür gesorgt, dass sie ein angemessenes Begräbnis bekam. Deine *Mutter* hat während der ganzen Jahre unserer Ehe und wie ich vermute auch danach ... Katrionas Grab drei Mal im Jahr besucht, an ihrem Geburtstag, an ihrem Todestag und an *deinem* Geburtstag."

Es folgte eine kleine, sich fast bis ins Unendliche dehnende Pause, während der Claudia sich dazu zwang, Tara bittend anzuschauen, und für einen Sekundenbruchteil glaubte sie zu sehen, dass ein weicher Schimmer in Taras Augen trat, als wäre es ihr gelungen, eine kleine Bresche in die Mauer aus Zorn, die ihre Tochter um sich herum errichtet hatte, zu schlagen, aber dann war die Mauer auch schon wieder aufgerichtet, als Tara in bitterem Spott sagte: „Oh, wie großzügig. Und wo liegt sie begraben, wenn man fragen darf?"

Tief getroffen schloss Claudia die Augen.

Es hatte einiger Überredungskunst bedurft, um von den Behörden die Erlaubnis zu erhalten, Katriona auf dem Friedhof des kleinen Städtchens, in dem sie aufgewachsen war, bestatten zu lassen, aber sie hatte es durchgesetzt. Sie hatte dort zum Andenken Rosmarin gepflanzt und Glockenblumen, die so wild und schön waren, wie Katriona es einst gewesen war.

Mitfühlend beobachtete Garth seine Tochter. Ihre Reaktion war völlig normal und fiel ganz wie erwartet aus. Er und Claudia hatten über die sehr reale Möglichkeit, dass ihre Tochter sie beide in ihrem Schock und Schmerz im ersten Moment zurückweisen könnte, ausführlich gesprochen.

„Ich weiß, dass ich es dir schon seit langem hätte sagen sollen", räumte Claudia mit leiser Stimme ein. „Du ... Garth wollte, dass ich es mache, aber ich ..." Sie schluckte, dann schaute sie Tara direkt an. „Du hast Recht, Tara, ich *war* egoistisch. Ich *hatte* Angst, dich zu verlieren", sagte sie schlicht. „Vor allem nachdem ich herausgefunden hatte, dass ... nachdem dein Vater und ich geschieden waren. Du warst immerhin sein Kind und ..."

„Du hattest Angst, dass ich, wenn du mir die Wahrheit erzählen würdest, lieber bei ihm hätte leben wollen als bei dir", vermutete Tara. Sein Kind! Sie warf Garth einen angewiderten Blick zu. „*Dein* Kind vielleicht, aber ich bin ja wohl kaum ein Kind der Liebe und ein Wunschkind, oder was meinst du, *Vater*?"

„Die Umstände, unter denen du gezeugt wurdest, spielen jetzt keine Rolle", sagte Garth und fügte schroff hinzu: „Ein Mensch müsste schon sehr naiv sein, um zu glauben, dass jedes Kind auf dieser Welt ein Kind der Liebe und ein Wunschkind ist."

„Für mich spielt es sehr wohl eine Rolle", wiedersprach Tara mit versteinertem Gesicht, aber Garth beschloss, ihren Einwand zu ignorieren.

„Was mit Sicherheit weitaus wichtiger ist", fuhr er entschieden fort, „ist die Tatsache, dass du ein sehr geliebtes ... ein hochwillkommenes Kind warst."

„Bei wem?" fragte Tara herausfordernd, ihr Mund verzog sich bitter. „Bei dir ganz bestimmt nicht, da wette ich. Hat sie dir erzählt, dass sie mit mir schwanger war?"

„Claudia wollte dich", unterbrach Garth sie. „Sie hat dich um deiner selbst willen geliebt, schon lange bevor sie wusste, dass ich dein Vater war. Sie hat dich geliebt, weil du *du* warst, Tara. Denk darüber nach ... wie viele Menschen können das von sich sagen? Wie viele Menschen wissen, dass sie geliebt und erwünscht sind, nicht nur wegen der Gene, die sie geerbt haben mögen oder auch nicht, nicht nur wegen der Erwartungen, die ihre Eltern in sie setzen, sondern einfach nur weil sie sie sind."

„Sie hat mich geliebt, obwohl meine Gene nicht viel hergemacht haben, wolltest du wohl sagen", gab Tara verächtlich zurück. „Es tut mir Leid, aber das überzeugt mich nicht", verkündete sie und deutete abschätzig auf Claudia, „sie wollte das Baby, das sie verloren hatte, einfach durch ein anderes ersetzen, weil sie genau wusste, dass sie keine Kinder mehr bekommen konnte. Da kam ich ihr gerade recht. Sie liebte mich, weil sie mich lieben *musste* ... weil sie keine andere Wahl hatte. Es gab nur entweder mich oder nichts."

Claudia rang nach Luft. „Tara, das ist nicht wahr. Ich habe dich vom ersten Augenblick an geliebt. Da war ein besonderes Band zwischen uns." Sie biss sich auf die Unterlippe. Wie konnte sie dieser zornigen, vor Verachtung bebenden jungen Frau, die da vor ihr stand, erklären, *wie* besonders dieses Band gewesen war, das praktisch auf den ersten Blick zwischen ihnen existiert hatte? Wie konnte sie ihr erklären, dass in dem Moment, in dem sie sich angeschaut hatten, die Liebe zwischen ihnen aufgeblüht war? Es war eine Tatsache – eine von vielen – etwas, das so sehr Teil von ihr war, dass sie es nicht ausdrücken oder in Worte kleiden konnte. Sie hatte vom ersten Moment an, in dem sie der kleinen Tara in die Augen geschaut hatte, gewusst, dass sie sie liebte, und sie hatte es in den Augen des Babys gesehen, dass Tara diese Liebe erwiderte. Aber sie wusste, dass es sinnlos war, dies Tara jetzt erklären zu wollen, dass sie einfach nicht zuhören ... dass sie gar nicht wissen wollte ...

„Erzählt mir mehr von meiner Mutter, von meiner richtigen Mutter", forderte Tara sie zornig auf, dabei Claudias Versuche, ihre Anklagen zurückzuweisen, ignorierend.

„Wir haben dir bereits erklärt, dass Katriona eine der Klientinnen deiner Mutter war", sagte Garth ruhig.

„Eine deiner Klientinnen", sagte Tara höhnisch, sich Claudia zuwendend. Die Verachtung, die sich in ihrem Gesicht widerspiegelte, veranlasste Claudia instinktiv, einen Schritt auf sie zuzumachen, aber Tara versteifte sich sofort und wich zurück.

Claudia tauschte mit Garth einen hilflosen Blick aus. Sie hatten sich vorher Gedanken darüber gemacht, wie viel sie Tara über ihre Mutter erzählen sollten.

„Sie wird die Wahrheit erfahren müssen", hatte Garth sanft Taras Partei ergriffen.

„Aber nicht die ganze", hatte Claudia ihn angefleht.

„Lass uns erst einmal abwarten, wie sie reagiert", hatte Garth geraten. „Wie viel sie selbst wissen will."

Claudia hatte die Augen geschlossen und in seinen Armen gezittert.

Tara war von Natur aus mutig und entschlossen. Sie würde nicht davor zurückschrecken, die ganze Wahrheit zu erfahren.

„Tara, Katriona war ...", begann Garth.

Aber Claudia schüttelte den Kopf und unterbrach ihn. „Nein

...", sagte sie heiser, „ich werde es ihr erzählen. Immerhin kannte ich sie besser ... besser als du."

Und dann fing sie an, von Katriona zu erzählen, wobei sie sich viel Zeit ließ, um mit den richtigen Worten das an Katriona zu beschreiben, wovon sie sich angezogen gefühlt hatte – ihre Intelligenz, ihre Unabhängigkeit, ihren Sinn für Humor, auch wenn es sich um einen sehr schwarzen Humor gehandelt hatte.

„Du hast gesagt, sie ist von zu Hause weggegangen und nach London gekommen. Warum?" fiel Tara Claudia ins Wort.

„Es ... es war etwas, das viele junge Leute zu der Zeit machten", erklärte Claudia zögernd. „London war damals einfach *die* Stadt. Und Katriona war nicht der Mensch ... es war ihr zu eng in der Kleinstadt ... sie bekam Platzangst und ..."

Nachdem sie sich so kläglich verheddert hatte, wandte sich Claudia hilflos an Garth. Es war eine Sache, sich einig darüber zu sein, dass sie Taras Fragen nach Katriona absolut aufrichtig beantworten musste. Eine andere war, dies zu tun.

Claudia holte tief Atem und fing noch einmal von vorn an. „Soweit wir wissen, kam Katriona nach London, weil sie einen ... eine Meinungsverschiedenheit mit ihrem Vater hatte. Sie ..."

„Sie ist von zu Hause durchgebrannt, willst du das damit sagen?" fragte Tara scharf nach. Claudia schluckte schwer, währenddessen sie registrierte, dass sich Taras Augen plötzlich mit heißen, zornigen Tränen füllten. „Oh Gott", stieß sie mit wütender, gequälter Stimme hervor. „Ich nehme an, den Rest dazu kann ich mir denken. Wie alt war sie? Siebzehn, achtzehn .... jünger?" Sie schüttelte den Kopf und wartete darauf, dass Claudia ihr antwortete, bevor sie zornig fortfuhr: „Du brauchst mir nicht mehr zu erzählen. Den Rest kann ich mir zusammenreimen. Es ist alles so vorhersehbar und erbärmlich, oder nicht? So ..."

„Katriona war nie erbärmlich“, unterbrach Claudia sie scharf. „Sie hat ...“

„Sie hat was? Du hast gesagt, sie war eine deiner Klientinnen. Warum? Oder lass mich raten. Waren es Drogen?“

„Sie hatte ein Drogenproblem, ja“, stimmte Claudia ruhig zu. „Aber ...“

„Ein Drogenproblem, das sie wodurch finanziert hat? Mit Prostitution?“ brach es aus Tara heraus.

Claudias Gesichtsausdruck verriet sie.

„Oh, du musst nichts sagen“, sagte Tara gepresst. „Ich sehe es dir an, dass meine Vermutung richtig ist. Dann war meine Mutter also eine Drogenabhängige *und* eine Prostituierte. Und was war mein Vater?“ fragte sie mit bitterer Verachtung, während sie von Claudia zu Garth schaute. „Einer ihrer Kunden?“

„Nein!“

Diese Antwort kam wie aus der Pistole geschossen und wie aus einem Mund.

„Nein? Hast du dich deshalb von ihm scheiden lassen? Weil du entdeckt hast, dass er eine unschöne Angewohnheit hatte? Die unschöne Angewohnheit, zu Prostituierten zu gehen?“ wollte Tara von Claudia wissen. „Oder war meine Zeugung eine Art soziales Experiment ... womöglich eine Art Leihmutterschaft? Vielleicht hast du ja meine Mutter dafür bezahlt, dass sie sich von meinem Vater schwängern lässt“, sagte sie mit bitterem Zynismus. „Nein, natürlich war es so nicht“, beantwortete sie sich gleich darauf ihre eigene Frage. „Aber wie war es dann?“ fragte sie an ihren Vater gewandt und fuhr, ohne ihn aus den Augen zu lassen, fort: „Du hast sie dafür bezahlt, dass du ihren Körper benutzen durftest, und sie wurde schwanger. Das muss ein ganz schöner Schock gewesen sein für dich. Es überrascht mich, dass du es nicht geschafft hast, sie zu überreden, dass sie mich abtreiben lässt ..."

„So war es nicht, Tara", unterbrach Claudia sie verzweifelt. „Du musst verstehen ..."

„*Ich* muss verstehen?" Tara lachte schrill auf. „Großer Gott, was für Menschen seid ihr eigentlich? Der eine, mein Vater, bezahlt eine Drogenabhängige und Prostituierte dafür, dass sie mit ihm Sex macht, und die andere, meine so genannte Mutter, stiehlt dann das aus diesem Akt zufällig entstandene Nebenprodukt. Ich weiß wirklich nicht, wen von euch beiden ich mehr verabscheuen soll."

„Tara", sagte Garth warnend. „Es gibt da eine Menge Dinge, die du nicht weißt, eine Menge, die ...

„Dann erzähl sie mir."

Claudia sah, dass er ihr einen schnellen fragenden Blick zuwarf. Sie nickte. Dies war alles noch so viel schlimmer, als sie befürchtet hatte, und sie konnte nicht aufhören, sich wieder und wieder zu fragen, wie sie sich an Taras Stelle fühlen würde.

Sie lechzte förmlich danach, ihr zu sagen, wie schuldig sie sich fühlte, wie ... wie hilflos angesichts Taras gerechtfertigtem Zorn und Schmerz, wie sehr sie sich danach sehnte, in der Lage zu sein, das, was sie angerichtet hatte, wieder gutzumachen, aber statt diese Gedanken in Worte zu kleiden, hörte sie einfach nur zu, als Garth anfing, Tara in knappen Worten zu schildern, wie es zu ihrer Zeugung gekommen war.

Nachdem er seine Erzählung beendet hatte, war es ein paar Sekunden lang mucksmäuschenstill. Dann brach Tara in ein schrilles, zorniges Lachen aus und schrie empört: „Und du glaubst allen Ernstes, dass ich dir dieses Märchen abkaufe? Also wirklich, *Vater*. Das ist ja absolut lächerlich."

„Es ist die Wahrheit“, sagte Claudia leise.

„Die Wahrheit! Was weißt du denn schon von der Wahrheit! Du bist eine Lügnerin und eine Diebin. Du hattest kein Recht, das zu tun, was du getan hast“, beschied sie Claudia eisig. „Du hast mich einfach mitgenommen, du hast mich meiner sterbenden Mutter *gestohlen*, und dann hast du mir die Wahrheit die ganzen Jahre über vorenthalten. Du hast mich nicht nur meiner Mutter gestohlen, sondern auch mir, Claudia. Du hast mir mein Recht auf meine Vergangenheit gestohlen, und das werde ich dir niemals verzeihen.“

Claudia senkte den Kopf. Dieses kalte absichtsvolle „Claudia“ statt Mum oder Ma hatte sie mehr geschmerzt als alles andere, was Tara gesagt hatte. Aber sie verdiente es, dass man ihr wehtat, oder nicht? Schließlich hatte sie Tara ja auch wehgetan. Tara war zutiefst verletzt. Tara war ...

„Ich gehe jetzt“, verkündete Tara, „und ich will nie wieder einen von euch sehen. Nie, nie wieder.“

Als Claudia unwillkürlich ein kleiner Protestlaut entschlüpfte, legte Garth schnell den Arm um sie, als wollte er sie daran hindern, Tara nachzugehen. Er schüttelte den Kopf, als Tara sich ihre Jacke und ihre Tasche schnappte und zur Tür rannte.

„Garth, wir können sie nicht so weglassen“, wandte Claudia verzweifelt ein, als sie hörte, wie Tara die Tür aufriss und sie dann hinter sich zuknallte. „Sie braucht ...“

„Sie braucht Zeit für sich allein, um das, was wir ihr erzählt haben, verarbeiten zu können“, unterbrach Garth sie.

„Nichts von alldem hätte jemals passieren dürfen“, sagte Claudia mit Tränen in den Augen, „und es ist allein meine Schuld, dass es passiert ist. Du hattest Recht. Ich hätte es ihr schon vor langer Zeit erzählen sollen, als sie noch jung genug war, um zuzuhören und es zu akzeptieren. Oh Garth, was habe ich bloß getan?"

„Was du getan hast, war, ihr eine Mutter zu sein", sagte Garth weich. „Die beste Mutter, die ein Kind jemals haben kann, und irgendwann wird Tara das auch erkennen."

„Glaubst du?" Claudias Mund zitterte. „Im Moment ist Katriona ihre Mutter für sie, und ich bin einfach nur jemand, der sie gestohlen hat und ..." Sie brach, von ihren Gefühlen überwältigt, ab und begann zu weinen.

„Schschsch, es wird alles gut", tröstete Garth sie zartfühlend. „Wie du eben ganz richtig gesagt hast, ist Tara im Augenblick zornig – auf uns *beide* – aber sie ist deine Tochter, unsere Tochter, Clio, und ..."

„Ich kann einfach ihren Gesichtsausdruck nicht vergessen, als sie verlangt hat, dass wir ihr von Katriona erzählen. Hast du sie gesehen? Sie war so entsetzt! Haben wir ihr zu viel erzählt, Garth? Hätten wir nicht vielleicht ..."

„Vielleicht was? Hätten wir sie ein weiteres Mal belügen sollen, indem wir ihr vormachen, dass Katriona nicht die war, die sie war?"

„Es war nicht alles, was sie war", protestierte Claudia. „Drogen zu nehmen und sich zu prostituieren war etwas, das sie tat, aber sie *war* ein junges, verletzliches Mädchen, das sich von ihrem Vater ungeliebt und zurückgewiesen fühlte. Oh Garth, ich habe solche Angst um Tara. Wohin wird sie gehen, was wird sie tun ... wird sie ...?"

„Tara ist nicht Katriona, Clio", erinnerte Garth sie. „Sie ist zum einen älter, und zum anderen ... Tara weiß, dass sie geliebt und erwünscht ist. Und sie hat Ryland, vergiss das nicht. Gib ihr einfach ein bisschen Zeit."

„Vielleicht sollten wir Ryland anrufen und ihn warnen“, schlug Claudia ängstlich vor.

Garth runzelte die Stirn. „Nein, ich denke, wir sollten es sie selbst erzählen lassen.“

„Garth, was ist, wenn sie nie mehr zurückkommt, wenn sie ...?“

„Sie wird zurückkommen“, versicherte Garth ihr. „Wenn sie sich erst ein bisschen beruhigt hat und sich alles noch einmal durch den Kopf gehen lässt, wird Tara klar werden, wie sehr wir sie lieben.“

Nachdem sie die Wohnung ihres Vaters verlassen hatte, schlug Tara automatisch wieder den Weg zu ihrer Wohnung und zu Ryland ein.

Obwohl es ein relativ warmer Tag war, fröstelte sie in Reaktion auf den Schock, den ihr ihre Eltern eben versetzt hatten. Es war ihr unmöglich, sich über ihre Gedanken Rechenschaft abzulegen und das Ausmaß dessen, was sie eben erfahren hatte, zu begreifen.

Es war für sie einfach unvorstellbar, dass jemand, der ihr so nahe stand wie ihre Mutter – nein, *Claudia* –, eine so entscheidende Sache so lange vor ihr geheim gehalten hatte.

Ihr ganzes Leben lang, während sie die liebevolle Fürsorge ihrer Mutter entgegengenommen hatte, hatte sich diese zweifellos immer daran erinnert, dass sie, Tara, gar nicht ihr richtiges Kind war, dass sie in ihrer Barmherzigkeit dem Bastardbaby ... dem Baby, das ihr Mann mit einer Drogenabhängigen und Prostituierten, gezeugt hatte, ein Heim gab. Dem Kind einer Frau, die ihren Körper für Geld an Männer ...

„Nein!“ schrie Tara, während ihr die Tränen in Strömen übers Gesicht liefen, und ballte die Hände zu Fäusten, ohne sich der erschrockenen und neugierigen Blicke der Passanten bewusst zu sein.

All diese Jahre hatte Claudia ihre Liebe nur geheuchelt. Wie hätte sie sie auch lieben können? Tara schloss gepeinigt die Augen. Das schmerzte sie am meisten. Das Wissen, dass Claudia sie unmöglich so geliebt haben konnte, wie sie immer geglaubt hatte. Wie auch? Sie war nicht ihr Kind.

„Ich habe dich von dem ersten Moment an geliebt, in dem ich dich gesehen habe“, hatte Claudia behauptet. Aber das war natürlich nur eine weitere Lüge.

„Es gab da ein besonderes Band zwischen uns.“

Was für ein besonderes Band? Die Tatsache, dass Garth, Claudias Ehemann, ihr Vater war? Ein Band. Und ihre Mutter, ihre richtige Mutter? Wie mochte sie empfunden haben, als sie festgestellt hatte, dass sie schwanger war? Hatte sie überhaupt irgendetwas empfunden, oder war das Baby nur eine unerwünschte Unbequemlichkeit gewesen? Wahrscheinlich.

„Sie wollte, dass ich dich zu mir nehme“, hatte Claudia gesagt. „Sie wusste, dass sie sterben würde“, hatte sie leise hinzugefügt. „Sie wollte, dass du in Sicherheit bist und geliebt wirst.“

Hatte sie das wirklich gewollt? Tara bezweifelte es. Wie konnte sie nach allem, was sie getan hatten, noch irgendetwas von dem, was Claudia und Garth ihr erzählten, glauben?

All diese Jahre, und sie hatte nie etwas gemerkt, nie einen Verdacht gehabt. All diese Jahre, in denen sie es gewusst hatten, und sie, Tara, nichts ahnte. Sie hasste sie, verabscheute und verachtete sie, und sie wollte sie nie wieder sehen. Je eher sie und Ryland nach Amerika fuhren, desto glücklicher würde sie sein. Dort konnte sie noch einmal ganz von vorn anfangen und die Vergangenheit ...

„Ry ... Ry ...“ Sie schrie seinen Namen, während sie die Tür aufschloss und in die Wohnung stürmte.

Der Duft seines Duschbads hing noch in der Luft. Tara rannte durch das leere Wohnzimmer ins Schlafzimmer, wo sie abrupt stehen blieb, als ihr langsam aufging, dass die Wohnung leer war.

Die Tränen wegblinzelnd, kehrte sie niedergeschlagen ins Wohnzimmer zurück, dann runzelte sie die Stirn, als ihr Blick auf den Zettel mit der Nachricht fiel, die er ihr hinterlassen hatte. Mit zitternder Hand nahm sie sie auf und überflog sie. Als sie sie auf den Tisch zurücklegte, war ihr Gesicht aschfahl, und neue Tränen schossen ihr in die Augen.

Ryland war nicht hier. Er war nach Hause geflogen ... auf Wunsch seines Vaters.

Er hatte ihr eine Nummer hinterlassen, die sie anrufen konnte. Mit fliegenden Fingern begann sie zu wählen, dann hielt sie inne und legte den Hörer zurück.

Ryland war von seiner Familie nach Hause gerufen worden, und diese Familie schloss seine Tante mit ein. Plötzlich schoss ihr alles, was Ryland ihr über seine Tante erzählt hatte, durch den Kopf, einschließlich seines bedauernden Eingeständnisses, dass sie sehr genaue Vorstellungen von der Frau hatte, die er heiraten sollte.

Wie betäubt setzte sie sich. Was würde sie denken, wenn sie die Wahrheit über Rylands Verlobte erfuhr? Was würde seine Mutter, was würden seine Eltern denken? Brauchte sie sich das wirklich zu fragen? Gepeinigt schluckte Tara den dicken Kloß in ihrem Hals hinunter, an dem sie fast zu ersticken drohte. Sie konnte Ryland nicht in eine Lage bringen, in der er sich gezwungen sah, sich zwischen ihr und seiner Familie zu entscheiden. Dafür liebte sie ihn zu sehr und dafür wusste sie zu gut, dass er, falls sie es zuließe, dass er sich für sie entschied, auf immer von Schuldgefühlen geplagt sein würde, weil er seine Familie im Stich gelassen hatte, und sie wollte nicht, dass Schuldgefühle und Reue ihre Ehe trübten. Sie wollte, dass ihre Ehe perfekt war, aber wie konnte das jetzt noch sein? Wie konnte überhaupt noch irgendetwas jemals wieder so wie vor zwei Stunden sein?

Ihre Mutter, eine Prostituierte und Drogenabhängige. Hilflos begann Tara, sich mit um die Knie geschlungenen Armen langsam vor und zurück zu wiegen. Aber sie erkannte, dass es kein Entrinnen gab vor dem, was sie eben erfahren hatte. Wieder und wieder ließ sie die Begegnung mit ihren Eltern vor ihrem geistigen Auge wie einen Film ablaufen.

„Warum erzählst du es mir jetzt, nachdem du dich so viele Jahre nicht in der Lage dazu gesehen hast?“ hatte sie Claudia irgendwann im Verlauf des Gesprächs bitter gefragt. „Hast du plötzlich entschieden, dass du es satt hast, die Rolle einer liebenden Mutter zu spielen, dass dir ein bisschen Veränderung gut tun könnte? Du willst mich aus deinem Leben raus haben, gib's zu“, hatte sie sie wütend beschuldigt, während sie beobachtet hatte, wie sich Claudias Augen mit Tränen füllten.

Claudia hatte Garth einen hilflosen Blick zugeworfen, bevor sie niedergeschmettert gestanden hatte: „Ich ... ich hatte Angst, dass es ein Problem mit Rylands Tante geben könnte, dass sie irgendwie die Wahrheit entdecken könnte. Dein Visum ... als du es nicht gleich bekamst ... ich wollte nicht ... ich wollte, dass du vorbereitet bist.“

„Ich habe es nicht bekommen, weil es irgendwelche Probleme mit dem Computer gab ... nicht weil sie deine Lügen entdeckt haben“, hatte sie kalt erwidert.

Ein Teil in ihr wünschte sich, dass man sie im Unklaren gelassen hätte, dass ihre Eltern ihre Geheimnisse für sich behalten hätten. Aber warum erwartete sie, dass Claudia *ihre* Gefühle in ihre Überlegung mit einbezog? Schließlich war es nicht so, dass sie ihr jemals wirklich etwas bedeutet hätte. Sie war nicht ihr Kind ... nicht ihre Tochter.

Tara raffte sich auf, griff nach der Nachricht mit der Nummer in Boston, die Ryland ihr hinterlassen hatte, und bevor sie der Versuchung erliegen konnte, sie noch einmal zu wählen, zerriss sie das Papier in viele kleine Schnipsel und warf es in den Papierkorb.

Sie konnte nicht hier bleiben. Nicht jetzt. Dazu hatte sie kein Recht. Sie war nicht die Person, der diese Wohnung früher einmal gehört hatte. Sie war jetzt jemand anders, eine Fremde, die sich nicht einmal selbst wirklich gehörte. Das Kind einer Fremden. Sie hatte kein Heim, keine Vergangenheit, keine Zukunft, keine wahre Identität.

Selbst die Dinge um sie herum, die Kleider in ihrem Schrank erschienen ihr plötzlich fremd. Sie war jetzt völlig allein. Sie hatte nichts ... niemanden. Während sie den Kopf schüttelte, um die Tränen zu bannen, die schon wieder in ihre Augen zu treten drohten, stolperte sie blind zur Wohnungstür. Sie hatte keine klare Vorstellung von dem, was sie jetzt tun sollte, sie wusste nur, dass alles, von dem sie bisher geglaubt hatte, dass es ihr Leben ausmachte, in Rauch aufgegangen war. Ihr Glaube an sich selbst hatte sich als eine Fiktion erwiesen, eine Vortäuschung falscher Tatsachen. Sie war niemals die Person gewesen, die sie geglaubt hatte zu sein. Sie war ... nichts.

Die Hand schon auf der Türklinke, drehte sie sich noch einmal um. Dann ging sie zurück zum Telefon und zog sich den Ring vom Finger, den Ryland ihr, kurz nachdem er ihr seine Liebe erklärt hatte, geschenkt hatte.

Eine einzelne Träne tropfte auf ihre Hand, aber Tara merkte es nicht. Mit der Abnahme von Rylands Ring war sie auf Distanz zu der Tara gegangen, die sie früher gewesen war. Sie war diese Person nicht mehr. Wie hätte sie sie auch sein können? Und wie könnte Ryland oder irgendjemand anders einschließlich ihrer selbst die Tara, die sie jetzt war, lieben oder begehren? Die Tara, deren Blut die Gene einer Fremden transportierte. Wie war sie gewesen, ihre Mutter, die Mutter, die sich Männern für Geld hingegeben hatte?

Rasch, bevor sie ihre Meinung ändern konnte, rannte Tara zur Tür, wobei sie es nicht wagte, sich noch einmal umzudrehen und einen letzten Blick auf das zu werfen, was sie hinter sich ließ.

„Hast du noch ein bisschen über das nachgedacht, was ich dir gesagt habe?"

Estelle runzelte die Stirn, während sie in Blades noch schlafweiches Gesicht schaute. Er war in der vergangenen Nacht irgendwann völlig zugedröhnt bei ihr aufgetaucht und hatte verlangt, hereingelassen zu werden, wobei es ihm diesmal nicht in erster Linie darum gegangen war, seinen sexuellen Hunger zu stillen.

Er hatte ihr irgendeine wirre Geschichte von „dem großen Mann", wie er ihn nannte, erzählt und dass er irgendwelche Probleme mit ihm hätte, wobei es Estelle ganz mulmig geworden war. Dass er Drogen nahm und verkaufte, war kein Geheimnis für sie. Sie hatte selbst schon welche mit ihm genommen – Aufputschmittel, die ihnen beim Sex einen zusätzlichen Kick verschafft hatten. Ihrer Meinung nach war nichts Falsches daran, Drogen waren kein Risiko, solange man wusste, wie man mit ihnen umgehen musste, aber sie hatte seit kurzem registriert, dass Blade sich immer tiefer in der Drogenszene verstrickte.

Er hatte wissen wollen, ob sie noch ein Mädchen für einen Dreier gefunden hätte – eins, das Klasse genug hätte, einen hohen Preis von den Freiern zu fordern.

„An einer normalen Nummer zu dritt sind die Typen, mit denen ich geredet habe, allerdings nicht interessiert", hatte er ihr gesagt, als sie über dieses Thema gesprochen hatten. „Das haben sie alle schon hinter sich. Sie erwarten etwas Spezielles, eine echt geile Nummer."

„Und das wäre?" hatte Estelle ihn interessiert, gleichzeitig jedoch zu ihrer eigenen Überraschung verärgert, gefragt.

In letzter Zeit machte sich zunehmend Verärgerung und sogar Langeweile angesichts Blades Sexbessenheit in ihr breit, was so weit ging, dass sie gelegentlich schon daran gedacht hatte, ihn in die Wüste zu schicken, aber sie hatte schnell gelernt, solche Gedanken nicht zuzulassen. Sie waren zu gefährlich, zu erschreckend. Sie musste Blade gegenüber loyal bleiben, weil sie, wenn sie ihn nicht mehr hatte, nichts hatte – nichts *war*!

„Stell dich nicht blöd, du weißt es ganz genau", hatte er ihr erwidert. „Sie erwarten erstklassige Ware. Sie sind nicht von hier und haben die Absicht, sich zur Erinnerung ein paar Videos mit nach Hause zu nehmen. Sie zahlen gut, sehr gut, genau gesagt, aber sie fangen langsam an, ungeduldig zu werden. Du *musst* irgendjemanden auftreiben. Sie wollen nichts, was man auf der Straße kaufen kann, keine abgehalfterte Nutte, die einfach bloß ihre Nummer durchzieht."

„Also, wenn ihr eine Jungfrau sucht ...", hatte sie abweisend begonnen, aber er hatte den Kopf geschüttelt.

„Nein, so was nicht. Sie wollen jemand, der etwas von Schmerz versteht und ihn genießt. Du verstehst etwas von Schmerz und genießt ihn, stimmt's?" hatte er ihr ins Ohr geflüstert, während er spürte, wie, verstärkt durch die Drogen, die er genommen hatte, Verlangen in ihm aufstieg. „Du verstehst etwas davon und genießt ihn sehr."

Er hatte gelacht, als sie versucht hatte ihm auszuweichen, ein Spielchen, das sie schon unzählige Male mit ihm gespielt hatte, wobei ihre Sinne angesichts der Angst, die sie durchzuckte, als er sie überwältigte, genauso reagierten, wie sie immer reagiert hatten.

Bei Blade konnte man sich nie ganz sicher sein, wie weit er die Dinge treiben würde, wie sehr er sie erschrecken und wie weh er ihr tun würde, wie weit sie es wagen konnte, ihm zu trauen.

„Du hast einen anderen", hatte er einmal gesagt, nachdem er sie mit Handschellen ans Bettgestell gefesselt hatte.

Sie hatte es vehement bestritten, wobei sie zusammengezuckt war, als er sich mit gespreizten Beinen auf sie gesetzt und sie schmerzhaft an den Haaren gezerrt hatte, bevor er sie fest in die Brust gebissen hatte.

„Lüg mich nicht an", hatte er sie gewarnt. „Ich kann ihn riechen ... ich schmecke ihn auf deinem Körper. Was hat er mit dir gemacht? Das vielleicht?"

Sie hatte vor Schmerz aufgeschrien, als er mit den Zähnen an ihrem Brustwarzenring gezogen hatte, einem Ring, den er ihr – zusammen mit einem Besuch in einem Studio für Bodypiercing – zum Geburtstag geschenkt hatte.

„Was wir brauchen, ist jemand, der neu ist in dem Geschäft und ... risikofreudig", hatte er sie erinnert, während er fortfuhr, sie zu erregen, indem er sie abwechselnd quälte und mit Zärtlichkeiten überschüttete. „Diese Typen sind enge Freunde des großen Mannes, und sie haben Interesse an einer Spezialnummer bekundet", fügte er hinzu, während er wieder an dem Ring in ihrer Brustwarze riss.

„Es wird nicht leicht werden, so jemanden aufzutreiben“, wandte sie ein.

„Du wirst es *müssen*. Diese Leute spielen in der Oberliga, und sie werden langsam ungeduldig. Ich kann sie unter keinen Umständen enttäuschen. Verstehst du, was ich damit sagen will?“

Sie hatte ihn sehr gut verstanden. Es hatte in der Vergangenheit schon öfter Gelegenheiten gegeben, in denen sie es nicht geschafft hatte, ihm die gewünschte Ware zu liefern. Folge davon war gewesen, dass sie ihn für fast zehn Wochen nicht zu Gesicht bekommen hatte. Jetzt wurde ihr ganz flau bei der Erinnerung daran, wie sehr sie ihn vermisst hatte. Wie sehr sie sich nach ihm gesehnt hatte. Kein anderer Mann konnte ihre sexuellen Bedürfnisse auch nur annähernd so stillen wie er. Und kein anderer Mann würde es jemals können.

„Ich werde mein Bestes versuchen“, versprach sie ihm jetzt. Ihr ganzer Körper schmerzte von der hinter ihr liegenden Nacht, und das Letzte, wonach ihr im Moment der Sinn stand, war es, ins Büro zu gehen. Aber immerhin hatte sie dort Gelegenheit, die Männer kennen zu lernen, die bereit waren, sie großzügig für die Spezialdienste, die sie anbot, zu bezahlen, ganz davon abgesehen, dass es sie erregte, Blade zu erzählen, was sie mit ihr gemacht hatten, diese Männer, die sie sich *selbst* ausgesucht hatte. Immerhin sah sie von dem Geld der Männer, die er für sie aussuchte, nichts, und Geld war extrem wichtig für sie, fast so wichtig wie Sex.

„Tu das“, befahl er und fügte drohend hinzu: „Und vergiss nicht, diese Typen verlangen eine Frau mit Klasse, sie geben sich nicht mit einem billigen Flittchen zufrieden.“

Eine Frau mit Klasse – und wo, zum Teufel, sollte sie die auftreiben? In der Vergangenheit hatte sie Mädchen für ihn gefunden, indem sie die entsprechenden Clubs abgegrast hatte, in denen sie, wie sie gewusst hatte, die Art Mädchen finden würde, die ihm vorschwebte. Was Blade jetzt von ihr verlangte, war ein völlig anderes Spiel, und sie war sich nicht ganz sicher, ob sie wirklich Lust hatte mitzuspielen.

Mit finsterem Gesicht machte sie sich fürs Büro fertig. Als sie ihre Ringe aus ihren wunden und geschwollenen Brustwarzen entfernte, zuckte sie vor Schmerz zusammen. Blade war brutal gewesen diesmal, selbst für seine Verhältnisse. Sie hatte am späten Nachmittag einen Termin bei einem der Kunden. Wenn sie keinen BH anzog, würde er durch die dünne Seidenbluse, die sie anzuziehen gedachte, ihre geschwollenen Nippel sehr deutlich sehen können. Sie spitzte nachdenklich die Lippen. Er war nur ein relativ kleiner Fisch, und sie war sich nicht sicher, ob es sich überhaupt lohnte, ihm einen Köder unter die Nase zu halten. Andererseits musste sie an die monatlichen Ratenzahlungen für ihren BMW denken, und Blade hatte sie wahrscheinlich wieder einmal um ihr gesamtes Bargeld erleichtert, bevor er gegangen war.

Nun, sie konnte ihm immerhin ein bisschen Appetit machen, ohne sich allzu weit aus dem Fenster rauszuhängen. Es konnte nichts schaden, etwas in der Hinterhand zu haben. Wahrscheinlich würde sie sich irgendwann in nächster Zeit ohnehin nach einem neuen Job umschauen müssen. Sie hatte seit kurzem den Verdacht, dass Garth Lunte gerochen hatte, und er würde den Diensten, die sie seinen Kunden auf eigene Faust anbot, mit Sicherheit nicht allzu freundlich gegenüberstehen.

Schade, wirklich. Wäre er ein anderer Typ gewesen, hätte sie ihn mit Freuden in ihre Kundenliste eingetragen und ihm sogar noch einen Spezialtarif eingeräumt, aber die wenigen Wochen, die sie für ihn arbeitete, hatten ihr gereicht herauszufinden, dass er für die Art von Sex, auf die sie abonniert war, nicht der richtige Mann war, obwohl sie das nicht davon abhielt zu hoffen, dass es ihr doch noch gelingen könnte ihn umzustimmen.

Wahrscheinlich macht er es nur in der Missionarsstellung, hatte sie verächtlich entschieden, nachdem er sie bei ihrem ersten diskreten Annäherungsversuch hatte abblitzen lassen. Aber in ihrem tiefsten Innern hatte sie gewusst, dass Garth, auch wenn er nicht an der Art sadomasochistischem Sex interessiert war, die sie mit Blade kennen und schätzen gelernt hatte, definitiv ein Mann war, der wusste, wie man eine Frau erregt und befriedigt, wenn auch mit sanfteren Methoden als jenen, die sie bevorzugte.

Ihr Vater hatte ihr eine Nachricht auf den Anrufbeantworter gesprochen, aber sie hatte nicht die Absicht zurückzurufen. Es war ihr eine Genugtuung sich vorzustellen, wie er sich fühlen – wie er reagieren würde –, wenn er entdeckte, wie sie wirklich lebte. Natürlich würde er es brühwarm seiner heiß geliebten Rebecca erzählen. Kurz, ganz kurz nur blitzten ihre Augen vor Vergnügen auf, während ihr durch den Kopf ging, wie es wohl wäre, sie Blade zuzuführen, eine Idee, die sie jedoch gleich darauf als undurchführbar verwarf. Jammerschade, dabei hätte es ihr solchen Spaß gemacht, das Gesicht ihres Vaters zu sehen, wenn sie es geschafft hätte, seine Tochter in ein Techtelmechtel mit Blade zu verwickeln.

Während sie mit bebenden Händen ihre Schreibtischschubladen aufzog und anfing, ihre persönliche Habe auszuräumen, dankte Tara ihrem Schicksal, dass das Mädchen, mit dem sie sich das kleine Büro teilte, nicht da war. Neben ihrem Computer stand das gerahmte Foto von letzte, Weihnachten, das sie mit ihrer Mutter und den beiden Großeltern zeigte. Ihre Finger zitterten verräterisch, als sie es mit dem Gesicht nach unten in die fast leere Schreibtischschublade warf und diese zuknallte. Es hatte keinen Platz mehr in ihrem Leben. Wie hätte es auch anders sein können?

Draußen vor ihrer halb offenen Tür ertönten die gewohnten Bürogeräusche, was ihr höchst seltsam erschien angesichts der dramatischen Veränderungen, die in ihrem Leben Einzug gehalten hatten. Von ihrem Vater war nichts zu sehen. Wahrscheinlich war er noch immer bei *ihr* ... Claudia.

Welch eine Ironie des Schicksals, dass nach all diesen Jahren, in denen sie gehofft hatte, dass ihre Eltern wieder zueinanderfinden würden, dies jetzt, wo es offensichtlich der Fall war, keine Bedeutung mehr für sie hatte.

Als sie die nächste Schublade öffnete, schossen ihr Tränen in die Augen und tropften auf den Schreibtisch.

Estelle, die in diesem Moment draußen an der halboffenen Tür vorbeiging, blieb stehen, als sie sah, dass Tara sich mit tränenüberströmten Wangen über ihren Schreibtisch beugte. Neugierig stieß sie die Tür noch ein bisschen weiter auf und betrat das Büro. Nachdem sie die Tür sorgfältig hinter sich zugemacht hatte, ging sie auf Tara zu, legte ihr tröstend eine Hand auf den Arm und fragte mitfühlend: „Was ist denn los, Tara?"

Tara schaffte es nur, stumm den Kopf zu schütteln, während sich ihre Augen erneut mit Tränen füllten.

Estelle, die sofort sah, was los war, nutzte die Gunst des Augenblicks und legte Tara den Arm um die Schultern, wobei sie deren Versuch, sich aus der „tröstlichen" Umarmung zu befreien, entschlossen ignorierte. Ihr Instinkt sagte ihr, dass sie möglicherweise gerade eben die Antwort auf ihre Probleme gefunden hatte.

„Oh, du Ärmste", murmelte sie in zärtlichem Spott, wobei ihre scharfen Augen registrierten, dass an Taras Finger der Ring, den sie üblicherweise trug, fehlte.

An Taras Stelle hätte sie auf einem Ring bestanden, der einiges mehr hermachte als der winzige herzförmige Diamant, auf den Tara so stolz zu sein schien.

„Mach dir nichts draus, wein dich ruhig aus. Männer! Sie sind alle gleich.“ Wie erwartet, löste ihr Mitgefühl einen weiteren Tränenstrom aus.

Estelle lächelte triumphierend in sich hinein. Es funktionierte jedes Mal. Zeig einer verletzlichen, übersensiblen Schwester nur einen Funken Mitgefühl, und schon wirst du sie nicht mehr los. Obwohl bei Tara die Sache offensichtlich etwas anders lag. Sie trieb es entschieden zu weit. In Tränen aufgelöst zu sein, weil irgendein Kerl einen verlassen hatte, war eine Sache, aber deshalb gleich seinen Schreibtisch leer zu räumen, war eine ganz andere. Estelles erfahrene Augen registrierten, dass hier eine Frau die Flucht antrat.

Ihre Vermutung wurde bestätigt, als sie Tara zwischen zwei Schluchzern sagen hörte: „Bitte lass mich los. Ich muss weg ... ich ...“

„Ja, ich verstehe“, tröstete Estelle sie, während ihre Gedanken wild durcheinander wirbelten. „Warte, ich helfe dir.“

Bevor Tara sie davon abhalten konnte, griff sie auch schon nach einem Teil von Taras persönlicher Habe, die diese fein säuberlich auf dem Schreibtisch gestapelt hatte.

„Ich helfe dir beim Raustragen“, erklärte Estelle. „Das schaffst du ja gar nicht alles allein.“

Bevor Tara protestieren konnte, öffnete Estelle mit dem Stapel unter dem Arm die Tür und ging Tara voran durch die Rezeption zum Aufzug, wobei sie diese vor allen neugierigen Blicken abschirmte.

Taras Wagen stand in der Tiefgarage. Nachdem Tara ihren

Schlüssel herausgekramt hatte, nahm Estelle ihn ihr aus der Hand und schloss den Kofferraum auf.

„Was hast du denn jetzt vor?“ erkundigte sich Estelle besorgt und fügte, nachdem Tara keine Anstalten machte zu antworten, hinzu: „Ich kann dich in diesem Zustand unmöglich allein irgendwohin fahren lassen. Wenn irgendetwas passiert, würde ich mir ewig Vorwürfe machen. Hör zu, ich habe eine Idee. Ich wollte ohnehin gerade Mittagspause machen, warum also gehen wir nicht irgendwohin, wo es ruhig ist und wir ein bisschen reden können?“

Sofort schüttelte Tara den Kopf. Sie und Estelle hatten sich nie viel zu sagen gehabt; das Mädchen hatte eine Art an sich, von der sich Tara irgendwie abgestoßen fühlte, einen Hauch von Verruchtheit, der sie unbewusst stets veranlasst hatte, von Estelle Abstand zu halten. Im Büro kursierten Gerüchte über Estelles unorthodoxes Sexleben und darüber, dass sie die sexuelle Anziehungskraft, die sie zweifellos auf Männer ausübte, angeblich dazu benutzte, ihr auf konventionellere Art verdientes Gehalt aufzubessern, aber Tara hatte es als neidischen Bürotratsch zurückgewiesen.

„Sag jetzt nicht Nein, das dulde ich nämlich nicht“, sagte Estelle entschieden. „In diesem Zustand lasse ich dich *nirgendwo* allein hinfahren. Dein Vater ...“

Tara zuckte zusammen, alle Farbe wich aus ihrem Gesicht. Das Letzte, was sie wollte, war irgendeine ... irgendeine Art von Kontakt mit Garth.

„Ja ... also gut ... ich komme mit“, stimmte sie schließlich widerwillig zu.

Als sie den nervösen und verräterischen Blick sah, den Tara über die Schulter warf, lächelte Estelle zynisch in sich hinein, ehe sie sie drängte, sich auf den Beifahrersitz zu setzen und entschieden sagte: „Ich fahre. Es ist sicherer im Augenblick.“

Tara, die angenommen hatte, dass sie zu Fuß irgendwohin zum Essen gehen würden, hatte schlicht nicht die Kraft, sich zu wehren. Sie fühlte sich total überrumpelt von der Fürsorge der Kollegin. Alles, was sie wollte, war, sich ans Steuer zu setzen und zu fahren und zu fahren, bis sie irgendwohin kam, wo niemand sie kannte und sie niemanden, irgendwohin, wo sie neu anfangen und sie selbst sein konnte. Das Letzte, was sie im Augenblick brauchte, war ein Mittagessen mit einer Frau, die sie nur flüchtig kannte, aber dies Estelle zu erklären, würde zu viel Anstrengung kosten, mehr Kraft, als ihr geblieben war. Es war leichter, sich Estelles Wünschen einfach zu fügen.

Tara lehnte sich in den Sitz zurück und schloss die Augen, während Estelle den Wagen zum Ausgang der Tiefgarage fuhr.

Als sie sah, wie sich Taras Augen schlossen, begann in Estelles Kopf ein Gedanke Gestalt anzunehmen, eine Idee, die so herausfordernd und gefährlich war, dass ihr allein die Vorstellung einen köstlichen Schauer über den Rücken jagte.

„Sie suchen jemand, der Klasse hat ... Stil ...", hatte Blade gesagt, und Tara hatte beides und noch viel, viel mehr. Oh, sie konnte es gar nicht mehr erwarten, Taras Gesicht zu sehen, wenn sie mit gespreizten Beinen und mit Handschellen an das Bettgestell gefesselt daliegen würde. Sie würde nicht weinen oder schreien, aber das würde die sexuelle Lust derer, die ebenfalls da sein und zuschauen würden, nur noch steigern, wobei sie sich selbst beim Anblick ihres verletzlichen Körpers einen Orgasmus verschaffen würden, während der Piercer ihren Körper mit einem dieser hübschen, aber ach so trügerischen Goldringe schmücken würde.

Diese delikaten Goldringe dienten nämlich nicht nur als Schmuck oder als Spielzeug für einen Liebhaber, sondern konnten ebenso gut als ein Mittel zur Freiheitsberaubung eingesetzt werden, indem man dünne Drähte durchzog. Estelle fing an zu lächeln und dann zu lachen. Sie hatte für Blade genau das Richtige und mehr gefunden. Sie konnte es gar nicht erwarten, sein Gesicht zu sehen, wenn er sah, was sie ihm mitgebracht hatte. Es würde natürlich nicht leicht werden, aber schließlich gab es immer noch Drogen, die man einsetzen konnte, um den Widerstand einer Person zu brechen, und wer wusste schon besser als Blade, wie man an sie herankam.

Sie hatten das Parkhaus jetzt verlassen, und Tara hielt die Augen noch immer geschlossen. Estelles Gedanken rasten. Wenn sie es schaffte, ihr genug Alkohol einzuflößen, würde es kein großes Problem sein, sie zu überreden, mit ihr in ihre Wohnung zu kommen, und wenn sie erst einmal dort war ...

Mit ihr jetzt gleich dorthin zu fahren, wie sie es am liebsten gemacht hätte, war ein bisschen zu riskant. Nein. Erst der Lunch, und dann ...

Tara auf dem Sitz neben ihr war viel zu abgelenkt von ihrem Schmerz, um dem, was um sie herum vorging, Aufmerksamkeit zu schenken.

Ryland ... Was würde er tun, wenn er zurückkam und feststellte, dass sie weg war? Er würde sich natürlich mit ihren Eltern in Verbindung setzen, und dann würden sie ihm alles erzählen. Sie schluckte schwer. Was würden sie ihm erzählen? Dass sie nicht die richtige Frau für ihn ... nicht die richtige Mutter für seine Kinder war ... dass sie ...

Eine heiße Träne rann ihr übers Gesicht, gefolgt von der nächsten.

Estelle, die diese Zeichen ihres Kummers sah, lachte innerlich. Blöde Gans. Nun, sie würde bald lernen, was richtiger Schmerz war. Sehr bald zweifellos, wenn es nach Blade ging. Manche Leute mochten ihn als verkorkst betrachten, aber Estelle nicht. Sie wusste, was ihn antrieb. Schmerz. Lust. Man konnte es nennen, wie man wollte, es war die einzig sichere Sache im Leben. Weitaus sicherer und zuverlässiger als jeder Schwur eines Liebhabers oder jedes elterliche Versprechen – ganz besonders elterliche Versprechen!

19. KAPITEL

Sein Vater war die erste Person, die Ryland sah, als er die Ankunftshalle betrat. Er eilte auf ihn zu, um seinen Sohn zu begrüßen, und umarmte ihn fest, nachdem er ihn erreicht hatte.

Die Erkenntnis, dass sein Vater während der Zeit seiner Abwesenheit stark gealtert war, versetzte ihm einen scharfen Stich. Jed sah grauer aus, eingeschrumpft irgendwie, sein Körper, seine ganze Haltung war jetzt die eines älteren Mannes. Mit besorgt gefurchter Stirn nahm er Ryland am Arm und zog ihn zum Ausgang.

„Was ist los, Dad, was ist passiert?“ fragte Ryland.

Jed schüttelte den Kopf und sagte: „Warte, bis wir im Auto sind, Sohn.“

Auf dem Freeway herrschte bereits reger Verkehr. Sein Vater konzentrierte sich offensichtlich ganz aufs Fahren, ein Umstand, der Ryland noch nervöser machte.

„Hör zu, Dad“, begann er. Die Anstrengungen des langen Fluges waren nicht spurlos an ihm vorübergegangen, hinzu kam der Schreck, unter so dramatischen Umständen nach Hause gerufen worden zu sein.

„Es tut mir Leid“, entschuldigte sich Jed, der Rylands wachsende Ungeduld spürte, „es ist nur ... nun, es ist so ein ... so ein Schock.“

„Was ist ein Schock?“ verlangte Ryland zu wissen.

„Es hat auf der Insel einen Unfall gegeben ... einen Brand. Als die Feuerwehr kam ...“

„Einen Brand, aber was ... wie ...?“

Sein Vater schüttelte den Kopf. „Warte, bis wir zu Hause sind“, sagte er düster.

„Aber wer ... wer war dort? Sind sie ...“ Ryland hielt inne und schluckte, während er versuchte, sich aus den vagen Andeutungen seines Vaters ein Bild zu machen.

Auf der kleinen Insel an der Küste Neu Englands hatte er als Kind mit seiner Familie viele glückliche Ferien verbracht. Und auch nachdem Tante Marthas Ehemann bei einem Segelunfall ums Leben gekommen war, hatte sie die Insel noch immer besucht.

Es war eine alte Familientradition, dass die ganze Familie dort gemeinsam den Labour Day feierte, und dieses Jahr hatte er gehofft, mit Tara ... Er schluckte noch einmal.

„Margot war dort und ... und Lloyd“, erzählte sein Vater schroff, dann schwieg er einen Moment, bevor er leise hinzufügte: „Und deine Tante Martha ebenfalls. Die Haushälterin hatte ihren freien Tag, so hat es Esme zumindest ...“

„Und Margot, Lloyd *und* Tante Martha sind ...?“ begann Ryland, schaffte es jedoch nicht, seinen Satz zu beenden.

Jed umklammerte das Lenkrad fester, dann sagte er heiser: „Sie sind alle tot. Der Chef der Feuerwehr hält es für wahrscheinlich, dass der Rauch ...“

„Der Rauch? Aber sie müssen doch gemerkt haben ... sind sie ... sie nicht mehr rechtzeitig ...“

„Ich weiß es nicht. Es gibt Hinweise darauf, dass ... Feuerwehr und Polizei haben ihre Untersuchungen noch nicht abgeschlossen. Allem Anschein nach ist das Feuer spätnachts ausgebrochen, und da sie alle schliefen ...“

„Ich kann es nicht glauben“, flüsterte Ryland mit gebrochener Stimme. „Ich kann es einfach nicht ...“

„Ich weiß, Sohn. Ich weiß“, sagte sein Vater mitfühlend. „Warte, bis wir zu Hause sind, dann erzähle ich dir alles. Im Augenblick ...“

„Schon gut, Dad, ich verstehe“, sagte Ryland.

Sie bogen vom Freeway ab auf die vertraute Straße, die zu dem kleinen Neu-England-Städtchen führte, in dem Ryland aufgewachsen war. Es erschien ihm jetzt fast paradox, dass er sich noch vor kurzem ausgemalt hatte, diese Straße das nächste Mal mit Tara an seiner Seite entlangzufahren, wobei ihn der Gedanke, Tara seiner Familie als seine zukünftige Ehefrau vorzustellen, mit Hochstimmung erfüllt hatte. Er hatte sich die lächelnden, glücklichen Gesichter seiner Eltern und Geschwister vorgestellt; ja, er hatte sich sogar ausgemalt, wie die steife Strenge seiner Tante angesichts Taras natürlichem Charme und ihrer gewinnenden Art dahinschmelzen würde. Erst jetzt wurde ihm klar, wie sehr er sich gewünscht hatte, in den Augen seiner Tante die Überzeugung zu entdecken, dass die Zukunft des Unternehmens und, was noch weitaus wichtiger war, die Zukunft der *Familie* bei Tara und den Kindern, die sie ihm schenken würde, in guten Händen war.

Tara würde nicht glücklich sein über die Einschränkungen der Bewegungsfreiheit, die so viel Reichtum mit sich brachte und denen sich vor allem ihre Kinder würden unterwerfen müssen, aber Ryland wusste, dass sich unter ihrer äußerlichen Sanftheit eine gewisse stählerne Härte verbarg, die eine Kombination aus den besten Eigenschaften sowohl mütterlicher- als auch väterlicherseits war, und er wusste ebenso, dass sie uneingeschränkt loyal sein würde, nicht nur ihm und ihrer Liebe gegenüber, sondern auch gegenüber der Überzeugung, die seine Tante mit ganzem Herzen vertrat, dass nämlich großer Reichtum stets einherging mit der Verpflichtung, diesen weise und für das Wohl der Allgemeinheit einzusetzen.

Tara. Gott, wie verzweifelt brauchte er sie gerade jetzt. Er brauchte ihre Stärke, ihre Wärme, ihr Mitgefühl, aber am meisten brauchte er ihre Liebe.

Der Sommer neigte sich bereits seinem Ende zu, doch der Herbst hatte noch nicht richtig begonnen, die grünen Blätter der Bäume hingen müde und lustlos an den Zweigen, ausgelaugt. Ganz wie mein Vater, stellte Ryland mit einem Seitenblick auf den älteren Mann fest.

Um diese Jahreszeit zeigte sich die Landschaft von Neu England nicht unbedingt von ihrer besten Seite. Bevor die Blätter der Bäume ihr strahlend buntes Herbstkleid anlegten, machte sich stets eine lähmende Atmosphäre breit. Das hübsche, mit Schindeln gedeckte Haus, das sein Urgroßvater am Rand des Städtchens mit Blick über den Fluss für seine Braut erbaut hatte, sieht aus wie immer, registrierte Ryland, als sein Vater in die lange Auffahrt einbog, an deren Ende das Haus in Sicht kam. Es brauchte dringend einen neuen Anstrich. Das Haus selbst zu streichen war so etwas wie eine Familientradition, eine Pflicht, die sich sein Vater – und vor ihm dessen Vater – selbst auferlegt hatte, wobei Ryland ihm, solange er sich erinnern konnte, geholfen hatte.

Als Junge war es lediglich seine Aufgabe gewesen, am Fuß der Leiter zu stehen und sie festzuhalten, aber in dem letzten Sommer vor seinem Weggang von zu Hause war er es gewesen, der die Dachrinne gereinigt hatte, während sein Vater den oberen Teil des Hauses gestrichen hatte.

Es war ein komfortbables Heim für eine Familie, wenn vielleicht auch ein bisschen zu groß für heutige Verhältnisse, aber Ryland hatte sich, neben Tara im Bett ihres vollgestopften Londoner Apartments liegend, bereits vorgestellt, dass sie sich ein ähnliches Haus ganz in der Nähe kaufen würden. Und dann würde auch er die letzten Tage des ausklingenden Sommers damit zubringen, es mit Hilfe ihrer Söhne und Töchter zu streichen – darauf würde Tara mit Sicherheit bestehen. Der Gedanke an sie erwärmte sein Herz, und er fühlte sich fast so getröstet, als nähme er ihre Hand.

Seine Tante bewohnte eine große vornehme Villa am Stadtrand von Boston, aber er wusste schon jetzt, dass Tara ebenso wie er die ruhigere Umgebung der Kleinstadt von Neu England, in der er aufgewachsen war, vorziehen würde.

Als sein Vater den Wagen zum Stehen brachte, sah Ryland, dass seine Mutter bereits vor dem Haus auf sie wartete, neben sich seine Schwestern, die ihm plötzlich überraschend erwachsen vorkamen, obwohl es nur wenig mehr als zwölf Monate her war, seit er sie zum letzten Mal gesehen hatte. Der ernste Ausdruck, der auf ihren Gesichtern lag, strafte das Gefühl von Unwirklichkeit, das er noch immer empfand, Lügen.

„Oh Ry, mein Sohn, es tut mir ja so Leid, dass du aus so traurigem Anlass nach Hause kommen musstest", sagte seine Mutter, während sie ihn fest umarmte. „Ich hoffe nur, dass deine Tara es versteht und uns verzeiht, dass wir dich gerufen haben."

Ryland erwiderte ihre Umarmung. Seine Mutter brauchte ihm nicht zu erklären, dass seine Familie nicht wollte, dass ihre erste Begegnung mit Tara von einer Tragödie wie der, der sie sich jetzt gegenübersahen, überschattet wurde.

„Dein Großvater ist im Augenblick glücklicherweise bei einem alten Freund zu Besuch", fuhr seine Mutter fort, als sein Blick automatisch zu dem kleinen Weg wanderte, der zu einem angrenzenden Haus führte, in dem der Vater seiner Mutter lebte. „Er hielt eine Menge von Martha. Sie stritten sich zwar ständig über Politik und ..." Das Ende ihres Satzes blieb in der Luft hängen.

„Lasst uns erst mal reingehen. Polizeichef Amory hat angerufen, Jed", berichtete sie Rylands Vater, während die ganze Familie, die Arme tröstlich umeinander gelegt, ins Haus ging. „Ich habe ihm versprochen, dass du ihn so bald wie möglich zurückrufst. Warum gehst du nicht mit Ry in dein Arbeitszimmer und erzählst ihm, was passiert ist, während ich euch einen Kaffee mache?"

Jed Wallace wartete, bis seine Frau ihnen eine große Kanne Kaffee gebracht und die Tür leise hinter sich zugemacht hatte, bevor er an anfing zu erzählen.

„Ich wollte nicht im Auto damit anfangen, Ry, aber es sieht so aus, als ob das Feuer, in dem sie umkamen ... also ... laut Beweislage sieht es so aus, als ob das Feuer absichtlich gelegt worden wäre."

„Absichtlich?" Ryland starrte seinen Vater ungläubig an. „Willst du damit sagen, dass es Brandstiftung war ... dass jemand ...? Aber warum ... und vor allem *wie*, zum Teufel sind sie auf die Insel gekommen?" Ryland fuhr sich müde mit den Fingern durchs Haar. „Natürlich ist es nicht unvorstellbar, dass Tante Martha auf Grund ihres Reichtums eine Zielscheibe für ... ich weiß, dass sie, als Margot noch ein Baby war, Drohungen von Entführern erhalten hat."

„Dies hier hat nichts mit Marthas Reichtum zu tun, Ry", widersprach Jed ruhig. „Es ist ..."

Ryland wartete, während sein Vater sich unterbrach, um ihnen Kaffee einzugießen. Seine Hand zitterte, wie Ryland sah, und seine normalerweise gesunde Gesichtsfarbe hatte einen Stich ins Graue.

„Es sieht sehr danach aus, als ob ... als ob ... Margot das Feuer gelegt hätte."

„Margot!" Ryland ließ fast die Tasse fallen, die ihm sein Vater eben gereicht hatte. „Aber das ist völlig *unmöglich*!"

„Es war in der Familie nie ein Geheimnis, was Margot für Lloyd empfunden hat", begann sein Vater gequält. „Ich konnte die Beziehung, die die beiden zueinander hatten, zwar nicht unbedingt gutheißen, aber ich ... ich konnte sie auch nicht dafür verurteilen. Ich danke meinem Schöpfer nur, dass er mich nie in einen derartigen Gewissenskonflikt gebracht hat. Ich habe deine Mutter vom ersten Augenblick an geliebt, und ich weiß, dass es bei deinem Onkel und Martha genauso war. Ich nehme an, unsere Familie ist eben einfach so gestrickt."

Ryland sagte nichts darauf. Jetzt war nicht der richtige Zeitpunkt dafür, seinem Vater zu erzählen, wie rasch und total er sich in Tara verliebt hatte, es war nichts, was er von dem Entsetzen der furchtbaren Tragödie, die ihm sein Vater eben zu enthüllen begann, überschattet sehen wollte.

„Wer von uns weiß schon, wie er reagieren würde, wenn er sich wie Margot in jemanden aus der eigenen Familie verlieben würde? Vermutlich versuchen wir uns alle einzureden, dass wir die Zeichen der Gefahr rechtzeitig entdeckt und uns in Sicherheit gebracht hätten. Aber Margot ..." Er machte eine Pause und schüttelte den Kopf. „Margot hat Lloyd zum Mittelpunkt ihres Lebens gemacht. Er *war* ihr Leben."

Ryland runzelte die Stirn. Sein Vater erzählte ihm im Moment nichts, das er nicht bereits gewusst hätte.

„Lloyd muss dasselbe für sie empfunden haben", erinnerte er seinen Vater. „Ansonsten hätte er nicht ..."

„Lloyd hat sie geliebt, das stimmt", beeilte sich sein Vater zu versichern. „Aber seine Gefühle waren nie so absolut, so zwanghaft wie die von Margot, und ich habe den Verdacht, dass er in vielerlei Hinsicht die Beziehung nur noch aufrechterhielt, weil er Angst hatte vor Margots Reaktion, wenn er sie beendete ... aber dafür habe ich keine Beweise", betonte er. „Es ist nur einfach so, dass man hinterher immer klüger ist ... Nun, nachdem es amtlich war, dass Lloyd mit Margot und Martha in dem Feuer umgekommen ist, habe ich mit unserer Niederlassung in Los Angeles telefoniert ..." Er unterbrach sich und schüttelte den Kopf.

„Ein paar Stunden später kam ein Anruf von ... von einer Professorin, deren Buch Lloyd herausbringen wollte. Sie bat darum, uns aufsuchen zu dürfen, weil sie mit uns sprechen wollte, wie sie sagte." Er legte wieder eine Pause ein und schenkte sich eine zweite Tasse ein, dann bot er Ry ebenfalls noch Kaffee an, aber der schüttelte den Kopf.

„Nach allem, was sie uns erzählt hat", fuhr sein Vater, nachdem er einen Schluck genommen hatte, fort, „sieht es so aus, dass sie und Lloyd sich sehr nahe gekommen sind ... nah genug jedenfalls, um eine gemeinsame Zukunft ins Auge zu fassen. Er hatte ihr von Margot erzählt, und es scheint so, als ob er vorgehabt hätte, Margot reinen Wein einzuschenken ... dass er ihr sagen wollte, dass ... dass ihre körperliche Beziehung zu Ende wäre.

Lloyd und Jamie Friedland kannten sich nach dem, was sie erzählte, erst seit ein paar Wochen, und ich habe keinen Anlass, ihr nicht zu glauben. Sie ist kein Mädchen, sondern eine reife, hochintelligente Frau – sie fühlten sich beide stark genug, um einander vertrauen zu können ... sie erzählte uns, dass Lloyd ihr seine Liebe erklärt hätte, und ich habe keinen Grund daran zu zweifeln.

Sie berichtete, dass Lloyd ihr gegenüber geäußert hätte, dass er es Margot und ihrer gemeinsamen Vergangenheit schuldig wäre, ihr die Wahrheit zu erzählen und anschließend noch ein bisschen bei ihr zu bleiben, um ihr zu helfen, sich an den Gedanken, dass sie ihn als Geliebten verlieren würde, zu gewöhnen.

Sie hat auch berichtet, dass Lloyd ihr erzählt hat, dass sich seine Gefühle für Margot im Lauf der Jahre gewandelt hätten und dass er sich, obwohl er sie als Cousine noch immer sehr liebte, körperlich von ihr schon seit langem nicht mehr so angezogen fühlte wie sie von ihm.

Dazu kommt noch, dass Margot Lloyd laut Jamie in diesen Wochen mit Anrufen regelrecht überschwemmte, in denen sie ihn anflehte, endlich wieder auf die Insel zu kommen, und ihn ausquetschte, wer oder was ihn in Kalifornien festhielte. Sie hat ebenso erzählt, dass einige der Anrufe dramatisch geendet hätten, und dass Margot mehr als einmal gedroht hätte, sich das Leben zu nehmen, falls Lloyd nicht zurückkäme.

Sie berichtete, dass sie Lloyd gebeten hätte, sehr, sehr vorsichtig zu sein mit dem, was er Margot erzählte, und dass sie ihm sogar vorgeschlagen hätte, dass er versuchen solle, Margot dazu zu überreden, therapeutische Hilfe in Anspruch zu nehmen.

Niemand von uns wird je erfahren, was genau passiert ist oder was Lloyd gesagt hat und was nicht. Alles, was wir wissen, ist, dass irgendjemand dieses Feuer absichtlich gelegt hat, und es ist mehr als wahrscheinlich, dass Margot es war.

Aus den sichergestellten Beweismitteln und aus ... dem Autopsiebefund geht jedenfalls ganz klar hervor, dass Margot und Lloyd vor ihrem Tod Alkohol zu sich genommen hatten und dass sie beide mit Schlafmitteln betäubt waren. Margot ließ sich von ihrem Hausarzt regelmäßig Schlafmittel verschreiben. Anfangs zog die Polizei einen gemeinsamen Selbstmord in Betracht, was angesichts der Natur ihrer Beziehung gewiss nicht unwahrscheinlich war. Ich vermute, dass die Leute in ihrer näheren Umgebung ahnten, was zwischen den beiden ablief, dass sie jedoch aus Sympathie ein Auge zudrückten. Deine Tante Martha hatte bei vielen Leuten einen großen Stein im Brett. Sie hat viel Gutes getan.

Der Polizeichef erzählte mir, dass die Haushälterin Esme offensichtlich entschlossen war, Stillschweigen über die Beziehung der beiden zu wahren, bis sie es ihr auf den Kopf zusagten.

Meine Vermutung geht dahin, dass Margot nach Lloyds Ankündigung, sich von ihr zu trennen, Schlafmittel in ihre Drinks getan hat, nachdem sie vorher alles vorbereitet hatte, um das Feuer zu legen."

„Aber Tante Martha ... Margot hat doch bestimmt nicht ...?"

„Ich weiß es nicht", gab sein Vater, bekümmert den Kopf schüttelnd, zurück. „Niemand von uns wird es je erfahren. Esme hat bei der Polizei ausgesagt, dass sie für Margot und Lloyd, die zu einem Spaziergang aufgebrochen waren, ein kaltes Abendessen zurechtgemacht hätte. Lloyd war erst an diesem Morgen auf der Insel eingetroffen, und Esme berichtete der Polizei, dass er sehr nervös und beunruhigt gewirkt habe. Margot war zum Hafen gefahren, um ihn abzuholen, und nach allem, was Esme erzählte, wirkten die beiden nach ihrer Rückkehr sehr angespannt.

Es war Esmes freier Tag, und sie war eben dabei, das Haus zu verlassen – Lloyd und Margot waren bereits zu ihrem Spaziergang aufgebrochen –, als das Telefon klingelte. Bei der Anruferin handelte es sich um Martha, die ankündigte, dass sie sich entschlossen hätte, zwei Tage früher als geplant auf die Insel zu kommen, aber sie forderte Esme auf, sich davon nicht abhalten zu lassen und ihren freien Tag trotzdem zu nehmen. Sie bat Esme, den Jeep an den Hafen zu fahren und die Schlüssel stecken zu lassen, und genau das tat Esme."

„Dann kann es also sein, dass Margot gar nicht wusste, dass sich ihre Mutter in dem Haus aufhielt?"

„Vielleicht nicht. Wir wissen, dass sie und Lloyd das kalte Abendessen zu sich genommen haben, das Esme für sie zurechtgemacht hatte. Es ist anzunehmen, dass Lloyd ihr während des Spaziergangs von Jamie und seinen Plänen für die Zukunft erzählte. Ob Margot bereits zu diesem Zeitpunkt ihre Entscheidung fällte oder erst später, werden wir nie erfahren.

Alles, was wir wissen, ist, dass sie einen großen Benzinkanister aus dem Generatorraum in ihr Zimmer brachte. Sie räumte ihren Schrank aus und tränkte ihre Kleider und den Fußboden des Zimmers mit Benzin.

Wir wissen, dass sie irgendwann mit Lloyd in sein Zimmer ging, wo sie den mit Schlafmittel versetzten Wein tranken. Vielleicht hat sie ja einen letzten verzweifelten Versuch unternommen, ihn umzustimmen. Wie auch immer, jedenfalls muss Martha in der Zeit, in der sich die beiden in Lloyds Zimmer aufhielten, eingetroffen sein.

Nachdem alle ihre Versuche, Lloyd umzustimmen, gescheitert waren, muss Margot, nachdem sie spürte, dass das Schlafmittel seine Wirkung zu entfalten begann, Lloyd verlassen haben und in ihr Zimmer gegangen sein. Dort ..." Er unterbrach sich und ließ den Kopf hängen. „Der Polizeiarzt hat mir versichert, dass alles sehr schnell vorbei war. Schon allein der Rauch ..."

„Oh, mein Gott", keuchte Ry entsetzt und stieß dann einen langen Seufzer aus. „Ich ertrage es nicht, es mir vorzustellen. Glaubst du, dass Margot wirklich wusste, was sie tat, oder ...?"

„Wer weiß? Sie war nicht leicht zu verstehen. Es gab wohl eine Seite in ihrer Persönlichkeit, die ein bisschen zu extrem war, und das ist ihr am Ende zum Verhängnis geworden. Sie hat mir immer sehr Leid getan, aber ich muss gestehen, dass ich für deine Tante Martha noch mehr Mitleid empfunden habe.

Ich werde nie ihren Gesichtsausdruck vergessen, als Margot ihr sagte, dass sie nie Kinder haben würde, dass sie sich hätte sterilisieren lassen. Wir waren alle da. Es war ein Labour-Day-Wochenende, und ihr Kinder wart unten am Strand. Nachdem Margot in Tränen aufgelöst aus dem Zimmer gerannt war, ging Lloyd ihr nach, um sie zu trösten. Deine Mutter und ich blieben mit Martha allein zurück.

‚Was habe ich getan' fragte sie uns verzweifelt. ‚Wo habe ich versagt?' Wir versuchten ihr klarzumachen, dass sie sich nichts vorzuwerfen hätte, dass Margot eben einfach ... Margot sei."

Es folgte ein langes Schweigen, in dessen Verlauf sich die beiden Männer anschauten.

„Er hat es mir noch nicht offiziell mitgeteilt, aber aus den Worten des Polizeichefs lässt sich doch heraushören, dass sie, nachdem sie etwas anderes nicht beweisen können, die Absicht haben, Margots Tod als Selbstmord zu den Akten zu nehmen und Lloyds und Marthas Tod als Unfall.

Es war immer der Wunsch deiner Tante, in der Familiengruft in Boston neben deinem Onkel begraben zu werden."

„Und Lloyd und Margot?"

Sein Vater schüttelte den Kopf. „Vielleicht wäre es das Freundlichste und Beste, wir würden sie zusammen mit Tante Martha bestatten – immerhin ist es eine *Familiengruft*, und auf diese Weise könnten sie zusammen sein."

„Wenigstens im Tod, wenn schon nicht im Leben", sagte Ryland leise.

„Ja, deine Mutter sagte genau dasselbe", gab Jed zurück, dann räusperte er sich, ehe er fortfuhr: „Ich weiß noch nicht, wie lange es dauern wird, bis wir die nötigen Vorbereitungen treffen können. Ich habe mich bereits mit Marthas Notar in Verbindung gesetzt. Natürlich wird es eine offizielle Testamentsverlesung geben, aber wie du jetzt schon weißt, bist *du* Marthas Haupterbe. Natürlich gibt es noch einige Schenkungen an Stiftungen, aber den Löwenanteil ihres privaten Vermögens erbst du, ebenso wie die Unternehmensanteile, die sie von ihrem Mann geerbt hat."

„Und die beiden Mädchen?" fragte Ryland, als ihm seine Schwestern einfielen, aber sein Vater winkte ab.

„Die Mädchen erben einen hübschen Batzen, der in einem Treuhandfonds für sie angelegt wird, aber ich befürchte, dass die Hauptlast des Vermögens deiner Tante auf deinen Schultern landen wird, Ryland." Seinem Sohn tröstlich eine Hand auf den Unterarm legend, fuhr Jed fort: „Nun, wenigstens hast du deine Tara, die diese Bürde mit dir teilen kann."

Ryland warf seinem Vater einen düsteren Blick zu.

„Was ist?" fragte Jed besorgt.

„Tara weiß bis jetzt noch nichts von ... von dem Geld. Ich ... habe es ihr noch nicht gesagt. Eigentlich ... eigentlich wollte ich es ihr schon längst erzählen, aber ...", begann er, als er die Besorgnis in den Augen seines Vaters sah. „Ich hätte es ihr erzählen sollen, ich weiß", räumte er ein. „Vermutlich wollte ich es einfach nicht riskieren, dass sich die Dinge zwischen uns verkomplizieren. Es wird ihr nicht gefallen, Dad. Nicht ihretwegen, sondern wegen unserer Kinder. Sie wird ..."

„Es wird ihr noch weniger gefallen, dass du ihr gegenüber nicht aufrichtig warst", wandte sein Vater ruhig ein.

„Ich weiß", stimmte Ryland bedrückt zu.

Jetzt war es zu spät zu bereuen, dass er bis jetzt noch keine Gelegenheit gefunden – *gesucht* – hatte, um mit Tara über das zu reden, was die Zukunft für ihn bereithielt, die Zukunft, die jetzt Gegenwart war. Er schloss die Augen und bewegte die verspannten Schultern.

Die Millionen seiner Tante lasteten schon jetzt wie eine Zentnerlast auf ihnen.

„Ich hätte es ihr schon längst erzählen sollen“, räumte er zerknirscht sein. „Aber ich hatte wohl Angst, sie abzuschrecken. Ich dachte mir, ich hätte noch genügend Zeit, es ihr bei einer geeigneten Gelegenheit schonend beizubringen. Schließlich bin ich davon ausgegangen, dass es noch lang hin ist, bis Tante Martha ... oh, mein Gott“, stöhnte er auf, als ihm das volle Ausmaß dessen, was der Tod seiner Tante für ihn bedeutete, zu dämmern begann. „Ich kann es ihr unmöglich am Telefon sagen, aber die Firma ...“

„Darüber wollte ich eben mit dir reden“, fiel ihm sein Vater ruhig ins Wort. „Ich hasse es, Druck auf dich auszuüben, aber im Augenblick brauchen wir dich wirklich dringend hier. Die Firmenanwälte rechnen ebenso damit, dich zu sehen, wie die Anwälte deiner Tante. Ich habe für morgen Termine in Boston vereinbart. Und dann werden wir eine Pressemitteilung herausgeben müssen, dass du die Geschäfte deiner Tante weiterführst.“

Während sein Vater weitere Probleme anschnitt, die der Tod seiner Tante in Zusammenhang mit dem laufenden Alltagsgeschäft des Unternehmens aufwarf, spürte Ryland, wie seine Aufmerksamkeit dahinschwand und seine Gedanken in die Ferne zu schweifen begannen.

Tara. Warum war er nie auf die Idee gekommen, dass seiner Tante irgendetwas passieren könnte? Warum hatte er sein Geständnis so lange hinausgezögert?

20. KAPITEL

Tara wachte abrupt auf und fühlte sich völlig verwirrt. Im Mund hatte sie einen viel sagend sauren Geschmack, und ihr Kopf fühlte sich an wie mit Holzwolle ausgestopft. Sie lag auf einer fremden Couch in einer fremden Wohnung.

Sie versuchte sich aufzusetzen, sank jedoch mit einem leisen Aufstöhnen wieder zurück, als der Raum sich vor ihren Augen anfing zu drehen. Die Uhr an der Wand sagte ihr, dass es halb fünf Uhr nachmittags war.

Vage erinnerte sie sich daran, mit einem der Mädchen aus dem Büro in einem Restaurant gewesen zu sein, wo die Kollegin sie mit Wein abgefüllt hatte.

Sie unternahm einen nochmaligen Versuch sich aufzusetzen, und diesmal schaffte sie es. Aus dem Raum nebenan, dessen Tür einen Spalt offen stand, konnte sie deutlich die Geräusche eines Paares, das Sex miteinander hatte, hören.

Angewidert das Gesicht verziehend, stellte sie ihre Füße auf den Boden. Langsam begann sie sich wieder daran zu erinnern, dass sie eingewilligt hatte, mit Estelle in deren Wohnung zu fahren.

Sie schüttelte sich. Der Himmel mochte wissen, wie viele Gläser Wein sie getrunken hatte. Zu viele, so viel war sicher. Zweifellos war es ein Fehler gewesen, mit Estelle hierher zu kommen. Sie hatte die Kollegin nie sonderlich gemocht, und noch weniger mochte sie den Tratsch, der ihr im Büro über sie zu Ohren gekommen war.

Während des Essens hatte Estelle sehr offen über ihr Liebesleben gesprochen, sie hatte sogar damit herumgeprahlt, wie viele Männer sie schon gehabt hätte, und Tara hatte den starken Eindruck gewonnen, dass es nicht Liebe oder Lust war, die sie dazu veranlasste, mit ihnen ins Bett zu gehen, sondern Geld.

„Ach komm", hatte Estelle gespöttelt, als Tara bei einer besonders widerlichen Geschichte das Gesicht verzogen hatte. „Erzähl mir jetzt bloß nicht, dass du noch nie in Versuchung warst, so was auszuprobieren."

„Nein, wirklich, ich stehe nicht auf Bondage", hatte Tara aufrichtig erwidert.

Sie vielleicht nicht, aber im Repertoire ihrer Mutter, ihrer *richtigen* Mutter, hatte es wahrscheinlich eine wichtige Rolle gespielt. Während der ganzen Zeit, in der Estelle damit herumgeprahlt hatte, wie *easy* es wäre, seinen Körper für Geld an Männer zu verkaufen, hatte Tara sich innerlich gewunden, wobei sie sich gefragt hatte, ob Estelle womöglich deshalb so offen darüber sprach, weil sie etwas gespürt hatte, etwas, das irgendwo ganz tief drin in ihr lauerte, das sie *geerbt* haben könnte. Was schließlich zweifellos dazu geführt hatte, dass sie mehr getrunken hatte, als ihr gut tat, wie sie sich jetzt niedergeschlagen eingestehen musste.

„Du solltest es wenigstens mal versuchen. Vielleicht gefällt es dir ja", hatte Estelle sie aufzustacheln versucht.

„Nein, niemals ... das könnte ich nicht." Tara hatte sich zutiefst angewidert geschüttelt.

Während sie Estelle zunehmend beschwipster werdend zugehört hatte, hatte Tara plötzlich mit untrüglicher Sicherheit gewusst, dass es für *sie* nur zwei Gründe für Sex geben konnte, die beide auf Liebe basierten – das wäre zum einen die Liebe zu ihrem Sexualpartner und zum anderen, wenn sie jemanden zu beschützen versuchte, den sie liebte, indem sie mit einem Mann Sex hatte, den sie *nicht* liebte. Sich für Sex bezahlen zu lassen, wie es ihre Mutter getan hatte, war für sie schlicht undenkbar. Es gab schließlich andere Mittel und Wege, um an Geld zu gelangen.

Und mit dieser Gewissheit begann sich der dunkle Nebel der Verzweiflung zu lichten, der sie einhüllte, seit sie die Wahrheit über ihre Abstammung erfahren hatte.

Sie mochte zwar Katrionas *Kind* sein, aber sie war doch ein eigenständiger Mensch. Katriona mochte sich ihren Lebensunterhalt verdient haben, indem sie ihren Körper verkaufte, aber sie, Tara, wusste, dass *sie* so etwas niemals tun würde.

Zitternd stand sie auf, hob ihre Handtasche auf, die auf dem Fußboden zu ihren Füßen lag, und griff nach ihren Schuhen und ihrer Jacke auf einem Stuhl, dann schlich sie, um das Pärchen nebenan nicht zu stören, auf Zehenspitzen zur Tür.

Als sie aus dem Haus auf die Straße trat, sah sie draußen ihren Wagen stehen, obwohl sie sich nicht erinnern konnte, in ihm hierher gekommen zu sein, aber sie fühlte sich auch nicht annähernd fit genug, um irgendwohin zu fahren. Deshalb hob sie die Hand, als sie aus dem Augenwinkel ein Taxi herankommen sah.

„Wohin?“ erkundigte sich der Taxifahrer lakonisch, nachdem er neben ihr angehalten hatte.

Statt ihm wie beabsichtigt die Adresse ihrer Wohnung zu nennen, hörte Tara sich sagen: „Ich möchte mit dem Zug nach Dorchester, aber ich weiß nicht genau, von welchem Bahnhof er abfährt.“

„Dorchester. Da nehmen wir am besten die Waterloo Station“, sagte der Taxifahrer und riss das Steuer zu einem illegalen U-Turn herum, wobei die Reifen so empört aufkreischten, dass Taras Kopfschmerzen sich noch verstärkten.

Tara saß nervös in ihren Sitz zurückgelehnt da, mit hämmerndem Herzen und brennendem Magen, was jedoch nichts mit dem Wein zu tun hatte, den sie vor ein paar Stunden getrunken hatte.

„Deine Mutter stammte aus einem kleinen Ort in der Nähe von Dorchester“, hatte Claudia ihr ruhig geantwortet, als sie sie danach gefragt hatte. „Ihr Vater, dein Großvater, war dort Lehrer.“

Claudia hatte behauptet, dass sie sie um ihrer selbst willen liebe, aber Tara spürte, dass das nicht die Wahrheit war. Wie hätte es auch die Wahrheit sein können? Und was für einen Grund hätte Claudia dann gehabt haben sollen, ihr ihre wahre Abstammung so lange zu verheimlichen? Wenn sie sich nicht wegen Katriona geschämt hatte, warum hatte sie dann nichts gesagt?

„Ich liebe dich“, hatte Claudia ihr mit Tränen in den Augen versichert, und vielleicht hatte sie sie wirklich geliebt, aber sie, Tara, war trotzdem nur zweite Wahl, nur ein Ersatz. Wie hätte auch eine Frau das Kind einer anderen Frau so lieben können wie ihr eigenes? Wie hätte eine Frau wie Claudia das Kind einer Frau wie Katriona lieben können?

Nein, Tara war davon überzeugt, dass Claudia sie nur geliebt hatte, weil sie keine Alternative gehabt hatte. Sie war sich nur noch nicht ganz sicher, wer von beiden sie mehr verletzt hatte – ihre leibliche Mutter, weil sie der Mensch gewesen war, der sie war, oder Claudia, weil sie vorgegeben hatte, jemand zu sein, der sie gar nicht war.

Wie würde sich Ryland fühlen, wenn sie es ihm erzählte? Es gab da, wo früher die Person gewesen war, die sie zu sein geglaubt hatte, plötzlich eine erschreckende Leerstelle, weil sie sich selbst fremd geworden war. Du bist dir selbst eine Fremde, gestand sie sich verloren ein, während das Taxi vor dem Bahnhof vorfuhr.

Estelle brummte leise protestierend in sich hinein, als Blade sie unsanft beiseite schubste und sich anschickte, das Bett zu verlassen.

„Los“, befahl er ihr, „ich denke, es wird Zeit, dein kleines Dornröschen aufzuwecken, was meinst du?“

„Sie muss gut behandelt werden“, warnte sie ihn. „Sie ist nicht irgendeine Streunerin, Blade. Sie hat Freunde, eine Familie und ...“

„Keine Sorge, wenn wir erst mit ihr fertig sind, wird sie an nichts weniger denken, als sich bei irgendwelchen Freunden oder ihrer Familie zu beschweren, und im Übrigen habe ich vorgesorgt für den Fall, dass sie uns Scherereien macht.“

Estelle begann sich zu entspannen. Tara betrunken zu machen war einfacher gewesen als erwartet, und nachdem sie sich davon überzeugt hatte, dass sie fest schlief, hatte sie Blade angerufen und ihm erzählt, was geschehen war.

„Ich bin gleich da“, hatte er mit diesem sanften Unterton in der Stimme gesagt, aus dem sie schließen konnte, dass sie ihre Sache gut gemacht hatte, „und wenn sie so gut ist, wie du behauptest, bin ich sehr zufrieden mit dir. Sehr, sehr zufrieden.“

Nachdem er aufgestanden war, schlüpfte er in seine Jeans und zog die Schlafzimmertür auf. Abrupt spannte er sich an, knallte die Tür zu und wirbelte zu ihr herum.

„Was ... was ist los?“ fragte Estelle verunsichert und kämpfte mit ihrem Kleid.

„Sie ist abgehauen, du blöde Schnalle, *das* ist los“, brüllte er und überhäufte sie mit Flüchen, während sie die Tür öffnete und ungläubig ins leere Wohnzimmer starrte.

„Das ... das kann nicht sein“, brachte sie mühsam heraus. „Sie war völlig zu, sie ...“

„Herrgott noch mal, bist du bescheuert“, hörte sie ihn sagen, während seine Faust auf ihre Schläfe zuschoss, ehe sie es schaffte auszuweichen. Der Schlag traf sie so hart, dass ihr Kopf zurückgeschleudert wurde, und als er ein zweites Mal zuschlug, biss sie sich auf die Zunge, und sie spürte, wie sich ihr Mund mit Blut füllte. Sie versuchte zu schreien, sich zu wehren, aber er hatte sie bereits aufs Bett geworfen und hielt sie nieder.

Es war lange her, seit er sie so hart bestraft hatte. Von Gewalt allein wurde er sexuell nicht erregt, aber er wusste, wie er ihr wehtun konnte und wo; das Kissen, das er ihr aufs Gesicht drückte, erstickte ihre Schreie.

„Du dämliche Kuh", schrie er sie an, während er seine Fausthiebe brutal auf sie niederprasseln ließ. „Du dämliches Weibsstück ..."

„Nur Kaffee bitte", sagte Tara zu dem Mädchen, das mit dem Erfrischungswagen durch die Sitzreihen ging. Sie war jetzt wieder völlig nüchtern, aber ihr Magen brannte zu sehr, um etwas zu essen.

Der Zug war überraschend voll, aber sie hatte es geschafft, an einem Tisch noch einen Platz zu ergattern, an dem bereits eine Frau Anfang dreißig saß, die sie freundlich anlächelte, während sie sich ebenfalls einen Kaffee bestellte.

„Leben Sie in Dorchester?" erkundigte sich Tara. Jetzt, nachdem sich ihr Schreck über das, was sie getan hatte, gelegt hatte, fühlte sie sich ein bisschen ruhiger. Nach Dorchester zu fahren war eine impulsive Entscheidung gewesen, und sie fing schon fast an, sie zu bereuen. Was erwartete sie dort zu finden? Ihre Mutter bestimmt nicht, nicht einmal ihren Großvater, sie waren beide schon lange tot und ...

„Nein, aber meine Eltern", erwiderte die Frau mit einem Lächeln. „Ich hole meine Tochter ab. Sie ist bei meinen Eltern zu Besuch. Sie ist zum ersten Mal allein unterwegs, und wir haben sie schrecklich vermisst."

Der liebevolle Ton, in dem sie über ihre Tochter sprach, traf Tara wie ein Fausthieb. In den Worten lagen so viel Liebe und Stolz, und es war eher Höflichkeit als Interesse, das sie zu fragen veranlasste: „Wie alt ist sie denn?"

„Acht. Möchten Sie ein Foto von ihr sehen?"

Tara unterdrückte einen Stoßseufzer und nickte. Zumindest konnte sie sich so die Zeit während der Reise vertreiben.

„Sie sieht Ihnen sehr ähnlich", bemerkte Tara, nachdem sie pflichtschuldigst die Schnappschüsse, die ein hübsches brünettes kleines Mädchen zeigten, betrachtet hatte.

Das Lächeln der anderen Frau wurde noch breiter. „Das sagen sie alle", stimmte sie zu, „aber natürlich ist das unmöglich, weil Gemma unsere Adoptivtochter ist."

Tara versteifte sich, sie spürte, wie ihr alle Farbe aus dem Gesicht wich. Schnell griff sie nach ihrem Kaffeebecher, ihre Hände zitterten. So einen Zufall gab es nicht, und wenn sie auch nur ein kleines bisschen Verstand im Kopf hatte, beendete sie diese Unterhaltung so schnell wie möglich. Sie sah und fühlte bereits den dunklen Schatten des Schicksals vor sich aufragen.

„Ich habe erst nach ein paar Jahren Ehe herausgefunden, dass ich keine Kinder bekommen kann. Ich war völlig am Boden zerstört. Wir waren es beide. Wir haben alles versucht." Sie legte eine Pause ein und schüttelte den Kopf. „Ein Kind zu bekommen, mein eigenes Kind, wurde zum Dreh- und Angelpunkt meines Lebens. In gewisser Hinsicht wurde mir das sogar wichtiger als mein Mann.

Tja, und dann setzte mir David ein Ultimatum. Er wollte ein normales Leben führen, wie er sagte, ein Leben, das sich nicht einzig und allein darum dreht, dass ich schwanger werde. Wir hatten uns schon länger zur Adoption vormerken lassen, aber wir haben uns nie irgendwelchen Hoffnungen hingegeben, dass wir auch wirklich ein Baby bekommen.

Und dann bekamen wir plötzlich aus heiterem Himmel einen Anruf, dass ein Baby zur Adoption freigegeben sei. Ich konnte es nicht fassen, und es gibt immer noch Tage, an denen ich das Gefühl habe zu träumen. Gemma ist für uns so ein Segen ... wir sind so unglaublich glücklich mit ihr ..."

Die Augen der Frau füllten sich mit Tränen, und als sie ihren mittlerweile kalt gewordenen Kaffee austrank, platzte Tara heraus: „Aber es kann nicht dasselbe sein wie ein eigenes Kind. Sie können sie nicht so lieben wie ..."

Die andere Frau starrte sie an. „Gemma *ist* mein eigenes Kind", erwiderte sie mit ruhiger Würde. „Sicher, eine andere Frau hat sie ausgetragen, aber Gemma war sechs Wochen alt, als sie zu mir kam. Sie wog viel zu wenig, weil sie nicht richtig ernährt wurde. Ihre Mutter, die noch ein halbes Kind war, hatte bereits zwei andere Kinder von zwei verschiedenen Vätern, und zuerst befürchtete der Kinderarzt, dass Gemma bei ihrer Geburt einen leichten Hirnschaden erlitten haben könnte, weil sie so langsam trank. Doch in dem Augenblick, in dem ich sie im Arm hielt, wusste ich, dass sie einfach nur jemanden brauchte, der sie richtig liebt.

Man kann das jemandem, der es nicht erlebt hat, nicht erklären. Die Leute denken immer, dass man ein Kind zur Welt gebracht haben muss, um es richtig lieben zu können, aber das stimmt nicht. Wenn das so wäre, gäbe es schließlich keine misshandelten oder ungeliebten Kinder, nicht wahr?" bemerkte sie mit einem traurigen Lächeln.

„Weiß sie ... weiß Gemma, dass sie adoptiert wurde?" erkundigte sich Tara mit trockenem Mund.

„Oh ja, sie weiß, dass ihre Mutter nicht in der Lage war, richtig auf sie aufzupassen, und weil sie sie liebte, wollte sie sie jemandem geben, der sich richtig um sie kümmern kann. Wir reden sehr oft darüber. Um die Wahrheit zu sagen", fügte sie hinzu, wobei ihr Gesicht ganz weich wurde, „liebe ich Gemma sogar noch mehr, weil ich sie *nicht* selbst zur Welt gebracht habe. Für mich, für *uns* ist sie das wertvollste und wundervollste Geschenk, und sie weiß, dass egal, was in ihrem Leben passiert, dieses Band, das uns verbindet, nie zerreißen wird. Wenn sie alt genug ist und sie ihre leiblichen Eltern suchen will, dann ist das ihr gutes Recht, und David und ich sind uns darüber einig, dass wir, falls dieser Fall eintritt, alles daransetzen werden, um ihr zu helfen."

„Haben Sie denn keine Angst, dass sie ...?"

„Ihre leiblichen Eltern mehr lieben könnte als uns?" beendete die andere Frau sanft Taras Satz. „Ja natürlich, aber am Ende wird Ihnen jede Adoptivmutter bestätigen, dass es weniger wichtig ist, von dem Kind geliebt zu werden, als vielmehr selbst zu lieben."

„Aber Sie müssen sich doch Sorgen machen über das ... über ihre Erbanlagen", bohrte Tara, deren Fragen auf Grund ihrer eigenen Betroffenheit weitaus persönlicher ausfielen, als das unter anderen Umständen der Fall gewesen wäre.

„Kein Kind ist von Geburt gut oder böse", sagte die andere Frau zuversichtlich. „Gemmas leibliche Eltern waren Jugendliche, die Sex miteinander hatten, ohne irgendeinen Gedanken an die Konsequenzen zu verschwenden. Gemmas Mutter ist von zu Hause weggelaufen, um einem Stiefvater, der sie missbraucht hat, zu entkommen. Ihr erstes Kind bekam sie mit fünfzehn, das zweite mit sechzehn, und Gemma folgte ein Jahr später. Das macht sie nicht zu einem schlechten Menschen. Das Einzige, was einen Menschen schlecht macht, ist das System, die *Gesellschaft*, wenn sie es versäumt, ihn zu lieben und zu beschützen.

Gemma ist wie jeder Mensch etwas Besonderes und Einzigartiges, und wir lieben sie um ihrer selbst willen, weil sie so ist, wie sie ist. David, mein Mann, liebt Tiere, und Gemma ist ihm in dieser Beziehung sehr ähnlich. Die beiden bringen jedes verletzte Tier, das sie finden, mit nach Hause, und obwohl weder David noch ich sonderlich gut reiten können, wird Gemma später einmal eine sehr gute Reiterin werden. Das ist eine *angeborene* Fähigkeit, wie uns ihre Reitlehrerin erklärt hat – etwas, das sie von ihren Eltern geerbt haben muss.

Ein Kind zu adoptieren ist in vieler Hinsicht etwas ganz Außergewöhnliches. Jeder Tag ist ein neues Abenteuer. Man muss völlig vorurteilsfrei sein, und es obliegt der eigenen Verantwortung, dem Kind die seelische Nahrung zu geben, die ihm hilft, das gesamte Potenzial, das in ihm steckt, zu entfalten.

Gemma weiß, wie viel sie uns bedeutet, und dieses Wissen wird sie ihr ganzes Leben lang begleiten, wohin auch immer sie gehen mag. Diese Besonderheit haben alle Adoptivkinder gemeinsam."

„Aber was würde passieren, wenn Sie jetzt doch noch ein eigenes Kind bekämen?" fragte Tara unverblümt.

Die andere Frau runzelte die Stirn und erwiderte sanft: „Ich glaube, Sie verstehen mich nicht. Gemma *ist* mein eigenes Kind. Es ist völlig unmöglich, dass ich sie mehr lieben könnte, als ich es bereits tue."

Ihr Stirnrunzeln vertiefte sich jetzt, und Tara beschlich der leise Verdacht, dass sie es womöglich schon bereute, mit ihr gesprochen zu haben.

„Es tut mir Leid", entschuldigte sie sich. „Es ist nur, weil ..."

Bevor sie ihren Satz beenden und ihre eigene Vergangenheit erklären konnte, verkündete eine Lautsprecherstimme, dass sie in Kürze Dorchester erreichen würden, und ihre Reisegefährtin packte bereits ihre Sachen zusammen und schaute in freudiger Erwartung aus dem Fenster.

Tara sah die Frau noch für einen kurzen Moment, nachdem sie den Zug verlassen hatte. Sie lief mit ausgebreiteten Armen auf ein kleines hübsches dunkelhaariges Mädchen zu, das auf die Plattform gerannt kam, sich in ihre Arme warf und freudig erregt „Mummy ... Mummy ..." kreischte.

Bei dem Anblick füllten sich Taras Augen mit Tränen. War es womöglich falsch von ihr gewesen, Claudia zu beschuldigen, dass sie sie nur liebte, weil sie keine andere Wahl hatte? Weil sie nur entweder sie oder gar nichts haben konnte? Aber selbst wenn sie sich geirrt hätte, blieb noch immer die Tatsache bestehen, dass Claudia ihr ihre wahre Abstammung verheimlicht hatte. Hatte sie es getan, weil sie sich dessen, was sie getan hatte, schämte und Angst hatte vor dem, was passieren würde, wenn es herauskam? Dass sie sie, Tara, dann verlieren könnte, so wie sie behauptet hatte? Oder weil sie sich, wie Tara glaubte, für die Tara, die sie wirklich war, schämte und befürchtete, dass sich am Ende herausstellen könnte, dass sie wie ihre leibliche Mutter war?

Die Rezeptionistin des Hotels, in dem Tara ein Zimmer buchte, war viel zu erfahren, um sich über deren fehlendes Gepäck oder die vage Zeitangabe über die Länge ihres Aufenthalts zu wundern. Aber wie hätte Tara diese Frage auch beantworten sollen, wo sie doch selbst nicht einmal wusste, was sie hier in Dorchester eigentlich suchte?

Nachdem sie sich von der Rezeption abgewandt hatte, zögerte sie einen Moment, dann drehte sie sich noch einmal um und fragte: „Entschuldigen Sie, aber wissen Sie vielleicht, ob es hier in der Umgebung eine Internatsschule gibt?“

Das Mädchen runzelte die Stirn. „Also, die Straße ein Stück runter ist Wheatly Park, und dann gibt es natürlich auch noch Darlington“, informierte sie Tara, „aber ...“

Tara bedankte sich und wandte sich ab. Ohne detailliertere Informationen würde es unmöglich sein, die Spur ihrer unbekannten Familie zu verfolgen. Es war völlig idiotisch gewesen, so überstürzt hierher zu kommen. Im Foyer gab es einen öffentlichen Fernsprecher. Entschlossen eilte sie hin, griff nach dem Hörer und wählte die Nummer der Wohnung ihres Vaters, wobei sie sich sagte, dass Claudia wahrscheinlich schon gar nicht mehr dort sein würde.

Als sie Claudias Stimme am anderen Ende der Leitung hörte, hätte sie am liebsten sofort wieder aufgelegt. Stattdessen jedoch atmete sie tief durch und sagte heiser: „Ich bin’s, Tara ...“

Claudia, die in Garths Wohnzimmer stand, wickelte sich nervös die Telefonschnur um den Finger, während ihr das Herz im Hals klopfte. Taras fluchtartiges Verlassen der Wohnung hatte ihr dieselben Seelenqualen verursacht, wie sie sie damals, als sie erfahren hatte, dass ihr Kind tot zur Welt gekommen war, durchgemacht hatte. Der einzige Unterschied war, dass diesmal der Schmerz noch grausamer war, er fühlte sich an, als risse ihr jemand das Herz bei lebendigem Leib aus der Brust.

„Lass sie“, hatte Garth sie gewarnt. „Gib ihr Zeit.“ Jetzt schien es, als ob er Recht gehabt hätte.

„Tara, mein Liebling ... wo bist du ... bist du ...?“ Tränen erstickten ihre Stimme und hinderten sie daran weiterzusprechen.

„Ich ... ich brauche eine Information“, hörte sie Tara mit bebender Stimme sagen. „Ich muss den Familiennamen meiner Mutter wissen und ... und ihren Geburtsort.“

Claudia verließ aller Mut. Sie spürte instinktiv, dass Tara nicht angerufen hatte, weil sie wunderbarerweise und, was sie, Claudia, anbelangte, zweifellos unverdientermaßen, ihre Meinung geändert hatte, sondern lediglich deshalb, weil sie, Claudia, die einzige Verbindung zu der Frau war, die ihr das Leben geschenkt hatte.

Sie schluckte und blinzelte ihre Tränen weg. Nun, es war schließlich nicht so, dass sie Taras Zurückweisung nicht verdient hätte, und niemand anders als sie selbst war schuld daran, dass sie jetzt litt. Aber Tara litt ebenfalls, und das war ebenfalls ihre Schuld.

„Deine Mutter hieß Katriona Spencer“, erwiderte sie ruhig. „Sie wurde in einem kleinen Ort namens Upton Villiers geboren. Es liegt bei ...“

„Dorchester, ich weiß“, unterbrach Tara sie kurz angebunden, ihre Handflächen waren vor Nervosität so nass, dass sie sie erst an ihrer Hose abwischen musste, ehe sie sich die Information, die Claudia ihr gegeben hatte, aufschreiben konnte.

„Tara, mein Liebling, ich weiß, dass du außer dir bist“, begann Claudia behutsam, „aber bitte, mein Schatz, du musst mir einfach glauben. Ich liebe dich so sehr, Tara, so sehr“, fuhr sie mit gebrochener Stimme fort, „und ich kann den Gedanken nicht ertragen, dass du ... dass du je glauben könntest, ich hätte dich nicht geliebt. Du warst für mich niemals die Zweitbeste, und ich habe dich nie als etwas anderes betrachtet, als ... als das wertvollste, wunderbarste Geschenk, das mir das Leben je gemacht hat ...“

Claudia benutzte praktisch dieselben Worte wie die Frau im Zug, um ihr zu beschreiben, was sie für ihre Adoptivtochter empfand. Tara musste hart gegen die sie schier überwältigende

Versuchung ankämpfen, auf der Stelle nach London zurückzufahren und sich in Claudias Arme zu werfen, von denen sie wusste, dass sie sich ebenso fest und liebevoll um sie schließen würden wie die Arme ihrer Mitreisenden um ihre kleine Tochter. Der Drang war in der Tat so überwältigend, dass sie ihm um ein Haar nachgegeben hätte, aber im letzten Augenblick fiel ihr wieder ein, dass Claudia sie trotz ihrer behaupteten Liebe hintergangen hatte.

„Ich muss Schluss machen“, sagte sie abrupt und legte dann schnell auf, ehe sie schwach werden konnte.

Als sie hörte, dass Tara die Verbindung unterbrochen hatte, schossen Claudia die Tränen in die Augen. Garth war ins Büro gegangen, aber er hatte ihr versprochen, so bald wie möglich zurückzukommen, und jetzt wünschte sie sich verzweifelt, dass er bei Taras Anruf hier gewesen wäre. Er hätte die Situation mit Sicherheit weitaus besser gemeistert als sie.

Garth!

Es war verblüffend, wie leicht und selbstverständlich sie wieder in die Rolle seiner Ehefrau zurückgeschlüpft war, wie spurlos die Jahre der Trennung an ihr vorübergegangen zu sein schienen, wie erschreckend schnell sie wieder anfing, sich auf ihn zu verlassen.

Natürlich brauchte auch sie ihr eigenes Leben, ihre Firma benötigte ihre Aufmerksamkeit, aber wie sollte sie sich darauf konzentrieren, wie sollte sie sich überhaupt auf irgendetwas konzentrieren, wenn alles, woran sie denken konnte, alles, worauf es wirklich ankam, Taras Glück war?

Nachdem sie das Telefonat mit Claudia beendet hatte, blieb Tara benommen noch eine ganze Weile neben dem Telefon stehen, wobei sie das Stück Papier mit der Information, die ihr Claudia gegeben hatte, fest umklammert hielt.

Sie brauchte ein paar Sachen zum Umziehen, eine Straßenkarte und einen Mietwagen. Es war bereits früher Abend.

Die Rezeptionistin gab ihr den Tipp, sich in einem großen Einkaufszentrum außerhalb der Stadt umzuschauen, das bis zehn geöffnet hatte, und nachdem Tara die Bitte nach einem Taxi geäußert hatte, versprach sie ihr, bei ihrer Rückkehr die Vereinbarung für einen Mietwagen so weit fertig zu haben, dass Tara nur noch zu unterschreiben brauchte.

Wütend versteifte sich Estelle unter Blades Griff. Er hielt sie zu fest, tat ihr zu weh, seine Hände umklammerten ihren Hals, während er sie heftig schüttelte. Sie wehrte sich instinktiv nach Leibeskräften und zerkratzte ihm die Arme und schließlich das Gesicht, als er noch immer nicht von ihr abließ.

Sie hatte sich in ihrem Kleid verheddert, doch während er, noch immer unflätige Beschimpfungen ausstoßend, ihren Hals losließ, um ihre Hand einzufangen und ihr den Arm so verdrehte, dass ein scharfer Schmerz sie durchzuckte, erkannte Estelle, dass es diesmal nicht sexuelles Begehren war, was seinen Zorn anfachte.

„Schlampe, blöde, nutzlose Schlampe“, beschimpfte er sie, wobei er sie mit einer Serie von Faustschlägen eindeckte, von der ihr Hören und Sehen verging.

„Hör auf“, brachte sie mühsam zwischen den geschwollenen Lippen heraus. „Hör auf, du tust mir weh.“

„Gut“, schnaubte er verächtlich. „Ich *will* dir wehtun. Du verdienst es nicht anders.“

Während er von neuem die Hand hob, um zuzuschlagen, schaffte es Estelle überraschenderweise, sich aus seinem Griff herauszuwinden. So wie heute hatte sie ihn noch nie erlebt, und plötzlich hatte sie Angst, eine Angst, die nichts zu tun hatte mit dem erregenden Kitzel, den sie sonst immer einhergehend mit ihrer Angst verspürt hatte. Jene Angst war heiß und verlockend gewesen, während diese hier kalt war und angefüllt mit düsteren Vorahnungen. Mit einem Satz war sie aus dem Bett und raste zur Wohnungstür, wobei sie im Vorbeirennen ihre Jacke von einem Stuhl zog.

Blade setzte ihr fluchend mit großen Sprüngen nach, aber sie war schneller. Nachdem sie die Haustür aufgerissen hatte, sah sie Taras Wagen dort, wo sie ihn vorhin abgestellt hatte, stehen; die Autoschlüssel hatte sie noch immer in ihrer Jackentasche. Instinktiv rannte sie darauf zu, sprang hinein und startete, wobei sie Blades gebrüllte Befehle, sofort wieder auszusteigen und zu ihm zu kommen, ignorierte. Ohne auf den Verkehr zu achten, schoss sie aus der Parklücke und ließ Blade mit wutverzerrtem Gesicht auf dem Gehsteig zurück.

Der Adrenalinstoß, ausgelöst von ihrem Fluchtinstinkt, bewirkte, dass ihr Herz rasend schnell klopfte.

Sie begann zu frösteln und streckte die Hand nach dem Heizungsknopf aus. Gott, manchmal hasste sie ihn wirklich. Hatte sie nicht immer alles gemacht, was er von ihr verlangte? Ihm alles gegeben, was er wollte? Es war nicht ihre Schuld, dass er sich so tief in die Drogenszene verstrickt hatte.

Wenn er Leute brauchte, um sich selbst loszukaufen, dann war das sein Problem, nicht das ihre. Warum, zum Teufel, sollte sie ihm eigentlich aus der Klemme helfen? Was, zum Teufel, hatte er denn je für sie getan?

Auch der Umstand, dass sie fast einen Fußgänger überfahren hätte, hinderte sie nicht daran, das Gaspedal noch weiter durchzudrücken, während sie Blade in Gedanken verfluchte. Sie hatte keine Ahnung, wo sie hinwollte, aber der Rausch der Geschwindigkeit und das damit einhergehende Allmachtsgefühl gab ihrer Angst ein Ventil, so dass sie plötzlich das Gefühl hatte, stark zu sein und alles unter Kontrolle zu haben. Als sich in der Autoschlange links neben ihr eine winzige Lücke auftat, schoss sie lachend hinein, ohne auf das wütende Hupen des Fahrers auf der Spur neben ihr zu achten, den sie rücksichtslos geschnitten hatte. Sie fand Geschmack daran, und machte dasselbe gleich noch einmal. Je winziger die Lücke, desto aufregender war es. Das Gefühl der Gefahr ...

Sie hätte den ganzen Tag so fahren können. Sie fühlte sich herrlich dabei, und bei dem Gedanken daran, wie sie Blade hilflos auf dem Bürgersteig zurückgelassen hatte, fühlte sie sich noch herrlicher. Lass ihn warten. Lass ihn fluchen. Sie würde nicht zurückkommen, ehe sie dazu bereit war. Und sie war noch nicht bereit ... nein, sie war noch nicht bereit.

21. KAPITEL

„Tara hat angerufen“, berichtete Claudia sofort nachdem Garth die Wohnung betreten hatte. „Aber sie wollte mir nicht sagen, wo sie ist – es muss ein öffentlicher Fernsprecher gewesen sein. Sie hat sich nach Katrionas Familiennamen erkundigt und wo sie geboren wurde, Garth. Garth ... was ist?“ fragte sie erschrocken, als sie seinen Gesichtsausdruck sah.

Garth setzte sich und ergriff ihre Hände. Es fiel ihm nicht leicht, ihr zu sagen, was er zu sagen hatte, genauso wenig aber konnte er seine Information für sich behalten.

„Tara war nur kurz im Büro, um ihren Schreibtisch leer zu räumen. Ich war in ihrer Wohnung. Von ihr keine Spur, nur ein zerrissener Zettel von Ryland, auf dem er ihr mitteilte, dass sein Vater ihn aus dringendem Anlass nach Hause gerufen hat.“

„Sie hat ihren *Schreibtisch* leergeräumt?“ Claudia starrte ihn aus weit aufgerissenen Augen entsetzt an.

Seltsamerweise ließ sie die traumatische Erfahrung, die sie im Augenblick durchlitt, nicht, wie zu erwarten gewesen wäre, älter aussehen, sondern viel jünger und verletzlicher, sie sah plötzlich wieder so aus wie die Claudia, die er aus früheren Tagen kannte, eine Claudia, die ihn brauchte und schätzte, und die keine Schwierigkeiten hatte, ihm das auch zu zeigen.

„Sie ... vielleicht ist sie ja Ryland nach Amerika nachgeflogen“, vermutete sie. „Sie kann vom Flughafen aus angerufen haben.“

Garth fand es furchtbar, sie enttäuschen zu müssen, aber er wusste, dass er es tun musste. „Das bezweifle ich“, sagte er, bedauernd den Kopf schüttelnd. „Ich habe sämtliche Flughäfen angerufen.“

Claudia biss sich auf die Unterlippe. „Hast du mit Ryland gesprochen ... hast du ihn gefragt ...?“

„Noch nicht. Ich wollte ihn jetzt von hier aus anrufen. Hat sie irgendetwas von Ryland am Telefon gesagt?“

„Nein“, gab sie unglücklich zurück. „Sie hat nur ganz kurz angerufen und aufgelegt, bevor ich irgendetwas fragen konnte. Oh Garth ...“

Er nahm sie in den Arm, als sie anfing zu weinen.

„Sie braucht einfach Zeit“, sagte er, das wiederholend, was er schon früher gesagt hatte, aber da war er noch davon ausgegangen, dass Tara diese Zeit gemeinsam mit Ryland verbringen würde und dass Ryland ihr helfen würde, mit dem, was sie erfahren hatte, fertig zu werden.

Die Entdeckung, dass Ryland jetzt in Boston war, hatte Garth mehr beunruhigt, als er Claudia gegenüber zugeben wollte. Der Gedanke, dass Tara die schmerzlichen Enthüllungen des Tages mit Ryland besprechen würde, war eine Sache, eine ganz andere war es jedoch zu wissen, dass sie allein damit fertig werden musste.

„Ihr Auto ist weg“, berichtete er düster.

Schweigend schauten sie einander an. Dann fragte Claudia bitter: „Was denkst du, Garth? Dass sie sich auf die Suche nach ihrer Mutter, ihrer richtigen Mutter, gemacht hat?“ Sie wurde von einem heftigen Schluchzen geschüttelt, das Garth fast das Herz zerriss.

„Versuch, dir nicht so viele Sorgen zu machen“, riet er ihr. „Im Augenblick will Tara nichts mit uns zu tun haben, und zweifellos fühlt sie sich sehr unglücklich und allein, aber sicher ist sie auch neugierig – auf Katriona – das wäre nur natürlich. Gib ihr Zeit, Clio ... gib ihr Zeit.“

„Ich weiß, dass du Recht hast“, stimmte Claudia zu. „Ich wünschte nur ...“

„Es ist elf Uhr“, sagte Garth. „Lass uns schlafen gehen. Wenn Tara noch einmal anruft, können wir ja im Schlafzimmer ans Telefon gehen.“

„Morgen muss ich ... nach Hause“, sagte sie heiser.

„Ja, ich weiß.“ Sehr sanft berührte er ihren Hals und ließ zärtlich seine Finger über ihre weiche Haut gleiten. „Ich würde gern mit dir zurückfahren, aber unter diesen Umständen ...“

„Nein, auf keinen Fall“, fiel ihm Claudia eilig ins Wort. „Womöglich ruft ja Tara an und ...“

Garth nahm sie wieder fest in die Arme. „Vielleicht ist jetzt nicht gerade der glücklichste Zeitpunkt dafür, aber ich möchte dir dennoch sagen, dass ich das, was in den letzten Tagen zwischen uns war, um nichts auf der Welt ungeschehen machen möchte. Um nichts auf der Welt. Mag sein, dass es anmaßend von mir ist, das zu sagen, aber ... du und ich, wir sind füreinander bestimmt. Wir gehören zusammen, und ich erkläre hiermit, dass ich von jetzt an ein sehr wichtiger Teil deines Lebens sein möchte.“

Claudia hob den Kopf und schaute ihn an, dann sagte sie schlicht und aufrichtig: „Du *bist* mein Leben, Garth. Du und Tara, ihr beide seid mein Leben. Oh, ich weiß, ich habe meine Freunde, die Firma, meine Wohltätigkeitsarbeit, ein arbeitsames und erfülltes Leben, und ich müsste lügen, wenn ich behaupten wollte, dass mir das alles nicht eine Menge bedeutet, aber diejenigen zu lieben und von denjenigen geliebt zu werden, die mir am nächsten sind ...

Ich habe dich vermisst“, gestand sie mutig ein, „und auch wenn du das vielleicht nicht verstehst, war es doch so, dass ich unsere Ehe gerade, *weil* ich dich so liebte, beenden musste, nachdem ich erfahren hatte, dass du Taras Vater bist. Du musst verstehen, dass ich mit dem Wissen, dass du mich betrogen hast – wie ich damals dachte –, einfach nicht leben konnte, egal mit welcher Frau, aber vor allem mit Taras leiblicher Mutter. Ich hasste Katriona damals so sehr. Du gehörtest mir, und mir kam es so vor, als hätte sie mir dich weggenommen. Du kannst dir nicht annähernd vorstellen, wie viele Nächte ich schlaflos verbracht habe, wobei ich mir ständig euch beide zusammen im Bett ausgemalt und mir vorgestellt habe, wie du ihr sagst, wie viel begehrenswerter, wie viel erotischer, wie viel leidenschaftlicher sie ist als ich."

Claudia sah an Garths Gesichtsausdruck, wie sehr ihr Eingeständnis ihn verblüffte.

„Aber so war es nie", sagte er kopfschüttelnd. „Ich habe nie auch nur ein einziges Mal ..."

„Das weiß ich jetzt", unterbrach ihn Claudia. „Aber damals ..."

„Warum hast du bloß nie etwas gesagt?" stöhnte Garth und zog sie enger an sich. „Als du mir sagtest, dass du die Scheidung einreichen würdest, war ich mir sicher, dass du mich hauptsächlich einfach nur satt hast... und dass die Entdeckung, dass ich Taras Vater bin, nur der letzte Tropfen war, der das Fass zum Überlaufen brachte. Ich hatte schon so lange das Gefühl, nur noch ein Störfaktor in deinem Leben zu sein ... jemand, der zwischen dir und Tara stand und deine Zeit und Aufmerksamkeit verlangte, während du beides nur ihr zukommen lassen wolltest. Ich dachte, die Entdeckung, dass ich Taras Vater bin, würde dir einfach nur einen Grund liefern, unsere Ehe endlich zu beenden. Ich dachte, du wolltest, dass ich gehe."

„Das wollte ich auch", gestand Claudia, „und ja, ich weiß, dass es eine Zeit gab, in der ich dich und unsere Ehe ... vernachlässigt habe. Ich weiß nicht wirklich, warum. Alles, was ich weiß, ist, dass eine ganze Menge junge Frauen Anfang dreißig mit kleinen Kindern mit denselben Problemen in meine Sprechstunde kommen. Sie beklagen sich, dass sie einfach nicht die Zeit und die Energie haben, sowohl gute Mütter als auch liebende Ehefrauen zu sein. Vielleicht kommt das ja daher, dass es uns von der Natur her bestimmt ist, unsere Kinder an die erste Stelle zu setzen, solange sie noch klein und schutzbedürftig sind. Kleine Kinder brauchen diese Liebe und diesen Schutz von ihren Müttern, damit sie überleben und wachsen können. Aber ich habe dennoch nie aufgehört, dich zu lieben, Garth, und nachdem du weg warst, habe ..."

„Warum hast du nichts gesagt ... warum hast du mir nie etwas erzählt ...?"

„Wie hätte ich das tun können? Du schienst mehr als zufrieden mit deinem neuen Leben. Und irgendwann begann ich mich zu fragen, ob du nicht vielleicht erleichtert gewesen wärst, dass ich dich um die Scheidung gebeten hatte und ob ich dir mit meiner Entscheidung nicht einfach nur einen Schritt voraus war. Mein Stolz hätte es nie zugelassen, dir zu erzählen, wie ich mich wirklich fühle. Tatsächlich wurde es mir selbst ja erst an jenem Tag, an dem ich vor unserer alten Wohnung draußen im Auto saß und die vielen Erinnerungen an mir vorbeiziehen ließ, richtig bewusst, was ich schon viele Jahre lang ganz tief in meinem Innern fühlte. Ich redete mir ein, wegen Tara hierher gekommen zu sein, aber ..."

„Es spielt keine Rolle, *warum* du gekommen bist", flüsterte Garth und schaute ihr tief in die Augen. „Alles, was zählt, ist, dass du es getan hast ... dass du hier bist und dass wir zusammen sind, heute und für immer. Komm, lass uns zu Bett gehen. Wir haben eine Menge nachzuholen", erinnerte er sie mit einem übermütigen Augenzwinkern.

„Ich frage mich nur, wo Tara im Augenblick ist", bemerkte Claudia bekümmert, während sie ihm erlaubte, sie sanft in Richtung Schlafzimmer zu ziehen.

Tara dankte der Rezeptionistin für ihre Hilfe und nahm die Schlüssel für den Mietwagen entgegen.

Es ging bereits auf neun Uhr abends zu, aber es war noch immer relativ hell. Der gesunde Menschenverstand riet ihr, bis zum nächsten Morgen zu warten und sich dann ausgeruht auf den Weg zu machen.

Claudias verzweifelte Stimme übers Telefon zu hören, hatte sie mehr verstört als erwartet, und sie sagte sich selbst immer wieder, dass es einfach idiotisch sei, sich Sorgen um jemanden zu machen, der einen so herzlos hintergangen hatte, und doch hatte sie, als sie die Tränen in Claudias Stimme gehört hatte, sofort den instinktiven Drang verspürt, sie zu trösten.

Auf dem Rückweg vom Einkaufszentrum hatte sie im Taxi die Straßenkarte studiert, die sie sich gekauft hatte, wobei sie schnell den Ort gefunden hatte, in dem, Claudias Behauptung zufolge, Katriona geboren und aufgewachsen war. Er war weniger als zwanzig Meilen von hier entfernt, eine relativ kurze Fahrt also.

Ihr Mietwagen hatte zufälligerweise dieselbe Marke und dieselbe Farbe wie ihr eigenes Auto. War das ein Zeichen des Schicksals? Vielleicht, aber was für eins? Was erwartete sie zu finden? Was *wollte* sie finden? Auf jeden Fall nicht Katriona. Wie hätte sie auch? Katriona ist tot, erinnerte sie sich mit Nachdruck, während sie die Autotür aufschloss und einstieg.

Trotz seiner guten Straßenlage war das Auto nicht dafür geschaffen, mit Höchstgeschwindigkeit um scharfe Kurven zu rasen, besonders dann nicht, wenn es ein Fahrer steuerte, der nicht ganz bei der Sache war.

In dem Moment, in dem ihr klar wurde, dass sie die Kurve und ihre Geschwindigkeit unterschätzt hatte, war es zu spät. Das Auto geriet außer Kontrolle und schoss mit beängstigender Geschwindigkeit auf die Baumreihe zu, die die Straße säumte.

Das ältere Ehepaar, das ein paar Meter hinter der Kurve wohnte, hörte, wie das Auto gegen einen Baum krachte, als sie ihre Haustür öffneten, um mit ihrem alten Hund spazieren zu gehen. Sie riefen sofort die Polizei, doch selbst wenn sie augenblicklich zum Unfallort geeilt wären, hätten sie für die einzige Insassin des Wagens nichts mehr tun können, wie ihnen der bedrückt dreinschauende Verkehrspolizist versicherte.

„Sie muss auf der Stelle tot gewesen sein", sagte er. Was er ihnen nicht sagte, was jedoch in seinem Unfallbericht stehen würde, war, dass sie keinen Sicherheitsgurt getragen hatte. Die Frage, ob sie, wenn sie ihn angelegt hätte, überlebt hätte, war jetzt nicht mehr von Bedeutung. Sie hatte keine Ausweispapiere bei sich gehabt, aber er hatte ihre Autonummer durchgegeben.

Da der Wagen in London zugelassen war, würde es ihm glücklicherweise erspart bleiben, eventuellen Angehörigen die Todesnachricht überbringen zu müssen. Dafür waren die Kollegen in London zuständig.

Garth war eben dabei, Claudia Tee zu bringen, als ein Polizist an der Tür klingelte, dessen ernster Gesichtsausdruck einen merkwürdigen Kontrast zu seinem jugendlichen Aussehen bildete.

Nachdem Garth ihn hereingelassen hatte, fragte er förmlich: „Sagen Sie, Sir, sind Sie noch immer der Halter des Fahrzeugs, das unter dem Kennzeichen J 850 AY registriert ist?"

„Ja, das ist der Wagen meiner Tochter", gab Garth zurück. Das Auto war einfachheitshalber auf Garths Namen zugelassen, weil Tara ihn vorwiegend für geschäftliche Zwecke nützte.

Der Polizist wich seinem Blick aus, dann räusperte er sich, bevor er fortfuhr: „Es tut mir Leid, Ihnen sagen zu müssen, dass das Auto in einen ... einen tödlichen Unfall verwickelt war. Sie sagen, dass das Auto Ihrer Tochter gehörte? Die junge Frau, die am Steuer saß, hatte keine Ausweispapiere bei sich, weshalb ich Sie leider bitten muss, die Leiche zu identifizieren."

„Garth, ich habe es läuten gehört ... ist es Tara?"

Claudia tauchte auf der Schwelle zum Wohnzimmer auf, und der Hoffnungsschimmer in ihren Augen erlosch umgehend, als ihr Blick auf den Polizisten fiel.

„Oh, Entschuldigung", sagte sie und wollte sich eben schon wieder zurückziehen, aber irgendetwas an der Haltung der beiden Männer irritierte sie und veranlasste sie, abrupt stehen zu bleiben. An Garth gewandt fragte sie: „Was ist ... was ist passiert? Es geht um Tara, richtig? Tara ist etwas zugestoßen." Ihre Stimme war schrill geworden, und ihr Körper schien in sich zusammenzufallen, während sie, bleich werdend, die Hand Halt suchend nach dem Türknauf ausstreckte.

„Es hat einen Unfall gegeben", sah Garth sich gezwungen zu sagen. „Ich ... ich muss ..."

„Wo ist sie? In welchem Krankenhaus?" wandte sich Claudia an den Polizisten, der Garth einen hilflosen Blick zuwarf.

Garth gesellte sich zu ihr, legte ihr eine Hand auf den Arm und sagte mühsam: „Sie ist nicht ... Tara ist ..."

Noch während ihr die Wahrheit dämmerte, sah er in ihren Augen denselben Schmerz und dieselbe Fassungslosigkeit aufflammen, die, wie er wusste, in seinen Augen standen.

„Du bleibst hier", befahl er schroff. „Ich werde den Officer begleiten."

„Nein ... nein... ich komme auch mit", widersprach Claudia

heftig, wobei sie alles daransetzte, ihre Gefühle unter Kontrolle zu halten.

Tara tot ...? Nein! Das konnte nicht wahr sein. Sie hätte es gewusst, *gespürt* ... Aber der tiefe Ernst, der sich auf dem Gesicht des jungen Polizisten widerspiegelte, und das qualvolle Entsetzen in Garths Augen sagten ihr das Gegenteil.

Sie fühlte sich, als hätte sie die Schlafzimmertür geöffnet und wäre geradewegs in einen Albtraum hineingelaufen. Tara tot ... Das war unmöglich.

„Wo ...?“ begann sie mit trockenem Mund, während Garth sie zur Tür führte. „Wie ...?“

Garth berührte sie am Arm. „Später“, flüsterte er.

Sie saßen schweigend nebeneinander auf dem Rücksitz des Polizeiwagens, zur Unbeweglichkeit erstarrt angesichts der Schwere ihres Verlusts, wobei sie fast das Gefühl hatten, dass sie, wenn sie sich nur nicht bewegten, wenn sie nur nicht atmeten, die schreckliche Nachricht davon abhalten könnten, Wirklichkeit zu werden.

Die Leichenhalle des Krankenhauses lag am Ende eines schier endlos erscheinenden Korridors. Ihre Schritte warfen ein hohles Echo zurück, während sie langsam auf die Tür am Ende des Flurs zugingen. Garth sah sich unwillkürlich an die Situation vor vielen Jahren erinnert, als er in das Gesicht seines totgeborenen Kindes geschaut hatte. So qualvoll das auch gewesen war, war es doch nichts im Vergleich zu dem, was ihm jetzt bevorstand.

Sie zögerten beide vor der Tür zur Leichenhalle, aber der Polizist öffnete sie und trat dann einen Schritt beiseite, um sie vorbeizulassen.

Das Mädchen lag auf einem Obduktionstisch, das leere, offen stehende, körperlange Fach in der Wand dahinter jagte Garth einen eisigen Schauer über den Rücken, so dass er eilig den Blick abwandte. Als früherer Offizier hatte er natürlich schon Tote gesehen, aber dies hier war etwas anderes. Dies war sein eigen Fleisch und Blut.

Seine Augen füllten sich mit Tränen. Er wandte sich zu Claudia um, und zu seinem Entsetzen hörte er sie mit fester, klarer Stimme sagen: „Das ist nicht unsere Tochter. Das ist nicht Tara."

Garth schüttelte den Kopf. Natürlich hatte er gewusst, wie hart es für sie werden würde, und deshalb kam ihr Ableugnen der Tatsachen vielleicht nicht ganz unerwartet. Aber diese Entschlossenheit, mit der sie dies sagte ... Sein tränenverschleierter Blick wanderte über den dunkelhaarigen Kopf und den blassen, leblosen Arm, der quer über dem mit einem weißen Tuch bedeckten Körper lag.

„Clio ...", begann er, besänftigend ihren Arm drückend. „Darling, ich weiß ..."

„Es ist nicht Tara", unterbrach Claudia ihn und machte sich von ihm los. Bevor er sie aufhalten konnte, ging sie mit schnellen Schritten näher an den Obduktionstisch heran. „Das ist nicht Tara", wiederholte sie sanfter, und ihre Augen füllten sich ebenfalls mit Tränen, während sie vor der Leiche stand, den Blick fest auf das Gesicht gerichtet, das anzuschauen er noch immer nicht den Mut fand. „Komm her und sieh selbst", forderte sie ihn so sanft auf, als wäre er ein kleines Kind, dem man die Angst nehmen musste. „Ich verspreche dir, dass sie es nicht ist."

Widerstrebend folgte er ihrer Aufforderung, indem er Halt suchend nach der Hand griff, die sie ihm hinstreckte, ihre Wärme spürend und zu dankbar für den Trost, den sie ihm anbot, um sich darüber zu wundern, dass sie es war, die ihn stützte, und er ihre Hilfe erleichtert annahm.

„Schau hin, Liebling. Es ist nicht Tara", wiederholte Claudia noch einmal, wobei ihr Gesicht wieder traurig wurde, als sie zu seiner Verblüffung liebevoll tröstlich mit den Fingerspitzen über das Gesicht des toten Mädchens strich und sich dann zu ihr hinunterbeugte, um ihr die kalte Wange zu küssen. „Armes Kind. Ich weiß nicht, wer sie ist, aber ich empfinde für sie und ihre Familie aufrichtiges Mitgefühl."

Nachdem er seine Tränen weggeblinzelt hatte, zwang sich Garth zum ersten Mal, einen Blick auf das tote Mädchen zu werfen. Sein Gesichtsausdruck musste ihn wohl verraten haben, denn der Polizist fragte: „Sie erkennen sie, Sir?"

„Ja, ja, ich erkenne sie", bestätigte er und fuhr dann an Claudia gewandt fort: „Es ist Estelle. Sie arbeitet für uns." Garth versuchte, seine wild durcheinander wirbelnden Gedanken zu ordnen. Estelle mochte zwar nicht sein Kind, nicht seine Tochter gewesen sein, aber irgendjemandes Tochter war sie, die Tochter eines Mannes, der bis jetzt noch nichts vom traurigen Schicksal seines Kindes erfahren hatte, eines Mannes, der, ganz gleich, was für ein Vater er gewesen war, schrecklich um seine Tochter trauern würde. Und Garth spürte, dass es sich für ihn als Menschen geziemte, trotz seiner eigenen Schwindel erregenden Erleichterung, dass dieser Körper vor ihm nicht seine heiß geliebte Tara war, eine Gedenkminute für diese beiden Menschen einzulegen. „Sie sagten, dass sie den Wagen meiner Tochter fuhr", bemerkte er schließlich mit Blick auf den jüngeren Mann. „Ich weiß nicht, wie ..."

„Vielleicht hat Tara ihn ihr ja geliehen", vermutete Claudia.

Das war eine Möglichkeit, aber nach allem, was Garth über Estelle zu Ohren gekommen war, hielt er es für wahrscheinlicher, dass diese ihn einfach ungefragt an sich genommen hatte. Vielleicht hatte Tara in ihrer verzweifelten Hast ihre Autoschlüssel auf ihrem Schreibtisch vergessen, oder sie hatte nicht nur beschlossen, ihre Eltern zurückzuweisen, sondern auch den Wagen, der ein Geburtstagsgeschenk gewesen war, und einfach die Schlüssel auf dem Schreibtisch liegen gelassen, wo Estelle sie dann gefunden hatte.

„Dürfte ich vielleicht ihren vollen Namen erfahren?" unterbrach der Polizist geduldig seinen Gedankengang.

Garth nannte ihn ihm. Die Nachricht von Taras Tod zu erhalten und dann zu entdecken, dass es sich bei der Toten gar nicht um seine Tochter handelte – und dies alles innerhalb einer Stunde –, bewirkte, dass er sich fast genauso fühlte wie damals in Nordirland, als ein Kamerad dicht neben ihm, von der Kugel eines Heckenschützen getroffen, zu Boden gegangen war, während er selbst unverletzt geblieben war. Grenzenlos erleichtert, gleichzeitig jedoch ungläubig und schuldbewusst.

Auf dem Rückweg zum Polizeiwagen sah Garth die Tränen, die Claudia unablässig übers Gesicht rannen.

Er umarmte sie und sagte: „Das ist nur der Schock. Ich weiß, wie du dich fühlst."

Claudia schüttelte den Kopf. „Nein ... ich weine nicht deshalb. Ich weine um dieses arme Mädchen dort drin und um seine Mutter", erklärte sie mit tränenerstickter Stimme. „Als ich sie so da liegen sah, wurde mir klar, dass das Schlimmste, was mir zustoßen könnte, *nicht* ist, Taras Liebe und ihr Vertrauen zu verlieren, sondern wenn sie dieses Mädchen gewesen wäre.

Vielleicht wird Tara mir nie verzeihen, was ich ihr angetan habe, und vielleicht werde ich den Rest meines Lebens ohne sie leben müssen, aber ich weiß wenigstens, dass sie *lebt*."

„Ich *wusste* es", erklärte sie ihm, während sie in das Auto einstiegen. „Ich wusste es, noch ehe ich sie sah. Taras Leben würde niemals enden, ohne dass ich es weiß, ohne dass ich es irgendwie *spüre*. Es ist einfach nicht möglich."

„Mutterliebe?" neckte Garth sie zärtlich.

„Für mich ist Tara mein Kind", sagte Claudia leidenschaftlich. „Meine Liebe für sie ist die Liebe einer Mutter. Sie ist ein Teil von mir auf eine Art, die ich nicht erklären kann. Ich wusste es in dem Augenblick, in dem ich sie zum ersten Mal im Arm hielt und sie mir in die Augen schaute. Mehr als ich sie liebe, könnte ich sie auch nicht lieben, wenn ich sie selbst zur Welt gebracht hätte, Garth."

„Ich weiß das", versicherte er ihr, „und in ihrem tiefsten Innern weiß Tara das auch."

Die Polizei hatte ihn gebeten, noch einmal mit aufs Revier zu kommen, um alles, was er von Estelle wusste, zu Protokoll zu geben, deshalb ging er, nachdem er Claudia in seine Wohnung begleitet und ihr versprochen hatte, sie am Abend in Ivy House anzurufen, wieder zu dem vor dem Haus wartenden Polizeiwagen zurück.

Sophie sah das Polizeiauto zuerst und zögerte nur ein paar Sekunden, bevor sie John, der nicht im Zimmer war, rief. Sie wusste instinktiv, dass es sich um eine schlimme Nachricht handelte.

Der Polizist brachte es ihnen so schonend wie möglich bei, aber Sophie sah John an, wie schlecht er auf diesen Schock vorbereitet war, seine Augen waren leer, und sein Mund zitterte, als er stockend herausbrachte: „Nein. Nicht Estelle ... sie kann nicht ... sie kann nicht ..."

Sofort ergriff Sophie seine Hand und hielt sie fest.

John schaute sie wie betäubt aus tränenverschleierten Augen an. „Es hätte nie so weit kommen dürfen", sagte er mit gebrochener Stimme. „Mit ihr hätte es nie so weit kommen dürfen. Meine arme Estelle ... mein armes, armes Mädchen."

Jetzt ist es zu spät, sie retten zu wollen, erkannte Sophie, zu spät, sich zu wünschen, ihre Bemühungen um sie verstärkt und den Versuch unternommen zu haben, die kaputte Beziehung zu ihr zu reparieren.

„Mögest du in Frieden ruhen, Estelle." Sie schickte ihrer Stieftochter ein stummes Gebet nach. „Mögest du Frieden finden, wo immer du jetzt bist."

Tara war bereits wach, als der Weckdienst des Hotels sie anrief. Sie hatte es sich gestern auf halber Strecke anders überlegt und war wieder zurückgefahren.

Hatte sie nur auf ihren gesunden Menschenverstand gehört, der ihr sagte, dass sie das, was sie sich vorgenommen hatte, bei Tageslicht besser erreichen würde, oder hatte sie plötzlich Angst bekommen vor dem, was sie unter Umständen herausfinden könnte?

Was könnte noch schlimmer sein als das, was sie bereits wusste? Katriona, die bei ihrem älteren, gefühlsmäßig distanzierten Vater aufgewachsen war, war von zu Hause weggelaufen, weil er nicht erkannt hatte, dass ihr schlechtes Benehmen eine unausgesprochene Bitte nach der Liebe und Aufmerksamkeit war, nach der sie sich sehnte. Und nachdem sie weggelaufen war, hatte sie ihren Körper für Geld an Männer verkauft, um ihre Drogensucht finanzieren zu können.

Es war eine traurig alltägliche Geschichte, ein Klischee, fast zu platt, um bei einem Außenstehenden mehr als ein gleichgültiges Schulterzucken hervorzurufen, aber sie war keine Außenstehende. Und dann gab es da auch noch Ryland.

Ryland ... Wie würde er es aufnehmen, wenn sie ihm erzählte, was sie entdeckt hatte? Ryland liebte sie, dessen war sie sich sicher, und ihre gestrige Reaktion hatte ihr – falls es überhaupt noch einer Bestätigung bedurft hätte – überaus deutlich vor Augen geführt, dass sie niemals und unter keinen Umständen je so wie ihre Mutter leben würde.

Von Claudia hatte sie gelernt, Mitgefühl für andere zu empfinden und Gründe für ihre Schwächen und Verletzlichkeiten zu finden, aber sie wusste, dass keine Härte des Lebens sie je dazu bringen würde, die Ideale, an die sie so fest glaubte, zu verraten.

Weil Claudia ihr durch ihre bedingungslose Liebe etwas mit auf den Weg gegeben hatte, das Katrionas Eltern dieser nicht mitgegeben hatten. Es ist ganz einfach die Tatsache, dass ich *weiß*, dass ich geliebt werde, gestand Tara sich jetzt ein. Von ihren Eltern, von Ryland und, was am wichtigsten war, von sich selbst.

Schnell stand sie auf. Der Himmel vor ihrem Fenster war von einem weichen, klaren Blau, die Sonne schickte ihre warmen Strahlen auf die Erde, und keine Wolke am Horizont störte das Versprechen, dass es ein herrlicher Tag werden würde. Sie wünschte sich, dass auch sie die Wolken an *ihrem* Horizont vertreiben könnte, indem sie sich einfach umdrehte und nach Hause fuhr.

Wie Claudia sehnte auch sie sich jetzt plötzlich danach, die Bürde ihrer wirklichen Herkunft geheim halten zu können. Nichts würde sich verändern, und Ryland würde sich nicht vor die Notwendigkeit gestellt sehen, seiner Familie etwas zu verheimlichen. Es lag in ihrer Hand, aber sie wusste, dass sie es einfach nicht schaffen würde, Ryland bewusst etwas zu verschweigen.

Tara verließ das Hotel gegen zehn. Sie fand den kleinen Ort ohne Schwierigkeiten, parkte ihren Wagen am Ortseingang und stieg dann aus, um zu Fuß weiterzugehen. Auf ihrer Karte war die

Schule eingezeichnet, an der ihr Großvater unterrichtet haben musste. Es handelte sich um ein großes altes Gebäude, das auf einem Privatgelände ein paar Meilen außerhalb des Dorfs lag und jetzt mehrere multinationale Organisationen beherbergte, da die Schule schon seit über einem Jahrzehnt geschlossen war.

Tara versuchte sich vorzustellen, wie ihre Mutter als Kind in dem Dorf gelebt hatte. Hatte sie Freunde gehabt, war sie glücklich gewesen, ein akzeptiertes Mitglied der Gemeinschaft, wie Tara es, solange sie denken konnte, in ihrem eigenen Heimatort gewesen war? Oder war sie eine Außenseiterin gewesen, abgelehnt von den anderen Kindern, weil sie nicht wirklich eine von ihnen war?

Die Kirche lag am Ende der Dorfstraße, ein Stück zurückgesetzt und durch eine schöne, aus Stein erbaute Pfarrei von den Cottages abgetrennt. Es war die Art von Kirche, von der jede Braut träumte, klein, die Steinmauern ausgewaschen vom Zahn der Zeit, mit einem überdachten Portal, das nach kunstvoll drapierten Blumengirlanden geradezu schrie.

Tara ging die Treppe nach oben, zog die Tür auf und trat ein. In der Kirche war es kalt, obwohl durch die Buntglasfenster über dem Altar das Sonnenlicht hereinflutete.

Ihre Mutter hatte diese Kirche gekannt, vielleicht hatte sie an genau derselben Stelle gestanden, an der sie, Tara, jetzt stand, doch statt wie erwartet von einer Woge heftiger Gefühle überschwemmt zu werden, verspürte Tara nur Neugier. Das Foto aus Katrionas Akte, das Claudia ihr gegeben hatte, zeigte eine schöne, dunkelhaarige junge Frau, aber sosehr Tara sich auch bemühte, schaffte sie es doch nicht, ihr Leben einzuhauchen oder sich vorzustellen, Fleisch von ihrem Fleisch zu sein. Am verräterischsten war jedoch, dass das Bild, das vor ihrem geistige Auge erschien, als sie mit den

Lippen lautlos das Wort „Mutter“ formte, nicht das von Katriona, sondern das von *Claudia* war.

Hinter der Kirche lag ein Friedhof. Tara ging langsam darauf zu und spannte sich an, als ihr Blick auf den vertrauten Rücken der Frau fiel, die zusammengekauert neben einem der Grabsteine hockte.

Beim Verlassen von Garths Wohnung hatte Claudia nicht die Absicht gehabt, nach Dorset zu fahren, obwohl sie vermutete, dass Tara dort sein könnte. Sie hatte kein Recht, sich jetzt in Taras Leben einzumischen. Tara selbst hatte das sehr deutlich zum Ausdruck gebracht, aber es hatte Claudia trotzdem unwiderstehlich zu dem Dorf gezogen, und das nicht nur wegen Tara.

Die Frau in dem kleinen Blumenladen hatte sie beim Hereinkommen angelächelt. Sie kam schließlich seit vielen Jahren regelmäßig hierher und suchte sich ihre Blumen sehr sorgfältig aus. Im Gegensatz zu sonst schien sie heute jedoch mehr abgelenkt und weniger zu einem Schwätzchen aufgelegt zu sein, wie die Ladenbesitzerin registrierte, als Claudia ihre Blumen bezahlte und sich dann eilig verabschiedete.

Anders als Tara hielt Claudia sich nicht im Dorf auf und stattete auch der Kirche keinen Besuch ab, sondern machte sich ohne Umweg auf zu Katrionas Grab. Es lag in einer entlegenen Ecke des Friedhofs, vom Wind abgeschirmt durch eine Eibenhecke, die es von der dahinterliegenden Landschaft abtrennte, ganz in der Nähe der Gräber ihrer Eltern.

Der sandfarbene Grabstein, der von pausbäckigen tanzenden Engeln geziert wurde, trug die Inschrift:

Katriona Spencer
Tochter von Robert und Patricia

Mutter von Tara
Ruhe in ewiger Liebe

Während Claudia mit geschickten Bewegungen die Blumen in der kleinen Vase, die sie zuerst mit dem Eis gefüllt hatte, das sie aus dem Blumenladen mitgebracht hatte, am Fuß des Grabsteins arrangierte, hielt sie kurz inne, um mit den Fingerspitzen über Katrionas eingravierten Namen zu fahren.

„Ich hatte nie vor, sie zu belügen oder zu hintergehen, Kat", sagte sie. „Aber was sie gesagt hat, stimmt. Ich *hatte* Angst, sie zu verlieren, sie an dich zu verlieren, genauso wie ich glaubte, Garth an dich verloren zu haben. Verglichen mit dir kam ich mir immer so plump und langweilig vor. Du hattest so etwas Aufregendes an dir, und darum beneidete ich dich. Tara hat diese besondere magische Eigenschaft auch. Sie wäre fasziniert gewesen von dir.

Aber sie hat Unrecht, wenn sie sagt, dass sie für mich nur die Zweitbeste war. Das könnte Tara niemals sein. *Du* weißt, wie es war. Als ich sie das erste Mal im Arm hielt, sagtest du, dass du sehen könntest, wie sehr ich sie liebte, und das tat ich wirklich.

Sie war das wertvollste Geschenk meines Lebens. Sie zu lieben war für mich die leichteste, natürlichste Sache der Welt. All diese Jahre, in denen ich mir ganz unnötigerweise Sorgen um sie gemacht habe ... na, du weißt schon, was ich meine. Ich habe es dir doch erzählt damals, als ich dachte, sie hätte sich eine Lungenentzündung geholt oder als sie sich die Mandeln rausnehmen lassen musste. Du hast mich immer ausgelacht, wenn ich ganz aufgelöst hier ankam. Ich wusste schon immer im Voraus, dass du mich wieder einmal auslachen würdest. Genau wie du damals gelacht hast, als ich mir Sorgen über ihren Drang nach Unabhängigkeit gemacht habe.

‚Lass sie erwachsen werden', hast du zu mir gesagt. ‚Sie braucht ihre Freiheit.' Die ganzen Jahre, in denen ich versucht habe, sie zu beschützen, und jetzt habe ausgerechnet ich ihr einen so großen Schmerz zugefügt.

Ich hätte es ihr sagen müssen. Ich weiß das, und ich weiß auch, dass ich, indem ich es nicht getan habe, euch beide hintergangen habe. Sie hat Recht. Sie hatte ein Recht darauf, von dir zu wissen, damit du zu einem Teil ihres Lebens hättest werden können, und dieses Recht habe ich ihr versagt, weil ich eifersüchtig auf dich war und Angst hatte, dass sie dich mehr lieben könnte als mich. Ich höre es noch immer, wie du spöttisch zu mir sagst: ‚Ja, aber *ich* bin ihre Mutter.'"

„Aber das ist sie nicht. *Du* bist meine Mutter."

Claudia stolperte über die Blumenvase, als sie sich, hochrot im Gesicht vor Verlegenheit, ungeschickt erhob. „Oh, mein Gott, Tara, ich wusste nicht, dass du ... Wie ..."

„Ich sah dich hier, als ich aus der Kirche kam", sagte Tara. „Ich habe dir zugehört."

Claudia biss sich auf die Unterlippe und wandte den Blick ab. „Du hast allen Grund, wütend auf mich zu sein ..."

„Ja, das habe ich", fiel Tara ihr ins Wort. „Allen Grund, und ich *bin* wütend, aber ..." Jetzt war es an Tara, verlegen den Blick abzuwenden. „Ich ... ich verstehe dich, und es tut mir Leid, was ich über deine Liebe zu mir gesagt habe ... dass ich für dich immer nur die Zweitbeste war. Ich weiß, dass es nicht stimmt."

„Oh, mein Liebling", sagte Claudia mit bebenden Lippen, „wenn du nur wüsstest, *wie* wenig es stimmt."

„Was hast du ihr sonst noch über mich erzählt?" fragte Tara, mit dem Kopf auf den Grabstein deutend.

„Alles", gab Claudia nach einer kleinen Pause schlicht zurück. „Ich habe ihr erzählt, wie du anfingst zu laufen, und dass dein erstes Wort ‚schön' war, ich jedoch nicht darüber aufgebracht sein konnte, dass es nicht ‚Mum' war, weil du es zu mir sagtest. Ich sagte ihr, dass sie diejenige wäre, die diese Beschreibung wirklich verdiente. Weißt du, Tara, sie war die Schönste ... sie war genau wie du", erklärte sie überschwenglich. „Aber du hast ein anderes Wesen als sie. Katriona war wie ein Brillant, scharf, sprühend ..."

„Hart", schlug Tara trocken vor.

„Du bist eher wie ein Smaragd, tiefer, reicher, voller Wärme und Licht."

„Während du wie eine Perle bist", erwiderte Tara weich. „Warm, rein, schimmernd, glühend vor innerer Schönheit. Wurde sie absichtlich schwanger?" fragte Tara unvermittelt, ohne Claudia aus den Augen zu lassen.

Claudia holte tief Atem. Diesmal würde sie nicht lügen. „Ich bin mir nicht sicher. Sie war in allem, was sie tat, sehr stark ihren Stimmungen unterworfen. Ich bezweifle, dass sie daran dachte, als sie in die Wohnung einbrach, doch als sie Garth auf dem Bett liegen sah ..."

„Macht es dir etwas aus, darüber zu sprechen?", erkundigte sich Tara.

„Jetzt nicht mehr." Claudia schüttelte den Kopf. „Früher, als ich noch überzeugt davon war, dass Garth mich betrogen hatte, hätte es mir schon etwas ausgemacht. Ich konnte den Gedanken, dass er sie mir vorgezogen hat, einfach nicht ertragen, genauso wenig wie den, dass du sie mir vorziehen könntest."

„Warum hätte ich das tun sollen?"

„Sie war immerhin deine Mutter. Ich war nur ... ein Ersatz."

„Aber du hast selbst gesagt, dass Liebe nicht genetisch verankert ist", erinnerte Tara sie. „Du hast erzählt, dass es Liebe auf den ersten Blick war. Und so wie du es beschrieben hast, schien das durchaus auf Gegenseitigkeit zu beruhen."

„Ja, das tat es", stimmte Claudia zu. „Du hast mich mit diesem wissenden, altklugen Blick angeschaut, als ob du ganz genau Bescheid wüsstest. Es kam mir fast so vor, als würdest du mich regelrecht dazu *auffordern*, dich hochzunehmen, und als ich es schließlich tat ..."

„Vielleicht wusste ich ja instinktiv, dass du mir die Liebe geben konntest, die ich brauchte", vermutete Tara.

„Zumindest habe ich mir das immer gern eingeredet." Claudia seufzte leise. „Aber das ändert nichts an der Tatsache, dass das, was ich getan habe, falsch war. Ich hätte es niemals tun dürfen. Ganz am Anfang hatte ich wirklich die Absicht, dich den Behörden zu übergeben. Aber ... aber nachdem ich dich mit nach Hause genommen hatte ... Tara, ich kann dich nicht bitten oder von dir erwarten, dass du mir verzeihst, worum ich dich jedoch bitte, ist, dass du wenigstens zu akzeptieren versuchst, dass ich dich immer wie mein eigenes Kind geliebt habe. Ich kann mir nicht vorstellen, dass ich ein Kind, das ich selbst zur Welt gebracht hätte, mehr hätte lieben können, weil das schlicht unmöglich ist."

„Ich akzeptiere es", versicherte Tara ihr ernst, und als sie die Worte aussprach, wusste sie, dass sie sie auch so meinte.

Während sie Claudias Monolog mit ihrer Mutter gelauscht hatte, war ihr schlagartig klar geworden, wie aufrichtig Claudia sie liebte.

„Bist du mit deinem eigenen Wagen da?" fragte sie jetzt.

„Ja", gab Claudia zurück und warf ihr einen verdutzten Blick zu. „Warum?"

„Gut. Kannst du mich nach London mitnehmen? Und unterwegs kannst du mir ja vielleicht erzählen, was du die letzten paar Tage getrieben hast", fügte sie in gespielt strengem Tonfall hinzu.

In sich hineinlächelnd, machte Claudia einen Schritt vorwärts, dann aber blieb sie verunsichert wieder stehen. Tara beobachtete sie ernst. Plötzlich stieg eine so unermessliche Rührung in ihr auf, dass sie rasch auf Claudia zuging und sie in den Arm nahm, ganz so, als wäre sie die Mutter und Claudia das Kind.

„Alles wird gut. Es wird alles wieder gut werden", versicherte sie ihr leise.

Doch während sie über den Friedhof gingen, wurde Claudia schmerzlich bewusst, dass Tara unwillkürlich leicht Abstand von ihr hielt, anstatt sich wie früher bei ihr einzuhängen. Und sie registrierte auch, dass Tara sie nicht Ma genannt hatte, wie sie es früher immer so liebevoll getan hatte.

22. KAPITEL

„Mein Flug wird aufgerufen“, sagte Ryland zu seinen Eltern, erst seine Mutter und dann seinen Vater umarmend. „Ich komme sofort, nachdem ich mit Tara gesprochen habe, zurück.“

Das Begräbnis seiner Tante lag hinter ihm, und gestern nach der Testamentsverlesung, die bestätigt hatte, dass ihm tatsächlich der Löwenanteil ihres Vermögens zugefallen war, hatte er fast den ganzen Tag in Besprechungen mit verschiedenen Rechts- und Finanzberatern verbracht.

Während er an Bord des Flugzeugs ging und es sich ein wenig schuldbewusst in seinem Sitz bequem machte, kam Ryland nicht umhin, sich einzugestehen, dass seine Gedanken weniger bei dem waren, was er hinter sich ließ, sondern vielmehr bei dem oder besser gesagt bei der, zu der er in Kürze zurückkehren würde. Er hatte Tara während der letzten Tage schmerzlich vermisst, und das umso mehr, weil es ihm nicht möglich gewesen war, sie telefonisch zu erreichen. Nachdem er von Claudias Assistentin erfahren hatte, dass Claudia ein paar Tage Urlaub genommen hatte, war er davon ausgegangen, dass Tara seine Abwesenheit ausgenutzt hatte, um noch ein paar ungestörte Tage mit ihrer Mutter zu verbringen.

Wenn er ehrlich zu sich selbst sein wollte, musste er sich eingestehen, dass er gelegentlich ein bisschen eifersüchtig war auf die enge Beziehung, die Tara und Claudia verband. Nicht, dass ihn mit seinen Eltern nichts verbunden hätte, aber er war eben kein Einzelkind. Tara und Claudia hatten eine ganz besondere Beziehung zueinander, die in nichts der Beziehung einer übertrieben besitzergreifenden Mutter zu ihrem über alles geliebten Kind glich. Claudia ermunterte Tara in ihrem Unabhängigkeitsstreben, das ließ sich nicht übersehen, und Ryland wusste, dass sie ihn mochte und dass sie ihre Beziehung begrüßte. Es war nur so, dass die beiden etwas so verdammt Außergewöhnliches miteinander verband.

Er und Tara würden zu gelegentlichen Besuchen nach England kommen, und natürlich würde Claudia sie besuchen können, wann immer sie wollte.

Claudia. Sie war eine flotte, unabhängige Lady mit einer eigenen Firma und nach allem, was er beobachtet hatte, wenig freier Zeit. Seine Mutter würde sie mögen und sich in ihrer Gesellschaft wohl fühlen, obwohl sie in vielerlei Hinsicht sehr verschieden waren.

Tara ... Ryland schloss die Augen, um sich während der paar Stunden, die ihn von ihr trennten, noch ein bisschen auszuspannen. Wie würde sie das aufnehmen, was er ihr zu erzählen hatte?

Tara war relativ spät ins Bett gekommen. Sie war mit ihren Eltern zum Essen aus gewesen, weil ihr Vater darauf bestanden hatte, dass sie anwesend war, wenn er ihrer Mutter einen förmlichen Heiratsantrag machte. Natürlich freute sie sich darüber, wie sich die Dinge für die beiden entwickelt hatten, aber es war auch hart gewesen. Während sie ihre Eltern beobachtete, hatte sie sich immer wieder deprimiert gefragt, wie sie jemals den leeren Platz in ihrem Leben füllen sollte, den Ryland hinterlassen würde.

Inzwischen glaubte sie Claudia, dass diese sie wirklich liebte, und es gelang ihr sogar irgendwie, Verständnis für das aufzubringen, was sie getan hatte. Claudia hatte ihr vorgeschlagen, sich einer Selbsthilfegruppe für adoptierte Erwachsene anzuschließen, wo sie offen über ihren Schmerz und die verletzten Gefühle sprechen könnte, aber Tara hatte sich geweigert, wobei sie Claudia jedoch – um ihre offensichtlichen Schuldgefühle nicht noch zu vergrößern – verschwiegen hatte, dass sie sich sehr bald mit einem Schmerz konfrontiert sehen würde, der möglicherweise noch verheerender war als die Entdeckung, dass Claudia nicht ihre leibliche Mutter war.

Sie war überzeugt davon, dass Claudia sich die alleinige Schuld geben würde, aber sie hoffte dennoch, dass diese verstand, warum sie die Beziehung mit Ryland beenden musste. Sie konnte es einfach nicht ertragen, der Grund für einen Bruch zwischen Ryland und seiner Familie zu sein. Seine Tante gehörte – ebenso wie Ryland – zur Elite der Bostoner Gesellschaft – einer Gesellschaft, die, wie sie gehört hatte, dem Familienhintergrund ihrer Mitglieder eine enorme Wichtigkeit beimaß. Wie würde man dort Rylands Heirat mit ihr aufnehmen? Tara kannte die Antwort bereits im Voraus. Daran, dass Ryland sie liebte, zweifelte sie keine Sekunde, aber manchmal war Liebe allein eben einfach nicht genug.

Aus Angst, dass er aus ihrer Stimme heraushören könnte, dass irgendetwas mit ihr nicht stimmte und dass er sie fragen könnte, was, hatte sie es nicht gewagt, ihn in Boston anzurufen, weil sie ihm das, was sie ihm zu sagen hatte, persönlich sagen wollte. Sie wollte ihn, wenn sie ganz ehrlich war, noch ein letztes Mal halten und von ihm gehalten werden, ehe sie ihm die Wahrheit enthüllte. Sie wollte ...

Ich will Ryland, gestand sie sich ein, und schloss ihre Augen, um die sinnlosen Tränen abzuwehren, von denen sie wusste, dass sie sie dennoch vergießen würde.

Es ging bereits auf drei Uhr morgens zu, als Ryland die Tür zu Taras Apartment aufschloss. Über Heathrow hatte es eine Verzögerung beim Landeanflug gegeben, und dann noch eine weitere mit dem Gepäck, aber jetzt war er endlich hier – zu Hause.

Nachdem er seinen Koffer und seine Jacke fallen gelassen hatte, bahnte er sich seinen Weg durch die Dunkelheit des Wohnzimmers und öffnete die Schlafzimmertür.

Tara lag lang ausgestreckt quer über dem Bett, mit unglaublich langen Wimpern, die auf ihren schlafgeröteten Wangen ruhten, während sich ihr Haar wild um ihren Kopf lockte und sich seinem Blick dort, wo die Steppdecke von ihrem Körper heruntergerutscht war, eine köstlich gerundete Brust entgegenreckte.

Die Woge heftigen Begehrens, die bei ihrem Anblick über Ryland hinwegschwappte, bewirkte, dass sein Mund schlagartig trocken wurde. Ihre Brüste hatten es ihm von ihrer ersten Begegnung an angetan. Er hatte sie sofort registriert und sich gefragt ... gewünscht ...

Ohne den Blick von ihr zu nehmen, fing er an sich auszuziehen. Er *konnte* seinen Blick nicht von ihr nehmen, weil er Angst hatte, sie könnte sich plötzlich in Luft auflösen, sich als eine Fata Morgana herausstellen, die ihm sein starkes Verlangen vorgaukelte. Ein rosa Fuß lugte vorwitzig unter der Steppdecke hervor. In sich hineingrinsend beugte er sich darüber. Sie behauptete immer, es zu hassen, wenn er ihre Füße berührte. Sie waren so kitzlig, dass sie schon krampfhaft lachen musste, wenn nur sein Atem sie streifte.

Sehr, sehr behutsam küsste er eine rosa Zehe. Taras Lippen öffneten sich im Schlaf, während sie einen fast geräuschlosen weichen Seufzer von sich gab, wobei sich ihre Mundwinkel hoben.

In sich hineinlächelnd umfasste Ryland ihren Fuß und begann behutsam, an ihrer Zehe zu saugen.

„Mmmm ...“ Ryland konnte den Erregungsschauer spüren, der sie durchlief und der bewirkte, dass sich ihre Zehen krümmten und ihre Beinmuskeln anspannten. Er streichelte die nackte Haut mit seinen Fingerspitzen und saugte ein bisschen stärker.

„Oooh ..." Tara fuhr aus dem Schlaf hoch und starrte Ryland mit weit aufgerissenen Augen ungläubig an. „Ry! Ry ... oh Ry, seit wann bist du denn zurück?" fragte sie und warf sich, schwankend zwischen Lachen und Weinen, in seine Arme.

„Seit eben. Aber musstest du unbedingt jetzt schon aufwachen, wo ich mir gerade noch ein bisschen Spaß verschaffen wollte?" fragte er scherzhaft beleidigt.

„Das wolltest du gar nicht, du Schwindler. Du hast versucht, mich zu foltern", sagte Tara kichernd.

„Hm ... apropos foltern", murmelte Ryland zwischen zwei leidenschaftlichen Küssen, „hast du eigentlich eine Vorstellung davon, wie sehr ich dich vermisst habe?"

„Vermisst? Du mich?"

„Hm ... willst du wissen wie sehr?"

Ihre Küsse wurden länger und leidenschaftlicher, die Worte dazwischen kürzer und atemloser, bis sie ganz ausblieben, das einzige Geräusch, das die Stille in ihrem Schlafzimmer brach, war ihr Atem, der immer keuchender wurde, und die leisen Laute bei der Begegnung und Verschmelzung ihrer Münder.

Tara erschauerte vor Begehren, als Ryland ihr Gesicht zwischen seine Hände nahm und sie noch leidenschaftlicher küsste, um sich alsbald wieder von ihr zu lösen, bevor er sie ein weiteres Mal küsste, wobei er sie ebenso anschaute wie sie ihn.

Ihre Augen schlossen sich erst, als seine Hand anfing, ihren Körper zu streicheln.

Sie liebte es, wenn Ryland so Liebe mit ihr machte, behutsam und oh, so sorgfältig, als hätte er alle Zeit der Welt; wenn er sie warten ließ, wenn er sie *beide* warten ließ.

Sie stöhnte leise auf, als er seine Hände auf ihre Brüste legte, und als er begann, mit den Daumen ihre Knospen einfühlsam zu reiben, spannten sich ihre Bauchmuskeln bereits in gespannter Erwartung an.

„Ry ... Ry ... ich kann nicht mehr länger warten", stöhnte sie und streckte die Hände nach ihm aus. „Ich habe dich so sehr vermisst. Ich will dich so schrecklich ... so unglaublich schrecklich."

Später, während er sie im Arm hielt und zuschaute, wie sich das erste Licht des neuen Tages Bahn brach, holte Ryland tief Atem. Er konnte sein Geständnis nicht mehr länger hinausschieben.

„Nein, Ry, bitte, lass mir den Vortritt. Es gibt da nämlich etwas, das ich dir unbedingt sagen muss."

Die Spannung, die er in ihrer beängstigend unsicheren Stimme mitschwingen hörte und noch mehr in ihrem Körper spürte, ließ bei ihm umgehend alle Alarmlampen aufleuchten, was zur Folge hatte, dass sich sein Magen in einer düsteren Vorahnung zusammenkrampfte.

Obwohl er die ganze Zeit über entschlossen alle Gedanken daran beiseite geschoben hatte, hatte ihn doch die Tatsache, dass sie nichts von sich hatte hören lassen und er nicht in der Lage gewesen war, sie zu erreichen, nervös gemacht und ihn fürchten lassen, dass sie die Wahrheit irgendwie entdeckt haben könnte. Obwohl ihr Liebesspiel diesmal so intensiv und außergewöhnlich gewesen war, dass ihm vor Rührung fast die Tränen gekommen waren, war er sich plötzlich sehr deutlich der Distanz bewusst, die Tara zwischen ihnen aufbaute. Eine Distanz, die weniger körperlich war – sie lag noch immer eng an ihn geschmiegt in seinen Armen –, sondern emotional. Er konnte es praktisch spüren, wie sie sich innerlich von ihm zurückzog.

„Tara ...", begann er, aber sie schüttelte entschieden den Kopf.

„Nein, Ry, bitte sag jetzt nichts. Hör mir einfach nur zu", bat sie. „Mir ist noch nie in meinem Leben etwas so schwer gefallen, und das, was ich dir jetzt sagen muss, ist das Schwerste, was ich je in meinem Leben zu jemandem sagen musste, deshalb ist es sehr wichtig für mich, dass du einfach nur zuhörst und ... verstehst."

Sie hatte dieses Gespräch in den letzten Tagen in Gedanken wieder und wieder geprobt, aber sie stolperte noch immer über dieselben Worte, musste noch immer Pausen einlegen und suchte noch immer nach dem passenden Ausdruck, und das alles, während sie beharrlich Rylands Blick auswich, weil sie wusste, dass sie, wenn sie sähe, wie sich auf seinem geliebten Gesicht das sanfte Morgenlicht widerspiegelte, niemals ... um nichts in der Welt imstande sein würde ...

Sie holte tief Atem und begann.

„Oh, mein Gott, Tara. Ich hätte für dich da sein sollen", brach es aus Ryland heraus, noch ehe sie ihre Geschichte beendet hatte. „Bitte hass mich nicht dafür, dass ich nicht bei dir war. Wenn ich gewusst hätte, was du durchmachst, wäre ich ..."

„Ich hasse dich nicht, Ry, ich könnte dich nie und nimmer hassen", versicherte sie ihm mit tränenerstickter Stimme, während sie *aber du wirst mich bald hassen* in Gedanken hinzufügte.

Sie spürte die andere Qualität seines Schweigens, als sie ihm zu enthüllen begann, was für ein Mensch ihre Mutter gewesen war, doch zu ihrer Erleichterung machte er keinen Versuch, sie zu unterbrechen oder irgendetwas zu sagen.

„Für eine kleine Weile hasste ich Claudia wirklich für das, was sie getan hatte, aber ... ich glaube, ich verstehe sie jetzt. Da war diese Frau im Zug nach Dorchester. Es war so seltsam ... wirklich eine Fügung des Schicksals, nehme ich an. Es stellte sich nämlich heraus, dass sie auch eine Adoptivtochter hatte, und während ich ihr zuhörte ..." Sie unterbrach sich. Sie wartete, absichtlich den Moment hinauszögernd, den sie am meisten fürchtete.

„Ich habe viel nachgedacht, während du fort warst, Ry, und ich ..." Sie ließ den Kopf hängen, als sie ihr Gesicht ganz von ihm abwandte. „Ich ... ich kann dich nicht heiraten, nicht jetzt ... nicht nach dem, was ich erfahren habe. Es wäre nicht fair dir gegenüber. Oh, ich weiß, du wirst jetzt gleich sagen, dass es keinen Unterschied macht, dass du *mich* liebst und dass ich noch immer derselbe Mensch bin, egal wer mich zur Welt gebracht hat, und wenn es nur um uns beide ginge, würde ich dir auch zustimmen, aber so ist es nicht. Da ist immer noch deine Familie und ... und die Firma. Ich bin einfach nicht die Art von Frau, die zu heiraten man von dir erwartet – die sie in ihrer Familie haben möchten."

„Tara, Tara. Mein Gott, weißt du denn nicht, dass du ... dass du mir viel, viel wichtiger bist als alles, als jeder andere Mensch auf der Welt?" fragte Ryland leidenschaftlich.

Obwohl sie ihn nicht anschaute, weil sie es nicht ertragen konnte, hörte Tara die Qual und die Liebe aus seiner Stimme heraus.

„Du bist die Frau, die ich *liebe*, die *einzige* Frau, die ich je in meinem Leben lieben werde, und ich gebe absolut nichts darauf, was irgendjemand anders sagt!"

„Das sagst du jetzt", wandte Tara ein, ihm schließlich das Gesicht zuwendend, „und ich weiß, dass du es auch so meinst, aber ich weiß auch, wie viel dir deine Familie bedeutet, und ich kann einfach den Gedanken nicht ertragen, dass du es eines Tages bereuen könntest, mich geheiratet zu haben. Deine Tante ..."

„Meine Tante ist tot, Tara", unterbrach Ryland sie ernst. „Sie wurde von ihrer eigenen Tochter getötet."

Er hatte eigentlich vorgehabt, es ihr wesentlich schonender beizubringen, und er sah ihr an, wie schockiert sie war.

„*Deshalb* musste ich so überstürzt nach Hause fliegen." Er schilderte ihr in kurzen Worten, was passiert war, während Tara, ohne ihn zu unterbrechen, erschüttert zuhörte.

„Oh Ry, wie schrecklich für euch alle", rief sie aus.

„Es gibt da noch etwas anderes, etwas, das ich dir schon vor Wochen ... vor Monaten hätte erzählen sollen", tastete sich Ry behutsam vor.

Tara spürte, wie ihr Herz schneller zu schlagen begann. Was auch immer er ihr jetzt eröffnen wollte, sie wusste, dass es etwas Ernstes war. Aber was? War er womöglich früher schon einmal verheiratet gewesen ... hatte er bereits eine ernsthafte Beziehung hinter sich ... ein Kind ... Kinder? Ihre Gedanken wirbelten wild durcheinander.

„Ryland ...", begann sie, aber er schüttelte den Kopf.

„Du hast mir gerade von ... von deiner wahren Abstammung erzählt, Tara, und ich meinte es sehr ernst, als ich sagte, dass das meine Gefühle für dich nicht im Mindesten verändert. *Du* bist es, die ich liebe. *Du*. Und du bist für mich, obwohl deine leibliche Mutter eine andere ist als die, die wir dafür hielten, deshalb noch lange kein anderer Mensch für mich, sondern der, der du immer warst. Ich liebe dich um *deiner selbst willen*, nicht wegen deines Familienhintergrunds. Du hättest mir erzählen können, dass deine Eltern Kriminelle der schlimmsten Sorte waren, und selbst das würde meine Gefühle, meine Liebe für dich nicht ändern", beteuerte er eindringlich.

Und als sie ihm in die Augen schaute, sah Tara, dass er die Wahrheit sagte. Das Wissen, dass er sie so aufrichtig, so tief, so allumfassend liebte, war wie ein kühlender Balsam auf eine offene

Wunde. Sie streckte die Hand aus, um sein Gesicht zu berühren, aber er wehrte sie ab.

„Nein. Du hast noch nicht alles gehört", sagte er heiser. „Als du mir von Katriona erzähltest, sagtest du, dass es dich am meisten geschmerzt hätte, dass Claudia dir absichtlich die Wahrheit über einen wichtigen Teil deines Lebens verheimlicht hat." Er holte tief Atem. „Es gibt eine sehr wichtige Wahrheit über mich, die *ich* vor dir verheimlicht habe, Tara. Nicht weil ... ich *wollte* es dir erzählen ... ich war fest entschlossen, es dir zu erzählen ... aber ... aber ich hatte so furchtbare Angst, dass du dich dann von mir abwenden könntest, dass ich dich verlieren könnte."

„Was ist es ... wovon sprichst du?" fragte Tara ihn mit trockenem Mund und hämmerndem Herzen.

„Wir haben darüber gesprochen, dass ich die Leitung des Familienunternehmens übernehme, wenn meine Tante sich zur Ruhe setzt", begann Ryland ruhig.

„Stimmt, darüber haben wir gesprochen, aber ich kann nicht sehen, was ..."

„Was ich dir nicht erzählt habe, ist, dass ich die Anteile meiner Tante, die der Hauptaktionär des Unternehmens war, erbe, und ich wusste auch, dass ich den größten Teil ihres persönlichen Vermögens erben würde."

Als er sah, dass sie ihn verwirrt anstarrte, erklärte er ruhig: „Meine Tante war eine sehr reiche Frau, Tara. Sie ... sie war die Haupterbin ihrer Familie, und sie ist ... war ... Wir reden hier nicht über eine hübsche kleine Erbschaft, die wir anlegen könnten, um sie irgendwann unseren Kindern zugute kommen zu lassen. Wir reden ..." Er holte abermals tief Atem. „Das Vermögen meiner Tante beläuft sich auf viele Millionen Dollar."

„*Millionen* Dollar?" Tara starrte ihn ungläubig an, bevor sie erschüttert wiederholte: „Millionen Dollar. Du meinst ... ist das der Grund, warum sie, warum deine Familie ...? Ist das der Grund, warum sie ... warum sie vielleicht nicht gewollt haben könnte, dass du mich heiratest?“ fragte sie verunsichert. „Nicht ...“

„Das Geld hat damit nichts zu tun“, unterbrach Ryland sie entschieden. „So war sie nicht. Was sie beunruhigte war ... na ja, sie war wegen Margot beunruhigt, wegen Margots zwanghafter und gefährlicher Liebe zu Lloyd. Margots Probleme haben sie sehr hart getroffen und sehr tief verletzt, und ich vermute, dass ich so eine Art Verantwortung verspürte, sie für das, was sie durchmachen musste, irgendwie zu entschädigen, indem ich ...“

„Indem du eine Frau heiratest, die ihren Beifall findet“, beendete Tara seinen Satz ruhig für ihn. „Ich hätte niemals ihren Beifall gefunden, Ryland.“

„Du irrst dich“, wiedersprach er entschieden. „Sie hätte dich geliebt.“

Tara wandte den Blick ab, in ihren Augen standen Tränen. „Nein ... nein, das hätte sie nicht“, beharrte sie, „und du musst selbst auch deine Zweifel gehabt haben ... an mir. Wenn es anders gewesen wäre, hättest du mir von ... von dem Geld erzählt. Warum hast du es nicht getan, Ry? Hast du geglaubt, ich könnte mich als eine Goldgräberin herausstellen, ich würde ...“

„Nein ... sei nicht töricht“, wandte er eilig ein. „Ganz im Gegenteil. Du hast mir viel darüber erzählt, wie du aufgewachsen bist, und darüber, wie sehr du dir für deine Kinder, für *unsere* Kinder wünschst, dass sie ebenso aufwachsen können, deshalb wusste ich ... Tara, wir leben in einer gefährlichen Welt. Deshalb müssen manche von uns, wenn sie ihre Kinder beschützen wollen, sie in ihrer Freiheit leider beschneiden. Ich selbst hatte Glück. Meine Eltern waren zwar wohlhabend, aber nicht reich, doch bei uns, bei dir und mir, wird es anders sein. Meine Tante war eine steinreiche Frau."

„Und jetzt bist du ein steinreicher Mann."

„Ja", stimmte Ryland ernst zu, „ich wollte es dir sagen", versicherte er, „aber gleichzeitig wollte ich dich beschützen, unsere Liebe beschützen, ich wollte ihr erst die Chance geben, noch ein bisschen zu wachsen."

Tara blinzelte ihre Tränen weg. „Was habe ich bloß an mir, das Leuten ... dir, meinen Eltern ... das Gefühl gibt, dass ... dass man mich beschützen müsste? Seht ihr mich wirklich als ein so schutzbedürftiges ... so naives Wesen ... als so beschränkt an, dass ihr mir nicht zutraut, dass ich mir ein eigenes Urteil bilden und meine eigenen Entscheidungen treffen könnte?"

„Es ist nicht deine Verletzlichkeit, die uns dazu bringt. Es ist unsere eigene Angst ... unsere Angst, dich zu verlieren", erklärte er, als sie ihn fragend anschaute. „Wir sind diejenigen, die verletzlich sind, weil wir dich lieben. Es ist unser Wissen um deine Einzigartigkeit, deine Unersetzlichkeit, die uns fürchten lässt, deiner Liebe nicht würdig zu sein. *Wir* haben Angst, nicht gut genug für *dich* zu sein, Tara, nicht andersherum."

Während sie ihm zuhörte, konnte Tara sehen, dass er jedes Wort, das er sagte, ernst meinte.

„Ich hatte Angst, dir die Wahrheit zu erzählen, weil ich befürchtete, dass uns das auseinander bringen könnte", gestand Ryland leise.

Ich hatte Angst, dir die Wahrheit zu erzählen, weil ich befürchtete, dich zu verlieren, hatte ihre Mutter gesagt, und für beide hatte Tara dieselbe Antwort, wie sie jetzt erkannte.

„Wie *konntest* du nur? Wie konntest du es wagen anzunehmen, dass meine Liebe weniger stark und ausdauernd und weniger umfassend und großzügig sein könnte als die deine? Wie konntest du es wagen, an meiner Liebe zu *zweifeln?*“ fragte sie empört.

„Ich liebe *dich* ... *dich*, den Menschen, der du bist, Ry ... und ich werde dich immer lieben. Das mit dem Geld ist mir egal, und im Augenblick interessiert es mich auch nicht sonderlich, was für Probleme uns das in der Zukunft beschert.

Natürlich möchte ich nicht, dass meine Kinder – unsere Kinder – unter einer Glasglocke aufwachsen müssen, die sie vom Rest der Menschheit trennt, damit hast du Recht, aber genauso wenig möchte ich für meine Kinder einen anderen Vater als dich. Irgendwie werden wir einen Weg finden, damit sie die Freiheit bekommen, die sie brauchen, um zu lernen und erwachsen zu werden und ihren Wert in dem zu sehen, was sie sind, und nicht in dem Geld, das sie eines Tages erben werden.“

Ihre Stimme war mit jedem Wort fester und leidenschaftlicher geworden. Jetzt erklärte Tara mit geröteten Wangen: „Mach meinetwegen Schluss wegen meines Familienhintergrunds, wenn du musst, aber *nicht*, um mich zu beschützen, oder weil du glaubst, dass ich nicht stark genug sein könnte, dass meine Liebe nicht stark genug sein könnte, um das alles auszuhalten.“

„Schluss machen? Ich und Schluss machen? Oh, meine Liebe, meine über alles Geliebte, das ist das Allerletzte, was ich tun möchte“, beteuerte Ryland inbrünstig, dann streckte er die Hand aus, um sie in seine Arme zu ziehen und so fest an sich zu drücken, dass sie keine Luft mehr bekam.

Tara hob den Kopf in der Absicht, etwas zu sagen, aber dann entdeckte sie, dass sie ihn stattdessen küsste.

„Ich liebe dich so sehr“, sagte er heiser, nachdem er ihren Kuss erwidert hatte. „So sehr.“ Er küsste sie wieder, und ein Kuss führte zum nächsten und dann zum übernächsten.

„Versuch jetzt noch mal zu behaupten, dass du an meiner Liebe zweifelst“, forderte Ryland sie heraus, als er schließlich ihren mit einem feinen Schweißfilm überzogenen, entspannten Körper in seinen Armen hielt.

„Du warst es doch, der an *meiner* Liebe gezweifelt hat ...“, erinnerte Tara ihn, bevor sie es sich anders überlegte und wesentlich vorsichtiger fortfuhr: „Das Geld ...“

„Vergiss das Geld“, sagte Ryland mit Nachdruck. „Ich würde es lieber alles weggeben als das Risiko einzugehen, dich zu verlieren, Tara, aber ich habe meiner Familie, dem Unternehmen und auch meiner toten Tante gegenüber eine Verantwortung ...“

„Wir könnten uns von einem Teil des Geldes vielleicht irgendwo ein bisschen Land kaufen, eine Farm oder so“, schlug Tara schläfrig vor, während sie sich enger an ihn schmiegte.

Er hatte Recht. Sie fand den Gedanken an so viel Geld tatsächlich schwer erträglich, aber ihre Liebe zu ihm war so groß, dass sie wusste, dass es ihr wichtiger war, mit ihm zusammen zu sein, als den Problemen auszuweichen, die sein Reichtum mit sich bringen könnte.

„Dort könnten wir mit unseren Kindern leben. Auf diese Art hätten sie wenigstens ein bisschen Freiheit und ...“, sie hob den Kopf und schaute ihn an, „... vielleicht könnten wir ein bisschen von dem Geld an ... an verschiedene Wohltätigkeitsorganisationen spenden ...“

„Natürlich können wir das“, bestätigte Ryland prompt und fügte warnend hinzu: „Meine Tante hat selbst einige Stiftungen gegründet, und ich nehme an, dass man mit der Bitte an dich herantreten wird, ihren Platz in den Spendenkomitees einzunehmen.“

„Ich dachte vielleicht eher an ... an eine Stiftung für Frauen ... für Mädchen, die ...“

„Mir war klar, dass deine Gedanken in diese Richtung gehen", kam Ryland ihr sanft zuvor, „und meine Antwort ist natürlich Ja. Aber immer hübsch der Reihe nach, und das Wichtigste ist jetzt erst einmal, zumindest für mich, dass wir so bald wie möglich heiraten."

„Meine Mutter wird auf einer traditionellen Hochzeit bestehen", warnte Tara.

„Deine *und* meine", präzisierte Ryland.

„Die Kirche in Dorset, wo sie ... wo Katriona begraben liegt, ist sehr hübsch", berichtete Tara sanft. „Ich kann nicht an sie als meine Mutter denken – meine Mutter wird für mich *immer* Claudia bleiben –, aber ... aber sie *ist* ein Teil von mir, von meiner Vergangenheit, meiner Geschichte."

„Wir können heiraten, wo immer du willst", versicherte Ryland ihr sanft, bevor er sie in seine Arme zog und anfing, sie mit zärtlichen Küssen zu überschütten.

Eine Stunde später, als jeder einen Teller mit einer improvisierten Mahlzeit auf dem Schoß hatte, gingen sie die Post durch, die sich in der Zeit ihrer Abwesenheit angesammelt hatte.

„Oha, das sieht ganz danach aus, als wäre es für dich", sagte Ryland zu Tara und warf ihr einen Umschlag mit einem Stempel der amerikanischen Botschaft hin.

„Mein Visum", riet sie, bevor sie anfing zu lachen. „Ich nehme an, dass sie es jetzt, wo wir heiraten, noch mal ändern müssen. Aber denk doch nur, wenn es nicht verspätet gekommen wäre, hätte Ma mir vielleicht nie von Katriona erzählt. Sie hatte so schreckliche Angst, dass die Verzögerung etwas damit zu tun haben könnte, dass sie im Geburtenregister auf irgendwelche Unregelmäßigkeiten gestoßen sind. Offensichtlich hat sie sich die ganzen Jahre über

Sorgen gemacht, dass irgendwann etwas herauskommen könnte. Zuerst habe ich mir fast gewünscht, es nie erfahren zu haben, aber jetzt bin ich froh. Auf irgendeine seltsame Art hat uns das sogar noch näher zueinander gebracht. Ma ist jetzt in meinen Augen viel verletzlicher, und es stellt uns beide auf eine Stufe – eine erwachsene Frau neben die andere –, aber bitte ... jetzt nicht noch mehr Geheimnisse", bat sie Ryland eindringlich. „Kein einziges mehr, nie mehr."

„Nein, keine Geheimnisse mehr", gelobte Ryland und schloss in stummer Dankbarkeit die Augen. Niemals würde er das, was Margot getan hatte, je billigen können. Er wusste, dass er niemals, nicht in einer Million Leben, Tara das Recht, jemand anders zu lieben, streitig machen würde, aber er wusste auch, dass es ihm das Herz zerrissen hätte, wenn er sie verloren hätte.

Glücklicherweise hatten das Schicksal und Tara ihm dies erspart.

EPILOG

Nachdem sie die Praxis des Arztes verlassen hatte und nun durch den strahlenden Frühlingssonnenschein zurück zu ihrem Wagen schlenderte, tätschelte Tara liebevoll ihren Bauch, während sich ihre Mundwinkel zu einem breiten, triumphierenden Kleinmädchengrinsen hoben.

Eingedenk des neuen Lebens, für das sie jetzt verantwortlich war, fuhr sie sehr vorsichtig nach Hause. Sie hatte natürlich schon von dem Baby gewusst, aber die Bestätigung des Arztes machte ihre Schwangerschaft offiziell.

Als sie das schöne Neu-England-Haus betrat, das sie und Ryland sich in derselben kleinen Stadt gekauft hatten, in der seine Familie lebte, dachte sie nur an eines – an eine Person.

Ungeduldig griff sie nach dem Telefonhörer, und ihr Mund verzog sich zu einem glücklichen Lächeln, dann tippte sie eilig die Zahlen ein.

Kaum hatte sich die Stimme am anderen Ende der Leitung gemeldet, platzte sie auch schon aufgeregt heraus: „Rat mal, was ... Ich bin schwanger! Ich wollte, dass du dic Erste bist, die es erfährt.“ Sie fing an zu lachen, als sie die Erwiderung der Person am anderen Ende hörte. „Ich konnte es gar nicht erwarten, es dir zu erzählen ... Grandma!“ sagte sie zu Claudia und kicherte glücklich, als ihre Mutter begeistert reagierte. „Nicht mal Ry weiß es bis jetzt offiziell. Ich wollte, dass du auf jeden Fall die Erste bist, die es erfährt“, wiederholte sie weich, und als sic die Heiserkeit in Claudias Stimme hörte, füllten sich ihre Augen mit Tränen. „Und ich will, dass du zur Geburt hier bist“, erklärte sie liebevoll.

Im Hintergrund hörte sie ihren Vater, der sich erkundigte, wer am Telefon sei, und dann kam er auch noch an den Apparat, um ihr zu gratulieren und sie daran zu erinnern, dass sie ohnehin in ein paar Tagen nach Boston kommen würden.

„Ich weiß, aber so lange konnte ich unmöglich warten", sagte sie. „Ich *musste* es euch einfach sofort erzählen."

Fünf Minuten nachdem sie den Hörer aufgelegt hatte, strahlte sie noch immer.

Die tiefe Kluft, die sich zwischen ihr und Claudia aufgetan und gedroht hatte, ihre Beziehung zu zerstören, hatte sich vollständig geschlossen, und Tara fühlte sich ihrer Mutter, wenn überhaupt möglich, näher als jemals zuvor. Ihre Arbeit in der Stiftung für benachteiligte Jugendliche, die sie zusammen mit Ryland im Namen seiner Tante ins Leben gerufen hatte, hatte ihr einen tieferen Einblick in die Probleme verschafft, mit denen Kinder zu kämpfen hatten, deren Eltern ihnen die notwendige Liebe und Fürsorge vorenthalten hatten, und sie hatte mit eigenen Augen gesehen, was passieren konnte, wenn drogenabhängige Mütter, gleichviel, wie sehr sie ihre Kinder auch lieben mochten, ihre Sucht an die erste Stelle setzten.

Tara war in dem kleinen Städtchen in Neu England und in ihrem neuen Leben schnell heimisch geworden. „Warum auch nicht?" hatte sie Ryland gefragt, als er irgendwann eine Bemerkung darüber gemacht hatte. Ihr Zuhause war in ihr selbst, einschließlich der Liebe, die sie beide füreinander empfanden. Natürlich vermisste sie ihre Familie und ihre Freunde, besonders Claudia, aber in den achtzehn Monaten seit ihrer Hochzeit waren sie und Ryland bereits mehrere Male in England zu Besuch gewesen, und auch ihre Eltern hatten sie schon hier besucht, und am Wochenende würden sie wieder kommen.

Sie und Ryland hatten ihr erstes Weihnachten als Ehepaar in England mit ihren Eltern verbracht.

Garth und Claudia hatten in einer stillen Zeremonie drei Tage vor Weihnachten zum zweiten Mal geheiratet, und Claudia hatte geglüht vor Liebe und Glück, als Garth ihr ihren alten Ehering wieder an den Finger gesteckt hatte.

Als Tara sich an den Tag ihrer eigenen Hochzeit erinnerte, traten ihr für einen kurzen Moment die Tränen in die Augen.

Sie war mit Claudia in ihrem Schlafzimmer gewesen. Sie hatte in ihrem Brautstaat dagestanden, während Claudia nervös an ihr herumgezupft hatte.

„Ma, ich habe dir noch gar nicht für alles gedankt", hatte sie ihr gesagt, wobei ihre Geste nicht nur das Kleid, sondern die vielfältigen Vorbereitungen einschloss, die ihre Hochzeit trotz der knappen Zeit, die in Rylands Ungeduld begründet lag, überhaupt erst möglich gemacht hatten. „Und ich ... ich habe dir auch noch nicht gesagt, wie sehr ... wie sehr ich dich liebe, und dass ich sehr, sehr glücklich bin, dich als Mutter zu haben."

Sie sah, dass Claudia den Kopf schüttelte, und erriet instinktiv, was diese sagen wollte, deshalb wandte sie sich ihr zu und umarmte sie ganz fest, wobei sie Claudias Proteste, dass sie sich ihr Kleid ruinieren würde, überhörte.

„Sag es nicht. Du *bist* meine Mutter, und zwar die beste Mutter, die man nur haben kann, und die einzige Mutter, die ich jemals wollte. Du *bist* meine Mutter und ich bin deine Tochter. Du bist diejenige, die mich genährt, geliebt und großgezogen hat. Du bist meine Mutter."

Später an diesem Tag, als sie aus der Kirche gekommen waren, hatte sie gehört, wie einer der weiblichen Zaungäste, die sich vor der Kirche versammelt hatten, zu ihrer Freundin gesagt hatte: „Schau, dort ist ihre Mutter. Sie sehen sich wirklich sehr ähnlich, findest du nicht? Man sieht auf den ersten Blick, dass sie Mutter und Tochter sind."

Instinktiv hatte sie Claudia angeschaut, um den Moment mit ihr zu teilen, und ihre Augen hatten sich in einer Mischung aus Liebe und Lachen mit Tränen gefüllt, derselben Liebe und desselben Lachens, die sie in Claudias Augen sehen konnte.

„Dann ist es jetzt also offiziell?“ fragte Ryland und küsste Taras noch flachen Bauch.

„Ja“, bestätigte sie. „Ich habe sofort Ma angerufen. Ich wollte, dass sie es als Erste erfährt. Ich möchte, dass sie bei der Geburt hier ist“, warnte sie ihn.

„Natürlich“, sagte Ryland zärtlich. „Immerhin ist sie ja deine Mutter.“

„Oh ja“, stimmte Tara ihm zu. „Das *ist* sie ... das ist sie wirklich!“

– ENDE –

Jennifer Blake

Die Millionenerbin

Turn-Coupe, Louisiana: Als Sheriff Roan Benedict auf eine vermeintlich Kriminelle schießt, ahnt er nicht, dass sie in Wirklichkeit eine entführte Millionenerbin ist…

Band-Nr. 25054
7,95 € (D)
ISBN 3-89941-069-6

MIRA®